MUSASHI

VOLUME 2

Eiji Yoshikawa

MUSASHI

VOLUME 2

O VENTO

O CÉU

Tradução e notas de Leiko Gotoda

8ª edição

Estação Liberdade

Título original: *Miyamoto Musashi*
Copyright © 1971, Fumiko Yoshikawa
Copyright © 1981, 2006, Kodansha International Ltd., para o prefácio de Edwin O. Reischauer.
Publicado por acordo com a Kodansha International Ltd.
Copyright desta tradução © 1999, Editora Estação Liberdade Ltda.

Revisão	Sandra Lobo e Claudia Cavalcanti
Assistência editorial	Leandro Rodrigues
Composição	Johannes C. Bergmann / Estação Liberdade
Projeto gráfico da caixa e capa	Miguel Simon
Ilustrações de miolo	Ayao Okamoto. Nanquim sobre papel, 1999
Editores	Angel Bojadsen e Edilberto F. Verza

CIP-BRASIL. CATALOGAÇÃO NA PUBLICAÇÃO
SINDICATO NACIONAL DOS EDITORES DE LIVROS, RJ

Y63m
8. ed.

Yoshikawa, Eiji, 1892-1962
    Musashi / Eiji Yoshikawa ; tradução e notas de Leiko Gotoda ; prefácio de Edwin O. Reischauer. - 8. ed. - São Paulo : Estação Liberdade, 2024.
    1800 p. : il. ; 23 cm.

    Tradução de: Miyamoto Musashi
    Contém encarte ilustrado
    "Edição em 3 volumes acondicionados em caixa"
    ISBN 978-65-86068-84-9

    1. Miyamoto, Musashi, 1584-1645 - Ficção. 2. Ficção japonesa. I. Gotoda, Leiko. II. Reischauer, Edwin O. III. Título.

24-88043   CDD: 895.63
                                          CDU: 82-3(520)

Gabriela Faray Ferreira Lopes - Bibliotecária - CRB-7/6643
22/01/2024   24/01/2024

A EDIÇÃO DESTA OBRA CONTOU COM SUBSÍDIOS DOS PROGRAMAS
DE APOIO À TRADUÇÃO E À PUBLICAÇÃO DA FUNDAÇÃO JAPÃO

Todos os direitos reservados à Editora Estação Liberdade. Nenhuma parte da obra pode ser reproduzida, adaptada, multiplicada ou divulgada de nenhuma forma (em particular por meios de reprografia ou processos digitais) sem autorização expressa da editora, e em virtude da legislação em vigor.

Esta publicação segue as normas do Acordo Ortográfico da Língua Portuguesa, Decreto nº 6.583, de 29 de setembro de 2008.

EDITORA ESTAÇÃO LIBERDADE LTDA.
Rua Dona Elisa, 116 | Barra Funda
01155-030 São Paulo – SP | Tel.: (11) 3660 3180
www.estacaoliberdade.com.br

SUMÁRIO

VOLUME 2

9   O VENTO
- 11 NUM CAMPO SECO
- 30 UMA LIÇÃO DE VIDA
- 44 A VIAGEM NOTURNA
- 53 O CONFRONTO DE DOIS KOJIROS
- 71 O SEGUNDO FILHO DOS YOSHIOKA
- 88 O BECO
- 97 AMOR EXTREMADO
- 113 A COVA
- 121 O MERCADOR
- 137 A NEVASCA
- 150 RASTROS NA NEVE
- 168 SEIS POETAS CONTEMPORÂNEOS
- 181 LENHA PERFUMADA
- 188 UMA CORDA QUE SE PARTE
- 195 DOLOROSA PRIMAVERA
- 205 UM LEVE AROMA DE SÂNDALO
- 216 O PORTAL
- 235 UM BRINDE AO AMANHÃ
- 244 TERRA MORTÍFERA
- 255 APENAS O LUAR
- 263 O ECO
- 280 UM GANSO DESGARRADO
- 288 VIDA E MORTE
- 298 A NÉVOA E O VENTO
- 310 PRECE POR UM MENINO MORTO
- 324 UMA VACA LEITEIRA
- 333 A BORBOLETA E O VENTO
- 340 NA ESTRADA
- 347 ALMAS GÊMEAS

356	ADEUS À PRIMAVERA
366	CACHOEIRAS CASADAS

377 O CEÚ

379	O SANTO FUGEN
387	O GUERREIRO DE KISO
401	PRESAS VENENOSAS
408	SOB AS ESTRELAS
416	LUZ MATERNA
430	PAIXÃO SAMURAICA
441	UM PRESENTE INESPERADO
456	QUEIMANDO VERMES
466	RUMO LESTE
472	BRINCANDO COM O FOGO
485	O GAFANHOTO
494	OS PIONEIROS
504	O RIO DAS DISCÓRDIAS
515	LASCAS DE MADEIRA
526	A CORUJA
538	O VELÓRIO
549	O CÉU POR LIMITE
557	TAL MESTRE, TAL DISCÍPULO
564	A CHEGADA DOS BANDOLEIROS
572	O EXTERMÍNIO
584	A CHEGADA DA PRIMAVERA
593	NA CIDADE DE EDO
601	MOSCAS
609	CONSIDERAÇÕES EM TORNO DE UMA ESPADA
619	A RAPOSA
630	IMAGEM SEMPRE PRESENTE
635	CARTA URGENTE
645	O SERMÃO DO FILHO INGRATO
657	VERÃO SANGRENTO
668	A DIFÍCIL ARTE DA ESCULTURA
677	UMA ACADEMIA DESERTA
684	ERVAS DANINHAS

O VENTO

NUM CAMPO SECO

I

Olhe na direção que o dedo aponta e verá, distante, a estrada de Tanba começando em longa subida. As tênues linhas prateadas visíveis entre árvores e que ferem a vista como raios rasgando o céu são pregas cheias de neve nas encostas das montanhas que circundam a região suburbana a noroeste de Kyoto, seus espigões estabelecendo as fronteiras da província de Tanba.

— Acendam uma fogueira! — ordenou alguém.

Era o nono dia do primeiro mês do ano, e a primavera tardava. O vento cortante que descia do alto do monte Kinugasa perturbava os pássaros e seu chilrear soava débil e friorento aos ouvidos dos homens. As espadas que levavam às cinturas estavam geladas e o frio atravessava as bainhas, insinuando-se por seus quadris.

— Belo fogo!

— Cuidado com as fagulhas. Podem provocar um incêndio e se alastrar pela campina.

— Pare de se preocupar: esse fogo nunca chegará à cidade!

A um canto da campina seca, uma fogueira crepitava queimando os rostos dos mais de quarenta homens agrupados em torno dela, as labaredas alongando-se e tentando lamber o sol.

— Ufa! Que calor! — reclamou agora alguém, em voz baixa.

— Basta! — disse Ueda Ryohei, contraindo o rosto por causa da fumaça, irritado com o homem que continuava a alimentar a fogueira com folhas secas.

Nesse ínterim, mais uma hora se passou.

— Já passa da hora do coelho, não lhes parece? — comentou um dos homens.

— Será? — Todos os olhares voltaram-se instintivamente para o sol.

— Devemos estar no terço final da hora do coelho[1] — afirmou alguém.

— Que teria acontecido ao jovem mestre?

— Já deve estar chegando.

— Com certeza! Está na hora.

Aos poucos, a tensão insinuou-se nos rostos dos homens, silenciando-os. Ansiosos, a custo suportando a longa espera, concentravam os olhares numa estrada secundária que levava à cidade.

---

1. Segunda metade da hora do coelho: período compreendido entre seis e sete horas da manhã.

— Que lhe teria acontecido?

Um boi mugiu ao longe, longa e preguiçosamente. No passado, a campina havia sido propriedade imperial destinada à criação de gado leiteiro e, ao que tudo indicava, ainda restavam alguns animais vivendo soltos nos arredores: com o sol alto, um sufocante cheiro de estrume e de folhas mortas começava a subir do chão.

— Musashi já não terá chegado à campina do templo Rendaiji?

— Pode ser.

— Alguém devia ir ver. A distância daqui até lá é de apenas meio quilômetro.

— Só para ver se Musashi já chegou?

— Sim.

— ...

Nenhum voluntário apresentou-se. Sufocados pela fumaça, os homens franziam o cenho e mantinham-se em sombrio silêncio.

— Acho melhor esperarmos um pouco mais. Lembrem-se do que ficou acertado: antes de se dirigir ao templo Rendaiji, nosso jovem mestre passará por aqui e se aprontará para o duelo.

— Têm certeza de que esse foi o trato?

— Absoluta. Essas foram as exatas instruções que mestre Ueda recebeu do nosso jovem mestre, ontem à noite. Não pode haver engano.

Confirmando as palavras do discípulo, Ueda Ryohei afirmou:

— Exato! Pode ser que Musashi já esteja no local combinado, mas pode também ser que nosso mestre Seijuro esteja se atrasando de propósito, para irritar o adversário. Se um movimento afobado de nossa parte der origem a comentários de que ajudamos nosso mestre, será a ruína da academia Yoshioka. O adversário é apenas Musashi, um *rounin* sem eira nem beira. Vamos esperar, serenos como essas árvores, até que nosso mestre surja com o garbo costumeiro.

II

Manhã do duelo.

Os homens agrupados por tácito acordo naquela campina constituíam apenas a minoria dos alunos da academia. Ali, porém, achava-se representado o esteio da academia da rua Shijo, nas pessoas de Ueda Ryohei e de metade do grupo de discípulos mais graduados de Seijuro, "Os Dez Mais" do estilo Kyohachi, conforme se faziam chamar.

Era sabido que na noite anterior Seijuro havia recomendado categoricamente a todos, sem distinção:

— Proíbo-os terminantemente de me prestar qualquer tipo de ajuda.

Seus discípulos estavam longe de considerar Musashi um adversário insignificante, mas nem por isso lhes passava pela cabeça que seu jovem mestre pudesse precisar de ajuda ou ser derrotado.

"É óbvio que nosso mestre vencerá!", pensavam eles, mas ali estavam por cautela, para o caso de algum remoto imprevisto. Um segundo motivo os reunia naquele campo a algumas centenas de metros da campina Rendaiji: já que o desafio fora público, anunciado em placa sobre a ponte Gojo Oubashi, os discípulos aproveitavam a natural repercussão do caso para também exibir suas imponentes figuras, contribuindo indiretamente para projetar o nome de seu mestre e o da academia por todo o país.

Todavia, Seijuro não aparecia.

O terço final da hora do coelho tinha-se ido, conforme lhes dizia a posição do sol.

— Que estranho!

Mais ou menos no momento em que, quebrando a serenidade preconizada por Ryohei, os quase quarenta discípulos começavam a resmungar, pessoas começaram a aglomerar-se em torno deles, levados a concluir por suas presenças que era ali o local do duelo.

— E esse duelo? Acontece ou não?
— Onde está o tal Yoshioka Seijuro?
— Não o vejo em lugar algum.
— E qual deles é Musashi?
— Esse também não está por aqui, ao que parece.
— E o que fazem esses samurais?
— Devem estar ali para ajudar um dos dois.
— Essa é boa! A ajuda já veio, mas nem sinal de Seijuro ou Musashi?

Uma aglomeração tem o poder de atrair mais gente. Curiosos juntavam-se a curiosos, aumentando o burburinho:

— Quando começa esse duelo?
— Ainda não começou?
— Qual deles é Musashi?
— Onde está Seijuro?

As perguntas se repetiam. Cabeças espiavam entre arbustos e de cima das árvores, muito embora ninguém ousasse aproximar-se da área onde os discípulos se agrupavam.

E no meio dessa multidão andava Joutaro. Levando à cintura a espada de madeira maior do que ele e observando inquieto os rostos ao redor, o menino rondava a extensa campina arrastando enormes sandálias pela terra seca, largando uma nuvem de poeira em seu rastro.

— Não está aqui! Não está! — murmurava. — Que lhe poderia ter acontecido? Não é possível que não saiba do duelo. E desde o dia em que nos separamos não me procurou uma única vez na mansão Karasumaru.

A pessoa procurada por Joutaro no meio do povo não era Musashi, mas Otsu: a jovem tinha de estar ali, ansiosa por saber o resultado do duelo, achava o menino.

III

Um simples ferimento no dedo mínimo é capaz de deixar uma mulher lívida; não obstante, cenas sangrentas e brutais parecem fasciná-las.

Kyoto inteira apurava olhos e ouvidos para os detalhes do duelo. E no meio da multidão heterogênea que comparecera para assistir ao espetáculo havia muitas mulheres, algumas até chegando de mãos dadas, despreocupadas como se estivessem à caça de diversão.

No meio delas, porém, Joutaro não achou Otsu, por mais que a procurasse.

— Que estranho! — murmurou o menino, cansado de percorrer os limites da campina.

"Será que adoeceu depois que a gente se separou na ponte Gojo?", conjeturava. "A velha Osugi parece boa de bico. E se ela engambelou Otsu-san com aquela conversa doce e fez sei lá o que com ela...?"

Essa suspeita o estava deixando quase frenético.

O não comparecimento de Otsu o afligia muito mais que o resultado do duelo desse dia.

Pois Joutaro acreditava na vitória de Musashi com a mesma firmeza com que a quase totalidade dos mais de mil curiosos espalhados pela campina à espera do embate acreditava na de Yoshioka Seijuro. "Meu mestre vencerá!", dizia-se convicto.

A confiança em Musashi crescia no peito do menino a cada vez que evocava sua vigorosa imagem lutando contra os lanceiros do templo Hozoin nos campos de Hannya. "Podem vir todos juntos de uma vez, e ainda assim ele os vencerá!", acreditava o menino, incluindo no duelo os discípulos da academia agrupados no extremo da campina.

Ao contrário dessa segurança, a ausência de Otsu, muito mais do que decepcioná-lo, estava lhe causando uma vaga sensação de que algo errado lhe acontecera. Pois Otsu, no momento em que dele se despedira na ponte Gojo Oubashi para seguir em companhia da velha Osugi, lhe dissera:

— Não se preocupe: assim que surgir uma oportunidade, irei vê-lo na mansão Karasumaru. Quanto a você, explique as circunstâncias e peça abrigo na mansão por algum tempo, está bem?

Essas haviam sido suas palavras, o menino tinha certeza.

Apesar delas, Otsu não viera vê-lo nenhuma vez nos últimos nove dias — nem nas datas festivas do terceiro e do sétimo dia do primeiro mês do ano.

"Que lhe estaria acontecendo?", era a pergunta aflita que Joutaro vinha repetindo havia já dois ou três dias, embora até aquele instante tivesse alimentado a esperança de encontrá-la ali.

Joutaro contemplou o centro da campina. Cercados pelos olhares de milhares de curiosos cautelosamente distantes, os pomposos discípulos da academia Yoshioka continuavam reunidos em torno da fumarenta fogueira, mas havia uma sombra de desânimo em suas atitudes, talvez porque Seijuro tardasse a chegar.

— Estranho! Será que o duelo vai acontecer neste campo? Mas o aviso dizia: campina do Templo Rendaiji!

O detalhe que a todos vinha escapando começou a causar estranheza a Joutaro. E então, no meio da corrente humana que se movia sem cessar à sua esquerda e direita, uma voz o chamou:

— Moleque! Ei! Você mesmo, moleque!

Joutaro voltou-se e viu Sasaki Kojiro, o jovem que nove dias atrás lançara uma ofensiva gargalhada na direção de Musashi e Akemi na ponte Gojo, e depois se afastara.

IV

— É comigo, tio?

Já que o havia visto uma vez, Joutaro sentiu-se no direito de tratá-lo com intimidade.

Kojiro aproximou-se. Antes de mais nada, examinou o menino dos pés à cabeça com um olhar depreciativo, como era seu hábito.

— Já nos vimos uma vez na rua Gojo, se não me engano.

— Ah, também se lembrou de mim, tio?

— Você estava em companhia de uma mulher.

— Isso mesmo, estava com Otsu-san.

— Otsu-san... Então esse é o nome dela. Musashi e ela têm algum tipo de relação especial?

— Acho que sim.

— São primos?

— Não.
— Irmãos?
— Não.
— O que são, nesse caso?
— Se gostam.
— Quem?
— Ora, Otsu-san gosta de meu mestre.
— São namorados?
— Parece.
— E quanto a Musashi: é seu mestre?
— Isso mesmo. — A última resposta soou clara e veio acompanhada de um orgulhoso aceno.
— Ah, isso explica a sua presença neste local. Veja, a multidão está aflita porque tanto Seijuro como Musashi ainda não apareceram. Mas você deve saber: Musashi já partiu da estalagem onde está hospedado, não partiu?
— Acontece que não sei. Não vê que eu também o estou procurando?

Duas ou três pessoas aproximaram-se correndo pelas costas dos dois. Agudo como o de um falcão, o olhar de Kojiro voltou-se nessa direção.

— Ora, quem eu vejo! Mestre Sasaki Kojiro!
— Olá, Ueda Ryohei!
— Que houve? — disse Ryohei aproximando-se e prendendo entre as suas as mãos de Kojiro. — Nos últimos tempos nosso jovem mestre vivia perguntando o que lhe teria acontecido, preocupado por não o ver mais na academia desde o final do ano passado.
— Acho que a minha presença aqui, nesta manhã, mostra cabalmente a minha consideração por ele; não importa se voltei ou não à academia nos últimos dias.
— Deixemos isso de lado, por enquanto, e dê-nos o prazer de sua companhia junto ao fogo — disse Ryohei, conciliador, cercando-o com os demais discípulos e conduzindo-o quase à força ao centro da campina onde se reunia o grupo.

Ao descobrir o vistoso vulto de Sasaki Kojiro caminhando com a longa espada enviesada às costas, a multidão alvoroçou-se:

— É Musashi! É Musashi!
— Musashi chegou!
— Ah, então esse é o tal?
— Puxa! É um bocado janota, mas não me parece dos mais fracos.

Joutaro, abandonado por Kojiro, havia ficado para trás com ar perdido, mas ao perceber que os homens ao redor levavam a sério os boatos, tratou de esclarecer:

— É mentira, é mentira! Esse aí não é Musashi-sama. Imagine se ele se vestiria desse jeito ridículo, como um ator de teatro *kabuki*!

Os curiosos que, longe do menino, não haviam conseguido ouvir seus desmentidos, também tinham começado a achar que aquele não era Musashi e diziam com ar de dúvida:

— Que estranho!

Quanto a Kojiro, tinha parado no centro da campina, e contemplando os quase quarenta discípulos da academia Yoshioka, com a habitual arrogância fazia-lhes uma preleção.

E a começar por Ueda Ryohei, todos do grupo dos "Dez Mais" da academia — como Miike Jurozaemon, Otaguro Hyosuke, Nanbo Yoichibei e Obashi Kurando — pareciam não estar gostando do que ouviam, pois contemplavam sisudos o rápido movimento dos lábios de Kojiro.

V

Sasaki Kojiro dizia:

— Senhores, considerem providencial o fato de tanto Musashi quanto Seijuro não estarem aqui ainda. Organizem-se em grupos, procurem mestre Seijuro antes que ele apareça e conduzam-no de volta à academia. Este é o meu conselho.

Aquele prólogo já seria suficiente para enfurecer os homens, mas, não satisfeito, Kojiro continuou:

— Minhas palavras são o máximo em matéria de ajuda ao seu mestre. Nada pode ser melhor do que o meu conselho. Sou o profeta mandado pelos céus para salvar a casa Yoshioka. E nessa condição, predigo claramente: se o duelo se realizar, mestre Seijuro será derrotado. Musashi o matará, sem sombra de dúvida.

Impossível esperar que tais palavras fossem bem recebidas pelos discípulos da academia Yoshioka. Ueda Ryohei, por exemplo, havia ficado com o rosto cor de terra e dardejava olhares furiosos em direção a Kojiro.

Miike Jurozaemon, outro do Grupo dos Dez, não conseguiu conter-se por mais tempo. Peito empinado, aproximou-se de Kojiro, que ainda tentava falar, e esbravejou:

— Que pretende dizer com isso?

O cotovelo direito de Miike, erguido à altura do rosto em óbvia posição preliminar de ataque, e a mão próxima ao cabo da espada ameaçando arrancá-la num átimo da bainha, desafiavam: "Quer verificar de perto minha habilidade?"

Inesperadamente, Kojiro sorriu. Muito mais alto que seu interlocutor, o jovem contemplou Miike de cima para baixo, a expressão risonha fazendo-o parecer ainda mais atrevido.

— Minhas palavras o irritaram?

— É óbvio!

— Nesse caso, peço desculpas — disse suavemente — e desisto de ajudá-los. Só me resta dizer-lhes: façam o que bem entenderem.

— E quem disse que queremos ajuda de um sujeito da sua laia?

— Ora, não digam isso! Lembro-me muito bem que foram vocês e seu mestre que me conduziram, desde o dique de Kema até a academia da rua Shijo, e tudo fizeram para me agradar.

— Simples cortesia para com um visitante. Presunçoso!

Kojiro gargalhou:

— Vamos parar por aqui. Não vejo sentido algum em iniciar outro duelo a esta altura, mas cuidem-se para que minha profecia não se transforme em lágrimas de arrependimento! Estes meus olhos viram e compararam os dois: eu avalio que mestre Seijuro tem 99 por cento de probabilidade de perder o duelo. Na manhã do primeiro dia do ano avistei recostado no parapeito da ponte da rua Gojo esse indivíduo a quem chamam Musashi, e no mesmo instante concluí: esse duelo não deve acontecer. Aos meus olhos, o aviso que vocês ergueram na base da ponte pareceu um anúncio fúnebre escrito por suas próprias mãos, lamentando a morte da casa Yoshioka. Mas faz parte da natureza humana não enxergar a própria decadência, que se há de fazer!

— Cale a boca! Para que veio até aqui? Para agourar a casa Yoshioka?

— Para começar, essa incapacidade de ouvir um conselho amigo é típica dos fadados à destruição. Continuem pensando o que quiserem. Gostem ou não, verão com os próprios olhos que minha profecia se confirmará, não amanhã, mas dentro de uma hora.

— Atrevido! — gritaram vozes ameaçadoras, cuspindo as palavras. A ameaça dos quase quarenta discípulos pareceu escurecer a campina.

Situações como essa não constituíam, contudo, novidade para Kojiro. Afastou-se com um súbito salto e posicionou-se, deixando entrever uma disposição sanguinária de comprar qualquer briga. Desse jeito, os conselhos que dera, segundo ele com a melhor das intenções, só serviriam para alimentar a fúria dos discípulos Yoshioka. Negativamente interpretado, o brilho beligerante no olhar de Kojiro podia significar que o jovem tentava polarizar o interesse da multidão, ali reunida para assistir ao duelo entre Musashi e Seijuro.

VI

E no instante em que, percebendo a comoção, a turba distante começou a se agitar, um macaco rompeu o cerco e disparou para o centro da campina, saltando como uma bola. Mas à frente do macaco corria também uma jovem com tanta pressa que parecia prestes a tropeçar e ir ao chão. A jovem era Akemi.

A atmosfera pesada que envolvia Kojiro e os discípulos da academia Yoshioka a um passo de um desfecho sangrento desfez-se de modo instantâneo ante os gritos de Akemi:

— Onde está ele, Kojiro-sama? Onde está Musashi-sama? Não o estou vendo!

— Quê?! — exclamou Kojiro, voltando-se.

Do lado dos Yoshioka, Ueda Ryohei e alguns companheiros também resmungaram, admirados:

— Ora, se não é Akemi!

Por um breve momento a jovem e o macaco atraíram a atenção e os incrédulos olhares de todos os presentes.

— Akemi! Que faz aqui? Não a proibi de vir? — repreendeu Kojiro com rispidez.

— O corpo é meu e faço com ele o que bem quiser! Não pode me impedir!

— Pois eu a estou proibindo! — enfatizou Kojiro, empurrando-a de leve. — Vá-se embora!

Akemi sacudiu a cabeça, frenética:

— Não vou, não vou! Você cuidou de mim, é verdade, mas não sou sua, entendeu?

Sua voz tremeu de repente. O choro sentido que se seguiu teve o efeito de uma ducha fria no ânimo dos homens. Contrariando porém a impressão inicial de fragilidade, o que disse a seguir era tão violento quanto o mais violento dos homens:

— E como é que você se atreveu a me deixar amarrada no quarto da hospedaria?! E vem me maltratando só porque me preocupo com Musashi-sama? Você é desumano! Quando me viu chorando por causa dele, na noite passada, você começou a me atormentar dizendo que ele com certeza seria derrotado por Seijuro e que, caso não o fosse, você ajudaria a matá-lo porque devia favores ao jovem mestre! E não contente com isso, me amarrou e me prendeu no quarto antes de ir-se embora esta manhã!

— Está louca, Akemi? Isso é assunto para ser tratado em público, em plena luz do dia?

— Eu tenho razão de sobra para estar louca! Musashi-sama é o homem de minha vida, ele vive em meu coração. Não pode esperar que eu fique parada naquele quarto enquanto matam o homem que eu amo. Gritei o mais alto que pude até que os vizinhos acudiram e me desamarraram. Depois, corri para cá. Preciso encontrar Musashi-sama. Tenho de vê-lo. Onde está ele?

A invectiva da jovem fez com que Kojiro se calasse, aborrecido. Akemi estava fora de si, mas parecia não estar inventando. E se tudo o que ela dizia era verdade, Kojiro podia estar cuidando da jovem com carinho ao mesmo tempo em que se divertia, torturando-a tanto física quanto moralmente.

Ver tais detalhes virem a público sem reservas — pior ainda, numa ocasião como aquela — era extremamente embaraçoso para Kojiro, sem dúvida alguma, não sendo portanto de admirar que ele a encarasse furioso.

Esse foi o instante que Tamihachi, um dos servos e acompanhante de Seijuro, escolheu para surgir correndo como um gamo pela estrada arborizada, agitando os braços e esbravejando:

— Socorro! Acudam! Venham todos, por favor, me ajudem! Nosso jovem mestre foi derrotado por Musashi!

VII

Os berros de Tamihachi tiveram o poder de empalidecer todos os discípulos. A terra de repente pareceu faltar-lhes sob os pés.

— O que... que disse? — exclamaram diversas vozes em uníssono. — O jovem mestre... por Musashi?

— Mas onde?

— Quando?

— Tem certeza, Tamihachi?

Perguntas esganiçadas espocavam no ar. Os homens não conseguiam ainda aceitar o que Tamihachi lhes dizia: como poderia mestre Seijuro, que havia prometido passar por ali para se aprontar, já ter realizado o duelo com Musashi sem que nenhum deles sequer o tivesse visto?

Tamihachi apenas conseguia balbuciar:

— Rápido! Rápido!

E sem se deter um instante para respirar, disparou de volta, retornando aos trambolhões pelo caminho que viera.

Ainda incrédulos, mas também sem poder imaginar que se tratava de engano ou mentira, Ueda Ryohei, Miike Jurozaemon e os restantes quarenta discípulos ergueram-se e saíram correndo atrás do servo, impetuosos como animais selvagens saltando barreiras de fogo, levantando poeira na estrada arborizada.

Seguindo pouco mais de meio quilômetro pela estrada de Tanba, surgia rente às árvores que margeiam o lado esquerdo do caminho outra campina seca, vasta e silenciosa sob os tímidos raios solares dessa primavera.

Tordos e picanços ali chilreavam como se nada houvesse acontecido, mas alçaram voo alarmados com a chegada dos homens. Tamihachi mergulhou no mato seco, correndo como um louco. Ao se aproximar de um cômoro, marco talvez de um túmulo antigo, o homem caiu de joelhos e lançou-se no chão como se o fosse abraçar.

— Mestre, jovem mestre! — gritou ele desesperado.

Os homens que lhe vinham no encalço estacaram, pregados ao solo:

— Ah!

— Que... que é isso?

—É o nosso jovem mestre!

Como um sólido paredão, a realidade veio ao encontro dos homens. Seus incrédulos olhares fixaram-se num samurai caído de bruços, rosto enterrado no mato. Ele vestia quimono azul índigo cujas mangas estavam contidas por uma tira de couro. Uma faixa de algodão branca atada com firmeza à testa prendia-lhe os cabelos das têmporas.

— Jovem mestre!

— Seijuro-sama!

— Reaja, por favor!

— Estamos aqui, jovem mestre!

— Somos nós, seus discípulos!

Quando lhe soergueram o corpo, Seijuro deixou a cabeça tombar para trás pesadamente, como se tivesse o pescoço fraturado.

Não havia sequer uma gota de sangue na faixa branca da testa, nem nas mangas do quimono, no *hakama* ou nas moitas ao seu redor. Seijuro, porém, tinha os lábios roxos, da cor de uvas silvestres, e continuava de olhos fechados e sobrancelhas dolorosamente crispadas.

— Vejam se ele ainda respira!

— Quase imperceptivelmente.

— Vamos, alguém tem de levá-lo!

— Carregado?

— Claro!

Um dos homens voltou as costas para o ferido, tomou seu braço direito, passou-o sobre o ombro, e tentou erguer-se. No mesmo instante, Seijuro deixou escapar um agoniante grito de dor.

— Uma prancha, uma porta! — disseram três ou quatro homens, pondo-se a correr pela estrada arborizada. Instantes depois, retornavam com uma porta, arrancada da casa de um camponês nas proximidades.

Seijuro foi acomodado de costas sobre a prancha. A partir do momento em que recuperara os sentidos, o ferido passara a se debater, desesperado de dor. Sem alternativa, os discípulos desataram o *obi* e com ele o prenderam à prancha, iniciando a caminhada de retorno em fúnebre silêncio, como se transportassem um esquife.

Seijuro continuava agitado, batendo os pés com tanta força que ameaçava partir a prancha, e esbravejava:

— Onde está Musashi?... Ele já se foi?... Aaah... Que dor insuportável..., meu ombro direito. Ele moeu meus ossos... Não consigo suportar! Alguém!... Qualquer um! Decepem meu braço direito na altura do ombro! Isto é uma ordem! Cortem-me o braço!

Olhos fixos no céu, Seijuro clamava sem descanso.

VIII

Tamanho escarcéu fazia o ferido que os quatro carregadores da prancha desviaram os olhares constrangidos, mormente porque a reação de fraqueza partia do homem a quem chamavam de mestre.

— Senhores Miike e Ueda! — chamaram, parando por momentos e voltando-se para consultar os veteranos. — A dor deve estar insuportável, pelo jeito que ele grita. Se lhe cortassem o braço de uma vez não lhe proporcionariam alívio?

— Estão loucos? — repreenderam Ryohei e Jurozaemon. — A dor não mata ninguém, por mais intensa que ela seja. Mas se lhe amputarmos o braço e sobrevier uma hemorragia, aí sim, ele pode morrer! A primeira providência será levarmos nosso mestre o quanto antes de volta à academia; só depois de examinarmos cuidadosamente a extensão do dano infligido por Musashi é que se pensará em amputá-lo, tomando os devidos cuidados para evitar a hemorragia. Por falar nisso, quero que alguém corra à frente e deixe um médico de prontidão na academia.

Alguns homens partiram correndo para tomar providências.

Na beira da estrada, a multidão inicialmente reunida no primeiro pasto tinha-se juntado agora entre os pinheiros e espiava, cheia de curiosidade.

Ueda Ryohei irritou-se e ordenou aos companheiros que acompanhavam o ferido em soturno silêncio:

— Homens, corram à frente e espantem a gentalha. Não tenho a mínima intenção de expor nosso mestre à curiosidade do povo.

— É para já! — responderam os discípulos entusiasmados, finalmente encontrando uma brecha por onde extravasar a fria cólera de sua alma.

Ao notar que os homens da academia vinham em sua direção, o povo, desconfiado por natureza, debandou levantando poeira.

— Tamihachi! — chamou Ryohei, canalizando agora sua raiva para o choroso servo ao lado da maca. — Vem cá um instante!

— Pro... pronto, senhor! — respondeu Tamihachi, batendo os dentes de medo ao ver a chama fria no olhar de Ryohei.

— Tu acompanhavas o jovem mestre desde o instante em que ele saiu da academia, hoje cedo?

— Si... sim, senhor!

— E onde foi que nosso mestre se preparou para o duelo?

— Na própria campina do templo Rendaiji, senhor, depois que lá chegou.

— Nosso mestre sabia com certeza que o aguardávamos no outro pasto. E por que, apesar disso, acabou vindo diretamente para cá?

— Não faço a mínima ideia, senhor.

— E quanto a Musashi: já estava aqui quando o jovem mestre chegou, ou apareceu depois?

— Já se encontrava aqui, em pé na frente daquele túmulo antigo.

— Sozinho?

— Sim, senhor, estava só.

— Como foi o duelo? Tu apenas assististe, sem nada fazer?

— O jovem mestre me disse: "Se por acaso Musashi me derrotar, encarrega-te de levar meu corpo. No antigo pasto reúne-se um grupo de meus discípulos, alvoroçados desde a madrugada, mas estás proibido de avisá-los até que o duelo com Musashi chegue ao fim. Para um guerreiro, a derrota é por vezes inevitável. Não quero vencer a qualquer custo e sujar meu nome, lançando mão de recursos covardes. Estás terminantemente proibido de me socorrer, seja lá de que forma for!" E com estas palavras, afastou-se de mim e avançou na direção de Musashi.

— Hu-hum!... E depois?

— Consegui ver, além do jovem mestre, o rosto de Musashi. Ele sorria de leve. A mim me pareceu que os dois se cumprimentavam calmamente quando de súbito um grito agudo ecoou pela campina. No instante em que me sobressaltei, parece que vi a espada de madeira do jovem mestre voando pelos ares. E então, em pé nesta vasta campina restava apenas Musashi, com sua faixa alaranjada na testa e seus cabelos eriçados.

IX

Na estrada arborizada, os curiosos pareciam ter sido varridos por uma ventania, deles não restando nem sombra.

Os quatro homens carregando a prancha, e Seijuro, gemendo sobre ela, lembravam um punhado de soldados batidos, cercando seu general e fugindo para suas terras. Atentos à dor do ferido, os discípulos caminhavam devagar, acabrunhados.

— Que foi isso?

O homem que ia à frente parou de repente e levou a mão à nuca. Os que lhe vinham atrás voltaram os rostos para cima.

Agulhas secas de pinheiros caíam agora também sobre a prancha: no alto de uma árvore, um pequeno macaco olhava estupidamente para baixo, fazendo poses indecentes.

— Ai! — exclamou um dos homens, atingido na cara por uma pinha.
— Maldito! — gritou, levando a mão ao rosto. Extraiu uma adaga da cintura e a lançou contra o macaco. A arma varou brilhando pelas finas agulhas do pinheiro e perdeu-se no espaço.

No mesmo instante soou um assobio.

O pequeno macaco saltou para o chão com uma pirueta e, ato contínuo, pulou agilmente do peito para o ombro de Sasaki Kojiro, em pé à sombra de algumas árvores.

— Ora!

Os discípulos Yoshioka sobressaltaram-se por terem só então percebido a presença de Kojiro e de mais alguém ao seu lado: Akemi.

Kojiro contemplou em silêncio o homem ferido sobre a maca, mas não havia traços de desprezo em seu rosto. Ao contrário, sua atitude era respeitosa, chegando até a contrair as sobrancelhas ao ouvir os gemidos, solidário com a dor do homem derrotado. Os discípulos, porém, lembraram-se no mesmo instante das últimas palavras do jovem, o que os levou a imaginar: "Veio para se divertir à nossa custa!"

Alguém, talvez Ueda Ryohei, disse, apressando a maca:

— Vamos embora! É um macaco e não um ser humano: não percam tempo com os atos de um animal.

— Um momento! — interrompeu-os Kojiro, aproximando-se e dirigindo abruptamente a palavra a Seijuro: — Que lhe aconteceu, mestre Seijuro? Musashi o feriu? Onde? No ombro direito? Ah... Isto é grave! Os ossos estão esfarelados, seu ombro mais parece um saco cheio de pedriscos. Mas é perigoso transportá-lo de costas e sacudi-lo. O sangue pode afluir aos órgãos internos e também ao cérebro.

E dirigindo-se aos discípulos com a habitual arrogância, ordenou:
— Baixem a prancha. Que estão esperando? Vamos, depositem-na no chão sem discutir!

Voltou-se então uma vez mais para Seijuro, que parecia quase morto a essa altura:
— Levante-se, mestre Seijuro! Nada o impede. O ferimento não é grave, afetou apenas sua mão direita. Segure-a com a esquerda e conseguirá caminhar, não tenha dúvida. Se espalhar-se a notícia de que Seijuro, o herdeiro do grande mestre Kenpo, retornou pelas avenidas de Kyoto carregado numa prancha, o nome do falecido mestre será lançado à lama, sem falar no seu. Não consigo imaginar desonra maior.

Os olhos de Seijuro fixavam Kojiro duramente, sem pestanejar.

Com um movimento abrupto, Seijuro levantou-se. Comparado ao esquerdo, o braço direito parecia quase trinta centímetros mais longo e pendia inerte, como um objeto estranho ao corpo.
— Miike! Miike!
— Senhor?!
— Corte!
— Cortar o que, senhor?
— Idiota, quantas vezes tenho de repetir? Corte meu braço direito!
— Mas senhor...
— Covarde, poltrão!... Ueda, encarregue-se disso! Ande logo!
— Si...sim, sim, senhor.

Abrupto, Kojiro interrompeu-os:
— Se não se incomoda, posso me encarregar disso.
— Finalmente alguém! Faça-me o favor! — gritou o ferido.

Kojiro aproximou-se, segurou a mão que pendia inerte e a ergueu bem alto, extraindo ao mesmo tempo a espada curta da cintura. Um som abafado e estranho chegou aos ouvidos dos presentes e, num momento de pasmo, todos viram o sangue esguichar e o braço ir ao chão, amputado na altura do ombro.

X

Seijuro cambaleou, aparentando ter perdido o equilíbrio. Seus discípulos o ampararam, tentando tamponar o ferimento.
— Quero caminhar. Vou-me embora andando!

Seijuro mais parecia um cadáver falando. Cercado pelos discípulos, chegou a dar dez passos. Em seu rastro, gotas negras de sangue eram absorvidas pela terra.

— Mestre...
— Jovem mestre!

Os discípulos cercaram-no e pararam, formando uma paliçada humana ao seu redor, reclamando da ação que consideraram irresponsável.

— Teria sido tão mais fácil para ele ser levado na prancha. Mas não, esse Kojiro tinha de se intrometer e fazer o que não devia.

— Quero andar! — disse Seijuro depois de descansar alguns minutos, caminhando outros vinte passos, movido por pura força de vontade.

Mas a determinação logo se foi: cinquenta metros adiante, desabou nos braços dos discípulos.

— Depressa, um médico!

Jogando aos ombros o inerte Seijuro, já incapacitado para opor qualquer resistência, os apavorados discípulos dispararam desordenadamente, como se levassem um cadáver.

Kojiro os acompanhou com o olhar até desaparecerem e voltou-se para Akemi, em pé e imóvel sob as árvores.

— Prestou atenção? O espetáculo deve ter sido gratificante para você, não? — perguntou.

Pálida, Akemi fitava o rosto sorridente de Kojiro.

— Aquele era Seijuro, o homem que você amaldiçoava noite e dia sem parar, e aí está a vingança por sua virgindade perdida! Que tal, Akemi?

Aos olhos da jovem, Kojiro pareceu no mesmo instante odioso, temível e ainda mais repulsivo que Seijuro.

O herdeiro dos Yoshioka a degradara, é verdade, mas não era perverso. Comparado a ele, Kojiro era mau, do tipo degenerado, incapaz de se alegrar com a felicidade alheia, mas que contempla indiferente o sofrimento e o infortúnio alheios, disso extraindo prazer. Esses tipos eram dissimulados, bem mais perigosos que ladrões ou larápios comuns.

— Vamos embora — disse Kojiro, levando o macaco no ombro. Akemi queria poder fugir dele, mas não tinha coragem, algo a detinha.

— Não adianta continuar procurando Musashi. Ele não permaneceria à toa nesta área por tanto tempo — observou, começando a andar.

"Por que não consigo me afastar deste bandido? Por que não aproveito e fujo agora?", pensava Akemi, amaldiçoando a própria insensatez, mas acompanhando Kojiro.

O macaquinho sobre o ombro de Kojiro voltou-se e guinchou, mostrando-lhe os dentes, rindo.

O macaco e eu partilhamos o mesmo destino, pensou Akemi.

Repentinamente, sentiu pena de Seijuro, de seu corpo desfigurado. Excluindo Musashi, um caso à parte, Akemi percebia em si sentimentos que iam do amor ao ódio tanto por Seijuro como por Kojiro: sua visão dos homens tinha-se tornado complexa nos últimos tempos.

XI

"Venci!"
Musashi louvou-se intimamente.
"Derrotei Yoshioka Seijuro, o representante do estilo Kyoryu, o herdeiro de uma casa famosa desde os tempos dos xoguns Muromachi!"
Mas eis que não conseguia alegrar-se. Musashi caminhava cabisbaixo pela campina.

Um pássaro passou por ele em voo rasante, exibindo o ventre como um peixe no meio da correnteza. Musashi prosseguia passo a passo, afundando os pés nas macias folhas secas.

Só mentes guerreiras mais evoluídas são capazes de sentir tristeza depois de uma vitória. Principiantes, estudantes de artes marciais, desconhecem esta sensação. Musashi, caminhando agora sozinho pela campina sem fim, sentia uma opressiva tristeza a envolvê-lo.

Voltou-se de repente. O raquítico pinheiro da colina do templo Rendaiji, onde havia pouco se batera com Seijuro, era visível à distância.

"Evitei golpeá-lo uma segunda vez. Espero que ele não esteja correndo perigo de morte..." Estava preocupado com o estado de saúde do adversário que havia vencido e deixado para trás. Tornou a examinar a espada de madeira que ainda tinha na mão, mas nela não viu vestígios de sangue.

Nessa manhã, viera para o local do duelo preparado para morrer. Seu oponente, achara ele, traria ajuda, ou pior, podia até ter-lhe armado uma cilada covarde. Musashi branqueara os dentes com sal e lavara os cabelos para que o rosto, na morte, tivesse um aspecto digno.

E então, ao defrontar-se com Seijuro, achou-o tão diferente do que imaginara que chegou a se perguntar: "Mas este é realmente o filho de Kenpo?"

Musashi não conseguia acreditar que estava frente a frente com o representante do estilo Kyoryu. O homem era um típico morador dos grandes centros urbanos, um delicado descendente de fidalgos. Tinha consigo apenas um servo e não havia trazido ajudantes ou capangas. No instante em que se apresentaram mutuamente e cruzaram as armas, Musashi pensou arrependido: "Este duelo não devia acontecer!"

Pois Musashi, que sempre buscara adversários superiores, descobriu ao primeiro olhar que não precisaria ter-se empenhado tanto durante todo o ano anterior para vencer este.

Além disso, não viu resquícios de confiança nos olhos de Seijuro. Um orgulho selvagem costuma surgir no olhar do mais despreparado guerreiro no instante em que entra em duelo. Em Seijuro, porém, não havia vivacidade, não só no olhar como em todo o corpo.

"Para que veio, despreparado desse jeito? Ter-lhe-ia sido melhor cancelar o compromisso!", pensou Musashi, sentindo simpatia e pena do adversário. Mas Seijuro era o herdeiro de uma casa famosa, a quem cancelar um duelo publicamente assumido seria impossível. Triste sina de um homem que herdara do pai mais de mil discípulos, pelos quais era respeitado e chamado de mestre, mas que não possuía competência para merecer o título.

Para o bem mútuo, Musashi desejou encontrar um pretexto qualquer para recolher as armas, repô-las nas respectivas cinturas. Não houve oportunidade.

"Foi uma pena."

Voltou-se uma vez mais e contemplou o cômoro do duelo com seu delgado pinheiro. Intimamente, rezou para que Seijuro se recuperasse logo.

XII

Seja como for, o episódio estava encerrado. Vencendo ou perdendo, ater-se ao assunto longamente não era digno de um guerreiro, demonstrava imaturidade.

Ao dar-se conta disso, Musashi apressou o passo.

E foi nesse instante que, entre as moitas secas da campina, uma idosa mulher, que havia estado cavando a terra rasa, ergueu o rosto espantada ao ouvir seus passos e, arregalando os olhos, exclamou:

— Oh-ooh!

A mulher vestia um quimono da cor de folhas secas. Sobre ele, usava um agasalho grosso, recheado de macio algodão, preso por um cordão roxo, único detalhe de cor viva em suas roupas comuns. Mas uma coifa cobria-lhe a cabeça indicando que a mulher de compleição miúda e ar fino, beirando os setenta anos, era uma monja.

— ...?

A bem da verdade, Musashi também se espantara. Não havia veredas cortando o terreno e com mais alguns passos distraídos pisaria na idosa monja, camuflada nas cores da campina.

— Que procura na terra, senhora? — perguntou Musashi, ansioso por contato humano, em tom que pretendeu gentil.

— ...

A velha monja apenas tremia olhando para Musashi, que se havia agachado ao seu lado. Um terço feito com contas de coral lembrando frutos de nandina espiava pela boca de uma das mangas. Nas mãos, tinha um pequeno cesto com brotos de astérias silvestres, ervas e plantas medicinais, colhidos laboriosamente entre as raízes dos arbustos secos.

A ponta dos dedos e as contas vermelhas do terço tremiam de leve, levando Musashi a perguntar-se o que a velha senhora tanto temia. Imaginando que talvez o tivesse tomado por bandoleiro, aproximou-se, espiou o interior do cesto e demonstrando maior gentileza ainda tornou:

— Ora, que beleza! Quantos brotos já surgiram por baixo destes arbustos secos! Não é para menos, a primavera já está aí. Vejo filipêndulas, brotos de nabo e de cotonárias em seu cesto. Para que as ervas, senhora?

A velha monja, apavorada, deixou o cesto cair e afastou-se correndo, chamando:

— Koetsu!

Atônito, Musashi ficou olhando o delicado vulto da monja em fuga.

À primeira vista, a campina era uma vasta extensão plana, mas uma observação cuidadosa mostrava ondulações em meio à planície. O vulto da idosa monja ocultou-se por trás de uma dessas ondulações.

Musashi deduziu que havia outras pessoas em sua companhia. De fato, viu vestígios de fumaça elevando-se das proximidades.

— Deixou cair as ervas, colhidas com tanto custo! — murmurou o jovem, recolhendo os brotos verdes e juntando-os no cesto. E com o intuito de provar a pureza de suas intenções, apanhou o pequeno cesto e seguiu a velha monja.

Logo a reviu. Como previra, não estava sozinha: duas outras pessoas a acompanhavam.

Os três eram por certo membros de uma única família e haviam escolhido um suave declive que os protegia do frio vento setentrional para estender um tapete ao sol. Sobre ele havia apetrechos para a cerimônia do chá, um cântaro e uma chaleira sobre um pequeno fogareiro. Aquelas pessoas tinham transformado o céu azul e a campina em aposento e a natureza em jardim para neles realizar um cerimonial do chá muito especial, demonstrando um gosto refinado.

UMA LIÇÃO DE VIDA

I

Dos dois homens ali presentes, um parecia ser o servo da família e o outro, o filho da idosa senhora em roupas de monja.

Por filho não se subentenda um adolescente: o homem teria seus 47 ou 48 anos. Tinha a aparência de um opulento fidalgo de pele branca luzidia, rosto rechonchudo e ventre roliço que ceramistas de Kyoto costumam reproduzir em seus bonecos. Koetsu[2] devia ser seu nome, já que a velha senhora havia pouco assim o chamara ao fugir esbaforida.

E por falar em Koetsu, havia um indivíduo com esse mesmo nome morando na rua Hon-ami, cuja fama estava por todo o país nos últimos tempos.

Boateiros diziam com inveja que tal homem recebia 200 *koku* de ajuda de certo conselheiro imperial, o *dainagon* Toshiie. Vivendo numa simples casa de mercador e recebendo extraoficialmente ajuda de custo tão vultosa, o homem tinha, só com isso, condições de viver em grande estilo. Mas Koetsu gozava ainda da consideração especial de Tokugawa Ieyasu, tinha trânsito livre pelo palácio imperial e pelas mansões da nobreza e, dizia-se, era tão respeitado nos meios políticos que mesmo os mais poderosos *daimyo*, ao passarem pela porta de seu estabelecimento, desmontavam para não parecer arrogantes.

Hon-ami Koetsu — assim o chamava o povo porque morava na rua Hon-ami — era descendente de uma antiga e tradicional família de polidores, afiadores e avaliadores profissionais de espadas. As três especialidades haviam feito a fama da família no início do xogunato Ashikaga e se perpetuou durante o período Muromachi, rendendo-lhe as boas graças das casas regentes Imagawa, Oda e Toyotomi, sucessivamente.

Além de hábil nessas especialidades, Koetsu desenhava bem, era bom ceramista e dominava a tradicional arte japonesa do *makie*.[3] Sobretudo tinha segurança em sua habilidade como calígrafo. No atual cenário em que brilhavam calígrafos — como Shoukado Shojo, da região de Otoyama Hachiman, lorde Karasumaru Mitsuhiro e lorde Konoe Nobutada, o famoso fundador do estilo Sanmyakuin —, Koetsu com eles disputava a primazia.

---

2. Hon-ami Koetsu (1558-1637): famoso artista plástico do início do período Edo. Cidadão de Kyoto, era calígrafo, pintor e também ceramista.

3. *Makie*: técnica artesanal japonesa das mais representativas, surgida no período Nara (710-784), consiste em desenhar espalhando ouro, prata ou corantes em pó sobre uma superfície laqueada.

A honrosa situação, no entanto, ainda não satisfazia por completo o próprio Koetsu. Prova disso era a seguinte história que corria pela cidade: certa vez Koetsu fora visitar lorde Konoe Nobutada, seu amigo íntimo. O referido lorde, um dignitário que exercia o imponente cargo de Ministro da Esquerda, descendia de uma poderosa família que, em tempos idos, detivera o título de Supremo Conselheiro Imperial. Apesar do cargo, o homem não era aparentemente mais um inútil e pomposo oficial como tantos outros. Sobre ele corria ainda uma história relacionada ao episódio da invasão da Coreia pelo Japão, no qual o excêntrico nobre declarara:

— Esta empreitada não pode ser levada a cabo por Hideyoshi sozinho. O destino da nação está em jogo e não posso ficar de fora como um simples espectador.

Em seguida, pedira com insistência ao imperador que lhe permitisse seguir para as linhas de frente.

Quando a história chegou aos ouvidos de Hideyoshi, diz-se que este comentara:

— Nada poderia representar maior desserviço ao país do que a inclusão desse nobre no meu projeto.

Interessante foi verificar que mais tarde o povo considerou a própria invasão da Coreia, levada a cabo por Hideyoshi, um dos maiores desserviços prestados por um líder ao próprio país.

Detalhes históricos à parte e voltando ao momento em que Koetsu visitava Konoe Nobutada em sua mansão, os dois homens trocavam ideias sobre a arte da caligrafia, tão agradável a ambos. Konoe então perguntara:

— Koetsu, se lhe pedissem para citar os três melhores calígrafos da atualidade, quem você elegeria?

Koetsu, com a prontidão dos que têm a resposta na ponta da língua, respondeu:

— Em segundo lugar, Vossa Senhoria. Em seguida, citaria Shoukado Shojo, mais conhecido como bonzo Takimoto, o fundador do estilo Takimoto.

Konoe Nobutada não compreendeu e pediu esclarecimentos:

— Você começou dizendo: "Em segundo lugar..." Mas quem é o primeiro?

Koetsu então respondeu com a maior seriedade, fitando o interlocutor nos olhos:

— Eu.

Assim era Hon-ami Koetsu. No entanto, Musashi duvidava que a dupla, mãe e filho, à sua frente, acompanhada de apenas um servo, fosse a família do famoso Koetsu, da rua Hon-ami: suas roupas, assim como os apetrechos para a cerimônia do chá, lhe pareceram modestos demais.

II

Koetsu segurava um pincel, e tinha sobre os joelhos um bloco com o esboço inacabado do córrego que corria pela campina. Nas folhas espalhadas ao redor havia diversos desenhos retratando a mesma correnteza, mostrando que o artista estivera praticando.

Koetsu voltou-se abruptamente.

— Que houve, senhora? — parecia dizer seu olhar tranquilo, transferindo-se da mãe, trêmula, semioculta atrás do servo, para Musashi, em pé à sua frente.

Tocado por esse olhar calmo, Musashi percebeu que o próprio espírito serenava. No entanto, estava longe de se sentir cordial com relação ao estranho, um tipo desconhecido para ele, inexistente em seu mundo. No entanto, o olhar do homem tinha um brilho profundo, generoso como as proporções do seu ventre, e sorria agora para Musashi com cativante amabilidade, do mesmo modo que sorriria para um velho amigo.

— *Rounin*-sama... — disse o desconhecido para Musashi. — Será que minha mãe cometeu algum deslize? Eu, que sou seu filho, já tenho 48 anos. Digo isso para lhe dar uma ideia aproximada da sua idade. Ela goza de boa saúde, mas nos últimos tempos vem-se queixando que a vista anda embaçada. Em nome dela, peço-lhe sinceras desculpas. Perdoe-nos!

Assim dizendo, Koetsu depositou pincel e bloco sobre o tapete e preparou-se para tocar o chão com as duas mãos numa reverência formal. Constrangido, Musashi viu-se agora forçado a esclarecer os motivos que o fizeram vir no encalço da velha senhora.

— Ora! — disse ele, pondo um joelho em terra e interrompendo rapidamente o cerimonioso gesto de Koetsu. — Então, o senhor é o filho desta anciã?

— Sim.

— Quem lhes deve desculpas sou eu. Embora não compreenda por quê, a senhora sua mãe assustou-se tanto ao me ver que fugiu, abandonando este cesto. Depois que ela se foi, olhei em torno e descobri espalhados no chão os brotos e as filipêndulas por ela colhidos com tanto cuidado. Quando considerei o esforço que ela teria despendido para encontrar estas verduras na campina seca, senti remorsos por tê-la assustado. Apanhei portanto as ervas, tornei a pô-las no cesto e as trouxe até aqui. Por favor, não se desculpe!

— Ah, então foi isso! — riu Koetsu, voltando-se agora para a mãe. — Ouviu, minha mãe? A senhora se enganou, não foi?

A idosa mãe, finalmente tranquilizada, veio saindo devagar de trás do servo e disse:

— Quer dizer, meu filho, que este *rounin*-sama não tinha intenção de nos fazer mal?

— Muito pelo contrário, senhora. Este guerreiro, apesar de sua pouca idade, é muito atencioso: teve a capacidade de comover-se com o esforço de uma pessoa idosa colhendo brotos num campo seco e deu-se ao trabalho de vir devolvê-los, minha mãe.

— Ora, essa! Agradeço a consideração, meu jovem! — disse a velha mãe, arrependida, curvando-se diante do embaraçado Musashi numa mesura profunda, quase tocando o rosto no terço do pulso. Depois riu com alegria, explicando ao filho:

— Pensando nisso agora, percebo que o ofendi. Mas é que, quando pus os olhos neste jovem *rounin*-sama, pareceu-me ver algo com forte cheiro de sangue e me senti arrepiar inteirinha de medo. Agora, porém, olhando bem para ele, vejo apenas uma pessoa normal. Que estranho!

Foi a vez de Musashi sobressaltar-se com a observação casual da anciã. Parecia despertar e se ver pelos olhos de um estranho.

III

Algo com forte cheiro de sangue — esta fora a expressão que a velha mãe de Koetsu usara para se referir à sua pessoa.

Ninguém percebe com clareza o cheiro do próprio corpo. Musashi, porém, deu-se conta subitamente da aura sinistra e do odor sangrento que deviam impregnar a própria sombra. A aguda sensibilidade da anciã levou-o a sentir vergonha de si mesmo, tão intensa como jamais experimentara na vida.

A comoção do jovem não passou despercebida a Koetsu.

— Jovem guerreiro! — disse o homem. Algo no samurai de cabelos secos, revoltos, de olhar penetrante, ferozmente em guarda a ponto de parecer cortante como uma lâmina, começava a despertar sua afeição. — Sente-se e descanse um pouco, caso não esteja com pressa. Isto aqui é realmente tranquilo. Fique em silêncio e será capaz de sentir sua alma dissolvendo no azul do céu.

A idosa mãe ajuntou:

— Vou colher mais algumas ervas e preparar-lhe um delicioso arroz com elas. Se gosta, posso também servir-lhe chá.

Perto desses dois, Musashi sentia-se abrandar: seu corpo parecia perder escamas, livrando-se um a um dos mortíferos espinhos que o cobriam, experimentava uma sensação de aconchego rara no meio de estranhos. Quase sem perceber, Musashi tinha descalçado as sandálias e se sentara sobre o tapete.

Aos poucos, em conversa informal, descobriu que a anciã se chamava Myoshu, dama de uma das mais finas famílias de Kyoto. Seu filho, Koetsu, era realmente o magistral artesão da rua Hon-ami, o famoso Hon'ami Koetsu do mundo artístico.

Hon'ami Koetsu era conhecido por praticamente todos os espadachins do país, mas Musashi descobriu que as pessoas à sua frente não se ajustavam à imagem preconcebida. Ele não conseguia livrar-se da sensação de que essas eram pessoas comuns, com quem cruzara por casualidade no meio de uma extensa campina. Não queria, àquela altura, deixar-se constranger pela consciência da fama, e abandonar o afeto e a familiaridade que começava a sentir por eles.

Myoshu perguntou ao filho enquanto aguardava a água ferver:

— Quantos anos teria esse jovem?

Koetsu respondeu à pergunta da mãe com o olhar voltado para Musashi:

— Aparenta uns 25 ou 26 anos, minha mãe.

Balançando a cabeça negativamente, Musashi o corrigiu:

— Tenho 22 anos.

A idosa mulher arregalou os olhos de espanto e o reexaminou:

— Tão jovem assim? Com essa idade, você poderia ser meu neto!

A seguir, inquiriu-o minuciosamente: de onde vinha? Os pais eram vivos ou mortos? Com quem aprendera a esgrimir?

O carinho e o interesse da anciã tiveram a capacidade de devolver Musashi à infância, transformando-lhe até o linguajar.

A vida de Musashi havia sido, até então, um contínuo perseverar em busca de disciplina, sem espaço para mais nada além de exercícios para tornar-se duro como o aço. Agora, porém, conversando com Myoshu, Musashi sentiu de chofre reviver, dentro do próprio corpo temperado por chuvas e ventos, a vontade de ser mimado, de deitar-se no tapete e apoiar a cabeça nos joelhos da idosa senhora.

Mas como poderia ele?

Tudo sobre o tapete — a começar por Myoshu e Koetsu, e terminando na pequena chávena — parecia pertencer à natureza e se dissolver na imensidão azul, voar com os pássaros da campina, desfrutar esse momento de prazer. Nesse meio, somente ele, Musashi, destoava como um enteado indesejado, relegado a um canto do ambiente familiar, uma presença pouco natural.

IV

O desconforto nem era tanto enquanto conversavam, pois o diálogo o aproximava das pessoas sobre o tapete e o deixava à vontade.

Passados instantes, porém, Myoshu calou-se, atenta à água da chaleira, e Koetsu apanhou o pincel, dando-lhe as costas. Sem ter ninguém com quem conversar e desconhecendo qualquer tipo de entretenimento, restou a Musashi apenas o tédio e a dolorosa consciência da própria solidão.

"Que pode haver de agradável em sair para um campo seco nos primeiros dias da primavera e passar frio?"

O modo de vida da dupla lhe pareceu um enigma.

Se tinham por objetivo colher ervas e brotos, melhor lhes seria esperar um pouco mais: em breve o frio abrandaria, as pessoas sairiam às ruas, a campina se encheria de flores. Se pretendiam apreciar um bom chá, não havia por que transportar chaleira e chávenas para o campo e passar desconforto: afinal, pertenciam à tradicional família Hon'ami e em sua residência haveria com certeza um belo aposento especialmente projetado para cerimônias do chá, com vista e jardim excepcionais.

"Koetsu teria vindo desenhar?", chegou a pensar Musashi, contemplando as largas costas do homem entretido em seu trabalho.

Inclinou-se de leve para um lado e espiou: como há pouco, o artista continuava a esboçar o riacho.

A pouca distância dali, o córrego corria sinuoso entre arbustos secos. Koetsu, esquecido de tudo, tentava representar essa correnteza em traços, mas apesar do esforço a imagem surgida no papel por intermédio da tinta nada havia capturado. Eis porque Koetsu repetia o mesmo esboço dezenas de vezes, decidido a parar somente quando lograsse retratar o regato.

"Ah! Não é nada fácil pintar!", deu-se conta Musashi de repente, fascinado com o trabalho do artista, encontrando um lenitivo para o próprio tédio.

"No momento em que, com o oponente posicionado além da ponta da espada, perco a noção de mim mesmo, quando sinto que o universo e eu perfazemos uma unidade, ou melhor, quando perco a própria noção de sentir alguma coisa, nesse exato instante minha espada terá golpeado o inimigo certeiramente. O senhor Koetsu não consegue desenhar o riacho de modo satisfatório porque ainda contempla a água como um inimigo. Ele próprio tem de ser a água", raciocinou Musashi. Longe da esgrima, nada existia para ele.

Compreendia vagamente as dificuldades da pintura ao compará-las com as da esgrima. Mas o que continuava sem compreender era por que Myoshu e Koetsu pareciam tão satisfeitos. Os dois ainda permaneciam em silêncio, de costas um para o outro, mas o jovem considerava enigmática a aparentemente inesgotável a capacidade dos dois de extrair prazer desse dia.

"É porque não têm mais o que fazer na vida", resolveu Musashi, de modo simplista. "Como pode esta gente passar o tempo apenas desenhando e apreciando o chá numa época tão atribulada quanto a nossa? Essas pessoas pertencem a outro mundo, desconhecido para mim. Fazem parte de uma classe social privilegiada, que consegue viver à margem do tempo, à custa de uma herança administrada com cuidado."

Aos poucos, o tédio convidava à lassidão. Mal detectou seus primeiros sinais, a permanência no local tornou-se insuportável para Musashi, que considerava o ócio um veneno e policiava-se constantemente contra ele.

— Agradeço a gentil acolhida — disse Musashi, começando a calçar as sandálias. O agradecimento, dito no tom de alguém que, de súbito, percebeu ter perdido um tempo precioso, soou forçado.

— Oh, já se vai? — perguntou Myoshu, surpresa. Koetsu voltou-se calmamente e disse:

— Para que tanta pressa? Estamos mal instalados, é verdade, mas, como vê, minha mãe vigia com carinho a água da chaleira porque pretendia oferecer-lhe um chá. Fique um pouco mais. De tudo que o ouvi contando a ela, você deve ser o homem que duelou esta manhã com o herdeiro dos Yoshioka, nos campos do templo Rendaiji. "Nada sabe melhor que o chá depois de uma batalha", diz sempre o *dainagon* Konoe Nobutada, assim como lorde Tokugawa Ieyasu. Chá é o fortificante da alma; nada melhor que o chá para fortalecer o espírito. E eu acredito que a ação tem origem na inação. Fale. Eu lhe faço companhia.

V

Koetsu então sabia do duelo que acabara de travar nessa manhã com Yoshioka Seijuro nos campos do templo Rendaiji! E mesmo sabendo, o homem permanecera tranquilo, como se tudo não passasse de um acontecimento banal!

Musashi considerou mãe e filho com outros olhos, reavaliando-os. Recompôs-se a seguir e disse:

— Nesse caso, aceitarei o chá antes de seguir caminho.

Koetsu, satisfeito, comentou:

— O que tenho a lhe oferecer talvez não valha o seu tempo. Mesmo assim...

Guardou o material de pintura numa caixa, tampou-a e a depositou sobre os papéis desenhados para evitar que voassem.

A caixa recoberta de ouro, prata e madrepérola nas mãos de Koetsu brilhou de repente como o corpo de um besouro, ferindo o olhar de Musashi e fazendo-o curvar-se para observar melhor.

O jovem notou que a caixa em *makie*, agora sobre o tapete, nada tinha de espalhafatoso. O artista havia composto uma delicada miniatura do suntuoso palácio Momoyama, um trabalho sem dúvida gracioso. O que mais chamava a atenção, no entanto, era a pátina aplicada ao trabalho, que lhe dava um aspecto nobre e uma aparência de mil anos de uso.

Musashi não se cansava de contemplar o objeto.

O pequeno artesanato lhe pareceu belo, mais que o céu e a natureza da campina. A simples contemplação exercia um efeito calmante.

— A caixa o agradou? É uma modesta obra minha.

Musashi espantou-se:

— Como? Domina também a arte do *makie*?

Koetsu apenas sorriu em silêncio. Parecia estar zombando no íntimo do jovem que via beleza maior num artefato que na própria natureza. "Mais um provinciano", dizia o sorriso condescendente.

Alheio ao fato de que do alto de sua maturidade Koetsu o julgava com tanto rigor, o jovem Musashi insistiu, incapaz de desviar o olhar:

— É um trabalho maravilhoso!

Koetsu tornou:

— Disse-lhe há pouco que a caixa era uma modesta obra minha. Mas os versos são de autoria de Konoe Nobutada-sama, que os escreveu de próprio punho. De modo que talvez deva defini-la como uma obra conjunta.

— Quando diz Konoe Nobutada-sama, refere-se ao descendente do supremo conselheiro imperial?

— Sim, o filho do famoso lorde Ryuzan.

— Um tio meu, na verdade o marido de minha tia, trabalha há muitos anos para a casa Konoe.

— Como se chama ele?

— Matsuo Kaname.

— Ora, conheço muito bem o senhor Kaname. Vou com frequência à casa Konoe e ele me atendeu em diversas oportunidades. Em outras, teve a gentileza de vir até minha casa.

— Realmente?

— Senhora minha mãe! — chamou Koetsu voltando-se para Myoshu, pondo-a a par do detalhe e acrescentando. — Que mundo pequeno, não é mesmo?

— Não me diga! Então, este jovem é sobrinho do senhor Kaname por parte da mulher! — admirou-se Myoshu. Afastou-se a seguir do fogareiro tipicamente pequeno das cerimônias do chá, aproximou-se dos dois homens e fez uma graciosa reverência dando início à cerimônia.

A anciã de quase setenta anos demonstrava perfeita familiaridade com a etiqueta do chá. Seus gestos eram naturais e tudo em sua pessoa, a começar pelo preciso movimento dos seus dedos, era essencialmente feminino, suave e belo.

Musashi, o provinciano, sentou-se formalmente, imitando Koetsu. Um doce num prato de madeira foi depositado na frente dos rígidos joelhos do jovem. O doce era um simples *manju*, mas repousava sobre uma folha verde, inexistente na campina seca.

VI

Da mesma forma que na esgrima existiam as diversas posições e as regras de procedimento, o cerimonial do chá também era rígido, Musashi ouvira dizer.

E agora, observando Myoshu com atenção, ele considerou suas maneiras soberbas.

"Não vejo brechas em sua postura", pensou Musashi, interpretando-a uma vez mais à luz da esgrima.

Quando um magistral espadachim se põe em pé, empunhando sua espada, sua aparência distancia-o dos simples mortais. E Musashi percebia a mesma impressionante solenidade na figura dessa anciã de quase setenta anos preparando o chá.

"Caminhos... A essência da arte... Todas as coisas assumem idênticas formas quando atingem a excelência", pensou, contemplando embevecido os gestos da idosa mulher.

Logo, porém, caiu em si e percebeu que haviam depositado à sua frente uma chávena sobre um pequeno retalho quadrangular de crepe.[4] Musashi nunca havia participado de uma cerimônia do chá e hesitou, sem saber como segurar a chávena ou beber o chá.

A chávena era tosca, desgraciosa como uma tigela de barro moldada por uma criança. No entanto, dentro dela, a espuma do chá tinha um tom verde escuro mais profundo e sereno que o céu.

Musashi voltou-se em silêncio para observar Koetsu. Este já comia o seu confeito. Apanhou em seguida a chávena, envolveu-a com as duas mãos — como se estivesse aquecendo-as numa noite fria — e esgotou o seu conteúdo com dois ou três goles.

— Senhor Koetsu — disse Musashi, tomando coragem –, sou apenas um rústico guerreiro. Para ser sincero, jamais participei deste tipo de cerimônia. Não conheço as regras e nem sei como tomar o chá.

Ao ouvir isso, Myoshu voltou um olhar gentil em que havia uma leve censura e disse carinhosamente, como se falasse a um neto:

---

4. No original, *fukusa*: retalho de crepe quadrangular medindo 27 x 29 cm, usado durante a cerimônia do chá para limpar os utensílios ou como descanso de chávenas.

— Que é isso! Não existem regras na cerimônia do chá. Falar delas é pura impertinência, é falsa intelectualidade. Se você é um rude guerreiro, tome o chá como um rude guerreiro.

— Realmente?

— A arte do chá não consiste em etiqueta. Boas maneiras são uma questão mental. O mesmo se dá na esgrima, não é verdade?

— Sim, senhora.

— Não desperdice tempo pensando em boas maneiras ou perderá a oportunidade de saborear o chá. Se esta situação fosse transposta para a esgrima, seu corpo se enrijeceria e impediria a livre comunicação do espírito com a espada, não é verdade?

— Sim!

Cabisbaixo, Musashi esperou as próximas palavras da idosa mulher. Myoshu no entanto soltou uma risada cristalina e desculpou-se:

— Que digo eu! Nada sei de esgrima!

— Muito obrigado, senhora! Vou me servir — disse Musashi. Ele desfez a postura formalizada que lhe provocava dores nas pernas e sentou-se como um guerreiro, cruzando os pés. Apanhou a chávena, tomou a infusão de um só gole e repôs o recipiente vazio sobre o retalho, descontraído como se estivesse tomando o chá habitual, depois de uma refeição.

"Amargo!", pensou. Não podia dizer que apreciara o sabor, nem por delicadeza.

— Quer que lhe sirva outra chávena? — perguntou Myoshu.

— Não, muito obrigado.

Tanto alvoroço por aquilo? Que havia de mais nesse líquido amargo? Por que o serviço era objeto de sérias considerações e provocava comentários do tipo "gosto refinado", "requinte da simplicidade", e dava origem a termos como "cerimonial do chá"?

Musashi não conseguia compreender, mas nem por isso se sentia capaz de ir embora desprezando aquelas duas pessoas que desde o início haviam atraído sua atenção pela estranheza do seu comportamento. Se a cerimônia do chá fosse realmente apenas o que ele próprio fora capaz de perceber, não havia razão alguma para que sua prática, iniciada no período Higashiyama[5], houvesse atravessado todos esses anos e se desenvolvido como uma nova expressão

---

5. Período Higashiyama: uma das diversas maneiras de se referir a determinados anos do período Muromachi, quando o país vivia sob o domínio do xogunato Ashikaga. A denominação se deve ao fato de haver o então xogum Ashikaga transferido (1483) sua residência para o monte Higashiyama (atual templo Ginkakuji), passando a ser conhecido como o Senhor de Higashiyama. Neste período historicamente marcante na cultura do país, floresceram diversas artes como o teatro nô, o chá, o arranjo floral, o paisagismo na formação de jardins, etc.

cultural até o presente estágio. Sobretudo, jamais haveria de receber a proteção e o apoio de personalidades como Hideyoshi e Ieyasu.

Yagyu Sekishusai buscara refúgio nesse caminho em sua velhice. Pensando melhor, o próprio monge Takuan referia-se constantemente à cerimônia.

Em silêncio, Musashi voltou a contemplar a chávena sobre o retalho de crepe.

VII

Enquanto contemplava a chávena à sua frente pensando em Sekishusai, Musashi lembrou-se de chofre do galho de peônia cortado pelo idoso suserano.

Não! Não era a flor, a peônia branca — era o corte no galho! O estremecimento, o arrepio que sentira naquele momento!...

"Que é isso?" Partindo da chávena, algo violento atingiu-lhe o espírito, a ponto de fazê-lo imaginar que dissera as palavras em voz alta.

Estendeu a mão, depôs a chávena sobre as pernas dobradas, e contemplou-a de perto, quase a envolvendo nos braços.

— ...?

O jovem já não parecia o mesmo: seu olhar febril examinava minuciosamente o fundo da chávena, os sinais deixados pela espátula no recipiente.

"As marcas que a espada de Sekishusai deixou no galho da peônia — a agressividade destas marcas, deixadas pela espátula do artista quando recortou a argila... São expressões artísticas refinadas, produzidas por pessoas incomuns!"

Seu peito parecia inchar aos poucos e sufocá-lo. Não era capaz de explicar a razão. Quando muito, podia dizer que sentia o poder de uma habilidade magistral ali oculto. Sensações que dificilmente conseguiria exprimir em palavras vinham penetrando em sua alma, silenciosas, comoventes. E Musashi, mais que qualquer um, possuía a capacidade de perceber tais sensações, não restava dúvida.

"Quem terá sido o artesão?"

Tomou-a nas mãos e não se sentiu capaz de separar-se dela. Não se conteve e perguntou:

— Senhor Koetsu: como eu disse há pouco, nada entendo de cerâmica. Mas esta chávena deve ser obra de um grande artesão...

— Acha? Por quê?

As palavras de Koetsu eram suaves, como a expressão do rosto. Seus lábios eram grossos, mas sabiam sorrir, charmosos como os de uma mulher. Os olhos, rasgados, ligeiramente caídos nas extremidades, eram graves, mas apresentavam rugas que lhe imprimiam um ar trocista.

— É difícil explicar. Apenas senti que assim era.

— Mas deve ter visto ou sentido algo. Explique-me isso — disse Koetsu, com maldosa insistência.

— Bem... — disse Musashi, pensativo. — Tentarei explicar, embora não esteja certo de conseguir. Este sinal vigoroso deixado pela espátula na argila...

— Hum! — fez Koetsu, limpando a garganta. O artista, certo de que seu interlocutor pouco entendia de arte, o havia menosprezado. Mas agora percebeu que, contrariamente ao conceito que dele fazia, iria ouvir um comentário nada desprezível. Os lábios grossos, gentis como os de uma mulher, descreveram um brusco movimento e se apertaram, severos:

— E que acha o senhor das marcas deixadas pela espátula? — inquiriu.

— Contundentes!

— Só isso?

— Não, é mais complexo que isso. O artista deve ser um indivíduo audacioso.

— Que mais?

— Esta chávena lembra uma espada saída das mãos de um forjador de Soshu[6]: cortante até o fim, mas ainda assim envolta em graciosidade. De um modo geral, ela transmite a impressão de ser rústica, mas é elegante, tem um ar soberbo, majestoso, parece até desdenhosa em certo aspecto.

— Hum!... Muito interessante.

— De modo que, em minha opinião, o criador desta peça deve ser um indivíduo complexo, difícil de ser decifrado. Seja como for, é, sem dúvida, um artista magistral. Perdoe a indiscrição, mas diga-me: quem foi o artesão que criou esta peça de cerâmica?

Koetsu então descontraiu os lábios que lembravam grossas bordas de uma taça de saquê, e riu, quase babando:

— Fui eu! Eu a fiz, como um passatempo!

VIII

Koetsu era maldoso, sem dúvida: permitira que Musashi criticasse sua obra à vontade, para só então revelar que era ele o autor. Mais maldoso ainda estava sendo por não deixar o jovem perceber que se divertira às suas custas. Levando-se em consideração, porém, que Koetsu tinha 48 anos e Musashi apenas 22, a diferença nas idades em parte explicava por que Musashi nem de leve se sentira testado. Ao contrário, chegou a pensar honestamente

---

6. Soshu: antiga denominação de boa parte da atual província de Kanagawa.

impressionado: "Como? Este homem foi capaz de criar esta obra?! Nunca me passou pela cabeça que ele fosse o autor desta chávena!"

Espantou-o a versatilidade de Koetsu e, mais ainda, chegou a sentir algo inquietante nesse indivíduo de aparência rústica como a da chávena, mas profundamente humano.

Tentou sondar a profundeza dessa personalidade apelando para a lógica da esgrima, de que muito se orgulhava. No entanto, logo percebeu que seus conhecimentos não serviriam de parâmetro.

Quando se sentia assim, Musashi tornava-se totalmente vulnerável. Era de sua natureza curvar-se com humildade, entrevendo a própria imaturidade, transformando-se num simples jovem acanhado, rígido na presença do experiente adulto.

— Vejo que sabe apreciar uma cerâmica. Aliás, é capaz de analisar a fundo uma obra — observou Koetsu.

— Pelo contrário, não entendo absolutamente nada do assunto. Apenas conjecturei a esmo. Desculpe-me se fui impertinente, por favor.

— É natural que não entenda. Esta arte não é simples, exige que o artista empenhe toda sua vida para criar uma única chávena valiosa. Noto, contudo, que você tem uma sensibilidade aguda que o faz compreender a arte. Deve tê-la desenvolvido naturalmente por causa da esgrima.

Musashi também subira no conceito de Koetsu como ser humano.

O tempo passava sem que o jovem disso se desse conta. Logo, o servo retornou trazendo mais algumas ervas da campina. Myoshu preparou o arroz, levou as ervas ao fogo e as temperou, servindo-as em pratos também produzidos por Koetsu, ao que parecia; abriu um pote de saquê fino e deu início a uma frugal refeição campestre.

A refeição, leve como apreciam os cultores da arte do chá, tinha sabor excessivamente suave para o gosto de Musashi. Seu físico robusto pedia alimentos gordurosos e temperos fortes.

Empenhou-se no entanto em apreciar as ervas e o nabo de paladar suave, pois já percebera que tinha muito a aprender, tanto de Myoshu quanto do filho Koetsu.

Em seu rastro, porém, podiam a qualquer momento surgir os discípulos da academia Yoshioka, buscando vingar o mestre. Inquieto, Musashi passou a vigiar com atenção a campina.

— Senhora, apreciei a refeição que me serviu. Sigo porém meu caminho, não por pressa, mas porque os discípulos do meu oponente são capazes de vir ao meu encalço e enredá-los numa situação perigosa. Eu os verei de novo, caso a sorte permita.

Acompanhando Musashi, que já se erguera, Myosbu disse:

— Venha ver-nos qualquer dia à rua Hon'ami.

Koetsu acrescentou, às suas costas:

— Senhor Musashi, espero sua visita em outra ocasião. Conversaremos então com mais calma.

— Irei sem falta — prometeu Musashi.

Na extensa campina não vislumbrou nenhum dos discípulos Yoshioka. Musashi voltou-se uma vez mais e contemplou o pequeno mundo sobre o tapete, onde Myoshu e Koetsu se entretinham.

Seu próprio caminho era árido, estreito, sempre reto. Nem havia como compará-lo ao mundo amplo e luminoso em que Koetsu se divertia.

Musashi prosseguiu em silêncio rumo ao extremo da campina, passo a passo, cabisbaixo, do mesmo modo como chegara até ali.

A VIAGEM NOTURNA

I

— Que papelão fez o herdeiro dos Yoshioka! Bem feito, estou bebendo a isso! Eu o tinha mesmo atravessado na garganta!

A taberna ficava na periferia da cidade, num vilarejo onde viviam criadores de gado. O aposento de terra batida, impregnado de cheiro de cozidos e fumaça, já estava na penumbra, mas do lado de fora o sol poente incendiava o céu e avermelhava a estrada, cada movimento das cortinas da entrada deixando entrever à distância silhuetas de corvos voejando como fagulhas negras em torno da torre do templo Toji.

— Vamos, beba!

O grupo que jantava em torno de uma mesa era composto de três ou quatro pequenos mercadores. Além deles, encontravam-se ali ainda um solitário peregrino *rokubu*[7] comendo em silêncio e um grupo de trabalhadores braçais rodando moedas sobre o balcão e apostando um trago, de modo que o acanhado aposento se achava lotado.

— Taberneiro! Está tão escuro aqui dentro que quase tomei o trago pelo nariz! — reclamou um dos homens.

— Pronto, pronto, já vou! — respondeu uma voz perto do braseiro. Logo, uma labareda se ergueu e clareou a taberna. Contrastando com a noite que aos poucos caía lá fora, o interior do aposento se destacava, avermelhado.

— Sinto raiva só de lembrar! Eles me deviam o carvão, a lenha e os pescados desde o ano retrasado. E não era pouco, já que eu abastecia a academia inteira. Pois no último dia do ano passado, lá fui eu de novo, realmente disposto a cobrar. E não é que os discípulos da academia nos puseram, a mim e aos outros cobradores, para fora dos portões com um monte de explicações esfarrapadas?

— Calma, calma, não se irrite. Aqui se faz, aqui se paga: o episódio de Rendaiji lavou nossas almas, nos vingou.

— Vocês estão enganados: a esta altura, já não estou irritado, estou é muito feliz.

---

7. No original, *rokubu*: abreviatura de *rokujurokubu*, ou 66 lugares, literalmente. Monge budista andarilho que peregrinava pelo país com o objetivo de depositar uma cópia do Sutra do Lotus Sagrado em 66 locais santos. O hábito tem início no final do período Kamakura. A partir do período Edo, leigos — homens e mulheres estranhos ao mundo religioso — passaram a realizar o mesmo tipo de peregrinação vestidos de modo semelhante ao dos monges, com o objetivo de rezar pela própria felicidade no outro mundo. Tocando gongos e guizos, ou ainda carregando às costas santuários em miniatura, esses fiéis andavam mendigando de casa em casa.

— Mas, a crer no que dizem, Yoshioka Seijuro sofreu uma derrota vergonhosa!

— Não que Seijuro seja fraco. Pelo jeito, esse tal Musashi é que é bom demais, incrivelmente competente.

— Dizem que com apenas um golpe ele inutilizou um dos braços de Seijuro, não sei se o esquerdo ou o direito. O mais espantoso é que ele se valeu de uma simples espada de madeira.

— Você esteve lá?

— Não pessoalmente, mas foi assim que aconteceu, de acordo com as pessoas que estiveram no local. Seijuro voltou sobre uma prancha, carregado pelos discípulos. Parece que vai se salvar, mas ficará aleijado para o resto da vida.

— E o que vão fazer, daqui para a frente?

— Os discípulos estão furiosos e dizem que vão acabar com Musashi de qualquer jeito, para não ter de fechar a academia. Mas o único capaz de enfrentar um homem que nem Seijuro conseguiu vencer é o mais novo dos Yoshioka, Denshichiro. Dizem os boatos que os discípulos o procuram feito loucos.

— Denshichiro é o irmão mais novo de Seijuro?

— Pelo jeito, ele é muito mais hábil que o mais velho. Mas é caçula, irresponsável. Com ele ninguém pode: enquanto teve dinheiro para gastar nem aparecia na academia. Agora, usa a influência do nome Kenpo, de parentes e amigos, e vive de favor na casa dos outros.

— Os dois se merecem. Como é que um fidalgo ilustre como mestre Kenpo foi ter uma família dessas?

— Prova de que a linhagem não faz o homem.

A claridade que o braseiro provia começou a enfraquecer outra vez. Perto do fogo havia mais um homem que dormitava fazia algum tempo, recostado na parede. O taberneiro evitara incomodá-lo porque o sabia bastante embriagado, mas como as fagulhas lhe alcançavam cabelos e pernas toda vez que alimentava o fogo, advertiu:

— Patrão, afaste o banquinho um pouco, por favor, ou acabará com a barra do quimono queimada.

O homem entreabriu pesadamente os olhos congestionados pelo calor do fogo e da bebida, mas apenas resmungou:

— Huh? Já sei, sei muito bem, mas me deixa em paz!

E ali permaneceu, sem ao menos descruzar os braços ou tentar erguer-se. Estava mal-humorado, com forte ressaca.

Um olhar para o rosto viciado, de têmporas riscadas de veias azuis, revelou: o homem era Hon'i-den Matahachi.

II

O episódio ocorrido no campo do templo Rendaiji era o assunto do momento não só ali, mas em toda parte.

À medida que a fama de Musashi aumentava, Hon'i-den Matahachi sentia-se cada vez mais deprimido. Se possível, queria poder não ouvir o nome do amigo até dar um jeito na própria vida, mas nem lhe adiantava tapar os ouvidos porque o assunto surgia onde quer que se formasse um pequeno ajuntamento. E por mais que bebesse, não conseguia espantar o confuso sentimento, misto de inveja e mágoa, que lhe ia no íntimo.

— Taberneiro, serve-me mais um gole. Não precisa esquentar! E despeja nessa taça grande.

— Tem certeza, senhor? Olhe que já está bastante pálido.

— Deixa de besteira. Sou pálido por natureza!

Quantas vezes havia emborcado a taça? Tantas que Matahachi — e o próprio taberneiro — já tinha perdido a conta.

Esvaziada a taça, tornava a cruzar os braços e a se recostar na parede, em silêncio. Mas apesar da quantidade consumida e do fogo a seus pés, o rosto continuava esverdeado, provando que a bebida lhe fazia mal nessa noite.

"Um dia chego lá, vão ver! Ninguém estabeleceu que a espada é o único caminho para o sucesso. Posso ficar rico, ganhar um título, ou até me tornar um *yakuza*: importa apenas conseguir destaque, ser alguém no ramo que se escolheu. Tanto Musashi como eu temos apenas 22 anos. Poucas são as pessoas que ficam famosas na juventude e continuam a crescer vida afora. Elas acabam ficando convencidas, acham que são geniais, e param de crescer. E quando chegam à casa dos trinta, todos se dão conta de que esses falsos gênios nada mais são do que homens imaturos, que se esqueceram de crescer. Esse é o destino de todos eles."

Embora Matahachi não quisesse ouvir falarem mal do amigo, ele se remoía com seu sucesso. E assim, viera de Osaka a Kyoto logo depois de ouvir os boatos do duelo, não porque tivesse alguma coisa a fazer na cidade, mas porque Musashi o incomodava, e porque queria saber as últimas notícias.

"Deixe estar: ele vai levar o troco qualquer dia desses se continuar a se achar grande coisa. Os Yoshioka também têm discípulos magistrais, como os componentes do grupo que se autodenomina 'Os Dez Mais' da academia, sem falar no irmão mais novo, Denshichiro."

E enquanto rezava para ver o nome de Musashi arrastado na lama, Matahachi procurava no ínterim a estrela da sorte que devia brilhar sobre a própria cabeça.

— Que sede!

Levantou-se cambaleando da beira do fogo e se amparou na parede. Todos na taberna voltaram-se para observá-lo. Matahachi aproximou-se de uma tina de água, encheu uma concha e bebeu avidamente, quase mergulhando a cabeça dentro do recipiente. Em seguida, jogou a concha no chão, afastou as cortinas e foi para fora, trôpego.

O taberneiro, que apenas o contemplara em atônito silêncio, caiu em si assim que o vulto desapareceu além das cortinas.

— Patrão, por favor! — gritou, indo-lhe atrás. — Acho que se esqueceu de me pagar!

Os demais espiavam pela cortina, esticando os pescoços. Matahachi parou e voltou-se, equilibrando-se precariamente:

— Que disseste?

— O senhor se esqueceu, não foi, patrão?...

— Não esqueci nada na taberna.

— A conta, patrão — insistiu o taberneiro, com uma risadinha melíflua. — Ainda não recebi o valor do que bebeu, patrão.

— Ah! A conta...

— Por favor.

— Não tenho dinheiro.

— Quê?!

— Que maçada! Eu o tinha até bem pouco tempo atrás, mas agora, não tenho mais.

— Como é? Não me digas que bebeste tudo aquilo sabendo que não tinhas dinheiro!

— Ca... cala a boca, insolente! — berrou Matahachi. Apalpou as dobras internas do quimono e as mangas, extraiu uma pequena caixa de remédios e a atirou no rosto do taberneiro. — Não reparaste nas duas espadas à minha cintura? Pois fica sabendo que não decaí a ponto de fugir sem pagar uma conta. Isso deve cobrir o que bebi e ainda sobrar. Fica com o troco, desaforado!

III

Ninguém havia conseguido identificar o objeto lançado por Matahachi. Atingido no rosto, o taberneiro o cobriu com as duas mãos e gritou: — Ai!

Os fregueses que espiavam por trás da cortina indignaram-se ao ver isso:

— Sujeitinho sem-vergonha!

— Caloteiro!

— Vamos acabar com ele! — gritaram, saindo todos juntos da taberna. Estavam todos em diferentes graus de embriaguez, e não há quem odeie caloteiros de taberna mais que um beberrão.

— Se não dissermos nada, esse sujeito vai acabar mal acostumado. Ó, estúpido, paga a conta!

Os homens cercaram Matahachi:

— Gente da tua laia deve fazer a ronda das tabernas, aplicando sempre o mesmo golpe. Se não tens com que pagar, bota aqui a tua cabeça para gente poder socá-la, um de cada vez.

Matahachi buscou proteção no cabo da espada e esbravejou:

— Quê? Vão bater em mim? Essa é boa, experimentem! Sabem com quem falam, bando de idiotas?

— Com um rebotalho, um *rounin* sem-vergonha, mais covarde que um mendigo, mais descarado que um ladrão! E daí?

— Ah, é? — disse Matahachi, sobrancelhas crispadas no rosto esverdeado, mirando os homens com ferocidade. — Pois vão cair para trás de espanto quando souberem quem sou.

— Por que acha que nos espantaríamos, homem?

— Porque Sasaki Kojiro é meu nome, Ito Ittosai é meu colega veterano e pratico o estilo Kanemakiryu, ouviram bem?

— Ah-ah, não me faças rir. Para de repetir esse refrão que ouviu não sei onde e passa para cá o dinheiro que deves ao taberneiro — disse um homem, estendendo a mão e aproximando-se.

Matahachi arrancou a espada da bainha e gritou em resposta:

— Se a caixa de remédios não foi suficiente para cobrir a conta, toma isto também!

E decepou de golpe a mão do homem.

Um berro estridente se seguiu. Os frequentadores da taberna — até agora seguros de que as palavras de Matahachi não passavam de simples ameaça — descontrolaram-se ao ver sangue e bateram em confusa retirada, cabeças e traseiros chocando-se na pressa, gritando apavorados:

— Ele sacou a espada!

Matahachi brandiu a arma acima da cabeça e gritou, com um súbito brilho sóbrio no olhar:

— E agora, repitam o que disseram! Voltem cá, vermes! Sasaki Kojiro vai lhes mostrar a habilidade. Voltem cá, que me devem os pescoços!

Sozinho, em pé no lusco-fusco, agitou a espada e continuou por algum tempo a esbravejar que era Sasaki Kojiro, mas já não havia mais ninguém para ouvi-lo. Nem corvos voejavam mais no céu, onde a noite aos poucos se insinuava.

Matahachi voltou a cara para o alto e riu, como se sentisse cócegas, mostrando os dentes brancos. No instante seguinte, um véu de tristeza caiu sobre o seu rosto, deixando-o crispado, prestes a romper em lágrimas. Com gestos inseguros devolveu a espada à bainha e pôs-se a caminho, cambaleante.

A pequena caixa de remédios lançada contra o taberneiro, e por ele abandonada na pressa de fugir, brilhava à luz das estrelas na beira do caminho.

Era uma caixa simples, de ébano com incrustações de madrepérola, e não parecia especialmente valiosa. No escuro, as incrustações faiscavam como um bando de pirilampos de estranha beleza.

— Que é isso? — murmurou o peregrino *rokubu*, saindo da taberna e apanhando a caixinha. Estava com pressa, mas retornou até o alpendre e examinou com cuidado as incrustações e o cordão da caixinha à luz da casa.

— Mas... É a caixa de remédios do meu amo! Faz parte dos pertences de Kusanagi Tenki-sama, que teve uma morte tão indigna no canteiro de obras do castelo Fushimi! Aqui está o nome no fundo da caixa: Tenki.

Ato contínuo, o peregrino correu atrás de Matahachi, ansioso por não perdê-lo de vista.

IV

— Sasaki-sama, Sasaki-sama!

Alguém chamava às suas costas, mas claro, não era com ele. Aos ouvidos do embriagado Matahachi, o nome não despertava lembranças.

Da rua Kujo, Matahachi andou em direção ao fosso do castelo. Era a própria imagem do homem sem rumo.

O peregrino apressou os passos e, aproximando-se de Matahachi, agarrou-lhe a bainha da espada e o deteve.

— Espere um pouco, senhor Kojiro.

Matahachi voltou-se com um sonoro "Eh?", misto de interrogação e soluço:

— É comigo?

— Seu nome é ou não Sasaki Kojiro? — perguntou o peregrino. Havia um brilho severo em seu olhar.

No rosto de Matahachi a embriaguez pareceu aos poucos se dissipar.

— Sasaki Kojiro sou eu — respondeu Matahachi. — E se sou, que quer comigo?

— Quero perguntar-lhe algumas coisas.

— Que... Que coisas?

— Onde obteve esta caixa de remédios?

— Caixa de remédios?

A sobriedade estava voltando, definitivamente. O rosto atormentado do samurai peregrino que morrera linchado no canteiro de obras do castelo de Fushimi surgiu em vislumbres em torno de Matahachi.

— Vamos, diga-me onde a obteve. Como é que a caixinha está em seu poder, senhor Kojiro? — insistiu o peregrino, rígido. Aparentava 26 ou 27 anos e tanto pela idade como pelo aspecto não era um peregrino comum, do tipo conformado que destina o resto da vida a visitar templos.

— Quem é você, afinal? — perguntou Matahachi, um pouco mais sóbrio.

— Isso não importa. Diga-me apenas onde obteve a caixa de remédios.

— Que história é essa de "onde obteve"? Ela sempre foi minha!

— Não minta! — disse o peregrino, que mudou de tom repentinamente. — É melhor dizer a verdade ou poderá sofrer sérias consequências.

— Mas é a pura verdade, asseguro-lhe!

— Quer dizer que pretende prosseguir com a farsa!

— Farsa? Como ousa? — continuou Matahachi a blefar vigorosamente.

— Ainda insiste, falso Kojiro?

Mais ligeiro que as palavras, o bastão de carvalho de quase 130 centímetros empunhado pelo peregrino cortou o ar com um zumbido. Embora precariamente, o instinto funcionou e Matahachi conseguiu esquivar-se. Mas o corpo encharcado de saquê continuava entorpecido, e o levou a dar alguns passos cambaleantes e cair sentado. Ergueu-se contudo com admirável prontidão, deu as costas ao peregrino e saiu correndo. A rapidez da fuga surpreendeu o peregrino: o homem jamais imaginara que Matahachi pudesse reagir com tanta presteza no estado de embriaguez em que se encontrava.

— Miserável! — gritou, pondo-se no encalço e lançando o bastão contra o vulto em fuga enquanto corria.

Matahachi encolheu o pescoço. O bastão passou zumbindo ao lado da orelha. Aquilo já era demais, pensou ele, redobrando a velocidade, saltando como uma bola.

O peregrino apanhou o bastão caído e voou no encalço do fugitivo. A certa altura avaliou a distância, mirou no escuro e arremessou outra vez o bordão.

Matahachi, no entanto, logrou esquivar-se mais uma vez, escapando por um triz. A embriaguez se fora de verdade, com os vapores da bebida escapando por todos os poros.

V

A garganta estava seca, Matahachi queimava de sede.

Os passos do peregrino pareciam ainda soar às suas costas, por mais que a distância entre eles se tivesse aberto. Pelo aspecto das casas ao redor, ele estava perto das ruas Rokujo e Gojo. Matahachi bateu no próprio peito:

— Ui! Esta foi por pouco! Acho que consegui despistá-lo, enfim.

Nesse ponto, espiou uma viela lateral, não à procura de outra rota de fuga, mas de um poço.

E pelo jeito encontrou-o, pois embarafustou-se viela adentro. O poço era de uso comunitário dos moradores da favela.

Matahachi içou o balde e quase mordeu sua borda na pressa de beber. Depôs em seguida o balde no chão e aproveitou a água para lavar o rosto.

"Quem era aquele peregrino?"

Conforme se recuperava, voltava a sentir apreensão.

Os três artigos — a carteira de couro roxo com o dinheiro, o diploma do estilo Chujoryu e a caixinha de remédios em questão — haviam sido retirados do corpo do samurai sem queixo, linchado por uma multidão enfurecida no canteiro de obras do castelo Fushimi durante o verão do ano anterior. Desses artigos, o dinheiro gastara até a última moeda, tendo-lhe sobrado apenas o diploma e a caixinha de remédios.

— O maldito peregrino disse que a caixinha era de seu amo. Nesse caso, o homem seria servo do samurai morto?

O mundo com sua pequenez vivia a atormentá-lo, pensou Matahachi. Quanto mais andava nas sombras, envergonhado da própria degradação, mais coincidências aconteciam, a persegui-lo como vultos demoníacos.

— Não sei se era cajado ou bordão, mas o que o sujeito lançou contra mim era devastador. Se a ponta daquele bordão atingisse minha cabeça... Adeus! É bom não me descuidar.

A consciência o acusava sem parar por haver gasto o dinheiro do morto, e o rosto do samurai linchado naquele dia infernalmente quente lhe surgia cada vez mais em rápidos lampejos.

"Vou trabalhar e a primeira coisa que farei assim que ganhar algum dinheiro será devolver o que gastei. Quando for um homem bem-sucedido, mandarei erguer uma lápide e realizar uma cerimônia em sua memória", vivia prometendo Matahachi à alma do morto.

"Por falar nisso, acho que não devo continuar guardando isto comigo. Pode ser comprometedor. Jogo fora ou não?", pensou ele, apalpando o diploma do estilo Chujoryu junto ao corpo. O rolo, um objeto duro preso à faixa na cintura, era um contínuo estorvo.

Mas Matahachi logo achou uma pena desfazer-se dele. Dinheiro já não tinha, e o diploma era o único bem que lhe sobrava àquela altura. Já não o via como chave para o sucesso, mas continuava a imaginar que poderia usá-lo para conseguir um bom emprego. A sorte um dia lhe sorriria, acreditava ele, mesmo depois de ter caído na esparrela armada por Akakabe Yasoma.

Já sentira em algumas oportunidades a conveniência de se fazer passar por Sasaki Kojiro, o homem cujo nome constava no diploma. Nas academias pequenas e pouco conhecidas, ou entre mercadores interessados em aprender a esgrimir, o nome inspirara grande respeito, que se havia traduzido em oferecimentos espontâneos de refeição e pouso. Podia dizer que vivera à custa do diploma durante a primeira quinzena do ano.

"Não vejo sentido em jogá-lo fora. Acho que estou me deixando intimidar aos poucos. Talvez seja isso o que me impede de atingir o sucesso. Vou tornar-me arrojado como Musashi! Veja o exemplo dos que conquistaram o mundo!"

Estava decidido, mas... Onde passaria a noite? Os casebres ao redor eram feitos de barro e galhos, mal se sustentavam, mas seus moradores ao menos possuíam um teto e uma porta para protegê-los da noite. Matahachi os invejou.

O CONFRONTO DE DOIS KOJIROS

I

Matahachi espiou dentro das casas, todas muito humildes.

Dentro delas, porém, descobriu um casal defrontando-se com uma panela de permeio; mais adiante, dois irmãos e a mãe idosa, absortos num trabalho noturno. Não haviam sido contemplados com bens materiais, é verdade, mas em troca possuíam algo que nem Hideyoshi nem Ieyasu pareciam ter em seus lares: o amor fraternal, tanto mais forte quanto maior a pobreza. E porque nutriam uns pelos outros esse sentimento solidário, seus casebres não se transformavam em morada dos demônios da fome, os *preta* do inferno budista. Ali havia calor humano.

"Mãe!... Eu também tenho mãe. Como estará ela?" — lembrou-se Matahachi de súbito.

Encontrara-a pouco tempo antes, no final do ano anterior, e com ela passara sete breves dias, mas logo os dois geniosos haviam-se desentendido por motivos fúteis. Matahachi então a abandonara e nunca mais dela soubera.

"Agi mal... Sinto pena dela. Nenhuma mulher por quem eu venha um dia a me apaixonar será capaz de me amar como ela."

Matahachi resolveu visitar o templo da deusa Kannon, o templo Kiyomizudera. Não distava muito daquele local e podia dormir sob o beiral do santuário. Tinha também a vaga esperança de ali cruzar com a mãe.

Osugi era muito religiosa. Acreditava cegamente na força divina, não lhe importando se os deuses eram budistas ou xintoístas. Não só acreditava nos deuses, como também, em certa medida, contava com eles para ajudá-la. Um dos motivos por que mãe e filho haviam-se desentendido durante os sete dias em Osaka fora exatamente esse sentimento religioso exacerbado, que levara Osugi a parar em todos os locais sagrados budistas ou xintoístas. Em consequência, Matahachi aborrecera-se e se convencera de que não suportaria por mais tempo a sua companhia.

Naqueles dias, Matahachi cansara de ouvir Osugi dizer-lhe:

— Dentre todos os deuses miraculosos do mundo, nenhum é mais poderoso que a deusa Kannon, do templo Kiyomizudera. Pois ela não me trouxe o maldito Musashi à minha presença depois que eu já tinha feito quase 37[8]

---

8. Trinta e sete: número sagrado do Budismo. São 37 os tipos de prática ascética que conduzem à iluminação.

visitas diárias ao seu santuário? E bem na frente do santuário, além de tudo. Portanto, escute este conselho, meu filho: tenha fé, ao menos na deusa Kannon de Kiyomizu.

Matahachi ouvira ainda inúmeras vezes de sua boca que ela pretendia voltar ao templo para agradecer à deusa e pedir-lhe proteção e bênção para a família Hon'i-den por todos os anos vindouros, assim que a primavera chegasse.

Eis aí por que Matahachi esperava — com certo fundamento, ao que parece agora — encontrar a velha mãe já peregrinando por lá.

Da rua onde se erguia o portal Rokujo, caminhou em direção à rua Gojo. Estava dentro dos limites da cidade, mas a noite nesses lados era escura como breu, e quase o fez tropeçar num cão. E por falar em cães, o número desses vira-latas era espantoso.

Já fazia algum tempo que Matahachi vinha caminhando cercado por latidos. Simples pedradas não logravam aquietar o bando. Mas se havia alguma coisa que não o incomodava mais nos últimos tempos eram latidos: por mais que os cães rosnassem e arreganhassem as presas, ele seguia caminho, tão impassível que os cães acabavam por desanimar.

Perto do bosque de pinheiros da rua Gojo, porém, os cães voltaram-se de repente e dispararam aos pulos em direção a uma árvore à beira do caminho, ali juntando-se com outro bando e pondo-se a uivar em coro para o céu.

Os vultos que pululavam no escuro assemelhavam-se a lobos, e eram tantos que se tornava difícil contá-los. Alguns chegavam a saltar até quase dois metros de altura com a ajuda das garras, rosnando e mostrando as presas, assustadores.

— Que é isso? — murmurou Matahachi, voltando o rosto para o alto da árvore e arregalando os olhos de espanto. No meio das folhagens, um vulto humano havia-se mostrado rapidamente. À luz das estrelas, a manga de um vistoso quimono feminino e um rosto branco tremeram entre agulhas do pinheiro.

II

Era difícil saber se a pessoa subira na árvore acuada pelos cães, ou se fora farejada pelos vira-latas quando já se havia escondido entre os galhos. Seja como for, o vulto trêmulo era, sem dúvida, o de uma jovem mulher.

— Passa! Vão-se embora, vira-latas! — gritou Matahachi, mostrando o punho fechado para os cães. — Danados! — esbravejou, jogando duas ou três pedras.

Sempre ouvira dizer que, para afugentar um cão, bastava pôr-se de quatro e rosnar. Matahachi assim fez, mas a medida não surtiu efeito algum contra esses cães.

Verdade era que não enfrentava apenas três ou quatro animais. Os cães fervilhavam como peixes em cardume, agitando rabos, arreganhando presas, rasgando o tronco com as garras, ladrando enlouquecidos contra o vulto feminino no alto. Era óbvio que um simples mortal como Matahachi, rosnando de quatro à distância, não abalaria o bando enlouquecido.

— Cães dos infernos! — disse Matahachi, levantando-se indignado.

Dera-se repentinamente conta de que ele, um jovem samurai portando duas espadas à cintura, fora visto de quatro, em vergonhosa posição, pela jovem em cima da árvore.

Um ganido assustador ecoou no momento seguinte. Ato contínuo, todos os cães voltaram-se para Matahachi e perceberam a espada desembainhada em sua mão e o companheiro de matilha morto aos pés dele. Juntaram-se então num grupo compacto, as costas magras de vértebras salientes ondulando.

— E agora? — gritou Matahachi empunhando a espada com as duas mãos, erguendo-a bem alto acima da cabeça e correndo para o bando. Os cães jogaram-lhe areia no rosto e debandaram prontamente.

— Mulher! Ei, mulher! Desce daí. Vamos, desce! — gritou Matahachi para o alto. Um som metálico e cristalino soou no topo do pinheiro.

— Ora, essa... Mas é Akemi?! Ei!

O som do guizo lhe era familiar. Claro estava que Akemi não era a única mulher no mundo a andar com um guizo na manga ou no *obi*, mas notara semelhanças no difuso contorno do rosto branco.

Era Akemi, realmente. Bastante assustada, a jovem sussurrou:

— Quem é? Quem é?

— Sou eu, Matahachi! Não me reconhece?

— Quê? Matahachi-san?

— Que faz em cima da árvore? Que eu saiba você não é do tipo que tem medo de cães.

— Não é por isso que estou me escondendo!

— Desça daí, vamos!

— É que... — hesitou ela, examinando do alto, com cuidado, a noite agora silenciosa. — Saia daí, Matahachi-san. Acho que ele vem vindo à minha procura.

— Ele? Ele quem?

— Não posso explicar agora. É um homem perigoso. Eu achei que ele era bom e vivi às suas custas desde o final do ano passado, mas, com o tempo, o homem passou a me maltratar. Esta noite aproveitei um momento de distração dele, pulei do segundo andar do albergue Zuzuya e fugi, mas parece que ele já percebeu e está à minha procura.

— Ora essa! Pensei a princípio que você estivesse fugindo da Okoo...

55

— De minha madrasta? Imagine!

— Quem é esse homem? Gion Toji?

— E quem teria medo daquilo? Oh, aí vem ele! Não fique parado aí, Matahachi-san, ou ele me acha, e você também é capaz de passar por maus bocados. Esconda-se, vamos!

— Quê? O sujeito vem vindo?

Matahachi parecia perdido, sem saber que atitude tomar.

III

Mulheres comandam com um simples olhar. Tocados por esse tipo de olhar, os homens veem-se repentinamente desembolsando vultosas quantias ou bancando heróis. E Matahachi via-se agora nesse estado de espírito, ainda sentindo a vergonha de ter-se posto de quatro e imitado um cão sob as vistas de Akemi.

Assim, o conselho de Akemi, "esconda-se", ou sua advertência "você também é capaz de passar por maus bocados", não surtiram efeito. Pelo contrário, serviram para despertar-lhe o brio, fortalecer ainda mais a consciência de que era, afinal, um homem. E embora Akemi não fosse sua namorada ou amante, tornou-se impossível para ele, àquela altura, gritar: "Que perigo!", e mergulhar de cabeça numa moita qualquer, exibindo o traseiro para a jovem em cima da árvore.

— "Ei!" "Quem está aí?" — foram exclamações simultâneas que partiram do homem que acabava de surgir a passos rápidos, e de Matahachi saltando para trás, assustado com o súbito aparecimento.

E ali estava enfim o homem perigoso que Akemi parecia tanto temer. Da espada desembainhada nas mãos de Matahachi gotejava o sangue do cão morto. Por causa desse detalhe, o estranho se alarmou e lhe lançou uma mirada feroz, mal parou na sua frente.

— Quem é você? — gritou ele de chofre.

Akemi havia demonstrado tanto pavor que Matahachi tinha-se assustado num primeiro momento. Examinando melhor, porém, notou que o estranho — embora bastante alto e robusto — além de parecer tão jovem quanto ele próprio, ainda tinha os cabelos longos amarrados num rabo, como um adolescente, e vestia um quimono de estampas espalhafatosas, como um delicado rapazinho de boa família, desses capazes de despertar ao primeiro olhar considerações depreciativas do tipo: "Ora, é um fedelho que mal saiu das fraldas!"

Agora tranquilizado, Matahachi riu entre os dentes: esse jovem efeminado que se exibia por aí com roupas e corte de cabelo juvenil jamais o bateria;

ele era capaz de enfrentar um adversário desse calibre a qualquer momento. Já um tipo como o peregrino que havia pouco o perseguira seria bem mais temível.

"Então, é este o sujeitinho que anda incomodando Akemi? Janota arrogante! Ainda não sei por quê, mas no mínimo torna a vida insuportável para Akemi. Muito bem, vai-se haver comigo'"

Assim decidido, Matahachi permaneceu em silêncio, pretendendo demonstrar superioridade. O desconhecido repetiu então pela terceira vez a mesma pergunta:

— Quem é você?

A voz, ao contrário da imagem, era extremamente agressiva. A pergunta pareceu varar a escuridão, mortífera. Matahachi, que já desprezava o adversário por sua aparência, replicou, porém, em tom de troça:

— Eu? Sou um homem!

Ao mesmo tempo, contorceu o rosto e forçou um meio sorriso descabido na situação.

Como era de se esperar, o sangue subiu à cabeça do jovem samurai que reagiu com violenta veemência:

— Quer dizer que não tem nome! Um vagabundo sem nome — é assim que você se declara?

Impávido, Matahachi replicou:

— Tenho um bom nome, mas não o declaro a qualquer um, principalmente a sujeitinhos à toa como você!

— Cale a boca! — gritou o jovem, que levava atravessada às costas uma longa espada de quase um metro. Curvou-se um pouco para frente, e o cabo da espada emergiu ameaçador sobre o seu ombro. — Suspendo momentaneamente esta pendência porque considero prioritário descer a mulher escondida no topo deste pinheiro e levá-la de volta ao albergue Zuzuya, perto daqui. Aguarde-me neste exato lugar: voltarei em seguida.

— Pois quero ver se é capaz de fazer o que diz.

— Como é?

— Esta jovem é filha da mulher com quem eu vivia. Está certo que hoje em dia nada mais tenho a ver com as duas, mas nem por isso posso ir-me embora, deixando Akemi em dificuldades. E se você a tocar, aliás, se você apontar o dedo na sua direção, eu o passarei pelo fio da espada!

IV

Contrariando as expectativas de Matahachi, o jovem samurai não fugiu com o rabo entre as pernas como os cães que havia pouco desbaratara.

— Interessante! — disse o jovem, mostrando inesperada belicosidade. — A despeito de sua aparência, você deve ser um samurai. Há muito não vejo sujeitinhos metidos como você! Em boa hora você me aparece, pois a Varal, esta espada às minhas costas, chora de sede todas as noites. Esta arma preciosa, há gerações em minha família, nunca teve a oportunidade de matar por completo sua sede de sangue desde que chegou às minhas mãos. E já que está começando a ficar enferrujada, aproveito para afiá-la em seus ossos. Mas não me vá fugir na hora azada, ouviu bem?

Antecipando-se à ação, suas palavras já cercavam cuidadosamente o inimigo, fechando-lhe as saídas. Mas Matahachi não era capaz de perceber a intenção oculta nas palavras e precaver-se. Segundo avaliava, não havia o que temer ainda e, portanto, replicou:

— Pare de falar grosso e pense bem: você ainda pode voltar atrás, eu lhe pouparei a vida. Suma enquanto consegue ver onde pisa.

— Posso devolver-lhe os conselhos, integralmente. Mas... esclareça-me um ponto, senhor Homem-Sem-Nome: disse-me há pouco, aliás, com bastante arrogância, que tinha um bom nome, mas não o declarava a sujeitos como eu. Que tal declinar seu digno nome agora, já que este é o procedimento correto antes de um duelo?

— Claro! Mas não me vá cair de costas, quando souber quem sou.

— Muito bem, vou firmar bem os pés! Diga, em primeiro lugar, que estilo pratica?

Nenhum guerreiro realmente bom perdia tempo tagarelando daquele jeito, achava Matahachi. Quanto mais falam, menos hábeis são, decidiu ele, cada vez mais arrogante:

— Tenho o diploma do estilo Chujoryu, que nasceu da cisão do estilo Toda Nyudo Seigen.

— Como é? Do estilo Chujoryu?

Kojiro começava a mostrar surpresa.

Era o momento certo para impressionar mais ainda, pensou Matahachi.

— Vamos agora falar de você: que estilo pratica? Diga-me, já que esse é o procedimento correto antes de um duelo — disse, imitando Kojiro e acreditando que fazia graça.

— Um momento, falarei do meu estilo daqui a pouco. Mas... Mas deixe-me saber um pouco mais de sua pessoa: com quem aprendeu o estilo Chujoryu? Quem foi seu mestre?

Matahachi respondeu prontamente:

— Mestre Kanemaki Jisai.

— Hum?! — fez Kojiro, cada vez mais espantado. — Nesse caso, você deve conhecer mestre Ito Ittosai!

— É claro! — respondeu Matahachi, achando tudo muito divertido. Sua história começava a provocar o costumeiro efeito, imaginou ele. Muito antes de chegar ao estágio de desembainhar a espada, o jovem almofadinha iria procurar uma saída honrosa. Tão certo estava disso, que Matahachi deu ao adversário novas informações:

— Mestre Ito Ittosai e eu somos colegas, não tenho por que ocultar. Em outras palavras, nós dois frequentamos juntos a academia do mestre Kanemaki Jisai. E daí?

— Nesse caso, vou fazer-lhe mais uma pergunta: quem é você?

— Sou Sasaki Kojiro.

— Como é?

— Eu me chamo Sasaki Kojiro — declarou Matahachi por fim, com todas as letras mais uma vez.

A Kojiro só restou contemplar seu oponente boquiaberto, em estupefato silêncio.

V

Logo, Kojiro deixou escapar um gemido. Sorriu, e uma covinha surgiu-lhe no rosto.

Matahachi devolveu, feroz, o olhar fixo de Kojiro que lhe examinava o rosto abertamente.

— Que tanto olha? Aposto que está pasmo de saber quem sou!

— Estou pasmo, realmente!

— Vá-se embora daqui! — ordenou Matahachi com um movimento do queixo e do cabo da espada.

No mesmo instante Kojiro pôs-se a gargalhar, dobrado em dois. Quase sufocando de tanto rir, disse:

— Já deparei com gente de todo o tipo em minhas andanças pelo país. No entanto, ninguém até agora me deixou tão pasmo. E então, mestre Sasaki Kojiro, deixe-me fazer-lhe uma perguntinha: quem sou eu, nesse caso?

— Como é?

— Estou lhe perguntando quem sou eu!

— Não sei e nem me interessa saber!

— Não senhor, nada disso! Acho que sabe muito bem. Perdoe a insistência, mas gostaria de ouvir mais uma vez: como é mesmo o seu nome?

— Ainda não compreendeu? Sou Sasaki Kojiro!

— E eu?

— Um homem, talvez.

— Acertou em cheio. Mas que nome tem esse homem?
— Que é? Está querendo zombar?
— Pelo contrário, isto é sério! Nada poderia ser mais sério que isto. Quem sou eu, Mestre Kojiro?
— Não amole! Pergunte a você mesmo, ora!
— Nesse caso me pergunto e, embora possa lhe parecer atrevido, respondo.
— Isso, fale de uma vez!
— Mas não vá se espantar e cair de costas.
— Pare de brincar e diga de uma vez!
— Muito bem: eu sou Ganryu Sasaki Kojiro.
— O quê?...
— Nasci em Iwakuni, terra que viu nascerem muitas gerações de minha família; sou Sasaki de sobrenome, e meus pais me deram o nome Kojiro. Alguns também me conhecem pelo nome de guerra Ganryu. E então, desde quando passaram a existir no mundo dois Sasaki Kojiro?
— Como é? Nesse caso...
— Como já disse, em minhas andanças país afora encontrei gente de todo o tipo, mas esta é a primeira vez que eu, Sasaki Kojiro, encontro um homem chamado Sasaki Kojiro.
— ...
— Estranho jogo do destino que nos põe assim frente a frente. Prazer em conhecê-lo, mestre Sasaki Kojiro.
— ...
— Ora, que se passa? Noto que começou a tremer de repente...
— ...
— Seja meu amigo — disse Kojiro, aproximando-se. Deu um tapa cordial no ombro do pálido e imóvel Matahachi, que no mesmo instante gritou:
— Aaaah!
Kojiro gritou em seguida, e suas palavras perseguiram como uma lança o vulto de Matahachi em fuga:
— Pare, ou parto-o em dois!
Quase quatro metros de distância pareceram interpor-se num instante entre os dois homens, mas dos ombros de Kojiro sua longa espada Varal coriscou e partiu em direção a Matahachi como uma cobra prateada. Esse foi o único golpe de Kojiro.
Depois de rolar duas ou três vezes no chão como uma taturana derrubada pelo vento, Matahachi imobilizou-se.

VI

Um som metálico — guarda chocando contra a borda da bainha — soou no instante em que a espada de quase um metro desapareceu às costas de Kojiro. Este não se dignou a lançar nem mais um olhar ao corpo inanimado de Matahachi.

— Akemi! — chamou, aproximando-se do pinheiro e erguendo o olhar para a copa. — Desça, Akemi... Prometo não tornar a fazer aquilo. Mas acho que acabei ferindo o homem que diz ter sido marido de sua madrasta. Desça daí e cuide dele.

Esperou, mas não obteve nenhuma resposta. A densa folhagem do pinheiro perdia-se na escuridão. Momentos depois, Kojiro subiu na árvore, mas já não encontrou a jovem: pelo jeito, ela havia aproveitado um momento de distração dos homens para deslizar árvore abaixo e fugir.

Sentando num galho, Kojiro permaneceu imóvel por algum tempo em meio às lufadas que percorriam o bosque, parecendo indagar-se que destino tomara o pássaro fugitivo.

"Por que essa menina tem tanto medo de mim?", pensava, sem atinar com a resposta, já que em seu entender dava a ela todo o amor de que era capaz. Seu jeito de amar talvez fosse um pouco violento, reconhecia ele, sem contudo perceber que esse seu jeito era bem diferente do de outros homens.

No que consistia a diferença? Um exame cuidadoso do seu jeito de esgrimir, ou seja, uma análise do seu estilo de luta, dá a pista para a resolução do enigma.

Muito novo, desde o tempo em que havia sido iniciado no caminho da espada por seu mestre Kanemaki Jisai, Kojiro gozara a fama de criança-prodígio e gênio da esgrima, seu estilo sendo, por isso mesmo, totalmente diferente do das demais pessoas.

Em poucas palavras, ele era tenaz. Seu estilo chamava a atenção pela tenacidade inata. Quanto maior a habilidade de seu oponente, mais tenaz se mostrava Kojiro, aferrando-se ao inimigo pegajosamente.

A esgrima, nessa época, não questionava recursos de natureza tática, de modo que um indivíduo podia aferrar-se ao inimigo e persegui-lo como quisesse, sem que ninguém o chamasse de desleal.

"Não se envolvam com Kojiro, é aborrecimento certo", podiam dizer alguns, acovardados ante o seu estilo, mas ninguém tachava-o de covarde.

Serve de exemplo um episódio ocorrido em sua infância: certo dia, alguns veteranos da academia que detestavam Kojiro haviam-no surrado com espadas de madeira a ponto de deixá-lo desacordado. Percebendo que haviam exagerado, um deles, arrependido, deu água ao menino e manteve-se ao seu lado até vê-lo voltar a si. Diz-se então que Kojiro levantou-se furioso, tomou a espada desse veterano e o golpeou até matá-lo.

Era ainda outra característica de Kojiro nunca se esquecer de um adversário que o derrotasse em duelo: ele o perseguia implacavelmente por toda a parte, tocaiando-o numa noite escura, atacando-o dentro do banheiro ou no sono.

E como pelas regras da esgrima da época não era válido dizer: "Pare com isso, cretino! Um duelo deve ficar restrito ao momento do duelo!", vencê-lo uma única vez era arrumar um inimigo para o resto da vida, afirmavam seus colegas de academia, maldizendo essa sua anormal capacidade de guardar rancor.

E então, a partir de certa época, Kojiro passou a se declarar: "Sou um gênio!"

Na verdade, ele não estava sendo presunçoso, pois tanto o mestre, Jisai, como o colega veterano, Ittosai, concediam: "Esse menino é um prodígio!"

E após ter ele retornado à terra de origem, Iwakuni, e desenvolvido sua técnica única abatendo andorinhas em pleno voo à beira da ponte Kintai, a fama de "menino-prodígio de Iwakuni" tinha-se firmado, tanto na opinião dos outros quanto na dele mesmo.

No entanto, a ninguém era dado saber que forma assumia essa sua singular tenacidade — seu estilo pegajoso de luta — quando transposta para a área amorosa. O próprio Kojiro não via relação entre uma coisa e outra, razão por que ali estava ele, sem compreender por que Akemi o detestava tanto e dele fugia.

VII

De repente, Kojiro deu-se conta de que havia um vulto movendo-se aos pés da árvore. O indivíduo, porém, ainda não havia percebido a presença do jovem no topo do pinheiro.

— Ora, tem um homem caído aqui — murmurou o estranho, aproximando-se de Matahachi, curvando-se e espreitando-lhe o rosto. Logo pareceu absolutamente espantado e exclamou alto a ponto de ser ouvido no topo da árvore:

— É ele!

O recém-chegado, um peregrino *rokubu* que tinha nas mãos um cajado rústico, desvencilhou-se rapidamente do cesto que levava às costas e o depôs no chão.

— Estranho! Não me parece ferido e seu corpo está quente. Por que teria ele desmaiado? — sussurrou enquanto apalpava o corpo inerte. Desenrolou uma corda fina levada à cintura e com ela atou firmemente as mãos às costas de Matahachi, que por estar desfalecido, naturalmente não opôs nenhuma resistência. Depois de vê-lo bem amarrado, o peregrino apoiou um joelho às suas costelas e, com alguns *kiai*, aplicou pressão à altura da boca do seu estômago. Mal o ouviu gemer, o homem carregou-o ao ombro e o transportou para perto de um pinheiro com a mesma consideração que teria por um saco de batatas.

— Levanta! Em pé, vamos! — ordenou severamente, chutando-o.

Matahachi, que acabava de voltar da antecâmara do inferno, ainda não se tinha recobrado por completo, mas ergueu-se assim mesmo de um salto, estonteado.

— Isso, continue nessa posição!! — disse satisfeito o peregrino, acabando por amarrá-lo à árvore com voltas de corda em torno do peito e das coxas.

— Ei!... — exclamou Matahachi, só então se assustando. Esperara ver Kojiro diante de si, e não o peregrino.

— E então, falso Kojiro, você me fugiu como um coelho assustado, deu-me um bocado de trabalho, mas aqui o tenho, finalmente. Agora, não me escapa mais — disse, começando a submetê-lo a lenta tortura.

Para começar, deu-lhe uma palmada no rosto. Em seguida, empurrou-lhe a cabeça para trás com toda a força, batendo-lhe a nuca contra o tronco da árvore e provocando um som cavo.

— Diga onde obteve a caixa de remédios. Fala ou não?

— ...

— Não quer falar, hein?

O peregrino apertou-lhe o nariz com força e o sacudiu violentamente de um lado para o outro. No mesmo instante Matahachi gritou algo que soou como "balo, balo!". O homem soltou-lhe o nariz e disse:

— Vai falar?

— Falo! — disse Matahachi claramente desta vez, derramando lágrimas. Não era preciso torturá-lo, já que o jovem não tinha a coragem de esconder o que quer que fosse.

— Foi no verão do ano passado... — começou ele, contando em detalhes as circunstâncias que tinham envolvido a morte do samurai da cicatriz no queixo, a quem conhecera no canteiro de obras do castelo Fushimi. — Fugi levando a carteira, o diploma e a caixa de remédios do morto, não nego. O dinheiro... Já gastei. O diploma está comigo. Se me poupar a vida, prometo trabalhar e devolver o dinheiro não agora, mas num futuro próximo, sim senhor. Posso até firmar um compromisso escrito, caso queira.

Mal acabou de confessar, o jovem sentiu um indescritível alívio, como se o pus de um abscesso, que o vinha atormentando desde o ano anterior, finalmente extravasasse. Agora, já não tinha medo.

VIII

O peregrino o ouviu até o fim e perguntou:
— Essa é toda a verdade?
Matahachi confirmou, cabisbaixo:
— É sim, senhor.

Por instantes, o peregrino permaneceu em silêncio. De súbito, sacou a espada curta da cintura e a aproximou do rosto de Matahachi que, apavorado, esticou o pescoço, desviou a cabeça para o lado, gritou:
— Que é isso? Vai me matar?
— Vou! Eu tenho de matá-lo!
— Mas não lhe confessei tudo honestamente? A caixa de remédios já devolvi, e o diploma lhe entrego a seguir. E se já lhe disse que em breve restituirei também o dinheiro, por que quer me matar?
— Percebi que você foi honesto no relato. Agora, porém, vou pô-lo a par das minhas circunstâncias: eu sou da vila Shimonida, na província de Joshu, e sirvo à família de Kusanagi Tenki-sama, o homem que foi morto por uma multidão enfurecida no castelo de Fushimi, e me chamo Ichinomiya Genpachi.

Face a face com a morte, Matahachi nem ouvia direito a explicação do peregrino, debatendo-se em vão para livrar-se das cordas, apenas procurando um meio para escapar.
— Perdoe-me! Agi mal, sei disso, mas procure compreender: minhas intenções, ao tirar os objetos do morto, eram boas. Eu apenas pretendia entregar aquelas coisas aos familiares do seu amo, atendendo ao seu último pedido. Meu único erro foi gastar o dinheiro quando me vi sem um centavo, e por isso peço desculpas, uma, duas, quantas vezes o senhor quiser e do jeito que quiser, mas me poupe, por favor!
— Nada disso! Prefiro que não se desculpe — replicou o peregrino sacudindo a cabeça com força, lutando contra os próprios sentimentos — porque já investiguei as circunstâncias que cercaram a morte de meu amo na cidade de Fushimi e sei que você está falando a verdade. Mas compreenda você também as minhas razões: as circunstâncias me obrigam a voltar para minha terra levando para os familiares do falecido Kusanagi-sama algo que sirva para lhes aliviar a dor da perda. Por trás disso existem outras razões, a mais importante sendo a inexistência de um algoz, alguém a quem imputar a morte de meu amo. Isso me transtornou por completo.
— Ei!... Não fui eu quem o matou! Ei, ei! Não confunda as coisas, pelo amor dos deuses!
— Sei disso, sei disso! Esse ponto está bastante claro para mim. Mas a família Kusanagi, na distante província de Joshu, não faz ideia de que Tenki-sama

morreu de forma tão infame. A notícia é vergonhosa, difícil de ser dada a parentes e à sociedade em geral. De modo que... Sinto muito, mas gostaria que assumisse o papel de assassino de Tenki-sama e fosse morto por mim, Genpachi, transformando-me no vingador do meu amo.

Aquilo, sim, podia ser chamado de um pedido bem fundamentado, mas ouvi-lo deixou Matahachi frenético.

— Que...quê? Nada disso! Não quero morrer! Não concordo, não concordo!

— Compreendo que não queira. Mas você vive de modo precário, não tem meios sequer para pagar a conta da própria bebedeira, conforme testemunhei há pouco na taberna da rua Kujo! Em vez de passar fome e vagar pelo mundo nestes tempos difíceis, o que acha de ir de uma vez para um mundo melhor? E se dinheiro for o problema, asseguro-lhe que mandarei parte do valor que tenho agora comigo para os seus entes queridos, se você por acaso os tem; ou ainda, se preferir, posso depositar o montante no templo de seus ancestrais para que os monges celebrem missa em sua memória.

— Livrem-me os deuses, nem me fale disso! Quem disse que quero dinheiro? O que eu quero é viver! Não concordo, poupe-me, eu lhe peço!

— É uma pena você não me entender depois de tantas explicações, e não vejo outra saída: você terá de encarnar o algoz do meu amo. Estou firmemente decidido a retornar a Joshu levando sua cabeça. Vou inventar uma história para os familiares do falecido amo Tenki-sama e para a sociedade em geral, só para manter as aparências. Mestre Matahachi, aceite o destino que lhe coube por sorte e conforme-se.

Assim dizendo, Genpachi reempunhou a espada.

IX

— Espere! Espere um pouco, Genpachi! — disse uma voz nesse exato momento.

Certo de que era ainda Matahachi argumentando, e sabendo que cometia uma injustiça, Genpachi enfureceu-se, tentando abafar a própria consciência. Mas no momento seguinte, ergueu o rosto para o céu, contemplou a escuridão, e disse, como se indagasse ao vento:

— Que foi isso?

E então, a voz tornou a dizer, agora vinda do alto:

— Não cometa um assassinato inútil, Genpachi!

— Como é? Quem fala?

— Sou eu, Kojiro!

— Quê?

E eis que lhe surgia um novo Kojiro, desta vez ameaçando desabar do céu. Pouco provável que fosse um *tengu* — a voz era cordial demais. E quantos Kojiros haveria no mundo?

"Nessa não caio de novo!", pensou Genpachi, afastando-se do pinheiro de um salto. Dirigiu a ponta da espada para o alto e disse:

— Que Kojiro? Diga o nome completo e de onde vem.

— Ora... Ganryu Sasaki Kojiro, está claro.

— Pensa que sou bobo? — replicou Genpachi gargalhando. — Conte outra que essa é velha. Tenho neste instante um Kojiro em minhas mãos, passando maus bocados. Ah, começo agora a compreender: você deve ser companheiro deste Matahachi.

— *Eu* sou o verdadeiro. Genpachi: estou pensando em saltar daqui e aterrissar do seu lado, mas já vi que você quer me partir em dois assim que eu fizer isso. Estou certo ou não?

— Certíssimo! Desçam, bando de falsos Kojiros, não importa quantos sejam! Eu os liquidarei!

— Se conseguir, fica provado que sou um embusteiro, já que o real você jamais vencerá! Prepare-se, Genpachi. Vou descer!

— ...

— Vou saltar sobre sua cabeça. Parta-me lindamente em dois, ouviu? Mas preste bem atenção: se não conseguir me pegar em pleno ar, Varal, esta espada às minhas costas, pode pelo contrário partir você em dois, como a um gomo de bambu.

— Um momento! Um momento apenas... Kojiro-sama! Enfim reconheço-lhe a voz. E já que diz possuir a famosa espada Varal, é com certeza o verdadeiro.

— Acredita agora?

— Mas... O que faz aí em cima?

— Depois lhe conto.

Genpachi encolheu-se com um súbito sobressalto: roçando seu rosto erguido, a barra de um *hakama* e um punhado de agulhas secas passaram num torvelinho e aterrissaram às suas costas.

Contrariando suas expectativas, porém, a pessoa agora à sua frente acabou por provocar-lhe sérias suspeitas. Genpachi tinha visto Kojiro diversas vezes na época em que este era ainda aprendiz de Kenemaki Jisai e companheiro de academia de seu amo, Kusanagi Tenki.

Naqueles dias, porém, Kojiro não era belo como o jovem que via agora. Os olhos e boca ainda conservavam o ar voluntarioso, mas como mestre Jisai detestava todo tipo de ostentação, Kojiro, à época um simples ajudante de serviços, parecia um provinciano despretensioso, de pele queimada de sol.

"Está irreconhecível!", pensou Genpachi, contemplando-o fascinado.

— Muito bem, sente-se! — disse Kojiro, acomodando-se por sua vez na raiz de uma árvore.

E assim, conversando, aos poucos tornou-se claro para ambos que Kusanagi Tenki havia partido de sua terra para entregar o diploma do estilo Chujoryu ao colega e, no meio da viagem, fora tomado por espião dos partidários de Osaka e assassinado no canteiro de obras do castelo Fushimi.

Ao mesmo tempo, foi-se tornando claro de que modo o incidente fizera surgir dois Kojiros no mundo, o que, em última análise, divertiu imensamente o verdadeiro Sasaki Kojiro, levando-o a bater palmas e gargalhar.

X

Nesse ponto, Kojiro tornou a frisar: não fazia sentido eliminar um indivíduo pusilânime, que só conseguia abrir caminho no mundo usando o nome dos outros.

Se a intenção era dar-lhe uma lição, outros meios havia. Por outro lado, se a intenção era salvar as aparências, não havia por que inventar um acerto de contas com um algoz inexistente. Dentro em breve, ele, Kojiro, desceria para Joshu e encarregar-se-ia de apresentar a todos os interessados explicações que de algum modo contribuiriam para preservar a dignidade do morto, mandando ao mesmo tempo celebrar uma missa em sua memória.

— Que acha disso, Genpachi?

— Já que se oferece, não discordo — respondeu Genpachi.

— Nesse caso, vou-me embora. E você, faça o mesmo.

— Como assim? Vai-se embora neste instante?

— Na verdade, estou no encalço de uma menina chamada Akemi, que me fugiu. Estou com um pouco de pressa.

— Um momento, por favor! Esquece-se de algo importante.

— De quê?

— Do diploma do estilo Chujoryu ao senhor conferido pelo falecido mestre Kanemaki Jisai, e que lhe seria entregue por Tenki-sama.

— Ah, aquilo!

— Este falso Kojiro disse que o roubou de meu amo e ainda o tem consigo. Chego até a imaginar se não devemos aos espíritos de Jisai-sama e Tenki-sama este nosso encontro fortuito. Vou-lhe entregar em mãos, neste momento, o precioso documento.

Assim dizendo, Genpachi vasculhou o quimono de Matahachi.

67

A perspectiva de ter a vida poupada fez com que Matahachi não lamentasse nem um pouco a perda do diploma. Ao contrário, sentiu alívio físico e moral quando se viu livre do volume.

— Aqui o tem — disse Genpachi, entregando o diploma em nome de seu falecido amo. Esperara que Kojiro o tomasse respeitosamente nas mãos e chorasse de emoção, mas o jovem nem sequer se moveu, apenas dizendo:

— Não quero!

Surpreso, Genpachi perguntou:

— Por quê?

— Porque não. Porque acho que a esta altura, não preciso mais dessas coisas.

— Mas isso é um desrespeito! Pense bem: mestre Jisai decidiu, ainda em vida, que os dois únicos discípulos dignos de receber o diploma do estilo Chujoryu eram o senhor e mestre Ito Ittosai. Em seus últimos momentos, com certeza ele considerou que mestre Ito Ittosai já havia desenvolvido um estilo próprio, o Ittoryu, e por isso decidiu-se pelo senhor, o mais jovem dos dois. Será possível que não compreenda o real valor deste gesto?

— Devo muito a meu mestre, não discuto. Mas tenho cá outras pretensões.

— Como se atreve?

— Não me entenda mal, Genpachi.

— Afirmo que suas palavras são, no mínimo, uma afronta ao mestre.

— Nada disso. Sob alguns aspectos, acho que minha capacidade supera a do meu mestre, Jisai, razão por que serei mais famoso. Não quero acabar como ele, enterrado num canto esquecido do mundo.

— É isto o que realmente pensa?

— Claro! — respondeu Kojiro inabalável, certo de nada haver de errado em expor suas ambições. — Meu mestre teve a consideração de conceder-me o diploma, mas hoje, eu, Kojiro, tenho a convicção de já ser mais hábil que ele. Além disso, o Chujoryu é um estilo com cheiro provinciano; para um jovem promissor como eu, chega a representar um obstáculo no caminho do sucesso. Já que meu colega Yagoro criou seu estilo, Ittoryu, também criarei o meu, denominando-o estilo Ganryu. Assim sendo, Genpachi, não quero este documento. Leve-o de volta à sua terra e guarde-o junto aos registros do templo.

XI

Não havia traço de modéstia em suas palavras. O homem era realmente presunçoso.

Cheio de rancor, Genpachi olhava fixo para os lábios finos de Kojiro.

— De qualquer modo, Genpachi, faça-me um favor: apresente minhas sinceras condolências à família Kusanagi e diga-lhes que os visitarei sem falta quando for para o oeste — disse Kojiro em tom cortês, sorrindo com ironia.

Nada soa mais sarcástico e maldoso que palavras polidas ditas com arrogância. Indignado, Genpachi pensou em censurar-lhe a irreverência com relação ao falecido mestre, mas desistiu. "Isto é ridículo!", pensou consigo. Afastou-se rapidamente em direção ao cesto depositado a pouca distância dali e nele guardou o diploma.

— Até mais ver! — lançou por cima do ombro e se afastou.

Kojiro o acompanhou com o olhar e gargalhando, comentou:

— Pobre provinciano! Eu o ofendi!

Voltou-se então para o atordoado Matahachi, ainda amarrado ao tronco da árvore e disse:

— Impostor!

— ...

— Responde, impostor!

— Sim, senhor.

— Como te chamas?

— Hon'i-den Matahachi.

— *Rounin*?

— Hum...

— És um poltrão! Espelha-te em mim, que tive a coragem de recusar o diploma concedido por meu mestre. Sabes por quê? Porque para fundar um estilo e uma escola preciso ser muito atrevido. E tu, que fazes? Andas ao léu apossando-te do nome alheio, usando um diploma que não te pertence. Para tudo há um limite, até para a vilania. Não adianta querer ser o que não se é: um gato nunca deixa de ser um gato, mesmo que vista a pele de um tigre. Aprendeste a lição?

— Aprendi.

— Vou te poupar a vida, mas para que nunca mais te esqueças da lição, continuarás amarrado até que consigas te livrar sozinho destas cordas.

Decretada a sentença, Kojiro levantou-se e pôs-se a remover a casca do pinheiro com a ajuda de uma adaga. Fragmentos caíram sobre a cabeça de Matahachi, e lhe entraram pela gola do quimono.

— Ora! Não trouxe o estojo[9]! — murmurou Kojiro.

Matahachi acudiu, humilde:

— Se quer, acho que tenho um em minha cintura.

---

9. No original, *yatate*: pequeno cilindro antigamente transportado à cintura, contendo um pote de tinta sumi e pincel.

— Ah, tu o tens contigo? Empresta-me então.

Instantes depois, Kojiro lançou ao chão o pincel e leu o que acabara de escrever.

Ganryu[10] — ali estava um novo jeito de grafar o nome de guerra. A grafia anterior era uma menção aos dias em que treinara abatendo andorinhas à sombra dos chorões da ponte Kintai, na distante província Iwakuni, mas se quisesse transformá-lo em nome de estilo, a nova grafia, uma alusão à firmeza das rochas, era mais apropriada.

— Isso mesmo! — disse alto. — Este será o nome do meu estilo. Muito mais significativo que Ittoryu, do veterano Ittosai.

A madrugada vinha chegando.

No tronco da árvore, de cuja superfície havia sido removida uma fina camada da grossura de uma folha de papel, Kojiro havia escrito com o pincel retirado do estojo portátil:

> *Atentem todos:*
> *Este homem assumiu minha identidade, usou meu nome de guerra e andou pelo país praticando ações pouco recomendáveis. Aqui o deixo preso a fim de tornar público seu rosto.*
> *Debaixo deste firmamento dois não existem com meu nome e meu estilo.*
>
> *Ganryu — Sasaki Kojiro*

—Pronto!

Uma rajada percorreu o escuro bosque de pinheiros uivando. Alerta, o jovem Kojiro rapidamente decidiu-se por outro tipo de ação e, já esquecido das ambições que havia pouco queimavam em seu peito, exclamou voltando-se para o vento:

— Que foi isso?

Vislumbrara talvez o vulto de Akemi, pois este afastou-se correndo.

---

10. Ganryu — o nome de guerra de Sasaki Kojiro era inicialmente formado por dois ideogramas: Gan (margem) e ryu (chorão), uma evidente menção aos chorões próximos à ponte Kintai, em sua terra de Iwakuni, onde se adestrava abatendo andorinhas. A segunda grafia emprega outros dois ideogramas de mesma leitura, mas de diferente significado: gan (rochedo) e ryu (estilo), ou seja, um estilo sólido, invencível como um rochedo.

O SEGUNDO FILHO DOS YOSHIOKA

I

Gente de certo nível social fazia-se transportar desde a Antiguidade em palanquins rústicos, mas foi somente nesses dias do período Keicho que a liteira surgiu como meio de transporte popular nos centros urbanos e estradas.

Os modernos palanquins nada mais eram que cestos com quatro cabos de bambu adaptados, dois à frente e dois atrás, levados ao ombro dos carregadores. Nos cestos, iam sentados os passageiros, que os liteireiros transportavam com a mesma consideração com que levariam mercadorias, marcando a cadência com gritos: "Ei-hou! Yah-hou!"

Como os cestos eram rasos, o passageiro, para não ser expelido, tinha de se agarrar firmemente a alças instaladas à frente e às costas, atento ao ritmo dos gritos, balançando-se na mesma cadência.

No momento, três ou quatro lanternas e uns oito homens em torno de um desses palanquins surgiram como um torvelinho direção do templo Toji pela estrada que cruza o bosque de pinheiros.

Noite alta, era comum ecoarem por essa estrada açoites de cavalo e gritos dos liteireiros, provavelmente porque o trânsito pelo rio Yodo — principal artéria de ligação entre Kyoto e Osaka — era interrompido durante a madrugada: em situações de emergência, muitos preferiam viajar via terrestre a esperar o amanhecer e o restabelecimento da via fluvial.

— Ei-hou! Yah-hou!
— Ufa!
— Estamos quase chegando!
— Já alcançamos a Rokujo!

Pelo aspecto, o grupo em questão vinha de longe, muito mais que de meros quinze ou vinte quilômetros adiante. Liteireiros e acompanhantes ao redor do palanquim pareciam exaustos e arfavam, os corações prestes a saltar--lhes pelas bocas.

— Isto aqui já é a Rokujo?
— Bosque de pinheiros da Rokujo.
— Falta pouco.

As lanternas traziam emblemas de uma casa da zona alegre de Osaka, mas o passageiro no palanquim, longe de ser uma dama da noite, era um robusto homenzarrão que mal cabia no pequeno cesto, enquanto corriam ao lado os estafados acompanhantes, todos bravos e jovens guerreiros.

— Denshichiro-sama! Já estamos quase na rua Shijo! — gritou um homem para o passageiro na liteira. O gigante no cesto, porém, dormia a sono solto, meneando a cabeça como uma marionete, na cadência da liteira.

— Vai cair! — berrou um dos acompanhantes no momento seguinte, amparando o homem adormecido. O gigante arregalou então os olhos instantaneamente e exclamou:

— Que sede! Quero beber. Passem para cá o cantil de saquê.

O pedido veio no momento em que todos procuravam uma desculpa para descansar.

— Pousem a liteira! — veio a ordem.

Mal ouviram, os liteireiros jogaram o cesto no chão com um gemido e, juntando-se aos demais, lançaram mão das toalhas e enxugaram rostos e peitos molhados de suor.

— Só restou um pouco, Denshichiro-sama — disse alguém, entregando o cantil ao passageiro no cesto.

O homem a quem chamavam Denshichiro apanhou-o, esvaziou-o com um único trago e, enfim desperto, resmungou alto:

— Que bebida gelada! Ardem-me os dentes!

Esticou a seguir o pescoço e, elevando a cabeça acima dos quatro cabos do palanquim, espiou as estrelas, comentando:

— Ora, o dia ainda não raiou? Fizemos o percurso em pouquíssimo tempo!

— O tempo, no entanto, deve estar custando a passar para o seu irmão, ansioso à sua espera, senhor.

— Tomara que ele continue vivo até eu chegar.

— O médico garantiu que ele sobreviverá, mas está muito agitado, e em consequência, o ferimento sangra, tornando o quadro preocupante.

— Sei. Imagino que ele esteja mortificado.

Abriu a boca e nela virou o cantil, mas já não havia sequer uma gota da bebida.

— Maldito Musashi! — esbravejou Yoshioka Denshichiro, jogando o cantil com raiva no chão. — Vamos embora!

II

O homem era um beberrão inveterado, além de temperamental. Mas sua característica mais marcante era a força: por causa dela, o segundo filho dos Yoshioka tornara-se famoso. Extremo oposto do irmão mais velho, ele superara nos velhos tempos o pai, Kenpo, em força física, fato que os atuais discípulos reconheciam.

— Você não tem jeito para isso. Devia desistir de seguir os passos do nosso pai e viver tranquilo, exercendo um cargo remunerado a serviço de alguém — já dissera Denshichiro ao irmão em diversas oportunidades, de onde se deduz que os dois não viviam em bons termos. Ainda assim, ambos haviam frequentado e se adestrado na academia durante a vida do pai. Com a morte deste, porém, Denshichiro passou a treinar de raro em raro na academia — agora nas mãos do irmão –, não provocando portanto estranheza o seu desaparecimento desde o ano anterior, quando partira em companhia de dois ou três amigos declarando que ia visitar a região de Ise e, na volta, passar por Yamato para visitar o idoso Yagyu Sekishusai. A ninguém ocorria preocupar-se se o segundo filho dos Yoshioka estaria ou não passando fome e necessidade só porque não dava notícias há um ano. Ele tinha no sangue a sabedoria dos segundos-filhos, uma capacidade de sobrevivência incompreensível ao homem comum, que ganha a vida trabalhando com honestidade. Voluntarioso, beberrão incorrigível, mesmo assim conseguia manter-se sem nunca trabalhar, apenas falando mal do irmão mais velho e alardeando aqui e ali o nome do pai, Kenpo, sempre com ar de superioridade. "Dizem que se demora ultimamente para os lados de Mikage, em Hyogo, na casa de campo de certo *daimyo*", fora a última notícia que dele haviam tido em Kyoto e a que ninguém dera muita importância.

Este era o quadro, em linhas gerais, no momento do duelo entre Seijuro e Musashi, nos campos do templo Rendaiji.

— Quero ver meu irmão — dissera Seijuro, gravemente ferido, logo depois do episódio. Suas palavras comoveram profundamente os discípulos, mas a bem da verdade, estes já haviam decidido por unanimidade: "Só mesmo o segundo filho será capaz de livrar a academia do opróbrio. Temos de chamá-lo." Denshichiro era o nome que viera à mente de todos no momento em que tentavam compor uma estratégia de ajuste de contas.

Embora a última notícia mencionasse vagamente a área de Mikage, sem maiores detalhes, cinco ou seis discípulos haviam partido para Hyogo no mesmo dia e, com muito custo, haviam descoberto o paradeiro de Denshichiro, embarcando-o na liteira expressa.

Ao saber que o irmão mais velho havia sido mortalmente ferido enquanto defendia o nome Yoshioka e que deixara escapar o desejo de revê-lo, Denshichiro esquecera a rivalidade:

— Muito bem, irei já ao seu encontro! — dissera, embarcando no palanquim.

E tão ansioso se mostrara em rever o irmão que não parara de instigar os litereiros durante todo o percurso, esfalfando-os sem dó e trocando-os por carregadores descansados em três ou quatro estações até chegar àquele trecho do caminho.

A pressa porém não impedira Denshichiro de mandar comprar saquê e encher um cantil a cada parada para troca de liteireiros. Talvez bebesse tanto esta noite para acalmar os próprios sentimentos exaltados, mas a inegável verdade era que Denshichiro bebia o tempo todo. Além do mais, a liteira corria às gélidas margens do rio Yodogawa, exposta ao vento que provinha das plantações da beira do rio, tornando-lhe impossível aquecer-se por mais que bebesse.

Para seu infortúnio, o cantil estava vazio, o que o irritou. "Apressem-se!", ordenara exaltado, ao mesmo tempo em que jogava ao chão o recipiente vazio. Ignorando sua impaciência, porém, seus homens e os liteireiros não se reagruparam em torno do palanquim de imediato: olhos e ouvidos voltados para o escuro bosque varrido pelo vento, eles se questionavam:

— Que será isso?

— Não me parece que sejam só cães latindo!

Denshichiro zangou-se de verdade, e esbravejou, ordenando que partissem de uma vez. Só então sobressaltados, os discípulos voltaram-se:

— Um momento, Denshichiro-sama. Que será aquilo? — perguntaram, chamando a atenção do exaltado segundo filho dos Yoshioka.

III

Na verdade, nada havia de especial acontecendo exceto o ladrar conjunto de dezenas, ou talvez centenas de cães.

O número de animais era considerável, mas eram apenas cães latindo. Já dizia um velho adágio: "Se um cão uiva para a lua, centenas logo o acompanharão", demonstrando a tendência, tanto canina quanto humana, de tumultuar por nada. O fim das guerras escasseara a carne humana nos campos, obrigando os cães a migrar para as cidades, não sendo portanto novidade a presença de grandes matilhas à beira da estrada.

Não obstante, Denshichiro gritara tomando a frente dos homens:

— Vamos verificar!

Se até Denshichiro saía pessoalmente para ver, algo estranho acontecia. Seus homens correram-lhe no encalço, empenhados em não ficar para trás.

— Quê?

— Que...quê?

— Que figura suspeita!

Realmente, a visão que se lhes deparou ultrapassou as expectativas: lá estava Matahachi atado a uma árvore e um enorme bando de cães redemoinhando em torno em círculos concêntricos triplos e quádruplos, exigindo um naco de sua carne.

Se aos cães fosse dado o direito de discutir justiça, talvez dissessem que procuravam vingança: havia pouco, a espada de Matahachi espalhara o sangue de um de seus companheiros nas redondezas e eles deviam sentir-lhe o cheiro entranhado no corpo.

Se, numa outra hipótese, aos cães fosse atribuído um nível mínimo de inteligência, talvez eles estivessem se divertindo à custa de Matahachi, comentando entre si: "Este aqui é um poltrão! Vamos atormentá-lo um pouco..." Ou talvez estivessem simplesmente latindo porque estranhavam o que viam: "Olhem, sujeitinho esquisito! Que faz ele sentado no chão e carregando uma árvore nas costas? Ele roubou a árvore? É aleijado? Você sabe me dizer?"

Pareciam lobos, de barrigas murchas e costelas saltadas, dentes pontudos parecendo afiados, e para Matahachi, pobre cidadela solitária sob assédio, eram motivo de pavor algumas dezenas de vezes maior que o peregrino ou Kojiro, pelo tempo que durava a ameaça.

Impossibilitado de usar mãos e pés, restavam-lhe como recursos defensivos o rosto e palavras. Mas um rosto não é arma, e palavras os cães não entendiam.

Eis por que ele se havia empenhado de corpo e alma durante algum tempo numa tática desesperada: empregar palavras e expressões faciais compreensíveis à espécie canina. Matahachi urrara e rosnara como uma fera.

Os cães, estarrecidos, haviam-se afastado ligeiramente, mas a estratégia deixou de surtir efeito quando, de tanto urrar, o nariz da pobre fera começou a escorrer, fazendo com que os cães imediatamente o vissem como um ser inferior.

Quando a voz deixou de surtir efeito, Matahachi imaginou uma nova tática: assustar os animais com caretas.

Arreganhou, portanto os lábios e escancarou a boca. Os cães se assustaram. Fixou-os ferozmente, sem pestanejar. Franziu os músculos ao redor dos olhos, nariz e boca. Mostrou a língua e espichou-a até alcançar a ponta do nariz.

Aos poucos, porém, havia-se cansado da espalhafatosa pantomima. O mesmo devia ter ocorrido com os cães, pois voltaram a ser agressivos. Matahachi, então, num último e desesperado esforço intelectual, resolveu mostrar que era um deles, e pôs-se a ladrar com os cães numa demonstração de franca amizade.

A medida, infeliz, pareceu despertar desprezo e antagonismo do bando que, ruidosamente disputando a primazia, passou a latir rente ao seu rosto, a lamber-lhe experimentalmente os pés. Certo de que uma demonstração de fraqueza àquela altura seria desastrosa, Matahachi pôs-se a esbravejar a passagem *Ohara-gokou*[11], trecho do épico *Heike Monogatari* transposto para o teatro nô:

---

11. O poema aqui declamado é trecho de uma peça de teatro nô.

E assim,
Na primavera do segundo ano Bunji[12],
O imperador abdicado desejou visitar
O retiro de Kenreimon'in, em Ohara.
Mas o frio era intenso, constantes as tempestades
E a neve branqueava os picos das montanhas
Pois estavam ainda nos primeiros meses do ano.

Olhos firmemente cerrados, músculos faciais contraídos, Matahachi gritava a mais não poder, pouco se lhe dando se acabaria ou não surdo com os próprios gritos.

IV

Felizmente Denshichiro acorrera, e a matilha debandou em todas as direções. Mandando o orgulho às favas, Matahachi suplicou:
— Socorro, ajudem-me, por favor! Me desamarrem!
Dentre os discípulos da academia Yoshioka, alguns o conheciam de vista.
— Ora, já vi este sujeito na Hospedaria Yomogi.
— É o marido de Okoo.
— Marido? Que eu saiba, ela não tinha marido.
— Essa é a lorota que ela contou a Gion Toji. Na verdade, ela sustentava este sujeito.
Penalizado, Denshichiro interrompeu os discípulos que se haviam engajado em mexericos, ordenando-lhes que o desamarrassem. Uma vez libertado, Matahachi, com vergonha de contar a verdade pura, recorreu uma vez mais à criatividade para explicar sua situação.

Quando percebeu que se defrontava com membros da casa Yoshioka, lembrou-se oportunamente de seu velho amigo e atual desafeto, Musashi, e trouxe à baila esse nome, explicando que os dois provinham da mesma vila em Sakushu, mas que Musashi lhe roubara a noiva e fugira da terra natal, enlameando o nome da família Hon'i-den e tornando impossível a ele, Matahachi, encarar novamente o povo da própria vila.

Por esse motivo, continuou ele, sua idosa mãe, Osugi, apesar da idade, partira de sua terra natal jurando não retornar enquanto não matasse Musashi e justiçasse a nora infiel, e estavam atualmente, ele e a mãe, em busca de uma oportunidade para concretizar o juramento.

---

12. Bunji: período em que governou o Imperador Gotoba (1185-1190).

Há pouco, disse ainda Matahachi, ouvira alguém chamando-o de marido de Okoo, mas isso não passava de um terrível engano: vivera momentaneamente na Hospedaria Yomogi, é verdade, mas não tinha nenhum interesse por Okoo. A notória relação de Gion Toji com Okoo, assim como a recente evasão dos dois para terras desconhecidas, provava esse ponto e esclarecia definitivamente o mal-entendido, achava ele.

Mas tais detalhes tanto faziam a ele, Matahachi, sendo sua atual e única preocupação descobrir o paradeiro da mãe e do arquiinimigo, Musashi. Havia poucos dias, ele ouvira em Osaka que o herdeiro dos Yoshioka tinha-se batido com Musashi e perdera. A notícia o afligira muito e o instigara à ação, mas chegando até aqui, havia deparado com uma dezena de bandoleiros que lhe haviam roubado o dinheiro e todos os pertences. Nem pensara em reagir, pois sobre seus ombros pesavam duas grandes responsabilidades: uma idosa mãe e uma vingança. Assim, deixara-se roubar, cerrara os olhos e esperara resignado.

— Agradeço-lhes do fundo do coração por terem me salvado. Tanto para mim como para a casa Yoshioka, Musashi é um inimigo odioso, com ele não podemos conviver debaixo de um mesmo firmamento. E ter sido salvo por pessoas da casa Yoshioka talvez mostre a existência de um elo unindo nossos destinos. Pelo que vejo o senhor é o irmão mais novo de Seijuro-sama. Pois aqui estamos nós, o senhor e eu, decididos a eliminar Musashi. Veremos qual de nós alcançará o objetivo primeiro e, no dia em que isso se concretizar, encontrar-nos-emos novamente.

Pelo jeito, Matahachi achara que a mentira pura e simples não se sustentaria e havia misturado parcelas de verdade na sua história.

Mas apesar de todo o seu descaramento, Matahachi começou a sentir uma ponta de vergonha quase no final do discurso, quando acrescentara um floreio a mais e dissera: "Veremos qual de nós alcançará primeiro o objetivo." Temendo ser desmascarado, juntou depressa:

— Vou agora mesmo ao encontro de minha mãe, Osugi, que está em retiro religioso no templo Kiyomizudera rezando pela concretização da vingança por que tanto sonhou. Nos próximos dias, nós dois iremos especialmente à academia da rua Shijo, para apresentar-lhes nossos agradecimentos. Sinto tê-los atrasado quando sei que estavam com pressa. Até logo, senhores.

Forçoso é reconhecer que, em se tratando do inepto Matahachi, sair rapidamente de cena deixando para trás os atônitos discípulos Yoshioka foi um rasgo de genialidade, muito embora tivesse cheiro de último recurso, ditado pelo desespero.

Enquanto o grupo tentava ainda decidir se o que ele lhes dizia era verdade ou mentira, Matahachi já tinha desaparecido. Denshichiro, cercado pelos atônitos discípulos, sorriu a contragosto e disse:

— Que raios era aquele sujeito?...

Acompanhou com o olhar o vulto que já ia longe e estalou a língua, irritado por ter perdido tempo.

V

Quatro dias já se haviam passado desde que o médico diagnosticou: "Os próximos dias serão cruciais." Realmente, esses haviam sido os piores dias, mas desde a noite anterior Seijuro parecia sentir-se um pouco melhor.

Olhos abertos fitando vagamente o teto, pensava ele nesse momento: "Estará amanhecendo ou anoitecendo?"

A lamparina à sua cabeceira estava prestes a se apagar. Não havia ninguém no aposento. No quarto contíguo, alguém roncava. Homens cansados da tarefa de velar o enfermo haviam-se jogado no *tatami* sem ao menos desfazer os *obi* e dormiam.

"Um galo cantando..."

Estava vivo ainda, tornou a pensar, desgostoso.

"Sou uma vergonha!"

Seijuro atraiu a si a borda da coberta e cobriu o rosto. As pontas dos dedos tremiam: chorava, talvez.

"E agora, com que cara enfrento o mundo?", tentando conter o soluço que lhe subia à garganta.

A fama do pai, Kenpo, fora excessiva. Seijuro, pobre filho indigno do nome, não só viera até aqui aguentando precariamente o peso da fama e da fortuna do pai, como também fora por elas destruído.

— Acabou-se! É o fim da casa Yoshioka.

Com um último bruxuleio, a lamparina extinguiu-se à sua cabeceira. A luz pálida da madrugada infiltrou-se no aposento. A manhã enevoada na campina do templo Rendaiji tornou a surgir-lhe na cabeça.

O olhar de Musashi, naquele instante!

Só de lembrar, sentia-se arrepiar. Mas por que não lançara ao chão a própria espada, não procurara um meio de preservar o nome da casa? Afinal, Musashi nunca fora seu inimigo no sentido real da palavra.

"Foi muita pretensão de minha parte. Como se a reputação de meu pai pudesse de algum modo ser minha! Pensando bem, que fiz eu para merecer o nome do meu pai, afora ter nascido seu filho? Muito antes de ser derrotado por Musashi, eu já estava destinado à derrota, como homem e como líder de um clã. O duelo com Musashi apenas apressou o desfecho final, a minha destruição. Cedo ou tarde ela viria. Esta academia não poderia continuar sendo a única a prosperar para sempre, à margem da correnteza que assola a sociedade estes dias."

Sobre as pestanas dos olhos cerrados, uma lágrima formou-se e refletiu a luz branca da madrugada. A gota escorreu bordejando a orelha. Seijuro sentiu um aperto no coração.

"Por que não morri na campina do templo Rendaiji? De que me adianta continuar vivo nestas condições?"

Franziu o cenho em agonia, sentindo dor no toco do braço e medo da manhã que se avizinhava.

Nesse instante, ouviu ao longe fortes batidas no portal. Alguém veio avisar aos homens que dormiam no quarto ao lado.

— Como disse? Denshichiro-sama?

— Ele acaba de chegar?

Passos apressados dos que corriam a recebê-lo cruzaram-se com os de outros que vinham em sentido contrário, rumo ao aposento de Seijuro.

— Jovem mestre, jovem mestre! Uma boa notícia! Denshichiro-sama acaba de chegar na liteira expressa e logo estará aqui para vê-lo.

Mal houve tempo de correr e abrir as portas de madeira externas, alimentar o fogo no fogareiro portátil e arrumar uma almofada antes que uma voz perguntasse do outro lado da divisória:

— É este o quarto do meu irmão?

"Denshichiro! Há quanto tempo não o vejo!", pensou Seijuro, sentindo-se, apesar da saudade, acabrunhado ante a ideia de ser visto naquele estado.

— Meu irmão!

Seijuro ergueu o olhar debilitado para o irmão mais novo que entrava pela porta e tentou sorrir, mas não conseguiu.

Um forte cheiro de saquê lhe veio do irmão.

VI

— Que houve, mano?

Denshichiro vendia saúde e sua exuberância pesou como sombra sobre o espírito enfraquecido de Seijuro. Olhos cerrados, nada disse por instantes.

— Viu só? Posso não ser grande coisa, mas sirvo na hora do aperto, não sirvo? Quando o mensageiro me contou a história, larguei tudo e parti incontinenti de Mikage, parei um instante na zona alegre de Osaka, fiz os preparativos para a viagem, abasteci-me de saquê e viajei toda a noite sem descansar. Tranquilize-se agora, meu irmão: estou aqui e não permitirei que mais ninguém se aproxime desta academia ou a prejudique de alguma forma.

Voltou-se a seguir para o homem que entrava trazendo chá e disse:

— Que é isso? E eu lá sou de tomar chá? Prepare-me um bom gole de saquê!

— Sim, senhor.

Mal o atendente se afastou, gritou de novo:

— E que alguém feche estas portas! Não veem que meu irmão pode se resfriar, cretinos?

Mudou de posição sentando-se informalmente, com as pernas cruzadas à frente, abraçou o pequeno fogareiro e espiou o rosto do irmão silencioso:

— Mas me diga: de que jeito vocês se bateram? Miyamoto Musashi é um nome que apenas começa a despontar! Como é que um veterano como você, meu irmão, foi deixar-se aleijar por esse principiante?

Um discípulo chamou-o discretamente da entrada do aposento:

— Denshichiro-sama!

— Que há?

— Seu saquê está pronto!

— Traga-o aqui.

— Está à sua espera no aposento ao lado. Tome um banho, primeiro, e venha servir-se.

— E quem disse que quero tomar banho? Traga-me já o saquê, vou bebê-lo aqui mesmo!

— Mas... à cabeceira do seu irmão acamado?

— Qual é o problema? Há muito não troco ideias com ele. É verdade que não andávamos em bons termos, mas num momento como este, só mesmo um irmão para entender o outro. Bebo aqui mesmo.

Logo, estava tomando duas a três doses seguidas, comentando:

— Ah, isto é bom! Se você não estivesse doente, oferecer-lhe-ia também um trago, meu irmão.

Seijuro olhou de esguelha para o irmão mais novo e disse:

— Denshichiro.

— Hum?

— Não beba à minha cabeceira.

— Ora, por quê?

— Porque me lembra inúmeras coisas desagradáveis, que me deixam ainda mais irritado.

— Que coisas desagradáveis?

— Nosso falecido pai deve estar desaprovando o vício que ambos desenvolvemos. A bebida nos levou, a você e a mim, a praticar atos de que não nos podemos orgulhar, Denshichiro.

— Você está querendo dizer que erramos?

— Você por certo ainda não sentiu na pele a consequência dos seus erros. Mas eu, deitado aqui, estou provando do amargo cálice até a última gota.

— Ah-ah! Quanta besteira! Você, meu irmão, sempre foi um tipo delicado, nervoso, falta-lhe o espírito forte do verdadeiro espadachim. Francamente falando, esse seu duelo com Musashi foi um erro desde o começo. Você não foi talhado para se bater em duelos, seja contra quem for. Veja se aprende a lição e abandona definitivamente a espada. De agora em diante, fique quieto em seu lugar, apenas representando o papel de herdeiro dos Yoshioka. E quando surgir algum valentão que insista em desafiá-lo, eu, Denshichiro, bater-me-ei em seu lugar. Deixe também a academia por minha conta, doravante: prometo-lhe que a farei prosperar muito mais que nos tempos do nosso pai. Isto se você não recusar a ajuda por suspeitar que pretendo usurpar-lhe o lugar.

Despejou as últimas gotas do saquê na taça.

— Denshichiro! — disse Seijuro, tentando erguer-se de repente. A ausência de um dos braços o impediu, porém, até de afastar as cobertas a contento.

VII

— Ouça-me, Denshichiro!

Surgindo das dobras da coberta, a mão de Seijuro agarrou com firmeza o pulso do irmão. O aperto era tão forte que chegava a machucar.

— Eee-pa! Cuidado, meu irmão, quase me fez derramar o saquê! — reclamou Denshichiro, trocando a taça de mão às pressas. — Que é? Você me parece solene demais.

— Posso atender ao seu pedido e lhe ceder a academia. No entanto, preste atenção: ao assumir a academia você estará assumindo também a casa Yoshioka, compreende?

— Claro! Eu assumo!

— Não aceite com tanta facilidade! Pense bem: se é para você seguir os meus passos e tornar a sujar o nome de nosso pai, melhor será extinguir a casa agora.

— Não diga asneiras. Eu não sou você, meu irmão.

— Promete corrigir-se e tentar?

— Espere um pouco! O saquê não largo, por nada no mundo.

— Está bem, mas beba com moderação. Meu erro não foi beber.

— Foram as mulheres, não foram? Seu ponto fraco sempre foram as mulheres. Quando sarar, case-se e sossegue de vez.

— Não. Abandono a carreira de espadachim nesta oportunidade. E não vou me casar também. Apenas... há uma certa pessoa que tenho de ajudar.

Quando a vir feliz, nada mais me restará a desejar. Pretendo acabar meus dias em algum casebre de uma campina qualquer.

— Ora, e a quem você quer ajudar?

— Isso não vem ao caso. Cuide da casa doravante, Denshichiro. Este seu irmão, derrotado e aleijado, ainda tem um resto de orgulho e honra: apesar de tudo, sou um *bushi*. Mas é passando por cima desses sentimentos que lhe peço, com toda a humildade: não siga meus passos, Denshichiro, não trilhe o mesmo caminho que trilhei. Entendeu?

— Entendi! Prometo-lhe que ajustarei contas com Musashi e restaurarei seu bom nome muito em breve. Por falar nisso, onde anda ele ultimamente? Você sabe?

— Ele quem? Musashi? — perguntou de volta Seijuro, olhos arregalados fitando o irmão, como se acabasse de ouvir algo inesperado. — Você não me entendeu, Denshichiro? Mal acabo de preveni-lo e você já quer bater-se com ele?

— Que é isso, meu irmão? É mais do que óbvio que eu queira bater-me com ele, a esta altura dos acontecimentos! E não foi para isso que me mandou buscar? Ainda não se tinha dado conta de que seus discípulos e eu largamos tudo e viajamos incontinenti noite adentro porque queríamos pegar Musashi antes que ele fugisse para outra província? Ora essa!

— Você está enganado, redondamente enganado! — disse Seijuro, sacudindo a cabeça. Seus olhos fitaram o espaço, como se ali vissem o futuro. — Desista! — ordenou, com o tom autoritário de um irmão mais velho.

Denshichiro não gostou.

— E por quê, posso saber? — perguntou agressivamente.

O tom da pergunta fez o sangue voltar a afluir ao rosto pálido de Seijuro.

— Porque nunca o vencerá! — sussurrou com veemência.

— Nunca vencerá quem? — tornou Denshichiro, empalidecendo, ao contrário do irmão.

— Musashi!

— Mas quem não vencerá Musashi? De quem você está falando?

— De você, está claro! Você não será capaz de vencer Musashi! Sua habilidade não é suficiente, é disso que estou falando!

— Absurdo! Totalmente absurdo! — respondeu Denshichiro, sacudindo os ombros e rindo abertamente. Desvencilhou o braço que o irmão ainda retinha e tornou a beber um novo gole.

— O saquê acabou! Tragam mais! — gritou para os discípulos.

VIII

Quando um dos discípulos, atendendo ao chamado, acorreu da cozinha com uma nova dose de bebida, já não encontrou Denshichiro à cabeceira do irmão.

— Ora... — murmurou, depositando a bandeja sobre o *tatami*. — Que aconteceu, jovem mestre? — perguntou em seguida, aproximando-se impetuoso da cabeceira de Seijuro, horrorizado ao vê-lo caído de bruços no meio das cobertas.

— Chame-o! Vá chamá-lo! Quero falar com ele mais uma vez. Traga Denshichiro até aqui, preciso falar com ele de novo!

— Si-sim, senhor, imediatamente! — respondeu o discípulo, aliviado ao ouvir a voz firme de Seijuro, e saindo às pressas para cumprir as ordens.

Denshichiro foi localizado quase em seguida. Ele tinha ido para a academia, local que há muito não visitava, e estava no salão de treinos.

Ao seu redor sentavam-se veteranos como Ueda Ryohei, Nanbo Yoichibei, Miike e Otaguro, gente que também havia muito ele não via.

— Já foi ver seu irmão? — perguntou um deles.

— Acabo de falar com ele — respondeu Denshichiro.

— Ele ficou feliz em revê-lo, não ficou?

— Nem tanto. Eu mesmo estava bastante emocionado até chegar ao seu quarto. Mal o vi, porém... Ele estava carrancudo, e eu acabei dizendo-lhe coisas que não devia. Logo estávamos discutindo, como sempre.

— Discutindo? Mas isso foi imprudente de sua parte, Denshichiro-sama. O estado de saúde de seu irmão estabilizou-se um pouco a partir da noite passada! Como pôde discutir com um homem em tais condições?

— Ei, esperem um pouco!

Denshichiro mantinha com os veteranos um relacionamento cordial, de velhos amigos. Pôs a mão sobre o ombro de Ueda Ryohei, que havia iniciado o sermão, e o sacudiu de leve, patenteando a força dos braços mesmo através de um gesto amistoso.

— Antes de mais nada, escutem só o que meu irmão me disse. "Sei que pretende se bater com Musashi para limpar meu nome, mas você não tem chance alguma de vencê-lo. E se até você for derrotado, será o fim desta academia. A linhagem se extinguirá. Deixe-me assumir sozinho toda a desonra desse episódio, declarar de público que abandono para sempre a espada, e retirar-me do mundo. Você tem de assumir o posto de pilar da academia e recuperar, com esforço e diligência, o bom nome desta casa." Foi isso o que ele me disse!

— Bem pensado...

— Como disse?

— ...

O discípulo que viera à procura de Denshichiro achou oportuno interrompê-los na breve pausa do diálogo:

— Denshichiro-sama: seu irmão pede-lhe que retorne à sua cabeceira.

Denshichiro voltou-se para trás apoiado numa das mãos e fitou com frieza o discípulo:

— Que fez com o saquê?

— Levei-o para o quarto do jovem mestre.

— Traga-o aqui. Quero que todos bebam comigo enquanto conversamos.

— Mas o jovem mestre...

— Não amole! Meu irmão parece doente, doente de medo. Traga o saquê para cá!

Os demais, incluindo Ikeda e Miike, intervieram ao mesmo tempo:

— Não se incomode conosco, Denshichiro-sama, isto não é hora de beber.

Denshichiro irritou-se e bradou:

— Que há com vocês! Não me digam que até vocês têm medo desse Musashi! Ele está sozinho, não se esqueçam!

IX

O episódio abalou muito a casa Yoshioka, exatamente por ser tão famosa.

O único golpe desfechado por Musashi com sua espada de madeira não só aleijara o líder do clã, como também destruíra pela base todo o reconhecido poderio da academia Yoshioka.

A inabalável confiança do grupo, que jamais havia considerado a possibilidade de uma derrota, começava a desmoronar. O clã tinha perdido a coesão até para solucionar problemas que a derrota trouxera.

O choque tinha um gosto amargo e seus traços eram ainda visíveis nas feições desoladas de todos os discípulos, dias depois do episódio. Qualquer tipo de consulta conseguia dividir opiniões e tornava difícil o consenso, porque alguns tendiam a uma atitude negativa, atraídos pela opinião do líder derrotado, enquanto outros assumiam postura positiva e exigiam uma reação radical.

Antes ainda da chegada de Denshichiro, as opiniões já se dividiam:

"Desafiamos Musashi mais uma vez e tentamos um novo acerto de contas?", ou "Adotamos uma estratégia cautelosa para preservar a academia?"

Essas duas correntes digladiavam-se até no meio dos veteranos, sendo visíveis agora nos rostos dos discípulos reunidos em torno de Denshichiro, alguns expressando tácito apoio à opinião dele, outros parecendo secretamente concordar com Seijuro.

Um ponto, porém, parecia claro: nenhum veterano podia compartilhar uma atitude conformista, por mais que com ela concordasse intimamente. "A vergonha que hoje sentimos é passageira; não reajam para não piorar ainda mais a situação", era o tipo de opinião que só Seijuro, o homem que acabava de experimentar a derrota, podia defender.

Sobretudo na frente de Denshichiro e de sua esfuziante vitalidade ninguém conseguia manter-se apático.

— Sei que meu irmão não está em sua melhor condição física, mas como posso compactuar com essa atitude covarde, digam-me? — reclamou Denshichiro, enchendo as taças que lhe haviam sido trazidas e distribuindo-as, dando a impressão de querer implantar na academia recém-assumida um ambiente arrojado tipicamente seu.

— Pois eu lhes juro que vencerei Musashi! Diga meu irmão o que disser, eu o liquidarei. Como pode ele, um *bushi*, dizer-me para deixar Musashi em paz e preocupar-me apenas em preservar o bom nome dos Yoshioka e administrar direito a academia? Esse jeito de pensar foi responsável pela derrota dele, é óbvio! Quanto a vocês, vou prevenindo: não me confundam com meu irmão! Entendido?

— Mas é claro... — respondeu Nanbo Yoichibei, hesitante, para depois acrescentar: — Claro que acreditamos em sua habilidade. No entanto...

— No entanto o quê?

— Seu irmão acha que Musashi é um reles estudante de artes marciais, e que esta é uma casa famosa desde os tempos dos xoguns Muromachi: postos numa mesma balança, percebe-se logo que um duelo só nos pode ser desvantajoso, tão inútil quanto jogar *bakuchi*, ganhemos ou percamos. Acho que foi isso o que ele sentiu, com todo o seu bom senso.

— *Bakuchi*? — repetiu Denshichiro. Um brilho impertinente surgiu-lhe no olhar. Nanbo Yoichibei corrigiu-se depressa:

— A expressão foi infeliz. Retiro essa palavra.

Mas Denshichiro não ouviu até o fim.

— Retire-se, covarde! — disse, agarrando-o pela gola e erguendo-se.

— Desculpe-me, foi um lapso — tornou Yoichibei.

— Cale a boca! Você é um covarde, não merece sentar-se ao meu lado. Saia daqui! — ordenou, empurrando-o com força.

Lançado contra a parede da academia, Yoichibei, pálido, permaneceu por alguns instantes em silêncio. Logo se sentou formalizado e, com calma, disse:

— Senhores, agradeço a consideração com que me trataram durante os muitos anos de convivência.

Curvou-se em direção ao altar central e, levantando-se abruptamente, deixou a mansão.

Denshichiro nem sequer o viu retirar-se.

— Vamos, bebam! — disse, oferecendo saquê a todos. — Depois disso, gostaria que saíssem à procura do local onde Musashi se hospeda. Acho que ele ainda não fugiu para outra província. Pelo contrário, deve andar por aí todo empertigado, alardeando a vitória. Procurá-lo será a primeira providência, prestem atenção. Em seguida, vamos falar da academia: ela não pode continuar deste jeito, abandonada. Os treinos devem continuar diariamente, como de hábito. Vou descansar um pouco agora, mas prometo vir mais tarde participar dos treinamentos. Previno-os, porém, desde já: o meu estilo, diferente do de meu irmão, é mais violento. Levem isso em consideração e treinem os novatos com maior vigor, certo?

X

Sete dias haviam se passado desde os últimos acontecimentos, quando um discípulo entrou gritando na academia:

— Descobri!

Fazia já alguns dias que Denshichiro vinha submetendo os discípulos a um treino brutal, conforme havia anunciado.

No momento, um grupo de discípulos de expressão ressabiada amontoava-se a um canto do salão: cansados da vitalidade do segundo filho dos Yoshioka e com medo de ser convocados a treinar, assistiam ao massacre do veterano Otaguro Hyosuke.

— Espere um pouco, Otaguro — disse Denshichiro, retraindo a espada de madeira e voltando-se para o discípulo que se sentara a um canto do salão de treinos. — Descobriu? — perguntou.

— Sim, senhor!

— E onde estava Musashi?

— Numa rua a leste do bairro Jisso-in, também conhecida como rua Hon'-ami pelos habitantes locais. E, pelo jeito, Hon'ami Koetsu hospedou-o num aposento nos fundos da sua mansão.

— Ele se hospeda na casa de Koetsu? Ora, essa! Como poderia Musashi, um estudante de artes marciais provinciano, conhecer o famoso Koetsu?

— Não sei desses detalhes, mas uma coisa é certa: ele está hospedado em sua casa.

— Muito bem, vamos para lá agora! — disse, indo a largas passadas em direção aos seus aposentos para se preparar. Nesse instante, os veteranos Otaguro Hyosuke e Ueda Ryohei o detiveram:

— Espere! Não podemos chegar de repente e liquidá-lo, pois isso dará a impressão de que estamos envolvidos numa briga de rua e será malvisto pela sociedade, mesmo que a vitória seja nossa.

— Não concordo! Regras podem reger os treinos, mas num duelo real ganha quem vencer.

— Mas não foi assim que procedemos quando do seu irmão. No nosso entender, o senhor fará melhor enviando-lhe primeiro uma carta de desafio, estabelecendo local, dia e hora do duelo, e depois batendo-se abertamente com ele.

— Têm razão. Farei como dizem. Mas no ínterim, não me vão vocês também mudar de ideia por influência do meu irmão e tentar me impedir de duelar!

— Fique tranquilo: todos os ingratos, dissidentes e desertores já se afastaram da academia nestes últimos dez dias.

— E isso acabou fortalecendo-nos, em última análise. Quero que insolentes como Gion Toji e covardes como Nanbo Yoichibei afastem-se voluntariamente da academia.

— E antes de mandarmos o desafio a Musashi, será melhor comunicar o que pretendemos fazer ao jovem mestre.

— Disso me encarregarei pessoalmente. Não confio em vocês para essa missão.

Desde a desavença de dez dias atrás, os dois irmãos continuavam sem se falar. Nenhum dos dois mudara de opinião. Os veteranos rezavam para que não se desentendessem outra vez, mas como não ouviram nenhuma altercação, começaram a estudar os termos do desafio a Musashi, tentando estabelecer dia e local do segundo duelo.

Foi então que, proveniente dos aposentos de Seijuro, ouviram uma voz chamando:

— Ueda, Miike, Otaguro, todo mundo! Venham cá um instante! A voz não era de Seijuro.

No quarto, depararam com Denshichiro, em pé, sozinho, com ar perdido, olhos úmidos. Era a primeira vez que os veteranos o viam nesse estado.

— Leiam isto! — disse ele, em tom raivoso apesar da consternação, passando-lhes a mensagem deixada por Seijuro. — Olhem só o que ele me fez: escreveu-me uma longa carta de despedida e foi-se embora, sem ao menos me dizer para onde!

O BECO

I

A mão que empunhava a agulha deteve-se repentinamente:

— Quem está aí? — perguntou Otsu. — Quem é?

Correu o *shoji* que dava para a varanda e espiou, mas não viu ninguém. Tinha-se enganado, percebeu Otsu desanimada. Faltava-lhe apenas pregar a gola e fazer a barra para completar a reforma do quimono, mas perdeu a vontade.

— Pensei que fosse Jouta-san... — murmurou, contemplando a manhã vazia, ainda expectante. Qualquer indício de presença humana nas proximidades da casa logo fazia Otsu pensar que Joutaro viera vê-la.

A casa ficava ao pé da ladeira Sannenzaka.

A região era densamente povoada, mas bastava entrar uma rua além da principal que logo surgiam matagais, plantações e pessegueiros desabrochando na morna brisa da primavera.

A casinha isolada onde Otsu se encontrava agora tinha ao fundo as árvores de um jardim vizinho e uma horta rústica de aproximadamente trezentos metros quadrados na frente. Logo depois da horta se avistava a cozinha de uma hospedaria, de onde provinha um incessante ruído de pratos e panelas desde as primeiras horas da manhã até tarde da noite. Com efeito, a casinha era parte da hospedaria, e de lá vinham as refeições.

A velha Osugi — ausente no momento — hospedava-se habitualmente nessa estalagem toda vez que vinha a Kyoto, sendo a pequena casa isolada no meio da horta a preferida da "idosa senhora", como era conhecida.

— Otsu-san, está na hora do almoço! Posso levar a bandeja? — gritava uma mulher da porta da cozinha, do outro lado da horta.

Despertando do devaneio, Otsu respondeu:

— O almoço? Não o traga ainda. Vou esperar obaba-sama para almoçar em sua companhia.

A isso, a mulher à porta da cozinha tornou a gritar:

— Quando saiu de manhã, ela disse que só voltaria bem mais tarde. Acho que ela só chega de noite.

— Nesse caso, não vou almoçar. Não estou com fome.

— Como é que você aguenta tanto tempo sem comer? Que coisa!

Uma densa fumaceira cheirando a lenha de pinheiro ocultou os pessegueiros da horta e a hospedaria adiante.

Pelas redondezas havia diversas oficinas de ceramistas, e a vizinhança ficava enfumaçada nos dias em que esses profissionais acendiam seus fornos para queimar a louça. Dispersada a fumaça, o céu luminoso anunciando a primavera ressurgia mais belo do que nunca.

Relinchar de cavalos, passos de romeiros rumando para o templo Kiyomizudera e um burburinho contínuo chegavam da rua principal até a casinha. E no meio dessa balbúrdia urbana Otsu ouvira que Musashi tinha derrotado Yoshioka Seijuro.

Seu coração saltara de alegria enquanto evocava a imagem de Musashi.

"Jouta-san deve ter ido ao campo do templo Rendaiji. Se ele viesse me ver, poderia me contar detalhes..." Tomada de aguda impaciência, esperava por ele.

Mas desde o dia em que se haviam separado na ponte Oubashi, isto é, mais de vinte dias atrás, ela nunca mais vira Joutaro.

"Será que não conseguiu me encontrar? Não é possível: eu lhe disse claramente que estaria numa estalagem no fim da ladeira Sannenzaka. Se ele quisesse me encontrar de verdade, perguntaria de casa em casa e chegaria até aqui...", pensava às vezes. Em outras, preocupava-se: "E se ele adoeceu, ou pegou um resfriado e estiver de cama?"

Impossível! Não dava para imaginá-lo acamado, logo Joutaro! Com certeza passava o tempo soltando pipas nesse lindo dia de primavera. A ideia a irritou.

II

Logo, porém, a jovem imaginou que Joutaro também poderia estar do mesmo modo esperando por ela, pensando: "Ela bem podia vir me ver ao menos uma vez. Afinal, a distância não é tão grande assim. Além disso, ela precisava se lembrar de vir à mansão Karasumaru para agradecer!"

Otsu com certeza dava-se conta de que devia essa visita de cortesia, mas ao contrário de Joutaro, que podia vir vê-la quando quisesse, ela tinha no momento dificuldades para chegar à mansão Karasumaru, proibida como estava de sair de casa por qualquer motivo sem o consentimento da velha Osugi.

"E por que não saía ela agora, aproveitando esse momento de solidão?" — podia pensar alguém que desconhecesse as circunstâncias. Pois a velha Osugi não era nada boba. Olhos vigilantes observavam Otsu o tempo todo, porque a anciã pedira ao pessoal da hospedaria que assim procedesse. Bastava que a jovem saísse um instante à rua, apenas para observar o movimento, para logo alguém da hospedaria vir-lhe perguntar em tom casual:

— Aonde vai, Otsu-san?

Pois Osugi tinha-se tornado bastante conhecida e respeitada na vizinhança do templo Kiyomizudera por conta do patético episódio do ano anterior, em que, velha como estava, desafiara Musashi para um duelo com armas reais. Os acontecimentos ganharam notoriedade pela boca dos liteireiros e carregadores locais, que haviam testemunhado o episódio:

— A velha é durona!

— Ela é muito corajosa!

— Disse que saiu de casa para restaurar a honra da família!

Os boatos haviam aumentado a popularidade da velha Osugi, chegando até a criar um clima de veneração. Por conseguinte, era perfeitamente natural que gente simples, como empregados de hospedaria, se empenhasse em cumprir as ordens da velha senhora ao ouvi-la pedir:

— Essa menina e eu temos um pequeno problema particular. Por favor, não a deixem fugir na minha ausência.

Seja como for, Otsu não podia afastar-se do local sem permissão. Tinha de pedir a ajuda das pessoas da hospedaria até para mandar um bilhete, e assim não lhe deixavam alternativa senão esperar pacientemente pela visita de Joutaro.

Otsu recolheu-se novamente para trás do *shoji* e recomeçou a reformar o traje de viagem da velha Osugi.

Nesse instante, outro vulto surgiu do lado de fora da casa e uma voz feminina desconhecida murmurou:

— Ora! Será que me enganei?

Vindo da rua principal, a mulher tinha entrado pela estreita viela e parara surpresa e algo confusa ante a visão da horta e da casinha isolada no meio do beco.

Esticando o pescoço, Otsu espiou. Debaixo do pessegueiro, junto à estreita passagem entre cebolinhas verdes, havia uma mulher parada. Ao dar com os olhos em Otsu, a mulher disse:

— Por favor...

Baixou a cabeça, parecendo ligeiramente desconcertada.

— Diga-me: isto aqui não é uma hospedaria? Li um anúncio numa lanterna na entrada do beco e entrei, certa de que fosse!

Parecia perturbada, sem saber se ia ou ficava.

Otsu apenas examinava a mulher da cabeça aos pés, esquecida até de responder. O olhar com certeza causou estranheza, pois a desconhecida, cada vez mais confusa, disse:

— Onde é que estou?

Passeou o olhar pelo telhado da casa e tornou a contemplar o pessegueiro em flor.

— Que lindo! — comentou, fingindo-se embevecida para disfarçar o constrangimento.

"É ela! A mulher da ponte Oubashi!", lembrou-se Otsu. Ou será que se enganava? Otsu buscava avivar a memória: manhã do primeiro dia do ano..., boca da ponte Oubashi, e uma bela jovem que chorava reclinada ao peito de Musashi! Na ocasião, Otsu não tinha sido vista pela jovem, mas... esta não seria a pessoa cuja lembrança vinha incessantemente atormentando-a, a inesquecível, odiosa rival?

III

A mulher da cozinha havia por certo avisado a recepção da hospedaria, pois logo um serviçal deu a volta pelo beco e perguntou:

— Senhora! Procura uma hospedaria?

O olhar inquieto de Akemi voltou-se para ele:

— Isso mesmo! Onde fica?

— Logo aí, na entrada do beco. Sim, senhora, na esquina da viela, do lado direito dela.

— Ah, mas nesse caso dá para a rua principal?

— Dá, sim, mas é bem tranquila.

— Eu estava procurando uma estalagem discreta, de onde pudesse chegar e sair sem chamar a atenção, e dei com o anúncio na entrada do beco. Achei que tinha encontrado aquilo que eu procurava aqui no fundo.

Voltou o olhar para a casinha isolada onde estava Otsu e tornou:

— Isto aqui não faz parte da hospedaria?

— Faz, sim. É uma extensão da hospedaria.

— Esta casa seria perfeita para mim. Parece pouco movimentada... e bem escondida.

— Mas temos também ótimos aposentos na construção principal!

— Apesar de tudo, gostaria que me deixasse ficar aqui. Para minha sorte, a outra hóspede é também uma mulher, ao que vejo.

— Acontece que esta jovem está em companhia de outra senhora, idosa e de gênio um tanto difícil.

— A mim isso não incomoda, realmente.

— Nesse caso, perguntarei a essa senhora mais tarde, quando ela retornar, se não se importa de partilhar o alojamento com uma estranha.

— Enquanto isso posso aguardar num aposento qualquer da hospedaria, lá na frente...

— Por favor. Tenho certeza que gostará dos aposentos no prédio principal.

Akemi acompanhou o ajudante e se afastou.

Otsu acabara por não dizer nada até o fim, e arrependia-se agora de não lhe ter feito algumas perguntas. Sempre fora introvertida, era um defeito seu, reconhecia bastante aborrecida.

Que tipo de relação existia entre essa mulher e Musashi? Ao menos disso gostaria de saber.

Sobre a ponte Oubashi, os dois haviam conversado por um tempo considerável. E não fora um diálogo simples: afinal, a mulher acabara chorando e Musashi a abraçara.

Otsu tentava combater uma a uma as suposições que o ciúme engendrava, mas era obrigada a reconhecer que, desde aquele dia, entrevia em seu íntimo sentimentos complexos e dolorosos, até então desconhecidos para ela.

"Uma mulher mais bonita que eu!"

"Tem melhores oportunidades de se encontrar com ele."

"Mais desembaraçada, mais competente para atrair homens."

Otsu, para quem o mundo havia sido só dela e de Musashi, percebeu de súbito a existência de outras mulheres e sentiu-se deprimida com a própria falta de atrativos.

"Não me acho bonita."

"Não tenho um dom especial."

"Não tenho fortuna ou família."

Ao se comparar às outras mulheres do vasto mundo, achou que esperava demais e que seus sonhos eram loucos. Não via em si traços da coragem que muito tempo atrás a fizeram arrostar a tempestade e escalar o cedro centenário do templo Shippoji, mas apenas a fraqueza que a forçara a ocultar-se atrás do carroção, perto da ponte Oubashi.

"Preciso do apoio de Jouta-san!", percebeu Otsu com dolorosa nitidez. "Acho que naquela época tive a coragem de escalar o cedro centenário no meio da tempestade porque ainda possuía um pouco da inocência do pequeno Jouta-san", pensou.

Ficar tão confusa era prova de que se distanciara da pureza dos velhos tempos, começou ela a achar. Uma lágrima correu pelo seu rosto e caiu sobre a costura.

— Você está aí ou não, Otsu? E por que raios não acende a luz?

O crepúsculo havia invadido o alpendre sem que Otsu se desse conta disso, e ali, na penumbra, a velha Osugi gritava rispidamente.

IV

— Já de volta, obaba-sama? Vou neste instante acender uma luz.

Acomodando-se no aposento mergulhado em sombras, Osugi lançou um olhar frio às costas de Otsu, que se dirigia a um cubículo do outro lado de uma divisória.

Otsu depositou a lamparina perto da idosa mulher e sentou-se formalmente.

— Cansou-se, obaba-sama? E aonde foi hoje?

— Que pergunta! — respondeu Osugi em tom severo. — Fui à procura do meu filho, Matahachi, e do esconderijo de Musashi, está claro!

— Quer... que lhe massageie as pernas?

— As pernas até que estão bem. Meus ombros, em compensação, andam rijos nestes últimos quatro ou cinco dias. Talvez seja o calor. Se tem vontade, massageie-os.

Era sempre com essa secura que Osugi reagia aos cuidados de Otsu. Mas ela precisava suportar essa provação por um curto tempo, apenas até encontrarem Matahachi e acertarem o passado, pensou a jovem, aproximando-se mansamente das costas da anciã.

— Realmente, suas costas estão muito tensas e devem ter-lhe causado desconforto, obaba-sama!

— Chego a sentir falta de ar enquanto ando. É a idade, que se há de fazer! Posso cair morta a qualquer momento, vítima de um ataque fulminante.

— O que é isso? Sua saúde é de dar inveja a muita gente nova! Nem pense nisso.

— Mas se até o tio Gon, sempre tão disposto, se foi como num sonho... A verdade é que ninguém sabe do amanhã. O único momento em que me sinto animar é quando penso em Musashi: aí então o ódio contra esse miserável se acende em meu peito, e sinto-me mais viva que qualquer um.

— Musashi-sama não é tão mau quanto a senhora imagina. Está totalmente enganada a esse respeito, obaba-sama.

Osugi riu, sacudindo os ombros.

— É verdade, tinha-me esquecido! Musashi é o homem por quem você abandonou Matahachi! Perdoe-me se falei mal dele.

— Ora, mas não foi por esse motivo que o defendi!

— Não foi? Contudo, tenho certeza de que seu coração bate muito mais forte por Musashi do que por Matahachi. Fale com franqueza, Otsu, seja honesta.

— ...

— Dentro em breve, quando eu localizar Matahachi, mediarei o encontro de vocês dois e esclarecerei toda a situação, conforme você deseja. A partir desse dia, você e eu nada mais teremos em comum, seremos duas estranhas. Com certeza vai correr na mesma hora para junto de Musashi e falar mal de nós, os Hon'i-den.

— E por que faria tal coisa, obaba-sama? Eu não sou desse tipo! Jamais me esquecerei do quanto fez por mim, pode acreditar!

— As mocinhas, hoje em dia, são boas de conversa. Como é que consegue disfarçar tão bem seus verdadeiros sentimentos e falar com tanta gentileza? Esta velha aqui, pelo contrário, é muito honesta: eu não consigo falar bonito como você. A partir do momento em que você se casar com Musashi, eu passarei a ser sua inimiga. É duro ter de massagear os ombros de uma inimiga, não é, Otsu? — disse a velha, rindo.

— ...

— Quer se casar com Musashi, não quer? Pense nisso e a provação se tornará suportável.

— ...

— E agora, por que chora?

— Não estou chorando.

— Que é isso que pingou em meu pescoço, nesse caso?

— Desculpe-me. Foi sem querer.

— Ah, pare de choramingar por causa dele e massageie com mais força! Desse jeito, parece até que tenho insetos rastejando sobre os meus ombros! Que coisa mais desagradável!

A luz de uma lamparina bruxuleou na horta. Era a menina da hospedaria trazendo o jantar, pensaram as duas mulheres.

À beira da varanda, porém, surgiu um homem com trajes de monge.

— Com licença. É aqui o aposento da matriarca dos Hon'i-den? — perguntou.

A lamparina que trazia nas mãos tinha uma inscrição: "Templo Kiyomizudera — Monte Otowayama."

V

— Sou um *doshu* do santuário Koando — disse o monge depositando a lanterna na varanda e retirando uma carta do peito. — Hoje, pouco antes do entardecer, um jovem *rounin* tiritante de frio meteu a cabeça dentro do santuário e perguntou se a velha senhora proveniente da província de Sakushu não tem vindo rezar ali nos últimos dias. Respondi-lhe que sim, que às vezes ela vinha. O jovem *rounin* pediu então que lhe emprestasse um pincel, escreveu esta carta, e me pediu que a entregasse quando a senhora por lá surgisse.

Não sei o que isso possa significar, mas como eu tinha algumas coisas a resolver na rua Gojo, aproveitei para trazer-lhe a carta imediatamente.

— Ora, a quanto trabalho se deu, monge! — agradeceu Osugi, oferecendo-lhe polidamente uma almofada e convidando-o a descansar. O monge, porém, recusou e foi-se embora em seguida.

— Que será isso?

Osugi aproximou-se da lamparina e abriu a carta. Algo em seu conteúdo devia tê-la emocionado, pois empalideceu a olhos vistos.

— Otsu!

— Sim? — respondeu Otsu da beira do braseiro, a um canto do aposento.

— O monge já se foi, não precisa mais servir o chá.

— Já se foi? Nesse caso, levarei o chá para a senhora.

— Pretende dar-me de beber o que outros recusaram? Muito obrigada! Minha boca não é ralo de pia, não está aqui para você escoar sobras. Não perca tempo com besteiras e apronte-se de uma vez!

— Como assim? Eu vou sair com a senhora?

— Isso mesmo. Vou solucionar seu caso ainda esta noite.

— Oh, mas então, a carta de há pouco é de Matahachi-sama?

— Não lhe interessa saber. Cale a boca e me acompanhe.

— Nesse caso, vou à cozinha pedir que apressem o nosso jantar.

— Você ainda não comeu?

— Eu estava à sua espera.

— Você e suas considerações inúteis! Como posso estar sem comer até esta hora, se saí de manhã? Acabo de almoçar e jantar de uma só vez, longe daqui. Se você ainda não jantou, peça para lhe fazerem alguma coisa rápida. Vá de uma vez!

— Sim, senhora.

— De noite, deve fazer frio no topo do Otowayama. Você já acabou de reformar o meu colete?

— Falta só um pouco para terminar o quimono forrado.

— Não estou falando do quimono! Apronte-me o colete. As meias estão lavadas? E acho que o cordão das sandálias está frouxo. Vá até hospedaria e me traga um par de sandálias novas.

As ordens se sucediam com tamanha rapidez que Otsu mal tinha tempo de responder.

A jovem obedecia sem ao menos questionar as ordens, tremendo de medo, só de sentir sobre si o olhar da velha.

Juntou o par de sandálias novas de modo que Osugi pudesse calçá-las com facilidade e disse:

— Está tudo pronto, obaba-sama. Acompanhá-la-ei quando quiser.

— Pegou a lamparina portátil?

— Não, senhora.

— Mas que parva! Pretendia fazer-me caminhar pelos ermos do Otowayama no escuro, sem a ajuda de uma luz? Peça uma na hospedaria, vamos!

— Que distração a minha! Vou até lá.

A Otsu não sobrara tempo para se arrumar.

Osugi dissera: "ermos do monte Otowayama". Onde, especificamente?

A dúvida lhe ocorreu, mas temendo uma resposta áspera, Otsu limitou-se a ir-lhe na frente, iluminando o caminho.

Não obstante, ela própria sentia-se alvoroçada. A carta de há pouco era com certeza de Matahachi. E nesse caso, a velha Osugi, cumprindo a promessa que vinha fazendo à jovem nestes últimos dias, ia tomar as medidas necessárias para solucionar os problemas que tanto a afligiam. Mais alguns momentos de paciência e perseverança, e Otsu se livraria das humilhações e maus-tratos.

"Retornarei ainda esta noite à mansão Karasumaru e verei Jouta-san, assim que eu resolver esta questão", decidiu-se Otsu.

A ladeira Sannenzaka era íngreme e acidentada, cheia de pedregulhos. Vencê-la exigia perseverança. Otsu continuou a caminhar observando as pedras.

AMOR EXTREMADO

I

Uma cascata estrondeava em algum lugar. O volume da água não havia crescido, mas o silêncio da noite aumentava o ruído.

— Tem uma placa nesta árvore que diz: "Cerejeira do santo Jishu." Este deve ser o santuário Jishu Gongen — observou Osugi.

As duas mulheres haviam subido bom trecho pela estrada que passava ao lado do templo Kiyomizudera, mas a velha Osugi sequer se queixara de falta de ar.

— Filho, meu filho! — chamou Osugi voltada para a escura noite, em pé na frente do santuário.

O rosto e a voz trêmula eram puro amor. Para Otsu, parada às suas costas, Osugi parecia uma nova mulher.

— Não deixe a luz se apagar, ouviu, Otsu?

— Sim, senhora.

— Ele não está aqui, não está! — sussurrava a velha, andando a esmo ao redor. — Mas na carta ele me disse para subir até o santuário Jishu Gongen!

— Dizia esta noite?

— Não dizia nem hoje, nem amanhã. Os anos passam, mas ele continua criança! Seria tão mais fácil se ele viesse me ver pessoalmente na hospedaria! Mas acho que o incidente de Sumiyoshi o deixa constrangido.

Otsu puxou Osugi pela manga e disse:

— Vem alguém subindo a montanha. Não será Matahachi-san, obaba-sama?

— Hein? Você o achou?

Espiou a trilha que vinha pelo barranco e chamou:

— Filho!

Mas o homem que instantes depois lhes surgiu à frente nem sequer olhou para elas, e contornou o santuário, dando a volta por trás dele. Veio depois ao lugar onde se encontravam as duas mulheres, parou à frente delas e examinou abertamente o rosto branco de Otsu que a luz da lamparina destacava.

Otsu sobressaltou-se, mas o homem não pareceu tê-la reconhecido: os dois haviam-se visto no primeiro dia do ano nas proximidades da ponte Oubashi.

— Moça! E você aí, obaba. Há quanto tempo estão aí?

— ...

A pergunta fora tão abrupta que as duas mulheres apenas ficaram contemplando em admirado silêncio as espalhafatosas roupas de Kojiro.

Este apontou repentinamente para Otsu e disse:

— Procuro uma mulher que deve ter mais ou menos a sua idade. Chama-se Akemi, tem o rosto mais arredondado que o seu e é um pouco mais franzina, mas parece mais velha porque foi criada numa casa de chá, na cidade grande. Por acaso a viram nas redondezas?

As duas mulheres negaram, balançando a cabeça em silêncio, ao que o jovem tornou:

— Estranho! Alguém me disse que a viu nas proximidades da ladeira Sannenzaka. E nesse caso, ela pretende passar a noite dentro de um destes santuários, com certeza...

A princípio, Kojiro falara com as duas, mas as últimas observações foram para si mesmo. Sem ter como continuar a inquiri-las, o jovem se foi, resmungando.

A velha estalou a língua:

— E quem é esse rapazola? Deve ser um samurai, já que carrega uma espada nas costas, mas não tem ideia de como é ridículo exibindo-se por aí em roupas berrantes, perseguindo mulheres no meio da noite. Irra, deixe isso para lá! Temos coisas mais importantes para resolver.

Otsu, porém, pensava: "É isso! Ele deve estar atrás da moça que apareceu há pouco na hospedaria!"

Perdida em conjecturas, tentando em vão decifrar que tipo de relação que havia entre Musashi, Akemi e Kojiro, Otsu ficou observando vagamente o vulto que se afastava.

— Vamos embora... — disse Osugi desanimada, pondo-se a andar.

"Santuário Jishu", dizia a carta claramente, mas Matahachi não vinha e o reboar contínuo da cascata no escuro a arrepiava.

II

Descendo um pouco mais, as duas mulheres reencontraram Kojiro à entrada do santuário Hongandou, mas cruzaram-se em silêncio, apenas fitando-se mutuamente. Instantes depois Osugi voltou-se e viu o vulto de Kojiro passando perto do santuário Shiandou, para descer em seguida direto pela ladeira Sannenzaka.

— Que olhar implacável tem esse rapaz! Me lembra Musashi — resmungava ainda Osugi quando algo atraiu seu olhar. As costas curvadas estremeceram de chofre. Osugi soltou um pio, imitando uma coruja.

E lá estava ele! À sombra de um grosso cedro, um vulto acenava com a mão.

Mesmo no escuro, os olhos de Osugi jamais deixariam de reconhecer esse vulto. Era Matahachi, sem sombra de dúvida.

"Venha cá!", gesticulava ele. Alguma coisa o impedia de se aproximar dela. "Meu filho querido!", pareciam dizer os olhos brilhantes de Osugi, percebendo num átimo a intenção do filho.

— Otsu! — disse a velha, voltando-se. A jovem esperava por ela, vinte metros à frente. — Siga sozinha um pouco mais. Mas não se afaste muito, ouviu bem? Espere-me perto daquele montinho de lixo. Logo a alcançarei.

Ao ver que Otsu, acenando em sinal de compreensão, seguia adiante, voltou a chamá-la:

— Preste atenção, Otsu. Não tente ir em outra direção ou fugir de mim: lembre-se sempre de que eu a estou vigiando daqui. Entendeu?

Em seguida, saiu correndo em direção ao cedro.

— É você, Matahachi?

— Obaba!

Uma mão ávida surgiu do escuro e agarrou com firmeza a da velha Osugi.

— Que faz encolhido neste canto, meu filho? Mas... Que é isso? Suas mãos estão geladas! — observou a velha mãe instantaneamente comovida, e com os olhos marejados.

Matahachi a fitou, perturbado:

— Sabe o que é, obaba? Ele passou por aqui ainda agorinha, não passou?

— Ele quem?

— Um rapaz de olhar agressivo com uma espada enorme às costas!

— Você o conhece?

— Como não haveria de conhecê-lo? Ele se chama Sasaki Kojiro e me fez passar por alguns maus momentos há poucos dias, no bosque de pinheiros da rua Rokujo.

— Que disse? Sasaki Kojiro? Mas Sasaki Kojiro não é você?

— Co-como assim?

— Pois não era esse o nome que constava no diploma que você me mostrou tempos atrás na cidade de Osaka? Naquela ocasião, você me disse que Sasaki Kojiro era seu nome de guerra, lembra-se?

— Mentira! Era tudo mentira! E esse Kojiro, o verdadeiro, descobriu a brincadeira e me fez suar frio! Na verdade, eu ia me encaminhando para o local de encontro especificado na carta, quando de repente tornei a avistar esse sujeito perto daqui. Com medo de que ele me visse de novo, andei me escondendo aqui e ali, só observando o jeito dele. Será que já se foi? Se ele me aparecer outra vez, estou perdido.

Osugi contemplava o filho em silêncio, abismada, mas ao ler nas feições de Matahachi — mais abatidas do que da última vez — uma franca confissão de desamparo e covardia, seu coração transbordou de amor pelo filho.

III

— Mas deixe isso para lá! — disse Osugi, balançando a cabeça como se não quisesse ouvir mais lamúrias. — Meu filho, você sabia que o velho tio Gon morreu?

— Quê? Tio Gon morreu? Verdade mesmo?

— E quem haveria de contar uma mentira dessas? Ele morreu na enseada de Sumiyoshi, logo depois que você nos deixou.

— Não sabia!

— Mas você com certeza sabe a que devemos a morte trágica do velho Gon, ou o fato de eu, com a minha idade, estar vagando longe dos meus nesta triste jornada, não sabe?

— Nunca mais esqueci o que você me disse naquele dia na cidade de Osaka, quando me fez sentar no chão gelado, asseguro-lhe.

— Quer dizer que se lembra do que lhe disse! Muito bem! Pois então, há de ficar feliz com o que vou lhe contar.

— O que é, obaba?

— É sobre a Otsu...

— Ah!... Então aquela mulher ao seu lado e que acaba de se afastar era...

— Pare! — repreendeu-o Osugi, interpondo-se no caminho do filho. — Aonde vai, posso saber?

— Se era Otsu, deixe-me vê-la, obaba, deixe!

Osugi moveu a cabeça, assentindo:

— Pois foi para isso que a trouxe até aqui. Mas primeiro, Matahachi, diga-me: que pretende fazer quando vir Otsu?

— Vou lhe pedir perdão. Vou lhe dizer: errei, estou arrependido, perdoe-me!

— E depois?

— E depois, obaba, depois... quero que você também me ajude a convencer Otsu de que tudo não passou de um mal-entendido.

— E depois?

— Depois, voltaremos ao que éramos antigamente...

— Como é...?

— Quero voltar à situação antiga e me casar com ela. Você acha que ela ainda me ama, obaba?

— Idiota! — gritou Osugi, batendo-lhe na cara e interrompendo-o.

— Que... que é isso, obaba? — exclamou Matahachi, cambaleando e cobrindo a face com a mão. E pela primeira vez desde o dia em que nascera viu no rosto da mãe uma expressão medonha, assustadora.

— Que foi que me disse há pouco? Afirmou ou não que tudo o que eu lhe disse em Osaka estava gravado para sempre em seu espírito?

— ...

— Quando foi que o mandei ajoelhar-se aos pés de uma devassa como Otsu e pedir-lhe humildemente o perdão? Essa mulher enlameou o nome Hon'i-den e fugiu com Musashi, o homem a quem jurei matar, e que perseguirei por todas as minhas sete reencarnações!

— ...

— Como pode pensar em se pôr aos pés dessa cadela, dessa vadia que abandonou você, o noivo, para se entregar de corpo e alma a Musashi, seu rival e inimigo? Hein, Matahachi? — esbravejou Osugi, agarrando o filho pela gola e sacudindo-o violentamente.

Olhos cerrados, Matahachi ouvia submisso a severa reprimenda, deixando-se sacudir à vontade. Lágrimas escorriam sem parar de suas pálpebras fechadas.

Cada vez mais irritada, Osugi disse:

— E por que chora? Não me diga que não consegue esquecer essa cadela? Ah, maldição! Já não tenho filho neste mundo!

Empurrou-o com violência e o lançou ao chão. Deixou-se cair em seguida de joelhos ao seu lado e pôs-se também a chorar.

IV

— Escute-me — disse Osugi, voltando a ser a mãe severa, sentando-se ao lado do filho. — Este é o momento decisivo de sua vida. Não espere que eu viva mais dez ou vinte anos. Pode ser que não goste do que estou lhe dizendo, mas quando eu morrer nunca mais ouvirá minha voz, mesmo que queira.

É óbvio, dizia a expressão de Matahachi, voltado para o lado em silêncio.

Osugi agora parecia temer a zanga do filho:

— Escute bem, meu filho. Otsu não é a única mulher do mundo. Não se apegue a gente dessa laia. Olhe: se algum dia você encontrar uma mulher que lhe agrade, prometo fazer de tudo para conseguir-lhe a mão, ir à casa dessa jovem tantas vezes quantas forem necessárias para convencê-la a casar-se com você. Mais do que isso, asseguro-lhe que oferecerei minha vida como dote de casamento, meu filho!

— ...

— Mas Otsu, essa você nunca terá, juro pela honra dos Hon'i-den! Pode dizer o que quiser, mas não a terá.

— ...

— Se mesmo assim insiste em se juntar a ela, terá primeiro de passar por cima do meu cadáver. Depois disso poderá fazer o que quiser, mas enquanto eu viver...

— Obaba!

A agressividade na voz do filho irritou Osugi uma vez mais:

— Que modos são esses? Veja como fala à sua mãe!

— Deixe-me perguntar-lhe uma coisa: quem é que vai se casar, eu ou você?

— Você, está claro!

— Ne... nesse caso, é claro também que sou eu quem deve escolher a mulher que vai ser minha esposa! Mas você...

— Vai começar a comportar-se outra vez como um menininho mimado! Quantos anos tem você, afinal?

— Você é que é muito impositiva! Isso que você faz comigo é demais, mesmo para uma mãe!

Esses dois seres desconheciam reservas: por qualquer motivo frívolo suas emoções afloravam e se chocavam, e só depois é que vinham as explicações, tornando difícil a compreensão e frequentes as brigas. Esse comportamento era antigo, e remontava aos tempos em que ambos conviviam sob um mesmo teto.

— Como se atreve a dizer que é demais? Quem é que o pôs no mundo, hein, Matahachi?

— Não adianta vir com essa conversa, obaba. Eu quero me casar com Otsu. Eu gosto dela, obaba! — gemeu Matahachi voltando o olhar para o céu, incapaz de encarar o rosto esverdeado da mãe apesar de toda a indignação.

Os ombros magros de Osugi tremiam, ossos parecendo bater em ossos.

— Essa é a sua vontade, Matahachi? — berrou Osugi.

Ato contínuo, retirou a espada curta do seu *obi* e encostou a ponta no próprio pescoço.

— Que... que é isso? Que pretende, obaba?

— Maldição! Tire suas mãos de mim! Em vez de tentar me deter, por que não diz que se encarrega de me dar o golpe de misericórdia?

— Que absurdo! Como pode um filho assistir indiferente à morte da própria mãe?

— Então, diga que desiste de Otsu e que refará sua vida a partir deste momento.

— Mas explique-me primeiro: para que a trouxe até aqui? Só para que eu a visse, e ficasse ainda mais infeliz, sou capaz de apostar! Eu não a entendo, obaba.

— Eu mesma podia tê-la matado, nada me teria sido mais fácil. Mas essa vadia traiu você: se a trago aqui é porque achei justo dar-lhe a oportunidade de fazer justiça com suas mãos. Isto é mais um ato de amor maternal, mas não o ouvi agradecendo.

V

— Você quer que eu a mate com as minhas mãos, obaba?
— Recusa?
A pergunta soou diabólica.
Matahachi perguntou-se onde sua própria mãe escondia essa faceta aterrorizante.
— Se se recusa, diga com franqueza. Isto requer providências imediatas.
— Mas... obaba!
— Ainda alimenta expectativas, não é? Irra, é intolerável. Um maricas como você não é meu filho, não sou mais sua mãe! Com certeza não tem coragem de cortar o pescoço dessa vadia, mas a minha cortará, sou capaz de apostar! Vamos, encarregue-se do golpe de misericórdia!
Não passavam de ameaças, mas Osugi tornou a firmar a espada contra o próprio pescoço, mostrando estar pronta a suicidar-se.
Os caprichos de um filho levam sofrimento a uma mãe, sem dúvida, mas a rabugice de certas mães também faz sofrer um filho.
Osugi era um exemplo vivo disso, com o agravante de ser imprevisível: seus modos decididos faziam suspeitar que talvez cumprisse a ameaça caso não lhe obedecessem. Ao menos assim pareceu aos olhos do filho.
Matahachi estremeceu, apavorado:
— Obaba! Não se precipite! Está bem, entendi: eu desisto.
— Só isso?
— E vou acertar as contas com minhas mãos, com estas mãos.
— Vai matá-la?
— Sim, vou matá-la.
A velha chorou de alegria e, pondo de lado a espada, tomou nas suas as mãos do filho:
— Muito bem, assim é que se fala! Agora sim, posso dizer que é um digno herdeiro do nome Hon'i-den, um bravo, dirão também nossos ancestrais.
— Será?
— Vá e mate-a. Ela está lá embaixo, esperando na frente do monte de lixo.
— Está bem. Já vou...

— Vou decapitá-la e mandar sua cabeça a Shippoji por correio expresso, com uma carta explicativa. Só com o falatório recuperaremos a meio a honra da casa Hon'i-den. Muito bem, depois dela será a vez de Musashi. Quando ele souber que acabamos com a sua Otsu, será obrigado a aparecer, queira ou não. Vá em frente, Matahachi, vá de uma vez!

— Você vai ficar aqui esperando, obaba?

— Não, eu vou com você, mas me esconderei, porque se ela me vir, berrará que não foi esse o trato, que não foi isso o que lhe prometi, e será aborrecido.

— É apenas uma mulher, não deve ser difícil — murmurou Matahachi, erguendo-se cambaleante. — Obaba: para que vir junto? Fique me esperando aqui mesmo, eu lhe juro que trarei a cabeça de Otsu. Ela está sozinha, não vou deixá-la escapar!

— Mas não se descuide, meu filho. Embora pareça frágil, vai impor forte resistência quando vir o brilho da lâmina.

— Não faz mal! Vai ser moleza!

Instigando-se, Matahachi começou a se afastar. A velha Osugi o acompanhou, apreensiva:

— Não se descuide, ouviu bem?

— Quê? Você vai me seguir, obaba? Fique aí, já disse!

— Mas estamos longe do local!

— Não precisa vir atrás, já disse! — irritou-se Matahachi. — Se é para irmos os dois, vá você sozinha: eu a espero aqui.

— Por que se irrita desse jeito? Desconfio de que você ainda não decidiu matar Otsu de verdade!

— Aquilo também é gente! Não posso matá-la com a mesma facilidade de quem mata um gato.

— Tem razão! Pode ser uma vagabunda, mas já foi sua noiva um dia. Está bem, eu o espero aqui. Pode ir sozinho, meu filho, e cumpra bravamente a sua missão.

Matahachi nem lhe respondeu. Braços cruzados sobre o peito, desceu a passos lentos o suave barranco.

VI

Havia muito que Otsu aguardava em pé a volta de Osugi.

"E por que não fujo agora?", chegou a se perguntar, entrevendo a oportunidade. Mas nesse caso, toda a provação dos últimos vinte dias teria sido inútil. "Um pouco mais de paciência!"

Pensando em Musashi, imaginando como estaria Joutaro, contemplava distraída as estrelas.

Trazer Musashi à lembrança acendia em seu coração milhares de estrelas.

"Um dia, um dia...", pensava Otsu, sonhando de olhos abertos. Repetia no íntimo as palavras que ele lhe dissera no alto de uma montanha, na fronteira de duas províncias, a promessa que lhe fizera na ponte Hanadabashi.

Os anos podiam passar, mas Otsu tinha absoluta certeza de que Musashi jamais trairia aquelas promessas.

Apenas... quando se lembrava de Akemi, sentia um súbito mal-estar, e uma sombra toldava seus sonhos. Confrontada, porém, com a firme confiança que depositava em Musashi, a dúvida logo se desfazia, não chegava a abalá-la.

"Nunca mais pude conversar com ele desde que nos separamos na ponte Hanadabashi. Mesmo assim, sou feliz. Coitadinha de você, disse-me o monge Takuan. Mas por quê, se sou tão feliz?"

Otsu era capaz de sozinha se entreter com pensamentos felizes mesmo enquanto reformava um quimono da velha Osugi, passando por tormentos que a faziam sentir-se numa cama de pregos, ou enquanto aguardava em pé no escuro por um homem a quem não queria esperar. E eram esses momentos — que outros julgariam vazios — os mais gratificantes para Otsu.

— Otsu.

Não era a voz de obaba. Quem a estaria chamando no escuro? Otsu voltou a si dos seus devaneios e disse:

— Quem me chama?

— Eu.

— Eu, quem?

— Hon'i-den Matahachi.

— Como? — gritou Otsu, saltando para trás. — Matahachi-san?

— Já se esqueceu até da minha voz?

— É, realmente, essa é a voz dele... Encontrou-se com sua mãe?

— Deixei-a logo ali, esperando por mim. Você não mudou nada, Otsu, desde os tempos do templo Shippoji.

— Onde está você, Matahachi-san? Não consigo vê-lo no escuro.

— Posso me aproximar? Faz algum tempo que cheguei, mas não tive coragem de me aproximar porque agi mal, sinto vergonha do que fiz. Estive observando-a daqui, no escuro. Em que pensava momentos atrás?

— Em nada...

— Quer dizer que não pensava em mim? Porque eu me lembrava de você todos os dias.

Otsu viu surgir o vulto de Matahachi, que veio se aproximando pouco a pouco. A jovem sentiu-se insegura por não ter a velha Osugi ao seu lado.

— Obaba-sama não lhe disse nada?
— Disse sim, quando a encontrei logo aí em cima.
— Então já sabe tudo a meu respeito?
— Sei.

Otsu respirou aliviada, certa de que, conforme lhe prometera Osugi, Matahachi já estava a par de sua resolução. E nesse caso, ele ali viera sozinho para lhe dizer que concordava com tudo, acreditou a jovem.

— Se já conversou com obaba-sama, estou certa de que compreendeu meus sentimentos. Mesmo assim, aproveito para lhe pedir pessoalmente: por favor, considere que não fomos destinados um para o outro. A partir desta noite, esqueça por completo o nosso passado.

VII

Que tipo de promessa teria feito sua mãe a Otsu? Uma tolice qualquer destinada a engabelar a ingênua jovem, com toda certeza. Assim pensando, Matahachi não tentou esclarecer a natureza dos sentimentos a que a jovem se referia.

— Calma! Espere um pouco — disse, balançando a cabeça. — Não comece a falar do passado que me dói o coração. Foi tudo culpa minha. Nem sei como tive a coragem de lhe surgir na frente desse jeito. Como você mesma disse, acho que gostaria muitíssimo de poder esquecer tudo que se passou. É verdade! Achar, eu acho, mas não consigo desistir de você.

Perplexa, Otsu disse:

— Entre nós, Matahachi-san, existe hoje um profundo abismo que impede nossos corações de se comunicarem.

— Isso mesmo. Mas sobre esse abismo, cinco anos se passaram.

— É verdade. E assim como os anos não voltam mais, nossos sentimentos passados também não podem ser revividos.

— Claro que podem, Otsu! Otsu!

— Não! Não podem!

Matahachi arregalou os olhos de espanto e a contemplou fixamente, como se só então se desse conta da frieza e da reserva de Otsu.

Onde em Otsu — a jovem que ao dar vazão às suas emoções lembrava uma flor rubra debaixo de um ardente sol de verão — se ocultaria essa faceta gelada como mármore, tão cortante que dava a impressão de ferir quem ousasse tocá-la?

A expressão fria trouxe de súbito à mente de Matahachi a varanda do templo Shippoji e a imagem da órfã silenciosa que dali contemplava o céu com olhos úmidos, o dia inteiro absorta em pensamentos. A frieza sem dúvida viera crescendo despercebida desde esses tempos, quando as nuvens eram mãe, pai e irmãos, todos desconhecidos.

Assim pensando, Matahachi aproximou-se de Otsu com o mesmo cuidado com que se achegaria de uma rosa branca cheia de espinhos:

— Vamos tentar mais uma vez! — sussurrou rente ao rosto branco. — De que adianta tentarmos chamar de volta os meses e anos passados? Esqueça isso e vamos começar tudo de novo, a partir de hoje, Otsu!

— Até onde vai o seu equívoco, Matahachi-san? Eu não estou me referindo a anos ou meses, e sim a sentimentos.

— Mas é deles que eu estou falando: vou mudar a partir de hoje, você vai ver! Você pode achar que estou querendo me justificar, mas... Os jovens costumam cometer erros iguais aos meus, Otsu.

— Diga o que disser meu coração não confia mais em você, recusa-se a ouvi-lo com seriedade.

— Estou arrependido! Me desculpe! Veja, Otsu, como eu, um homem, me humilho diante de você! Tenha pena de mim!

— Pare com isso, Matahachi-san! Se você é homem como diz, não deve se humilhar nessas situações! Aceite o que lhe digo com hombridade!

— Mas esta questão é vital para mim, vai influenciar o resto da minha vida. Se quer que me ajoelhe, eu me ajoelho! Se quer que jure, juro qualquer coisa!

— Nada disso me interessa!

— Vamos, não fique tão brava. Aqui não podemos conversar livremente, deixar nossos corações falarem! Vamos procurar um canto tranquilo!

— Não quero!

— Vamos, vamos de uma vez antes que obaba apareça. Como é que eu posso matá-la? Não vou fazer isso de jeito nenhum!

Tomou a mão da jovem nas suas, mas Otsu desvencilhou-se:

— Solte-me! Você pode até me matar, mas eu me recuso a seguir o seu caminho!

VIII

— Você se recusa?
— Isso mesmo.
— Não vai comigo de jeito nenhum?
— De jeito nenhum!
— Isto quer dizer, Otsu, que você pensava em Musashi o tempo todo?

— Eu o amo. Ele é o único homem a quem amarei, nesta e em outras vidas.

— Ora!... — urrou Matahachi, estremecendo. — É isso, então!

— Sua mãe já está a par de tudo isso. E se esperei até hoje por uma oportunidade foi porque ela mesma me disse que lhe comunicaria pessoalmente a minha resolução e poria fim ao nosso compromisso anterior.

— Ah, agora entendi!!! Foi Musashi quem a mandou falar comigo, com certeza!

— De modo algum! Eu não aceitaria ordens, nem de Musashi-sama nem de ninguém, para tomar decisões que vão afetar minha vida inteira.

— Pois agora, estou tão decidido quanto você. Não se esqueça que um homem pode ser muito, muito obstinado. Se é isso o que pretende...

— Que vai fazer?

— Sou homem! E decidi que você nunca há de ser de Musashi. Não permito, ouviu bem? Não permito!

— Será que ouvi bem? Que história é essa de não permitir? E com quem você pensa estar falando?

— Com você mesmo! E com Musashi! Otsu: se eu não me engano, você não era a noiva de Musashi, era?

— Não era mesmo! Mas você não tem mais o direito de me falar desse jeito, tem?

— Claro que tenho! Você, Otsu, sempre foi a noiva prometida para a família Hon'i-den. Enquanto eu, o noivo Matahachi, não der permissão, não tem o direito de se casar com mais ninguém. Muito menos com um sujeitinho como Musashi!

— Covarde! Você não sabe perder! Como é que tem o desplante de me falar desse jeito, a esta altura dos acontecimentos? Há muito tempo recebi uma carta assinada por você e certa Okoo, em que me comunicavam o rompimento do nosso noivado!

— Não sei de nada disso! Eu não me lembro de ter mandado nenhuma carta. Acho que Okoo a mandou por conta dela.

— Não senhor! Na carta você me dizia com todas as letras que considerasse o compromisso desfeito e que me casasse com outro!

— Mostre a carta, nesse caso!

— O monge Takuan, que leu a carta, riu, assoou o nariz com ela e jogou-a fora.

— Não adianta afirmar sem provas, ninguém acreditará. Por outro lado, todos em nossa terra sabem que eu e você somos noivos. Posso produzir tantas testemunhas quantas quiser a meu favor, mas você não tem uma prova para reforçar sua história. Ouça-me, Otsu: para que ir contra o mundo inteiro e se casar com Musashi? Nunca será feliz! Você talvez ainda desconfie de que tenho algo com Okoo, mas eu lhe asseguro: há muito cortei relações com aquela mulher vulgar, nada mais tenho com ela.

— Pode falar o que quiser, não me interessa. Essa história não tem nada a ver comigo.

— Quer dizer que não vai me atender, mesmo depois de eu haver me humilhado tanto?

— Você acaba de dizer: sou homem. Mas não parece! Você não tem um pingo de orgulho! E como poderia uma mulher se apaixonar por um homem sem brio? O que ela procura é hombridade.

— Como disse?

— Pare com isso! Você vai rasgar minha manga.

— Maldita!

— Que é isso? Que pretende?

— Já que você não quer mesmo me atender, vou lançar mão de um último recurso.

— Como é?

— Se tem amor à vida, jure que não quer mais saber de Musashi. Jure!

Matahachi soltou a manga do quimono para sacar a espada da cintura. E no instante em que teve a arma na mão, ela pareceu possuí-lo, mudando-lhe por completo a personalidade.

IX

Um homem empunhando uma espada pode não impressionar muito. Mas um homem possuído pela espada é aterrorizante.

Otsu deixou escapar um grito agudo, muito mais de medo da expressão de Matahachi do que da própria arma.

— Bruxa maldita! — gritou ele. A espada resvalou pelo *obi* da jovem. Açodado, temendo que Otsu lhe escapasse, gritou enquanto lhe corria atrás:

— Obaba! Obaba!

Osugi o ouviu à distância, e logo respondeu:

— Já vou!

Guiada pelo tropel dos passos, acorreu com a espada curta desembainhada e disse, procurando a esmo, esbaforida:

— Você a deixou escapar?

Matahachi lhe gritou, vindo em sua direção:

— Está indo para o seu lado. Segure-a, obaba!

Os olhos da anciã se congestionaram:

— Onde? Onde? — repetia, obstruindo o caminho.

Otsu não apareceu, mas em vez dela surgiu Matahachi, quase trombando com ela.

— E então? Você a matou?

— Ela me escapou!

— Idiota!

— Olhe lá embaixo! Lá está ela!

Otsu, que tinha disparado barranco abaixo, lutava agora por livrar a manga do quimono enredada no galho de uma árvore.

Ela devia estar perto do poço da cascata, pois o rumor da água percorria a noite escura. A jovem enrolou no braço a manga rasgada e saiu correndo outra vez, sem sequer atentar para onde pisava, quase caindo em sua pressa.

Os passos dos seus perseguidores lhe vinham logo atrás.

— Ela não terá como escapar!

Era a voz da velha, às costas dela, bem perto dos seus ouvidos. Otsu começou a achar que já não adiantava fugir. Além disso, o local onde se encontrava era o fundo de um barranco, quase um buraco, com paredões cercando-lhe a frente e os lados.

— Matahachi! Vamos, golpeie de uma vez! A vadia acaba de cair!

Incentivado pelos gritos da mãe, Matahachi, nesse momento completamente possuído pela espada, saltou para frente como uma pantera.

— Maldita! — gritou, baixando com ímpeto a espada contra o vulto de Otsu, que se havia embrenhado no meio de alguns arbustos e folhagens.

Galhos se partiram, um berro de agonia soou, e o sangue espirrou para todos os lados.

—Vadia! Vadia! — gritou, Matahachi, olhos repuxados, ébrio de sangue, descarregando mais três ou quatro golpes violentos no mesmo lugar, cortando simultaneamente arbustos e mato.

— ...

Quando enfim se cansou de tanto golpear, Matahachi, estupidificado e ainda empunhando a espada gotejante, começou aos poucos a despertar da embriaguez do sangue.

Olhou a mão: sangue na mão. Passou a mão no rosto: sangue no rosto.

Morno, viscoso, o líquido espirrara por todo o corpo deixando manchas fosforescentes.

E cada uma dessas gotas era a vida de Otsu, desintegrada. Ao se dar conta disso, Matahachi sentiu uma leve tontura e empalideceu.

— Muito bem! Finalmente você a pegou, meu filho! — disse Osugi, rindo mansamente às costas de Matahachi, espichando o pescoço e contemplando os arbustos completamente estraçalhados. — Bem feito! Ela nem se mexe mais. Congratulações, meu filho. Ah, agora sim, posso dizer que descarreguei metade do peso que trazia na alma. Vou afinal poder encarar a gente da nossa terra. Matahachi? Ei, o que tem você? Vamos, corte a cabeça de Otsu de uma vez!

X

Osugi riu, achando graça na covardia do filho.

— Você é um poltrão, realmente! — reclamou ela. — Onde se viu perder o fôlego só porque matou um ser humano? Se você não tem coragem de decapitá-la, eu o farei! Saia da frente.

No momento em que, assim dizendo, Osugi tentou adiantar-se, Matahachi — que até então havia permanecido em pé, atordoado — moveu repentinamente a mão e bateu com força no ombro da mãe com o cabo da espada.

— Ai! Que...que é isso? — gritou Osugi, quase caindo sentada no meio da confusão de galhos quebrados, mas conseguindo equilibrar-se a tempo. Está louco, Matahachi? Como se atreve a fazer isso comigo?

— Mãe!

— Que foi?

Matahachi gemeu. O som estranho lhe subiu da garganta e morreu a caminho do nariz. Passou as costas da mão ensanguentada nos olhos e balbuciou:

— E...eu... eu... matei Otsu! Matei Otsu!

— E eu por acaso já não o congratulei por isso?! Então, por que chora?

— Como posso deixar de chorar? Velha idiota, idiota, idiota!

— Não me diga que está triste!

— É claro! Não fosse por você, uma velha idiota que a morte esqueceu de levar, eu ainda haveria de reconquistar Otsu, custasse o que custasse! Maldição! Que me importam meu nome ou a opinião da gentinha de nossa aldeia! Mas agora é tarde!

— São águas passadas, não perca tempo lamentando-se. Se gostava tanto de Otsu, por que não me matou para salvá-la?

— Se eu tivesse essa coragem, não estaria aqui chorando e lamentando. Não há maior infelicidade no mundo do que a de ter uma mãe velha e cabeçuda.

— Pare já com isso. Bela figura faz você! E eu aqui, perdendo tempo em elogiá-lo!

— Dane-se! De hoje em diante, vou viver como bem quiser, fazer o que bem entender e dissipar o resto de minha vida, você vai ver!

— Isso! Muito bem! Banque o menino mimado e atormente sua velha mãe! Aí está o maior defeito do seu caráter, com certeza!

— E vou atormentar mesmo! Velha caduca, megera diabólica!

— Isso mesmo! Fale o que quiser! Mas agora, saia da frente, saia. Primeiro, vou decapitar Otsu; depois, você vai me ouvir.

— E quem haveria de querer ouvir sermões de uma megera desalmada?

— Engana-se, meu filho. Far-lhe-á bem contemplar de frente a cabeça decepada de Otsu e meditar. Não há beleza que resista à morte: depois de morta, mesmo a mais linda das mulheres não passa de um monte de ossos. *Shikisokuzeku*: a matéria é nula, tudo é vão neste mundo! Você vai compreender o verdadeiro sentido dessa expressão!

— Não me atormente! Não me atormente! — gritou Matahachi desesperado, sacudindo a cabeça. — Ah! Pensando bem, minha única esperança era Otsu! Os poucos momentos em que buscava um caminho melhor, em que sentia explodir dentro de mim um impulso para a seriedade, eram momentos em que pensava em me casar com Otsu! Nessas horas, eu não pensava em preservar o nome, muito menos em agradar você, velha idiota! Otsu, Otsu era minha única esperança!

— Até quando vai ficar aí chorando? Em vez de ocupar a boca com lamúrias inúteis, use-a para rezar pela alma da Otsu. *Namu-amidabutsu*.

A velha Osugi já havia passado por Matahachi e remexia nos arbustos e folhas secas salpicados de sangue.

Por baixo de tudo, um vulto escuro jazia de bruços.

Osugi cortou e afastou galhos e folhas e, abrindo espaço para si, sentou-se educadamente perto do cadáver.

— Não me odeie, Otsu. Quando nos encontrarmos no outro mundo, também eu já não terei raiva de você. Tudo isto nos havia sido proposto pelo destino. Descanse em paz.

Tateou no escuro e agarrou algo que lhe pareceu serem cabelos.

— Otsu-san! — chamou alguém nesse exato momento de cima do barranco, no topo da cascata Otowa.

Voz das estrelas ou das árvores percorreu a noite escura com o vento e ressoou no fundo do poço.

A COVA

I

Que capricho do destino teria trazido Shuho Takuan até ali?

Não haveria de ser coincidência. Sua presença, sempre tão natural em qualquer ambiente, parece forçada esta noite. O leitor precisa saber, antes de mais nada, os motivos que o trouxeram até ali, mas infelizmente parece não haver tempo para lhe perguntar.

No momento, o sempre fleumático Takuan aparentava, coisa rara, extrema perturbação.

— Eeei, estalajadeiro, encontrou-a?

Um criado da hospedaria, que procurava pouco adiante, acorreu ao chamado.

— Não a vi em lugar algum! — disse, enxugando o suor da testa, cansado de procurar.

— Não acha estranho?

— Sem dúvida.

— Você não está enganado?

— Não, senhor. Tenho certeza de que, hoje de tarde, logo depois que o mensageiro do templo Kiyomizudera se foi, ela apareceu de repente para pedir emprestada uma lanterna da hospedaria, dizendo que tinha de ir ao Jishu Gongen.

— Pois é isso que me soa estranho: que pretendia ela fazer em Jishu Gongen a esta hora da noite?

— Deu a entender que havia alguém esperando por ela naquele local.

— Então, devia estar ainda nestes arredores.

— Mas não tem ninguém...

— E agora? — disse Takuan, cruzando os braços, pensativo.

O ajudante da hospedaria levou as mãos à cabeça e murmurou consigo mesmo:

— O guardião da luz votiva, no santuário Koyasudou, disse que viu a matriarca, em companhia de uma jovem portando uma lanterna, subindo a montanha, não foi? E ninguém as viu descer depois disso pela ladeira Sannenzaka.

— É isso que me preocupa. Talvez tenham se embrenhado mais para dentro da montanha, ou ido para algum lugar longe da estrada.

— E para quê?

— Parece-me que Otsu-san, engambelada por obaba, está rumando a passos firmes para a porta de entrada do outro mundo. Irra, sinto que estou perdendo tempo, parado deste jeito.
— Mas aquela velhinha é tão malvada assim?
— Pelo contrário, ela é boa gente.
— Agora, depois do que o senhor me contou, percebo que havia mesmo alguma coisa estranha nessa velhinha.
— Que tipo de coisa?
— Hoje, por exemplo, essa tal Otsu-san estava chorando.
— Ah, isso não deveria causar estranheza: essa menina vive chorando! Tanto assim que eu a chamo de "chorona". Mas se foi obrigada a conviver com a matriarca desde o primeiro dia do ano até hoje, deve ter sido bastante alfinetada e teve razão de sobra para chorar. Coitadinha!
— Como a velha vivia referindo-se a ela como "a mulher do meu filho", achávamos que era coisa de sogra e nora, e que não podíamos nos meter, mas na verdade a matriarca a odiava por um motivo qualquer e estava acabando aos poucos com ela, não é?
— A velha deve ter se fartado de maltratar a pequena. Mas o fato de tê-la trazido para essa área no meio da noite indica que resolveu realizar aquilo com que sempre sonhou: matá-la. Mulheres são bichos aterrorizantes, não acha?
— Essa matriarca não entra na categoria feminina. As mulheres vão reclamar.
— Não é bem assim. A mim me parece que todas elas possuem uma ponta dessa faceta aterrorizante. A matriarca apenas a tem mais acentuada.
— O senhor, como todo bonzo, parece também não gostar de mulheres, embora tenha afirmado há pouco que a velha era gente boa.
— Ela é boa, não duvide. Pois não é verdade que ela visita o templo Kiyomizudera todos os dias? Então! Nos momentos em que reza para a deusa Kannon com o rosário nas mãos, ela está muito próxima à deusa.
— E ela vivia recitando sutras.
— Acredito. Fiéis iguais a ela existem muitos. Saem por aí praticando vilanias, mas assim que chegam em casa recitam sutras. Esses tipos estão sempre de olho nos atos do demônio, mas rezam a Amitabha mal põem os pés num templo. Matam gente, mas acreditam piamente que basta rezar a Amitabha logo depois para apagar todos os vestígios do crime e renascer no paraíso. Gente como ela é um problema, sem dúvida.
Ainda falando, Takuan pôs-se a procurar no escuro, gritando na direção do poço da cascata:
— Eeei, Otsu-san!

II

— Que foi isso, obaba? — exclamou Matahachi sobressaltado, alertando a mãe.

Osugi também tinha ouvido. Apertou os olhos transformando-os em duas finas lâminas e voltou-os para o alto:

— Quem estaria gritando? — murmurou.

Ainda assim, continuou a segurar com firmeza os cabelos do cadáver e a espada curta, pronta para decepar a cabeça.

— Parece-me que chamam por Otsu. Escute! Estão chamando de novo!

— Que coisa mais estranha! A única pessoa que poderia vir até aqui procurando por ela seria o fedelho Joutaro.

— Mas é voz de adulto.

— Já ouvi essa voz em algum lugar...

— Ih, maldição! Desista dessa história de cortar a cabeça, não dá mais tempo! Alguém vem descendo nesta direção com uma lanterna.

— Quê? Tem gente, vindo para cá?

— São dois! Vamos embora, obaba! Obaba! — apressou Matahachi, preocupado com a pachorra da mãe. A aproximação do perigo fez com que mãe e filho, até há pouco engalfinhados, se unissem outra vez num átimo.

— Irra! Espere um pouco! — replicou a velha, ainda atraída pelo cadáver.

— Como posso ir-me embora sem levar a prova do grande feito, agora que o realizamos? Sem esta cabeça, como provar à gente de nossa terra que matei Otsu? Espere um pouco, eu...

— Uh... — fez Matahachi, cobrindo os olhos com a mão.

Pois Osugi, quebrando alguns galhos enquanto se aproximava do cadáver, tinha chegado a lâmina ao seu pescoço. Matahachi não teve coragem de continuar olhando.

Foi então que, de súbito, a velha Osugi deixou escapar algumas palavras sem nexo e, soltando os cabelos do cadáver, recuou alguns passos cambaleando, para logo cair sentada: o susto devia ter sido muito grande.

— Não pode ser! Não pode ser! — balbuciava ela, abanando a mão, tentando erguer-se e não conseguindo.

Matahachi também aproximou o rosto:

— Quê? Na...não pode ser o quê? — gaguejou.

— Olhe para isto!

— Huh?

— Não é Otsu! Isto aqui é um mendigo ou alguém muito doente. E homem, ainda por cima!

— Ei! É um *rounin*! — exclamou Matahachi, ainda mais espantado que a mãe, observando com cuidado o rosto do morto e sua aparência geral. — Que estranho! Eu conheci este homem!

— Quê? Você o conheceu?

— Ele se chamava Akakabe Yasoma! Enganou-me certa vez e me tomou todo o meu dinheiro. Como é que este malandro, mais esperto que o diabo, foi acabar caído no meio do mato?

É claro que a resposta a esta pergunta jamais ocorreria a Matahachi, por mais tratos que desse à imaginação. Para explicar, ali teria de estar Aoki Tanzaemon, certo monge *komuso* habitando um santuário em Komatsudani, nessas proximidades, ou ainda Akemi, salva pelo *komuso* no momento em que quase se transformava em presa de Yasoma. Além deles, Matahachi podia contar apenas com o céu para fornecer-lhe as explicações. Mas o céu era grande demais, inspirava excessivo respeito para ser chamado a explicar sobre este indivíduo que merecera acabar os dias caído no meio do mato, como um mísero inseto.

— Quem está aí? É você, Otsu-san? — disse o monge Takuan nesse instante, chegando de chofre junto com um jorro de luz, às costas dos dois.

— Ih! — exclamou Matahachi. Para fugir, o jovem era muito mais rápido que Osugi, que precisava ainda erguer-se para começar a correr.

Takuan alcançou-a.

— Ah! Então é você, obaba! — disse, agarrando-a pela gola.

III

— E quem vai fugindo lá na frente deve ser Matahachi! Aonde pensa que vai, poltrão, abandonando a mãe à mercê da própria sorte? Pare aí, estou mandando! — gritou Takuan no escuro, ainda segurando a velha pela nuca e imobilizando-a contra o solo.

Debatendo-se desesperada debaixo do joelho de Takuan, mas ainda assim sem perder a pose, Osugi gritou:

— Quem é o cretino que me segura?

Ao perceber que Matahachi não ia retornar, o monge aliviou de leve a pressão e respondeu:

— Ainda não sabe, obaba? É, acho que você também começa a caducar.

— Ora, ora... Se não é o monge Takuan!

— Surpresa?

— Qual! — gritou Osugi, balançando ferozmente a cabeça de brilhantes cabelos brancos. — Você é Takuan, monge mendigo, que vive a esmo por mundos perdidos! Quer dizer que acabou batendo com o costado na cidade de Kyoto?

— Isso mesmo! — assentiu Takuan com um súbito sorriso. — Como você acaba de dizer, andei perambulando nos últimos tempos pelo Vale Yagyu e pela província de Senshu[13], mas acabei chegando a Kyoto ontem à noite. E ao passar pela mansão de certa pessoa, ouvi uma notícia que me intrigou deveras. Isto é sério, demanda imediatas providências, pensei eu. Foi assim que me vi procurando por você desde o entardecer.

— E para quê?

— Para poder também encontrar Otsu.

— Ah, é?

— Obaba!

— Quê?

— Onde está Otsu?

— Sei lá!

— Não é possível que não saiba.

— Como vê, não ando por aí com a moça amarrada na ponta de uma corda.

O criado da hospedaria, que continuava em pé atrás dos dois com a lanterna na mão, interveio:

— Ei! Senhor monge! Tem sangue fresco espalhado por todos os lados!

O rosto de Takuan, inclinado para ver melhor à luz da lamparina, crispou-se. Aproveitando a consternação do monge, Osugi ergueu-se de repente e fugiu. Takuan voltou-se e lhe gritou:

— Pare aí, obaba! Você partiu de sua terra dizendo que ia limpar o nome Hon'i-den, e vai-se embora depois de enlameá-lo ainda mais? Partiu porque amava o filho e vai voltar depois de desgraçá-lo?

A retumbante voz do monge não parecia ter-lhe saído da boca, mas provir do céu, e envolveu todo o corpo de Osugi.

A idosa mulher estacou subitamente. Seu rosto enrugado contorceu-se, cheio de animosidade:

— Quê? Ouvi mal ou acaba de dizer que desonrei ainda mais o nome Hon'i-den e que faço a desgraça de meu filho?

— Foi isso mesmo que eu disse!

— Tolo! — sorriu Osugi com desdém. Mas o golpe havia atingido o alvo, pois a idosa mulher respondeu com ardor:

— E desde quando um sujeito como você, que se sustenta de arroz esmolado, que dorme de favor em templos e defeca no mato, seria capaz de

---

13. Senshu: antiga denominação de certa área ao norte da atual cidade de Osaka.

compreender assuntos como honra e amor maternal, as verdadeiras angústias deste mundo? Se quer falar sobre isso, trate de trabalhar como um homem comum e comer o arroz comprado com o suor do seu rosto.

— Essa doeu! Mais ainda porque existem alguns bonzos a quem eu próprio gostaria de dizer o que acaba de me lançar no rosto, obaba. Em matéria de agressividade, sua língua sempre superou a minha, desde a época do templo Shippoji. E vejo agora que ela continua bem ativa, não é mesmo, obaba?

— Ora, se anda! E se pensa que a atividade é só da língua, está muito enganado: tenho ainda disposição suficiente para levar a cabo uma última missão nesta vida.

— Está bem, deixe isso para lá. Águas passadas não movem moinho. Vamos esquecer o passado e conversar um pouco.

— Sobre o quê?

— Obaba: você fez Matahachi matar Otsu neste lugar, não fez? Vocês dois a mataram?

No mesmo instante a anciã espichou o pescoço e riu, como se tivesse estado à espera da pergunta:

— Ó, bonzo: de que lhe adianta andar carregando uma lamparina se não possui olhos para ver? Desse jeito, o mundo continuará escuro como breu. Para que servem esses olhos? Para enfeitar?

IV

Pelo visto, Takuan não era capaz de revidar à altura os insultos da velha Osugi.

A imbecilidade sempre leva vantagem sobre a sabedoria. Essa superioridade evidencia-se sobretudo quando o ignorante ignora por completo o conhecimento do sábio. Não há como ministrar conhecimentos a um tolo que se orgulha da própria tolice.

Takuan examinou cuidadosamente os arredores com os olhos tachados de enfeites pela velha mulher e descobriu que, com efeito, o cadáver não era de Otsu.

Mal viu a expressão de alívio aflorar ao rosto do monge, a velha Osugi tornou:

— Aliviado, monge? Só pode estar, já que você foi o casamenteiro, o idealizador da união de Otsu com Musashi.

Suas palavras não escondiam o antigo rancor.

Takuan, como sempre imperturbável, replicou:

— Continue pensando desse modo, se quer. Mas você é religiosa, sei disso, não vai abandonar o cadáver aí para ir-se embora, vai?

— O estranho já estava caído aí, à espera da morte. Quem o matou foi Matahachi, mas ele não tem culpa: o homem já estava por morrer, de um modo ou outro.

O empregado da hospedaria interveio:

— Por falar nisso, acho que esse *rounin* não regulava bem: lembro-me de tê-lo visto babando e perambulando pela cidade nos últimos tempos. Tinha um ferimento grande no topo do crânio, parecia ter levado uma pancada violenta.

A velha Osugi já se ia, procurando o caminho no escuro, como se o assunto não lhe interessasse. Takuan pediu ao criado que se encarregasse de remover o cadáver e seguiu Osugi.

Incomodada, Osugi voltou-se e estava prestes a lhe dirigir mais algumas observações venenosas quando viu um vulto surgir de trás das árvores e chamá-la:

— Obaba! Obaba!

A velha atendeu feliz: era Matahachi.

Filho querido, não a havia renegado! Em vez de fugir, ficara observando os acontecimentos, preocupado com a velha mãe. Osugi quase sufocava de tanta alegria.

Voltados para Takuan, os dois vultos trocaram algumas palavras sussurradas e, com aparente medo do monge, dispararam ladeira abaixo, suas pernas movendo-se cada vez mais rápido quanto mais se aproximavam da base da montanha.

— É inútil. Do jeito como se comportam esses dois não estão prontos para aceitar o que eu tenho a lhes dizer. Quanto sofrimento não pouparíamos às pessoas se pudéssemos eliminar todos os mal-entendidos do mundo! — murmurou Takuan observando os dois vultos em fuga. Porém, não tentou segui-los, pois antes de mais nada queria encontrar Otsu.

Mas então, o que teria acontecido a ela?

Estava claro que a jovem de algum modo lograra escapar da fúria assassina da dupla. Takuan regozijava-se com essa certeza havia algum tempo.

No entanto, a visão do sangue o deixara apreensivo: não sossegaria enquanto não visse Otsu na sua frente, sã e salva. Iria procurá-la até o dia raiar, decidiu-se.

Enquanto pensava nisso, viu o ajudante da hospedaria — que tinha acabado de subir a montanha — descendo em sua direção, trazendo consigo sete ou oito vigias de santuários.

Pelo jeito, Akakabe Yasoma, *rounin* sem destino, morto acidentalmente no meio do nada, ia ser enterrado ali mesmo, no fundo do precipício. Brandindo sem perda de tempo as enxadas e pás que tinham consigo, os homens começaram a cavar no escuro, fazendo ressoar sinistras pancadas no meio da noite.

E no momento em que a cova já parecia funda o bastante, um dos homens gritou:

— Ei! Tem mais um corpo caído aqui! Desta vez, é uma moça bonita!

O local de onde gritava o homem distava cerca de dez metros da cova. Um ramo da correnteza proveniente da cascata desviava até ali e se transformava num brejo, coberto de folhas e galhos.

— Não está morta.
— É mesmo!
— Só desmaiou!

As luzes das lanternas e a algazarra dos homens haviam chamado a atenção de Takuan, que já retornava correndo quando ouviu o grito do ajudante da hospedaria.

O MERCADOR

I

Poucas casas aproveitariam melhor o potencial da água nas atividades diárias, pensou Musashi, dando-se conta do agradável murmúrio do riacho ao redor da casa.

A casa em questão era a de Hon'ami Koetsu, situada numa esquina a sudeste da parte alta de Kyoto, área onde antigamente existira o templo Jissoin[14], bem perto da campina do templo Rendaiji, de memorável lembrança para Musashi.

E a denominação "rua Hon'ami", dada pelos habitantes locais, originava-se do fato de nela existirem não só a casa simples de Koetsu, como também a de seus sobrinhos, de diversos profissionais do ramo e de membros do clã, todos eles vivendo harmoniosamente em casas vizinhas que davam a frente ou os fundos para a rua, perpetuados num sistema familiar típico da classe mercantil, muito parecido com o das grandes e poderosas famílias guerreiras da Antiguidade.

Para Musashi, revelava-se um mundo até então desconhecido:
"É assim que vivem, então!"

A vida dos pequenos mercadores lhe era familiar por ser semelhante à dele próprio, mas nunca até então havia tido contato com a classe mercantil abastada de Kyoto, gente conhecida e poderosa.

Os Hon'ami haviam sido originariamente *bushi* e vassalos da histórica casa Ashikaga e ainda hoje recebiam 200 *koku* anuais de estipêndio do conselheiro imperial *dainagon* Maeda, gozavam dos favores da casa imperial e de seus familiares, além de merecerem especial atenção de Tokugawa Ieyasu. Assim, Koetsu, amolador e polidor de espadas por ofício, era um profissional na primeira acepção da palavra, mas por causa de sua origem tornava-se difícil defini-lo simplesmente como samurai ou mercador. Uma vez que ele era um profissional, contudo, era mais certo enquadrá-lo na classe mercantil. E por falar em mercadores, a denominação tinha-se tornado pejorativa nesses tempos, disso, porém, só podendo ser culpada a própria classe, que se havia permitido degradar. Assim como a palavra "lavrador" designara uma das classes trabalhadoras mais nobres da Antiguidade — até chamada de "tesouro do

---

14. Jissoin: templo único construído em 1229, posteriormente transferido para o bairro de Iwakura, em Kyoto.

imperador" —, e decaíra com o passar dos anos a ponto de se transformar em insulto, a designação "mercador" não indicara, originariamente, uma classe de malnascidos.

Como prova, ali estavam grandes nomes da classe mercantil como Sumi-no-kura Soan, Chaya Shirojiro, Haiya Shoyu, cujas origens, retraçadas, remetiam a antigas casas guerreiras. Melhor explicando: esses plutocratas de Kyoto haviam sido, em gerações passadas, vassalos dos xoguns Ashikaga, funcionários do seu governo designados a administrar setores comerciais. Aos poucos, porém, as funções que esses homens desempenhavam dentro do governo *bakufu* ganharam vida própria, conquistaram autonomia financeira, afastaram-se das asas do governo e transformaram-se em empreendimentos privados. Com o passar do tempo, interesses de ordem comercial e social fizeram com que esses antigos *bushi* considerassem dispensáveis os privilégios inerentes à classe samuraica e, de geração em geração, se transformassem nessa classe especial de poderosos mercadores.

Eis porque esses plutocratas eram sempre poupados — mesmo quando disputas pelo poder envolviam grandes casas guerreiras — e vinham-se mantendo incólumes geração após geração, apenas encarando a cobrança de empréstimos compulsórios como um inevitável "imposto" destinado a salvá-los do fogo das guerras.

O quarteirão onde certa vez existira o templo Jissoin ficava ao lado do templo Mizuochidera e era cercado por dois riachos: o Arisugawa e o Kamikogawa. Por ocasião da revolta de Ounin[15] a área inteira tinha sido devastada pelo fogo e, mesmo agora, pedaços enferrujados de espadas e copas de elmos surgiam quando a terra era revolvida para a remoção de árvores. A casa dos Hon'ami fora erguida anos depois da revolta de Ounin, naturalmente, mas era uma das mais antigas da área.

As águas claras do rio Arisugawa atravessavam as terras do templo Mizuochidera, passavam murmurando pela casa de Koetsu e juntavam-se mais adiante com o rio Kamikogawa. A corrente percorre inicialmente uma pequena horta de quase mil metros quadrados e esconde-se momentaneamente num pequeno bosque para logo mais surgir num poço à entrada da casa de Koetsu com o ímpeto de uma fonte que brota de trezentos metros de profundidade, parte dela seguindo em direção à cozinha, ajudando no preparo dos

---

15. Revolta de Ounin: (1467-1477): assim chamada por haver se iniciado no período Ounin (1467-1469), envolveu duas poderosas casas de administradores da casa xogunal Ashikaga — Hatakeyama e Konoe — em torno da sucessão. A revolta, liderada de um lado pelo general Hosokawa Katsumoto da coalizão oriental e de outro por Yamana Souzen da coalizão ocidental, teve como palco a cidade de Kyoto e envolveu numerosos *daimyo* em ambos os lados. Kyoto foi completamente tomada pela guerra e o poder *bakufu* ruiu. O episódio foi um divisor de águas, tanto em termos sociais como culturais.

alimentos, parte seguindo para a casa de banho e lavando o suor dos corpos, parte ainda gotejando na sóbria casa de chá, fingindo-se de nascente cristalina a brotar de rochas. E quando finalmente se introduz apressada na "Casa de Polimento" — a oficina de trabalho assim respeitosamente designada pela família, de cuja entrada pende em caráter permanente um festão de palha trançada, símbolo xintoísta de purificação — a corrente ajuda a polir espadas e lâminas famosas saídas das mãos de renomados forjadores como Masamune, Muramasa e Okifune, confiadas a Koetsu por poderosos *daimyo*.

Quatro ou cinco dias já se tinham passado desde que Musashi despiu suas roupas de viagem e se alojou num aposento da casa Hon'ami.

II

Depois de haver fortuitamente encontrado Myoshu e Koetsu dias atrás na campina, e de com eles ter participado de uma cerimônia de chá, Musashi tinha querido reencontrá-los para aprofundar os laços de amizade.

E a sorte lhe sorriu, pois passados apenas alguns dias do primeiro encontro, a oportunidade surgiu.

O reencontro deu-se da seguinte forma:

Entre o Kamikogawa e o Shimokogawa, mais para o lado oriental, situa-se um templo denominado Rakan-ji. Na área vizinha ao templo existira antigamente a mansão dos Akamatsu — os ancestrais de Musashi. Com a queda do xogunato Ashikaga as residências de *daimyo* antigos como os Akamatsu tinham desaparecido sem deixar vestígios. No entanto, Musashi sentiu vontade de procurar a área e, certo dia, viu-se perambulando pelas proximidades.

Em criança, Musashi ouvira muitas vezes da boca do pai:

— Sou agora um decadente *goshi* interiorano, é verdade, mas meu ancestral Hirata Shougen era membro da poderosa casa Akamatsu, de Banshu. Em suas veias, meu filho, corre o sangue de extraordinários guerreiros feudais. Lembre-se sempre disso e dê-se um pouco mais de valor.

O templo Rakan-ji, no Shimokogawa, vizinho à mansão dos Akamatsu, era também o templo do clã. Em seus arquivos talvez encontrasse um registro do ancestral Hirata Shougen, pensou Musashi. Ouvira também dizer que o pai, Munisai, em uma de suas idas a Kyoto, passara pelo templo e mandara celebrar uma missa em memória dos ancestrais. E mesmo que não conseguisse saber dos detalhes de um passado tão distante, achou que faria sentido permanecer alguns momentos em local tão significativo, a lembrar personagens há muito desaparecidos, mas a ele ligados pelo sangue. E assim Musashi procurara nesse dia o templo Rakan-ji persistentemente.

Sobre o Shimokogawa encontrou uma ponte de nome Rakan-bashi, mas nada soube do templo do mesmo nome.

— Será que esta área mudou tanto?

Recostado à balaustrada da ponte, meditava sobre as violentas alterações pelas quais haviam passado grandes centros urbanos no curto espaço de tempo que mediara duas gerações, a dele e a do pai.

As águas limpas e rasas do riacho turvavam-se vez ou outra de branco sob a ponte, como se alguém dissolvesse argila nelas, mas logo voltavam à transparência original.

Musashi observou com cuidado e verificou que no meio de alguns arbustos próximos à ponte, na margem esquerda do rio, um filete de água turva era vez ou outra expelido na correnteza de cada vez formando círculos brancos concêntricos que cresciam e se espalhavam ondulando pelo riacho.

"Ah!... Deve existir um amolador de espadas nas proximidades", concluíra Musashi, nem em sonhos imaginando, porém, que se tornaria hóspede de sua casa, ou que nela permaneceria por cinco dias.

Só havia percebido também que se encontrava perto da rua Hon'ami quando ouviu Myoshu — aparentemente voltando para casa das compras — dizendo às suas costas:

— Ora, mas é o senhor Musashi! Veio nos visitar? Que bom! Por sorte, Koetsu está agora em casa! Venha, venha, não faça cerimônia!

Feliz pelo encontro e certa de que Musashi ali estava especialmente para vê-los, Myoshu guiou-o para dentro do portão da vila onde moravam e mandou um serviçal chamar Koetsu.

Mãe e filho eram realmente pessoas bondosas, achou Musashi, tanto na ocasião em que os encontrara no meio da campina, quanto agora, que os revia em sua casa.

— Fique conversando por algum tempo com minha mãe porque estou neste instante afiando uma preciosa arma. Logo que terminar, porém, virei fazer-lhe companhia — disse Koetsu.

Assim, Musashi se entreteve com Myoshu. Mas a noite avançou rápida demais e os anfitriões instaram com o jovem para que ali dormisse. No dia seguinte, foi a vez de Musashi pedir informações a Koetsu sobre a técnica de afiar e polir lâminas. O anfitrião conduziu-o à oficina de trabalho e lhe deu explicações práticas. Uma coisa levava a outra e, sem que o jovem se desse conta, acabou pernoitando cinco noites na casa.

III

Para tudo havia um limite, sobretudo para abusar da hospitalidade alheia. Assim pensando, Musashi tinha resolvido ir-se embora nesse dia, mas muito antes de trazer o assunto à baila, Koetsu tomou-lhe a frente e disse, logo cedo:

— Sei que é descabido tentar retê-lo quando não estou desempenhando direito o meu papel de anfitrião, mas se não se sente entediado, seja nosso hóspede pelo tempo que quiser. Em meu escritório encontrará obras da literatura clássica e alguns trabalhos artísticos: eles estão ao seu dispor e podem ser examinados quando quiser. Dentro de alguns dias vou acender o forno existente no canto do meu jardim e lhe mostrar como se queima cerâmica. Forjar espadas é uma técnica sem dúvida fascinante, mas a cerâmica não deixa de ter seus encantos. Experimente também moldar algum objeto e queimá-lo.

Assim instado, Musashi acabou deixando-se ficar, ajustando-se com prazer ao tranquilo cotidiano do seu anfitrião.

— Como bem vê, quase nunca tem gente nesta casa: quando se sentir entediado, ou quando se lembrar de alguma coisa para fazer, saia ou volte sem se constranger, não se sinta na obrigação de nos avisar — acrescentara Koetsu, tentando deixá-lo ainda mais à vontade.

Musashi estava longe de se entediar. Na biblioteca, por exemplo, havia obras chinesas e japonesas, pinturas em rolo do período Kamakura, antigos modelos caligráficos importados da China, bastando-lhe abrir um único desses exemplares para que o dia se fosse, despercebido.

Dentre os objetos de arte, um em especial lhe chamara a atenção: a pintura *Castanhas*, do famoso pintor chinês Ryokai[16], que pendia no lugar de honra da sala.

A obra media sessenta centímetros de comprimento por pouco mais de setenta centímetros de largura e era tão antiga que se tornava difícil saber o tipo de papel em que fora pintado. Por estranho que parecesse, Musashi era capaz de permanecer quase meio dia contemplando o desenho sem se cansar.

— Acho que um amador jamais conseguiria fazer desenhos iguais aos seus, mas observando este, tenho a impressão de que até eu conseguiria fazer algo parecido — comentou Musashi em certa oportunidade.

Ao ouvir isso, Koetsu respondeu:

---

16. Ryokai (ch. Ling-k'ai): renomado mestre da pintura chinesa do início do século XIII, é conhecido pelo requinte e precisão dos traços de suas paisagens e figuras santas, assim como pela economia de traços de suas figuras humanas. Exerceu forte influência sobre a pintura sumiê japonesa.

— Ao contrário! Qualquer um pode chegar ao meu nível, mas para alcançar o deste mestre, o caminho é íngreme, não basta estudar ou treinar para chegar a essa fronteira.

— Realmente? — disse Musashi, impressionado com a explicação, desde então contemplando atentamente o desenho cada vez que se lhe apresentava uma oportunidade. E tinha razão Koetsu: a pintura era, à primeira vista, um simples esboço em tinta *sumi* preta, mas aos poucos Musashi foi-se dando conta de sua "complexa simplicidade", isto é, da complexidade oculta na aparente simplicidade.

O quadro mostrava em rústicas pinceladas duas castanhas caídas, uma com a casca partida, a outra ainda hermeticamente fechada, com os espinhos eriçados. E sobre elas, havia se lançado um esquilo.

A vida de um esquilo é por natureza livre: esse pequeno animal é a clara representação da juventude e da ambição a ela inerente. Mas se o esquilo tenta comer a castanha que cobiça, arrisca-se a ferir o nariz no espinho da casca; por outro lado, se teme os espinhos jamais conseguirá comer as castanhas retidas no interior da espessa casca.

A intenção do pintor talvez não fosse o de retratar este tipo de dilema, mas Musashi contemplava o quadro atribuindo-lhe também esse sentido. Talvez incorresse em erro ao tentar ver numa pintura proposições que iam além da própria imagem e devanear, pensou ele. Inevitável, no entanto, já que dentro de sua "complexa simplicidade", o quadro, além da beleza própria do sumiê e das sensações que transmitia, proporcionava também delicados momentos de meditação transcendental.

— Outra vez perdido na contemplação do quadro de Ryokai, mestre Musashi? Parece-me que o aprecia de verdade! Se quiser, enrole-o e leve-o quando partir. Eu o darei com muito gosto — disse Koetsu nesse instante, sentando-se ao lado de Musashi e observando-o. Dava a impressão de que tinha uma proposta a fazer.

IV

Surpreso, Musashi replicou:

— Como? Vai me dar a pintura? Não brinque! Além de lhe dever por todos estes dias de hospedagem, como posso ir-me embora levando esta preciosidade comigo?

— Mas gostou dela, não gostou? — disse Koetsu, sorrindo da sua honesta perturbação. — É isso o que importa: tire-a da parede e leve-a. Pinturas têm de ser sempre possuídas por pessoas que as amem de verdade e lhes compreendam o sentido. Só assim elas encontram a felicidade, assim como os seus autores, no outro mundo. Leve-o.

— Quanto mais me explica, menos sinto estar à altura desta pintura. Quando a contemplo, sinto crescer em mim uma espécie de ganância, a vontade de possuir uma obra-prima como esta, é verdade. No entanto, de que me adiantaria possuí-la se sou um simples guerreiro andarilho, sem residência fixa nem posição social?

— Tem razão. Pensando bem, um presente deste tipo acaba por se transformar em estorvo para quem, como o senhor, vive em constantes viagens. Fico também imaginando como deve ser triste não possuir um canto próprio, por mais humilde que seja. Que acha de construir uma casa rústica em Kyoto?

— Nunca senti falta de uma casa até hoje. Considero muito mais atraente a possibilidade de conhecer os confins de Kyushu, a civilização de Nagasaki, a cidade de Edo que começa a se expandir a leste do país — e que, assim me dizem, será a nova sede xogunal —, bem como os vastos rios e montanhas que cortam a área de Michinoku. Por esses lugares distantes anseia meu coração. Talvez eu seja um nômade nato.

— Somos todos iguais. É natural um jovem sentir-se mais atraído por espaços abertos do que por uma apertada sala de chá. Ao mesmo tempo, um jovem tem o péssimo hábito de achar que não pode realizar seus sonhos no lugar onde está, e de sempre buscá-los por caminhos distantes. Grande parte dos preciosos dias da juventude se perde nessa insatisfação.

Riu, repentinamente constrangido, e acrescentou:

— Não está certo um *bon vivant* como eu pregar sermões a gente jovem... Mas não foi para isso que o vim procurar: eu hoje quero convidá-lo para uma noitada. Já esteve na zona alegre, mestre Musashi?

— Zona alegre? Refere-se à área das meretrizes?

— Isso mesmo. Tenho um bom amigo de nome Haiya Shoyu. Acabo de receber um bilhete dele combinando uma visita à zona alegre da rua Rokujo esta noite. Que tal?

Musashi disse sem hesitar:

— Não, obrigado.

Koestu apenas observou:

— Está bem: se não quer, não insistirei. Mas ainda acho que uma visita a esses lugares, vez por outra, tem seu lado benéfico.

Myoshu, que se havia aproximado despercebida e ouvia com interesse o diálogo, interrompeu-os nesse instante:

— Mestre Musashi, esta é uma oportunidade ímpar, vá com eles. O senhor Haiya é um bom homem, e acho que meu filho quer muito levá-lo para conhecer essa zona. Acompanhe-os, vamos!

A atitude da mãe era muito mais impositiva que a do filho. Myoshu dirigiu-se a uma cômoda próxima e dela retirou quimonos. Apresentou-os a Musashi e ao filho e mandou que se apressassem.

V

A reação de qualquer mãe à notícia de que o filho pretende visitar a zona alegre é sempre de desgosto, esteja ela em presença de estranhos ou não.

— Que vida dissoluta! — gemeria ela.

Outra, mais severa, diria: "Está fora de cogitação!", e provocaria no mínimo uma acalorada discussão. Os Hon'ami, porém, fugiam ao padrão.

Myoshu, parada na frente da cômoda, perguntava com animação, como se ela própria estivesse se preparando para um piquenique:

— Gosta deste *obi*? Qual destes quimonos prefere?

Não só separava as roupas como também os acessórios, tais como carteira, caixa de remédios, espada curta, dando sempre preferência aos mais vistosos. A carteira mereceu especial atenção da senhora, que nela introduziu discretamente uma quantia considerável — a julgar pelo peso e pelo tilintar das moedas de ouro — para que os dois homens pudessem divertir-se sem constrangimentos.

— Pronto, vão, meus filhos. Dizem os entendidos que a zona alegre é linda na boca da noite, quando as luzes começam a se acender, e que a única coisa mais empolgante do que essa vista é o trajeto até lá, no crepúsculo. Vá conferir, mestre Musashi.

Sem que o jovem se tivesse dado conta, Myoshu havia disposto à sua frente um conjunto completo de quimono de algodão, desde as roupas de baixo até o sobretudo, nada muito luxuoso, é verdade, mas limpo.

Musashi começou aos poucos a vencer a repulsa que a ideia de visitar a zona do meretrício lhe tinha inspirado e a achar que frequentá-la não levava necessariamente à perdição, conforme se dizia, já que essa mãe tanto insistia que fosse. Portanto mudou de ideia e disse:

— Nesse caso, vou seguir seu conselho e irei com seu filho.

— Isso! Assim é que se fala! Vamos, troque as roupas.

— Agradeço, mas recuso. Roupas vistosas não me caem bem. Deixe-me ir com estas, aliás, as únicas que tenho, e com as quais me deito ao relento e vou a todos os lugares. Nelas me sinto à vontade.

— Pois com isso não concordo — disse Myoshu, mostrando-se de súbito severa num ponto aparentemente pouco relevante. — O senhor talvez se sinta à vontade desse jeito, mas parecerá um trapo no meio de uma sala luxuosa. Esqueça todas as misérias e as sujeiras do mundo e deixe-se envolver, nem que seja por uma hora ou por metade de uma noite num ambiente de beleza ilusória, abandone lá todas as suas preocupações. É para isso que servem esses lugares. Raciocine desse modo e perceberá que seu jeito de se vestir e agir comporão esse lindo cenário, e que é um erro considerar tais detalhes matéria que só a você concerne. Mas fique tranquilo — disse Myoshu, rindo alegremente –, estas roupas nada têm de luxuosas, são apenas limpas: mesmo que as vista, nunca chegará a ser um dândi como Date Masamune ou Nagoya Sanza. Vamos, deixe de me dar trabalho e passe os braços pelas mangas.

— Sim, senhora. — disse Musashi compreendendo a situação e trocando-se obedientemente.

— Ora, caiu-lhe muito bem! — exclamou Myoshu, satisfeita com o resultado, feliz com a elegância dos dois homens.

Koetsu entrou por instantes na saleta do oratório e acendeu a luz votiva. Mãe e filho eram fiéis fervorosos da seita Nichirenshu.

Logo, Koetsu saiu do aposento e aproximou-se de Musashi.

— Vamos, eu o levarei — disse ele.

Lado a lado encaminharam-se para a entrada da casa. Myoshu já os havia precedido e disposto dois pares de sandálias com tiras novas sobre o degrau de pedra externo e trocava nesse momento algumas palavras com o empregado da casa, que se preparava para cerrar o portal.

Koetsu fez uma reverência às sandálias e as calçou.

— Vou indo, senhora minha mãe — disse ele em seguida, despedindo-se.

Myoshu voltou-se então e lhe disse apressadamente:

— Espere um pouco, meu filho.

Detêve os dois homens com um gesto e, pondo apenas a cabeça para fora de um postigo, examinou a rua com cuidado.

VI

— Que foi? — perguntou Koetsu, estranhando. Myoshu cerrou de manso o postigo e retornou para perto dos dois:

— Koetsu, acabo de saber que há pouco três samurais aproximaram-se deste portal e abordaram o nosso empregado rudemente... O que você acha disso?

No céu restava ainda um pouco de claridade, mas a idosa senhora franzia o cenho, preocupada com o filho e o hóspede que se preparavam para enfrentar a noite fora dos muros e da segurança da casa.

Koetsu olhou para Musashi em silêncio.

No mesmo instante o jovem pareceu adivinhar quem eram esses samurais, pois respondeu:

— Não se preocupe, senhora. Pode ser que essas pessoas tentem algo contra mim, mas creio que elas não têm ressentimentos contra seu filho.

— Por falar nisso, alguém me disse que aconteceu algo semelhante anteontem. Daquela vez, parece que um samurai entrou sozinho pelo portão, sem se anunciar, abaixou-se por trás de uns arbustos na aleia que dá para a casa de chá e observou com olhar penetrante a saleta em que se hospeda mestre Musashi e, depois de algum tempo, retirou-se.

— Devem ser discípulos da academia Yoshioka — disse Musashi.

— Também acho — concordou Koetsu. Voltou-se para o serviçal e perguntou:

— Que disseram os três de hoje?

Trêmulo, o homem respondeu:

— Senhor, há pouco, depois que os artesãos foram embora, aproximei-me do portal para fechá-lo e esses três samurais, que até então deviam ter estado escondidos em algum lugar, surgiram de súbito e me cercaram. Um deles retirou então das dobras do quimono uma carta ou algo parecido e me disse, com uma carranca terrível: "Entrega isto ao hóspede da casa."

— Sei... Disse apenas hóspede ou mencionou o nome Musashi-sama?

— Mencionou, logo depois. Disse que certa pessoa de nome Miyamoto Musashi devia estar se hospedando nesta casa há alguns dias.

— E então, que lhe respondeste?

— Como o senhor, patrão, já me havia anteriormente instruído, neguei até o fim que tivéssemos tal hóspede em nossa casa. Furioso, o homem da carta começou a gritar: "Não mintas!", quando um samurai mais idoso mandou-o acalmar-se. Este último sorriu em seguida de modo irônico e observou que estava em ordem, nesse caso daria um jeito de encontrar-se diretamente com esse hóspede e de lhe entregar a carta. Afastaram-se depois em direção à outra rua.

Musashi, atento à conversa, interveio:

— Não gostaria de vê-lo envolvido em meus problemas e ferido por causa disso, senhor Koetsu. Faça-me, portanto, o seguinte favor: siga sozinho alguns passos à minha frente.

— Ora, o que é isso! — retrucou Koetsu, rindo. — Agradeço a consideração, mas não vejo necessidade de tanta precaução. Nada receio, principalmente porque sei agora que se trata do grupo Yoshioka. Vamos!

Saiu pelo portão apressando Musashi, mas reintroduziu subitamente a cabeça pelo postigo e chamou:

— Senhora minha mãe!

— Que foi? Esqueceu alguma coisa?

— Não. Mas caso a senhora esteja apreensiva por causa dos últimos acontecimentos, posso muito bem mandar um mensageiro à casa do senhor Haiya desfazendo o compromisso da noitada. Quer?

— De modo algum! Muito mais que a sua segurança, preocupou-me a do senhor Musashi. E uma vez que ele próprio já foi para a rua e está à sua espera, não faz mais sentido detê-los. Além disso, será pouco delicado desfazer o compromisso com Haiya-sama. Não se preocupe e vá se divertir.

Koetsu deu então as costas para o postigo que a mãe acabava de fechar e, ombro a ombro com Musashi, começou a caminhar pela rua que tinha casas de um lado e o rio do outro.

— A mansão do senhor Haiya fica na rua Ichijo, bem no nosso caminho. Combinei de passar por lá, pois mandou-me dizer que estará pronto, à nossa espera — explicou Koetsu.

VII

Restava ainda um pouco de claridade no céu e a caminhada à beira do rio tinha efeito relaxante. A sensação de prazer acentuava-se pela consciência de serem os únicos despreocupados no meio da gente apressada rumando às respectivas casas.

— Parece-me que já ouvi mencionarem o nome do senhor Haiya Shoyu em diversas ocasiões. Quem é ele? — perguntou Musashi.

Acertando o passo ao andar descontraído de Musashi, Koetsu respondeu:

— Com certeza já ouviu. Fez fama como compositor de versos encadeados[17] e é discípulo do poeta Shoha.

— Ah, ele é um poeta!

— Mas não ganha a vida fazendo poesia, e nisso difere de mestres como Shoha e Teitoku. Nossas famílias pertencem ao mesmo meio, são antigas casas mercantis de Kyoto.

— E quanto a esse curioso sobrenome Haiya?

— Define sua profissão.

— Como assim?

— Eles são distribuidores de cinzas.

— Cinzas?

— Para tingir tecido, especialmente de azul-marinho. É um negócio vultoso porque eles abastecem as tinturarias de diversas províncias.

---

17. No original, *renga*: poemas compostos pelo encadeamento de novos versos a outros já existentes.

— Ah, compreendi agora: cinzas são a matéria prima da lixívia, usada em tinturarias.

— Esse comércio movimenta montanhas de dinheiro. Tanto assim que, no início do período Muromachi, esse tipo de atividade comercial era exercido sob a supervisão direta do palácio imperial por um magistrado. A partir de meados do período Muromachi a atividade passou à iniciativa privada, e apenas três casas em Kyoto, ao que me parece, tinham autorização para trabalhar com o material. E uma delas era de um ancestral de Haiya Shoyu. Na geração atual, porém, a família abandonou a atividade e o senhor Shoyu goza tranquilamente sua velhice numa bela casa deste bairro — explicou Koetsu. Apontou a seguir um ponto à distância e disse:

— Está vendo, lá na frente, a mansão com o portal elegante? É a casa do senhor Shoyu.

Musashi assentiu em silêncio, apalpando a manga esquerda do quimono.

— Que será isso? — pensava, atento ainda às explicações de Koetsu.

A manga direita agitava-se levemente ao vento, mas a esquerda, um pouco pesada, pendia imóvel. Havia algo em seu interior.

Os lenços de papel estavam nas dobras internas do quimono na altura do peito e não possuía cigarreira. Não se lembrava de mais nada que pudesse levar na manga. Introduziu a mão furtivamente e retirou o objeto. Era uma tira amarela de couro, enrolada e com as pontas amarradas em laço para facilitar o desatar numa emergência.

Musashi abafou uma exclamação. A tira fora sem dúvida posta ali pela idosa Myoshu. O jovem quase a ouvia dizendo: "Use isto para conter as mangas".

Apertando com firmeza o pequeno rolo na mão, Musashi voltou-se e, sem o querer, exibiu às pessoas que lhe vinham atrás o sorriso de gratidão que lhe subira de repente aos lábios.

O jovem já havia percebido a presença dos três sisudos samurais que o vinham seguindo a uma distância constante desde o momento em que deixara a rua Hon'ami.

Ao darem com o sorridente rosto voltado para eles, os três homens estacaram no mesmo instante, entreolharam-se e trocaram algumas palavras sussurradas. Logo, apressaram o passo e se aproximaram, agora alertas.

A essa altura, Koetsu, que já tinha tocado o sino da mansão Haiya e se anunciado, entrava atrás do serviçal que surgira com uma vassoura na mão para atendê-lo. Ao se dar conta, contudo, de que Musashi não o acompanhara, Koetsu tornou a sair para a rua, dizendo descontraído:

— Entre, entre, mestre Musashi. Não faça cerimônia, esta é uma casa amiga.

VIII

E foi então que Koetsu descobriu, do lado de fora do portal, os três samurais empertigados que, com os cabos das respectivas espadas emergindo agressivamente à altura do peito, cercavam o solitário Musashi e lhe transmitiam alguma coisa com arrogância.

— Devem ser os homens que o procuravam — deduziu Koetsu de imediato.

Musashi disse alguma coisa aos três samurais em tom tranquilo e depois voltou-se para Koetsu:

— Entre, por favor. Logo estarei com o senhor.

O olhar calmo de Koetsu pareceu ler dentro dos olhos de Musashi. O homem aprumou então a cabeça e disse:

— Compreendi. Espero-o lá dentro. Venha, assim que terminar.

Mal o viu desaparecer, um dos samurais disse:

— Não adianta continuarmos a discutir se anda ou não se escondendo de nós. Não foi para isso que viemos. Como acabo de dizer, sou Otaguro Hyosuke, um dos "Dez Mais" da academia Yoshioka.

Afastou bruscamente as mangas, introduziu a mão no quimono à altura do peito e retirou um envelope que exibiu com rispidez a Musashi.

— Entrego-lhe em mãos a carta de mestre Denshichiro, o segundo filho dos Yoshioka. Leia-a agora mesmo, e dê-me a resposta em seguida.

— Bem... — disse Musashi descontraído, abrindo a carta e passando os olhos por ela. Logo, respondeu lacônico:

— De acordo.

No olhar de Otaguro, porém, havia ainda um brilho de desconfiança.

— Tem certeza? — insistiu, examinando com cuidado a expressão de Musashi.

Este apenas assentiu, repetindo:

— De pleno acordo.

Os três homens pareceram finalmente convencer-se.

— Se você quebrar a promessa, espalharei a notícia aos quatro ventos e você será motivo de riso em todo o país.

Em silêncio, Musashi deixou o olhar passear pelos três empertigados homens. Sorriu apenas, mas nada disse.

Essa atitude tornou a levantar as suspeitas de Otaguro, que voltou a insistir:

— Note bem, Musashi: o horário estabelecido não tardará a chegar. Guardou o local? Está preparado para o duelo?

As feições de Musashi não traíram aborrecimento, mas a resposta foi seca.

— Estou — disse. — Até mais ver — acrescentou, e já ia entrando na mansão Haiya quando Otaguro tornou a correr-lhe no encalço, gritando:

— Musashi! Você permanecerá nesta casa até o momento do duelo?

— Pode ser. Meus amigos programaram uma noitada na zona alegre da rua Rokujo. Estarei num desses dois locais.

— Rokujo? Quer dizer que estará lá ou nesta casa... Certo! Se você se atrasar, mandarei alguém vir buscá-lo! E não me venha com uma atitude covarde!

As últimas palavras já soaram às costas de Musashi, que entrando no jardim, fechou o portão. Um passo para dentro dos muros levou-o para outro mundo, a quilômetros de distância do burburinho da cidade. Uma parede invisível parecia defender o universo tranquilo dos moradores.

Pequenos arbustos e bambuzais tão finos quanto o cabo de um pincel sombreavam na medida certa o caminho de pedras, que parecia ali ter brotado naturalmente. Conforme prosseguia, passo a passo iam surgindo a fachada da construção principal, os prédios anexos, o pavilhão, cada volume exibindo a sóbria pátina das antigas mansões. Em torno do conjunto, pinheiros haviam crescido e ultrapassado o telhado da casa, parecendo proclamar pompa e circunstância. Mesmo assim, não pareciam altaneiros aos olhos dos que deles se aproximavam.

IX

Chutavam bola[18] em algum canto da casa. O som, usualmente ouvido fora dos muros das casas nobres, era surpreendente em casa de mercador, pensou Musashi.

— O patrão está se aprontando e logo virá ter com os senhores. Aguardem aqui um instante, por favor — disse uma criada, instalando-os num aposento que dava para o jardim interno, oferecendo-lhes chá e confeites. A discreta movimentação das duas serviçais denotava a disciplina e a educação dessa tradicional família.

— O sol se foi e está esfriando muito depressa — queixou-se Koetsu, pensando em pedir a uma das criadas que fechasse o *shoji*. Ao perceber, porém, que Musashi, atento ao som da bola, contemplava pessegueiros em flor a um canto rebaixado do jardim, desviou também o olhar para o lado externo e comentou:

---

18. No original, *kemari*: diversão apreciada pela nobreza desses tempos, era um jogo em que pequenos grupos de nobres calçando sapatos de couro chutavam bolas feitas de couro de cervos. A bola devia ultrapassar a altura dos galhos mais baixos de árvores plantadas nos quatro cantos de um quadrilátero de 13,5 m de lado, sem nunca bater no chão. Os tipos de árvores eram: cerejeira a nordeste, chorão a sudeste, bordo a sudoeste e pinheiro a noroeste. O jogo tornou-se bastante popular a partir do fim do período Heian, ou seja, do ano 1100 d.C., aproximadamente.

— Veja, o topo da montanha Eizan está ficando encoberto. As nuvens que se formam sobre esse pico provêm do norte. Não sente o frio?

— Nem um pouco — respondeu Musashi com franqueza, sem sequer imaginar que Koetsu queria a divisória fechada.

Sua pele, curtida pelas intempéries, tinha a resistência do couro e não era tão sensível quanto a de Koetsu, macia e delicada. A diferença entre os dois homens não se restringia apenas ao modo como suas peles sentiam o tempo, ela existia em quase todos os aspectos. Em poucas palavras, era a diferença entre um camponês e um homem da cidade.

Aproveitando o aparecimento da criada com o candelabro, e também o fato de que a noite caía rapidamente do lado de fora, Koetsu tentava fechar a divisória quando dois ou três adolescentes de quase quinze anos — provavelmente os que haviam estado chutando bola há pouco — espiaram pelo canto da varanda.

— Não sabia que o senhor estava aí, tio! — disse um deles, largando a bola na varanda. Ao dar com Musashi, conteve-se subitamente. — Vou apressar o vovô, quer?

E ignorando os protestos de Koetsu, os três rapazes dispararam para dentro da casa disputando a dianteira.

Com a divisória cerrada e a luz acesa, os visitantes perceberam mais intensamente o agradável ambiente da casa. As risadas distantes dos familiares aumentavam ainda mais a sensação de aconchego.

O que mais impressionou Musashi favoravelmente, na qualidade de visitante, foi a ausência total de objetos que lembrassem ostentação ou riqueza. Tudo ao redor era simples, como se o proprietário tivesse querido apagar conscientemente os sinais de riqueza. O jovem teve a impressão de estar na sala de visitas de uma espaçosa casa rural.

— Mil perdões pelo atraso — disse de súbito uma voz franca nesse momento, e Haiya Shoyu, o proprietário da casa, entrou na sala.

Contrastando com o roliço Koetsu de fala mansa, o homem era esguio como um grou e de voz muito mais jovial e retumbante, embora parecesse quase dez anos mais velho. Quando Koetsu lhe apresentou Musashi, comentou bem-humorado:

— Muito bem! Quer dizer que é o sobrinho do senhor Matsuo, o administrador da casa Konoe! Conheço muito bem o senhor Matsuo.

Ao ouvir de novo o nome do tio em conexão com o da casa nobre Konoe, Musashi teve uma vaga ideia da intimidade que reinava entre os grandes mercadores e a alta nobreza.

— Partamos sem perda de tempo. Eu pretendia sair mais cedo e seguir a pé pelas ruas apreciando o entardecer, mas já que a noite caiu, vamos de liteira. Acompanha-nos, não é verdade, mestre Musashi?

Ali estava mais um ponto contrastante: Shoyu mostrava uma agitação surpreendente para alguém de sua idade, enquanto Koetsu, acomodado no aconchegante aposento, parecia até ter-se esquecido da noitada programada.

Pouco depois, Musashi prosseguia pela beira do rio Horikawa, sacudido no interior de uma liteira — transporte em que andava pela primeira vez —, atrás das outras duas que levavam seus amigos.

A NEVASCA

I

— Brrr... Que frio!

— O vento está castigando.

— Meu nariz está congelando.

— Vai cair neve ou chuva esta noite, com certeza!

— Nem parece que já estamos na primavera.

Os comentários gritados partiam dos liteireiros que, nesse momento, despontavam perto do hipódromo Yanagi expelindo baforadas brancas.

As três lanternas das liteiras balançavam e bruxuleavam incessantemente. As nuvens que durante o entardecer tinham encoberto o topo do monte Heizan haviam se espalhado negras e ameaçadoras sobre a cidade. O céu noturno pressagiava algo terrível a partir do meio da noite.

Em compensação, o negrume realçava a feérica beleza das luzes terrestres agrupadas pouco além do prado. Realçados pela ausência de estrelas, os pontos luminosos lembravam frágeis pirilampos soprados pelo vento.

— Mestre Musashi — chamou Koetsu, voltando-se da liteira do meio. — Lá está o bairro Yanagicho. Ultimamente, com o surgimento de casas comerciais nessa área, está sendo também chamada de Misuji-machi.

— Ah, sei, a área iluminada!

— Não acha interessante ver surgirem de repente luzes em local tão distante da cidade, muito além de campos escuros e de espaços amplos como este prado?

— Foi uma surpresa para mim, realmente.

— A zona alegre situava-se antigamente na rua Nijo, próxima ao palácio imperial mas, ao que parece, a cantoria dos frequentadores e os instrumentos musicais tocados pelas mulheres noite adentro eram vagamente audíveis na beira do fosso que cerca o imenso jardim imperial. Por esse motivo, o oficial superintendente[19] Itakura Katsushige mandou transferi-la para cá. Desde então, mal se passaram três anos, mas já se transformou numa cidade, e tende a se expandir cada vez mais.

— Isto significa que, há três anos, esta área era deserta?

---

19. No original, *shoshidai*: cargo criado no xogunato Tokugawa, era exercido somente na cidade de Kyoto e destinado a atender todos os problemas relacionados ao palácio imperial e à nobreza, a supervisionar as delegacias regionais de Kyoto, Nara e Fushimi, a dar seguimento aos processos judiciais das redondezas, estando também os templos sob sua jurisdição.

— Isso mesmo. À noite, a escuridão por aqui era total, trazendo à memória o período Sengoku e os incêndios provocados pelas intermináveis guerras. Hoje, no entanto, pode-se dizer que esse bairro dita a moda e, em termos um tanto exagerados, que é o berço de uma cultura — explicou Koetsu. Apurou por instantes os ouvidos para tornar a dizer:

— Está ouvindo a música?

— Estou, realmente!

— Essas melodias, por exemplo, são adaptações que empregam um novo instrumento, o *shamisen*, recentemente importado de Ryukyu.[20] E baseadas no *shamisen*, sugiram as canções em voga nos últimos tempos, de onde por sua vez derivam o *ryutatsu-bushi*[21], ou o *kamigata-uta*.[22] Pode-se afirmar, sem medo de errar, que o bairro é o berço de todos esses tipos de manifestações culturais. Canções aqui compostas chegam posteriormente às cidades e são popularizadas: veja a profunda relação cármica que existe, do ponto de vista cultural, entre esses bairros e as cidades. Por conseguinte, não se pode admitir que, por ser zona segregada e de meretrício, o bairro se torne decadente.

Nesse instante, a liteira de Koetsu dobrou subitamente uma esquina, interrompendo o diálogo.

A zona do meretrício, no tempo em que existira na rua Nijo, era chamada Yanagimachi, ou Bairro dos Chorões, e a da rua Rokujo herdara o nome. Desde quando chorões e zona alegre passaram a ser correlacionados, eis uma questão que precisa ainda ser esclarecida. Em meio a essas árvores plantadas na beira das calçadas, as luzes do bairro aproximaram-se vivamente dos olhos de Musashi.

II

Ao que parecia, Koetsu e Shoyu eram assíduos frequentadores da casa de Hayashiya Yojibei: mal as liteiras estacionaram sob um chorão à entrada do estabelecimento, empregados acorreram pressurosos e quase os pegaram no colo:

— É Funabashi-sama!

— Em companhia de Mizuochi-sama!

No bairro onde os frequentadores evitavam ter as identidades reveladas, Funabashi era o pseudônimo de Haiya Shoyu, porque morava na área

---

20. Atual Okinawa.

21. *Ryutatsu-bushi*: estilo musical em voga no início do período Edo. Iniciado pelo monge Ryutatsu (1527-1611) da seita Nichiren, foi a base do *kouta*.

22. *Kamigata-uta*: canções acompanhadas de *shamisen*, em voga nas áreas de Kyoto e Osaka, em contraste com as *Edo-uta*, em voga na área de Edo.

Funabashi Horikawa, sendo Mizuochi o de Koetsu, por causa do templo do mesmo nome, próximo à sua casa.

Musashi, o *rounin* errante sem residência fixa, era o único sem pseudônimo no grupo.

O assunto parece estar restrito agora à pesquisa de nomes, mas devo ainda acrescentar que Hayashiya Yojibei era o nome do proprietário do estabelecimento conhecido como Ougi-ya.

E o nome Ougi-ya traz de pronto à lembrança o da primeira Yoshino-dayu[23] — famosa cortesã do bairro Yanagimachi, gueixa de primorosa beleza — assim como o de outro bordel, o Kikyo-ya, faz lembrar o da famosa gueixa Murogimi-dayu.

Os estabelecimentos de primeira classe na zona eram apenas esses dois, e o aposento em que Koetsu, Shoyu e Musashi se acomodaram pertencia ao Ougi-ya.

"Isto mais se parece com um suntuoso palácio!", pensou Musashi, tentando não parecer curioso, mas sem conseguir manter-se indiferente ao teto decorado, ao corrimão da pequena ponte com seus entalhes, ao jardim. Encantado com a pintura no painel de cedro de uma porta, Musashi acabou perdendo de vista seus companheiros e vagava pelo corredor quando percebeu Koetsu mais à frente, acenando:

— Estamos aqui, venha!

Duas grandes portas de correr decoradas e revestidas de folhas de prata emitiam um brilho líquido à luz das lamparinas, e davam para um jardim. Sonho de algum desconhecido paisagista que tentara talvez reproduzir a árida paisagem de Sekiheki[24], o jardim tinha pedras dispostas em estilo Enshu[25] e areia branca como neve espalhada entre elas.

---

23. Yoshino-dayu (1606-1643): no início do período Edo existiram no Japão mais de dez cortesãs finas com o mesmo nome. A que surge neste romance é a segunda da geração, seu nome verdadeiro tendo sido Matsuda Noriko. Filha de um *bushi* da região de Kyushu, foi levada ao bairro alegre Yanagimachi aos oito anos, e promovida de aprendiz a *tayu* (cortesã fina) aos quatorze. Extremamente prendada, destacou-se por seus conhecimentos de poesia, bailado, caligrafia, chá, *go* (xadrez), gamão, aromaterapia, e de diversas outras atividades culturais e artísticas. Sua beleza e graça tornaram-na famosa entre poderosos *daimyo*, nobres e plutocratas da época. Haiya Shoeki e Konoe Nobutada (o quarto filho do imperador Goyozei) disputaram fervorosamente seus favores. Yoshino-dayu, porém, entregou-se a Shoeki, um jovem mercador à época com 22 anos de idade, quatro anos mais novo que ela. Com a morte da primeira mulher, Shoeki fez de Yoshino sua esposa legítima. Yoshino morreu nova, aos 38 anos. Inconformado com a morte da mulher, diz-se que Shoeki moeu seus ossos e os ingeriu, mostrando quão profundo era o seu amor. E tinha sido esse amor que havia levado Yoshino-dayu a preferir o filho de um mercador de cinzas, em detrimento de um membro da influente família Konoe.

24. Sekiheki (ou 'Red cliff'): área à beira do Yangtze. Su Tung P'o (ou Su Shih) (1036-1101), um dos maiores poetas, pintores e mestres da prosa da China, em suas visitas ao local, escreveu um longo poema em forma fu, ao qual provavelmente se refere o autor.

25. Kobori Enshu (1579-1647): mestre da arte do chá, orientou Tokugawa Iemitsu nos caminhos dessa arte, mas destacou-se, também, nos campos da poesia, ikebana, arquitetura e composição de jardins.

— A temperatura está caindo! — disse Shoyu, costas curvadas e já sentado numa almofada, parecendo pequeno e solitário no amplo aposento.

Koetsu sentou-se em seguida e convidou:

— Vamos, sente-se aqui, mestre Musashi — apontando a única almofada vazia que restara no meio da sala.

— Ora, que é isso... — replicou Musashi, recusando o local indicado e sentando-se rigidamente num canto. O lugar indicado pelos dois era o de honra do aposento, diante do seu nicho central. A ideia de se sentar ali como um importante suserano, face a face com a suntuosa construção visível além da porta, o constrangia, desgostava-o até. Mas seus dois companheiros tomaram a recusa por timidez.

— Esta noite o senhor é o convidado de honra — insistiu Koetsu.

— O senhor Koetsu e eu vivemos por aqui matando o tempo, dois velhos amigos que nunca se cansam desta casa e a quem a casa, como vê, sempre prestigiou. Ao senhor, no entanto, não conhecem. Vamos, sente-se no lugar de honra — disse Shoyu, tentando também convencê-lo.

Musashi declinou o convite:

— Não creio que o arranjo seja correto. Sou o mais novo do grupo.

A isso, Shoyu respondeu:

— Que falta de tato! Idade é tabu neste ambiente!

Sacudiu as costas encurvadas e gargalhou.

Serviçais já estavam à entrada, trazendo chá e confeites, e esperavam pacientes que os convidados se acomodassem nos respectivos lugares.

— Nesse caso, eu ocuparei o lugar de honra — disse Koetsu, socorrendo Musashi.

Com ligeiro alívio, Musashi sentou-se no local que Koetsu acabava de desocupar, sem no entanto conseguir livrar-se da incômoda sensação de estar perdendo precioso tempo com futilidades.

III

No aposento contíguo, duas pequenas *kamuro*[26], aprendizes de cortesã, brincavam ao redor de um braseiro:

— Que é isso?

— Um pássaro.

— E isto?

---

26. No original, *kamuro* — ou ainda *kaburo*: meninas de cerca de dez anos de idade que serviam às cortesãs e se adestravam no mesmo caminho.

— Um coelho.
— E agora?
— Um homem de sombreiro.

De costas para os visitantes, as duas entretinham-se entrelaçando os dedos e projetando sombras sobre a divisória próxima.

O braseiro era naturalmente do tipo usado em cerimônias do chá e o vapor que se elevava da chaleira de ferro sobre ele servia para aquecer o ambiente. Absortas na brincadeira, as meninas não haviam notado que no aposento contíguo já havia clientes: o calor de seus corpos e o aroma do saquê logo amenizou o frio.

O fator que mais contribuía para aquecer o ambiente do aposento era sem dúvida alguma o saquê, circulando agora generosamente pelas artérias dos convidados.

— Corro o risco de perder a autoridade se aqui estivessem meus filhos, mas afirmo: não existe nada melhor que o saquê neste mundo. Dizem que o saquê é um veneno, o caminho da perdição, mas isso não deve estar certo! O saquê em si é benéfico; o mal está em quem o toma. Pois os homens têm o hábito de procurar o mal em outros lugares, mas o mal está neles mesmos. E quem sai falado é o saquê, que chega a ser chamado de "bebida que enlouquece" — discorria Shoyu, o mais magro de todos eles e de voz mais possante.

Musashi tomara apenas duas taças e passara a recusar as demais, o que havia levado o idoso homem a discorrer uma vez mais sobre sua tese favorita, a do saquê como uma bebida inofensiva, e que parecia muitas vezes apresentada como o grande vilão.

A prova de que a ladainha nunca se inovava ficava aparente na atitude das três cortesãs que os atendiam, e na das mulheres encarregadas do serviço.

"Lá vem Funabashi-sama outra vez com sua interminável arenga", diziam as expressões entre divertidas e ligeiramente aborrecidas de todas elas, as bocas levemente franzidas reprimindo sorrisos.

Mas Funabashi-sama, ou seja, Shoyu, não se dava conta disso e continuava:

— Se o saquê fosse o vilão que afirmam ser, não haveriam de apreciá-lo os deuses. Mas eles sempre o apreciaram, muito mais que os demônios. Nos tempos em que os deuses reinavam sobre a terra, dizem que o saquê era posto a fermentar depois que o arroz era mascado pelos dentes alvos como pérolas de puras donzelas. Esse detalhe serve para mostrar como a bebida era pura.

— Ora, que coisa nojenta — riu alguém.
— Nojenta por quê?
— Como haveria de ser limpo um saquê feito de arroz mascado por alguém?

— Não diga asneiras. É claro que se o arroz fosse mastigado por gente como vocês, seria mais que nojento, ninguém haveria de querer tomá-lo. Mas não: o arroz era mascado por donzelas puras, na flor da idade, e saía de suas bocas como o mel das abelhas, sendo em seguida juntado em potes para fermentar. Ah! Como gostaria de beber um pouco desse saquê — disse o já embriagado Funabashi-sama, repentinamente enlaçando o pescoço de uma das pequenas *kamuro*, pressionando a face magra contra os seus lábios.

— Ui! Solte-me! — gritou a menina, levantando-se.

A isso, Funabashi-sama voltou-se com um meio sorriso para o seu lado direito e disse, rindo:

— Não olhe feio para mim, minha mulherzinha preferida...

Tomou a mão de Sumigiku-dayu, depositou-a sobre a própria coxa e sobre ela pousou a sua. Suas brincadeiras começaram aos poucos a ficar mais ousadas: juntou o rosto ao da cortesã para beber da mesma taça, agarrou-se com ela, esquecido dos demais.

Koetsu sorria para a própria taça e se divertia tranquilamente, pilheriando ora com as mulheres, ora com Shoyu. Apenas Musashi mantinha-se isolado nesse ambiente. Não tinha a intenção de se mostrar propositadamente severo, mas as mulheres pareciam intimidadas e não se aproximavam.

IV

Koetsu nunca forçava, mas Shoyu lembrava-se vez ou outra de insistir:

— Vamos, mestre Musashi, beba!

Passado algum tempo, a taça com o saquê frio e intocado na frente de Musashi começou a incomodá-lo:

— Que é isso, mestre Musashi? Vamos, jogue fora esse saquê frio e aceite outro quentinho.

À medida que o incidente se repetia, seus modos tornavam-se cada vez mais agressivos.

— Kobosatsu-dayu! — ordenou a uma das cortesãs. — Faça esse jovem beber! Bebe ou não, meu filho?

— Estou bebendo! — respondeu Musashi.

Exceto nessas ocasiões em que era chamado a responder, o jovem não tinha oportunidade de falar.

— Mas nunca vejo sua taça vazia! Você não é nenhum maricas, é?

— Apenas não sou um bom copo.

— Estou começando a achar que você não é bom espadachim! — provocou-o Shoyu.

Musashi apenas riu e disse:

— Talvez...

— O saquê constitui um obstáculo para o adestramento; o saquê perturba a acuidade mental; o saquê debilita a vontade; o saquê ameaça o sucesso. Se é isso que pensa, nunca chegará a ser grande coisa como guerreiro, ouviu?

— Não penso nada disso, mas tenho um pequeno problema.

— Que tipo de problema?

— Fico sonolento quando bebo.

— Se ficar com sono, durma — aqui ou em qualquer lugar! Esta é uma casa onde esse tipo de preocupação é perfeitamente dispensável — replicou Shoyu. — Tayu! — acrescentou, voltando-se para a cortesã Sumigiku —, este jovem está dizendo que tem medo de beber e ficar com sono. Mesmo assim, vou forçá-lo a beber. Faça-me você portanto o favor de pô-lo a dormir, caso ele se queixe de sono.

— Certamente.

As cortesãs todas sorriram, apertando as pequenas bocas brilhantes.

— Vocês se encarregam de acomodá-lo nas cobertas?

— Com certeza!

— E agora, qual de vocês cuidará dele depois disso? Diga-me, senhor Koetsu, qual delas lhe parece mais adequada para a função?

— Não faço ideia.

— Sumigiku é a minha mulher. Se eu indicar Kobosatsu-dayu, sei que o senhor Koetsu não se sentirá feliz...

— Mas Yoshino-dayu logo virá fazer-nos companhia, Funabashi-sama — disse uma das mulheres.

— É isso! — concordou Shoyu, entusiasmado, dando uma leve palmada no joelho. — Yoshino-dayu! Dela, tenho certeza que o nosso convidado não terá queixas. Mas onde anda essa mulher que não deu ainda o ar de sua graça? Quero apresentá-la a este meu jovem protegido o mais rápido possível!

A isso respondeu a cortesã Sumigiku:

— Bem diferente de nós, ela é muito requisitada. Não adianta exigir sua presença imediata.

— Qual o quê! Basta dizer-lhe que eu estou aqui, e ela abandonará no mesmo instante qualquer cliente para me atender. Uma mensageira! Quero uma mensageira! — esbravejou Shoyu, espichando-se em direção às pequenas aprendizes que brincavam ao redor do braseiro. — Rinya, você está aí?

— Estou!

— Venha cá um instante, Rinya. Você é a atendente de Yoshino-dayu, não é? E então, traga-a aqui! Diga-lhe que Funabashi-sama a espera ansiosamente. Se conseguir o grande feito, dou-lhe um prêmio, quer?

V

A referida *kamuro*, Rinya, era uma aprendiz de apenas dez ou onze anos de idade e notável beleza, apontada como provável sucessora de Yoshino-dayu.

— Você me entendeu bem?

Rinya ouviu as recomendações de Shoyu com expressão ambígua, mas aquiesceu prontamente:

— Sim, senhor.

Pestanejou os olhos grandes e saiu para o corredor. Cerrou a porta corrediça atrás de si e, no mesmo instante, bateu palmas e gritou vivamente:

— Venham ver, meninas, venham ver!

As aprendizes que haviam restado no aposento foram todas para o corredor. Em pé, lado a lado, tendo às costas os *shoji* iluminados, passaram todas ao mesmo tempo a bater palmas entusiasmadas:

— Olhe!

— Olhe, olhe!

— Que lindo!

Os passos e os gritos de alegria chamaram a atenção dos adultos que bebiam no interior do aposento. Curioso, quase invejoso, Shoyu ordenou:

— Que algazarra estão fazendo! Vamos, abram a porta, quero saber o que se passa.

As mulheres ergueram-se então e correram os *shoji* para os lados.

— Está nevando! — murmuraram, todas admiradas.

— Não é à toa que faz tanto frio! — murmurou Koetsu, levando uma taça de saquê quente à boca, expelindo baforadas brancas.

Musashi também voltou-se com uma exclamação surpresa.

Além do alpendre, a neve, atípica, caía ruidosa em grandes flocos. E no meio do negrume riscado de branco, quatro pequenas *kamuro* quedavam-se lado a lado, os laços dos *obi* voltados em direção ao aposento.

— Saiam da frente! — repreendeu uma cortesã. Mas as meninas, esquecidas dos clientes, contemplavam encantadas, como se a neve fosse um amante que lhes tivesse surgido inesperadamente:

— Que bom!

— Será que acumula?

— Tomara!

— Como vai estar a paisagem amanhã?

— O monte Higashiyama vai estar branquinho...

— E o templo Toji?

— A torre do templo Toji também.

— E o templo Kinkaku-ji?
— O Kinkaku-ji também.
— E os corvos?
— Os corvos também.
— Mentirosa!

Ao brusco movimento de um braço, uma das meninas rolou da varanda e caiu lá fora.

Normalmente, o episódio acabaria em choro e briga, acontecimento comum entre as pequenas aprendizes. Nessa noite, porém, a pequena *kamuro* que rolara da varanda viu a neve caindo-lhe em cima, levantou-se lépida e saiu para o espaço aberto cantando.

> *Nevasca, nevisco,*
> *E o monge Honen*
> *Por onde andará?*
> *No meio da neve,*
> *Lendo as preces,*
> *Comendo a neve.*

Arqueando o corpo para trás, a menina tentava aspirar os grandes flocos de neve, agitava as mangas e dançava. A menina em questão era Rinya: contendo bravamente a vontade de chorar, ela bailava com tanta graça que recebeu imediatos aplausos dos adultos, que se tinham soerguido para acudi-la.
— Bravo! Bravo!
— Entre, entre, pequenina! — riam, procurando consolá-la.

A essa altura, Rinya já se esquecera por completo da incumbência de buscar Yoshino-dayu e foi levada ao colo como um bebê por uma das serviçais para trocar as meias, molhadas e sujas depois do episódio.

VI

Ante o inesperado incidente que inutilizara a mensageira, uma das mulheres, com certeza ansiosa por não estragar o humor de Funabashi-sama, tinha ido procurar a cortesã Yoshino e retornava agora para junto de Shoyu.
— Trouxe a resposta, senhor — sussurrou ela.

Shoyu, que já havia se esquecido do assunto, estranhou:
— Que resposta?
— A resposta de Yoshino-dayu...

— Ah, é verdade! E ela? Vem?
— Disse que virá sem falta, mas...
— Mas... o quê?
— Não de pronto, pois o convidado que ela atende no momento não quer, de modo algum, dar-lhe a permissão.
— Que atitude deselegante a desse convidado! — resmungou Shoyu, irritado. — Até compreenderia, se fosse com outra *dayu*. Mas como é que a famosa Yoshino-dayu da casa Ougiya não consegue se impor. Tem de se submeter ao gosto de um único cliente? Será possível que Yoshino finalmente se vendeu?
— Absolutamente! Mas o cliente desta noite é especialmente obstinado: quanto mais Yoshino-dayu insiste em deixá-lo, mais ele se aferra a ela.
— É o que qualquer um faria, ora! E quem é esse cliente perverso?
— É Kangan-sama.
— Kangan-sama? — ecoou Shoyu, sorrindo e voltando-se em direção a Koetsu. Este, por sua vez, também sorriu e perguntou:
— E ele, está sozinho, esta noite?
— Não, senhor, ele...
— Está com os amigos de sempre?
— Sim, senhor.
Shoyu deu uma palmada no próprio joelho e disse cheio de entusiasmo:
— Isto agora está ficando divertido! A neve dá um toque poético à noite, o saquê está saboroso: falta apenas a presença de Yoshino-dayu para tornar o ambiente perfeito. Senhor Koetsu, mande uma mensagem. Mulher, aproxime essa caixa-tinteiro — ordenou o ancião, empurrando a caixa e folhas de papel em branco na direção do amigo.
— Que devo escrever? — perguntou Koetsu.
— Um recado em verso... ou prosa. Pensando bem, escreva em forma de verso, pois o destinatário é um grande poeta da atualidade.
— Que maçada! Pelo que entendi, devo pedir que libere Yoshino-dayu e lhe permita atender-nos, certo?
— Exatamente.
— Para comover o nosso rival, a composição terá de ser primorosa, coisa difícil, assim de improviso. E o que acha de o senhor mesmo escrever um poema encadeado, sua especialidade?
— Ah, está fugindo!... Muito bem, vamos colocar um ponto final nisso tudo deste modo — disse Shoyu, empunhando o pincel e escrevendo:

> *À minha ermida fazei transplantar*
> *Certa muda preciosa de Yoshino.*²⁷

Ao ver isso, Koetsu aparentemente sentiu seu impulso criativo liberar-se, pois ofereceu:
— Deixe-me então encadear os versos finais.

> *Frágil flor, ela certamente ressente*
> *O frio vento desse cume nublado.*

Shoyu espiou sobre o ombro do amigo e sorriu deliciado:
— Que beleza! "A flor ressente o frio do cume nublado", isto foi muito bem pensado! Nosso rival, o nobre intocável, esse digno representante do "Povo das nuvens"²⁸, vai com certeza acusar o golpe.

Dobrou a carta e entregou-a a Sumigiku-dayu, dizendo-lhe com teatral formalidade:
— As pequenas *kamuro* ou as serviçais não têm peso, como mensageiras. Faça-me o favor de entregar este recado pessoalmente.

Kangan-sama era o pseudônimo pelo qual Karasumaru Mitsuhiro, filho do antigo conselheiro imperial, era conhecido na zona alegre. Seus companheiros habituais seriam, como de hábito, Tokudaiji Sanehisa, Kasan'in Tadanobu, Ooi Yorikuni, Asuka-i Masakata.

VII

A cortesã Sumigiku trouxe, momentos depois, a esperada resposta e, sentando-se corretamente, aproximou de Koetsu e Shoyu, com todo o respeito, uma caixa para correspondências, finamente trabalhada:
— Eis a resposta de Kangan-sama.
— Ora, quanta formalidade — disse Shoyu forçando um sorriso. A apresentação cerimoniosa da resposta o surpreendeu, pois o bilhete que ele próprio havia mandado seguira dobrado informalmente para dar a entender que se tratava de uma simples brincadeira. Voltou-se para Koetsu e acrescentou:

---

27. Yoshino, como se fazia chamar profissionalmente a cortesã, é ao mesmo tempo a denominação de uma localidade ao sul da província de Nara, famosa por suas cerejeiras. O autor dos versos fala naturalmente da cortesã quando menciona a muda de uma planta dessa região, recurso poético empregado com frequência em composições do tipo waka.

28. A classe especial de nobres que servia ao Palácio Imperial era chamada kumo-no-ue-bito, ou seja, "povo das nuvens", por sua condição intocável, inacessível para o comum dos mortais.

— Tenho certeza de que ficaram admirados ao receber nosso bilhete, já que nossa presença aqui, esta noite, não era do conhecimento deles.

Certo de que lhes passara a perna, Koetsu, empolgado com o jogo, abriu a tampa da caixa e desdobrou a resposta. Surpreso, verificou, porém, que era um papel em branco.

— Ora, essa!... — exclamou, examinando o próprio colo e o fundo da caixa mais uma vez, desconfiado de que deixara cair a resposta em algum momento, mas nada mais encontrou além da simples folha de papel em branco.

— Sumigiku-dayu!
— Senhor?
— Que quer dizer isso?
— Não tenho ideia. Apenas recebi esta caixa das mãos de Kangan-sama, com a expressa recomendação de entregá-la em suas mãos.

— A mim me parece que nosso rival está querendo nos fazer de bobo. Ou será que, confrontado com o nosso primoroso poema, ele não teve inspiração para improvisar uma resposta à altura, e por isso nos manda o papel em branco em sinal de rendição?

Shoyu, ao que parecia, tinha o hábito de interpretar os acontecimentos de acordo com a própria conveniência, e de se divertir com isso. Algo inseguro, no entanto, voltou-se para Koetsu em busca de sua opinião:

— Qual será o sentido desta resposta?
— Quer-me parecer que o missivista sugere: leia isto.
— Ler como, se não há nada escrito?
— Pelo contrário, pode-se ler o que não está escrito.
— E então, caro Koetsu, o que lê?
— Neve. Tudo branco, envolto em neve, seria uma das prováveis leituras.
— Ah, neve. Branco como a neve. Pode ser!
— Já que responde a um recado em que expressamos o desejo de transplantar certa flor de Yoshino para o nosso aposento, talvez ele esteja insinuando: se o que desejam é apenas passar o tempo contemplando uma flor enquanto bebem, existem outras coisas além dela dignas de contemplação. Em outras palavras, está provavelmente nos querendo dizer: lá fora, a neve branqueia a paisagem, visão inesperada para esta época do ano, um verdadeiro presente dos céus. Não sejam tão volúveis, contentem-se em escancarar as portas e contemplar a neve enquanto bebem.

— Ora, o atrevido!... — disse Shoyu. — E quem seria capaz de beber contemplando uma vista tão gelada? Se, é assim que nos responde, não posso deixar barato. Não vou sossegar enquanto não transplantar Yoshino-dayu para o meu aposento, e contemplá-la bem aqui, ao meu lado.

Excitado, o idoso homem pôs-se a lamber os lábios secos. Se Shoyu ainda reagia desse modo nessa idade, quanto trabalho não teria ele dado na juventude...

Quanto mais Koetsu se empenhava em acalmá-lo, instando que aguardasse com paciência, mais o idoso homem insistia com as mulheres, ordenando-lhes que lhe trouxessem Yoshino-dayu. A insistência serviu para animar o ambiente muito mais que a própria cortesã: as pequenas *kamuro* rolavam de rir e a alegria no interior do aposento pareceu atingir o auge, assim como a intensidade da neve, caindo mansa do lado de fora.

Musashi ergueu-se silenciosamente.

A escolha do momento fora apropriada: ninguém notou a almofada vazia restando no aposento após a sua partida.

RASTROS NA NEVE

I

Deixando para trás o alegre ambiente do seu aposento por um motivo ainda não esclarecido, Musashi saiu para o corredor e vagou, perdido nas profundezas da casa Ougi-ya.

Comparados aos aposentos iluminados, repletos de vozes e melodias da área frontal, os depósitos de cobertas e instrumentos musicais da área onde agora se encontrava Musashi eram escuros e chamaram-lhe a atenção pelo contraste. Ele devia estar perto da cozinha, pois o cheiro era típico e parecia brotar das escuras paredes e pilastras ao redor.

— Ora, o senhor não pode andar por aqui — disse uma pequena aprendiz surgindo repentinamente de um aposento escuro, abrindo os braços e obstruindo-lhe a passagem.

A menina, de cujo rosto haviam desaparecido os traços de ingênua beleza exibidos nos aposentos externos, franzia o cenho ofendida, parecendo sentir-se violada em seus privilégios.

— Que coisa desagradável, senhor! Esta área não está aberta a visitantes. Vamos, volte para a sua sala — ordenou a menina em tom de censura, apressando-o.

Apesar de tão nova, ela aparentemente se enfezara com o fato de um estranho haver vislumbrado o feio ambiente onde viviam, por trás do pretenso mundo feérico. Ao mesmo tempo, sua atitude demonstrava uma ponta de desprezo por esse cliente que desconhecia as regras do bom comportamento.

— Ora, quer dizer que eu não devia estar aqui? — perguntou Musashi.

— Não devia! — replicou a menina, empurrando-o pelos quadris e indo-lhe atrás.

Musashi olhou com atenção para o rosto da menina e exclamou:

— Mas você é Rinya, a *kamuro* que caiu há pouco da varanda!

— Isso mesmo! E o senhor se perdeu quando procurava o banheiro, não se perdeu? Acompanhe-me: eu lhe mostrarei onde é — disse Rinya, puxando-o pela mão e arrastando-o agora atrás de si.

— Nada disso, não estou nem bêbado, nem desorientado. Apenas... queria que me servissem uma refeição ligeira em qualquer um desses aposentos vagos. Acha que pode consegui-la para mim, Rinya?

— Uma refeição? — perguntou Rinya, arregalando os olhos de espanto. — Mas o jantar vai lhe ser servido em seu aposento, senhor!

— Veja bem, Rinya: meus companheiros estão ainda bebendo e se divertindo. Não quero estragar o ambiente.

Rinya pendeu de leve a cabeça para um dos lados, pensativa, e concordou:

— Tem razão. Mandarei servi-lo nesta sala, então. Que gostaria de comer, senhor?

— Nada especial. Peça para me servirem apenas dois bolinhos de arroz.

— Só bolinhos de arroz?

Rinya correu para os fundos. A refeição foi trazida momentos depois e Musashi a comeu no aposento vazio, sem luz.

— Deve existir um jeito de alcançar a rua por esse portãozinho, não existe? — perguntou ele à menina, assim que acabou de comer.

Ao ver que ele já se levantava e se dirigia em direção ao degrau de pedra para descer ao jardim, Rinya perguntou, espantada:

— Aonde vai, senhor?

— Volto num instante.

— Mas por que quer sair por aí?

— Estou com preguiça de dar a volta até a frente. Além disso, não quero que os senhores Koetsu e Shoyu percebam e interrompam a diversão, nem tenho tempo para dar explicações.

— Nesse caso, vou-lhe abrir o portãozinho. Mas volte logo, ouviu? Estou começando a achar que vou ser repreendida, se souberem que eu o deixei sair desse jeito.

— Não se preocupe, prometo voltar em seguida. Caso, no entanto, o senhor Koetsu pergunte por mim, diga-lhe que fui para os lados do templo Renge-ou, para me encontrar com conhecidos, mas que pretendo estar de volta logo.

— Nada disso. "Pretendo" não é suficiente. Volte sem falta, senhor, pois a cortesã escalada para lhe fazer companhia esta noite é Yoshino-dayu, a quem eu sirvo. Ouviu bem, senhor?

Abrindo as duas folhas da portinhola sobre as quais a neve acumulara, Rinya o viu sair para a rua.

II

Ao lado do principal portão de acesso ao bairro licenciado havia uma casa de chá denominada Amigasa-chaya. Musashi espiou o interior do estabelecimento e perguntou se vendiam sandálias ali. Era claro que não, já que a casa comercializava sombreiros de palha trançada — *amigasa* — para que os animados boêmios neles ocultassem a cabeça e mantivessem o anonimato.

— Por favor, compre-me um par em outro lugar — pediu Musashi à filha do vendeiro. Enquanto esperava, sentou-se a um canto da loja e se arrumou, refazendo o laço do *obi* e do cordão da cintura.

Despiu a seguir o sobretudo, dobrou-o com cuidado e, pedindo emprestados pincel e uma folha de papel, escreveu um bilhete, que introduziu no meio da roupa dobrada. Dirigiu-se então ao dono da loja enrodilhado à borda de um fogareiro, e lhe pediu:

— Não quero incomodá-lo, mas gostaria que guardasse este volume para mim. Caso não me veja retornar até o último terço da hora do javali [onze horas], entregue este sobretudo e a carta que a acompanha ao senhor Koetsu, que está neste momento na casa Ougi-ya.

— Não será trabalho algum. Pode deixar, senhor, que me encarregarei disso.

— A propósito, que horas serão agora, segunda metade da hora do pássaro [sete horas], ou já estaríamos na hora do cão [oito horas]?

— Não deve ser tão tarde. Hoje escureceu mais cedo por causa da neve.

— Quando saí há pouco da casa Ougi-ya, havia um relógio dando as horas.

— Nesse caso, devia estar marcando a passagem para a hora do pássaro.

— Tão cedo assim?

— A noite acaba de cair. Basta observar o movimento da rua para se ter uma ideia.

Nesse momento, a filha do vendeiro retornou trazendo o par de sandálias. Musashi as calçou sobre as meias de couro, não sem antes examinar cuidadosamente os cordões.

Depois, pagou com generosidade ao vendeiro e dele ganhou um *amigasa*, que levou na mão, apenas segurando-o sobre a cabeça para proteger-se dos flocos de neve, mais suaves do que pétalas ao vento. Seu vulto aos poucos desapareceu no caminho coberto de neve.

Nas áreas próximas ao rio, na altura da rua Shijo, ainda era possível avistarem-se luzes e casas, mas um passo para dentro dos bosques de Gion, com seu arvoredo cerrado, levava a um mundo escuro, onde até a neve rareava.

Os pequenos pontos de luz que surgiam aqui e ali provinham das lanternas de pedra espalhadas pelo bosque ou das luzes votivas dos santuários espalhados por todo o bosque de Gion. Tanto o santuário principal como a casa do sacerdote estavam desertos e silenciosos. Apenas a neve, desabando vez ou outra das copas das árvores, provocava um breve farfalhar, tornando posteriormente o silêncio ainda mais profundo.

— Vamos indo! — disse alguém no meio de um grupo de homens que, curvados, tinham estado até então rezando na frente do santuário Gion. O grupo todo ergueu-se ruidosamente.

Nos muitos templos espalhados pela montanha Kacho-zan os sinos acabavam de bater cinco vezes, anunciando a entrada da hora do cão. O som, talvez por causa da neve, soava límpido justo nessa noite, e parecia perfurar as entranhas dos homens.

— Denshichiro-sama: como andam os cordões das suas sandálias? Mesmo os de melhor qualidade são capazes de se partir repentinamente quando o frio é enregelante, como o desta noite.

— Não se preocupe — respondeu Yoshioka Denshichiro.

Ao redor dele se agrupavam quase dezoito homens, entre parentes e discípulos da academia, pálidos e arrepiados de frio, caminhando em direção ao templo Renge-ou.

Denshichiro acabara de se aprontar da cabeça aos pés diante do santuário de Gion. Ele não se descuidara de nenhum detalhe, e verificara, obviamente, a faixa da testa e a tira de couro que continha as mangas do quimono.

— Nestas situações, sempre uso sandálias com cordões feitos de pano. Aprendam este truque e não o esqueçam, homens — disse Denshichiro aos discípulos, andando no centro do grupo com passos firmes, expelindo baforadas brancas.

III

Os termos do desafio entregue a Musashi por Otaguro Hyosuke e outros dois discípulos ao entardecer desse dia era o seguinte:
Local: Clareira nos fundos do Templo Renge-ou.
Horário: Segunda metade da hora do cão [9 horas].

Denshichiro, seus parentes e discípulos, tinham optado por não esperar o dia seguinte e escolhido essa hora porque temiam ver Musashi fugir para uma outra província.

E Otaguro Hyosuke, o portador da mensagem, não se encontrava no meio do grupo porque havia permanecido nos arredores da casa de Haiya Shoyu, no bairro Funabashi, e vinha desde então seguindo Musashi.

— Tem alguém lá adiante. Quem será? — disse Denshichiro, descobrindo à distância, nos fundos do templo Renge-ou, um vulto ocupado em alimentar uma fogueira, cuja chama brilhava, vermelha e viva, no meio da neve.

— Devem ser Miike Juroza e Ueda Ryohei.

— Quê? Miike e Ueda também vieram? — disse Denshichiro com uma sugestão de desagrado na voz. — Tem gente demais contra um único adversário. Desse jeito, posso sair falado, mesmo vencendo: vão dizer que contei com a ajuda de um bando inteiro.

— Não se preocupe. Quando chegar a hora, desapareceremos.

O longo corredor do santuário Renge-ou é também conhecido como *Sanjusangen-dou*, ou o "Santuário dos Sessenta Metros", e considerado ideal para a prática do arco e flecha pelo seu comprimento e facilidade de colocação do alvo. Tanto assim que, nos últimos tempos, o local vinha atraindo um número cada vez maior de pessoas vestidas a caráter, que buscavam ali treinar sozinhas.

Esse tinha sido um dos motivos por que lhes ocorrera de súbito escolher o santuário como local do duelo, e o haviam indicado a Musashi. Uma vez lá, porém, os Yoshioka deram-se conta de que, além de conveniente para a prática do arco e flecha, o pátio do santuário era ainda melhor para um duelo.

Não havia nenhuma irregularidade de terreno na vasta clareira de alguns quilômetros quadrados, pois a neve cobrira todos os arbustos e tocos de árvores com seu suave manto. Os pinheiros que se erguiam aqui e ali não chegavam a compor um bosque, apenas serviam para ressaltar a beleza cênica das terras em torno do templo.

— Olá! — gritou um homem, levantando-se da beira do fogo mal avistou Denshichiro e o grupo. — O senhor deve estar com frio. Falta muito ainda para a hora do duelo e terá tempo de sobra para se aquecer e se preparar.

Realmente, as pessoas em torno da fogueira eram Miike Jurozaemon e Ikeda Ryohei.

Denshichiro, que já havia concluído todos os preparativos diante do santuário Gion, sentou-se em silêncio no lugar que Miike acabava de desocupar e aproximou as mãos do fogo, massageando-as e fazendo estalar um a um todos os dedos.

— Cheguei cedo demais — comentou, apertando os olhos que aos poucos começavam a brilhar sinistramente. — A caminho para cá, acho que vi uma casa de chá.

— Já tinham fechado as portas por causa da nevasca — observou alguém.

— Se baterem, alguém virá atender. Qual de vocês vai até lá buscar um pouco de saquê?

— Como? Saquê?

— Isso mesmo: saquê! Sem isso, não aguento o frio — disse Denshichiro, curvando-se para frente como se quisesse abraçar o fogo.

Todos sabiam que Denshichiro sempre cheirava a saquê, fosse noite ou dia, dentro ou fora da academia. Mas as circunstâncias eram outras nessa noite: dentro de instantes, ele estava por se bater em defesa do clã e da subsistência da própria casa Yoshioka. Os homens ali reunidos não conseguiam deixar de ponderar seriamente se o saquê, ingerido pouco antes da chegada do adversário, exerceria efeito benéfico ou maléfico em Denshichiro e em sua capacidade de combater.

IV

A maioria considerava que Denshichiro devia tomar o saquê, desde que em pequena quantidade, para não ter de empunhar a espada com as mãos duras de frio.

— Além disso, será pior contrariar sua vontade a esta altura.

Em obediência à opinião da maioria, alguns discípulos saíram correndo e logo retornaram com o esperado saquê.

— Que bom! Aqui está o meu mais forte aliado — disse Denshichiro, bebendo, deliciado, a bebida que mandara amornar nas cinzas da fogueira, expelindo pelas narinas um ar quente aguerrido.

Para o alívio de alguns que temiam vê-lo exceder-se como sempre, Denshichiro bebeu pouco, por precaução. Afinal, ele teria de lutar pela própria vida dentro de alguns instantes e, embora fosse destemido, sentia a tensão mais que qualquer um dos homens ali reunidos.

— Olhem lá! É Musashi? — gritou alguém de chofre.

— Ele chegou?

Todos os homens ao redor da fogueira ergueram-se simultaneamente, como que impulsionados por uma mola, o brusco movimento das mangas e barras dos seus quimonos provocando fagulhas que subiram rubras no ar.

O vulto escuro que tinha surgido contornando o santuário ergueu a mão e gritou de longe:

— Calma, calma, sou eu!

O *bushi*, de costas encurvadas pela idade, vinha chegando com a barra e as mangas do quimono contidas, garbosamente preparado para a luta. Ao vê-lo, os discípulos se aquietaram, sussurrando com voz respeitosa:

— É Genzaemon-sama! É o patriarca de Mibu!

O homem a quem chamavam patriarca de Mibu era na verdade o irmão mais novo do falecido Yoshioka Kenpo e, portanto, tio de Seijuro e Denshichiro.

— Caro tio! A que devo a sua presença neste local? — perguntou Denshichiro. Ele jamais imaginaria que o idoso homem pudesse vir até ali numa noite tão fria. Genzaemon aproximou-se do fogo e disse:

— Quer dizer, Denshichiro, que você realmente vai duelar com esse sujeito! Só assim, vendo-o com estes meus olhos, sinto-me mais tranquilo!

— Na verdade, pensei em visitá-lo para lhe falar sobre isso, meu caro tio...

— Para quê, meu filho? Mas se acaso você permanecesse indiferente depois de ter o nome dos Yoshioka denegrido e o irmão aleijado, eu é que iria vê-lo para tirar satisfações!

— Fique tranquilo: sou muito diferente do meu tímido irmão.

— Quanto a isso, você merece minha inteira confiança. Nem de longe imagino que possa perder este duelo, mas vim até aqui assim mesmo, para lhe dizer algumas palavras de incentivo. Denshichiro, muito cuidado: não subestime seu inimigo, não vá com muita sede ao pote. Esse sujeito, Musashi, me parece um hábil guerreiro, pelo que ouço dizer.

— Sei disso.

— Não se desespere, não se aflija buscando uma vitória rápida. Deixe que o céu o guie. Se apesar de tudo houver um imprevisto, este seu velho tio, Genzaemon, recolherá seus restos mortais. Que isto não o preocupe.

— Ora, essa! — gargalhou Denshichiro. — Vamos, meu tio, beba para espantar o frio — acrescentou, oferecendo-lhe uma chávena.

O velho bebeu um gole em silêncio para logo voltar o olhar na direção dos discípulos:

— E vocês, o que fazem aqui? Espero que nem estejam sonhando em ajudá-lo! E se não estão, já é hora de se retirarem daqui. O duelo é de um contra um, esta aglomeração pode dar a falsa impressão de que somos inferiores ao inimigo. A hora combinada se aproxima. Vamos, vamos, acompanhem-me. Ocultar-nos-emos em algum lugar, longe daqui.

V

Denshichiro lembrava-se agora de ter ouvido o sino tocar já havia algum tempo.

Anunciava a hora do cão, se bem recordava. Nesse caso, o último terço da hora do cão, o horário combinado já devia estar chegando.

"Ele está atrasado!", pensou Denshichiro contemplando a noite branca, sozinho agora à beira da fogueira quase extinta.

Seguindo a advertência do idoso tio de Mibu, os discípulos haviam todos se retirado. Na neve, tinham restado apenas suas pegadas, escuras e nítidas.

Um sonoro estalo rompia o silêncio noturno vez ou outra: eram pingentes de gelo, que se destacavam do beiral e caíam. Além disso, havia apenas o crepitar de galhos partindo sob o peso da neve. A cada vez, Denshichiro movia os olhos, agudos como os de um falcão.

E então, uma sombra que fazia lembrar um desses falcões surgiu repentinamente em meio às árvores distantes. Era um homem aproximando-se em rápida corrida.

Logo, Otaguro Hyosuke — o veterano que havia ficado para trás acompanhando os movimentos de Musashi desde o entardecer — estava à frente de Denshichiro.

A expressão no rosto de Hyosuke mostrava que a hora da decisão estava bem próxima. Ofegando intensamente como prova de que havia corrido muito, comunicou:

— Ele chegou!

Muito antes de ouvir essas palavras, Denshichiro já tinha entendido e se levantado da beira da fogueira.

— Ele chegou? — repetiu. Quase inconsciente do que fazia, seus pés pisaram a brasa restante, extinguindo a fogueira.

— Depois de sair da casa de chá Amigasa-chaya, na zona alegre, Musashi veio andando lerdo como um boi debaixo dessa nevasca. Ele acaba de subir a escadaria do santuário de Gion e entrar, neste instante, nos limites do santuário. Eu corri o mais rápido que pude, mas como tive de dar a volta para não ser visto, ele já deve aparecer, mesmo andando com aquela pachorra. Prepare-se, senhor!

— Muito bem! Hyosuke!

— Senhor?

— Afaste-se.

— E os outros?

— Sei lá! Mas não me fique por aí. Vamos, vá-se embora!

— Sim, senhor!

Apesar da resposta, Hyosuke não parecia disposto a partir e ficou observando Denshichiro pisar o fogo para extingui-lo na lama, e sair de sob o beiral com um estremecimento excitado. Só depois rasteju para o vão sob a construção e se agachou no escuro.

Debaixo da varanda soprava um vento gelado, imperceptível em campo aberto. Imóvel, abraçando os joelhos, Hyosuke sentiu o frio penetrando até os ossos. Seus dentes batiam ruidosamente, de modo incontrolável. Era o frio, tentou convencer-se, mas não conseguiu impedir que um estremecimento lhe percorresse o corpo desde o baixo ventre até o topo da cabeça, como quem está desesperado por aliviar a bexiga.

"E agora, onde andará o sujeito?"

Lá fora, a neve deixava a paisagem clara como dia. O vulto escuro de Denshichiro tinha parado a quase cem passos de distância do santuário, junto às raízes de um pinheiro alto, ali estabelecendo sua base. Impaciente, ele aguardava a chegada de Musashi.

O tempo de aproximação calculado por Hyosuke há muito se esgotara, mas Musashi não surgia. Mesmo à distância, o discípulo dos Yoshioka conseguia perceber a impaciência de Denshichiro. A neve caía sobre ele, agora mais branda que ao entardecer. Extinto o fogo e dissipados os vapores do saquê, ele sentia o frio morder-lhe a pele.

Um estrondo repentino pareceu sobressaltá-lo, mas era apenas a neve acumulada na copa de uma árvore, desabando em cascata.

VI

Para quem espera, o tempo passa com lentidão exasperante, quase insuportável.

Pior ainda para Otaguro Hyosuke, que sentia o frio formando uma camada de gelo sobre o corpo, e que, além de tudo, começava a se maldizer pela previsão inexata.

Incapaz de se conter por mais tempo, Hyosuke rastejou para fora do vão e gritou em direção ao distante Denshichiro:

— Que lhe terá acontecido?

— Ainda aí, Hyosuke? — respondeu Denshichiro, parecendo partilhar a impaciência. Os dois aproximaram-se.

— Não o estou vendo! — repetiram a mesma observação inúmeras vezes, quase num gemido, examinando a paisagem noturna que a neve cobrira num único manto branco.

— Acho que o miserável fugiu! — murmurou Denshichiro.

— Não pode ser... — contradisse Hyosuke imediatamente. E enquanto expunha os fatos apurados até o momento para corroborar sua opinião, o olhar de Denshichiro, que o havia estado escutando, voltou-se repentinamente para um dos lados:

— Que é isso?

Hyosuke também voltou-se e, no mesmo instante, viu que tinha surgido uma luz bruxuleante para os lados da cozinha do santuário Renge-ou. Logo foi possível perceber que era uma lamparina trazida por um monge e que, atrás dele, vinha mais uma pessoa.

Os dois vultos precedidos pelo trêmulo ponto de luz abriram uma porta e surgiram a um canto do extenso corredor do santuário Sanju-sangen, onde pararam para conversar em voz baixa:

— Não estou certo, pois, como vê, fechamos cedo todas as portas esta noite. Sei, porém, que um grupo de samurais esteve por aqui na boca da noite, aquecendo-se numa fogueira. Talvez sejam as pessoas que procura, senhor, mas acho que já se foram — dizia o monge.

O outro homem agradeceu educadamente:

— Perdoe-me se interrompi o seu repouso. Parece-me, porém, que vejo dois vultos debaixo de algumas árvores, lá adiante. Um deles talvez seja o que marcou encontro comigo neste lugar.

— Nesse caso, vá até lá e pergunte.

— Daqui para frente não preciso mais que me mostre o caminho. Recolha-se, por favor.

— Os senhores combinaram por acaso apreciar esta paisagem branca?

— Algo parecido — respondeu Musashi, sorrindo levemente.

— Creio ser desnecessário frisar, mas caso venham a acender uma fogueira sob o beiral do templo, como faziam há pouco os homens a quem me referi, peço-lhes encarecidamente que cuidem de apagá-la totalmente antes de se irem.

— Está certo.

— Boa noite — disse o monge, fechando a passagem e retirando-se em direção à cozinha.

O outro homem permaneceu imóvel por algum tempo, observando o distante vulto de Denshichiro da sombra do beiral. A área parecia ainda mais escura em contraste com a paisagem externa branca, iluminada pelo luar.

— Quem está lá, Hyosuke?

— Parece-me que é gente da cozinha.

— Não, ele não parece pertencer ao templo.

— Estranho.

Os dois homens se aproximaram cerca de vinte passos da varanda do santuário, quase inconscientes do que faziam.

Ao ver isso, o vulto no escuro também veio andando até quase o centro do longo corredor, onde parou bruscamente e pareceu amarrar com firmeza perto da axila esquerda as pontas de uma tira de couro para conter as mangas. Do lado de fora, os dois homens, que haviam se aproximado quase casualmente até um ponto em que se tornou possível discernir os movimentos do vulto, repentinamente estacaram, seus pés parecendo pregados na neve.

Denshichiro ofegou duas ou três vezes e gritou:

— É Musashi!

VII

Neste ponto, não podemos deixar de observar que Musashi já estava em posição vantajosa com relação a Denshichiro, desde o instante em que os dois homens haviam se confrontado, e em que Denshichiro gritara: "É Musashi!"

A razão torna-se óbvia quando se analisa a posição dos dois homens: Musashi, sobre a varanda, estava algumas dezenas de centímetros acima de seu adversário. Denshichiro, ao contrário, tinha o adversário em posição superior e suportava sobre si seu olhar feroz.

A vantagem de Musashi não terminava aí, pois ele tinha também suas costas completamente guardadas pela longa parede do santuário, precisando, graças a isso, apenas proteger-se de ataques frontais ou laterais, aliás, dificultados pela altura da varanda.

Denshichiro, ao contrário, tinha às costas um vasto campo aberto, batido pelo vento e pela neve. Ele podia até saber que seu adversário estava sozinho, mas ainda assim a área desguarnecida atrás de si era um ponto preocupante.

Para sua felicidade, no entanto, Otaguro Hyosuke estava a seu lado.

— Afaste-se! Saia de perto, Hyosuke! — gritou Denshichiro nesse instante, movendo o braço ostensivamente como se espantasse algo inoportuno. Com o gesto, o segundo filho dos Yoshioka parecia dizer que não desejava ser ajudado de forma canhestra: ele preferia que o discípulo observasse de longe o desenvolvimento do duelo e lhe garantisse a retaguarda.

— Pronto para o duelo? — perguntou Musashi. A voz era suave, mas teve o efeito de uma ducha gelada em Denshichiro.

"Ah, maldito!", pensou Denshichiro mal pôs os olhos em Musashi, examinando-o com ódio desde o topo da cabeça até a ponta dos pés. Raiva pelo que Musashi fizera ao irmão, irritação pelas vexatórias comparações que circulavam pela cidade, e o desprezo preconcebido pelo "novato provinciano", subiram num átimo à cabeça.

— Cale a boca! — rebateu Denshichiro com previsível violência. — Como ousa perguntar-me se estou pronto? Musashi! O último terço da hora do cão já se foi há muito!

— Não me lembro de ter prometido comparecer na exata hora marcada!

— Não tente se desculpar! Há muito estou aqui, inteiramente preparado, e já cansei de esperar! Desça daí! — berrou Denshichiro, chamando o inimigo para o próprio campo. Seu desprezo pelo oponente não era grande ao ponto de fazê-lo ignorar a própria posição desvantajosa e avançar.

— Já vou... — respondeu Musashi descontraído, mas os olhos pareciam buscar o momento favorável.

Falando em buscar o momento favorável, Denshichiro ainda estava no estágio inicial da batalha, sentindo os primeiros frêmitos percorrerem-lhe o corpo ao pôr os olhos em Musashi; este, porém, já se sentia em guerra muito antes de aparecer diante de Denshichiro e ia agora a meio no caminho da batalha.

Dois fatos provam que Musashi já estava preparado psicologicamente: primeiro, o de ter ele escolhido passar por dentro do templo para chegar até ali; segundo, o de ter acordado um sacerdote do santuário e dele ter-se valido para surgir de repente naquele ponto da varanda, evitando expor-se.

No instante em que chegara à escadaria do santuário Gion, Musashi já deveria ter percebido as numerosas pegadas na neve e por elas inferido o que o aguardava, idealizando rapidamente uma estratégia. Esperou então que sua sombra se afastasse para entrar de propósito pela frente do Renge-ou, quando na verdade precisava estar no pátio ao fundo do santuário.

Musashi soube o que havia acontecido nas redondezas durante a tarde pelo monge, e em sua companhia tomara um reconfortante chá, aquecera-se bem e, plenamente consciente de que estava atrasado, surgiu de súbito na frente do seu inimigo, conforme planejara.

E assim ele tinha criado seu primeiro momento favorável. O segundo era o insistente convite à luta que Denshichiro vinha-lhe fazendo. Aceitá-lo seria uma estratégia; recusá-lo e procurar compor ele próprio um novo momento seria outra. A vitória é como a lua refletida num lago: tentar agarrá-la, confiando excessivamente em sua própria sabedoria e força, significava quase sempre afogar-se nas águas e perder a vida.

VIII

— Além de estar atrasado, ainda não acabou de se preparar?! Saia daí que o local não é apropriado para o duelo! — gritou Denshichiro, irritado. A isso, Musashi respondeu, com toda a calma:

— Estou indo.

Denshichiro sabia perfeitamente que enfurecer-se era meio caminho para a derrota, mas as emoções sobrepujaram a disciplina quando ele se defrontou com Musashi e seu descaso proposital.

— Siga-me para o campo aberto! Quero uma luta limpa e honrada. Eu, Yoshioka Denshichiro, sempre devotei desprezo a contemporizações e procedimentos covardes. Se está com medo desde já, não tem qualificação para se bater comigo! Desça daí imediatamente, Musashi!

Ao vê-lo enfim gritando frenético, Musashi sorriu, mostrando por um breve instante os dentes brancos:

— Ora essa, como pode você dirigir-se a mim nesses termos, Yoshioka Denshichiro, a mim que já o golpeei e parti em dois na primavera do ano passado? E se hoje fizer o mesmo, com esta serão duas vezes!

— Quê? Quando e onde?

— Na província Yamato, no feudo Yagyu.

— Em Yamato?

— Na sala de banhos da hospedaria Wataya.

— Como é?!

— Estávamos ambos nus, completamente desarmados dentro da banheira. Eu, porém, avaliava em meu íntimo se haveria brechas em sua guarda.

E finalmente, eu o golpeei certeiramente com estes meus olhos, senti que o atingi de modo magnífico! Você com certeza não percebeu, já que meu golpe não deixou marcas no seu corpo. Se quer alardear suas qualidades de espadachim, procure outro, mas não o faça na minha frente porque só conseguirá parecer ridículo.

— Olhe quem fala em ser ridículo! Essa lorota nem chega a ser uma boa mentira! Mas isto está começando a ficar divertido. Desça daí e me siga: vou acabar de uma vez por todas com a sua arrogância.

— E que armas escolhe, Denshichiro? Espada de madeira ou real?

— Não veio preparado para um duelo real? E do que está falando, se nem trouxe sua espada de madeira?

— Para que trazê-la? Se meu adversário escolhe lutar com uma espada de madeira, tomo-a dele e com ela o golpeio!

— Chega de bravatas!

— Nesse caso...

— Ande logo!

Denshichiro recuou obliquamente deixando sobre a neve um longo rastro negro de quase três metros, abrindo espaço para Musashi descer. Este, porém, não aceitou o convite e andou de lado pela varanda do santuário cerca de seis metros, para só depois descer sobre a neve.

Os dois homens não se afastaram muito da varanda porque Denshichiro não conseguiu conter-se por mais tempo e soltou um tremendo urro destinado a impressionar o adversário. A espada — longa para se ajustar ao seu físico — parecia leve em suas mãos, e emitindo um leve silvo, veio precisamente em direção a Musashi.

Visar com precisão, porém, não significa necessariamente partir o inimigo em dois: Musashi moveu-se com rapidez maior do que a espada. E mais rápido ainda que tudo, uma lâmina surgiu da altura do seu ventre, desembainhada.

IX

Depois que os dois traços prateados coriscaram no ar, os suaves flocos de neve continuaram a cair, parecendo agora chegar ao solo com estranha lentidão.

Mas a neve tinha ritmo próprio, como uma melodia, e vinha do alto ora *presto*, impelida pelo vento, ora *andante*, redemoinhando, ora *lento*, dançando no ar como plumas de ganso.

Musashi e Denshichiro encaravam-se em silêncio. Na fração de segundo em que as espadas haviam sido sacadas das respectivas bainhas, os dois homens tinham se aproximado tanto que se tornava quase impossível imaginá-los escapando ilesos dessa aproximação. Contudo, a paisagem branca permanecia imaculada mesmo depois que os dois contendores, com um salto, tinham-se separado batendo os calcanhares no chão e espalhando finas partículas de neve, prova de que ambos continuavam miraculosamente inteiros.

Em seguida, as pontas das espadas tinham-se imobilizado no ar, frente a frente, interpondo uma distância de quase vinte metros.

A neve acumulada nas sobrancelhas de Denshichiro derretia e parecia escorrer entre as suas pestanas. Em consequência, Denshichiro contorcia o rosto de vez em quando, os músculos faciais formando inúmeros calombos, e arregalava os olhos em seguida, globos oculares semelhantes a janelas de fornalha ameaçando saltar das órbitas. Ao mesmo tempo, a boca, que deveria estar apenas dando passagem ao ar proveniente do baixo ventre, era fole de ferreiro, expelia um hálito fervente.

"Maldição!", gemeu Denshichiro arrependendo-se intimamente, mal se viu defrontando o inimigo. "Por que, justo hoje, me posicionei deste jeito, apontando os olhos do meu adversário?! Por que não estou em posição de guarda alta, com a espada erguida acima da cabeça?"

O pensamento ia e vinha, continuamente. Isto não queria dizer que ele raciocinasse com calma, como o faria uma pessoa em circunstâncias normais. Apenas assim sentia, nas batidas quase audíveis do coração e no sangue a circular impetuoso por todas as artérias. Seus cabelos, sobrancelhas, todos os pelos do corpo e até as unhas do pé pareciam ter sido mobilizados, crispando-se contra o inimigo.

Guardar-se com a espada naquela posição — isto é, com a ponta voltada para os olhos do adversário — não era sua tática favorita, sabia Denshichiro. Por esse motivo ele vinha tentando, havia já algum tempo, elevar o cotovelo e erguer a espada acima da cabeça, mas não conseguia.

E por quê? Porque os olhos de Musashi aguardavam essa oportunidade.

O próprio Musashi mantinha-se imóvel, cotovelos levemente dobrados, sua espada também apontando os olhos do adversário. Os cotovelos de Denshichiro dobravam-se com tamanha força que pareciam prestes a estalar, mas os de Musashi estavam soltos, parecendo ser possível movê-los para baixo ou para os lados com um simples toque. Havia ainda mais uma diferença: a ponta da espada de Denshichiro, como já foi dito anteriormente, movia-se de leve e parava, tentando inúmeras vezes ir para uma nova posição, enquanto a de Musashi permanecia imóvel a ponto de permitir que a neve se acumulasse no estreito dorso da lâmina, desde a ponta até a empunhadura.

X

"Tomara que Denshichiro cometa uma falha! Tenho de procurar uma brecha em sua guarda, adivinhar sua intenção pelo ritmo de sua respiração! Tenho de vencer, vencer a qualquer custo! Ajudai-me, Hachiman, deus da guerra, eis que estou no limiar da vida e da morte!"

Enquanto essas noções cruzavam como raios pela mente de Musashi, Denshichiro lhe pareceu sólido como uma rocha, fê-lo sentir-se vulnerável à pressão que emanava de sua magnífica figura e duvidar da própria capacidade de derrotá-lo.

"Ele é mais hábil que eu", chegou a pensar Musashi, honestamente.

A mesma impressão de inferioridade ele havia sentido quando se vira cercado pelos quatro veteranos, dentro do castelo Koyagyu. Essa avaliação negativa de si próprio surgia quando enfrentava estilos reconhecidos, como o Yagyu ou o Yoshioka, momentos em que sentia agudamente sua condição de autodidata, praticante de um estilo rústico, sem forma ou fundamento teórico.

Nesse exato momento, Musashi observava a guarda de Denshichiro, e nela percebia claramente um estilo complexo apesar da aparente simplicidade, másculo e preciso, elaborado pelo grande homem Yoshioka Kenpo numa vida inteira de dedicação. Simples força física ou espiritual nada conseguiriam contra isso, percebia Musashi.

E essa percepção o fazia sentir-se totalmente incapaz.

Em consequência, Musashi não conseguia naquela noite a costumeira afoiteza para agir como o jovem selvagem orgulhoso do próprio estilo sem nome ou forma. Nessa noite seus braços recusavam-se a se estender em busca do inimigo, e isso o deixava espantado consigo mesmo. O máximo que conseguia era guardar-se em completa imobilidade, à espera do movimento adversário.

Em virtude disso, por mais que tentasse evitar, sentia os olhos se congestionarem em busca de uma brecha, o espírito se perder em súplicas a Hachiman, e a ansiedade tumultuar no íntimo.

A maioria dos homens, ao se ver nessa situação, é arrastada no torvelinho, apavora-se e se afoga. Musashi, porém, havia-se livrado do seu perigoso atordoamento sem nenhum esforço mental aparente. Esse poder era uma dádiva que lhe adviera de experiências anteriores, em que pisara a tênue linha entre a vida e a morte: quando menos esperava, ele já tinha saído do atordoamento, como se alguém lhe tivesse de chofre tirado a venda dos olhos.

O duelo permanecia imutável, as duas espadas empunhadas em posição mediana, confrontando-se. A neve tinha-se acumulado sobre os cabelos de Musashi e nos ombros de Denshichiro.

Mas Musashi já não via diante de si um inimigo sólido como um rochedo. Ao mesmo tempo, ele tinha também perdido a noção de si. E muito antes que tudo isso acontecesse, ele tinha também varrido por completo da mente a própria ideia de vencer o duelo.

A neve caía mansamente no espaço de quase vinte metros existente entre ele e Denshichiro. Musashi sentia seu espírito leve como os flocos de neve, o corpo amplo como esse espaço, em sincronia com o universo: Musashi existia, mas ao mesmo tempo não existia fisicamente.

E foi então que ele percebeu: um pé de Denshichiro havia avançado, diminuindo o espaço entre eles, e a ponta de sua espada tinha começado a se mover, carregada de intenções.

Um berro medonho ecoou no preciso instante em que a espada de Musashi varreu a área às próprias costas. A lâmina cortou lateralmente a cabeça de Otaguro Hyosuke, que se tinha aproximado furtivamente por trás, e produziu um rangido semelhante ao de uma faca cortando um saco de feijões.

Uma figura humana, cuja cabeça era uma enorme romã aberta, passou rapidamente por Musashi e foi cambaleando na direção de Denshichiro, movendo pernas e braços como se quisesse nadar. Seguindo o cadáver ambulante, Musashi saltou repentinamente, tão alto que parecia querer atingir o peito de seu adversário com os pés.

XI

Um grito esganiçado partiu da boca de Denshichiro e varou o silêncio noturno. Mal o grito, semelhante a um *kiai* subitamente interrompido, perdeu-se num rouco estertor, seu corpo cambaleou e tombou para trás, levantando uma névoa branca.

— Es...espere!... — gemeu Denshichiro, contorcendo-se no chão num espasmo atormentado e enterrando o rosto na neve. Mas então, Musashi ali já não estava para ouvir.

As vozes que responderam eram distantes:

— Que foi isso?
— Era Denshichiro-sama!
— Deuses misericordiosos!
— Vamos!

Vultos negros aproximaram-se em disparada, como um vagalhão.

Desnecessário dizer, era o grupo do idoso Genzaemon e dos discípulos que, até então, haviam estado aguardando em otimista expectativa o desenlace do duelo.

— Ei! Otaguro também foi liquidado!
— Denshichiro-sama!

Logo perceberam que de nada lhes adiantaria chamá-lo ou procurar socorro.

Otaguro Hyosuke havia recebido um golpe lateral que lhe rasgara a cabeça desde a orelha direita até o interior da boca. Denshichiro tinha um corte profundo que partia do topo do crânio, descia em diagonal e se desviava ligeiramente da base do nariz, passando pelo osso da face.

Cada um deles tinha sido eliminado por um único golpe.

— E... ele subestimou o adversário! Eu... eu o avisei, mas ele não me ouviu. De... Denshichiro! Denshichi! — lamentava o idoso Genzaemon abraçando o sobrinho, sacudindo-o, sabendo que era inútil, mas, mesmo assim, tentando reanimá-lo.

Aos poucos a neve ao redor dos corpos foi sendo pisoteada e adquiriu um tom rosado. Genzaemon, que até então só se ocupara com o sobrinho morto, agastou-se repentinamente com os discípulos que, desorientados, apenas tumultuavam ao redor dos dois cadáveres, e gritou:

— E para onde foi o adversário?

Os homens não se haviam esquecido de Musashi, mas já não o viram nos arredores, por mais que o procurassem.

— Desapareceu.
— Não está em lugar algum!

A resposta irritou Genzaemon ainda mais.

— Não pode ser! — gritou o idoso homem, rangendo os dentes. — No momento em que começamos a correr para cá, vi um vulto em pé neste lugar! O sujeito não tem asas, homens! Tenho de lhe dar o troco com a minha espada ou eu, um Yoshioka, perderei o prestígio!

Nesse instante, um dos homens apontou algo com o dedo e soltou um impetuoso grito.

O grito havia partido do seio do próprio grupo, mas ainda assim teve a capacidade de chocar os homens, levando-os todos juntos a dar um passo para trás e olhar na direção apontada.

— É Musashi!
— É ele mesmo!
— Ora!...

Uma atmosfera de pura desolação pairou momentaneamente sobre o grupo. O silêncio que caiu repentinamente sobre o ruidoso grupo trouxe um espírito sinistro, muito diferente da calma de áreas desertas. Nesses momentos, o cérebro, assim como a própria cabeça, parecem esvaziar-se por completo, e os olhos, órgãos destinados a ver, apenas registram as imagens, aparentemente esquecidos de transmiti-las à mente.

Musashi estava em pé sob o beiral do templo, no ponto mais próximo ao local onde abatera Denshichiro.

E então, ainda observando a reação dos seus adversários e mantendo as costas voltadas para a parede da construção, ele pôs-se a andar de lado, pouco a pouco. Galgou em seguida a varanda do lado ocidental do santuário Sanju-sangen, andou com toda a calma até chegar ao meio dela, mais ou menos no ponto onde inicialmente havia feito sua aparição.

De lá, voltou-se e ficou de frente para o grupo aglomerado à distância, parecendo indagar: "Vocês querem me pegar?" Não vendo reação no grupo, Musashi pôs-se a andar de novo rumo ao extremo norte da varanda, para então desaparecer de súbito por trás do santuário Renge-ou.

SEIS POETAS CONTEMPORÂNEOS

I

— Gente irritante! Como ousam mandar um papel em branco em resposta à nossa carta? Se deixarmos passar, esses rebentos da nobreza vão se sentir cada vez mais satisfeitos. Agora, já não me resta outra saída: tenho de ir até lá, negociar pessoalmente, e trazer Yoshino-dayu para os meus aposentos, custe o que custar!

Dizem que um bom jogo de salão entusiasma qualquer um, não importa a idade, e Haiya Shoyu não fugia à regra: embriagado, o homem não conseguia conter-se: dedicava-se inteiro à brincadeira, e não iria sossegar enquanto não visse seus desejos satisfeitos.

— Vamos, leve-me até lá! — exigiu da cortesã Sumigiku, apoiando-se pesadamente em seu ombro para se levantar.

— Ora, deixe disso! — tentou dissuadi-lo Koetsu. Shoyu, porém, o ignorou:

— Não me detenha: estou decidido a ir até lá e tomar Yoshino-dayu. Fiéis vassalos! Erguei-vos e conduzi-me aos aposentos inimigos! Eis que vosso general parte para a guerra: quem de vós for o melhor, que me siga!

Um bêbado andando sozinho inspira cuidados, mas contrariando a expectativa dos que temem vê-lo a qualquer momento cair e se machucar, nada lhe acontece se for abandonado à própria sorte. Por outro lado, se confiando nisso ninguém o acode, o mundo perderia boas oportunidades de rir. Cambalear, simular perigo, acudir e ser acudido — ali estava o segredo de viver com engenho e arte, de fruir as delícias daquele mundo de prazeres.

E coisa mais fácil não deveria haver no mundo do que acudir Shoyu, o típico *bon-vivant* que já tivera sua cota de alegrias e tristezas, o perfeito conhecedor das regras do jogo. Mas as aparências enganavam: o idoso homem se mostrava difícil, cambaleando entre os limites da diversão e da provocação, exigindo dos que o acudiam perfeita harmonia espiritual consigo, a sincronia das vontades do cliente em busca de diversão e do profissional da diversão em seu esforço para entreter.

— Cuidado, Funabashi-sama! Não vá se machucar! — diziam as mulheres alvoroçadas, tentando ampará-lo. A isso, respondia sisudo:

— Machucar-me, eu? Não sejam tolas. Meus pés cambaleiam, admito, pois estou bêbado, mas o espírito permanece firme como uma rocha.

— Nesse caso, não precisa de ajuda: ande sozinho! — replicavam as mulheres, amuadas, parando de sustentá-lo. No mesmo instante o idoso homem sentou-se no meio do corredor, todo queixoso:

— Cansei-me um pouco. Quero ir a cavalo nas costas de alguém.

Levar um tempo infinito para vencer o espaço entre um aposento e outro da casa, atormentando as mulheres, por certo fazia parte do conceito de diversão de Shoyu. Eis porque ali se deixava ele ficar, no meio do corredor, mole como um pedaço de gelatina, causando o maior transtorno às mulheres que o acompanhavam. Apesar de toda a aparente moleza, porém, esse corpo magro, quase um feixe de ossos, guardava em seu interior um espírito bastante resoluto que, estimulado pelas generosas doses de saquê, estava momentaneamente irritado com o grupo liderado por Karasumaru Mitsuhiro, o jovem lorde que há muito retinha triunfalmente a cortesã Yoshino e com isso se divertia.

— Fedelhos nobres, impertinentes!

Em tempos passados, a nobreza tinha representado uma pesada carga e fora temida até pela classe guerreira, mas os atuais plutocratas de Kyoto já não a temiam sequer minimamente. Nos círculos íntimos dessa classe os nobres eram considerados pessoas de boa índole, facilmente manipuláveis, pobres e sempre preocupadas com a sua alta posição social. Por conseguinte, Funabashi-sama, o digno representante da opulenta classe de Kyoto, sabia muito bem que para manipular esses nobres como fantoches bastava proporcionar-lhes diversões caras, conviver com eles obedecendo aos seus padrões de bom gosto e elegância, e, ainda, reconhecer-lhes a superioridade social, preservando-lhes o orgulho.

— E quais são os aposentos em que Kangan-sama e seu nobre grupo se divertem? Estes? Aqueles? — perguntava Shoyu. Tateou o *shoji* de um aposento fericamente iluminado nos fundos da casa e tentava corrê-lo, quando repentinamente a divisória se abriu por dentro.

— Ora, vejam só quem está aqui! — disse alguém. Simultaneamente, a cabeça de um monge — personagem mais que improvável naqueles quarteirões — espiou pela fresta: era Takuan.

II

— Hein? Ora!...

Shoyu arregalou os olhos, feliz com o inesperado encontro, lançou os braços em torno do pescoço do monge e gritou:

— Ora, essa, querido bonzo, quer dizer que também estava aí?

Takuan por sua vez enlaçou o pescoço do idoso homem e, imitando seu tom, repetiu:

— Ora, essa, patrão, quer dizer que também veio?

Os dois bêbados que se haviam esbarrado por acaso juntaram os rostos barbudos, roçando-os um contra o outro, exclamando:
— Como tem passado?
— Muito bem!
— Senti sua falta!
— Sentiu? Fico feliz em saber, bonzo malandro!

Socaram-se mutuamente as cabeças, lamberam-se as pontas dos narizes; quem no mundo é capaz de prever o que dois homens embriagados são capazes de fazer para demonstrar sua alegria?...

Karasumaru Mitsuhiro voltou-se para o companheiro, Konoe Nobutada, e sorriu ao se dar conta de que Takuan, até há pouco ao seu lado, havia-se levantado e saído para o corredor e que, logo a seguir, divisórias estremeciam, e vozes anasaladas lembrando gatas em cio se faziam ouvir de permeio.

— Ah-ah! Conforme previ, o velho maçante se aproxima! — comentou sussurrando.

Mitsuhiro tinha aproximadamente trinta anos. Bem apessoado, a pele imaculadamente branca, típica dos membros da nobreza, fazia-o parecer mais novo do que realmente era. Tinha sobrancelhas bem delineadas, lábios vermelhos e olhos vivos que denotavam seu espírito brilhante.

— Como fui nascer nobre em um mundo onde só os *bushi* parecem contar? — era a queixa constante desse homem de feições suaves e gênio forte, profundamente insatisfeito com o sistema político vigente, de ascendência da classe guerreira.

— Se algum nobre se disser inteligente e satisfeito com os tempos atuais, esse homem só pode ser um idiota — era outra de suas frases prediletas.

Mitsuhiro dizia ainda: "A classe guerreira devia restringir-se à carreira militar. No entanto, o que vemos atualmente? *Bushi* enfeixando nas mãos também o poder político, desequilibrando a harmonia do saber e do poder, da letra e das armas. Hoje em dia, a classe nobre é apenas um enfeite, a ela é permitido apenas representar um papel, o do boneco dos festivais *sekku*; sobre sua cabeça repousa uma coroa que não pode usar um milímetro fora de ângulo. E pôr-me num mundo desses foi um erro dos deuses. Se tenho de terminar meus dias como súdito do Imperador, só tenho duas opções: afligir-me ou beber. Escolho então acabar meus dias bebendo, contemplando a lua e as flores, com a cabeça no colo de alguma beldade."

Tendo sido promovido de encarregado de assuntos palacianos a Ministro da Direita, o jovem lorde exerce no momento o cargo de Conselheiro de Estado, e frequentava assiduamente o bairro licenciado com a desculpa de que só nesse ambiente conseguia esquecer suas frustrações.

No meio desses jovens e frustrados nobres que rodeavam Mitsuhiro havia gente muito mais animada como Asukai Masakata, Tokudaiji Sanehisa, Kasan'in Tadanaga, todos pobres, mas que, diferente dos filhos de *bushi*, de algum modo conseguiam meios para frequentar a casa Ougi-ya.

— Só aqui sou capaz de me sentir humano! — diziam, bebendo e promovendo verdadeiras algazarras.

Nessa noite, contudo, Mitsuhiro estava em companhia de Konoe Nobutada, pessoa muito mais discreta. Ele parecia ser quase dez anos mais velho que Mitsuhiro, tinha feições sóbrias e sobrancelhas escuras e espessas. Em seu rosto moreno de traços generosos havia marcas de varíola, uma deformidade, diria a maioria das pessoas. Marcas de varíola, dizia-se também, tinha Minamoto-no--Sanetomo, o símbolo da masculinidade de Kamakura.

Seja como for, nada na atitude de Konoe Nobutada, filho do antigo Conselheiro Imperial, deixava transparecer sua alta extração. Sentado ao lado da cortesã Yoshino com um sorriso ambíguo no rosto e dando-se a conhecer apenas como o famoso calígrafo Konoe Sanmyaku'in, o rosto marcado pela varíola, longe de ser feio, dava-lhe um ar refinado.

III

Konoe Nobutada voltou o rosto sorridente para a cortesã Yoshino e perguntou:

— É a voz de Shoyu, estou certo?

Yoshino-dayu mordeu de leve os lábios rubros, tentando conter o riso, e disse, aparentando confusão:

— E se ele entrar, que faço?

Karasumaru Mitsuhiro reteve-a pela barra do quimono, ordenando:

— Não se levante!

Voltou-se a seguir na direção da divisória do aposento anexo e gritou em tom propositalmente autoritário:

— Monge Takuan! Que está fazendo aí? Entre ou saia de uma vez, e feche a porta que está frio!

Takuan, ao ouvir isso, disse para Shoyu:

— Vamos, entre!

Arrastado para dentro do aposento, o velho sentou-se imediatamente na frente de Mitsuhiro e Nobutada.

— Ora, ora, quem eu vejo! Eis que a noitada se torna mais interessante ainda!

— exclamou, dirigindo-se a Konoe Nobutada. Avançou os joelhos mantendo as roupas impecavelmente alinhadas, apesar da embriaguez, e estendeu a mão:

— Dar-me-á a honra de beber de sua taça? — disse.
Nobutada sorriu, entre divertido e irônico:
— Como vai, ancião Funabashi? Sempre em forma, ao que vejo!
— Nem me havia passado pela cabeça que, esta noite, Kangan-sama tinha sua excelência como companheiro de noitada — disse Shoyu, balançando o pescoço fino e enrugado como um *Taro-kaja*[29], exagerando o próprio estado de embriaguez. — Pe... perdoe se há muito não venho à sua presença apresentar os devidos respeitos, mas... já que estamos aqui todos juntos, deixemos de lado incômodos títulos como Conselheiro Imperial ou *kanpaku*. Concorda comigo, bonzo Takuan?

Enlaçou novamente o pescoço do monge e continuou, apontando os rostos de Nobutada e Mitsuhiro:

— Não existe nada mais digno de comiseração, hoje em dia, do que estas pessoas, os nobres: a eles são dados imponentes títulos, como Ministro da Direita, *kanpaku*, mas nenhuma vantagem. Muito melhor ser um simples mercador. Não acha, bonzo?

Takuan, ligeiramente desconcertado com o rumo da conversa, respondeu:

— Acho, acho — e com um último esforço livrou o pescoço do férreo abraço.

— Não me lembro de ter sido servido por você, monge! — disse Shoyu no mesmo instante, apresentando-lhe a taça vazia. Emborcou-a em seguida de golpe para voltar a dizer:

— E quanto a você, monge, é bem matreiro. Nos tempos que correm, monges são matreiros, mercadores são espertos, *bushi* são fortes e os nobres... tolos. Bem achado, não é? — gargalhou.

— Está bem, está bem...

— Não podem fazer o que bem lhes agrada, foram banidos dos círculos políticos, e só lhes restam, como distração, poesia e literatura: que situação a deles, hein, monge?

Em se tratando de beber e pilheriar, Mitsuhiro não ficava atrás do velho mercador. Nobutada também sabia zombar com classe. Mas a súbita verbosidade do magro intruso pareceu aturdir os dois experientes mundanos: em sombrio silêncio, observavam o idoso homem fazer-lhes sombra, assumir o controle do jogo em seus próprios domínios.

Entusiasmado com o silêncio, Shoyu prosseguiu:

— E quanto a você, *dayu,* diga-me: quem a atrai mais, um nobre ou um mercador?

---

29. *Taro-kaja*: nome usualmente dado ao personagem que encarna o servo de um samurai ou *daimyo*, em peças do teatro *kyogen* ou nô.

— Ora, Funabashi-sama!... — disfarçou Yoshino com um riso cristalino.
— Não ria, é sério! Bato à porta do seu coração com esta pergunta. Ah, estou ouvindo, ouço o seu coração responder: a cortesã Yoshino também prefere um mercador! Pronto, acompanhe-me imediatamente aos meus aposentos. Saibam todos que eu, Shoyu, conquistei Yoshino e a levo comigo!

Assim dizendo, o velho mercador agarrou firmemente a mão da cortesã e, alerta, preparou-se para se erguer.

IV

Mitsuhiro chegou a derramar o saquê de puro espanto e depositou às pressas a taça.
— Brincadeiras têm limite! — exclamou, arrancando a cortesã das mãos de Shoyu e apertando-a bem junto a si.
— Por quê? Por quê? — replicou Shoyu, agora em pé. — Não a estou raptando contra a vontade dela: levo-a comigo apenas porque esse parece ser o seu desejo. Não é verdade, *dayu*?

Presa entre os dois homens, só restava à cortesã sorrir, enquanto Mitsuhiro e Shoyu a puxavam, cada um por uma das mãos.
— Que faço agora? — murmurou, totalmente embaraçada.

Nenhum dos dois homens estava sinceramente empenhado em ganhá-la, mas aparentar empenho e sinceridade, e perturbar a quem de direito, fazia parte das regras do jogo. Mitsuhiro não cedia um passo, nem Shoyu se deixava convencer.
— Vamos lá, *dayu*, só o seu coração pode pôr fim a este cabo de guerra amoroso: qual aposento pretende prestigiar? Siga o que seu coração ordenar!

Insistindo e atormentando, os dois homens divertiam-se.
— Ora, isto está ficando interessante — disse Takuan, acompanhando os acontecimentos. Aliás, não só acompanhou como também contribuiu com a sua quota na perturbação, perguntando enquanto bebia:
— Vamos, *dayu*, qual é a sua preferência?

Foi então que o gentil Konoe Nobutada, fazendo jus à fama de cavalheiro, interveio:
— Vejam só, que clientes mal-educados! Yoshino não pode optar nem por um, nem por outro. Sejam razoáveis: vamo-nos juntar num único aposento e divertir-nos em companhia uns dos outros. Que acham disso? — disse, numa tentativa de salvar a situação. — E por falar nisso, acho que Koetsu ficou sozinho no outro aposento. Vão chamá-lo! — ordenou às demais mulheres.

Shoyu, no entanto, continuou sentado ao lado da cortesã Yoshino, irredutível.

— Nada disso. Não é preciso ir chamá-lo: estou retornando aos meus aposentos neste instante, levando Yoshino comigo — disse.

Mitsuhiro, ao ouvir isso, agarrou Yoshino com maior firmeza ainda.

— Quero ver, quero ver se é capaz! — replicou.

— Ora, essa, fidalgo atrevido! — desafiou-o agora Shoyu abertamente. Voltou para Mitsuhiro o olhar brilhante, de bêbado, e metendo a taça de saquê debaixo de seu nariz, disse:

— Vamos então resolver qual de nós terá a honra da companhia da bela Yoshino, disputando para ver quem bebe mais na frente dela.

— Uma disputa para ver quem bebe mais? Essa é boa! — retorquiu Mitsuhiro, escolhendo uma taça bem maior e depositando-a sobre uma mesinha de apoio entre os dois. — Esqueceu quantos anos tem, vovozinho?

— Suficientes para competir com um fidalgo delicadinho! Vamos, ao desafio!

— Não vejo graça em beber simplesmente alternando as vezes. Vamos incrementar a brincadeira: que regras decidirão a vez?

— Quem rir primeiro numa disputa de carrancas tem de beber.

— Coisa mais sem graça!

— Jogo das conchas?[30]

— Nunca, com um velho malcheiroso.

— Comentário maldoso! E que tal *janken*[31]?

— Concordo. Vamos lá.

— Bonzo Takuan, sirva de árbitro!

— Às ordens.

Os dois homens se encararam seriamente, iniciando a brincadeira. A cada rodada o perdedor era obrigado a virar uma taça de saquê e todos rolavam de rir com os irritados comentários que se seguiam.

Aproveitando esse momento, Yoshino-dayu ergueu-se de manso e arrastando atrás de si com graça a longa cauda do quimono, seguiu pelo corredor e desapareceu no interior do prédio.

---

30. Jogo em que se usam duas metades de conchas, uma virada para cima e outra para baixo. As faces internas das conchas são pintadas, ou têm poemas famosos nelas escritos. Os participantes do jogo devem desvirar as metades voltadas para baixo e tentar acertar o par da metade aberta que lhe for destinada.

31. *Janken*: jogo da tesoura, pedra e papel, também conhecido no Brasil.

V

A disputa tinha tudo para terminar em empate, pois os participantes eram experientes e resistiam muito bem. A contenda parecia nunca chegar ao fim.

Mal a cortesã Yoshino se afastou, Konoe Nobutada murmurou:

—Acho que vou embora também... — e retirou-se. O árbitro Takuan, sonolento, pôs-se a bocejar ostensivamente.

Nem assim os dois homens desistiram de disputar. Takuan os abandonou e se deitou no meio do aposento. Ergueu a cabeça, procurou ao redor e, ao descobrir Sumigiku-dayu ao seu lado, apoiou a cabeça em seu colo sem ao menos lhe pedir licença. Dormitar era bom, mas Takuan lembrou-se de Joutaro e Otsu e pensou: "Pobrezinhos! Devem estar sentindo minha falta. Preciso ir embora."

Os dois estavam nos últimos tempos hospedados na mansão Karasumaru — Joutaro, desde que chegara de Ise com a encomenda do sacerdote Arakida, e Otsu, havia já alguns dias.

Takuan surgira de repente no vale Otowa na noite em que Otsu fora perseguida pela velha Osugi pelas seguintes razões:

O monge e Karasumaru Mitsuhiro eram velhos amigos, gostavam das mesmas coisas — poesia, zen, saquê — e partilhavam frustrações. E aconteceu que o monge tinha recebido em dias recentes uma carta de Mitsuhiro, em que este lhe dizia:

> "E então, velho amigo? Estamos no ano-novo: o que faz você enfurnado num velho templo interiorano? Não sente falta da vida cultural, do fino saquê da província de Nada, das mulheres e dos tordeiros à margem do Kamo? Se está com sono, faça zen por aí, se quer um zen vivo, pratique-o entre nós. E se sente falta da civilização, por que não vem me ver?"

A carta tinha trazido Takuan a Kyoto.

E, chegando à mansão Karasumaru, o monge viu de longe o menino Joutaro, pelo jeito brincando incansavelmente todos os dias no interior da extensa propriedade. Perguntou a Mitsuhiro a razão de sua presença e ouviu uma detalhada explicação. Takuan chamou então o menino e o questionou, inteirando-se de que Otsu sozinha tinha seguido na manhã do primeiro dia do ano em companhia da velha Osugi para a estalagem dela e que lá morava desde então, não tendo retornado nenhuma vez, nem mandado um único bilhete.

— Isso é grave! — comentara Takuan assustado, saindo nesse mesmo dia à procura da hospedaria de Osugi. A noite já caía quando encontrou a estalagem ao pé da ladeira Sannen-zaka. Ao sabê-las ausentes, o monge, cada vez mais aflito, fizera-se acompanhar de um servo do estabelecimento e saíra à procura da jovem no santuário Kiyomizudera.

Naquela noite, Takuan tinha conseguido trazer Otsu ilesa até a mansão Karasumaru. Mas a jovem, que passara por uma experiência aterrorizante nas mãos de Osugi, tivera febre alta a partir do dia seguinte, e não havia ainda conseguido erguer-se da cama até agora. O menino Joutaro velava por ela dia e noite, refrescando-lhe a testa com compressas frias e dando-lhe remédios com tocante zelo.

— Aqueles dois devem estar à minha espera... — afligia-se Takuan, mas seu companheiro, Mitsuhiro, longe de pensar em ir para casa, parecia mais animado que nunca.

Aos poucos, porém, a brincadeira perdeu a graça e a dupla começou simplesmente a beber sem se importar em saber quem vencera ou perdera, logo se enganando em acirrada discussão.

Os temas discutidos eram todos de suma importância: a classe guerreira e o domínio político, a nobreza e o seu valor, a classe mercantil e a expansão além-mar.

Takuan, que tinha saído de perto da cortesã e se recostava agora num pilar, escutava de olhos fechados. Parecia dormir, mas o sorriso com que reagia a certos trechos da discussão mostrava que ele estava alerta.

Pouco depois, Mitsuhiro comentou no tom descontente dos que começam a despertar de uma bebedeira:

— Ora... Quando foi que o senhor Konoe se retirou?

Shoyu também parecia sóbrio ao reclamar:

— Pior ainda, Yoshino desapareceu!

— Que falta de consideração! — tornou Mitsuhiro. Voltou-se para a pequena Rinya que dormitava a um canto e ordenou:

— Vá chamar Yoshino!

Rinya arregalou os olhos e se afastou pelo corredor. Ao passar pelos aposentos anteriormente ocupados por Shoyu e Koetsu, espiou casualmente e se espantou: ali estava Musashi, cujo retorno ninguém tinha percebido, sentado sozinho, frente a frente com uma lamparina.

VI

— Oh! Bem-vindo de volta, senhor. Quando chegou que eu não percebi? — disse Rinya.
— Acabo de chegar — respondeu Musashi.
— Pelo portãozinho dos fundos?
— Sim.
— E onde esteve, senhor?
— Lá fora.
— Aposto que foi se encontrar com alguma mulher! Deixe estar, vou contar tudo à minha *dayu*! — disse Rinya.
Musashi sorriu com o comentário precoce e perguntou:
— Não vejo os meus companheiros: onde estão eles?
— No outro aposento. Juntaram-se ao grupo de Kangan-sama e estão se divertindo junto com o monge.
— E quanto ao senhor Koetsu?
— Não sei...
— Será que já se foi? Porque, nesse caso, eu também me vou.
— Ah, mas quem vem a esta casa não pode ir-se embora sem a autorização da minha *dayu*, não sabia? Se não lhe apresentar as despedidas, vão rir do senhor, e eu serei admoestada.
O inexperiente Musashi ouvia os gracejos da menina com seriedade, acreditando que essas eram as regras da casa.
— Não se vá, portanto, sem me avisar, ouviu, senhor? Fique aqui até eu voltar.
A menina provavelmente anunciara o retorno de Musashi no outro aposento, pois, pouco depois, Takuan entrou:
— E então, Musashi, como vai? — disse, batendo de leve em seu ombro.
— Ah!... — exclamou o jovem, surpreso. E com razão. Rinya lhe havia falado de um monge no outro aposento, mas ele jamais imaginara que se tratava de Takuan.
— Quanto tempo, senhor... — disse, afastando a almofada sobre a qual se sentava, tocando o *tatami* com as mãos e inclinando-se respeitosamente. Takuan, porém, logo tomou as mãos de Musashi nas suas e disse:
— Formalidade não combina com este lugar. Vamos encerrar os cumprimentos por aqui. Ouvi dizer que o senhor Koetsu também veio, mas... Aonde foi ele?
— Com efeito, aonde...
— Vamos procurá-lo e juntar-nos a ele. Tenho muito a conversar com você, mas deixemos isso para mais tarde.

Assim dizendo, Takuan abriu uma divisória próxima. E ali estava Koetsu, mergulhado num *kotatsu* e cercado por um pequeno biombo, dormindo confortavelmente aquecido na fria noite de neve.

Despertá-lo de um sono tão tranquilo era crueldade. Koetsu, no entanto, provavelmente sentindo os olhares próximos ao seu rosto, despertou sozinho. Viu Musashi e Takuan, e logo uma expressão de espanto cruzou-lhe o olhar.

Posto a par das circunstâncias, Koetsu concordou em se juntar com Mitsuhiro no outro aposento.

Mas tanto o fidalgo como Shoyu já pareciam enfadados, e nas fisionomias de todos começava a pairar certo ar de desânimo, indicando que a festa chegava ao fim.

A bebida, a essa altura, passava a ter um gosto amargo, os lábios tinham ficado ressequidos e a água saciava a sede, mas lembrava a todos que era chegada a hora de voltar para casa. Especialmente frustrante era o fato da cortesã Yoshino não ter mais voltado a dar o ar de sua graça.

— Vamos embora! — sugeriu alguém quando todos já tinham se decidido a fazer o mesmo. Os homens ergueram-se prontamente, temerosos, ao que parecia, de ver os últimos vapores da bebida se esvaírem.

Foi então que duas atendentes[32] da cortesã Yoshino, precedidas por Rinya, chegaram às carreiras, e juntas curvaram-se formalmente diante do grupo.

— Desculpem a demora, senhores. Dayu-sama mandou-me dizer que finalmente terminou os preparativos e os está aguardando. Sei que estavam prestes a retirar-se, mas a neve torna a noite luminosa. Por que não passam mais alguns momentos conosco, aquecendo-se antes de enfrentarem o frio do caminho de volta?

Qual o sentido daquilo? Mitsuhiro e Shoyu entreolharam-se, sem saber o que pensar.

VII

O espírito festivo, uma vez perdido, dificilmente seria retomado, principalmente nesse mundo de prazeres efêmeros. Ao perceber que o grupo hesitava, uma das atendentes tornou a insistir:

— Dayu-sama mandou-me também dizer: "Sei que me consideram uma mulher fria, que abandona seus convidados no meio da noite sem avisar. No entanto, nunca passei por momentos tão difíceis quanto os de hoje:

---

32. As grandes cortesãs, à época, eram atendidas por um séquito de prostitutas denominadas *hikibune*.

se atendo os desejos de Kangan-sama, com certeza contrariaria Funabashi-sama. Se, pelo contrário, agisse de acordo com as instruções deste, melindraria Kangan-sama. Por isso retirei-me sem avisar, mas, na verdade, quero entretê-los de modo a não ferir o orgulho de ninguém." Assim me mandou dizer Yoshino-sama, que os está aguardando em seus próprios aposentos para recebê-los como convidados de honra. Por favor, senhores, atendam a esse seu desejo e retardem um pouco mais o retorno a seus lares.

Ignorar o convite e ir embora seria mostrar intolerância. Além disso, Yoshino como anfitriã prometia ser um entretenimento diferente. A perspectiva os animou ligeiramente.

— Vamos?

— Não podemos ignorar um convite tão especial.

Seguiram pois a aprendiz e as atendentes até um canto que dava para o jardim, e lá encontraram cinco pares de sandálias de palha bastante rústicos. Pisada por elas, a neve macia não guardou as pegadas dos convivas.

O detalhe fez com que todos, com exceção de Musashi, imaginassem prontamente:

— Ela está nos convidando para uma cerimônia de chá.

A cortesã Yoshino era uma famosa cultora da cerimônia do chá. Terminar a noite tomando um delicioso chá quente seria muito agradável, pensaram uns e outros. As mulheres, porém, passaram ao lado da casa de chá sem se deter e se aprofundaram cada vez mais no jardim, rumo a uma área que lhes pareceu uma horta rústica.

Um pouco apreensivo agora, Mitsuhiro procurou saber:

— Esperem, meninas, onde pensam levar-nos? Isto aqui é uma plantação de amoras!

A isso, uma das atendentes sorriu e respondeu:

— Isto não é uma plantação de amoras. É um jardim de peônias, onde todos os anos os senhores se sentam e passam momentos agradáveis ao ar livre, no fim da primavera.

Mitsuhiro continuava com expressão infeliz, e o frio o fez reclamar, mais amargo que nunca:

— Amoras ou peônias, tanto faz: tudo se torna igualmente triste debaixo desta neve. Estou começando a achar que Yoshino quer nos fazer pegar um belo resfriado.

— Desculpe-nos. Yoshino-sama, porém, espera-os logo adiante. É só mais um pouco. Siga-nos, por favor.

No canto indicado pela mulher havia uma casinha solitária, com teto de colmo. A construção, uma genuína casa camponesa, devia estar ali muito antes da zona alegre ter sido transferida para a região. Cercada de árvores, constituía uma unidade totalmente à parte do jardim artificial da casa Ougi-ya, mas de qualquer modo era parte da propriedade.

— Entrem, senhores — convidaram as mulheres, passando primeiro para o vestíbulo preto de fuligem da pequena casa. — Os convidados já estão aqui! — anunciaram.

De trás de um *shoji* iluminado pelo fogo de um braseiro veio a voz de Yoshino.

— Bem-vindos. Aproximem-se, por favor.

— Ora, parece até que estou num lugarejo bucólico, bem longe da cidade — murmurou alguém. Todos os olhares convergiram para as capas de palha dependuradas em pregos na parede do vestíbulo, cujo piso era de terra batida. Cheios de expectativa com relação ao tipo de entretenimento que lhes teria preparado a cortesã, os homens entraram um a um no aposento.

LENHA PERFUMADA

I

Yoshino recebeu seus convivas usando um quimono azul claro liso com *obi* preto, e uma leve maquiagem. O penteado, simples, lembrava o de uma dona de casa comum.

— Ora, surpreendente!
— Que beleza!

Entusiasmados, os homens elogiaram-lhe a aparência. A cortesã lhes pareceu muito mais bela ali, no humilde ambiente de uma casa de camponeses, sentada à beira de um rústico braseiro e vestindo um simples quimono de algodão, do que quando se acomodava na frente de um biombo dourado, vestindo uma suntuosa capa de tecido Momoyama, e exibia um sorriso nos lábios de brilho perolado.

— É uma bela mudança, sem dúvida! — disse Shoyu, sempre parcimonioso nos elogios. Sua língua viperina chegou até a perder o veneno. Sem oferecer almofadas, a cortesã os convidou para perto do braseiro rústico.

— Como veem, esta é uma cabana primitiva e não posso recebê-los com um banquete. Mas pensei bem e descobri que posso oferecer-lhes nesta noite de neve algo muito melhor que as mais refinadas iguarias, igualmente apreciado por ricos e pobres: o fogo. De modo que preparei lenha em quantidade mais que suficiente para a noite inteira, como podem ver. Senhores, aqueçam-se, por favor: a noite convida a confidências; podemos aqui permanecer até o dia raiar.

Então, era assim que a cortesã imaginara agradá-los: depois da longa caminhada na neve, nada como o calor de um belo fogo, deu-se conta Koetsu, assentindo com a cabeça.

Shoyu, Mitsuhiro e Takuan acomodaram-se informalmente, cruzando as pernas, e aqueceram as mãos no fogo.

— Aproxime-se também, senhor — disse Yoshino, afastando-se ligeiramente para dar lugar a Musashi, convidando-o com o olhar.

Eram seis pessoas em torno de um braseiro quadrado, e não havia espaço de sobra.

Musashi sentia-se tolhido, todo formal. Estava na presença de Yoshino-dayu, a primeira de uma série de cortesãs com o mesmo nome, quase tão famosa quanto Hideyoshi e Ieyasu. Ela era considerada mais fina que

Izumo-no-Okuni[33], mais bela e espirituosa que Yodo-gimi, a famosa Dama de Yodo do castelo de Osaka, mãe de Hideyori, o herdeiro do falecido *kanpaku* Hideyoshi.

Tanta fama explicava por que os homens que pagavam por sua companhia eram chamados simplesmente de "clientes", enquanto Yoshino, que vendia graça e beleza, era chamada "Dayu-sama". Musashi já tinha ouvido dizer que Yoshino-dayu se valia de sete serviçais para tomar um simples banho e que tinha à sua disposição duas *hikibune* para lhe cortar as unhas. No entanto, indagava-se: que graça viam Koetsu, Shoyu ou Mitsuhiro, os ditos "clientes" da cortesã, na situação atual? Por mais que os observasse, não foi capaz de compreender.

Apesar de tudo, percebia que mesmo nesse tipo de diversão, incompreensível para ele, os clientes obedeciam certas regras de comportamento e Yoshino mantinha a graça feminina, os dois lados compreendendo-se mutuamente. A Musashi, que desconhecia por completo esse universo sofisticado, só restava permanecer rígido, sentindo o rosto em brasa e o coração acelerado cada vez que o luminoso olhar da cortesã recaía sobre ele.

— Por que se retrai tanto, senhor? Aproxime-se!

O insistente convite de Yoshino finalmente o convenceu.

— Sim, senhora. Nesse caso... — disse, chegando-se timidamente para perto da cortesã e aquecendo as mãos no fogo, como os demais.

No momento em que Musashi se acomodou ao seu lado, Yoshino lançou um rápido olhar à manga do seu quimono. Minutos depois, enquanto os demais se engajavam em animada conversa, ela apanhou um lenço de papel e com ele pressionou furtivamente a beira da manga que lhe havia chamado a atenção.

— Ora... Muito obrigado! — disse Musashi, olhando para a própria manga. Tivesse ele ficado quieto, ninguém teria percebido o gesto, mas o agradecimento atraiu os olhares dos demais para a mão de Yoshino.

O lenço de papel na mão da cortesã havia absorvido algo vermelho, viscoso.

Mitsuhiro arregalou os olhos de espanto e deixou escapar:

— Ora! É sangue!

Yoshino sorriu delicadamente e disse, tranquila:

— Não, senhor, era uma pétala de peônia.

---

33. Izumo-no-Okuni: introdutora do nenbutsu-mai em Kyoto, criou posteriormente o teatro *kabuki*. Seu nome torna-se conhecido a partir de 1607 (ano XII do período Keicho).

II

Cada homem tinha na mão uma taça e apreciava o saquê a seu gosto. Os gravetos ardiam no braseiro, e os reflexos do fogo bruxuleavam suavemente nos rostos das seis pessoas que, silenciosas, pensavam na neve a cair lá fora.

Quando o fogo arrefecia, Yoshino apanhava de um cesto gravetos de quase trinta centímetros de comprimento e os lançava no braseiro.

Aos poucos, os homens foram se dando conta de que os referidos gravetos não eram simples galhos de pinheiros ou arbustos secos, mas um tipo de madeira que se consumia vivamente. Além disso, a lenha produzia um fogo claro, realmente belo.

"Ora, que gravetos são esses?"

Apesar da dúvida, ninguém ainda questionara porque a beleza das chamas era intensa a ponto de deixá-los mudos de êxtase.

Quatro ou cinco gravetos tiveram o poder de iluminar o aposento inteiro, deixando-o claro como o dia.

A chama lembrava uma peônia branca ao vento, e a ela mesclavam-se vez ou outra vivas labaredas roxas e douradas.

— *Dayu*! — chamou Mitsuhiro, não conseguindo mais conter-se. — De onde vêm esses galhos que você lança ao fogo? Não me parecem simples gravetos.

A essa altura, o próprio Mitsuhiro, assim como os demais convidados, já tinham começado a perceber uma suave fragrância no aposento agradavelmente aquecido. O perfume provinha do fogareiro, não havia dúvida.

— São galhos de peônia — respondeu Yoshino.

— De peônia?

A resposta intrigou a todos. Sempre haviam pensado na peônia como uma flor ornamental, e essa imagem dificilmente casava com a de uma árvore capaz de produzir galhos dessa grossura. Yoshino passou às mãos de Mitsuhiro o graveto que ia lançar ao fogo e convidou:

— Examine-o bem.

Mitsuhiro passou-o às mãos de Shoyu e Koetsu, e exclamou:

— É verdade, isto é um galho de peônia! Eis porque são diferentes!

Yoshino então explicou a todos que o jardim de peônias da propriedade já existia muito antes da construção do Ougi-ya, e muitos espécimes, com mais de cem anos, eram atacados por insetos, razão por que tinham de ser podados todos os anos no início do inverno de modo a possibilitar o surgimento de novos brotos e botões. A lenha era o resultado dessas podas, mas a quantidade era limitada.

Cortados e lançados ao fogo, os galhos produziam uma chama suave e bela, não fumegavam e chegavam a exalar um leve aroma, provando que a peônia continuava a ser a rainha das flores mesmo depois de seca e transformada em lenha. Por esse exemplo se via a importância da qualidade, tanto de plantas como dos seres humanos. Pessoas havia que davam flores uma vida inteira, mas quantas, depois de mortas, seriam capazes de se transformar em lenha perfumada, como as peônias? — perguntava Yoshino.

— Eu, por exemplo, que lhes falo com tanta sensatez sobre a qualidade das pessoas, sou uma pobre flor apenas admirada no seu auge, destinada a logo murchar e se transformar em ossos, ossos brancos, sem perfume... — acrescentou Yoshino com um triste sorriso.

III

Os galhos de peônia crepitavam e as pessoas à beira do braseiro tinham se esquecido da noite que avançava.

— Nada tenho a lhes oferecer, senhores, mas para compensar, garanto-lhes que o estoque de saquê e de galhos de peônia não se esgotará, mesmo que a noite chegue ao fim.

A hospitalidade de Yoshino foi capaz de comover Haiya Shoyu, o homem afeito a todo tipo de luxo.

— O que nos oferece é um banquete que supera os de reis — disse ele.

— Em troca, peço-lhes a gentileza de registrarem aqui uma recordação deste momento — disse Yoshino, trazendo uma caixa com material para escrever. E enquanto ela preparava a tinta, as pequenas *kamuro* estenderam um tapete no aposento vizinho e depositaram sobre ele algumas folhas de papel.

— Monge Takuan, atenda ao pedido de *dayu* — disse Mitsuhiro, indicando-o no lugar de Yoshino. Takuan balançou a cabeça assentindo, mas replicou:

— Primeiro o senhor.

Mitsuhiro avançou então os joelhos e se posicionou diante das folhas de papel, desenhando um único ramo de peônia.

Takuan escreveu em seguida, acima do desenho:

> *O que lamentas, pobre ser*
> *Sem cor ou fragrância,*
> *Neste mundo de flores*
> *Que lamentando fenecem?*

Ao ver que Takuan escolhia um poema em estilo japonês, Mitsuhiro transcreveu uma poesia do chinês Tai Bunkou.[34]

> *Descansando, contemplo a montanha.*
> *Trabalhando, a montanha me contempla.*
> *A montanha e eu*
> *Contemplamo-nos semelhantemente,*
> *Mas a semelhança aí termina,*
> *Pois o descanso em tudo supera o trabalho.*

Yoshino, instada pelos demais, não se fez rogada e registrou, logo abaixo do poema de Takuan:

> *A flor em seu auge*
> *Tem certo ar triste:*
> *Talvez pressinta*
> *Seu próximo estiolar.*

Shoyu e Musashi apenas observaram em silêncio. O jovem, principalmente, sentiu alívio por não ter sido instado a registrar também um poema.

Momentos depois, Shoyu notou a um canto do aposento vizinho um alaúde *biwa*[35] e pediu a Yoshino que executasse uma peça, sugerindo, ao mesmo tempo, que com isso encerrassem a noite.

Os demais o apoiaram entusiasticamente. Yoshino então apanhou o instrumento com naturalidade, sem mostrar orgulho ou falsa modéstia.

Sentou-se na penumbra do aposento vizinho, longe do fogo. Os demais aquietaram-se em torno do braseiro e ouviram atentos um trecho do épico *Heike Monogatari*.

O fogo se extinguia lentamente, mergulhando o ambiente na penumbra, mas, embevecidos, ninguém se lembrou de lançar mais gravetos ao braseiro. E quando as quatro cordas do instrumento passaram de súbito a vibrar acordes em *adagio*, indicando que a melodia chegava ao fim, o fogo quase extinto do braseiro voltou à vida e lançou uma labareda no ar, chamando os homens de um longínquo mundo de volta à realidade.

---

34. Tai Bunkou: T'sai Weng gong.

35. *Biwa*: instrumento musical semelhante ao alaúde, comumente tocado na China, Coreia e Japão. Seu corpo achatado lembra o formato de uma berinjela, e mede entre 60 e 106 cm. Originário da Pérsia e da Arábia, foi introduzido no Japão durante o período Nara (710-784).

— Relevem a tosca apresentação — disse Yoshino ao terminar. Sorriu de leve e depôs o instrumento, retornando a seguir para o seu lugar.

Era a deixa, e todos se levantaram. Musashi já havia descido antes de todos ao vestíbulo de terra batida com uma expressão de alívio, semelhante ao de um homem que acaba de ser salvo de uma vida vã.

Yoshino apresentou suas despedidas a todos os convidados, um a um, com exceção de Musashi.

No momento em que o jovem, em companhia dos demais, tentava deixar a casa, Yoshino o deteve pela manga:

— Fique aqui comigo, Musashi-sama: sinto que não devo deixá-lo partir esta noite — sussurrou ela.

IV

Musashi enrubesceu como uma virgem. Fingiu não tê-la ouvido, mas parecia desconcertado, e isso chamou a atenção dos demais.

— Não se importará se eu o retiver aqui esta noite, não é, senhor? — disse Yoshino a Shoyu. Este respondeu:

— Claro que não! Trate-o com carinho. Não temos nenhum motivo para levá-lo embora à força, não é mesmo, senhor Koetsu?

Musashi desvencilhou-se das mãos que o retinham e tentou forçar a passagem para fora da casa, dizendo:

— Não, vou embora em companhia do senhor Koetsu!

Koetsu, porém, concordou com Shoyu:

— Não recuse, mestre Musashi. Passe a noite aqui, em companhia de Yoshino, e retorne pela manhã à minha casa. Leve em consideração as palavras da *dayu*: ela se preocupa com você.

Musashi conjecturava se os homens não estariam tramando deixar, a ele, jovem guerreiro ingênuo e inexperiente, sozinho nesse mundo de prazeres e mulheres, para poder rir e transformá-lo em assunto de pilhérias numa nova noitada. No entanto, as expressões sérias nos rostos de Koetsu e Yoshino desmentiam a hipótese.

Excetuando esses dois, os demais se divertiam com o constrangimento de Musashi.

— De que reclama? Você é o homem mais sortudo de todo o país!

— Se não quer, posso substituí-lo!

Momentos depois, no entanto, as brincadeiras e pilhérias dos convidados cessaram abruptamente: um homem entrou correndo pelo portãozinho nos fundos da casa, chamando-lhes a atenção para um detalhe que até então havia passado despercebido.

O homem recém-chegado era um serviçal da casa Ougi-ya que, obedecendo a uma ordem de Yoshino, tinha saído a verificar os arredores. Ninguém sabia quando a cortesã tinha tomado essas providências, e todos se mostraram bastante surpresos. Menos Koetsu. O mercador, que tinha estado em companhia de Musashi desde cedo, havia compreendido tudo no momento em que a cortesã limpara com um lenço de papel a mancha de sangue na sua manga.

— Todos os senhores podem retirar-se, menos Musashi-sama: ele não deverá sair esta noite dos limites desta zona — disse o empregado da casa, ofegante. Ele falava tão rápido que chegava a parecer exagerado. — A esta hora só há um portal aberto na cidade. E, ao redor desse portal, assim como nas proximidades da casa de chá Amigasa e por trás dos chorões das alamedas, existe uma multidão de guerreiros em roupas de guerra, espalhados em grupos de cinco a dez. São todos discípulos da Academia Yoshioka, dizem os taberneiros e lojistas dessas áreas, trêmulos, por trás de portas fechadas, esperando o pior a qualquer momento. Dizem também que há quase uma centena deles espalhados pela área entre o portal e o hipódromo. A situação é realmente grave!

O homem batia os dentes genuinamente apavorado. A situação, conforme o homem dizia, devia ser realmente grave, mesmo descontando-se metade do que ele dizia.

— Obrigada. Pode retirar-se agora — disse Yoshino, afastando-o. Voltou-se então outra vez para Musashi e lhe disse:

— Sei que, depois disso, o senhor se sentirá compelido a partir de qualquer modo, só para não ser tachado de covarde. Peço-lhe, no entanto, que ponha de lado a valentia: deixe que o chamem de covarde esta noite, basta não sê-lo amanhã, não é verdade? Além de tudo, o senhor veio até aqui para se divertir. E se esse era o seu objetivo, acho que um homem demonstra maior grandeza entregando-se de corpo e alma à diversão. Seus adversários aguardam-no armando uma emboscada. Evitá-la não irá manchar seu nome. Ao contrário: saber dela e mesmo assim ir ao seu encontro fará com que o chamem de imprudente. E as consequências de seu ato prejudicarão não só esta cidade como também os seus companheiros: se eles se retiram em sua companhia, poderão ver-se envolvidos na briga e feridos. Pense bem a respeito e entregue-se a mim, só por esta noite. Senhores, Musashi-sama está sob meus cuidados: podem ir despreocupados para suas casas.

UMA CORDA QUE SE PARTE

I

Não havia mais viva alma em pé no bairro. Vozes cantando e sons de instrumentos musicais haviam cessado por completo. O sino acabara de anunciar o último terço da hora do boi[36] e mais de quinze minutos já se haviam passado desde que os convidados tinham-se retirado.

Musashi se sentava sozinho no umbral do aposento à entrada da casa, parecendo disposto a ali ficar até o dia raiar, como um refém mantido a contragosto.

Yoshino permanecia no local ocupado anteriormente à beira do braseiro e continuava a lançar vez ou outra um galho de peônia ao fogo, mesmo depois da partida dos demais convidados.

— Aproxime-se do fogo, senhor. Esse lugar é frio — disse ela. A observação fora repetida inúmeras vezes, mas Musashi respondia, a cada vez, sem encarar o rosto da cortesã.

— Não se incomode comigo e deite-se, pois partirei assim que o dia clarear.

Ao se ver sozinha com o jovem, Yoshino também perdeu a espontaneidade, quase acanhada. "Como pode uma mulher exercer a profissão de cortesã e se acanhar na presença de um homem?", poderia observar alguém habituado a frequentar o mundo das prostitutas baratas e que desconhece a educação e o comportamento das grandes cortesãs, gueixas que chegaram à posição de *dayu*.

Contudo, havia uma grande diferença entre a cortesã Yoshino, acostumada a lidar com homens todos os dias, e o simplório Musashi. Yoshino, além do mais, devia ser um ou dois anos mais velha que Musashi, e em matéria de jogos amorosos, infinitamente mais experiente. Mesmo assim, ao se ver sozinha no meio da noite com um jovem que, deslumbrado, coração palpitante, mal conseguia encará-la, sentiu a pureza renascer-lhe no coração e experimentou a mesma palpitação do jovem companheiro.

As ajudantes *hikibune* e as pequenas aprendizes tinham preparado cobertas dignas de uma princesa, momentos antes de se retirarem. Do travesseiro de cetim pendiam pequenos guizos de ouro que brilhavam vagamente na penumbra do quarto. Para os dois jovens tensos, até esse pequeno detalhe impedia-os de relaxar.

---

36. Terceira hora do boi, ou *ushimitsu*: a hora do boi é dividida em três partes, a terceira correspondendo aproximadamente às duas horas da madrugada.

A neve acumulada sobre o teto e o alpendre desabava vez ou outra, provocando estrondos. O ruído era assustador, fazia imaginar um homem saltando do teto para o chão.

Yoshino voltava-se vez ou outra para observar a reação de Musashi. A sombra do jovem projetada na parede parecia inchar gradativamente, como um porco-espinho ameaçado. Seus olhos eram límpidos e penetrantes, como os de um falcão. Seus nervos pareciam chegar a todos os pontos do seu corpo, até a ponta dos cabelos. Se algo ou alguém chegasse a tocar-lhe o corpo nesses momentos seria estraçalhado, sentia Yoshino.

O silêncio persistia, e a cortesã sentiu um inexplicável arrepio percorrer-lhe o corpo. A madrugada avançava e o frio se intensificava, mas o arrepio nada tinha a ver com esses fenômenos.

Em meio ao silêncio, calafrios e palpitações, os dois corações batiam acelerados. Os galhos de peônia continuavam a arder. A chaleira começou a silvar, deixando escapar vapor pelo bico, e a essa altura Yoshino já tinha recuperado a costumeira serenidade. Com gestos tranquilos, ela se pôs a preparar o chá.

— O dia vai raiar em breve, Musashi-sama. Aproxime-se, tome um pouco de chá e aqueça as mãos.

II

— Obrigado — disse Musashi com uma ligeira mesura, continuando a lhe dar as costas, sem sair do lugar.

— Sirva-se — tornou a oferecer Yoshino. Insistir mais seria importunar. A cortesã calou-se.

O chá, preparado com tanta dedicação, esfriava na chávena sobre um pequeno retalho de crepe. Repentinamente, Yoshino removeu o retalho e jogou o chá num recipiente ao seu lado, irritada ou talvez julgando inútil tanta consideração por um tolo interiorano.

E então, lançou para Musashi um olhar repleto de piedade. De costas, o jovem continuava rígido, parecendo envolto em armadura de ferro. Não havia nenhuma brecha em sua guarda.

— Ouça, Musashi-sama.
— Pois não?
— Contra quem se guarda o senhor desse jeito?
— Não me guardo contra ninguém, mas contra um descuido de minha parte.
— E contra seus inimigos?
— Naturalmente contra eles também.

— Digo-lhe então que se os homens da academia Yoshioka invadissem agora este aposento, o senhor seria golpeado instantaneamente. Não posso deixar de sentir que assim acontecerá. O senhor é digno de piedade.

— ...?

— Ouça-me, Musashi-sama. Sou mulher, não conheço os caminhos da guerra, mas venho acompanhando seus movimentos e olhares desde o começo da noite e tenho a horrorosa sensação de estar vendo um homem prestes a morrer. Em outras palavras, a morte paira em suas feições. Por acaso considera positivo um estudante de artes marciais, um guerreiro, sair pelo mundo nessas condições e enfrentar incontáveis espadas? De que jeito pretende vencer seus inimigos? — disse ela em tom reprovador, sorrindo ao mesmo tempo com ligeiro desprezo.

— Como? — disse Musashi, no mesmo instante. Ergueu-se do seu canto, aproximou-se de Yoshino e sentou-se à sua frente, rígido. — Quer me parecer que você me chamou de imaturo?

— Ofendeu-se?

— Nem tanto, pois quem assim me chama é uma mulher. No entanto, quero saber: o que quis dizer quando afirmou ver em mim um homem prestes a morrer?

Embora tivesse dito que não se ofendera, o brilho no olhar de Musashi estava longe de ser sereno. Sentado ali, à espera do dia raiar, Musashi sentia as imprecações, os estratagemas e as lâminas dos Yoshioka envolvendo-o como um manto invisível. Ele não precisara da ajuda de Yoshino para saber o que o esperava lá fora e estava preparado.

Depois do duelo no templo Renge-ou, a ideia de partir para outras terras e ocultar-se sem dúvida lhe ocorrera, mas se assim procedesse, estaria sendo grosseiro com Koetsu, o companheiro da noitada, e também com Rinya, a quem prometera voltar sem falta. E depois, boatos haveriam de surgir dando conta de que ele fugira com medo da revanche dos Yoshioka, e isso era insuportável. Assim sendo, ele retornara ao Ougi-ya como se nada tivesse acontecido e continuara fazendo parte do alegre círculo daquelas pessoas. Comportar-se desse jeito fora uma dura provação e uma demonstração de largueza de espírito, pensava ele. E então, por que razão Yoshino se ria do seu procedimento, tachando-o de imaturo, por que afirmava que via em suas feições a sombra da morte?

Se a afirmativa não passava de uma simples brincadeira de cortesã desocupada, não merecia que perdesse tempo com isso. No entanto, se Yoshino falava com base em algum tipo de conhecimento, não podia deixar de ouvi-la. Um mar de lanças podia estar cercando a cabana agora, mas valia a pena desafiar a cortesã a se explicar, pensou Musashi, voltando para ela os olhos sérios e brilhantes, inquirindo-a agressivamente.

III

Aquele não era um simples olhar. Cortante, perigoso, quase poderia ser transferido para a ponta de uma espada. E esse olhar fixava de frente o rosto branco de Yoshino, verrumava-o à espera da resposta.

— Disse aquilo por simples capricho? — tornou Musashi com certa violência agora, impaciente com a imobilidade dos lábios da cortesã. Yoshino então tornou a mostrar de relance a sombra de um sorriso, e respondeu.

— Por certo, não! — disse, balançando a cabeça negativamente. — Como poderia eu sonhar em fazer esse tipo de observação por capricho, Musashi-sama, ao senhor, um guerreiro?

— Diga-me então: por que me vê como presa fácil da espada inimiga, um indivíduo fraco e inexperiente? Explique-se!

— Já que insiste tanto, vou explicar. Musashi-sama: o senhor prestou atenção ao som do *biwa* que há pouco toquei para entreter meus convidados?

— O som do *biwa*? E que tem isso a ver comigo?

— Tola fui eu em perguntar. Pois acredito que, tensos em busca de outros sons do começo ao fim de minha apresentação, seus ouvidos não foram capazes de distinguir na melodia a infinita variedade de sons e acordes que esse instrumento é capaz de produzir.

— Está enganada: eu os ouvi! Não estava distraído a ponto de não ouvi-los!

— Diga-me então: como acha que essas quatro cordas foram capazes de produzir com tanta facilidade toda aquela variedade de sons, e tons tão fortes ou por vezes tão suaves? Chegou a pensar nisso enquanto escutava?

— Para que pensaria? Apenas prestei atenção à história da princesa Yuya que você contava. Que mais havia para se escutar?

— Concordo com o que diz, senhor. Neste momento, porém, gostaria de comparar este *biwa* a um ser humano. E agora, mesmo sem pensar muito, não acha intrigante que essas quatro cordas e esse corpo de madeira possam produzir sons tão variados? E, em vez de nomear as notas correspondentes a cada um dos milhares de sons, vou declamar aqui um poema que talvez seja do seu conhecimento: *Biwakou*, de autoria de Hakurakuten[37], em que os sons do *biwa* são descritos com riqueza. Assim diz o poema.

Yoshino franziu ligeiramente as finas sobrancelhas e, em voz baixa, recitou com simplicidade:

---

37. Hakurakuten, ou ainda Hakukyou'i: leitura japonesa do nome Po Chü-i (772-846), poeta chinês do período T'ang, autor de suaves baladas e versos líricos.

A corda grossa estrondeia
É aguaceiro batendo no telhado.
A corda fina sussurra
Murmúrios ao pé do ouvido.
E estrondeando e sussurrando,
Grossa e fina juntas,
São pérolas grandes e pequenas
Caindo em travessa de jade,
Ou doce pássaro canoro
Trinando num galho em flor,
Ou regato sob o gelo
Soluçando débil, intermitente.
E eis que o som aos poucos congela
Como as águas do regato...
E congelando e falseando,
Por instantes se cala.
Dor profunda, amargura
Se avolumam então algures!
Ah! Melhor seria agora,
Que as cordas mudas ficassem,
Pois o vaso de prata abrupto se parte
E dele a água esguicha:
Saltam ginetes em armaduras,
Lanças e espadas retinem!...
Extingue-se a melodia,
A palheta no peito descansa,
Quatro cordas que de golpe estridulam,
Seda de alto a baixo rasgada.

— Veja, senhor, a variedade de sons que um *biwa* é capaz de reproduzir. O corpo desse instrumento sempre me intrigou, desde o tempo em que eu era uma jovem *kamuro*. Certo dia, incapaz de me conter, quebrei-o e depois o reconstruí. Ao repetir o processo algumas vezes, até uma pessoa de limitados conhecimentos como eu foi capaz de descobrir o espírito do *biwa*, oculto no seu corpo.

Yoshino interrompeu-se por um instante, ergueu-se suavemente, buscou o instrumento que há pouco havia tangido e voltou a sentar-se no mesmo lugar. Segurou-o a seguir de leve pelo braço e colocou-o em pé entre ela e Musashi, dizendo:

— Ao quebrar este corpo de madeira e espiar o coração do instrumento, descobri que nada havia de extraordinário por trás de seus sons. E agora, vou-lhe mostrar essa verdade.

Sua mão delicada brandiu de repente uma lâmina fina, semelhante a um pedaço de *naginata*. E enquanto Musashi continha a respiração, atônito, a lâmina penetrou fundo na junção das madeiras, rasgando de cima a baixo o corpo do instrumento com três ou quatro golpes seguidos, produzindo um som que o fez imaginar que o alaúde sangrava. Musashi sentiu uma dor aguda, como se a lâmina o houvesse atingido.

Yoshino tinha aberto o instrumento de alto a baixo.

IV

— Observe, senhor — disse a cortesã, ocultando atrás de si a lâmina usada, sorrindo casualmente para Musashi.

O alaúde expunha agora pela fenda o cerne da madeira e a estrutura do corpo.

Em silêncio, Musashi observou o instrumento decomposto e o rosto da mulher à frente, indagando-se onde ocultaria ela um espírito tão violento. Na mente de Musashi, o ruído da lâmina ainda ressoava doloroso, mas no rosto de Yoshino não havia nem sombra de emoção ou rubor.

— Como vê, o instrumento nada tem em seu interior. Onde então se originam todas as variações de som? Simplesmente desta única peça transversal de madeira, que cruza o corpo por dentro. Esta peça é o verdadeiro reforço que mantém o corpo, a estrutura óssea que sustenta o instrumento, suas entranhas, seu coração. No entanto, graça alguma haveria se esta fosse uma simples peça resistente e tesa. Para que produzam variações no som, essas ondulações moduladoras foram propositadamente entalhadas na madeira. Mesmo isso, no entanto, não seria capaz de originar a verdadeira sonoridade. O som verdadeiro do *biwa* surge, na verdade, de um pequeno detalhe nesta peça transversal: seus dois extremos estão aparados na medida certa, provocando uma ligeira folga na rigidez da peça. O ponto que eu, com toda a humildade, gostaria de vê-lo compreendendo é o seguinte: a atitude mental de todos nós, seres humanos, perante a vida não deveria ser semelhante à estrutura de um *biwa*?

O olhar fixo de Musashi não desgrudava um milímetro do alaúde partido.

— Esta verdade simples deveria ser do conhecimento de qualquer um. No entanto, é típico da natureza humana não possuir sequer esta simples peça transversal a suportar-lhe o íntimo... Ao perceber no interior do *biwa* a rigidez e a folga desta peça reguladas na medida certa de modo a produzir, a um golpe da palheta nas quatro cordas, sons fortes que lembram o entrechocar de armas, ou agudos que sobem direto às nuvens, ocorreu-me certo dia se isto não poderia ser transposto para o nosso cotidiano. E ao comparar essa imagem com o que percebi em sua pessoa esta tarde, senti o perigo a que está exposto, pois o senhor, Musashi-sama, é pura rigidez, nada existe em sua pessoa que represente a mínima folga. Se a um *biwa* nessas condições encostássemos a palheta, o instrumento não produziria sons variados; e se mesmo assim insistíssemos em tocá-lo, suas cordas se partiriam e seu corpo se fenderia. Perdoe-me se o ofendo, mas minha alma assim se inquietou quando o conheci. Como vê, minhas palavras não são uma brincadeira de mau gosto. Considere-as preocupações desnecessárias de uma mulher presunçosa e não lhes dê importância, se assim desejar.

Um galo cantava ao longe.

Pelas frestas da porta, a forte claridade matinal infiltrava-se, intensificada pela brancura da neve.

Musashi não ouvia o galo cantando: seu olhar denso estava preso na carcaça do alaúde, com o cerne branco exposto e as cordas partidas. Tampouco percebeu o sol se infiltrando pelas frestas.

— Ah!... O dia já raiou!

Pesarosa pela noite que se fora, Yoshino pensou em lançar mais gravetos ao fogo, mas eles já tinham acabado.

Pássaros chilreavam, portas se abriam, mas os ruídos matinais soavam abafados e distantes, parecendo provir de outro mundo.

Yoshino, no entanto, não dava mostras de querer abrir as portas de seu casebre. Já não havia galhos de peônia para aquecer o ambiente, mas seu corpo continuava quente.

Nenhuma *kamuro* ou *hikibune* se atreveria a entrar sem a ordem expressa de Yoshino.

DOLOROSA PRIMAVERA

I

A neve em plena primavera se foi, tão brusca quanto chegou. Passados dois dias, não havia vestígios dela em lugar algum. Sob os efeitos do sol, repentinamente forte, ninguém conseguia mais suportar sobre a pele as roupas acolchoadas. Trazida pelo vento morno, a primavera parecia chegar a galope, intumescendo os brotos das árvores.

— Ó de casa! Atendam-me, por favor! — gritava havia algum tempo um bonzo zen-budista em trajes de viagem respingados de lama até a altura dos ombros diante do portal da mansão Karasumaru, tentando atrair a atenção de algum morador. Como, porém, ninguém o atendia, o bonzo dirigiu-se à área reservada aos funcionários administrativos e espiava pela janela de um dos aposentos, quando um garoto surgiu repentinamente às suas costas e perguntou:

— O que quer, monge?

O forasteiro voltou-se, mas agora era ele quem contemplava com estranheza o menino mal vestido, parecendo inquirir de volta: e você, quem é?

Um garoto com aquela aparência na mansão do lorde Karasumaru Mitsuhiro? O monge apenas o olhava dos pés à cabeça, sem nada dizer. Segurando com uma das mãos algo volumoso dentro do quimono na altura do peito e carregando à cintura a inseparável espada de madeira, Joutaro disse:

— Se quer sua cota de arroz, monge, tem de bater na cozinha. Você não sabe onde fica o portão de serviço?

— Cota de arroz? Não é para isso que estou aqui — respondeu o jovem monge zen-budista. Indicou com o olhar o porta-cartas que lhe pendia do pescoço e continuou: — Venho do templo Nansoji, na província de Senshu[38], para entregar ao monge Shuho Takuan uma carta urgente. E você, quem é? O moleque de recados da cozinha?

— Eu? Eu sou um hóspede da mansão. Do mesmo jeito que Takuan-sama.

— Realmente? Nesse caso, vá lá dentro e diga-lhe que de Tajima, terra natal do monge Takuan, chegou ao templo Nansoji uma carta aparentemente urgente, e que um mensageiro está aqui para entregá-la.

— Espere, vou chamar o monge para você.

---

38. Denominação diversa da província de Izumi.

Assim dizendo, Joutaro saltou à varanda da mansão. Por onde passava, seus calcanhares sujos deixavam marcas no assoalho. Tropeçou no suporte de um biombo e pequenas tangerinas rolaram de dentro do quimono. Joutaro recolheu-as afobadamente e correu para os fundos da mansão. Passados instantes, o menino retornou e disse para o bonzo do templo Nansoji, à sua espera:

— Ele não está. Pensei que estivesse, mas me disseram que saiu hoje cedo para ir ao templo Daitokuji.

— Não tem ideia de quando ele volta?

— Já deve estar chegando.

— Nesse caso, deixe-me esperá-lo. Sabe de algum aposento tranquilo, onde eu possa ficar sem estorvar ninguém?

— Sei, sim.

Joutaro veio para fora e conduziu o monge, com ares de sabe-tudo.

— Entre, monge. Aqui dentro não vai estorvar ninguém — disse o menino, introduzindo-o no curral.

Palhas, rodas de carroça e excrementos se espalhavam por todos os lados. O monge pareceu espantado, mas o menino já tinha saído e ia longe.

Joutaro correu beirando o jardim da extensa propriedade e dirigiu-se ao quarteirão ocidental. Lá chegando, espiou um quarto bem arejado e disse:

— Comprei as tangerinas, Otsu-san!

II

A febre não cedia apesar dos cuidados e dos remédios, e Otsu não comia nada havia já alguns dias.

— Como emagreci! — espantava-se a jovem contemplando as próprias mãos cada vez que as levava ao rosto.

Não tinha nada que pudesse ser chamado de doença, ela sabia. Seu estado não inspirava cuidados, havia garantido também o médico da família Karasumaru numa de suas frequentes visitas. Se isso era verdade, por que emagrecera tanto? — perguntava-se a jovem, impaciente, sem saber que essa impaciência, aliada à sua natureza delicada e nervosa e às muitas aflições por que passara, contribuía para elevar cada vez mais a febre.

— Queria uma tangerina... — deixara escapar Otsu em dado momento, sentindo a boca febril, seca.

Joutaro, que nos últimos dias andara aflito porque a jovem não se alimentava, tratou de confirmar:

— Tangerina, Otsu-san?

Saíra em seguida às pressas em busca das frutas.
O encarregado da cozinha, questionado, havia-lhe dito que não existiam pés de tangerinas na mansão. O menino percorreu então todos os vendedores de frutas e mantimentos próximos, mas nenhum deles as tinha.
Em um campo, no extremo da cidade, encontrou uma feira.
— Tangerinas, tangerinas... — procurou Joutaro percorrendo-a de ponta a ponta, mas a maioria das bancas vendia linha para pipas, peças de algodão, óleo e peles, e nenhuma tangerina.
Joutaro queria, porém, satisfazer a vontade de Otsu. Vez ou outra, frutas alaranjadas sobre cercas em mansões desconhecidas atraíam-lhe a atenção. O menino então se aproximava disposto a roubá-las, mas logo descobria que se tratava de espécimes ornamentais, azedos e impróprios para o consumo.
Ele já tinha percorrido quase a metade da cidade de Kyoto quando encontrou as tão almejadas frutas no oratório de um templo, dispostas sobre uma mesinha de oferendas, junto a batatas e cenouras. Joutaro pegou só as tangerinas, escondeu-as no peito, dentro do quimono, e fugiu, temendo ouvir às suas costas, a qualquer instante, os gritos do santo a quem havia sido dedicada a oferenda:
— Peguem o ladrãozinho!
"Não me castigue, meu santo, juro que não são para mim! Juro que não vou comer nenhuma", veio implorando o menino no íntimo até alcançar os portões da mansão Karasumaru.
Mas como contar uma coisa dessas a Otsu? Joutaro sentou-se à cabeceira da doente, retirou as frutas uma a uma de dentro do quimono, enfileirou-as à sua frente, escolheu a melhor e a ofereceu, sem perda de tempo:
— Olhe esta, parece bem docinha. Coma, vamos!
Descascou-a e a pôs na mão da jovem. Otsu, porém, virou-se para um dos lados, ocultando o rosto.
— Que foi, Otsu-san? — indagou o menino, espiando. A jovem escondeu-se ainda mais, dizendo baixinho:
— Nada. Não foi nada.
Joutaro estalou a língua:
— Já vai você chorar de novo! Trouxe estas tangerinas pensando em alegrá-la, mas você chora! Que coisa mais chata!
— Me desculpe, Jouta-san...
— Não vai comer?
— Vou, sim. Mais tarde.
— Coma ao menos esta que já está descascada. Deve ser doce.
— Com certeza. Ainda mais dada com tanto carinho... Mas é que, só de ver, já me sinto enfastiada. Sei que é pecado...

— Você não tem fome porque chora demais. Por que você vive sempre tão triste, Otsu-san?

— Estas são lágrimas de felicidade. Seu carinho me emociona.

— Pois pare de chorar! Não vê que me dá vontade de chorar também?

— Não choro mais... Não choro mais... Me perdoe.

— Então coma essa tangerina. Se você continuar desse jeito, vai acabar morrendo.

— Mais tarde. Coma você, Jouta-san.

— Eu, não!

Com medo do santo, Joutaro recusou com veemência.

III

— Você sempre gostou de tangerinas, Jouta-san!

— E ainda gosto.

— E então, por que não come uma?

— Porque não quero.

— Só porque eu não chupo a minha?

— Hum? É, é isso.

— Nesse caso, vou aceitar. Chupe a sua também.

Otsu acomodou-se melhor e começou a limpar os gomos um a um com os dedos magros. Joutaro, embaraçado, afirmou:

— É que eu já chupei muitas pelo caminho. É verdade, Otsu-san...

— Verdade? — repetiu Otsu levando à boca seca o gomo da tangerina, contemplando o espaço com o olhar vago. — Onde está o monge Takuan? — perguntou em seguida.

— Disseram-me que foi ao templo Daitokuji.

— Ouvi dizer que ele se encontrou anteontem à noite com Musashi-sama, na casa de alguém.

— Ah, você também ouviu dizer?

— Ouvi. Você acha que o monge lhe disse que estou aqui?

— Com certeza.

— Ele me disse que qualquer dia desses vai me trazer Musashi-sama até aqui. Ele não comentou nada disso com você?

— Comigo, não!

— Será que se esqueceu?

— Quer que eu lhe pergunte, quando ele voltar?

— Quero! — disse Otsu, sorrindo pela primeira vez. — Mas pergunte longe de mim.

— E por que não posso perguntar na sua frente?
— Porque morro de vergonha.
— Vergonha por quê?
— Porque ele me disse que isso que eu tenho é uma doença, e se chama... "mal de Musashi".
— Olhe, você acabou comendo uma tangerina inteira sem perceber!
— Ah... a tangerina!
— Quer mais uma?
— Não, obrigada. Estava deliciosa.
— Tenho certeza que, de agora em diante, será capaz de comer de tudo. Ah, se Musashi-sama aparecesse agora, você sararia de vez!
— Até você, Jouta-san?

Só assim Otsu era capaz de esquecer a febre e a dor no corpo.

Nesse instante, um serviçal da mansão Karasumaru chamou, do lado de fora da varanda:

— Mestre Joutaro estará aí?
— Sim, senhor — respondeu o menino.
— O monge Takuan o chama. Venha imediatamente — disse o homem, afastando-se em seguida.
— Ora, parece que o monge já chegou de volta.
— Vá lá ver.
— Você não vai se sentir mal quando ficar sozinha, Otsu-san?
— Não vou, não. Vá despreocupado.
— Volto assim que falar com ele, está bem? — disse o menino, erguendo-se.
— Não se esqueça de lhe perguntar sobre aquilo, Jouta-san.
— Aquilo?
— Já se esqueceu?
— Ah, de perguntar quando é que Musashi-sama vem!

As faces magras de Otsu ruborizaram-se de leve. A jovem ocultou o rosto na coberta e frisou:

— Não se esqueça, Jouta-san: pergunte sem falta, ouviu?

IV

Takuan se encontrava na sala de estar da mansão e conversava com Mitsuhiro.

A porta de correr se abriu e Joutaro perguntou, às costas do monge:

— Que quer de mim, monge Takuan?

— Sente-se primeiro, antes de se dirigir às pessoas — repreendeu-o Takuan. Mitsuhiro apenas contemplava sorrindo, sem se ofender com os maus modos do menino.

Joutaro sentou-se obediente ao lado do monge e disse em seguida:

— Ah, é verdade: tem um monge parecido com o senhor querendo lhe falar urgentemente. Disse que veio do templo Nansoji, da província de Senshu. Quer que eu vá chamá-lo?

— Acabo de ser informado a respeito — disse Takuan.

— Já se encontrou com ele?

— Já. Ele se queixou de você. Disse que você é um moleque irritante.

— Ué?! Por quê?

— Pois você conduziu o monge mensageiro cansado da longa viagem para dentro da estrebaria, deixou-o lá esperando e se esqueceu dele, não foi?

— Foi. Mas é porque ele mesmo me disse que queria ficar esperando num lugar calmo, onde não estorvasse ninguém!...

Mitsuhiro ria a mais não poder, sacudindo-se inteiro:

— E por isso você o pôs no estábulo? Que maldade, garoto — gargalhou ele.

Logo, porém, recuperou-se e perguntou a Takuan:

— Você então pretende rumar direto para Tajima, sem passar por Senshu?

Takuan balançou a cabeça, confirmando. Não ia esperar o dia amanhecer porque o teor da carta era preocupante, e queria despedir-se nesse instante. Suas posses eram poucas, e ele já estava pronto para partir.

Joutaro ouviu a conversa dos dois homens e interveio:

— O senhor vai embora, monge Takuan?

— Um assunto urgente me chama de volta à minha terra.

— Que assunto urgente é esse?

— Chegou-me a notícia de que minha mãe adoeceu. Parece que desta vez, seu estado de saúde é grave.

— O senhor também tem mãe, monge? — admirou-se Joutaro.

— Ora essa, garoto! E de onde pensa que nasci, da forquilha de uma árvore?

— E quando pretende voltar para cá?

— Tudo depende do estado da minha mãe.

— Mas então... Que maçada! Que é que vamos fazer, sem o senhor? — disse Joutaro pensando em Otsu, apreensivo com o futuro de ambos. — E nós não vamos vê-lo nunca mais?

— Quem disse? Tenho certeza de que tornaremos a nos encontrar em algum lugar. Já pedi ao lorde Karasumaru que vele especialmente pelo futuro de vocês dois. Faça-me portanto um favor, Joutaro: diga a Otsu-san que não se deixe abater, e sare logo. Faça um esforço para animá-la, Joutaro: o mal que a aflige se cura com carinho e não com remédios.

— Aí é que está o problema: eu não tenho o poder de curá-la. Ela só vai ficar boa quando se encontrar com Musashi-sama.

— Quanto trabalho nos dá esta enferma, não, Joutaro? Bela companheira você foi arrumar para andar pelos caminhos da vida...

— O senhor se encontrou com Musashi-sama na noite de anteontem, não foi, monge?

— Foi — respondeu Takuan, trocando olhares com Mitsuhiro e sorrindo. Parecia temer que o menino indagasse onde o vira, mas felizmente para ele a pergunta seguinte de Joutaro não era sobre detalhes tão insignificantes.

— E quando é que ele vai aparecer por aqui, monge? Quem mandou o senhor prometer a Otsu-san que o traria aqui? Agora, ela só faz esperar por ele todos os dias. Onde está o meu mestre, monge Takuan? — disse Joutaro, dando mostras de querer sair em seguida para buscá-lo.

— Ah... Musashi — murmurou o monge. A resposta era vaga, mas não queria dizer que ele tivesse se esquecido por um momento que fosse da promessa de levá-lo à presença de Otsu. Tanto que, naquele mesmo dia, no caminho de volta do templo Daitokuji, ele tinha passado pela casa de Koetsu para saber do jovem. Desconcertado, Koetsu lhe explicara que fazia já duas noites que Musashi não retornava do Ougi-ya. Acrescentara ainda que acabara de mandar uma carta a Yoshino-dayu pedindo-lhe que liberasse Musashi, pois até Myoshu estava bastante apreensiva.

V

— Como? Quer dizer que o tal Musashi não retornou, desde aquela noite, da casa de Yoshino-dayu? — disse Mitsuhiro, arregalando os olhos de espanto.

O tom, exagerado, devia-se metade ao inesperado da notícia e metade ao ciúme.

Takuan evitou comentar detalhes por causa do menino, mas acrescentou:

— Por fim, ele mostrou que é apenas um jovem como outro qualquer da idade dele. Quanto mais promissores na juventude, menos correspondem às expectativas na idade adulta.

— Admira-me a excentricidade de Yoshino-dayu. Que viu ela de tão atraente nesse caipira encardido?

— Ela e Otsu! Se há algo que não compreendo neste mundo é o coração das mulheres. Aos meus olhos, parecem todas igualmente afetadas por algum tipo de doença comum. Bem, a primavera chegou também para Musashi. Agora começa para ele o verdadeiro aprendizado. Nessa fase, uma mão feminina se torna muito mais perigosa que uma espada. Mas nada do que eu disser lhe adiantará: vamos deixá-lo por conta dele mesmo, é o único jeito — murmurou Takuan quase monologando, voltando a atenção para a viagem que estava prestes a empreender.

Apresentou as despedidas formais a Mitsuhiro, tornou a solicitar benevolência com relação à jovem enferma e ao menino e, instantes depois, saiu apressado pelo portão da casa Karasumaru. A noção de que uma viagem deve sempre começar de manhã, comum às pessoas normais, não ocorria a Takuan, que pouca diferença via em partir de manhã ou à noite. Naquele instante, por exemplo, o sol já começava a descambar no ocidente e uma leve névoa começava a envolver os vultos dos transeuntes e os carroções que passavam pela estrada.

Alguém lhe vinha no encalço, chamando insistentemente: "monge Takuan, monge Takuan!". Deve ser Joutaro, pensou o monge, voltando-se com ligeiro desconforto. O menino se aproximou ofegante e o deteve pela manga, com toda a força:

— Por favor, monge, volte uma vez mais e fale com Otsu-san, eu lhe imploro! Ela desatou a chorar e eu não sei mais o que fazer!

— Você lhe contou a respeito de Musashi?

— Porque ela me perguntou!

— E então, ela começou a chorar. Foi assim?

— Foi! Ela pode até morrer!

— Por quê?

— Porque ela está com essa cara! Ela até disse: "só quero vê-lo uma vez antes de morrer, só mais uma vez!"

— Ah, é? Nesse caso, não se preocupe: ela não corre perigo de morrer. Deixe-a em paz.

— Onde mora essa Yoshino-dayu, monge Takuan?

— Para que quer saber?

— Ora essa, meu mestre está lá! Não foi isso que o senhor e lorde Mitsuhiro conversavam há pouco?

— Contou até isso para Otsu-san?

— Claro!

— Agora entendi porque a chorona quer morrer. Mas não adianta eu retornar, não vejo cura imediata para o caso dela. Diga-lhe apenas o seguinte...

— O quê?

— Que ela precisa comer.

— Até parece que eu não repito isso cem vezes por dia! E adianta?

— Ah, você já disse isso... Suas palavras, Joutaro, são o máximo em matéria de conselho para Otsu-san. Mas se nem elas passam por seus ouvidos, paciência! Não vejo outra solução: conte-lhe tudo.

— Como assim?

— Diga a ela que seu querido Musashi está há três dias enfurnado na casa Ougi-ya, totalmente enrabichado por uma cortesã de nome Yoshino. Só por esse episódio, Otsu-san deveria perceber que o rapaz não se importa nem um pouco com ela. Pergunte à tontinha chorona de que lhe adianta morrer de amor por um sujeito que nem liga para ela.

Joutaro não quis ouvir o resto e sacudiu a cabeça com impaciência:

— É mentira! Meu mestre não é um *bushi* desse tipo! E experimente dizer uma coisa dessas para Otsu-san: ela é capaz de se matar, de verdade! Quer saber? Tonto é você, monge de uma figa!

VI

— Ora, ora! Acho que me repreenderam. Você se ofendeu, Joutaro? — riu Takuan.

— É óbvio! Quem manda falar mal do meu mestre! E Otsu-san não é nenhuma tonta.

— Você é um bom menino, Joutaro — disse Takuan, passando a mão na cabeça do menino.

Joutaro moveu a cabeça e livrou-se da mão que o acariciava.

— Tudo bem. Não peço mais nada a um bonzo de sua laia. Vou procurar Musashi-sama sozinho e trazê-lo para ver Otsu-san, pode deixar!

— E você sabe?

— O quê?

— Onde está Musashi?

— Não sei, mas procuro e acho, não se preocupe.

— Você fala com muita impertinência, mas não vai ser fácil descobrir onde mora Yoshino-dayu. Quer que eu lhe diga onde fica?

— Não vou lhe pedir mais nada! Mais nada!

— Não seja tão implicante, Joutaro. Sabe muito bem que não quero o mal de Otsu-san, nem tenho motivos para não gostar de Musashi. Pelo contrário, nunca me canso de rezar para que os dois alcancem a felicidade nesta vida.

— Mas então, por que está sendo tão malvado?

— Pareço malvado aos seus olhos? Talvez lhe pareça mesmo. Escute, Joutaro: tanto Musashi como Otsu-san estão, neste momento, doentes, de certo modo. Das doenças físicas cuida o médico; das doenças do coração se encarrega um monge — é o que se convencionou. De todas as enfermidades do coração, a de Otsu-san é a mais grave. Musashi deve curar-se sozinho, basta dar-lhe tempo, mas neste momento sinto-me impotente diante do mal que aflige Otsu-san. Já que o dela é um caso perdido, a única solução é dizer-lhe: "De que lhe adianta amar tipos como Musashi sem ao menos ser correspondida? Esqueça-se dele e trate de voltar a comer!" Que mais poderia eu dizer?

— Está vendo? É por isso que eu digo: não vou pedir mais nada para você, bonzo de uma figa.

— Se pensa que minto, vá à casa Ougi-ya, no bairro Yanagimachi, da rua Rokujo, e verifique pessoalmente o que Musashi está fazendo lá. Depois, volte para cá e conte exatamente o que viu a Otsu-san. Ela vai chorar e se desesperar por algum tempo, mas se isso servir para despertá-la, ótimo!

Joutaro enfiou um dedo em cada ouvido e disse:

— Cale a boca, cale a boca, bonzo inútil. Não quero ouvir mais nada!

— Ora essa, foi você quem veio atrás de mim.

— Bonzo, bonzo, esmolas não vou dar./ Se quer ganhar esmola,/ Trate de cantar.

Dois dedos metidos nas orelhas, Joutaro berrava a modinha atrevida no meio da rua para as costas do monge, que já ia distante. Mal, porém, o vulto do monge dobrou uma esquina e desapareceu, os olhos do menino encheram-se de lágrimas. Imóvel, perdido, o menino ali se deixou ficar até que as lágrimas transbordaram e rolaram pelo seu rosto.

Joutaro dobrou um braço e enxugou-as depressa. No momento seguinte, moveu a cabeça e olhou ao redor, como um cachorrinho perdido que de súbito se lembra de algo.

— Oba-san! — gritou ele para uma mulher velada, pelo aspecto uma dona de casa. — Onde fica o bairro Yanagimachi, da rua Rokujo?

— Fala do bairro licenciado? — perguntou a mulher, atônita.

— O que é um bairro licenciado?

— Credo!

— O que fazem nesse bairro?

— Que menino mais inconveniente! — reclamou a mulher, olhando feio antes de ir-se embora.

Joutaro não perdeu tempo tentando compreender por que a mulher se enfezara. Sem se deixar abater, perguntou aos transeuntes, um a um, o caminho para o bairro Yanagimachi e a casa Ougi-ya.

UM LEVE AROMA DE SÂNDALO

I

As lanternas se acendiam feéricas nas três ruas do bairro Yanagimachi. A tarde acabava de cair e ainda não havia clientes andando pelas ruas.

O jovem serviçal da casa Ougi-ya deu com os olhos casualmente no vulto à entrada da casa e teve um sobressalto. Pois o vulto afastara as cortinas da entrada, metera a cabeça para dentro e logo observava tudo com curiosidade. Sob a cortina apareciam duas sandálias sujas e a ponta de uma espada de madeira. A visão perturbou o homem, que já se dispunha a chamar outros em seu socorro, quando ouviu:

— Tio!

Era Joutaro. O menino entrou e perguntou:

— Está aqui um senhor de nome Miyamoto Musashi-sama, não está? Você não poderia me anunciar a ele? Diga-lhe apenas que Joutaro o procura, que ele logo saberá de quem se trata. Musashi-sama é meu mestre. Ou senão, chame-o aqui para mim.

O serviçal respirou aliviado quando descobriu que era apenas um menino. No entanto, seu rosto se contorceu de raiva, porque se lembrou do susto de há pouco.

— Quem é você, moleque? Mendigo? Ou filho de um pé-de-vento? Não temos ninguém com esse nome aqui. Isto é hora de me aparecer aqui com roupas encardidas? Vá-se embora, vamos! — disse o homem, agarrando-o pela gola e tentando arrastá-lo para fora.

Joutaro inchou como um baiacu ameaçado.

— Que é isso?! Eu vim para ver meu mestre! — esbravejou.

— Cale a boca, idiota! Pois por causa desse tal Musashi que diz ser seu mestre, estamos metidos em maus lençóis desde duas noites atrás, ouviu bem? Hoje de manhã, e outra vez há pouco, esteve aqui um mensageiro da academia Yoshioka perguntando por ele. O que disse a ele, repito para você: Musashi não está mais aqui! Foi embora há muito tempo.

— E por que não me disse isso com calma? Para que me arrasta pela gola desse jeito?

— Quem mandou você meter a cara suja pela cortina e espiar com esses modos suspeitos? Não vê que me assustou, moleque irritante?! Pensei que você fosse um dos homens da academia Yoshioka.

— Assustou-se porque quis. Diga-me: quando é que Musashi-sama partiu e aonde foi ele?

— Moleque dos infernos! Ainda tem a coragem de me pedir informações depois de ter feito tanta malcriadez? E eu lá vou saber desse seu mestre?

— Se não sabe, paciência. Solte minha gola.

— Mas não de graça. Tome isto! — disse o serviçal, agarrando-o pela orelha e sacudindo-o para lançá-lo à rua.

— Ai, ai, ai! — gritou Joutaro. Caiu de joelhos, apanhou sua espada de madeira e desferiu um repentino golpe na cabeça do serviçal.

— Ai, moleque maldito! — gritou o homem. Com os incisivos quebrados e segurando o queixo ensanguentado, saiu atrás do menino para a rua.

Aturdido, Joutaro correu gritando por socorro:

— Alguém me acuda! Este homem é mau!

Desmentindo o sentido das próprias palavras, o menino parou, voltou-se e atacou de novo, descarregando a espada de madeira no topo da cabeça do seu perseguidor com o mesmo ímpeto da ocasião em que havia matado o feroz cão Taro, no castelo Koyagyu.

O homem deixou escapar um gemido fino e desmoronou de encontro ao tronco de um chorão, deitando sangue pelo nariz. No mesmo instante uma aliciadora de fregueses que a tudo assistia pela janela treliçada da casa em frente gritou em direção à janela vizinha:

— Vejam! Esse menino matou um homem da Ougi-ya e fugiu!

E, de repente, a rua até então deserta encheu-se de vultos imprecisos que acudiam.

— Assassino!

— Mataram um homem!

A brisa carregou longe o cheiro do sangue e as vozes.

II

As brigas sucediam-se o ano inteiro no bairro, mas os moradores eram também especialmente hábeis em solucionar casos sangrentos em segredo, com rapidez e eficiência.

— Aonde foi ele?

— Como era o menino?

Homens de aspecto ameaçador vieram para fora e indagavam, mas as buscas ficaram restritas a um breve período. Logo, a pequena multidão alegre, de dândis e homens de sombreiro afluiu às ruas iluminadas como insetos atraídos pela luz, mas ninguém chegou a ouvir qualquer referência ao incidente ocorrido há pouco menos de meia hora.

Com o avançar da noite, as três ruas principais fervilhavam. Um passo além delas, porém, existiam vielas escuras, campos e hortas silenciosas.

Quando percebeu que o perigo havia passado, Joutaro surgiu de um esconderijo qualquer rastejando como um cachorrinho e correu o mais rápido que pôde em direção a essa área escura, não longe dali.

O menino tinha imaginado, em sua ingenuidade, que a área escura o levaria ao também escuro mundo exterior, mas logo se chocou contra uma cerca de quase três metros de altura que rodeava todo o bairro, como num forte. A paliçada era feita de grossos troncos amarrados entre si, com pontas aparadas em forma de lança. Joutaro andou beirando a cerca por bom tempo mas não achou nenhum portão ou brecha por onde sair.

Mais um pouco e acabaria chegando a uma das ruas principais bem iluminadas, no extremo do bairro. O menino voltou atrás, procurando outra vez as sombras. Nesse instante, uma mulher que o vinha seguindo cuidadosamente, observando o seu comportamento, chamou-o, agitando a mão branca:

— Menino! Menino!

Parado no escuro, Joutaro observou-a por instantes com um olhar brilhante de desconfiança. Logo, veio voltando com passos pesados e perguntou:

— É comigo?

Percebeu que não havia maldade no rosto branco da mulher e se aproximou mais um passo.

— Que quer de mim?

A mulher lhe disse bondosamente:

— Foi você que apareceu no começo da noite na porta da casa Ougi-ya, perguntando por Musashi-sama?

— Eu. Eu mesmo.

— Joutaro é seu nome?

— Isso.

— Siga-me então que o levo em segredo até Musashi-sama.

— A...aonde? — disse Joutaro, retraindo-se agora.

A mulher então lhe explicou tudo com calma, para vencer a desconfiança do menino.

— Quer dizer que a tia é atendente dessa tal Yoshino-dayu? — perguntou, o rosto iluminado como o de um pecador que afinal encontra um santo no meio do inferno. Descontraído agora, o menino seguiu a mulher.

Segundo a serviçal, a cortesã Yoshino-dayu, ao ser notificada da confusão daquela tarde, havia ficado realmente preocupada com o que poderia acontecer ao menino e pedira para ser comunicada assim que os homens o encontrassem, pois pretendia interceder em seu favor. E caso algum empregado da Ougi-ya o encontrasse primeiro, essa pessoa devia levá-lo secretamente até o portão dos fundos do estabelecimento e mostrar-lhe a casa rústica onde Musashi se encontrava.

— Está em segurança, agora. Qualquer pedido de Yoshino-sama é uma ordem neste bairro — disse a serviçal.

— Você tem certeza de que meu mestre está lá, tia?

— E por que haveria eu de mentir para você?

— Que faz ele neste lugar estranho?

— Que faz ele? Ora... Se, quer saber, espie pela fresta da porta... Bem, vou-me embora, porque tenho muito a fazer... — completou a mulher, afastando-se discretamente e desaparecendo entre os arbustos do jardim.

III

Será? Ele estaria dentro dessa casa, de verdade?

Joutaro não conseguia acreditar. Procurara tanto por Musashi, e agora não era capaz de acreditar que o encontraria no interior desse casebre bem na sua frente: era simples demais para ser verdade.

Mas a incredulidade não o levou a desistir, pelo contrário: ali estava ele, ansioso, rondando a casa em busca de uma fresta por onde pudesse espiar.

Logo, encontrou uma janela lateral, mas era muito alta para ele. Rolou então uma pedra que achou no meio das plantas, encostou-a na parede da casa e subiu. Com muito custo a cabeça chegou à altura da treliça.

— Ah, mas é ele, o meu mestre!!!

Joutaro absteve-se de gritar de alegria por saber que espionava, mas quase não conseguiu conter a vontade de estender a mão e tocar esse vulto tão querido.

Deitado perto do braseiro, Musashi repousava a cabeça no próprio braço e dormitava.

"Que folgado!", diziam os olhos arregalados do menino, colados ao gradil.

Alguém cuidara de cobri-lo com um sobretudo feminino grosso e longo, em vistoso padrão *momoyama*. O quimono, de estampas graúdas muito ao gosto de dândis, não era o de tecido áspero e padrão discreto que Joutaro se acostumara a ver seu mestre usando.

Um tapete vermelho cobria uma área um pouco afastada e sobre ele se espalhavam pincéis, tinta e papel. Esboços de berinjelas e galos pela metade apareciam entre as folhas de papel.

"Olhem só para isso! Ele estava aqui o tempo todo, dormindo e pintando! E nem sequer sabe que a pobre da Otsu-san está doente!", pensou Joutaro, indignado.

Não gostou do sobretudo feminino que cobria o seu mestre, muito menos do vistoso quimono que ele vestia. Até para um menino de sua idade a atmosfera voluptuosa do ambiente era perceptível.

No primeiro dia do ano, quando enfim descobrira Musashi sobre a ponte Oubashi, havia uma jovem agarrada a ele em plena rua, chorando. E agora isto.

"Tem alguma coisa errada com ele nestes últimos tempos", pensou o menino. Joutaro sentiu o pequeno coração confrangido por uma estranha amargura.

O aborrecimento despertou-lhe a vontade de fazer travessuras.

"Já sei! Vou pregar um susto nele!"

Disposto a pôr a ideia em prática, Joutaro procurava descer de manso da pedra, quando ouviu:

— Quem o trouxe até aqui, Joutaro?

— Hein? — disse o menino sobressaltado, voltando a espiar.

Seu mestre não dormitava: olhos entreabertos, sorridente, ele olhava em sua direção.

Melhor do que responder, Joutaro achou mais rápido dar a volta, abrir a porta da frente e por ela mergulhar direto nos braços de seu mestre.

— Meu mestre!

— Olá! Você chegou, afinal!

Ainda deitado, Musashi estendeu o braço e envolvendo a cabeça empoeirada do menino, trouxe-a para perto do próprio peito.

— Como foi que me descobriu? Na certa foi o monge Takuan quem lhe contou onde me encontrar. Há quanto tempo não o vejo, Joutaro! — disse Musashi soerguendo-se, ainda abraçado ao menino. Feliz como um cãozinho que reencontra seu dono e sentindo enfim junto a si o calor do corpo por que tanto ansiara nos últimos tempos, Joutaro permaneceu longo tempo com a cabeça no colo do seu mestre, enrodilhado junto a ele.

IV

E Otsu estava acamada, neste instante. Musashi não fazia ideia do quanto ela queria vê-lo, a coitadinha! Ela dizia ser só isso o que ela queria: encontrá-lo. Só isso.

Era verdade que ela o tinha avistado no primeiro dia do ano na ponte Oubashi; mas então, uma mulherzinha muito esquisita conversava com Musashi toda melosa, chorando. Vai daí que Otsu se enfezou por completo e Joutaro não tinha conseguido tirá-la do lugar, ela mais parecia um caramujo entocado.

Ele achou que a jovem teve razão de se enfezar, já que ele próprio sentiu muita raiva naquela hora! Mas agora, Musashi devia deixar tudo isso para lá, não tinha mais importância. O que Musashi precisava fazer neste momento era ir com ele, Joutaro, à mansão Karasumaru e dizer para Otsu: olhe, estou aqui. Bastava isso para ela sarar de uma vez, ele tinha certeza.

Esse foi o sentido geral do discurso longo e pueril que Joutaro fez febrilmente, de modo a tentar comover seu mestre.

— Sei, sei!... — repetia Musashi, assentindo com movimentos de cabeça. — Não diga... Foi assim que aconteceu?

Mas a frase mais importante, a essencial, "Está bem, nesse caso vou vê-la", essa ele não dizia.

Quando Joutaro percebeu que, apesar de todas as suas queixas e súplicas, Musashi, inabalável como uma rocha, não o atendia, perdeu por completo o ânimo: de súbito, seu querido mestre, o homem que tanto amava, lhe pareceu um indivíduo bastante desagradável.

"Será que brigo feio com ele?", chegou a pensar.

Mas apesar de toda a sua petulância, não tinha, ao que parecia, coragem de lhe dirigir desaforos: cenho franzido, lábios formando um bico, o garoto permaneceu longo tempo tentando comovê-lo com a careta.

Vendo que o menino se calava, Musashi tornou a empunhar o pincel e a dirigir a atenção para a pintura meio acabada, comparando-a a um modelo. Joutaro fixava um olhar raivoso no esboço de berinjela que seu mestre tentava terminar, dizendo no íntimo: "Bela porcaria!"

Tempos depois, cansado talvez de desenhar, Musashi começou a lavar os pincéis para guardá-los. Era o momento certo para insistir mais uma vez, calculou o menino. Passou a língua nos lábios e ia abrir a boca quando ouviu o ruído de tamancos sobre as pedras da passagem, fora da casa.

— Senhor, suas roupas secaram. Aqui estão elas — disse a serviçal que há pouco trouxera Joutaro, depositando diante de Musashi um conjunto de quimono e sobretudo cuidadosamente dobrado.

— Muito obrigado — respondeu Musashi, examinando gola e punhos da roupa lavada. — Estão limpos.

— Manchas de sangue são realmente difíceis de ser removidas, não é mesmo, senhor?

— Ficou muito bom... Onde está Yoshino-dayu?

— Como de costume, sendo solicitada incessantemente em diversos aposentos.

— Estou aqui há mais tempo do que pretendia e sinto que a minha permanência só poderá trazer aborrecimentos à casa Ougi-ya, como também a

Yoshino-dayu. Assim sendo, pretendo partir ainda esta noite, perto do alvorecer. Transmita à *dayu* os meus sinceros agradecimentos.

Joutaro desfez a carranca no mesmo instante. "Eu estava certo. Meu mestre é um homem muito direito. Ele já tinha há muito resolvido ir ver Otsu-san, com certeza!", pensou ele.

Enfim sorridente, o menino esperou que Musashi se aprontasse, mas este voltou-se assim que a serviçal se afastou, empurrou o conjunto de quimono e sobretudo lavados na sua direção, e lhe disse:

— Você veio em boa hora, Joutaro. Este conjunto foi-me emprestado pela matriarca dos Hon'ami no dia em que vim para cá. Quero que o devolva na casa dos Hon'ami e traga de lá o meu quimono. Faça-me esse favor, Joutaro.

V

— Sim, senhor. Compreendi — respondeu Joutaro, compenetrado. Terminada a missão, Musashi sairia dali e iria ver Otsu, acreditava o menino, muito contente. — Vou neste instante.

Envolveu as roupas lavadas em um *furoshiki*, prendeu dentro dele a carta de Musashi endereçada a Koetsu e arrumava a pequena trouxa às costas quando a já conhecida serviçal surgiu trazendo a refeição noturna. À muda interrogação nos olhos arregalados, Musashi respondeu, explicando-lhe o que pretendia. A mulher então disse assustada:

— Que absurdo! Nem pensar, senhor!

A seguir, explicou-lhes por quê.

— Hoje à tarde, este menino golpeou de mau jeito a cabeça de um empregado da Ougi-ya e o feriu seriamente. O homem está até agora gemendo na cama. O incidente não teve maiores repercussões porque foi considerado simples rixa, uma das muitas que habitualmente ocorrem neste bairro. Além disso, a cortesã Yoshino recomendou segredo tanto à direção da casa quanto aos funcionários. Mas esse garoto andou apregoando aos quatro ventos que era discípulo do senhor Miyamoto Musashi. De modo que, sem que se saiba como, começou a correr no começo da noite o boato de que o senhor ainda continua nos fundos da casa Ougi-ya e, ao que tudo indica, a notícia chegou também aos ouvidos do clã Yoshioka, que o está emboscando do lado de fora do bairro, perto do portão central.

— Ora... — murmurou Musashi, posto pela primeira vez a par do incidente, observando Joutaro de soslaio. Este, ao ver-se denunciado, coçou a cabeça e se encolheu, afastando-se cada vez mais para um canto.

— Imagine agora o que acontecerá se esse menino sair por aí com essa trouxa nas costas! — disse a serviçal, aproveitando a oportunidade para relatar o que ocorria fora dos muros da zona alegre.

Segundo dizia a mulher, nos últimos três dias os homens da casa Yoshioka tinham andado desesperados à procura de Musashi. Tanto a cortesã Yoshino como o dono da Ougi-ya estavam bastante preocupados com a situação. Mesmo que não tivesse havido a estrita recomendação do senhor Koetsu no momento em que se retirava do estabelecimento duas noites atrás, a direção da casa não podia expulsar uma pessoa em situação tão melindrosa. O que mais preocupava, porém, era a vigilância que a casa Yoshioka, seca por vingança, vinha mantendo nos portões de acesso à zona. Homens que se diziam discípulos da academia vinham batendo com insistência à porta da casa, querendo saber se o tinham escondido ali, e haviam sido repetidamente repelidos, mas como não tinham conseguido desfazer por completo a desconfiança, continuavam de tocaia na entrada do bairro, certos de que deitariam as mãos em Musashi assim que ele pusesse um pé para fora dos portões.

— Não sei dos detalhes — completou a mulher —, mas para enfrentar apenas uma pessoa, o senhor, a academia Yoshioka parece ter se preparado para a guerra! Eles estão dizendo que desta vez não o deixarão escapar. Por isso, tanto o nosso patrão como a cortesã Yoshino acham que o senhor deve permanecer mais quatro ou cinco dias escondido nesta casinha. Passado esse tempo, o clã Yoshioka acabará se cansando e retirar-se-á.

Enquanto servia o jantar a Musashi e ao menino, a mulher não parou de falar e aconselhar. Musashi, porém, apenas lhe agradeceu o interesse.

— Tenho uma opinião diferente — disse, sem mudar a intenção de partir nessa mesma noite.

Acatando, porém, os conselhos da mulher na questão relativa às roupas, o jovem pediu a um dos homens do estabelecimento que as levasse à mansão Hon'ami logo em seguida.

VI

Passados instantes, o mensageiro retornou. Na resposta, Koetsu dizia:

Havendo oportunidade, tornaremos a nos ver. A longa estrada da vida por vezes se torna curta demais. Cuide-se. Rezo apenas para que nada de mal lhe aconteça.

Koetsu

A carta era concisa, mas os sentimentos do amigo nela transpareciam. Musashi sentiu também que Koetsu havia compreendido que evitava aproximar-se da casa Hon'ami para não envolver tanto a mãe como o filho na perigosa situação em que se encontrava nesse momento.

— E este é o conjunto que o senhor usava e deixou na casa de Koetsu-sama, há alguns dias — disse o mensageiro, entregando a Musashi o quimono e o *hakama* que tinha recebido em troca das roupas que levara. — A matriarca dos Hon'ami também me pediu com insistência que lhe transmitisse seus votos de felicidade — acrescentou, antes de se retirar para o prédio principal.

Musashi desfez o embrulho. A visão de seu velho quimono o alegrou. Ele sentia-se melhor no conjunto de algodão simples e encardido com que tinha enfrentado chuva e sereno do que nos elegantes trajes emprestados pela bondosa anciã Myoshu, ou do que nestes outros, vistosos, cedidos pela casa Ougi-ya. O seu era apropriado para pessoas como ele, um samurai itinerante, um aprendiz de guerreiro. Musashi não queria nada melhor.

Passou os braços pelas mangas do quimono e vestiu o *hakama*, lembrando-se de que neles havia pontos descosturados e manchas de suor e sujeira. Para sua surpresa, descobriu que o velho conjunto, quase um trapo malcheiroso, havia sido lavado, reformado e passado, e agora parecia novo.

— Ah, se eu ao menos tivesse uma mãe...

Sentindo súbita solidão, Musashi tentou visualizar seu próprio futuro na vida que escolhera para si.

Havia muito ele tinha perdido pai e mãe. Restava-lhe apenas uma irmã, vivendo sozinha em terras que o tinham banido.

Musashi permaneceu, alguns momentos, cabisbaixo e silencioso à luz da lamparina. Da casinha rústica onde agora se encontrava nada mais podia esperar: ela apenas lhe havia dado pouso por três noites.

— E então, vamos?

Apanhou a espada, tão conhecida, e introduziu-a com decisão no *obi* firmemente atado, de encontro às próprias costelas. Quase incontinenti, a tristeza se foi, varrida do espírito, e Musashi viu-se uma vez mais reiterando a antiga resolução: para ele, a espada seria pai e mãe, mulher e irmãos.

— Vamos embora de verdade, mestre? — confirmou Joutaro, feliz, saindo primeiro e erguendo o rosto para o céu cheio de estrelas.

"Partindo a esta hora chegaremos bem tarde à mansão Karasumaru, mas tenho certeza de que Otsu-san nos espera acordada. Ela vai se espantar tanto! Vai ficar tão feliz que vai chorar de novo, com certeza!", pensou o menino.

Desde a noite da nevasca, o céu andava limpo e estrelado. Joutaro só pensava em levar Musashi a Otsu e vê-la feliz. Até as estrelas pareciam piscar, alegres e cúmplices.

— Você entrou pelo portão de trás, Joutaro? — perguntou Musashi.

— Entrei com a mulher por esse portão aí, não sei se é o de trás ou o da frente — disse Joutaro.

— Então saia por ele e me espere lá fora.

— E você, mestre?

— Vou me despedir de Yoshino-dayu e estarei com você em seguida.

— Está bem.

Separar-se do seu mestre, mesmo por breves instantes, deixava-o inseguro, mas Joutaro era nessa noite a personificação da obediência: faria qualquer coisa que lhe dissessem, sem discutir.

VII

Analisando os últimos três dias, Musashi achou que se permitira fazer papel de bobo, e que se divertira muito.

Pensando bem, ele tinha sido até agora uma grossa e rígida camada de gelo, física e espiritualmente. Tinha vivido indiferente ao luar, cego à beleza das flores, insensível ao calor do sol; ele havia sido enfim uma pessoa fria e inflexível.

Musashi considerava correta essa atitude de irrestrita dedicação ao próprio caminho. Ao mesmo tempo, porém, uma ideia estava começando a preocupá-lo: essa talvez fosse a imagem futura de um ser pequeno e mesquinho, um simples obstinado.

Takuan dissera-lhe, havia muito: — Sua força é de besta-fera. — Além dele, Nikkan, do templo Ozoin, também lhe aconselhara: — Aprenda a ser mais fraco. — Juntando as duas advertências, chegou à conclusão: para ele, era realmente importante despender vez ou outra, no futuro, dois ou três dias de pura diversão, iguais a estes últimos.

E agora, no momento em que se dispunha a deixar para trás a casinha rústica perdida no meio de um jardim de peônias, esse novo modo de encarar a vida dava-lhe a certeza de que ali não desperdiçara seu precioso tempo. Mais ainda, ele se sentia grato a todos que haviam proporcionado, a ele e ao seu rígido modo de vida, preciosos momentos de natural sensualidade, assim como meios para beber, dormitar, ler e desenhar a seu bel-prazer, além de bocejar de tédio.

"Devo muito disso a Yoshino-dayu e quero agradecer", pensava Musashi, parado no jardim da casa, contemplando as festivas luzes dos aposentos. Da vasta construção chegaram-lhe aos ouvidos as vozes dos eternos clientes cantando ao som de instrumentos musicais, sinal de que não lhe seria possível avistar-se furtivamente com a cortesã antes de partir.

"Aqui me despeço em pensamentos", disse ele para si mesmo. Agradeceu-lhe também, do fundo do coração, o interesse e os cuidados dos três dias e se afastou.

Saiu pelo portão de trás e ergueu a mão para Joutaro, à sua espera, dizendo:

— Vamos!

Nesse instante, um vulto surgiu por trás dele e lhe veio no encalço. Era a aprendiz Rinya.

— Isto é da parte de Yoshino-sama — disse a pequena, deixando nas mãos de Musashi um pequeno volume e correndo de volta para dentro do portão.

O volume era uma folha de papel, do tamanho usado em dobraduras, e que aberta, desprendeu um leve aroma de sândalo.

Belas flores, colhidas a cada noite, murcham e são facilmente esquecidas; difícil porém se torna esquecer a vossa imagem, lua solitária que por instantes se mostrou no meio da ramagem...

Chega ao fim nosso breve convívio, breve demais para que melhor nos conhecêssemos.

Ouço risos, mãos indiferentes enchem minha taça, mas meu coração lamenta.

Yoshino

— De quem é a carta, mestre?
— Ninguém que você conheça.
— De uma mulher?
— Que lhe importa?
— Que diz aí?
— Não faça perguntas tolas.

Ao ver que Musashi começava a dobrar a carta, Joutaro se esticou todo e observou:

— Que cheirinho bom! Parece de sândalo...

Pelo jeito, até o menino conhecia o perfume.

O PORTAL

I

A casa Ougi-ya ficara para trás, mas os dois continuavam no interior da zona alegre. Que fazer para sair em segurança dessa área confinada para o mundo exterior?

Joutaro estava aflito:

— Mestre, se for por aí, acabará dando no portão principal. Não se esqueça do que lhe disseram na casa Ougi-ya: do lado de fora do portão principal tem um bando do clã Yoshioka emboscando.

— Sei disso.

— Vamos sair por outro lugar.

— Mas todos os portões se fecham à noite, com exceção do central, não é?

— E se pulássemos a cerca?

— Dirão que fugi, e isso é uma desonra para mim. Se eu quisesse fugir sem me importar com o que os outros pudessem pensar, nada me teria sido mais fácil. Mas como não é esse o caso, estive até agora aguardando uma oportunidade. Bem... vou sair abertamente pelo portão principal.

— Vai mesmo? — disse Joutaro com leve preocupação. Não se opôs, contudo, pois conhecia a férrea lei do mundo dos *bushi*: não adiantava continuar vivo quem não prezasse a honra, porque seria um homem inútil, marginalizado.

— Mas você, Joutaro...

— Sim?

— ... É criança, não precisa seguir meus passos. Saia primeiro e espere por mim escondido nalgum lugar.

— E por onde saio eu enquanto você, mestre, sai pelo portão central?

— Pule a cerca logo aí.

— Sozinho?

— Isso mesmo.

— Não quero.

— Por quê?

— Você mesmo acabou de dizer: vão me chamar de covarde.

— Ninguém vai dizer isso. Os homens do clã Yoshioka estão atrás de mim, você nem existe para eles.

— E onde devo esperar por você?

— No hipódromo.

— Virá sem falta?
— Sem falta.
— Não vai sumir de novo sem me avisar, vai? Musashi balançou a cabeça negativamente:
— Não há de ser agora que vou ensiná-lo a mentir. Vamos, pule a cerca antes que surja alguém.

Joutaro examinou os arredores e correu. Mas a paliçada, de grossos troncos lisos, tinha três vezes a sua altura.

"Não vai dar. Nunca vou conseguir saltar por cima disso", pensou, olhando desesperançado para o alto. Foi então que Musashi surgiu trazendo um saco de carvão encontrado em algum lugar, e o depositou sob a cerca.

O menino contemplou seu mestre com expressão cética, quase dizendo: não adianta pisar em cima disso que não alcanço. Mas Musashi espiava o exterior pelas frestas entre os troncos, em silêncio, pensativo.

— Tem alguém do lado de lá, mestre?
— Vejo juncos cobrindo toda a área externa. Pode ser que haja água em torno. Pule com cuidado, Joutaro.
— A água não me preocupa. O problema é a altura da cerca: eu não consigo alcançar o topo dela.
— É quase certo que o bando Yoshioka posicionou vigias em todos os pontos estratégicos, e não apenas no portão principal. Você tem de saltar oculto na escuridão, para não ser repentinamente trespassado por uma espada. Quando eu erguê-lo em meus ombros, suba na paliçada, pare um minuto antes de saltar e examine bem o que o aguarda no chão, entendeu?
— Sim, senhor.
— Vou jogar esse saco de carvão para fora. Veja onde cai e, se não vir nada de anormal, pule em seguida — disse Musashi, pondo o menino sobre os ombros e levantando-se.

II

— Alcançou, Joutaro?
— Ih, está longe!
— Então fique em pé sobre os meus ombros.
— Mas estou de sandálias.
— Não faz mal.

Joutaro, sobre os ombros de seu mestre, mudou de posição e se ergueu.

— E agora, alcançou?
— Ainda não.

— Que trabalho você me dá! Veja se consegue saltar e se agarrar a essa viga transversal da paliçada.

— Não vai dar.

— Bem, não tem outra saída: suba sobre as minhas mãos erguidas.

— Você me aguenta, mestre?

— Cinco ou dez iguais a você, com facilidade! Está pronto?

Musashi juntou as mãos, fez o menino pisar sobre elas, esticou o braço e ergueu-o acima da própria cabeça.

— Alcancei! Alcancei! — gritou Joutaro, agarrando-se ao topo da cerca. Musashi então apanhou o saco de carvão com uma das mãos e o lançou no escuro para o outro lado da paliçada.

O saco caiu com um baque no meio dos juncos. Nada houve de anormal, pelo jeito, pois o menino logo pulou em seu rastro.

— Ora, não tem água nem nada. Isto aqui é apenas um campo aberto, mestre.

— Vá com cuidado.

— Nos veremos então no hipódromo de Yanagi!

Os passos do menino afastaram-se no escuro. Imóvel, rosto colado à cerca, Musashi ali permaneceu até ouvi-los perderem-se na distância. Enfim tranquilizado com relação à segurança de seu discípulo, ele também se afastou a passos rápidos.

Depois de abandonar a escura viela e chegar à rua mais movimentada que conduzia ao portão central, Musashi misturou-se à multidão e caminhou como um dos muitos e alegres gentis-homens.

Contudo... mal pôs um pé para fora do portão central com o rosto descoberto, sem tentar ao menos o artifício de ocultá-lo num sombreiro, diversos pares de olhos ocultos nos arredores convergiram num átimo para o seu vulto:

— Ei! Musashi!

O grito denotava surpresa, como se os homens não tivessem esperado vê-lo.

De cada lado da entrada carregadores de liteira tinham montado áreas de descanso, delimitadas por cercas de esteira, e até dentro dessas áreas havia dois ou três discípulos Yoshioka, aquecendo-se ao fogo e observando o movimento do portão com olhar penetrante.

Além deles, havia grupos nos banquinhos da casa de chá Amigasa e na taberna do outro lado do estabelecimento. Quatro ou cinco revezavam-se para montar guarda ao lado do portão e examinavam sem nenhuma cerimônia as fisionomias dos homens que saíam da zona, erguendo-lhes os sombreiros, removendo capuzes. Se um palanquim passava com os estores abaixados, os homens paravam os carregadores e examinavam o interior da condução.

O procedimento repetia-se havia três dias.

Os homens do clã Yoshioka tinham-se assegurado de que Musashi não saíra da zona desde o dia da nevasca. Tinham também tentado negociar com a casa Ougi-ya e mandado espiões até lá, mas a casa simplesmente não lhes dera atenção, negando a existência de qualquer pessoa com as características de Musashi em seu interior.

Os Yoshioka sabiam que Yoshino-dayu o tinha sob sua proteção, mas não queriam invadir a casa por temerem que a notícia de um bando de *bushi* desafiando ostensivamente a cortesã repercutisse negativamente não só nesse confinado mundo da diversão, como também no seio da aristocracia e da população em geral, já que Yoshino era uma figura idolatrada em todos os meios.

Assim sendo, os homens tinham-se decidido pela estratégia de postergar o conflito, contentando-se em esperar a saída de Musashi vigiando rigidamente o portão, certos de que o descobririam tentando escapulir usando um disfarce, ou oculto numa liteira, ou ainda pulando a cerca.

Mas eis que Musashi surgia impávido pelo portão, expondo-se sem qualquer tipo de camuflagem à luz dos archotes. A visão tinha sido tão inesperada e os espantou tanto que ninguém se lembrou de se adiantar e barrar-lhe o caminho.

III

Uma vez que ninguém o impedia de prosseguir, Musashi também não viu motivos para se deter.

E foi só quando, em largas passadas, já havia deixado para trás a casa de chá Amigasa e se distanciado quase cem passos que um dos homens lembrou-se de gritar:

— Ora, seu!...

No mesmo momento, outras vozes gritaram em coro:

— Ora, seu!...

— Ora, essa...

Repetindo as mesmas palavras, oito ou nove discípulos correram-lhe no encalço, passando-lhe à frente e cercando-o:

— Espere aí, Musashi!!!

E foi só então que se enfrentaram realmente.

— Que querem? — replicou Musashi em tom que soou inesperadamente vigoroso aos ouvidos adversários. Deu alguns passos de lado e se posicionou de costas para um casebre na beira do caminho.

Troncos repousando em cavaletes e serragem acumulada indicavam que o barraco era dormitório de serradores. O barulho do lado de fora atraiu a atenção de um homem, que entreabriu a porta e espiou, perguntando:

— É briga?

Porém, mal deu com os olhos na movimentação externa, soltou um berro de pavor, fechou a porta e a travou pelo lado de dentro com uma grossa tramela, metendo-se debaixo das cobertas. Logo, nada mais se ouviu do lado de fora do casebre que sugerisse presença humana em seu interior.

O clã Yoshioka inteiro acorreu em instantes, atendendo como um bando de cães selvagens ao som de assobios e gritos de alerta. Nessas circunstâncias, a visão costuma pregar peças transformando vinte homens em quarenta, quarenta em setenta. A verdade era, porém, que ali estavam não menos de trinta homens, uma pequena multidão rodeando Musashi. E como este havia se postado de costas para o barraco, a roda dos discípulos Yoshioka acabou por englobar também a construção.

Musashi, imóvel, contava os adversários, tentando ao mesmo tempo antever como se moveria a turba para atacá-lo.

Trinta homens juntos não constituem a reunião de trinta estados mentais diferentes. O grupo tem uma mentalidade única, reage como um conjunto. Prever a sutil alteração desse estado mental e sua consequente movimentação não é tarefa das mais difíceis.

Como Musashi esperava, ninguém se aventurou a desfechar um golpe súbito e solitário contra ele. Até conseguirem coesão, os homens apenas tumultuavam e rodeavam Musashi, a considerável distância, posicionando-se como qualquer grupo. Alguns até xingavam, como simples rufiões, ou lhe dirigiam insultos:

— Desgraçado!

— Poltrão!

Mantendo-se em rígida formação semicircular, os homens rugiam e insultavam, patenteando cada vez mais a fraqueza individual de cada um deles.

Quanto a Musashi, solitário desde o início e, portanto, com um único propósito e uma única linha de ação, estava em momentânea vantagem: seu olhar brilhante analisou cada um dos rostos ao redor, estudou quais seriam os mais perigosos, quais os inofensivos, teve tempo para preparar-se intimamente.

— Quem foi que me disse para esperar? Eu sou Musashi: e então, o que querem? — intimou.

— Quem o mandou esperar fomos nós. Nós todos, aqui presentes, o detivemos.

— Discípulos da academia Yoshioka?

— Ainda pergunta?
— E o que querem?
— Também isso não precisa ser dito: você sabe muito bem. Está pronto, Musashi?

IV

— Se estou pronto? — repetiu Musashi. Seus lábios crisparam-se levemente.

Um sorriso gelado escapou pelos dentes brancos e atingiu os rostos dos que o cercavam como um bafejo capaz de contrair-lhes os poros do corpo inteiro.

— Um *bushi* está sempre pronto, mesmo enquanto dorme — prosseguiu. Acho particularmente ridícula essa imitação barata de postura samuraica nesta briga de rua que vocês armaram. Mas esperem, tenho uma pergunta a fazer: vocês tramaram eliminar-me, ou duelar abertamente comigo?
— ...
— Isto aqui é um acerto de contas ou uma revanche? Esclareçam!
— ...

Se nesse momento Musashi mostrasse uma minúscula brecha nas palavras, ou pior, no olhar e na postura, as espadas inimigas teriam saltado em sua direção com a rapidez de jatos de água. No momento, porém, os homens apenas ouviam, silenciosos, enfileirados como contas de um rosário.

Foi então que uma voz vibrante se fez ouvir no meio do grupo:
— Você, mais que qualquer um, devia saber!

Os olhos de Musashi voltaram-se com um brilho sinistro para o lado de onde provinha a voz. Pela idade e atitude, julgou que seu interlocutor devia ser um dos mais graduados entre os discípulos da academia Yoshioka ali presentes.

E tinha razão: o homem era Miike Jurozaemon. Pelo visto, Miike estava disposto a dar o primeiro golpe e romper a inércia do grupo, pois adiantou-se com um movimento deslizante dos pés:
— Você não pode aleijar nosso mestre Seijuro, eliminar seu irmão mais novo, Denshichiro, e continuar vivo: nós, discípulos da academia Yoshioka, não permitiremos. Por sua causa, o nome Yoshioka foi arrastado na lama, mas os cento e poucos discípulos leais ao seu mestre aqui estão para vingá-lo. Isto não é um acerto de velhas contas promovido por um bando de homens ressentidos, e sim uma guerra de extermínio, destinada a lavar a alma de nosso mestre. Sinto por você, Musashi, mas sua cabeça já nos pertence.

— Enfim ouço palavras dignas de um *bushi*. Se isto é o que realmente desejam, pode até ser que eu lhes entregue minha vida. Mas se é em nome da lealdade de um discípulo a seu mestre, e para reparar uma desfeita, por que não me desafiam frontalmente, não cumprem os ritos do duelo, assim como o fizeram seu mestre Seijuro, ou o irmão dele, Denshichiro?

— Cale a boca! Você, que andou escondido até hoje e que fugiria para outra província, não fossem nossos olhos vigilantes, não está em posição de nos cobrar absolutamente nada!

— Covardes veem covardia até na correção alheia. Eu, Musashi, não me escondi nem fugi. Como prova disso, aqui estou!

— Mas só porque foi descoberto!

— Ora, essa! Se quisesse realmente fugir, nada me teria sido mais fácil!

— Está pensando que nós deixaríamos?

— Pelo contrário: tinha certeza de que ouviria falar de vocês, mais dia, menos dia. Mas nunca pensei que promoveriam este tipo de baderna, ilegal numa área de diversão, ou que perturbariam a ordem pública como um bando de arruaceiros selvagens. Isto é uma vergonha não só para nós, os envolvidos, como também para toda a classe dos *bushi*. Transformará a propalada lealdade em motivo de riso, será o mesmo que enlamear ainda mais o nome Yoshioka! A não ser que os senhores já considerem extintas a casa Yoshioka e a academia, e não se importem mais com questões como honra ou opinião pública. Se este for o caso, nada mais tenho a fazer: minhas duas espadas e eu os enfrentaremos até onde nos for possível. Prometo-lhes que erigirei uma montanha de cadáveres.

— Atrevido! — gritou alguém. Não era Jurozaemon, mas um homem ao seu lado, prestes a sacar a espada. Nesse instante, outra voz esbravejou:

— Atenção! Aí vem Itakura!

V

Itakura Shirouza, senhor de Iga, era a personificação do oficial severo. Na época, seu nome havia se prestado para tema de cantigas e jogos infantis:

Quem é esse que vem pela estrada
Num ginete castanho?
Saiam da frente,
É Itakura Shirouza,
O senhor de Iga.

Ou ainda:

O senhor de Iga,
Tem mais braços do que a deusa
Kannon dos mil braços!
Tem espiões que tudo veem
E a força de cem homens.

A Kyoto desses dias era uma cidade irrequieta por causa do surto anormal de progresso e prosperidade que experimentava. Tanto do ponto de vista político como estratégico, a cidade detinha o importante poder de decidir sobre o próximo destino do Japão.

Em consequência, Kyoto era a cidade culturalmente mais desenvolvida do país, mas também a mais difícil de ser governada, do ponto de vista ideológico.

Sua população era composta dos mais variados tipos. Desde o início do período Muromachi as famílias guerreiras da cidade tinham, em sua grande maioria, abandonado a condição de *bushi* e optado pela de mercadores, de extremo conservadorismo, enquanto a própria classe samuraica se havia separado em dois grandes grupos, de acordo com a cor partidária — pró-Tokugawa ou pró-Hideyoshi —, observando-se, vigilantes e hostis, à espera de um novo tempo.

Além deles, estava ainda disseminada na cidade toda uma categoria de *bushi* de procedência duvidosa e meio de vida desconhecido, sustentando súditos e os respectivos clãs.

A isso somavam-se também *rounin*, numerosos como formigas, perambulando incessantemente pelas ruas, a rezar por um golpe de sorte que lhes melhorasse a vida quando entrassem em choque os dois focos de poder, Tokugawa e Hideyoshi — ocorrência, segundo eles, inevitável.

Associados a esses *rounin*, crescia o número de marginais vivendo do jogo de *bakuchi*, praticando extorsões, falcatruas e sequestros, assim como o número de tabernas e prostíbulos. Eternos libertinos e hedonistas abundavam, crentes de que o princípio "Cinquenta anos e uma vida/São meros sonho ou ilusão", decantado por Nobunaga, era a única verdade da existência, empenhando-se em terminar rapidamente seus dias afogados em bebida e em prazeres carnais.

Não bastasse isso, todos esses niilistas emitiam sua opinião política ou social sem reservas e, com invejável oportunismo, alternavam favoritismos ao sabor das contingências, ora por Tokugawa, ora por Hideyoshi, sempre atentos em busca de uma oportunidade para subir na vida.

Eis porque governar a cidade de Kyoto não era tarefa das mais fáceis e exigia o trabalho de um delegado incomum.

Levando em consideração todos esses fatores, Tokugawa Ieyasu, com sua experiente visão, nomeou o referido Itakura Katsushige magistrado da conturbada cidade de Kyoto.

Por ocasião da nomeação deste homem, no ano VI do período Keicho, à testa de um contingente de trinta homens a cavalo e cem subordinados, correu a seguinte anedota.

Quando a nomeação lhe foi oficialmente anunciada, Itakura não obedeceu de imediato às ordens do superior hierárquico, dizendo apenas:

— Vou para casa e trocarei ideias com minha mulher. Só depois disso poderei dar-lhes minha resposta.

Retornando à sua mansão, Itakura deu à mulher a notícia da nomeação e acrescentou:

— Desde a Antiguidade, a história está cheia de casos de homens que perderam a casa e viram suas vidas destruídas depois de terem sido contemplados com altos postos. Analisei os casos e vi que tiveram como causa desentendimentos surgidos entre as mulheres dos referidos homens e o clã do novo posto. Sendo assim, quero dizer-lhe que só aceitarei o cargo com uma condição: você tem de me prometer jamais interferir em meus atos — os atos do novo prefeito desta cidade. Promete?

A mulher, então, compenetrada, respondeu:

— Para que haveriam de interferir em seus assuntos mulheres e crianças desta casa? O senhor tem a minha promessa.

No dia seguinte, Itakura, preparando-se para se apresentar no castelo, vestiu as roupas de baixo com a gola propositadamente dobrada. Ao notar isso, a mulher procurou endireitá-la e ouviu uma reprimenda do marido:

— Você já se esqueceu do que me havia prometido!

Em seguida, Itakura fez com que a mulher renovasse a promessa do dia anterior.

E porque entrou a serviço imbuído desse espírito, construiu para si uma imagem pública impoluta, de homem justo e ao mesmo tempo severo, diz a lenda. Ter esse magistrado implacável governando-lhes a vida devia ser um constante incômodo, mas com o tempo os cidadãos de Kyoto passaram a respeitá-lo como a um pai, tranquilizados ante a ideia de ter essa zelosa figura velando-lhes as casas.

Devolvendo a história à sua trama original, quem seria então o homem que acabara de gritar: "Aí vem Itakura!"?

Impossível que fosse um dos os homens do clã Yoshioka, pois eles estavam todos ali reunidos, defrontando Musashi.

VI

"Aí vem Itakura!" significava "Aí vêm os guardas de Itakura!"

Era bastante problemático o surgimento de um oficial da lei naquelas circunstâncias, mas como patrulhas costumavam rondar com rigor esses locais de grande afluência pública, não era impossível que a aglomeração tivesse atraído a atenção de uma delas.

A questão, porém, ainda permanecia: quem dera o grito de alerta? Um simpatizante? Ou um transeunte?

No momento em que os olhos de Miike Jurozaemon e dos discípulos Yoshioka se desviaram involuntariamente em direção à voz, um samurai de aspecto juvenil rompeu o cerco e disse:

— Esperem, esperem um pouco!

O recém-chegado adiantou-se e se postou entre os Yoshioka e Musashi.

— Ora, essa!

— Você?

O jovem de cabelos longos presos em rabo enfrentou os olhares surpresos dos discípulos e de Musashi que para ele convergiam e fez uma pose arrogante, como se dissesse: "Sou eu mesmo! Tenho certeza de que vocês todos sabem quem sou!"

— Acabo de me apear de uma liteira diante do portão central e ouvi boatos de um duelo em andamento. Não é possível, pensei, mas contrariamente a todas as minhas expectativas, o que vejo? Senhores, não era isto o que mais temiam que acontecesse? Não sou partidário da casa Yoshioka, muito menos da causa de Musashi. Mas na qualidade de *bushi* e espadachim, e em nome da classe e de todos os *bushi*, tenho o direito de lhes dirigir algumas palavras.

O tom agressivo e eloquente destoava de seu aspecto juvenil. Seu modo de se expressar, bem como o olhar de desprezo, eram a própria imagem da arrogância.

— E agora, deixe-me indagar-lhes: se por acaso surgissem neste local mandatários do magistrado Itakura; se eles os considerassem um bando de marginais envolvidos em rixa e perturbando a paz da cidade; e se acaso fossem intimados a apresentar uma explicação escrita dos acontecimentos, não seria isso bastante desonroso para todos vocês? Se oficiais da justiça forem envolvidos, o episódio será visto como simples briga de rua! O local não é apropriado, a hora inconveniente! Se vocês, *bushi*, perpetram atos que perturbam a ordem pública, estarão envergonhando a classe guerreira inteira. Em nome de todos os *bushi*, digo-lhes: desistam, este lugar é impróprio. Um conflito entre esgrimistas deve ser solucionado em obediência às leis da esgrima, uma solução deve ser buscada por meio de uma nova escolha de horário e local!

Desarmados pelo discurso, os homens do clã Yoshioka ouviam em silêncio. Às últimas palavras de Kojiro, Miike Jurozaemon acrescentou energicamente:

— Muito bem, acho lógico o seu raciocínio, mas pergunto-lhe: você é capaz de me assegurar que Musashi não desaparecerá entre hoje e essa nova data, mestre Kojiro?

— Até posso.

— Não aceito respostas vagas.

— Pensem bem: Musashi é um ser vivo.

— Ora, você pretende ajudá-lo a escapar!

— Não diga asneiras! — rebateu Kojiro. — Se eu mostrar esse tipo de favoritismo, sei que voltarão para mim o rancor que hoje têm por Musashi! Não lhe tenho amizade ou nenhum outro motivo para proteger este homem. Além do mais, acho que, a esta altura, nem ele pretende fugir. E se o fizer, ergam avisos por todos os cantos de Kyoto, exponham-no ao ridículo.

— Nada feito, isso não é suficiente. De nossa parte, só daremos por encerrada a questão neste momento se você nos garantir pessoalmente que se responsabiliza por Musashi, até o dia do novo duelo.

— Esperem, vou saber o que Musashi pensa a esse respeito — disse Kojiro, voltando-se. Devolveu então o olhar feroz que havia muito sentia cravado nas próprias costas e se aproximou de Musashi, estufando o peito.

VII

Muito antes de dizer qualquer coisa, os olhares se chocaram. O mesmo tenso silêncio de uma fera avistando outra reinou entre eles.

Estes dois jovens detestavam-se, temerosos do que reconheciam um no outro. Eram ambos orgulhosos, bastava encontrarem-se para surgirem faíscas.

O mesmo estado de espírito da ocasião em que se haviam avistado sobre a ponte Oubashi quase os levava a se imobilizar de novo em rija guarda. Sem que houvesse necessidade de palavras, os olhares já tinham transmitido integralmente seus sentimentos e já travavam um silencioso combate.

Mas, enfim, Kojiro fez uso da palavra:

— Que acha disso, Musashi?

— Disso o quê?

— Das condições que acabo de propor ao clã Yoshioka.

— Aceito.

— Tem certeza?

— Discordo, porém, das condições que envolvem a sua pessoa.

— Quer dizer que não concorda em se submeter à minha vigilância até o dia do duelo?

— Não houve resquícios de covardia em meu comportamento, tanto por ocasião do duelo com o jovem mestre Seijuro, quanto com seu irmão Denshichiro. Por que haveria eu então de me acovardar perante seus discípulos, quando desafiado às claras, conforme o fazem neste instante?

— Muito digno! Esta sua corajosa declaração mereceu minha aprovação, tenha certeza. E então, Musashi: que dia escolhe?

— Deixo a cargo de meus adversários, a escolha da data e do local do duelo.

— Outra atitude viril, digna de aplausos. Diga-me então agora: onde pretende passar os próximos dias?

— Não tenho residência fixa.

— Mas então, aonde devo mandar o mensageiro com os termos do duelo?

— Estabeleçam os termos aqui e agora, que estarei no local e hora combinados.

— Está bem — respondeu Kojiro com um aceno. Voltou-se a seguir e se afastou para conversar por alguns instantes com Miike e os demais discípulos. Momentos depois, distanciou-se do grupo sozinho e se aproximou de Musashi uma vez mais:

— Seus adversários estabeleceram a data, amanhã, e o horário, o último terço da hora do tigre[39] — disse ele.

— Diga-lhes que estou ciente.

— O local será: estrada do monte Eizan, sopé do morro do templo Ichijoji. Na encosta do morro existe um pinheiro solitário e nesse local vocês deverão se encontrar.

— Pinheiro solitário na vila Ichijoji, certo? Compreendi.

— A casa Yoshioka escolheu para representá-la o menino Genjiro, único filho de Mibu Genzaemon, tio de Yoshioka Seijuro e Denshichiro. A escolha recaiu sobre o menino porque ele é o herdeiro de fato da casa. Contudo, por ser apenas uma criança, alguns discípulos da extinta academia o auxiliarão a desempenhar essa função. Esse ponto tem de ficar claro.

Estabelecidas as condições, Kojiro bateu à porta do casebre de lenhadores e, entrando por ela, ordenou aos dois homens, trêmulos em seu interior:

— Preparem-me um quadro de aviso. Vocês devem ter pedaços de madeira inúteis por aqui. Quero que a serrem no tamanho adequado e a preguem no topo de uma estaca de aproximadamente um metro e oitenta.

---

39. Hora do tigre: entre três e cinco horas da manhã. O terço final da hora do tigre corresponde ao período entre quatro e cinco horas.

Quando os lenhadores lhe trouxeram a madeira preparada, Kojiro mandou que lhe providenciassem pincel e tinta. A seguir, exibindo seus dotes de calígrafo, nela registrou as condições do duelo.

Afixar o aviso na beira da estrada era tornar pública uma promessa, método muito mais eficiente de garantir o cumprimento dos termos que uma troca de juramentos por escrito.

Musashi acompanhou toda a movimentação, e quando enfim viu os Yoshioka afixarem o aviso numa das ruas mais movimentadas do local, afastou-se rapidamente rumo ao hipódromo de Yanagi, como se nada daquilo fosse de seu interesse.

VIII

Sozinho à espera de Musashi no hipódromo, Joutaro examinou a vasta escuridão ao redor e suspirou diversas vezes:

— Que demora!

Ao longe, as luzes de uma liteira passaram correndo. Bêbados se foram cantando e cambaleando.

— Está demorando demais! — resmungou.

"E se..." A dúvida começou a tirar-lhe o sossego. De repente, Joutaro disparou na direção do bairro alegre. Foi então que um vulto lhe disse de longe:

— Ei! Aonde vai?

— Mestre!!! Estava indo ver o que lhe teria acontecido. Você demorou demais!

— É mesmo? Por pouco não nos desencontramos.

— Tinha um bando grande de homens do clã Yoshioka na frente do portão, não tinha?

— Tinha.

— Não lhe fizeram nada?

— Não. Nada.

— Não tentaram prendê-lo?

— Não, não tentaram.

— Não mesmo...?

Joutaro ergueu o olhar e espreitou, tentando ler a fisionomia de Musashi, e insistiu:

— Quer dizer que está tudo bem de verdade?

— Isso mesmo.

— Mas não é por aí que se vai para a mansão Karasumaru. Temos de virar aqui.

— Ah, tem razão.
— Está ansioso por se encontrar com Otsu-san, não está, mestre?
— Estou, sim.
— E Otsu-san, então!... Ela vai ficar tão surpresa!
— Joutaro.
— Que é?
— A estalagem onde você e eu nos encontramos pela primeira vez... Lembra-se dela? Você se recorda em que vila ela fica?
— Kitano, não é?
— É verdade! A estalagem ficava na periferia de Kitano...
— A mansão de Karasumaru-sama é magnífica! Não se parece em nada com aquela estalagem.
— Não deve haver comparação com a estalagem, sem dúvida — riu Musashi.
— O portal da frente já está fechado, mas basta bater no portão dos fundos e eles o abrirão para nós. Acho que até lorde Mitsuhiro é capaz de aparecer quando souber que eu o trouxe comigo. Por falar nisso, mestre, sabe o bonzo Takuan? Pois ele é muito malvado! Estou com muita raiva dele. Sabe o que ele me disse a seu respeito, mestre? Disse: deixe esse sujeito para lá. Ele sabia muito bem onde você estava, mas não quis me contar.

Acostumado ao mutismo de Musashi, Joutaro continuou a falar sozinho. Dentro de instantes, o portão de serviço da mansão Karasumaru surgiu no campo visual dos dois.

— É ali, mestre! — disse Joutaro apontando com o dedo, indicando o local para Musashi, que tinha parado de repente. — Está vendo a claridade por cima do muro? Essa é a ala norte da mansão, onde fica o quarto de Otsu-san. Talvez seja ela esperando por nós.

— ...

Vamos, vamos logo, mestre. Já vou bater no portão para chamar o porteiro, está bem? — disse o menino, pronto para correr nessa direção, quando Musashi o deteve pelo pulso.

— Não se apresse!
— Por quê, mestre?
— Eu não vou entrar na mansão. Quero que você leve um recado para Otsu-san.
— Quê?! Como é? Mas então, para que veio até aqui, mestre?
— Eu queria apenas me assegurar de que você chegaria são e salvo à mansão.

IX

O receio de que algo poderia subitamente dar errado vinha atormentando Joutaro havia já algum tempo e, ao ver que suas mais negras suspeitas se concretizavam, o menino se afobou:

— Não pode! Não pode fazer isso! — berrou. — Você tem de vir comigo, mestre!

Agarrou-lhe a manga do quimono e tentou arrastá-lo para dentro da mansão, conduzi-lo a força à cabeceira de Otsu, agora num local tão próximo, dentro desses muros,

— Não grite tanto! — repreendeu-o Musashi, considerando a hora e a casa silenciosa. — Escute-me com calma.

— Não quero, não quero ouvir! Você me disse há pouco que me acompanhava.

— E o acompanhei realmente, não acompanhei?

— Mas não disse que era só até o portão! Eu queria dizer que era para vir comigo até perto de Otsu-san. Você está ensinando seu discípulo a mentir, mestre! Isso é certo?

— Joutaro! Não fique tão nervoso e me escute até o fim, com calma. Tem de saber que, muito em breve, estarei outra vez em situação de vida ou morte.

— Mas você mesmo vive dizendo que um samurai tem de acordar a cada manhã preparado para morrer antes do final desse dia! Isso não deve ser nenhuma novidade para você!

— É verdade! São palavras que digo a todo instante, mas soam como uma nova lição quando você as diz. Esta vez, porém, é diferente de todas as outras: conforme você me disse, tenho de estar preparado para enfrentar um duelo em que mal terei uma chance em dez de sobreviver. É por isso que não devo me encontrar com Otsu-san.

— Mas por quê? Por quê, mestre?

— Mesmo que eu lhe dissesse por quê, você não entenderia. Um dia, quando você crescer, compreenderá.

— Tem certeza de que vai enfrentar a morte muito em breve?

— Não diga nada disso a Otsu-san, ouviu bem? Se ela está doente, diga-lhe que Musashi pediu para sarar logo, escolher um rumo na vida e ser feliz... Entendeu, Joutaro? Diga-lhe que foi o que eu lhe disse, antes de partir, mas não conte o resto.

— Nada feito! Nada feito! Vou contar tudo para ela. Como posso não contar? Ah, deixe isso para lá e me acompanhe, mestre!

— Como você é teimoso, Joutaro! — disse Musashi, desvencilhando-se das mãos do menino.

— Mas, mestre... — choramingou — Assim é demais! Tenha pena de Otsu-san! Tenho certeza de que se eu contar o que aconteceu hoje, ela vai piorar! Tenho certeza!

— Então, diga a ela: não adianta nos encontrarmos agora, enquanto eu ainda estou aprendendo a ser um guerreiro, isso apenas nos tornará infelizes. Quando vencemos as adversidades ou buscamos suportá-las com estoicismo, quando nos lançamos voluntariamente num vale cheio de dificuldades, só então o aprendizado se torna significativo. E agora você, Joutaro: não se esqueça que terá também de percorrer esse mesmo caminho para se tornar um guerreiro completo.

— ...

Musashi sentiu súbita pena do menino a soluçar ao seu lado e atraiu-lhe a cabeça para o próprio peito:

— Um guerreiro nunca sabe quando vai morrer, isso é parte do seu cotidiano. Depois que eu me for deste mundo, procure um bom mestre, entendeu, Joutaro? Quanto a Otsu-san... Futuramente, quando ela tiver encontrado a felicidade, há de compreender por que não a procuro agora. Essa luz sobre o muro é a do seu quarto? Ela deve estar se sentindo muito solitária, sem você. Entre, volte para perto dela e trate de dormir também, Joutaro.

X

Embora fosse às vezes obstinado, Joutaro pareceu compreender pelo menos parte dos dilemas de Musashi. Provava-o a sua atitude: de costas, ressentido, soluçava em silêncio. O ressentimento e os soluços vinham da incapacidade de resolver o problema. O pequeno coração se confrangia de pena de Otsu e de saber que era inútil insistir com Musashi.

— Nesse caso — disse o menino, voltando o rosto em lágrimas com uma ponta de conformismo —, quando você terminar seu aprendizado..., nesse dia você virá encontrar-se com Otsu-san, mestre? Quando enfim chegar o dia em que você considerar concluído o seu aprendizado?

— É o que eu mais desejarei quando esse dia chegar.

— E quando será esse dia?

— Como posso saber?

— Daqui a dois anos?

— ...

— Três anos?

— Ando por um caminho sem fim.

— Isto quer dizer que pretende nunca mais se encontrar com Otsu-san?

— Se eu realmente tenho talento, pode ser que um dia obtenha o sucesso. Mas posso não o ter, e nesse caso talvez chegue ao fim da vida como um simplório inútil. Além do mais, estou neste instante face a face com a morte. E como pode um homem nessa situação prometer alguma coisa a uma jovem na flor da idade, que tem o futuro inteiro pela frente?

Joutaro pareceu não compreender direito as explicações quase involuntárias de Musashi, e voltou-se com ar vivo:

— Mas mestre, você não precisa prometer nada a ela, basta apenas que a veja!

Quanto mais explicava, mais Musashi se sentia incoerente e confuso, e sofria com isso.

— Não é tão fácil assim, Joutaro. Otsu-san é uma mulher, eu sou um homem. Sinto-me constrangido em ter de confessá-lo, mas se me encontrar com ela, sei que serei vencido por suas lágrimas, que elas quebrarão a minha firme decisão.

Tanto a fuga empreendida no momento em que vira Otsu no feudo de Yagyu, quanto a atual, eram reações idênticas, mas intimamente Musashi percebia grandes diferenças.

Na ponte Hanadabashi, e também no feudo Yagyu, ele havia rechaçado o amor de Otsu como o fogo repele a água, porque seu espírito aventureiro ansiava por novos horizontes, e também porque se sentira quase melindrado em sua retidão moralista. Agora, porém, à medida que a antiga selvageria começava a ser educada, o jovem Musashi começava a perceber certa dose de fraqueza em si.

Compreender o valor da vida já fora suficiente para ensinar-lhe o medo. Além disso, conhecer pontos de vista de pessoas que trilhavam caminhos diferentes havia-lhe reduzido o orgulho e a presunção.

Com relação às mulheres, especificamente, Musashi havia percebido através de Yoshino como elas podiam ser atraentes e, ao mesmo tempo, quantas paixões diferentes despertavam dentro dele. No momento, Musashi não temia esses objetos tentadores propriamente ditos, mas o próprio coração. E se o objeto tentador era Otsu, ele já não tinha certeza de mais nada. Por outro lado, era-lhe impossível pensar nela como um simples passatempo, desconsiderando seu futuro.

Soluçando, rosto apoiado ao braço, Joutaro ouvira a voz de seu mestre junto ao ouvido, dizendo: — Compreendeu?

Segundos depois, porém, quando ergueu a cabeça num movimento brusco e olhou ao redor, viu apenas neblina e densa escuridão.

— Ah, Mestre! — gritou, correndo até o canto do muro.

XI

Pensou em chamar por Musashi aos berros, mas sabendo que era inútil, Joutaro apoiou o rosto ao muro e rompeu em choro.

Ele agira com tanta boa-fé, empenhara-se tanto em realizar o que seu pequeno coração lhe ordenara, mas Musashi, com sua lógica adulta, o tinha ignorado. E embora acatasse essa lógica, até a entendesse, o menino se sentia magoado.

Chorou muito tempo, até as lágrimas secarem e perder a voz, e deixou-se ficar ainda por ali apenas sacudido por soluços.

Foi então que um vulto feminino, talvez uma serviçal da mansão de volta de alguma missão externa, parou diante do portão de serviço. O vulto, que se cobria com um véu, por certo ouviu os soluços do menino, pois voltou-se e aproximou-se com passos indecisos.

— Jouta-san? — disse uma voz admirada. — É você mesmo, Jouta-san?

Ao segundo grito, Joutaro voltou-se estupefato:

— Ei... Otsu-san?

— Que deu em você? Por que chora?

— Que deu em você, digo eu! Como pode estar aqui fora, doente desse jeito?

— Como posso estar aqui fora? Essa é boa! Nunca vi ninguém dar mais trabalho que você, Jouta-san. Por onde andou até esta hora, depois de sair sem avisar ninguém? Não sabe o quanto me preocupei quando as luzes foram acesas, o portão principal foi fechado e você não voltou!

— Quer dizer que está aqui fora procurando por mim?

— Achei que podia ter acontecido algo errado e não consegui mais continuar na cama.

— Você é tonta, de verdade! Esqueceu que está doente? Que faremos se a febre subir de novo, me diga? Vamos, volte para a cama, rápido!

— Antes de mais nada, quero saber por que você estava chorando.

— Depois eu conto.

— Nada disso. Alguma coisa séria aconteceu. Vamos, fale!

— Vá para a cama primeiro, que eu conto depois. Amanhã, quando você começar a gemer de novo por causa da febre, eu não vou querer nem saber, ouviu?

— Está bem, está bem: volto já para o quarto e me deito. Mas depois, você me conta em linhas gerais o que aconteceu? Você foi atrás do monge Takuan, não foi, Joutaro?

— Fui.

— E perguntou a ele o paradeiro de Musashi-sama?

— Não gosto daquele monge desalmado.
— Quer dizer que não conseguiu saber onde Musashi-sama está?
— Hu-hum.
— Conseguiu?
— Deixe isso para lá e vamos dormir! Vamos dormir! Outra hora eu conto.
— Por que você esconde as coisas de mim? Se não me contar, vou passar a noite inteira aqui fora, sem dormir!
— Droga! — murmurou o menino. Suas sobrancelhas se franziram, e ele pareceu prestes a romper em choro outra vez, mas puxou Otsu pela mão, dizendo: — Primeiro, o meu mestre e, agora, esta moça doente... Porque vocês me dão tanto trabalho, hein? O que eu tenho para contar só pode ser contado depois que eu tiver aplicado uma compressa fria nessa sua testa quente, entendeu? Vá, entre de uma vez! E se não entrar, juro que a carrego nos ombros e a meto na cama!

Puxando Otsu com uma das mãos e com a outra esmurrando a porta de serviço, Joutaro esbravejou:

— Senhor porteiro! A enferma saiu da cama, não percebeu? Abra a porta! Abra a porta de uma vez, que ela é capaz de se resfriar!

UM BRINDE AO AMANHÃ

I

Ajudado por alguns goles de saquê e banhado em suor, Hon'i-den Matahachi veio correndo desde a rua Gojo até a ladeira Sannen-zaka, sem ao menos olhar para os lados.

A meia altura da ladeira cheia de pedregulhos saiu do caminho e, passando por vielas ladeadas por barracos sujos, chegou à conhecida casinha isolada no fundo da horta e espiou o interior.

— Mãe! — chamou. A seguir, estalou a língua e resmungou: — Ora essa, lá está ela cochilando de novo!

Descansou alguns momentos na beira do poço, aproveitou para lavar mãos e pés e entrou na casa, mas a velha Osugi continuava roncando com a cabeça tão enterrada no braço que se tornava difícil distinguir a boca do nariz.

— Irra! Só pensa em dormir! Mais parece uma gata vadia! — reclamou Matahachi.

O sono não era tão profundo, pois a velha entreabriu os olhos e perguntou:
— Que disse?

Em seguida, soergueu-se.

— Hum, pensei que estivesse dormindo — resmungou Matahachi.

— Que jeito é esse de falar da própria mãe? Durmo quando posso para preservar a saúde.

— Faz bem em preservar a saúde, mas enquanto isso, você não me deixa sequer descansar um pouquinho, e logo começa a reclamar: "Deixe de ser preguiçoso, vá saber do paradeiro de Musashi em vez de ficar aí parado..."

— Está bem, está bem. Cochilei sem querer, reconheço. Sou jovem de espírito, mas o corpo não aguenta. E depois, sinto um desânimo tão grande desde aquela noite em que quase acabamos com Otsu... O braço que o cretino do bonzo Takuan torceu ainda dói.

— Eu chego animado e você se mostra abatida; você se recupera e eu fico com vontade de desistir: isso mais parece uma brincadeira de criança!

— Nada disso! Hoje foi especial, tirei o dia para me recuperar, mas não estou velha a ponto de começar a me lamuriar. E então, Matahachi? Soube de algo proveitoso a respeito do paradeiro de Otsu ou do destino de Musashi?

— Nem adianta tapar os ouvidos que se ouve! A cidade está em polvorosa! A única pessoa que não sabe de nada é você, mãe, que fica aí dormindo.

— Que disse? Que notícia deixou a cidade em polvorosa? — disse Osugi, aproximando seus joelhos. — Fale de uma vez, Matahachi!

— Dizem que Musashi vai duelar pela terceira vez com os Yoshioka!

— Ah! Onde? E quando?

— O aviso afixado diante do portão principal da zona alegre dizia apenas: Vila Ichijoji, sem maiores detalhes. A data, madrugada de amanhã.

— ... Matahachi!

— Que é?

— Você leu um aviso afixado perto do portão da zona alegre?

— Isso mesmo. Estava coalhado de gente.

— Presumo então que perambulava desde cedo por essas bandas, no maior descaramento.

— Que... que é isso! — negou Matahachi, abanando freneticamente a mão. — Eu ainda bebo um pouco, de vez em quando, mas levo uma vida bem regrada desde aquele dia horrível, estou me comportando como se tivesse nascido de novo! Além disso, empenho-me seriamente em descobrir o paradeiro de Musashi e Otsu, você sabe disso muito bem! Irra, essa permanente desconfiança me desanima!

Osugi sentiu súbita pena do filho:

— Vamos, Matahachi, não se aborreça. Eu estava apenas pilheriando. E então não sei que você se emendou, e que já não vive farreando? Quanto a esse duelo entre Musashi e os Yoshioka: se ele foi marcado para a madrugada de amanhã, não nos resta muito tempo de sobra.

— Último terço da hora do tigre, dizia o aviso. Isto quer dizer que vai estar escuro ainda.

— Você me disse certa vez que conhecia um dos discípulos da academia, não disse?

— Conhecer, conheço, mas não posso me orgulhar muito das circunstâncias em que o conheci. Por quê?

— Quero que você me leve até essa academia na rua Shijo. Agora! Vamos, arrume-se de uma vez.

II

Idosos são, em geral, impacientes e despóticos. Esquecida de que dormira à vontade a tarde inteira, Osugi franziu o cenho, irritada com o que julgava ser a calma do filho:

— Ande logo, Matahachi!

— Que pressa! Até parece que a casa pegou fogo! Para começar, que pretende batendo à porta da academia Yoshioka?

— Pretendo fazer-lhes um pedido em nosso nome, é óbvio!
— Que pedido?
— Não acaba de me dizer que amanhã de madrugada os homens do clã Yoshioka vão matar Musashi? Pois vou pedir-lhes que nos incluam no grupo que vai duelar amanhã. Quero de algum modo ajudá-los e dar ao menos um golpe nesse maldito Musashi.

Matahachi pôs-se a gargalhar:
— Está louca, mãe?
— Por que ri tanto?
— Porque você diz coisas absurdas!
— Absurdo é você!
— Então vá lá fora e ouça o que diz o povo. Só assim vai saber quem é absurdo, você ou eu. Os Yoshioka perderam Seijuro, para começar, e logo depois, Denshichiro. Esta é uma guerra de extermínio, a última possível para eles. Os homens que estão agora reunidos na academia — por sinal, falida — estão todos de cabeça quente, de puro desespero. Declaram abertamente que, nas atuais circunstâncias, vão eliminar Musashi com a ajuda de muita gente, mesmo que fiquem mal-afamados; alegam que são discípulos vingando o mestre, não têm que se preocupar com regulamentos ou recursos que regem os duelos comuns.

— É mesmo? — disse Osugi apertando os olhos. A notícia era música para seus ouvidos. — Isto quer dizer que, desta vez, Musashi vai acabar em pedacinhos, por mais que se esforce por escapar!

— Quanto a isso, ninguém tem muita certeza. Estão achando que, com toda a probabilidade, Musashi também vai juntar um bando para ajudá-lo: se os Yoshioka são muitos, ele também os enfrentará com outros tantos. Se isso acontecer, a briga vai ser feia, quase uma guerra. Kyoto inteira só fala nisso hoje. E no meio dessa confusão, você acha que alguém vai dar atenção a uma velhinha decrépita que lhes aparece na frente insistindo em ajudá-los?

— Hum!... Pode ser que não. Mas nem por isso podemos ficar apenas contemplando enquanto Musashi, o homem que há tanto tempo procuramos, é liquidado por outras pessoas...

— Acho o seguinte: se estivermos na vila Ichijoji antes do amanhecer, com certeza saberemos o local exato do duelo e os demais detalhes. E então, depois que os Yoshioka liquidarem Musashi, nós nos apresentaremos a eles, faremos uma mesura formal e exporemos nossa saga; depois disso, cada um de nós pedirá licença para golpear o cadáver ao menos uma vez, cortamos uma mecha de seus cabelos ou a manga do seu quimono, e os exibimos ao nosso povo. Desse modo, nossa honra estará salva. Que acha?

— Muito bem, boa ideia! Não vejo outra saída além dessa — observou Osugi, sentando-se agora formalmente. — Depois disso, resta-nos apenas

Otsu. Com Musashi morto, ela estará tão indefesa quanto um macaco caído do galho: vamos acabar com ela com um único golpe, basta apenas encontrá-la.

Murmurando para si, Osugi finalmente se acalmou.

Matahachi voltou-se de repente, como um beberrão que se lembra de um restinho de saquê esfriando no fundo da taça, e disse:

— Uma vez decidido, vamos descansar os ossos calmamente até perto da hora do boi.[40] É um pouco cedo ainda, reconheço, mas que tal pedir saquê para acompanhar o nosso jantar?

— Saquê...? Está bem, vá pedir na cozinha. Eu também vou beber, será uma comemoração antecipada.

— Nesse caso... — disse Matahachi, levando as mãos às coxas e preparando-se com certa má vontade para erguer-se, mas parou e fixou os olhos arregalados na pequena janela lateral.

III

Um rosto branco havia surgido de relance do lado de fora da janela. Para Matahachi, a surpresa não se devia somente ao fato de o rosto entrevisto ser o de uma jovem mulher.

— Mas é Akemi! — disse, correndo para a janela.

A jovem permanecia imóvel sob as árvores, como um gatinho pego de surpresa.

— Ora, essa! Era você, Matahachi-san? — exclamou ela, também surpresa e arregalando os olhos.

Ao mesmo tempo, o tilintar trêmulo de um guizo soou nas dobras do *obi* ou na manga do quimono.

— Que aconteceu? Como é que você apareceu por aqui, assim de repente?

— Mas eu já estou hospedada aqui faz algum tempo...

— Verdade? Não sabia! Junto com Okoo?

— Não.

— Sozinha?

— Isso mesmo.

— Você não vive mais com Okoo?

— Você conheceu Gion Toji, não conheceu?

— Sim.

— Pois minha madrasta fechou a casa de chá no final do ano passado e se evadiu com ele para outra província. Mas, antes disso, eu já não vivia com ela.

---

40. Hora do boi: entre uma e três horas da madrugada.

O guizo tilintou novamente. Akemi chorava com o rosto oculto na manga do quimono. Talvez fosse a luz filtrada pelas copas das árvores, mas Matahachi percebeu diferenças muito grandes tanto na linha do seu pescoço como na mão magra, o viço puro dos velhos tempos do pântano Ibuki ou da casa de chá Yomogi para sempre perdido.

— Quem está aí, Matahachi? — perguntou Osugi, desconfiada.

Matahachi voltou-se:

— Esta é Akemi, a filha da Okoo... Aquela de quem já lhe falei uma vez.

— E a troco de que essa moça ouvia nossa conversa do lado de fora da janela?

— Por que você leva tudo a mal? Ela está hospedada aqui e apenas passou perto da janela. Não foi, Akemi?

— Isso mesmo! Eu nem podia imaginar que você estivesse aqui, Matahachi-san! Ah, pensando bem, um dia, quando eu cheguei até aqui meio perdida, encontrei uma mulher de nome Otsu morando nesta casinha.

— Otsu já foi embora. Você chegou a conversar com ela?

— Não, nada em particular. Mais tarde, porém, me lembrei: aquela moça é a noiva que o esperava em sua terra, não é, Matahachi-san?

— Hum!... Isso foi há muito tempo.

— Você também foi prejudicado pela minha madrasta...

— E você? Continua sozinha? Está tão diferente...

— Eu também sofri muito nas mãos da minha madrasta. Eu tinha de obedecer, já que foi ela quem me criou. E no fim do ano passado, aconteceu uma coisa que eu não consegui suportar... E então saí fugida da Enseada Sumiyoshi, onde fora passar alguns dias.

— Tanto você quanto eu tivemos o início de nossas vidas destruído por obra e graça de Okoo. Maldita! Mas você ainda vai ver: em troca de suas maldades, ela há de ter uma morte horrorosa.

— E agora... Que vou fazer?

— Meu futuro também é negro. Depois de tudo que disse a ela naquele dia, tenho de me tornar alguém na vida e lhe dar o troco, mas... só fico na vontade!

Enquanto os dois jovens lamentavam os destinos semelhantes, Osugi, que juntara seus pertences numa trouxa e se preparava para a viagem, voltou-se impaciente:

— Matahachi! Matahachi! Não perca tempo conversando com uma vadia e venha me ajudar. E prepare-se também para partir. Não se esqueça de que esta é a nossa última noite nesta hospedaria!

IV

Akemi parecia querer dizer-lhe algo mais, mas desistiu por causa de Osugi e se despediu:

— Até mais ver, Matahachi-san. Falo com você depois. — Afastou-se a seguir com passos incertos.

Pouco depois, uma luz se acendeu no interior da casinha.

O serviço de jantar incluía saquê, especialmente encomendado. A conta da hospedaria estava numa bandeja entre a mãe e o filho, entretidos em brindar à partida. Gerente e serviçais revezavam-se, apresentando as despedidas:

— Quer então dizer que parte esta noite definitivamente? Esforçamo-nos ao máximo, mas sei que a nossa hospitalidade não esteve à altura de uma pessoa de seu nível... Gostaríamos, porém, que não se desgostassem, e que nos honrem com sua preferência quando retornarem à nossa cidade.

— Claro, claro! Se voltarmos, passaremos mais alguns dias aqui. Desde o fim do ano passado e esta primavera inteira... Sem querer acabamos ficando quase três meses em sua hospedaria.

— Vamos sentir sua falta, senhora.

— Brindemos à despedida, estalajadeiro.

— De bom grado. E então, volta daqui para sua terra, senhora?

— Nada disso. Aliás, nem sei quando voltarei a pisar minhas terras outra vez.

— Soube que vai partir no meio da noite. Por quê, em hora tão inconveniente?

— É que ocorreu um fato imprevisto, de certa importância. Por falar nisso, vocês não teriam um mapa indicando o caminho para a vila Ichijoji?

— A vila Ichijoji fica muito além de Shirakawa. É um lugarejo solitário, próximo ao monte Eizan. Não faz sentido dirigir-se para esses ermos no meio da noite, senhora.

Matahachi interrompeu o estalajadeiro, dizendo bruscamente:

— Não importa. Faça um esboço do caminho que devemos seguir para chegar a essa vila Ichijoji, por favor.

— Sim, senhor. Por sorte, temos aqui um serviçal que veio dessa vila. Vou perguntar a ele e farei um mapa fácil de entender. Ichijoji, porém, é uma localidade extensa e...

Matahachi, ligeiramente embriagado, começou a se irritar com as demonstrações de cortesia do estalajadeiro e disse:

— Não se preocupe com o local exato para onde nos dirigimos. Queremos apenas saber o caminho até lá.

— Perdoe-me se insisti demais. Prossigam com seus preparativos, senhores... — disse, esfregando as mãos e preparando-se para descer da varanda.

Havia já algum tempo três ou quatro empregados da hospedaria corriam em volta do local e nesse instante o gerente, avistando o estalajadeiro, aproximou-se às carreiras:

— Não viu ninguém fugir para estes lados, patrão? — perguntou o homem.

— Quem?

— Aquela garota que dormia sozinha no quarto dos fundos, faz alguns dias.

— O quê? Ela fugiu?

— Ela estava lá até o fim da tarde, tenho certeza. Mas pelo aspecto do seu quarto, agora...

— Não a acharam em lugar algum?

— Não, senhor.

— Idiotas!

O estalajadeiro fez cara de quem acaba de engolir água fervente e suas feições mudaram instantaneamente. Esquecido da linguagem melíflua de há pouco, o homem começou a despejar injúrias.

— De que adianta trancar a porta depois de arrombada? Pelo jeito da menina, já dava para perceber, desde o início, que tramava alguma coisa. E você só foi perceber que ela não tinha um níquel furado depois de sete ou oito dias? Como pode dirigir uma hospedaria desse jeito, cretino?

— Sinto muito, patrão. Mas era uma menininha tão nova que nem pensamos... Ela nos levou na conversa direitinho!

— Considere perdidas as conta da cozinha e da hospedagem, mas vá pelo menos verificar se não sumiu nada dos demais hóspedes. Bando de incompetentes! — berrou o estalajadeiro, dardejando o olhar ao redor, irado.

V

À espera da meia-noite, mãe e filho brindaram diversas vezes.

Osugi, a certa altura, parou de beber e começou a se alimentar.

— Matahachi! Que tal parar de beber?

— Só mais este trago... — disse o filho, servindo-se de novo. — Eu não vou jantar.

— Coma ao menos arroz e picles. Beber sem comer faz mal.

Empregados da hospedaria portando lanternas iam e vinham pela senda que cortava a horta e pela viela da entrada. Osugi observava o movimento:

— Pelo jeito, ainda não a pegaram — murmurou. — Eu não disse nada porque receava ser envolvida, mas essa menina que desapareceu... Não será essa tal Akemi, que conversava com você esta tarde?

— Talvez.

— Ela não podia ser grande coisa de menina, criada como foi por Okoo, aquela bisca. Trate de não conversar com ela, mesmo que a encontre em algum lugar doravante. Ouviu bem, Matahachi?

— Pensando bem, essa moça é uma pobre coitada.

— Ter pena dos outros é bonito; ruim vai ser se tivermos de pagar a conta dela. Não diga a ninguém que a conhecíamos, até irmos embora daqui.

Matahachi parecia estar pensando em outra coisa. Estirou-se sobre o *tatami*, puxou uma mancheia de cabelos e disse:

— Maldita! Ainda agora, vejo o rosto dela no teto. A culpa do meu fracasso não é de Musashi, nem de Otsu, é daquela megera, Okoo. Ela devia ser o verdadeiro alvo de minha vingança.

Osugi interveio:

— Que bobagem é essa? E de que adiantaria matarmos essa mulher? Ninguém em nossa terra reconheceria o feito, nem a honra da nossa casa se salvaria.

— Estou começando a me cansar da vida.

Nesse instante, o estalajadeiro surgiu na varanda trazendo uma lamparina portátil:

— Velha senhora, acaba de soar a hora do boi.

— Então vamos partir.

— Já? — disse Matahachi, espreguiçando-se. — E então, estalajadeiro, pegaram a fugitiva?

— Não, senhor, não a vimos mais. Desconfiei dela desde o começo, mas como tinha boa aparência, achei que poderia fazê-la trabalhar para mim e assim compensar eventuais dívidas de comida e hospedagem, mas ela nos passou a perna direitinho.

Sentado na beira da varanda, Matahachi amarrava os cordões da sandália e se voltou:

— Mãe, que está fazendo aí? É sempre a mesma coisa: você me apressa e na hora de partir se atrapalha toda.

— Calma! Para que tanta pressa? Escute, Matahachi: será que eu lhe dei aquilo?

— Aquilo o quê?

— A carteira que deixei ao lado desta trouxa. A despesa da hospedaria paguei com o dinheiro que tinha em meu *obi*, e guardei nessa carteira o dinheiro miúdo para as despesas desta viagem.

— Não sei nada a respeito dessa carteira.

— Ei, Matahachi! Venha cá, depressa! Tem uma tira de papel amarrada na trouxa, e nela está escrito: "Para o senhor Matahachi". Mas que descarada! Ela escreveu também: "Levo o dinheiro emprestado, em nome de nossa antiga amizade. Perdoe-me."

— Ora, essa! Então foi Akemi que levou a carteira!

No mesmo instante, o estalajadeiro interrompeu-os:

— Ah!... Quer dizer então que conheciam a fujona! Nesse caso, temos algumas despesas que ficaram pendentes e que gostaríamos de ver acertadas. Que me diz, senhora?

Osugi piscou diversas vezes e sacudiu a cabeça:

— Absurdo! Como haveria eu de conhecer essa ladrazinha? Vamos, vamos, Matahachi! Partamos! Se bobear, os galos vão começar a cantar.

TERRA MORTÍFERA

I

A lua ainda brilhava no céu.

A madrugada vinha chegando, mas era cedo, muito cedo. Os homens observavam as próprias sombras que a lua projetava na estrada branca, estranhamente misturadas umas às outras.

— Não esperava por isso.

— Nem eu! Imaginei que contaríamos com 140 a 150 pessoas, mas está faltando muita gente.

— No passo que vai, seremos apenas a metade disso.

— Incluindo o senhor Mibu Gorozaemon, seu filho e parentes, que ficaram de nos alcançar mais tarde, seremos ao todo cerca de sessenta ou setenta homens, eu acho.

— A casa Yoshioka está decadente, não há mais dúvida! Também, não era para menos: perdemos dois pilares de sustentação, os senhores Seijuro e Denshichiro. É desse jeito que acontece a queda de uma casa tradicional!

Aqui, um grupo sussurrava, sombras juntando-se a sombras. De outro grupo sentado nas ruínas de um muro um pouco mais distante, alguém voltou-se e gritou:

— Não choraminguem. Estamos todos sujeitos a altos e baixos neste mundo.

De um terceiro aglomerado veio outra observação:

— Deixem para lá os que não querem vir! Muitos dentre eles tiveram de procurar outros caminhos, já que a academia fechou as portas. Outros ainda devem estar considerando os prós e os contras pensando no futuro, é mais que natural. Os homens aqui presentes apresentaram-se voluntariamente, e são os de fibra, os que se decidiram por uma vida honrada.

— Cem ou duzentas pessoas seria gente demais, só atrapalharia. Afinal, estamos atrás de um único adversário!

— Olhem aí, tem alguém bravateando! E que me dizem a respeito do que aconteceu no templo Renge-ou? Vocês estavam lá, naquela ocasião, e ficaram olhando Musashi se evadir!

Às costas dos homens, as montanhas Eizan, Ichijoji e Nyoi-ga-take ainda pareciam dormir, envoltas em densa neblina. No ponto onde se encontravam, popularmente conhecido como Encosta do Pinheiro Solitário, a estrada rural que passava pelas antigas ruínas do templo Ichijoji se trifurcava.

Sob a lua do alvorecer, um pinheiro solitário erguia-se com sua copa alta e ramos espalhados. A área, quase uma campina ao pé das montanhas, formava a base do morro Ichijoji e os cantinhos, além de íngremes, eram todos cheios de pedregulhos. Em tempo de chuva, a água costumava descer da montanha formando rios, escavando a terra e expondo ravinas.

Os homens da academia Yoshioka haviam se juntado em torno do pinheiro havia já algum tempo, e vagavam agora ao seu redor como caranguejos em noite de luar.

Atento à topografia local, alguém disse:

— Esta trifurcação cria um problema para nós: não sabemos por qual dos três caminhos chegará Musashi. Acho que a melhor solução será repartir os presentes em três grupos iguais e deixá-los tocaiando nas três sendas, enquanto o representante da casa, o menino Genjiro-sama, o patriarca de Mibu e mais uns dez veteranos da academia, entre eles Miike Juroza e Ueda Ryohei, deveriam permanecer ao redor do pinheiro, os últimos na qualidade de guardiões do menino.

Outro expunha a sua teoria:

— Não, esta área é muito restrita. Juntar muita gente num lugar com estas características será desvantajoso para nós. Acho que devemos esconder-nos a intervalos maiores ao longo do cantinho por onde Musashi virá, deixá-lo passar e depois encurralá-lo pela frente e por trás. Desse modo, ele não nos escapará.

A coragem crescia visivelmente, insuflada pela presença numerosa. Das sombras, que ora se juntavam ora se afastavam, sobressaíam longos cabos de espada e de lanças empunhadas, dando a impressão de que os homens tinham sido trespassados pelas próprias armas. Todos eles pareciam bravos, muito corajosos.

— Estão chegando! Estão chegando!

Ao grito do homem que se aproximava correndo, os homens imobilizaram-se, sobressaltados. Embora soubessem que havia ainda muito tempo para a hora combinada, os homens não puderam evitar que os pelos do corpo inteiro se eriçassem.

— É Genjiro-sama.

— Vem de liteira, pelo jeito.

— Natural, ele ainda é muito novo.

Na direção em que se voltaram todos os olhares, três ou quatro pontos de luz se aproximavam em meio às lufadas frias que desciam do monte Eizan, pelo caminho que o luar tornava ainda mais brilhante que os pontos de luz.

II

— Muito bem! Vocês já estão reunidos! — disse o ancião em tom de aprovação, apeando-se da primeira liteira. Da segunda, desceu um menino aparentando treze ou catorze anos.

Faixas brancas às testas prendiam os cabelos de ambos e as bainhas de seus *hakama* haviam sido arregaçadas e presas. Ali estavam Genzaemon, de Mibu, e seu filho, Genjiro.

— Escute — disse o ancião ao filho. — Você não precisa fazer nada, basta apenas permanecer debaixo desse pinheiro.

O menino acenou em silêncio. O pai acariciou-lhe a cabeça e disse:

— Você é o representante oficial da casa Yoshioka neste duelo, mas, por ser muito novo, estes discípulos lutarão em seu lugar. Fique ali e aguarde.

Genjiro tornou a balançar a cabeça em sinal de concordância e foi no mesmo instante para baixo do pinheiro, ali postando-se garboso como um pequeno príncipe.

— Não precisa ficar aí desde já. Falta ainda um bocado até o amanhecer, disse o velho. Apalpou em seguida as próprias coxas e retirou um cachimbo estilo *Taiko*. Voltou-se então para os homens próximos e perguntou:

— Quem tem fogo?

Passeou o olhar calmo em torno, demonstrando segurança.

— Velho senhor de Mibu, temos pederneiras de sobra por aqui. No entanto, acho mais prudente dividirmos os homens, antes de mais nada — disse Miike Jurozaemon, adiantando-se.

— Tem razão — replicou o ancião.

Laços de sangue o ligavam à casa Yoshioka, realmente, mas ainda assim, oferecer o único filho para representar a casa no duelo era demonstrar genuíno apreço pelo clã. Sem um momento sequer de hesitação, passou ao assunto.

— Vamos decidir imediatamente a estratégia. De que modo pretendem dividir os homens?

— Estabelecendo como base o pinheiro, pretendo posicionar aproximadamente vinte homens em cada um dos três caminhos, ocultos em ambos os lados das estradas a uma distância aproximada de quarenta metros uns dos outros.

— E quanto a este local?

— Perto do jovem Genjiro-sama estaremos o senhor, eu e mais dez, encarregados não só de sua proteção como também de se juntar ao grupo que emboscará a estrada por onde surgir Musashi, assim que ouvirmos o aviso. Juntos, liquidaremos nosso adversário.

— Espere um pouco — disse o ancião, ponderando calmamente, como todo idoso. — Se distribuirmos o pessoal pelas três sendas, isto significa que Musashi, quando aparecer por uma delas, terá pela frente, num primeiro momento, apenas vinte pessoas, mais ou menos.

— Mas se todos eles o cercarem simultaneamente...

— Não, não é tão fácil assim. Para começar, Musashi também trará consigo alguns homens para ajudá-lo. Além disso, naquela noite da nevasca, logo depois do duelo com Denshichiro, percebi muito bem, pelo modo como se evadiu do pátio do templo Renge-ou, que esse Musashi não só é um espadachim muito bom, como também exímio na arte da fuga. Em outras palavras, ele conhece a fundo a estratégia da fuga rápida. É muito provável, portanto, que ele enfrente inicialmente uns três ou quatro dos nossos, golpeie-os e depois fuja rapidamente, para poder sair por aí dizendo que enfrentou sozinho setenta e tantos discípulos da academia Yoshioka e os venceu todos.

— Ah, mas isso não permitiremos que ele diga.

— Negar será inútil, apenas abrirá uma controvérsia sem fim. Musashi poderá trazer um bando inteiro para ajudá-lo, mas, ainda assim, o mundo só vai falar dele. E se a luta for de um contra muitos, o povo sempre tende a falar mal dos que estão em maioria.

— Compreendi, senhor. Isto significa que, haja o que houver, não deveremos permitir que Musashi nos escape com vida. Não desta vez, certo?

— Isso mesmo!

— Sabemos disso, nem era preciso chamar-nos a atenção para o ponto. Se empregarmos a estratégia errada e deixarmos Musashi escapar mais uma vez, nada poderá salvar o nosso nome, por mais que nos justifiquemos. É exatamente por isso que nosso objetivo, hoje, é apenas um: matá-lo, não importa como. Mortos não falam. Basta liquidá-lo que o mundo todo terá de aceitar a nossa versão dos fatos.

A seguir, Miike Jurozaemon examinou os grupos ao seu redor e chamou alguns dentre eles.

III

Três homens portando arcos de pequena envergadura e um homem com uma espingarda adiantaram-se:

— Chamou-nos?

Miike apenas acenou com a cabeça e se voltou para Genzaemon:

— Senhor, estamos preparados para tudo! — disse ele. — Espero que isto o tranquilize.

— Ora, você trouxe arqueiros e atiradores!
— Penso em ocultá-los numa elevação ou no topo de uma árvore.
— Não dirão por aí que isso é covardia?
— Mais que a opinião pública, importa-nos matar Musashi. Se ganharmos, formaremos a opinião. Se perdermos, não adiantará dizer a verdade, pois ninguém acreditará.
— Está bem! Se vocês estão determinados a esse ponto, nada mais tenho a dizer. Com a ajuda de flechas e balas, Musashi não terá chance alguma de escapar, mesmo que traga cinco ou seis homens para ajudá-lo. Cuidado para não serem surpreendidos enquanto ficam conferenciando. Deixo o comando da operação a seu cargo, Miike. Vamos dispor os homens, imediatamente.

Jurozaemon gritou então aos seus homens:
— Escondam-se todos!

Nas três sendas ocultaram-se os homens encarregados de frustrar, logo de partida, o ataque inimigo, e de encurralá-lo por todos os lados. O pinheiro solitário era a cidadela, e seria protegida por dez dos mais valorosos homens da academia.

As sombras correram e se espalharam, mergulhando no mato como gansos em meio a juncos, camuflaram-se atrás de árvores, jogaram-se de bruços nas estreitas sendas que cortavam as lavouras.

Homens carregando às costas arcos e flechas subiram agilmente nas árvores mais altas e melhor posicionadas.

O único homem com a espingarda subiu agarrando-se aos troncos do pinheiro solitário e empenhava-se agora em ocultar-se, evitando o luar.

Agulhas secas e cascas do pinheiro caíram do alto. O jovem Genjiro, mais parecendo um galante boneco de festivais, estremeceu inteiro e levou a mão à gola do quimono.

O idoso Genzaemon percebeu o movimento e disse:
— Que é isso? Está tremendo de medo, meu filho?
— Não é medo! Uma agulha do pinheiro entrou na gola.
— Ah, ainda bem. Isto vai ser uma boa experiência para você. Observe com atenção, porque em breve vai começar a refrega.

Foi então que do caminho mais a leste, o do templo Shugaku-in, um berro retumbante se fez ouvir:
— Idiota!

No mesmo instante as moitas próximas estremeceram e crepitaram.

Movimentos em diversos lugares denunciaram os locais onde os homens tinham-se ocultado. Genjiro, o galante príncipe, agarrou-se ao quadril do pai e deixou escapar:
— Estou com medo!

— Ele vem aí! — disse Miike Jurozaemon, disparando em direção ao tumulto. E mesmo enquanto corria, sentiu que havia algo estranho.

Miike tivera razão de estranhar, pois quem chegava não era Musashi, mas o jovem Sasaki Kojiro que, no dia anterior, havia intermediado os entendimentos para o duelo. Em pé no meio do caminho, ele repreendia os discípulos que o rodeavam com a sua já conhecida expressão desdenhosa:

— Não enxergam? Isso prova que o nervosismo já lhes turvou a vista! Como podem me confundir com Musashi e me atacar? Estou aqui na qualidade de testemunha do duelo. Como é que se atrevem a pular do meio do mato com uma lança e tentar me atingir, idiotas?

IV

Contudo, os nervosos homens do clã Yoshioka também começaram a desconfiar:

— A atitude é estranha...

— Ele deve ter se bandeado para o lado de Musashi, e está aqui para conferir nossas posições.

Embora tivessem desistido de atacá-lo, os discípulos sussurravam entre si e não desfaziam o cerco.

Foi então que Jurozaemon se aproximou correndo. O olhar de Kojiro voltou-se furioso para Miike, que nesse momento vinha abrindo caminho pelo cerco:

— Os Yoshioka encaram a mim, que me dei ao trabalho de vir até aqui para testemunhar o duelo, como inimigo?! Você por acaso os orientou nesse sentido? Porque nesse caso, eu, Sasaki Kojiro, lhes declaro que andei negligenciando minha preciosa espada, a Varal, e que ela está sedenta de sangue. Esta é uma oportunidade de ouro para matar sua sede. Entre mim e Musashi nada existe que me leve a dar-lhe uma mão, mas posso enfrentá-los para salvar minha própria reputação. Que me diz?

A arenga era inflamada, imperiosa.

Essa atitude arrogante era usual em Kojiro, mas constituía uma surpresa para os que viam apenas a aparência bem cuidada e o corte juvenil de cabelos.

Jurozaemon, no entanto, pôs-se a rir. Parecia dizer: nessa não caio!

— Ora, essa, você está muito nervoso! Contudo, deixe-me perguntar: quem foi que o chamou aqui esta manhã para servir de testemunha? Sou do clã, e não me lembro de ter-lhe solicitado nada semelhante. Ou será que o pedido partiu de Musashi?

— Cale-se! Na ocasião em que afixamos o aviso na rua Rokujo, deixei minha posição bem clara para ambos os lados.

— É verdade, lembro-me vagamente de tê-lo ouvido dizer algo a respeito de testemunhar ou não este duelo. Mas tenho certeza de que nenhum de nós afirmou naquele momento que concordava. Isso quer dizer que você, por sua própria conta e risco, está se apresentando para cumprir uma função que ninguém lhe delegou. Aliás, o mundo está cheio de intrometidos iguais a você.

— Como ousa? — replicou Kojiro. A violência agora não era fingida. Jurozaemon, porém, gritou-lhe:

— Retire-se! — E em seguida, como se cuspisse: — Isto aqui não é um espetáculo. Não precisamos de assistência!

— Hum!... — exclamou Kojiro, empalidecendo e contendo a respiração. Voltou-se bruscamente e disse: — Não perdem por esperar.

No momento em que se dispunha a retornar pelo caminho que viera, o velho senhor de Mibu, Genzaemon, surgindo com alguns minutos de atraso, deteve-o apressadamente:

— Ó jovem! Senhor Kojiro! Espere um momento!

— Nada mais quero com vocês! Vou fazê-los engolir as últimas palavras, não perdem por esperar!

— Não diga isso, jovem! Espere, espere um pouco! — insistiu o ancião, barrando a passagem de Kojiro, que se preparava para se afastar, furioso. — Sou o tio de Seijuro. Eu já tinha ouvido meu sobrinho referir-se ao senhor como um jovem bastante promissor. Não sei que mal-entendido pode estar ocorrendo aqui, mas gostaria que perdoasse a rudeza destes discípulos em consideração a mim, um velho.

— Sua cortesia me embaraça, senhor. Veja bem: por causa do meu antigo relacionamento com o senhor Seijuro, eu tinha pela academia a maior consideração. É verdade que não posso tomar abertamente o seu partido neste confronto, mas também não esperava ser recebido com tanta hostilidade.

— Tem razão! Tem toda razão de se indignar. Gostaria que desconsiderasse o que se passou e, em nome de meus dois sobrinhos, Seijuro e Denshichiro, peço que nos honre com sua assistência.

Com toda diplomacia, o velho Genzaemon tratou de acalmar a suscetibilidade do intrépido e orgulhoso guerreiro.

V

O aparato ofensivo de que dispunham tornava a ajuda de Kojiro dispensável. O velho Genza, porém, parecia temer que o jovem espalhasse mais tarde aos quatro ventos a tática covarde que haviam preparado.

— Esqueça o que houve, por favor! — insistiu o idoso homem.

Ante o polido pedido de desculpas, Kojiro mudou radicalmente de atitude.

— Que é isso, senhor? Um idoso veterano não deve reiterar escusas a um jovem inexperiente como eu: o senhor me confunde. Por favor, não se curve — disse, recuperando o bom humor com inesperada rapidez. Voltou-se então para os homens da academia Yoshioka e, com a fluência que lhe era habitual, fez um discurso de encorajamento, ao mesmo tempo em que falava de sua relação com Musashi em termos severos.

— Mantive desde o princípio um relacionamento amistoso com o senhor Seijuro e, como já disse antes, nada me prende a Musashi. Por uma simples questão de amizade, é natural que eu deseje muito mais a vitória do grupo Yoshioka que a de Musashi! Apesar de tudo, deixe-me dizer-lhes: que coisa lamentável foram essas duas derrotas consecutivas! A academia faliu, a casa Yoshioka arruinou-se! Como posso eu permanecer indiferente ante tantas desgraças? Desde a Antiguidade sempre houve duelos envolvendo casas guerreiras, mas nunca vi nem ouvi falar de uma desgraça que se assemelhasse a esta, que desabou sobre a tradicional casa Yoshioka, a instrutora dos xoguns Muromachi, hoje destruída pelas mãos de um guerreiro provinciano e desconhecido.

Kojiro discursava, rubro de emoção. A começar pelo idoso Genzaemon, todos os presentes calaram-se, impressionados com sua veemência. Ao mesmo tempo, pareciam perguntar-se, arrependidos, Jurozaemon mais que todos, como puderam ser tão ríspidos com alguém que mostrava tanto interesse por suas causas.

Ao perceber o ambiente, Kojiro sentiu-se em seu elemento e tornou-se ainda mais eloquente:

— Como homem que, no futuro, pretende também fundar uma casa guerreira, empenho-me em assistir a duelos e disputas com armas reais não por simples curiosidade, mas porque considero educativo o papel de espectador. Até hoje, contudo, na qualidade de espectador, nunca deparei com um conflito que me deixasse mais irritado que este, dos senhores com Musashi. Como foi que deixaram Musashi escapar ileso, tanto no episódio de Rendaiji quanto no de Renge-ou-in, se os senhores dispunham — segundo acredito — de tantos assistentes? Não consigo entender como ficaram quietos mesmo depois que Musashi eliminou seu mestre, e lhe permitiram andar livremente pela cidade!

Lambeu os lábios secos e continuou:

— Musashi é um espadachim capaz, forte demais para ser um simples guerreiro nômade, um homem feroz como poucos, sem dúvida. Com relação a isso, sou capaz de atestar, pois já o encontrei umas duas vezes. E pode até ser que me achem intrometido, mas de um tempo para cá ando investigando seus antecedentes, apesar de minha fonte ser apenas uma mulher com quem deparei por acaso, e que o conhece desde a época em que ele tinha dezessete anos — disse Kojiro, sem mencionar o nome de Akemi.

— De acordo com essa mulher e também com outras fontes, esse sujeito é filho de um *goushi* da província de Sakushu: depois da batalha de Sekigahara, ele voltou à própria terra, andou promovendo distúrbios, foi expulso e acabou por vagar ao léu pelo país. Eis a história desse homem. Ela nos mostra que Musashi nem sequer merece nossa consideração. Não obstante, sua técnica é inata, tem uma força selvagem, é um temerário, enfim. Penso, por isso, que algumas vezes técnicas ortodoxas levam a pior quando confrontadas com a dele, num exemplo clássico da força bruta vencendo a razão. Isto quer dizer que os senhores não conseguirão vencê-lo enfrentando-o com armas normais. Do mesmo modo que só se pega uma fera armando-lhe ciladas, aviso-os que se não empregarem um ardil, serão derrotados uma vez mais. E será que levaram em consideração todos esses aspectos quando compuseram sua estratégia?

O velho Genza agradeceu-lhe o interesse e explicou que não havia falhas na composição do esquema, ao que Kojiro aquiesceu e insistiu:

— Se estão preparados para tudo, creio que não o deixarão escapar desta vez. Penso, porém, que deveriam reforçar o esquema com um novo plano que lhes aumentaria a segurança.

VI

— Novo plano? — ecoou o idoso Genza, analisando o rosto petulante do jovem Kojiro. —Agradeço o seu interesse, mas não creio que precisemos de nenhum plano ou preparativo além dos que já temos.

Kojiro, entretanto, insistiu:

— Não concordo, senhor. Se Musashi aqui aparecer com o descaramento que lhe é característico, aí então o senhor pode considerar que ele efetivamente caiu em sua rede e não terá como escapar. Mas de nada adiantarão todos os preparativos se Musashi vier a saber deles e não aparecer.

— Nesse caso, nós o transformaremos em alvo das maiores zombarias. Ergueremos placas em todas as ruas da cidade de Kyoto, anunciando: Musashi fugiu. Todos rirão dele!

— Com isso, o nome dos senhores estará parcialmente salvo, têm razão. Mas Musashi também anunciará ao mundo a atitude covarde dos senhores, o que de modo algum ajudará a vingar a honra do seu mestre. Precisam, a qualquer custo, eliminar Musashi definitivamente aqui e agora, senhores. Para tanto, creio que precisam de um plano que o atraia a esta cilada mortal, um estratagema que o obrigue a vir até aqui.

— Ora... E existe por acaso tal estratagema?

— Existe! — disse Kojiro, aparentando toda a segurança do mundo. — Estratagemas existem, e muitos.

A seguir, baixou a voz e, com uma expressão cordial, raramente vista em seu rosto arrogante, aproximou a boca do ouvido de Genza e sussurrou algumas palavras.

— Que acha? Agrada-lhe? — perguntou.

— Compreendo!... — disse o velho, piscando muitas vezes. A seguir, achegou por sua vez o rosto ao de Miike e sussurrou algumas palavras.

Dois dias antes Musashi tinha batido à porta da humilde estalagem no meio da noite e deixara o velho estalajadeiro abismado com seu súbito retorno, depois de tanto tempo. Após passar uma noite ali, partira na manhã seguinte dizendo que ia ao templo Kurama-dera e, depois disso, o velho não o vira mais o dia inteiro.

Nessa noite esperara por Musashi aquecendo um cozido, mas ele retornou no dia seguinte, quase ao cair da tarde. Mal chegou, disse: — Trouxe-lhe de Kurama — e entregou um pacote de batatas ao velho estalajadeiro. O outro pacote era um rolo de tecido branco, de algodão, com certeza adquirido numa loja dos arredores, e com o qual ele queria que lhe fizessem um jogo de roupas de baixo, um protetor abdominal e uma faixa para a cintura.

O velho estalajadeiro levou em seguida o tecido para a casa de uma jovem costureira, encomendou-lhe as costuras e, aproveitando, comprou na volta um pouco de saquê da taberna. E enquanto conversavam amenidades, bebiam saquê e comiam as batatas, a jovem costureira trouxe os artigos que lhe haviam sido encomendados.

E assim Musashi tinha-se deitado com as roupas novas dobradas à cabeceira de seu leito. No meio da noite, porém, o velho estalajadeiro acordou com o barulho de água na beira do poço, nos fundos da casa. Estranhou e espiou. Musashi já se havia levantado, tomado um banho de água fria à luz do luar e, vestindo as roupas de baixo recém-costuradas e imaculadamente brancas, tinha enrolado o protetor de abdômen à cintura e estava vestindo por cima de tudo seu quimono usual.

A lua ainda continuava no céu. Aonde ia ele, todo arrumado? — perguntara-lhe o velho, estranhando. A isso, o jovem respondera que nos últimos tempos tinha percorrido a cidade de Kyoto e seus arredores, no dia anterior já subira a Kurama e que se cansara um pouco dessa cidade. Assim sendo, tivera súbita vontade de andar pela estrada àquela hora, sob o luar da madrugada, subir ao monte Eizan, contemplar o sol nascendo no mar de Shiga e, a partir dali, encetar uma nova jornada, desta vez para a cidade de Edo. E no instante em que a inspiração lhe viera, prosseguira Musashi, perdera o sono: com pena de acordá-lo, resolvera separar o dinheiro da hospedagem e da comida e deixá-lo à cabeceira de seu leito. Não era muito, mas queria que o aceitasse. Dentro de três ou quatro anos, quando retornasse a Kyoto, ele prometia voltar a se hospedar naquela estalagem. Depois disso, recomendara:

— Feche a porta depois que eu sair, estalajadeiro!

E com passos decididos, passara pela estreita senda no meio das plantações próximas e se dirigira à estrada de Kitano, coberta de excrementos de gado.

Pesaroso, o velho ficou olhando seu vulto se afastar por uma pequena janela. Cerca de dez passos além, na estrada, Musashi tinha-se abaixado por instantes para reatar os cordões da sandália.

APENAS O LUAR

I

O sono tinha sido breve mas profundo, achou Musashi. Sentia a mente limpa, translúcida como o céu dessa noite, em unidade com o corpo, dissolvendo-se passo a passo em algo místico, indefinível.

"Vou caminhar com calma, aproveitando esta sensação", pensou, reduzindo propositadamente a largura dos passos. "Bem... Esta deve ser minha última noite no mundo dos homens."

Não se sentia surpreso, nem triste, não havia dor nem emoção no pensamento. Ele apenas aflorara no íntimo e viera à boca num murmúrio, sem traço de afetação.

Talvez não sentisse a morte tão próxima porque havia uma considerável distância até os escombros do velho templo Ichijoji, na encosta onde se situava o pinheiro, ou porque era cedo ainda — mal passava da meia-noite.

Musashi havia passado todo o dia anterior num templo no interior da montanha Kurama, sentado em silêncio em meio ao sibilar do vento no pinheiral. Na ocasião, apesar do esforço em esvaziar a mente de pensamentos conscientes e da própria ideia de ser, não conseguira fugir da noção de morte e terminara por descer da montanha sentindo-se infeliz, achando que perdera tempo indo até lá praticar o *zazen*.

Comparando os dois momentos, a sensação revigorante deste era espantosa, reconheceu Musashi, admirado de si próprio. Depois de beber um pouco em companhia do estalajadeiro e dormir um sono reconfortante, ele havia se levantado, tomado um banho frio com a água do poço, e se vestira. E agora Musashi não conseguia imaginar que esse corpo, contido em roupas íntimas imaculadamente limpas, morreria dentro em breve.

"Pensando bem, as estrelas também brilhavam esplêndidas na noite em que me arrastei com o pé inflamado até a montanha por trás do santuário de Ise. Aquilo aconteceu no meio do inverno... A esta hora, os ramos das cerejeiras de onde pendiam pingentes de gelo devem estar cobertos de botões."

Coisas sobre as quais nem queria pensar vinham-lhe à mente com facilidade, enquanto outras mais importantes, como soluções vitais para o problema que o esperava logo adiante, não lhe ocorriam.

Talvez se tivesse empenhado demais em preparar-se para a morte, e agora seu subconsciente já tivesse desistido de tentar solver enigmas como o sentido da morte, a agonia da morte, o que havia depois da morte, questões que não conseguiria resolver mesmo que vivesse cem anos.

Por estranho que parecesse, o som frio de flautas e flajolés partia de algum lugar da estrada e vibrava no ar.

Ao que tudo indicava, provinha de uma das mansões nobres, numa das vielas laterais, mas não se tratava de uma reunião de lordes desocupados, bebendo e divertindo-se, pois a melodia tinha um tom fúnebre, solene. A música evocava ramos de *sakaki*[41] e luzes de velório, vultos em torno de um caixão, guardando um morto à espera da manhã.

"Alguém me precedeu", pensou Musashi. Tinha a sensação de que se encontraria pela manhã com o espírito deste morto no topo da montanha da morte, e que juntos encetariam a viagem para o além. A ideia o divertiu.

Talvez o som dos flajolés já estivesse no ar há algum tempo sem que Musashi se tivesse dado conta. Tinha sido o som desse instrumento que o levara a lembrar-se da Mansão das Crianças, do santuário de Ise e das cerejeiras com pingentes de gelo a caminho do Pico da Águia...

De qualquer modo, como posso estar tão tranquilo neste instante? — indagou-se Musashi. E se esse estado de quase indiferença fosse o reflexo de um imenso pavor inconsciente, provindo das entranhas desse corpo ora caminhando passo a passo em direção à morte certa?

Em dúvida, parou bruscamente, pés plantados com firmeza no solo. Nesse trecho, a estrada já dava numa outra mais larga que conduzia ao templo Shokokuji e, cerca de dois quilômetros adiante, avistou a superfície prateada de um rio, seus fortes reflexos fosforescentes alcançando os muros de mansões próximas.

E no canto de um desses muros, um vulto negro tinha-se imobilizado, voltado para o lado de Musashi.

II

Musashi parou.

O vulto, ao contrário, moveu-se e veio se aproximando. Perto da sombra do homem, uma outra, pequena, pareceu vir rolando pela estrada enluarada. Quando se acercaram, foi possível perceber que a sombra pequena era o cão do homem.

— ...

Desfazendo a tensão acumulada até nas pontas dos pés e mãos, o jovem cruzou com o vulto em silêncio. O viajante noturno, porém, voltou-se de repente e lhe dirigiu a palavra depois de já ter passado por ele:

---

41. *Sakaki*: árvore sagrada, usada em rituais religiosos do xintoísmo.

— *Obuke*-sama!

— É comigo? — disse Musashi, quase dez metros adiante.

— Sim, senhor — respondeu o homem de aparência comum, curvando-se respeitosamente. Usava um *hakama* típico dos artesãos e um pequeno chapéu preto.

— Que quer?

— Desculpe se a pergunta lhe soa estranha, mas a caminho para cá, não deparou, senhor, com uma mansão toda iluminada?

— Não vim prestando atenção, mas me parece que não havia nenhuma casa desse jeito.

— Será que estou na estrada errada?

— Que procura você?

— Uma casa onde velam um morto.

— Acho que havia uma assim.

— O... o senhor a viu?

— Ouvi o som de flautas e flajolés partindo de uma mansão nesta hora tardia a quase dois quilômetros daqui.

— Deve ser ela! O sacerdote xinto ficou de ir à frente.

— Você também está indo para o velório?

— Sou fabricante de caixões do monte Toribe. Por uma estupidez da minha parte, entendi que era para ir à casa de certo senhor Matsuo, em Yoshida; mas ao chegar lá descobri que se haviam mudado para cá havia dois meses... A esta hora da madrugada, não posso bater à porta de ninguém para perguntar. Além disso, esta área me é totalmente desconhecida...

— Matsuo, do monte Yoshida? Você quer dizer: uma família de nome Matsuo, que morava na região do monte Yoshida e se transferiu para cá há poucos meses?

— Isso mesmo, senhor. Mas eu não sabia disso e perdi um bom tempo. Muito obrigado pela informação, senhor.

— Espere! Espere um pouco! — disse Musashi, retornando dois ou três passos. — Você está indo para a casa de Matsuo Kaname, antigo vassalo da casa Konoe?

— Sim, senhor. Esse senhor Matsuo Kaname acaba de falecer, depois de apenas dez dias de enfermidade.

— O chefe da família?

— Ele mesmo.

— Ora essa... — sussurrou Musashi, quase num gemido, pondo-se a andar no mesmo instante. O fabricante de caixões também já se afastava no rumo oposto. O cachorrinho, que ficara para trás, corria-lhe agora no encalço a toda pressa.

— Quer dizer que ele morreu... — pensou, sem nada sentir, apenas constatando o fato. Se nem a ideia da própria morte conseguia emocioná-lo, tanto menos a dos outros.

E assim terminara os dias aquele que fora o marido de sua tia, homem mesquinho e frio que vivera a vida inteira economizando migalhas.

Mais forte que essa lembrança, Musashi tornou a sentir nesse instante o cheiro dos bolinhos de arroz que, trêmulo de fome e frio, assara na manhã do ano-novo na beira do rio Kamo, coberto de gelo.

— Eram deliciosos! — lembrou-se. Pensou na tia, tendo de viver sozinha doravante.

Momentos depois, chegou à margem do rio Kamo, em seu trecho mais próximo à nascente. Do outro lado do rio, os Trinta e Seis Picos pareciam descer do céu e vir em sua direção. Musashi sentiu que cada um deles o hostilizava.

Permaneceu imóvel por algum tempo em muda contemplação. A seguir, balançou a cabeça, como se concordasse em silêncio.

Desceu o barranco, rumo à margem do rio. Uma ponte composta de diversas barcaças acorrentadas umas às outras estendia-se à sua frente.

III

Para quem vinha da área setentrional de Kyoto e queria alcançar o monte Eizan ou o passo de Shiga, aquela passagem era obrigatória.

— Eeeei! — ouviu Musashi alguém gritar quando já havia atravessado a metade da ponte de barcaças.

As águas rápidas do rio murmuravam satisfeitas no luminoso trecho revelado pelo luar. O rio era o caminho dos ventos gelados que percorriam o interior da região de Tanba. No meio da imensidão, era difícil saber de onde partia a voz, ou quem chamava.

— Eeei! — tornou novamente a voz.

Musashi parou duas vezes, mas desistiu de localizar a pessoa que o chamava e acabou por atravessar a precária ponte e saltar para a margem oposta.

Foi então que percebeu alguém acenando e aproximando-se às carreiras a partir da rua Ichijo, ao longo da margem do rio. Teve a impressão de que o vulto lhe era familiar, e não se enganou: o homem que chegou correndo era Sasaki Kojiro.

— Olá! — disse Kojiro com familiaridade. Olhou fixamente para Musashi, observou cuidadosamente o pontilhão de barcaças e depois perguntou:

— Veio só?

Musashi confirmou com um aceno de cabeça:

— Vim — respondeu, como se fosse a coisa mais natural.

A abordagem não fora das mais corteses. Só depois, Kojiro disse:

— Quando nos encontramos, há poucos dias, sei que me comportei com certa impertinência e agradeço-lhe por ter acatado minhas sugestões.

— Não tem por que me agradecer.

— Está se dirigindo agora para o local do duelo?

— Sim.

— Veio só? — perguntou Kojiro mais uma vez, ciente de que insistia.

— Vim. — A resposta era a mesma, mas agora soou mais nítida.

— Ah, sei. Escute, mestre Musashi: você por acaso não teria entendido mal as condições que escrevi no aviso da rua Rokujo?

— Não creio.

— Eu, porém, insisto: o aviso não estabelecia que este duelo tem de ser de homem contra homem, como o anterior, contra o mestre Seijuro.

— Sei disso.

— O representante dos Yoshioka é apenas um menino, seu papel é formal, e os discípulos da academia constam como demais desafiantes. Discípulos podem significar tanto dez, como cem homens. Acho que você não reparou nesse detalhe.

— Por que diz isso?

— Porque excluindo os incapazes e os covardes, parece-me que todos os discípulos mais valentes estão lá, em torno do pinheiro solitário, aguardando a sua chegada.

— Por acaso já esteve no local?

— Estive, de fato, e quando percebi como a situação era grave para você, retornei até aqui por saber que esta passagem é obrigatória para quem se dirige às ruínas do templo Ichijoji. E aqui permaneci à sua espera porque acredito ser esse o meu dever como intermediador deste duelo.

— Agradeço o seu interesse.

— Os fatos são esses. Ainda assim insiste em ir sozinho? Ou seus assistentes tomaram outra estrada?

— Comigo, tenho só um companheiro, que veio andando ao meu lado.

— Como é? Onde está ele?

Musashi apontou a própria sombra e disse:

— Aqui.

O luar cintilou nos dentes brancos, expostos num sorriso.

IV

A brincadeira e o súbito sorriso, partindo de um homem que dificilmente gracejava, pegaram Kojiro desprevenido. Ligeiramente aturdido, insistiu, com maior seriedade ainda:

— Isso não é hora para brincadeiras, mestre Musashi.

— Não estou brincando.

— Mas só posso tomar como gracejo, e, além disso, menosprezo à minha pessoa, essa história de que veio em companhia da própria sombra para o duelo.

— Nesse caso — replicou Musashi, com súbita seriedade, mais contundente que a de Kojiro — serão simples gracejo as palavras que, se bem me lembro, disse o santo budista Shinran: "O devoto de Amitabha tem sempre um companheiro no caminho da ascese: ao seu lado está Amitabha."

— ...

— Você talvez se preocupe comigo porque o duelo parece impossível, já que os Yoshioka são muitos e eu, como bem vê, estou sozinho, mas peço-lhe: não se inquiete.

As palavras confiantes de Musashi pulsaram na noite.

— Se meu adversário se prepara arregimentando dez pessoas e eu o enfrento com mais dez, é certo que ele logo rebaterá trazendo mais vinte. E se eu torno a enfrentá-los com mais vinte serei, com certeza, contra-atacado com mais trinta ou quarenta, muita gente sairá ferida e perturbaremos a ordem pública. O incidente não só afrontará as leis da sociedade, como também nada de positivo trará para o caminho da esgrima. Ele apenas acarretará centenas de males e nenhum benefício.

— Tem razão. Mas pense bem, mestre Musashi: a arte da guerra nem sequer considera a hipótese de começar uma guerra que já está desde o começo perdida.

— Situações existem em que a hipótese tem de ser considerada.

— Isso não existe! Isso não é estratégia, é erro, é irracionalidade.

— Nesse caso, digamos que a arte da guerra não prevê situações como a minha, e que sou um caso à parte.

— Isso é ilógico.

Musashi não disse mais nada, apenas riu. Kojiro, porém, não desistiu:

— Por que se propõe a fazer uma guerra não prevista na arte guerreira? Por que não procura caminhos alternativos?

— Esta estrada é o meu caminho alternativo!

— Só espero que não seja o que conduz ao além.

— O rio que acabo de cruzar talvez seja o rio da morte; este trecho, o primeiro marco da estrada para o além, e a colina adiante, a montanha de agulhas do inferno. Mas não vejo outro caminho além deste, que me leve a viver.

— A deusa da morte fala por sua boca.
— Tanto faz. Muitos morrem em vida. Outros vivem na morte.
— Pobre coitado!... — riu Kojiro como se falasse consigo.
Musashi então parou e disse:
— Diga-me, senhor Kojiro: aonde leva esta estrada?
— Às vilas Hana-no-ki e Ichijoji. Em outras palavras, leva daqui direto para o passo Kirara, no monte Eizan, passando pela encosta do pinheiro solitário, em breve seu ponto de encontro com a morte.
— Quanto falta até o pinheiro da encosta?
— Mais ou menos dois quilômetros. Mesmo caminhando devagar, você terá tempo de sobra.
— Até mais ver! — disse Musashi, enveredando bruscamente por um caminho lateral.
— Ei, mestre Musashi, esse não é o caminho certo! Você está indo na direção errada! — interveio Kojiro apressado, no mesmo instante.

V

Musashi acenou, mostrando que havia entendido, mas prosseguia pelo mesmo caminho, levando Kojiro a insistir:
— O caminho não é esse!
A resposta veio ambígua:
— Eu sei...
Além das árvores que margeavam a estrada acompanhando a depressão do terreno, avistavam-se plantações em forma de socalcos e telhados de colmo. E era rumo às partes mais baixas do terreno que Musashi tinha se dirigido. A lua iluminava-lhe as costas imóveis entre as árvores esparsas.
Kojiro sorriu de leve:
— Ora, está urinando — murmurou, voltando-se para observar a lua. — Já caiu um bocado a oeste. Quando ela se for, muitas vidas terão ido junto com ela.
Interessado, imaginou diversos cenários. Ele não tinha dúvida de que Musashi acabaria morto e estraçalhado, mas sendo ele o que era, seria divertido verificar quantos homens levaria consigo.
"Isso eu tenho de ver!", pensou Kojiro. Só de imaginar a cena, sentia-se arrepiar inteiro e o sangue circular mais rápido, tamanhas eram a expectativa e a impaciência.
"Acabei topando com um acontecimento raro. No episódio do templo Rendai-ji e mais tarde, no de Renge-ou, acabei não tendo a chance de assistir

aos duelos. Hoje, porém, será diferente. Ora, essa, como ele está demorando!", pensou Kojiro espiando o terreno abaixo, mas não avistou nenhum vulto retornando em sua direção. Considerou que não valia a pena descer para verificar, de modo que se sentou na raiz de uma árvore e perdeu-se em divertidas suposições.

"O jeito dele, tranquilo, seguro de si, mostra que ele está pronto para morrer lutando, o que me leva a concluir que este vai ser um duelo e tanto. Tomara que ele lute, e mate, mate até o último alento! Assim será muito mais divertido. Mas os Yoshioka, pelo que me disseram, trouxeram arcos e armas de fogo. Se ele levar um tiro, adeus diversão! Já sei! Vou preveni-lo secretamente quanto a essas armas."

A névoa noturna envolveu-lhe os quadris, gelando-os. O jovem ergueu-se e chamou:

— Mestre Musashi!

Que estranho! — pensou ele um pouco tarde demais, repentinamente inquieto e ansioso. Desceu a rampa com agilidade e tornou a chamar.

— Mestre Musashi!

A casa de lavradores rodeada por denso bambuzal dissolvia-se nas trevas do fundo do barranco. Um moinho de água gemia em algum lugar, mas Kojiro não conseguiu sequer avistar o riacho que o movia.

— Como fui estúpido!

Vadeou o riacho e subiu às carreiras a ribanceira oposta, mas não avistou ninguém. Diante dele, e para os lados de Shirakawa, Kojiro avistou apenas telhados de templos, um bosque, o adormecido monte Daimonji, o pico Nyoi-ga-take, os montes Ichijoji e Eizan, e uma vasta plantação de nabos.

Além disso, havia apenas a lua.

— Que covarde! Como é que fui deixá-lo escapar!

Kojiro tinha certeza de que Musashi se evadira. Pensando bem, era por isso que se mantinha tão tranquilo, impassível. Era bom demais para ser verdade, pensou.

— É verdade! Tenho de correr!

Voltou-se com um movimento brusco e refez o percurso até a estrada principal, mas também ali não viu Musashi. Seus pés pareciam voar e o levaram direto para o pinheiro solitário, na encosta das ruínas do templo Ichijoji.

O ECO

I

Musashi sorriu e ficou olhando Kojiro afastar-se e seu vulto diminuir com incrível rapidez na distância.

Estava em pé no exato local onde havia pouco estivera Kojiro. Este não o encontrara, apesar de todo o seu empenho, porque procurara longe dali, enquanto Musashi, num movimento contrário, tinha-se aproximado e se escondido atrás das árvores, bem às costas de Kojiro.

Seja como for, saíra-se bem, considerava Musashi.

Kojiro era inescrupuloso, divertia-se vendo outras pessoas morrerem ao seu redor, era capaz de assistir à trágica luta de gente que se viu sem querer envolvida numa luta sangrenta de vida e morte como um espectador ocioso — mãos metidas no *obi*, apenas interessado em colher material para futura referência. Além de tudo, era ardiloso, um leva-e-traz inútil que posava de benfeitor para os dois lados, procurando comprar-lhes a admiração.

"Nessa conversa não caio!", pensou Musashi, achando graça.

Quando avisara com insistência que o inimigo não era nada desprezível, e perguntara se dispunha ou não de assistentes, talvez Kojiro tivesse imaginado que Musashi lhe pediria ajuda de joelhos, em nome da camaradagem que deve existir entre *bushi*. Mas Musashi não se deixara levar.

Ele talvez se sentisse compelido a pedir ajuda se a sua vontade fosse apenas de viver, de vencer. Mas Musashi não achava que venceria o duelo, nem que viveria até o dia seguinte, honestamente falando.

Pelas informações que secretamente havia obtido, chegara à conclusão de que seus inimigos eram mais de cem. Além disso, deduzira que esses homens estavam dispostos a infligir-lhe toda sorte de ferimentos antes de matá-lo. Nessas circunstâncias, não tinha tempo nem disposição para procurar meios de sobreviver.

Em meio a tudo isso, porém, não se esquecera das palavras que, em certo dia distante, Takuan lhe dissera: "O verdadeiro bravo é aquele que ama a vida."

Ainda agora podia sentir viva, no âmago do ser, a noção de que a vida era um bem inestimável, que precisava ser resguardado a todo custo.

Por outro lado, amar a vida não era o mesmo que satisfazer a fome sem nada fazer, ou viver longamente sem nenhum objetivo. Significava, isto sim, esforçar-se para dar sentido a essa inestimável vida no momento em que se via obrigado a dela se despedir, dar-lhe o devido valor, riscar no céu da humanidade, até o último suspiro, o luminoso traço de uma vida plena de significado.

Ali estava o âmago da questão. Comparados às centenas de milhares de anos da humanidade, os setenta ou oitenta anos de duração da vida de um homem não eram mais que um piscar de olhos. Nestas circunstâncias, mesmo que um homem morresse antes de completar vinte anos, sua vida teria sido longa se fosse brilhante. Esse seria também o retrato do homem que verdadeiramente amava a vida.

Dizem que o período mais importante e difícil, em todos os empreendimentos, é o inicial. No caso da vida, porém, o mais difícil é o final, o da despedida. Pois é a partir daí que se estabelece o valor ou a duração de uma existência, daí se sabe se ela havia sido fugaz, como espuma na areia, ou um raio luminoso no céu da humanidade.

Mas cada homem ama a vida diferentemente: o mercador tem o seu modo de viver, o samurai o dele. No caso de Musashi, ele se preocupava naturalmente em como atuar à maneira de um verdadeiro samurai na última cena de sua vida.

II

E agora, se pretendia atingir a encosta do pinheiro solitário nas ruínas do templo Ichijoji, Musashi tinha pela frente três caminhos possíveis.

O primeiro era o que levava ao passo Kirara, no monte Eizan, esse pelo qual Kojiro acabava de se afastar. Era também o mais curto e o menos acidentado até a vila Ichijoji, podendo portanto ser considerado o caminho principal.

Um pouco mais longa era uma segunda rota, que levava por dentro das plantações, beirava o rio Takanogawa, continuava pela estrada de Ohara e saía no templo Shugaku-in, de onde se chegava ao pinheiro solitário.

A última rota seria tomar direto a direção leste a partir do local onde ele se encontrava nesse momento, alcançar a estrada secundária que atravessava a montanha Shiga, e a partir das nascentes do rio Shirakawa bordejar o sopé do monte Uryu e, das proximidades do santuário Yakushi-dou, atingir a encosta do pinheiro.

Qualquer que fosse a opção não havia muita diferença na distância, uma vez que a trifurcação do pinheiro solitário ficava num ponto em que todos os rios pareciam convergir.

Do ponto de vista estratégico, porém, havia uma grande diferença, principalmente para Musashi que, sozinho, ia em breve enfrentar um poderoso exército reunido nessa trifurcação. Seu futuro dependia do caminho escolhido.

Três caminhos. Qual deles tomar?

Ele tinha de avaliar com muito cuidado as opções, mas quem o visse nesse momento saltando para um lado e partindo, não veria nem a sombra de uma dúvida em seu vulto ágil.

Um salto, mais outro, e o vulto se afastou em direção às árvores, vadeou o riacho, pulou para a margem e correu pelas plantações, ora surgindo, ora sumindo na paisagem iluminada pelo luar.

E então, qual dos três caminhos teria ele escolhido? Nenhum dos três, pois ele agora se dirigia para o lado oposto ao do templo Ichijoji, percorrendo picadas estreitas, cruzando hortas, dirigindo-se ninguém sabia para onde no meio dessa área rural.

Era incompreensível, mas deu-se ao trabalho de contornar a base do morro Kagura, saiu por trás da propriedade do imperador Go Ichijo e se achou no meio de um denso bambuzal. Ao deixá-lo para trás, avistou diante de si a faixa prateada de um rio que descia da montanha e corria ao luar rumo a uma vila. A aba setentrional da montanha Daimonji já estava tão próxima que parecia pender sobre sua cabeça.

Silencioso, Musashi embrenhou-se pela densa escuridão que envolvia o sopé da montanha.

Aparentemente, o muro e o telhado que avistara havia pouco entre o arvoredo à direita eram do templo Ginkaku-ji, de Higashiyama. Voltou-se e olhou para trás por um instante e avistou a superfície espelhada de um lago em forma de pera logo a seus pés.

Continuou em frente um pouco mais, subindo o íngreme caminho, e percebeu no momento seguinte que já se havia aproximado tanto da nascente do rio por trás do monte Higashiyama que as águas agora mal se mostravam, ocultas em arbustos, e o traço branco e sinuoso do rio Kamogawa tornava-se visível no distante mundo abaixo dos seus pés.

A vista englobava as cidades alta e baixa de Kyoto, tão próximas que parecia possível abarcá-las com as mãos.

A localização e a altura tornavam possível apontar com o dedo uma área distante e dizer: "O pinheiro de Ichijoji fica nesta direção..."

Cruzando lateralmente as montanhas Daimonji, Shiga, Uryu e Ichijoji, à meia altura de suas encostas rumo ao monte Eizan, era possível, sem muita perda de tempo, chegar por trás do pinheiro solitário, vindo de cima da montanha.

Pelo visto, havia muito que Musashi tinha estabelecido mentalmente a estratégia. Baseado no episódio de Okehazama, protagonizado por Oda Nobunaga, ele não optara por nenhum dos três caminhos obrigatórios para chegar ao local visado, mas escolhera aquele outro, íngreme e de difícil passagem, galgara metade das montanhas e se aproximara por um lado totalmente imprevisto.

— Ah! Senhor... — disse uma voz inesperada. A seguir, passos soaram acima do caminho e um homem vestindo roupas características de um servidor de casa nobre, com a bainha do *hakama* arregaçada e presa, parou na frente de Musashi e aproximou tanto a tocha que levava na mão que quase lhe queimou o rosto.

III

A fumaça oleosa da tocha tinha sujado o rosto desse vassalo, enegrecendo-lhe até os buracos do nariz.

O espanto do homem num primeiro momento fora tão aparente que Musashi o examinou com cuidado. Ato contínuo, o vassalo pareceu receoso e perguntou timidamente, curvando-se:

— Por favor, senhor: seu nome não seria Miyamoto Musashi, por um acaso?

O olhar de Musashi brilhou perigosamente, refletindo a luz avermelhada do archote. A situação, era óbvio, demandava cautela.

— O senhor deve ser mestre Miyamoto, não é certo? — tornou a perguntar o homem, claramente apavorado, prestes a fugir, pois com certeza viu algo incomum no rosto de Musashi.

— E quem é você? — perguntou Musashi de volta.

— Sim, senhor.

— Quem é você?

— Senhor, sou um vassalo da casa Karasumaru.

— Da casa Karasumaru? Ora, sou Musashi realmente. Mas o que procura um vassalo da casa Karasumaru a esta hora da madrugada no meio da montanha?

— Ah, então o senhor é realmente Miyamoto-sama? — mal disse isso, o homem disparou montanha abaixo. A luz do archote deixava um rastro avermelhado e deslizava com rapidez.

Musashi pareceu de súbito dar-se conta de algo e pôs-se a andar rápido, cruzou a estrada de Shiga, e continuou a seguir lateralmente pela vertente da montanha.

Por seu lado, o apressado homem do archote que havia descido num ímpeto a montanha e chegado ao lado do templo Ginkakuji, parou, pôs as mãos em concha sobre a boca e gritou, chamando um companheiro:

— Eeei, senhor Kura!

O companheiro Kura não o atendeu, mas no mesmo instante outra pessoa, que se hospedava havia já algum tempo na mansão Karasumaru, acudiu:

— Que foi? Que aconteceu, hein, tio?

Era Joutaro. Sua voz provinha dos lados do portão principal do templo Saihoji, quase duzentos metros além.

— É você, Joutaro?
— Isso mesmo!
— Venha cá, depressa!

A mesma voz tornou então a gritar de longe:

— Não posso! Otsu-san chegou com muito custo até aqui, mas diz que não consegue dar mais um passo. Não posso ir porque ela está caída aqui!

O vassalo dos Karasumaru estalou a língua e gritou ainda mais alto:

— Se não vierem de uma vez, o senhor Musashi vai acabar se distanciando! Venha depressa, que acabei de topar com ele logo aí!

Dessa vez, não ouviu resposta.

Em compensação, logo viu dois vultos que, amparando-se e formando uma única sombra, aproximavam-se. Eram Joutaro e Otsu.

— Depressa! — disse o homem, gesticulando com o archote. A respiração ofegante de Otsu era audível àquela distância e inspirava piedade.

À medida que se aproximavam surgiu o rosto de Otsu, mais branco que o luar. Os acessórios de viagem em torno dos braços e pernas magros pareciam pesados demais para a debilitada jovem. À luz do archote, porém, seu rosto ruborizou-se de modo surpreendente.

— É verdade o que acaba de dizer? — perguntou a jovem, sôfrega.

— Claro que é! Acabo de vê-lo neste instante — respondeu o homem enfático. — Corram atrás que o alcançarão! Depressa!

Joutaro pareceu totalmente confuso:

— Para que lado? Aonde foi ele? Não adianta me apressar, se você não me diz por onde ele foi! — explodiu Joutaro, em pé entre o atabalhoado vassalo e a jovem doente.

IV

Caminhar até ali havia sido uma inimaginável provação e demandara tremenda força de vontade da parte de Otsu, pois seu estado de saúde não havia melhorado nem um pouco nesses últimos dias.

Otsu ouvira o detalhado relato de Joutaro na noite em que voltara para a cama no interior da mansão Karasumaru, e no mesmo instante começou a dizer: "Se Musashi-sama está resolvido a morrer neste confronto, de nada me adiantará cuidar-me e recuperar a saúde." Mas logo, teve outra ideia: "Quero vê-lo uma vez mais, antes de morrer!"

Movida por esse desejo ardente, a jovem teve forças para remover a compressa fria da testa, erguer-se, arrumar os cabelos e calçar as sandálias nos pés enfraquecidos. Sem dar ouvidos aos conselhos e advertências das pessoas que procuravam detê-la, Otsu finalmente saiu cambaleante, quase rastejando, dos portões da mansão Karasumaru.

As pessoas da casa Karasumaru, até então empenhadas em demovê-la, tiveram então de cooperar, dentro de suas possibilidades, para a realização desse desejo — talvez o último da jovem —, já que não tinham a coragem de abandoná-la à própria sorte.

Era possível também que a história tivesse chegado aos ouvidos de lorde Mitsuhiro e que dele tivessem partido instruções precisas no sentido de levar a bom termo o desfecho daquele triste caso de amor.

Seja como for, enquanto Otsu, com seus passos cambaleantes, chegava até o portão do templo Butsugan-ji, logo abaixo do Ginkaku-ji, os servidores da mansão Karasumaru, ao que parecia, haviam se espalhado por todos os lados onde se presumia que Musashi passaria.

Sabiam apenas que o duelo aconteceria em Ichijoji, mas o local preciso da vasta área era ignorado. Além disso, encontrar Musashi depois que este chegasse ao local do duelo seria tarde demais. Em razão disso, deveria haver um ou dois frenéticos vassalos espalhados por todos os caminhos que possivelmente levassem Ichijoji, procurando pelo jovem.

A intensa busca frutificou, e um dos vassalos localizou Musashi. Dali para a frente, tudo dependeria da própria Otsu.

Ao ouvir que ele acabara de ser visto no meio da estrada de Nyoi-ga-take, e que cruzara a estrada do desfiladeiro de Shiga, descendo rumo à região pantanosa mais ao norte, a jovem já não quis mais depender da boa vontade dos demais súditos e se dispôs a prosseguir caminho sozinha com Joutaro, sem ao menos responder às suas sôfregas perguntas:

— Você está bem, Otsu-san? Vai aguentar?

Aliás, a jovem não tinha forças para responder.

Otsu era apenas um corpo doente, caminhando à força. A boca secava. Os pulmões se exauriam no esforço de respirar. Na testa pálida um fio de suor gelado escorria, vindo da raiz dos cabelos.

— Otsu-san! É este o caminho! Basta seguir por ele sempre lateralmente pela encosta da montanha que se chega naturalmente ao monte Eizan. Daqui para a frente não há mais subidas, é mais fácil andar. Quer descansar um pouco em algum lugar? — perguntou Joutaro.

Otsu apenas sacudiu a cabeça, concordando. Ligados por um único cajado, que agarravam cada qual por uma ponta, ela havia caminhado quase dois quilômetros por vias íngremes, lutando para respirar, como se esse curto trecho de estrada resumisse a provação de sua vida inteira.

— Meeestre! Musashi-samaa! — berrava Joutaro de vez em quando, a plenos pulmões. Aqueles gritos constituíam a única esperança de Otsu.

Breve, porém, até nisso não encontrou mais amparo, pois chamou Joutaro, como se quisesse dizer algo:

— Jouta-san...

Em seguida, largou a ponta do cajado que o menino puxava e tombou molemente de bruços entre as pedras e os arbustos da região pantanosa.

Ao ver que Otsu tampava boca e nariz com as mãos de dedos tão finos que pareciam afiados e que seus ombros estremeciam, Joutaro se apavorou e disse com voz de choro, soerguendo-lhe o corpo magro:

— Ei! Que foi isso? Vo... você não está vomitando sangue, está? Otsu--san! Otsu-san!...

V

Otsu balançou debilmente a cabeça, negando, ainda deitada de bruços.

— Que foi? Que está acontecendo, então? — perguntava Joutaro, atarantado, apenas acariciando-lhe as costas, confortando-a.

— Está-se sentindo mal?

— ...

— Já sei: você quer água! Está com sede, não é isso, Otsu-san?

Otsu concordou, sacudindo a cabeça.

— Espere um pouco!

Em pé novamente, Joutaro procurou ao redor. Estavam numa estrada que descia suavemente em direção a um vale. O ruído da água se fazia ouvir por baixo de moitas e macegas ao seu redor, parecendo chamar: aqui, aqui!

O menino não precisou correr muito: logo encontrou uma fonte brotando debaixo de pedras, entre raízes de árvores e mato. Joutaro acocorou-se e se dispôs a apanhar um pouco de água com as mãos em concha.

A água era límpida, deixando entrever até a rápida sombra dos caranguejos de água doce. A lua já havia descambado no horizonte e não se refletia na água. Em compensação, o céu com suas nuvens brilhantes refletido na superfície líquida era maravilhoso, muito mais bonito do que o real, acima da cabeça do menino.

Sentindo ele próprio súbita sede, o menino deslocou-se cinco ou seis passos para o lado, deitou um joelho por terra na beira da fonte e espichou o pescoço como um ganso. No mesmo instante, soltou um grito admirado: magnetizados, seus olhos permaneciam presos a um ponto, e os cabelos da cabeça parecida com um *kappa* eriçaram-se. O menino encolheu-se, rígido e imóvel, sua cabeça lembrando uma casca de castanha.

As sombras de cinco ou seis árvores do outro lado do riacho eram refletidas na superfície da água, compondo um padrão listrado. E um vulto humano surgira entre as árvores. Os olhos do menino haviam captado a imagem de Musashi nas águas do córrego.

— ...

O susto era justificável, mas não tinha como causa a presença de Musashi. O susto derivava do fato de ter Joutaro interpretado o reflexo na água como uma aparição, brincadeira de espíritos malignos que lhe pregavam uma peça, apoderando-se da imagem que habitava o fundo do seu coração e que tão ansiosamente ele buscava.

Aos poucos, com infinita cautela, o menino ergueu o olhar assustado da superfície da água e o transferiu para o arvoredo do outro lado do córrego. E então, aparvalhou-se de verdade.

Ali estava Musashi, em pé.

— Me... mestre! Meu mestre!

O tranquilo céu enluarado refletido na água tornou-se, ato contínuo, turvo e barrento: Joutaro, em vez de rodear a nascente, lançara-se impetuosamente dentro do riacho e o atravessara correndo. Molhado até a cabeça, saltou e agarrou-se a Musashi.

— Achei você! Achei!

Mal disse, começou a arrastá-lo pela mão como a um criminoso, com toda a força.

— Espere — disse Musashi, desviando de súbito o rosto e levando um dedo às pálpebras —, espere um pouco Joutaro. Não puxe tanto que podemos cair!

— De jeito nenhum! Não o solto nunca mais, por nada no mundo!

— Acalme-se, Joutaro. Estava aqui à espera porque ouvi sua voz me chamando de longe. Leve essa água a Otsu-san de uma vez, não perca tempo comigo!

— Ih, agora turvei a fonte!

— Tem outro córrego logo aí, de águas limpas. Leve isto e vá! — disse Musashi, entregando-lhe o cantil da cintura. Joutaro recolheu a mão de súbito e fixando um olhar intencional no rosto de Musashi, disse:

— Leve a água você mesmo, mestre!

VI

—Tem razão — concordou Musashi, como uma criança obediente. Encheu o cantil pessoalmente e o levou para perto de Otsu.

Soergueu-a, amparou-lhe as costas e lhe deu de beber com suas mãos. Joutaro não parava de dizer, a voz cheia de cuidados:

— Você está vendo, Otsu-san? Quem está lhe dando a água é Musashi-sama!

Ao sentir o primeiro gole descer pela garganta, Otsu pareceu recobrar os sentidos e soltou um profundo suspiro. Seus olhos, porém, estavam vagos, sonhadores, o corpo abandonado nos braços de Musashi.

— Não sou eu que a estou amparando, Otsu-san! Estes braços são do meu mestre, está entendendo, Otsu-san?

A essas palavras, os olhos de Otsu, fixos na distância, encheram-se instantaneamente de lágrimas, lembrando um par de esferas de vidro que aos poucos se turva. Em seguida, duas gotas cristalinas rolaram por suas faces. A jovem balançou a cabeça, em sinal de que compreendia.

— Ah... ainda bem! — disse Joutaro. Uma súbita alegria o invadiu e o levou a completar:

— Está contente agora, Otsu-san? Realizou o seu sonho, não realizou? Sabia, mestre, que depois daquela noite, ela quis porque quis encontrar-se outra vez com você? Enferma desse jeito, não obedeceu a ninguém! Se ela continua assim, acaba morrendo, com certeza. Diga isso a ela você também, mestre, porque a mim ela não escuta de jeito algum!

— Foi assim, então? — respondeu Musashi, continuando a ampará-la. — A culpa é toda minha. Vou pedir-lhe desculpas pelos meus erros e aconselhá-la quanto aos dela agora mesmo, mas, Joutaro...

— Que é?

— Você não poderia se afastar por alguns momentos e deixar-nos a sós?

Ao ouvir isso, o menino fez bico e replicou:

— Por quê? Por que não posso ficar perto de vocês?

Aborrecido e desconfiado, Joutaro não saiu do lugar. Musashi não sabia o que fazer. Otsu então interveio, suplicando:

— Por favor, Jouta-san! Afaste-se um pouco e deixe-nos um instante a sós, por tudo que lhe é sagrado!

Embora fosse capaz de se mostrar amuado com Musashi, Joutaro não conseguiu resistir ao sentido apelo de Otsu e concordou.

— Está certo! Já que não tem outro jeito, vou subir este morro. Quando acabarem de conversar, me chamem, está bem?

Ergueu o olhar em direção a uma senda que cortava a área reflorestada e subiu pelo barranco, fazendo farfalhar os arbustos.

Finalmente recuperada, Otsu ergueu-se e, acompanhando com o olhar o vulto do menino a subir o morro como um pequeno cervo, disse:

— Também não é preciso ir tão longe, Jouta-san!

O menino, porém, nem sequer lhe deu atenção.

Otsu não tinha por que voltar as costas a Musashi justo nesse momento, e perder um tempo precioso falando de coisas que nem lhe passavam pela cabeça. A verdade era, porém, que no instante em que se viu a sós com Musashi, sem a conciliadora presença de Joutaro, a jovem sentiu-se oprimida pela emoção. Queria falar, mas não sabia por onde começar e se constrangia, consciente de si mesma.

Além de tudo, uma pessoa enferma torna-se muito mais tímida que uma sadia.

VII

Aliás, Otsu não era a única a sentir timidez. Musashi também tinha voltado o rosto para o lado.

De costas, a jovem permanecia cabisbaixa, enquanto Musashi, rosto voltado para o lado oposto ao dela, fitava o céu. E nisso se resumiu o aconchego dos dois seres que finalmente se encontravam, após anos e anos de intensa busca um pelo outro.

Como começar? Musashi não encontrava as palavras certas. Por mais que pensasse e as escolhesse com cuidado, jamais seriam suficientes para exprimir o que lhe ia no peito.

A noite escura, o vento sibilando entre os galhos do pinheiro centenário... Tudo lhe vinha num átimo à lembrança. Embora não tivesse acompanhado pessoalmente o caminho trilhado por Otsu nos últimos cinco anos, Musashi não era de modo algum indiferente ao sentimento puro que a havia levado a percorrê-lo.

Muitas vezes Musashi se perguntara quem teria suportado até agora maiores amarguras: Otsu, palmilhando um tortuoso caminho, carregando abertamente a chama do amor puro que a consumia, ou ele, que tivera de andar ocultando as labaredas de sua paixão sob um manto inexpressivo, cobrindo-as com uma fria camada de cinzas? E a resposta era sempre a mesma: ele. E nesse momento o jovem tornava a chegar à mesma conclusão.

Sobrepujando porém essas questões pessoais, o que Musashi considerava cada vez mais admirável e comovente era a coragem e a força de caráter desta frágil Otsu, que em nome do amor vinha carregando sobre os delicados ombros uma carga pesada demais até para homens, provendo além disso seu próprio sustento.

"Resta-me apenas mais algum tempo", pensou Musashi. Não parara de observar a posição da lua e de pensar nas poucas horas de vida que lhe restavam. O céu já tinha as cores do alvorecer próximo. A lua já tombara um bocado a oeste e brilhava esbranquiçada, anunciando a madrugada.

E ali estava ele, prestes a cair como a lua por trás da montanha da morte. Era chegada a hora de dizer a verdade a Otsu, nem que fosse apenas por uma palavra.

Seria também a atitude correta para com esta jovem, um modo de compensá-la e a melhor maneira de demonstrar seu interesse por ela — pensou Musashi.

A verdade.

Mas... como dizê-la?

Seu peito estava repleto de verdades, mas quanto mais lutava por expressá-las, mais elas se recusavam a vir à boca. O tempo corria em vão, enquanto ele apenas fitava o céu, longe da jovem.

Otsu também permanecia em silêncio, olhando para o chão, regando-o com suas lágrimas. Até chegar ali, em seu peito também queimara uma chama furiosa, capaz de envolver todas as sete torres de um templo, a chama de um sentimento que era apenas amor, com exclusão de todas as demais considerações, como verdade, deuses e santos, vantagens ou desvantagens, ou mesmo orgulho e aparência, estas duas últimas tão prezadas pelos homens. E acreditara que, com a ajuda dessa chama pura, conseguiria demover Musashi; que com suas lágrimas seria capaz de trazê-lo para um mundo distante deste.

Mas, agora que o tinha na frente, sentia-se incapaz de dizer palavra. E se nem ao menos conseguia falar sobre os amargos momentos passados longe dele, sobre a tristeza dessa sua vida nômade, o labirinto em que se transformara sua vida e a crueldade de Musashi, muito menos seria capaz de falar dessas ardentes esperanças. E no instante em que se decidia a falar sobre os sentimentos que lhe subiam como um bolo quente ao peito, o coração se confrangia e as lágrimas vinham aos olhos, deixando os lábios trêmulos e a boca cerrada. Se Musashi não estivesse ali, e outra fosse a noite, Otsu achava que se teria jogado ao chão e chorado alto, como uma criancinha, denunciando à mãe desconhecida, em pensamentos, toda a miséria que lhe ia na alma.

Que fariam os dois? O tempo corria em vão, e o silêncio prosseguia.

Pressentindo a chegada da manhã, cinco ou seis gansos selvagens cruzaram o céu grasnando desafinado e desapareceram do outro lado das montanhas.

VIII

— Gansos selvagens... — murmurou Musashi. Naquela situação, a observação soaria forçada, ele sabia, mas continuou: — Olhe lá, Otsu-san: os gansos selvagens estão indo embora, grasnando.

Aproveitando a deixa, Otsu também disse:

— Musashi-sama...

Os olhos finalmente se encontraram. As saudosas montanhas da terra natal, cujos céus gansos selvagens cruzavam toda primavera e outono, surgiram de súbito em seus corações.

Tudo era tão simples, naquela época!

Otsu sempre se dera muito melhor com Matahachi e evitara Musashi porque, assim dizia, ele era muito bruto. Quando ele lhe dizia desaforos, Otsu não ficava atrás e revidava. Visões do morro do templo Shippoji, assim como o barranco do rio Yoshino, surgiram em suas mentes.

Mas se continuassem mudos, perdidos em lembranças, desperdiçariam preciosos momentos que jamais se repetiriam. Musashi então disse:

— Como está você, Otsu-san? Ouvi dizer que anda doente.

— Não tenho nada.

— Já melhorou?

— Isso não faz mal. Preocupa-me muito mais saber que se dirige neste instante para o morro Ichijoji, preparado para morrer.

— É verdade.

— Se você morrer, morro também. Não sei se esta resolução me deu alívio, mas o fato é que já não me sinto doente.

Musashi contemplou o rosto sereno de Otsu e sentiu que o seu preparo espiritual não era nada comparado ao daquela jovem.

Para chegar ao atual estágio de firmeza, Musashi sofrera muito, pensara na vida e na morte, e só atingira esta segurança através de muito esforço, sustentado pelo treino de cada dia e pelo seu preparo como samurai. No entanto, esta jovem, sem ter passado por tantas dúvidas e sem nenhum preparo a apoiá-la, dizia, com a maior tranquilidade, sem hesitar:

— Morro também.

Musashi olhou-a dentro dos olhos, fixamente, e foi capaz de perceber que ela não pilheriava nem mentia. Ao contrário, havia até um traço de alegria no brilho de seu olhar, pois ela ia acompanhá-lo. Aqueles olhos contemplavam a morte com uma tranquilidade impressionante, maior até que a do mais bem preparado samurai.

O jovem sentiu vergonha de si próprio, ao mesmo tempo em que se indagava: como podiam as mulheres chegar tão facilmente àquela decisão?

Mas no instante em que compreendeu o sentido do que ela lhe dizia, apavorou-se por ela e perturbou-se por completo:

— Que... que tolice é essa! — gritou, ele próprio espantado com a violência do sentimento que o levara a esbravejar. — Minha morte tem um significado. Quando um espadachim morre trespassado por uma espada, ele está aceitando a morte na forma mais natural para ele, como também está aceitando de bom grado a covardia de seus inimigos, preso nas confusas regras que regem o caminho da espada. E então, você me segue e morre em seguida. Agradeço sua lealdade, mas... Qual o sentido dessa nova morte? Por que existir por um breve instante e morrer, como um mísero inseto?

Otsu havia-se jogado novamente no solo e chorava. Ao ver isso, Musashi percebeu a violência de suas próprias palavras e, arrependido, ajoelhou-se ao seu lado e lhe falou com voz mais calma:

— Pensando bem, Otsu-san... Acho que, sem saber, estive mentindo para você o tempo todo. Tanto no cedro centenário, quanto na ponte Hanadabashi, eu a iludi, embora não tivesse a intenção. E me portei com horrível frieza. Sou um homem que vai morrer daqui a pouco e o que vou lhe dizer agora não é mentira. Eu a amo. Tempos houve em que não pude passar um dia sequer sem pensar em você. Não sabe o quanto me torturei, com vontade de abandonar tudo para apenas viver e acabar meus dias em sua companhia. E teria abandonado de verdade, não fosse por outra coisa que amo, mais que a você: a espada.

IX

Parou por instantes para depois prosseguir:
— Otsu-san!

Sua voz vinha carregada de uma nova energia. Musashi deixava-se levar pela emoção, rompendo o costumeiro mutismo e desfazendo a impassibilidade.

— Palavras de um homem que sabe que vai morrer são sagradas. Acredite, Otsu-san, pois nelas não há sombra de mentira, ou de veleidade. Estou abrindo o meu peito para você, deixo de lado vergonha e orgulho. Eu sonhava com você em pleno dia algumas vezes. Passei noites em agonia, tive sonhos quentes, apaixonados, que quase me enlouqueceram. Você me perseguia, dormisse eu em templos ou em campinas sob um céu estrelado. Desesperado, acabava abraçando a esteira com que me cobria, transformando-a em você, rangia os dentes de agonia, e esperava o dia amanhecer. Você me capturou, Otsu-san, eu estava apaixonado a esse ponto por você. Não obstante... mesmo nesses momentos, quando extraía a espada da bainha e a contemplava, o sangue em tumulto aos poucos se acalmava e se tornava frio como água de um lago, sua imagem se esfumava e se esvaía de minha mente.

Otsu tentou dizer qualquer coisa. Sacudida por soluços, ergueu o rosto branco que lembrava uma flor, mas ao ver as feições rígidas e assustadoramente sérias do jovem, sentiu-se sufocar e jogou-se outra vez ao chão.

— E então, eu tornava a me lançar de corpo e alma no caminho da espada. Essa fronteira sou eu, Otsu-san. Isto quer dizer que, um pé no caminho do amor, outro no dos estudos, vim me arrastando em dúvida e tormento até hoje, sempre pendendo mais para o lado da espada. Ninguém me conhece melhor do que eu mesmo. Não sou nem herói nem gênio. Sei apenas que gosto um pouco mais da espada do que de você. Não sou capaz de morrer de amor, mas estou pronto a morrer pela espada, a qualquer momento.

Musashi tentava desnudar sua alma, revelando com toda honestidade, sem nada esconder, seus verdadeiros sentimentos. Mas as palavras e a emoção o traíam e lhe deixavam a sensação de que havia ainda algo não revelado com franqueza.

— Esse é o real Musashi, Otsu-san, que todos desconhecem. Deixe-me falar com maior franqueza ainda: quando começo a pensar em você, sinto-me queimar, escravizado, mas quando o espírito desperta para o caminho da espada, sou capaz de empurrar sua imagem para um canto da mente num piscar de olhos. Ou melhor, ela desaparece por completo. Por mais que procure, não sou capaz de encontrar nem a sua sombra em meu espírito ou corpo. E era nessas horas que eu me sentia mais feliz, mais realizado como homem. Compreendeu agora, Otsu-san? E é a esse homem que você se dedicou de corpo e alma, por ele você sofreu sozinha até hoje. Eu me recrimino intimamente, mas nada posso fazer, porque sou assim.

A mão magra de Otsu agarrou nesse instante o robusto punho de Musashi. A jovem não chorava mais.

— Sei disso! Como não haveria de saber? Sei que você é assim! Não pense nem por um momento que o vim amando todos estes anos desconhecendo essa sua faceta.

— Nesse caso, deve saber muito bem que não faz sentido morrer comigo. Este homem que aqui está, Otsu-san, é capaz de esquecer-se de tudo e lhe dedicar o corpo e a alma por um breve momento, enquanto você estiver na sua presença; no momento em que você se afastar um passo, porém, ele a esquecerá por completo, nada mais restará de sua imagem. Não percebe como é inútil morrer por um homem desse tipo, acabar com sua vida depois de viver por um curto tempo, como um mísero inseto? Existem outros sonhos para os quais uma mulher deve viver. Estas são minhas palavras de despedida, Otsu-san. Não me resta muito mais tempo: tenho de me ir...

Musashi desvencilhou-se com delicadeza da mão de Otsu e se ergueu.

X

A mão afastada logo voltou a agarrar com firmeza a manga do quimono.
— Espere um pouco, Musashi-sama! — disse Otsu.
Havia tempos a jovem continha os sentimentos, e o peito estava repleto.
Ela queria dizer que Musashi se enganara quando dissera: "Não vale a pena morrer por um amor tão breve e inútil como a vida de um inseto", e também

quando afirmara: "Sou um homem que, mal se afasta um passo de você, é incapaz de lembrar que você existe." Otsu queria lhe dizer que seu amor era sólido, não se baseava em premissas erradas. Mas a ideia de que nunca mais o veria sobrepujava todas as demais e não conseguia dizer nada, nem raciocinar direito.

E assim, apesar de havê-lo retido, ela se viu impossibilitada de falar, apenas conseguindo mostrar-lhe uma imagem chorosa e confusa.

Musashi, contudo, não podia permanecer indiferente ante essa jovem que queria falar e não conseguia, não podia fechar os olhos à beleza frágil, complexa apesar da simplicidade. O lado mais fraco de sua personalidade, a que mais temia, vergava-se agora como uma árvore raquítica, de raízes rasas em dia da ventania. Mais um pouco... e sentia que a firme lealdade ao caminho da espada, por ele mantido até aquele instante, desmoronaria como um barranco ante o ataque dessas lágrimas. A perspectiva o apavorou. Disse, apenas por dizer:

— Compreendeu?

— Compreendi — disse Otsu, com calma. — No entanto, torno a afirmar: se você morrer, morro também. Mais ainda que você, sou capaz de abraçar a morte com prazer, de nela ver um sentido. Asseguro-lhe que não estou sucumbindo a uma momentânea tristeza, como um mísero inseto. Peço-lhe, portanto, que deixe a meu cargo esta resolução — conseguiu ela terminar, sem perder a serenidade. E acrescentou ainda:

— Espero que você me aceite em seu coração como sua mulher. Só isso bastará para satisfazer todos os meus sonhos, plenamente. Essa sensação, essa alegria, é um bem que só eu possuo. Você disse, há pouco, que não me queria ver infeliz, mas eu lhe asseguro: não parto desta vida porque a infelicidade foi um peso excessivo para mim. Eu não sou uma pobre coitada, por mais que as pessoas me vejam assim. Pelo contrário... Ah, nem sei como me explicar... Sinto-me como uma noiva pressurosa às vésperas do seu casamento, e espero o amanhecer com alegria. Vou-me embora deste mundo ouvindo o chilrear feliz dos pássaros.

Pelo visto, o ar lhe faltava quando falava muito, pois cruzou as mãos no peito e se calou, erguendo para o alto um olhar sonhador.

A lua em queda continuava a brilhar, branca, e a névoa começava a se formar em torno das árvores, mas ainda faltava um bocado para o alvorecer.

Foi nesse exato instante que do topo do barranco, para onde Otsu erguera o olhar, partiu um grito estridente semelhante ao de um pássaro assombrado. O grito rasgou o silêncio noturno e despertou as árvores.

A voz era de uma mulher, sem dúvida alguma.

Joutaro subira havia pouco por essa colina, mas a voz não era a dele.

XI

Algo sério estava acontecendo.
Quem gritara? Que se passava?
Otsu fitava o topo do morro coberto de névoa com a expressão aturdida dos que despertam de um sonho. Aproveitando esse momento, Musashi afastou-se do seu lado sem lhe dizer adeus: em largas passadas, apressava-se rumo ao local onde a morte o aguardava.

— Ah!... Já se vai? — sussurrou Otsu, correndo-lhe atrás dez passos. Musashi também se afastou dez passos e se voltou:

— Compreendi muito bem tudo que me disse, Otsu-san. Mas não morra à toa, ouviu bem? Não aja como uma pessoa perseguida que, para escapar, escorrega para dentro do vale da morte. Recupere a saúde e torne a pensar com calma sobre o assunto. Eu também não estou correndo às cegas ao encontro da morte: apenas aceito momentaneamente a morte para poder obter a vida eterna. Em vez de me seguir na morte, preferia que você continuasse a viver e me observasse a longo prazo. Meu corpo pode tornar à terra, mas Musashi viverá, você há de ver!

No mesmo fôlego, acrescentou:

— Preste atenção, Otsu-san: não se precipite na direção errada, pensando que segue os meus passos! Mesmo depois que você me vir morto e transferido para o mundo dos mortos, eu lá não estarei. Cem anos poderão se passar, mas Musashi continuará vivo no seio do povo, no espírito dos que trilham o caminho da espada.

Quando acabou de falar, já havia se distanciado tanto que a voz de Otsu não o alcançava mais.

Atordoada, a jovem ficou para trás. Musashi se afastava cada vez mais, dando-lhe a impressão de que com ele se ia um pedaço dela, destacado do seu coração. A dor surge quando dois seres rompem o relacionamento. Otsu, porém, não sentia esse tipo de dor. As almas dos dois continuavam unidas, mas agora ela sentia um súbito arrepio ante a perspectiva de que a enorme onda da vida e da morte poderia engolfá-los, separando-os cada um para um lado.

Naquele instante, torrões de terra e pedregulhos rolaram do topo do barranco e caíram a seus pés. No rastro dos torrões veio um berro e Joutaro surgiu, abrindo caminho entre arbustos.

— Aaah! — gritou Otsu, assustada.

Pois o pequeno Joutaro aterrissara à sua frente usando a máscara da mulher louca que ganhara da viúva do músico Kanze, de Nara: certo de que não voltaria mais à mansão Karasumaru, o menino a havia trazido junto ao peito, dentro do seu quimono.

— Ai, que susto! — disse ele, caindo de repente em pé na frente de Otsu, e erguendo ambos os braços.

— O que foi isso, Jouta-san?! — gritou a jovem.

— Sei lá — respondeu Joutaro –, eu também não entendi! Mas você também ouviu, não ouviu, Otsu-san? Um berro de mulher, assustador!

— Onde é que você estava com essa máscara no rosto, Jouta-san?

— Subi por esse barranco e encontrei um caminho parecido com este. E um pouco acima dele, vi uma pedra de bom tamanho. Vai daí, subi nela, me sentei e, como não tinha nada para fazer, fiquei olhando a lua cair no horizonte.

— Com isso no rosto?

— Hu-hum! Sabe por quê? Porque ouvi barulho de raposas e texugos nas proximidades, e achei que eles não se aproximariam se eu ficasse com essa máscara no rosto, todo empertigado. E então ouvi uma voz horrível gritando em algum lugar. O que teria sido aquilo, hein, Otsu-san? Parecia uma voz vinda do além!

UM GANSO DESGARRADO

I

Da montanha Higashiyama até o sopé de Daimonji os dois sabiam a direção a tomar, mas depois dessa área tinham errado o caminho em algum ponto, pois estavam agora muito para dentro das montanhas, se é que pretendiam chegar à vila Ichijoji.

— Devagar, devagar! Para que tanta pressa? Espere por mim! Está me ouvindo, Matahachi? Ei, Matahachi! — dizia a velha Osugi, pondo de lado o orgulho, ofegante, toda vez que percebia não lhe ser possível acompanhar os passos do filho.

Matahachi produziu um sonoro estalo com a língua, com a clara intenção de ser ouvido, e disse:

— Olhem só, quem te viu e quem te vê! Aposto que já não se lembra mais do que me disse quando partimos da hospedaria!

Incapaz de ignorar o apelo da mãe, o jovem parava de vez em vez e esperava, mas aproveitava a situação para se vingar e atormentar por sua vez a ofegante Osugi.

— Posso saber por que está tão mal-humorado e descarrega em mim? Não devem existir muitos filhos iguais a você, que se ressentem de cada admoestação que a mãe lhes faz.

Mal a velha mulher parava e secava o suor que lhe escorria no meio das rugas do rosto, Matahachi já começava a andar de novo.

— Espere um pouco! Vamos descansar por aqui!

— Você mais descansa que anda! Desse jeito, vai acabar amanhecendo.

— Qual o quê! Falta muito ainda para o amanhecer. Em condições normais, venceria com facilidade qualquer estrada de montanha igual a esta. O problema é que nestes últimos dois ou três dias andei pegando um resfriado, e estou me sentindo cansada, com falta de ar. Bela hora para ficar doente!

— Você não quer dar o braço a torcer, reconheça! E foi para fazê-la descansar um pouco que decidi bater à porta daquela última taberna por onde passamos e acordar o taberneiro. Mas nessas horas você não quer descansar, reclama que está ficando tarde, que precisamos partir de uma vez, e nem me deixa beber em paz! Isso tudo porque você não quer beber! Sei que é minha mãe, mas nunca encontrei ninguém de convivência mais difícil que você.

— Ah, agora entendi: você está nervoso porque não o deixei beber à vontade naquela taberna...

— Ah, deixe isso para lá!

— Acho que é bom parar de bancar o menino mimado, Matahachi! Não se esqueça da missão que temos pela frente.

— Você vive dizendo isso, mas nós não vamos enfrentar sozinhos um mar de espadas. Está apenas previsto que, depois de terminado o duelo, abordaremos os homens do clã Yoshioka, pediremos permissão para golpear ao menos uma vez o cadáver de Musashi e depois arrancaremos da cabeça de um morto indefeso um punhado de cabelo para levar de presente ao povo de nossa terra. Que há de tão extraordinário nisso?

— Está bem, está bem! Não adianta começarmos uma briga entre nós dois a esta altura, meu filho — disse Osugi, pondo-se a andar.

Matahachi então a seguiu, falando consigo mesmo e reclamando:

— Nunca vi coisa mais boba! Arrancar uma prova de um homem que foi morto por outras pessoas e levar de volta para a própria terra, declarando que realizou assim uma "vingança longamente acalentada"! Nosso povo é daquele jeito, igual a caipiras que nunca saíram de suas terras: vai acreditar piamente e se regozijar, com certeza. Ah, que coisa chata era a vida naquela vila, enterrada no meio das montanhas! Só de pensar, me arrepio!

O sabor do fino saquê procedente de Nada, as mulheres da cidade, a vida que Matahachi conhecera na cidade grande... Tudo conspirava para torná-lo saudoso de antemão. Sobretudo, ele tinha ainda uma ideia fixa: trilhar um caminho diferente do de Musashi e, com sorte, ir de sucesso em sucesso, até satisfazer o sonho de uma vida de luxo e descobrir a vantagem real de ter nascido como um ser humano neste mundo.

— Não quero ir-me embora! As luzes da cidade que eu vejo daqui já me dão saudade!

Sem que se desse conta, Matahachi já tinha deixado Osugi para trás uma vez mais. Pelo jeito, a idosa mulher sentia-se mal realmente, conforme vinha dizendo desde o momento em que haviam partido da estalagem.

— Matahachi! Leve-me nas suas costas por um trecho, eu lhe imploro, meu filho!

Matahachi franziu o cenho.

Emburrado, sem ao menos responder, parou para esperar a mãe. Nesse momento, mãe e filho se entreolharam assustados, aguçando os ouvidos. O mesmo grito estridente que espantara Joutaro e Otsu — um berro de mulher que lembrava um grito maldito — chegou aos ouvidos dos dois.

II

Fora um único grito, e viera de algum lugar que não sabiam precisar. Se ouvissem mais um, poderiam descobrir a procedência. À espera disso, mãe e filho se quedaram imóveis no escuro, olhando vagamente ao redor.

— Quê? — indagou Osugi repentinamente. Não porque ouvisse outra vez o grito apavorante, mas porque percebeu que Matahachi, agarrado na beira do barranco, se preparava para descer por ele.

— A... aonde vai? — perguntou depressa.

— Para a charneca logo aqui embaixo — respondeu Matahachi, prestes a desaparecer no caminho abaixo. — Espere um pouco aí mesmo, obaba. Vou só espiar.

— Idiota! — gritou Osugi, voltando ao seu habitual linguajar. — Vai em busca do quê?

— Como assim? Não ouviu uma mulher gritar, ainda agora?

— E de que lhe adianta ir atrás disso? Ei, você é tolo mesmo, não? Deixe disso!

Enquanto a velha mãe gritava de cima do barranco, Matahachi continuou a descer, agarrando-se às raízes das árvores rumo ao fundo do vale.

— Tolo! Idiota!

Matahachi ergueu a cabeça quando atingiu o vale e entreviu no meio das árvores o vulto da mãe esbravejando.

— Espere-me aí mesmo, ouviu? — gritou. Mas o vale era tão fundo que sua voz já não a alcançou.

— E agora? — pensou ele, ligeiramente arrependido. O grito parecia ter partido desse vale, mas... Se não partira, ele teria perdido tempo e se esforçado em vão.

Matahachi logo descobriu que naquele profundo buraco onde a luz da lua nem sequer chegava havia uma estreita senda. As montanhas dessa área não eram tão altas e quem se dirigia de Kyoto a Sakamoto ou Outsu, em Shiga, costumava cortar caminho por ali, de modo que havia pegadas de gente da cidade por todos os lados.

Matahachi continuou a caminhar, acompanhando o curso de pequenas quedas d'água e de riachos. E então, deparou com um caminho que cruzava uma dessas correntezas e chegava até as montanhas à direita e à esquerda, a meia altura de suas encostas. E ali, bem ao lado do riacho que o caminho cortava, ele encontrou um casebre.

O casebre parecia-se com os usados para pernoite por pescadores de salmão e mal abrigava uma pessoa. Rente a ele, encolhido, vislumbrou um rosto branco e as mãos de alguém.

— Será uma mulher?

Matahachi escondeu-se atrás de uma rocha. Ele estava excitado porque o grito estridente de há pouco havia sido, sem dúvida, de mulher. Fosse de homem, ele jamais teria se dado ao trabalho de descer até o fundo do vale. E agora, ali estava ela: uma mulher, e jovem, ao que parecia.

"O que será que ela está fazendo?" — pensou, a princípio desconfiado. Mas logo suas dúvidas se desfizeram: a mulher tinha-se arrastado até a beira do riacho e, com a mão em concha, bebia água.

III

Com um brusco movimento, a mulher se voltou agressivamente. Ela tinha captado a vibração dos passos como um inseto e parecia prestes a se erguer.

— Ué? — disse Matahachi, ao mesmo tempo em que a mulher exclamava, também espantada:

— Aah!

Sua voz, porém, tinha um quê de pavor.

— Ora, se não é Akemi!

— Hum!... — exclamou ela respirando profundamente, como se só então a água do córrego que acabara de beber estivesse descendo garganta abaixo.

Matahachi pôs a mão sobre o seu ombro ainda trêmulo e disse:

— Que aconteceu, Akemi? — observou-a a seguir dos pés à cabeça. — Vejo que também está preparada para viajar. Mesmo assim, que faz você aqui, a esta hora da madrugada?

— E sua mãe, Matahachi-san?

— Minha mãe? Deixei-a esperando lá no topo do barranco.

— Ela ficou furiosa, não ficou?

— Fala dos trocados?

— Tive de partir imediatamente, mas não tinha dinheiro para pagar a conta da hospedaria, nem para as despesas de viagem. Sabia que era errado, mas não resisti à tentação e roubei uma carteira que vi perto da trouxa de viagem de obaba-san. Perdoe-me, e deixe-me ir embora. Prometo que um dia lhe pago tudo.

Matahachi pareceu até surpreso quando a viu chorando e se desculpando.

— Ei, que é isso? Pare de se desculpar! Já sei! Está pensando que vim atrás de você para prendê-la, não está?

— Eu não pensei direito e cedi a um impulso, é verdade, mas o fato é que roubei e fugi. Se for pega, sei que serei acusada de ladra!

— Isso é o que minha mãe faria. Se você estava precisando de verdade, eu por mim lhe daria aquela mísera quantia antes mesmo de você pedir. Fique calma, eu não estou me importando. Mas o que faz você aqui agora?

— É que ouvi o que você dizia a sua mãe, escondida perto daquela casinha, na hospedaria.

— Ora, a respeito do duelo entre Musashi e o clã Yoshioka, você quer dizer?

— Isso mesmo.

— E foi por isso que resolveu ir a Ichijoji?

Akemi não respondeu. Desde os tempos em que viviam juntos na mesma casa, Matahachi sabia muito bem o segredo que a jovem guardava em seu peito com tanto zelo, de modo que não entrou em detalhes e mudou de assunto no mesmo instante:

— Ah, é verdade! Há pouco, escutei alguém gritando. Era você, por acaso?

— Era — confirmou Akemi com um aceno de cabeça. Ergueu-a em seguida e fixou o olhar para o contraforte da montanha, como se estivesse ainda vendo um pesadelo.

IV

Segundo o relato de Akemi, as coisas haviam se passado da seguinte maneira:

Não fazia muito tempo, a jovem havia cruzado o córrego e, ao atingir o trecho da montanha, logo adiante, avistara uma assombração horrorosa sentada numa rocha, destacando-se da encosta; o espírito maligno contemplava a lua.

A história só podia ser uma brincadeira, mas Akemi a contava com a maior seriedade.

— Só a vi de longe, mas percebi que seu corpo era o de um anão, e o rosto, o de uma mulher adulta. A cara era branca, de uma palidez indescritível, e a boca era rasgada até quase a orelha. Além disso, pareceu-me que ela olhava para mim e ria. Foi então que, sem querer, soltei um berro agudo. Fugi tão desesperada que, quando dei por mim, tinha escorregado e caído neste fundo de vale.

Akemi contava demonstrando tanto pavor que Matahachi não conseguiu se conter e riu.

— Ora, não acredito! Como é que você, uma menina que se criou nos pântanos de Ibuki e não tinha medo de perambular no meio dos fogos-fátuos dos campos de batalha, arrancando espadas e armaduras dos cadáveres, pode ter medo de assombrações? Desse jeito, você vai é espantá-las!

— Mas naquela época eu era muito nova, não tinha medo de nada.

— Não era tão nova assim, pelo que me lembro. Ainda mais quando vejo que não se esqueceu de certos incidentes daquela época, e os tem muito bem guardados em seu peito.

— É claro, ele foi o meu primeiro amor... Mas já desisti dele.

— O que a leva a Ichijoji, nesse caso?

— Nem sei direito. Apenas... achei que talvez pudesse me encontrar com Musashi-sama.

— Esqueça isso.

E então Matahachi contou a Akemi a situação de Musashi, que suas chances de vencer o duelo eram menores do que uma em dez mil, e o que sabia a respeito da ajuda arrebanhada por seu adversário.

A jovem — que já havia passado pelas mãos de Seijuro e de Kojiro, e para quem àquela altura os tempos em que ainda era virgem constituíam uma vaga lembrança do passado — não conseguia mais pensar ou ansiar por Musashi, nem imaginar um róseo futuro em sua companhia. Analisava-se friamente e percebia que fisicamente já não estava apta a viver ao seu lado. Ela havia falhado ao tentar morrer, falhava ainda ao tentar viver, e se assemelhava a um ganso selvagem desgarrado do bando, em busca de outros pousos.

E quando ouviu de Matahachi que Musashi estava nesse mesmo instante aproximando-se pouco a pouco de um perigo mortal, não conseguiu sentir tristeza, nem chorar. Ainda assim, não sabia dizer por que o seguira até tão longe no meio da noite.

Com o olhar vago de alguém que tinha perdido o rumo, Akemi ouvia em silêncio a história de Matahachi. Este contemplava fixamente o perfil da jovem. Ele próprio hesitava, do mesmo jeito que Akemi.

"Esta mulher está procurando um companheiro de viagem", pensou Matahachi, lendo-lhe a fisionomia.

De súbito, Matahachi abraçou-a pelos ombros e aproximou o rosto do dela.

— Akemi, que acha de fugirmos para Edo?... — sussurrou.

V

Akemi prendeu a respiração. Voltou-se e fitou Matahachi, em dúvida:

— Como? Para Edo? — repetiu, como se estivesse acordando nesse momento.

Matahachi pressionou de leve o ombro que envolvia em seu braço.

— Não precisa ser Edo, na verdade. Mas a crer nos boatos, a cidade de Edo transformar-se-á na sede do xogunato, dentro em breve. As grandes cidades como Osaka e Kyoto já são consideradas velhas demais, mas em Edo, nas cercanias do castelo do xogum Ieyasu, dizem que surge uma cidade nova atrás da outra. Se formos espertos e nos infiltrarmos nesses locais, tenho certeza de que faremos um bom negócio. Tanto você como eu somos gansos desgarrados do bando. Vamos! O que acha, Akemi?

A expressão de Akemi, atenta aos sussurros, aos poucos se tornou séria. Matahachi deu ênfase cada vez maior ao fato de que o mundo era vasto e eles, jovens.

— Vamos viver uma vida de prazeres, fazendo só o que nos agrada! Para que viver de outro modo? Temos de ser mais audaciosos! Viver à tripa forra! Quanto mais a gente se empenha em viver honestamente uma vida virtuosa, e luta por melhorar as condições, mais o destino zomba da gente, prega-nos peças e nos deixa chorando, sem nenhuma alternativa. E você também, Akemi: quem manda você se deixar explorar por gente como Okoo e Seijuro? É por isso que você não vai para frente. Você tem de passar para o lado do explorador, ou não conseguirá sobreviver neste mundo!

Akemi estava impressionada. Partindo da Hospedaria Yomogi, haviam ambos caído no mundo, cada um para o seu lado. E o mundo abusara dela, mas com Matahachi as coisas tinham sido diferentes: ele era homem, e parecia-lhe que, diferente daqueles velhos tempos, seu caráter estava agora um pouco mais firme.

Mas em algum lugar da mente, tremia uma miragem, difícil de abandonar: o vulto de Musashi. Aquilo era uma obsessão, como alguém que se sente compelido a ir ver as cinzas de sua casa queimada.

— Não quer?

Akemi sacudiu a cabeça em silêncio.

— Se quer, vamos embora!

— Mas... E a sua mãe, Matahachi-san? Que vai fazer com ela?

— Ah, é verdade! — disse ele, olhando para o alto do barranco. — Minha velha irá embora para a sua terra assim que conseguir uma prova da morte de Musashi. Ela vai ficar furiosa quando descobrir que a abandonei no meio da montanha, como uma daquelas velhas que são jogadas para morrer. Mas não há de ser nada: assim que ela vir o homem bem sucedido em que vou me transformar, perdoará tudo. E uma vez que já decidimos, vamos logo embora!

— Vamos seguir por outro caminho, Matahachi-san! Esse aí... — disse Akemi, encolhendo-se.

— Ora, essa. Por quê?

— Porque se seguirmos por ali, vamos dar de novo naquela pedra...

— Ah!... Está com medo de topar de novo com o anão da boca rasgada? Não tenha medo, eu agora estou com você! — disse Matahachi, rindo abertamente. — Ih, acho que estou ouvindo minha velha me chamando. Tenho muito mais medo dela do que desse seu anão assombrado! Venha logo, Akemi, antes que ela nos encontre!

Enquanto os dois vultos subiam o barranco às carreiras e desapareciam à meia-altura da encosta, a voz de Osugi, cansada de esperar, ecoava pelo vale.

— Matahachiii! Ó, meu fiiilho!

O chamado percorreu em vão as encostas das montanhas por um longo tempo.

VIDA E MORTE

I

Pássaros começaram a chilrear.

Um pé-de-vento fustigou a senda que cruzava pelo denso bambuzal. Levados por ele, aves levantaram voo em diversos pontos. Não obstante, seus vultos nem eram visíveis, pois a noite ainda se demorava.

— Sou eu, Kojiro, o mediador do duelo! — anunciava um vulto, correndo ofegante pela senda que levava ao passo Kirara. Realmente, era Sasaki Kojiro, tornado prudente pela experiência anterior, dirigindo-se com a agilidade de um cervo para a encosta do pinheiro.

— Ora, essa, é o jovem Kojiro! — diziam os homens do clã Yoshioka surgindo de seus esconderijos. Com expressões aborrecidas por causa da longa espera, logo o rodearam, formando um compacto cerco ao seu redor.

— Esse sujeito, Musashi, ainda não apareceu? — perguntou o patriarca de Mibu, o velho Genzaemon.

— Apareceu, sim. Encontrei-me com ele! — respondeu Kojiro, enfático, examinando friamente os olhares agudos que se concentraram em sua pessoa. — Encontrei-me com ele, é verdade; mas o sujeito, não sei por quê, desapareceu de súbito enquanto caminhávamos lado a lado, a cerca de um quilômetro do rio Takano-gawa.

Nem tinha acabado de falar, quando alguém gritou:

— Quer dizer que ele fugiu? — Era Miike Jurozaemon.

— Nada disso! — replicou Kojiro, sobrepondo sua voz ao tumulto que as palavras de Miike haviam provocado. — Ele desapareceu, mas juntando a sua atitude tranquila ao que ele me disse e a alguns detalhes mais, acredito que ele não fugiu. Deduzo que a minha presença tornava difícil pôr em prática o ardil que ele por certo armava, e por isso livrou-se de mim. Não se descuidem!

— Ardil? Que ardil seria esse?

Inúmeros rostos se aproximaram tentando não perder o sentido do que ali se dizia.

— Penso que existe um bando de simpatizantes da causa de Musashi ocultos em algum lugar, e que pretendem avançar até aqui todos juntos.

— É bem possível! — disse o velho Genza, com um gemido.

— Nesse caso, ele vai chegar muito em breve — observou Jurozaemon. Voltou-se no mesmo instante para os homens que haviam abandonado os esconderijos e os topos de árvores, admoestando:

— Voltem, voltem para os seus lugares. Se abrirmos a guarda e ele nos atacar quando estamos desprevenidos, começaremos sofrendo grandes baixas. Não sei quanta ajuda ele conseguiu arregimentar, mas deve ser algo inexpressivo. Não se desviem do plano traçado e matem-no de uma vez, sem cometer erros.

— É isso mesmo!

— Não se descuidem. A espera foi longa e tediosa.

— Voltem a seus postos!

— Muito cuidado!

Incentivando-se, os homens tornaram a se ocultar em moitas, nos topos e nas sombras das árvores.

Kojiro voltou-se de súbito para o menino Genjiro, em pé como um boneco rente ao tronco do pinheiro.

— Está com sono? — perguntou.

— Não! — respondeu Genjiro, sacudindo a cabeça enfaticamente.

Kojiro acariciou-lhe a cabeça.

— Está com frio, então? Seus lábios estão roxos. Você é o representante da casa Yoshioka, o comandante das tropas aqui reunidas: porte-se com bravura, entendeu? Aguente um pouco mais, porque logo terá uma bela diversão. Bem, acho que vou também procurar um bom posto de observação... — disse Kojiro, afastando-se a seguir.

II

Analisando os acontecimentos daquela manhã, chega-se à conclusão de que Musashi, depois de se apartar de Otsu no vale entre os montes Shiga e Uryu, tinha percebido que se atrasara um pouco, e estava mais ou menos àquela hora acelerando os passos para recuperar o tempo perdido.

O encontro sob o pinheiro ficara marcado para o último terço da hora do tigre. O sol ainda não teria surgido, uma vez que nessa época do ano o dia clareava somente depois da hora do coelho. O local escolhido ficava na confluência de três caminhos, na estrada para o monte Eizan: com o raiar do dia, haveria transeuntes nos arredores, e era por causa disso que os Yoshioka haviam marcado o duelo para tão cedo.

"Ah, aquilo deve ser o telhado do templo Kitayama", pensou Musashi. Parou por instantes e contemplou as construções a seus pés, logo abaixo da estrada em que se encontrava. "Já estou bem perto!", concluiu.

Dali até a encosta do pinheiro haveria apenas cerca de um quilômetro. O longo percurso já estava reduzido àquele trecho. Nesse meio tempo, a lua também caminhara em sua companhia e se ocultara, talvez atrás da montanha. As nuvens brancas e pesadas que até então dormiam enrodilhadas no seio da cadeia dos Trinta e Seis Picos pouco a pouco se deslocavam, iniciando seu movimento ascendente, mostrando que, envoltos no silêncio da noite, céu e terra prosseguiam incansáveis em suas formidáveis tarefas.

E como primeira tarefa desse dia, a própria morte: sua vida se iria, mais volátil que um floco de nuvem desaparecendo no ar, pensou Musashi.

Vistas lá do alto, pelo prisma de uma nuvem, as mortes de uma borboleta e de um ser humano não teriam notáveis diferenças. Contemplados da terra pelo prisma humano, porém, um ser, na morte, tinha o poder de influenciar toda a humanidade; podia constituir tanto um bom como um mau registro na longa história da humanidade.

Quero uma morte exemplar, pensara Musashi até agora.

Como morrer de maneira digna? Era agora sua próxima preocupação, a mais importante de todas.

O burburinho de um riacho chegou-lhe aos ouvidos. Viera com tanta pressa que sentiu repentina sede. Agachou-se ao pé de uma rocha e bebeu. O gosto puro da água invadiu-lhe a boca. Por mais esse detalhe percebeu que estava espiritualmente tranquilo, sentiu-se animar ao saber que a aproximação da morte não o intimidara.

Mas enquanto descansava e tomava fôlego, pareceu-lhe ouvir alguém chamando-o: era Otsu, ou seria Joutaro?

"É apenas impressão minha", pensou ele. "Otsu jamais viria no meu encalço; ela me conhece bem demais."

Contudo, a impressão de que a jovem lhe vinha no encalço, chamando-o desesperada, não se desfazia. No percurso até ali havia se voltado muitas vezes para verificar e, nesse momento, tornava a aguçar os ouvidos, tentando ouvir melhor.

Um atraso não só levaria o inimigo a desprezá-lo, como também representava uma desvantagem estratégica. Para lançar-se sozinho no meio de tantos inimigos, a única estratégia vantajosa seria aproveitar a escuridão que precede o raiar do dia, quando até a lua se esconde. A pressa tinha a ver com esse aspecto tático, mas talvez fosse também uma tentativa de livrar-se da imagem de Otsu e do chamado que não existia.

III

"O inimigo externo pode até ser derrotado, mas não há como derrotar o interno."

O antigo provérbio veio-lhe subitamente à lembrança e o fez reagir com vigor:

— Maldição! Não posso me perder desse jeito! Estou sendo um idiota sentimental!

Tentou expulsar Otsu por completo de seu peito. Pois não acabara de dizer, havia pouco, que "o amor não encontra espaço algum na cabeça de um homem que avança ao encontro da morte?"

Apesar do que dissera, teria ele realmente conseguido varrer Otsu por completo de sua mente?

— Que fraqueza é essa?

Musashi agora corria em linha reta.

Foi então que divisou à sua frente a faixa branca de uma estrada que partia do bambuzal a seus pés e mergulhava no meio do bosque, das plantações e das sendas que se espraiavam até o sopé da montanha distante.

Chegara bem perto, agora. Ali estava a estrada que levava à encosta do pinheiro. Acompanhou com o olhar a faixa branca e divisou, quase duzentos metros adiante, um ponto para onde dois outros caminhos convergiam. Ao mesmo tempo, conseguiu discernir também o pinheiro visado e sua copa alta de ramos espalhados em meio às finas partículas de névoa branca que lentamente se moviam no céu.

Com um brusco movimento, Musashi pôs um joelho em terra e se abaixou. Seu corpo se enrijeceu pronto para o combate, como se tudo que tinha à frente e às costas, assim como todas as árvores da montanha, representassem inimigos.

Movendo-se de rocha em rocha, de árvore em árvore como um ágil lagarto, acabou por atingir um ponto alto, bem em cima do pinheiro solitário.

— Lá estão eles!

Do ponto, conseguiu avistar contornos de pessoas agrupadas no caminho. Um grupo de quase dez pessoas rodeava o tronco do pinheiro e permanecia imóvel, lanças em pé.

Uma rajada súbita proveniente do topo das montanhas passou uivando por Musashi, lançando sobre ele gotas de sereno, e seguiu agitando a copa do pinheiro, varrendo o bambuzal, rumo ao sopé da montanha como um enorme vagalhão negro.

Envolto na névoa, o pinheiro da encosta estremecia, parecendo querer denunciar ao céu e à terra algo sinistro que ele pressentia.

Eram poucos os inimigos visíveis, mas Musashi sentia que a terra inteira, assim como toda a montanha, eram esconderijos. Já se sentia dentro do território onde a morte imperava. Até as costas de suas mãos estavam arrepiadas. Sua respiração se tornara profunda e calma, estava pronto para a luta até a ponta dos dedos dos pés, que se agarravam com maior força que os das mãos às fendas das rochas, enquanto subia, passo a passo.

Logo à frente havia um muro de pedra, restos talvez de um forte. Passando pela vertente de uma formação rochosa, Musashi alcançou esse local e viu, voltada para o pinheiro solitário, uma arcada *torii* de pedra. Altas árvores e um bosque circundavam o local, protegendo-o dos ventos.

— Ah, um santuário!

Correu até ele e se ajoelhou. Sem sequer saber a que deus orava, curvou-se profundamente com as duas mãos no chão. Nesse momento, ele não estava conseguindo conter o espírito agitado.

Dentro do escuro santuário uma pequena chama votiva tremulava fustigada pelo vento, prestes a se apagar, mas ainda assim se mantendo.

"Hachidai-jinja", leu ele na fachada, ao erguer o olhar.

"É isso!" — pensou, sentindo de súbito que conseguira um valioso aliado.

A encorajadora certeza de que os deuses estavam com ele, no momento em que se preparava para lançar-se de cabeça no meio do inimigo! A certeza de que eles sempre estariam ao lado dos que agiam corretamente! Lembrou-se então que, antigamente, quando Oda Nobunaga se dirigia Okehazama[42] para a histórica batalha, ele também tinha se curvado numa respeitosa reverência no templo de Atsuta. Encontrar este templo era um bom presságio!

Enxaguou a boca com a água sagrada; tornou a encher a boca de água e pulverizou os fios que revestiam o cabo da espada, assim como as tiras da sandália. Com movimentos ágeis, prendeu firmemente as mangas com uma tira de couro, e os cabelos das têmporas com uma faixa, passando-a em torno da testa. Com passos decididos, voltou uma vez mais para a frente do santuário e segurou a corda do sino votivo.

IV

Segurou a corda e pensou: — Espere um pouco!

Ato contínuo, soltou-a.

Era uma corda antiga, tão envelhecida que tornava difícil distinguir as cores dos fios de algodão entrelaçados. Simples corda que pendia do sino, parecendo convidar:

— Apele a mim! Confie em mim, vamos!

Musashi, entretanto, perguntara em seu íntimo:

---

42. Batalha de Okehazama: histórica batalha ocorrida em 1560, quando Oda Nobunaga derrotou Imagawa Yoshimoto.

— Que pretendia eu pedir agora, neste lugar?
No mesmo instante, retraíra a mão, sobressaltado.
"A esta altura, eu já devia estar em sintonia com o universo!", pensou. "Por todos esses dias passados até hoje, não vinha eu me dizendo que a vida de um guerreiro começa a cada manhã, e que ele deve estar pronto para morrer antes de cada anoitecer? Não vim tentando aprender a morrer, o tempo todo?", admoestou-se.

Não obstante, de um modo inesperado, no momento crucial, o adestramento ruía: ao avistar a luz votiva ele sentira a mesma alegria do viajante que encontra um ponto de luz no meio da noite, e a mão, esquecida de tudo o mais, tinha agarrado o cordão do sino, quase agitando-o em busca da ajuda dos deuses.

Um samurai nunca tem um aliado além dele próprio. A morte era sua aliada constante. Não era fácil aprender a morrer: o preparo para ir-se do mundo a qualquer momento de um modo tranquilo, digno e viril, rápido como um breve suspiro, nunca era obtido por completo, por mais que se treinasse; mas Musashi andara até orgulhoso de si porque acreditara estar sentindo dentro dele mesmo esse preparo desde a noite anterior. Rígido como uma rocha, envergonhado e arrependido, pendeu a cabeça, sem conseguir conter as lágrimas de vexame.

"Cometi um erro!", mortificava-se. "Pensei ter atingido um estágio de frieza total, mas dentro de mim ainda restava a vontade de viver. Otsu, minha irmã, e também a vontade de contar com algo ou alguém, como a do náufrago que se agarra a uma palha, foram elas que me levaram a esquecer tudo e a segurar a corda do sino votivo! Eu ainda pretendia contar com a ajuda divina, a esta altura!"

Lágrimas que não mostrara na frente de Otsu agora caíam copiosas dos olhos de Musashi, lamentando os anos de treino perdidos, o corpo e o espírito que se recusavam a aprender.

"Essa vontade de depender de algo me levou a rezar sem ao menos saber o quê. Meu ato foi inconsciente, e por isso mesmo, mais grave!" Por mais que se recriminasse, nada conseguia abrandar a vergonha. Tinha raiva de si próprio.

"Estúpido!", maldizia-se, com pena dos longos dias de aprendizagem, tão infrutíferos.

Ele já era um corpo vazio! Que havia para desejar ou pedir? Antes ainda de entrar em guerra, já tinha começado a sofrer uma derrota interna. Aquilo jamais seria o coroamento de uma exemplar vida guerreira.

No mesmo instante, porém, Musashi sentiu uma onda de gratidão invadi-lo, e também a presença divina. Pois ele ainda não tinha entrado em combate, faltava um passo ainda para isso! O arrependimento trouxe a oportunidade de corrigir-se. E foram os deuses que lhe haviam oferecido essa oportunidade.

Acreditava em um deus, mas no caminho de um samurai não havia deuses a quem recorrer. Achava que o caminho era absoluto, além do divino. Um samurai não deve depender do poder divino, nem se orgulhar de ser humano. Não deve negar a existência da divindade, mas nela não deve se amparar; ao mesmo tempo, tem de ter a profunda compreensão de que ele próprio é um mísero ser, pequeno e frágil, apenas mais um fenômeno neste mundo efêmero.

Musashi deu um passo para trás e juntou as mãos à altura do peito. Nessas mãos postas havia agora algo diferente, inexistente naquelas que haviam agarrado a corda do sino.

Logo abandonou os limites do templo e se afastou correndo pela estreita senda em acentuado declive. No fim do declive encontrou a estrada que levava à encosta do pinheiro solitário.

V

O declive era acentuado a ponto de quase fazê-lo tombar para a frente. Na superfície da senda, provavelmente o caminho de uma cascata em dias de chuva pesada, pequenas pedras afloradas pela erosão se agarravam a frágeis torrões de terra.

Acompanhando a impetuosa descida de Musashi, pedregulhos e blocos de terra corriam em seus calcanhares, quebrando o silêncio.

Com uma súbita exclamação alarmada Musashi jogou-se para um lado, rolando para dentro da macega.

A relva, carregada de sereno, encharcou instantaneamente suas coxas e peito. Encolhido como uma lebre, observou com atenção a copa do pinheiro.

A distância dali até a árvore podia ser contada agora em dezenas de passos. E uma vez que a trifurcação se situava em terreno um pouco mais baixo, o jovem era capaz de contemplar com relativa facilidade a copa do pinheiro.

E nos ramos da árvore Musashi viu um vulto humano, oculto.

O homem, além de tudo, tinha uma arma de fogo na mão, um mosquete ao que parecia.

"Covardes!" — pensou furioso, e em seguida: "Tudo isso para matar um homem?"

Não podia dizer, contudo, que não esperara por isso. Havia-se preparado intimamente na certeza de que seus adversários estariam prontos para tudo.

Os Yoshioka certamente imaginariam que ele não os enfrentaria sozinho. Nesse caso, seria mais inteligente da parte deles prepararem-se com algumas armas de longo alcance.

De sua posição atual, porém, conseguia divisar apenas a copa do pinheiro. Imaginar que todos os arqueiros e atiradores estariam escondidos nessa copa seria precipitar-se. Arqueiros poderiam estar escondidos atrás de rochas e em lugares baixos; atiradores podiam estar em qualquer lugar naquela mesma área, e conseguiriam atingir o alvo facilmente.

A única vantagem para Musashi era o fato de estarem, tanto o atirador sobre a árvore quanto os homens sob ela, todos voltados, sem exceção, para o outro lado, dando-lhe as costas. Três eram os caminhos que tinham para vigiar à frente deles, fazendo-os esquecer o único às suas costas.

Quase rastejando, Musashi avançou pouco a pouco. Curvou-se, de modo que a cabeça ficou em posição mais baixa que a empunhadura da própria espada, e avançou. Seus passos tornaram-se então visivelmente mais rápidos e, quando se aproximou do pinheiro, estava quase correndo. Cerca de quarenta metros antes de alcançá-la, o homem em seu topo o localizou de súbito, e gritou:

— Ei! É Musashi!

Apesar de ouvir o berro partindo das alturas, Musashi continuou a correr uns bons vinte metros, mantendo a mesma postura.

Ele tinha calculado com segurança que naqueles preciosos segundos nenhuma bala viria em sua direção. Isso porque o homem na copa do pinheiro se posicionara a cavalo sobre um galho, e vigiava a trifurcação com o cano voltado para ela, não lhe sendo fácil mudar agora de posição rapidamente e lidar com a arma ao mesmo tempo, tolhido como estava por ramos e folhas.

— Quê?
— Onde!

As perguntas partiram simultâneas das bocas dos quase dez homens que cercavam a árvore, a cidadela daquele pequeno exército.

No segundo seguinte, o homem de cima do pinheiro berrou:

— Atrás!

O grito soou estridente, como se tivesse rasgado a garganta do homem. Àquela altura ele já havia reempunhado o mosquete e a boca do cano apontava certeiramente a cabeça de Musashi.

Uma fagulha da mecha varou por entre as finas agulhas do pinheiro e brilhou enquanto caía. O cotovelo de Musashi, naquela fração de segundo, descreveu um amplo movimento circular. A pedra, oculta na palma da mão, zumbiu e voou certeira, na direção do minúsculo ponto luminoso, do tamanho da cabeça de um incenso, e que indicava a mecha acesa. O ruído de um galho se partindo e uma exclamação assustada ecoaram juntos, e algo despencou do alto, do meio da névoa para o chão. Naturalmente, era um homem.

VI

— Aaah!
— É Musashi!
— Musashi!

O tumulto era compreensível, uma vez que o ser humano não dispõe de olhos nas costas.

Compreensível também era a consternação dos homens que, espalhados pelas bocas das três sendas e dispostos a não deixar passar nem uma pulga, jamais teriam imaginado que Musashi lhes surgiria, sem qualquer aviso, bem no centro nevrálgico de suas defesas.

Eram quando muito dez os homens reunidos ali, mas estavam perturbados como se tivessem sido sacudidos por um terremoto, e batiam uns contra outros, bainha de espada chocando-se contra bainha de espada, os cabos das lanças que alguns reempunhavam quase derrubando os companheiros próximos. Alguns ainda saltavam de súbito para o lado sem necessidade, ou berravam os nomes de companheiros, sem sentido algum:

— Obashi!
— Miikeee!

Despreparados, ainda assim admoestavam os outros:

— Não se descuidem!

Furiosos, de suas bocas escapavam grunhidos e palavras sem sentido. E quando afinal conseguiram armar um arremedo de defesa, adotando uma precária formação semicircular, e apontaram as brilhantes pontas de lanças e espadas em direção a Musashi, este declarou:

— Conforme os termos do acordo, Musashi, filho único do *goushi* Miyamoto Munisai, originário da província de Mimasaka, aqui se apresenta para o duelo. Onde está Genjiro, o representante da casa Yoshioka? Não cometam os mesmos erros dos antecessores, os mestres Seijuro e Denshichiro! Em consideração à pouca idade desse representante, admito a presença de assistentes em número que lhes convenha. Mas eu, Musashi, aqui vim sozinho, como veem. Deixo também à sua escolha decidir de me enfrentarem um a um, ou todos de uma vez! — Sua voz soava alta e clara.

A saudação, correta, também surpreendeu os homens. Ao mesmo tempo, embaraçou-os profundamente não estarem em condições de responder à altura. Mas, naquela situação, eles só conseguiriam responder se tivessem tranquilidade

para elaborá-la. Das bocas ressequidas, sem capacidade de produzir sequer saliva para umedecê-las, só podiam partir frases do tipo:
— Está atrasado, Musashi!
— Ficou com medo?
Ainda assim, suas mentes haviam registrado muito bem as palavras de Musashi: "Aqui vim sozinho." Em consequência, a coragem pareceu voltar. Mas veteranos como o velho Genza e Miike Jurozaemon, experientes, não confiavam nessas palavras, achando que se defrontavam com um ardil. Certos de que os partidários da causa de Musashi se ocultavam nas proximidades, seus olhos procuravam por eles, temerosos e irrequietos.

O silvo agudo de uma flecha partindo de um arco ecoou nesse momento. O som pareceu também ter-se originado na espada de Musashi, que cortou o ar no mesmo instante. Uma flecha, que lhe visava o rosto, foi ao chão partida em dois, caindo metade atrás do ombro, metade na ponta da espada.

Na fração de segundo que o olhar registrava a cena e ali permanecia, Musashi, os cabelos eriçados como a juba de um leão, alcançou num único salto o vulto que se ocultava atrás do tronco do pinheiro.

— Ai, tenho medo! — gritou agarrando-se à árvore o pequeno Genjiro, até então parado no mesmo lugar, obediente às instruções do pai.

Ao ouvir o grito, o velho Genza soltou um urro medonho e saltou, como se tivesse ele próprio sido partido em dois. Simultaneamente, a ponta da espada de Musashi descreveu no ar um risco prateado de cima para baixo e, de algum modo, raspou uma fina lâmina da casca da árvore. Junto com a casca, rolou por terra envolta em sangue a pequena cabeça do menino Genjiro, com seus cabelos aparados em franja.

A NÉVOA E O VENTO

I

A ação nada ficava a dever à de um *yasha*.[43]

Em primeiro lugar, e ignorando tudo o mais, Musashi havia golpeado mortalmente o pequeno Genjiro, mostrando que esse tinha sido desde o início o seu objetivo.

O episódio extrapolava definições como "trágico" ou "brutal". Pois não era Genjiro apenas um menino — o inimigo, sem dúvida — insignificante?

Seu extermínio não diminuiria minimamente a potência inimiga. Pelo contrário, a dor da perda serviria, mais que tudo, para exasperar os membros da casa Yoshioka, levando-os à loucura, transformando-lhes a combatividade em furor.

O idoso Genza, notadamente, quase caindo em prantos, gritou agoniado:

— Aaah! Como se atreve?...

Seu rosto inteiro parecia esbravejar. Brandiu sobre a cabeça uma espada que parecia pesada demais para ele e, mantendo-a nessa posição, investiu contra Musashi como se pretendesse colidir com ele.

O pé direito de Musashi recuou cerca de trinta centímetros. Acompanhando o movimento do pé, seu corpo e ambos os braços giraram instantaneamente para a direita. Ato contínuo, a ponta da espada, que havia percorrido a linha do pescoço do menino Genjiro e acabava de retornar à posição original, tornou a saltar com um zumbido, agora para cima, e seguido de um vigoroso *kiai*, atingiu inicialmente o cotovelo do ancião — que vinha nesse instante descrevendo um movimento descendente — e depois o seu rosto.

Simultaneamente, alguém gemeu. Impossível saber-se quem, pois o homem que investia com uma lança às costas de Musashi também começou a cambalear curvado para frente, tombando em seguida junto com o idoso Genza, ambos sujos de sangue. Além deles, e atingido por um golpe tão rápido que ninguém conseguira acompanhar, uma quarta vítima — esta tinha provavelmente saltado bem à frente de Musashi e sido atingida em cheio no peito — caminhava ainda dois ou três passos, vértebras expostas, cabeça e braços balançando molemente, pernas carregando o corpo já sem vida.

---

43. *Yasha*: na mitologia hindu, *yaksa*, espírito maligno que habita matas e florestas, era conhecido por molestar e ferir seres humanos. Também adorado por proteger riquezas, foi posteriormente integrado ao Budismo.

— Às armas, às armas!
— Acudam! Acudam!

Os seis ou sete homens restantes esbravejavam desesperados, alertando os companheiros. Em vão: espalhados pelas três sendas, os demais continuavam a tocaiar a uma considerável distância da cidadela, totalmente alheios ao desastre que acabara de ocorrer havia apenas alguns segundos. Além de tudo, o vento sibilando nos pinheiros e no cerrado bambuzal abafava seus desesperados apelos, dispersando-os no ar.

Há centenas de anos — desde os períodos Hogen e Heiji (1156-1160), quando os remanescentes do derrotado exército Heike vagavam por essa área tentando transpor o lago Oumi[44], desde os tempos em que Shinran[45] e os monges guerreiros do monte Eizan transitavam por ali a caminho de Kyoto — o velho pinheiro viera gradualmente lançando suas raízes nessa encosta. Agora, despertada da letargia de centenas de anos pela inesperada chuva de sangue humano que encharcava a terra e lhe chegava às raízes, a velha árvore parecia estremecer de alegria, ou talvez gemer angustiada: a copa fremente no alto do grosso tronco agitava-se e atraía a névoa, vibrava ao vento e espargia minúsculas gotas geladas sobre homens e armas à sua sombra.

O cadáver e os três homens mortalmente feridos foram de pronto esquecidos no curto espaço de tempo necessário para respirar uma vez. No instante em que, sobressaltados, todos se refaziam, Musashi já se tinha colado ao robusto tronco do pinheiro. O tronco, tão grosso que somente dois homens de mãos dadas conseguiriam abarcá-lo, constituía excelente escudo para a sua retaguarda. Musashi, porém, não parecia considerar vantajoso permanecer muito tempo imobilizado nessa posição. Seu olhar, duro, brilhava acima do cabo da espada e atraía a atenção dos sete homens posicionados à sua frente enquanto tentava visualizar um novo e vantajoso posto.

Gemer das árvores, farfalhar da macega, sibilar do vento na mata; em meio aos sons que a brisa arrancava, uma voz distante começou a gritar nesse instante:

— Ao pinheiro da encosta! Homens, ao pinheiro da encosta!

O grito partira de Sasaki Kojiro, o homem em pé sobre uma elevação situada num ponto estratégico. Ele ali estivera sentado até esse momento, mas agora alertava os homens do clã Yoshioka espalhados pelas três sendas e ocultos em moitas e arbustos:

— Corram ao pinheiro! Às armas, às armas!

---

44. Oumi (corruptela de Awaumi — ou seja, lago de águas claras): antiga denominação do lago Biwako, na atual província de Shiga.

45. Shinran (1173-1262): famoso monge do início do período Kamakura.

II

Um mosquete detonou, o forte estampido quase ensurdecendo os homens próximos.

Combinado aos gritos de Kojiro, que já haviam alertado uns poucos, o tiro despertou o resto do bando.

— Deuses misericordiosos!

Os membros do clã Yoshioka, emboscados nas sombras do bambuzal, das árvores e das rochas, emergiram das três sendas como uma nuvem de pernilongos alvoroçados.

— Que... que é aquilo?

— Onde?!

— Na encruzilhada! Na encruzilhada!

— Musashi nos passou a perna!

Partindo de três direções diferentes, vinte e tantos homens convergiram desordenadamente para um mesmo ponto chocando-se uns contra os outros como correntes de um rio torrencial.

Ao espocar do mosquete, Musashi moveu-se agilmente em torno do pinheiro, costas roçando o tronco da árvore. A bala atingiu o tronco com um baque, a poucos centímetros de seu rosto. Atraídos pelo movimento de Musashi, os sete homens, espadas e lanças em riste, deram também volta à árvore, arrastando os pés lentamente.

Foi então que Musashi, sempre guardando-se em posição mediana, investiu de súbito contra o homem no extremo esquerdo, apontando a espada diretamente para os seus olhos. O visado era Kobayashi Kurando, um dos "Dez Mais" da academia Yoshioka. A carga, rápida e terrível, assustou Kurando, apesar de toda a sua experiência.

Um grito esganiçado partiu de sua boca. Inconscientemente, Kurando torceu o corpo para desviar-se do golpe, equilibrando-se num só pé. Musashi arremeteu pelo espaço aberto e continuou a correr.

Ao vê-lo pelas costas, o grupo lhe foi atrás:

— Maldito!

Procurando sofregamente alcançá-lo, cair sobre ele e retalhá-lo, o grupo perdeu a unidade de ação. Ao mesmo tempo, os homens negligenciaram a própria guarda.

De modo inesperado, o musculoso corpo de Musashi pareceu ricochetear, descrevendo um agressivo movimento pendular: sua espada golpeou lateralmente o homem que lhe vinha nos calcanhares, Oike Jurozaemon. Este, porém, já havia percebido que Musashi ia tentar uma manobra qualquer e o vinha perseguindo com certa cautela. Em consequência, a espada de Musashi apenas roçou o peito de Oike, que, arqueando-se para trás, acabou por desviar-se do golpe.

Musashi, no entanto, não manejava a espada como a maioria dos esgrimistas. Quando a lâmina erra o alvo, o espadachim vê normalmente a força do golpe perder-se no espaço, o que o obriga a voltar à posição inicial e armar o golpe seguinte. No caso de Musashi, seu golpe não era tão lento, isto é, um movimento de sua espada não correspondia a um único golpe.

Musashi nunca tivera um mestre, fato que, sob o ponto de vista do aprendizado, representara boa dose de sofrimento e certo grau de prejuízo; visto de um outro prisma, porém, não ter um mestre havia sido uma vantagem.

A vantagem advinha do fato de nunca ter sido forçado a moldar-se a um estilo pré-estabelecido, o do eventual mestre. Sua esgrima não tinha forma, regras ou princípios secretos. Seu estilo, sem nome ou padrão, nascia no ar, era o produto da sua imaginação e da capacidade de executar o imaginado.

No duelo sob o pinheiro da encosta, por exemplo, essa particularidade evidenciou-se no golpe que Musashi, fingindo fugir, desferiu inesperadamente contra Oike. Este não desmereceu o título de veterano mais graduado da academia Yoshioka e conseguiu sem dúvida desviar-se do rápido golpe. E, fosse aquele um golpe ortodoxo estilo Kyoryu, Shinkage ou outro qualquer, o movimento de Oike teria sido mais que suficiente para salvá-lo.

Mas o estilo único de Musashi não se parecia com nenhum dos que o veterano discípulo da academia Yoshioka havia visto até então. Seus golpes vinham invariavelmente acompanhados de um ricochete, um golpe de retorno. O movimento de sua espada cortando à direita já vinha carregado do impulso para o retorno imediato à esquerda. Observada atentamente, sua espada em movimento deixava um rastro luminoso que descrevia no ar, com incrível rapidez, duas agulhas de pinheiro presas num único pecíolo, ou seja, um V deitado. A espada corria para um lado para instantaneamente voltar e atingir o oponente no retorno.

Enquanto Oike ainda gritava de espanto, a espada de Musashi ricocheteou, riscou no ar o V deitado — o desenho de um rabo de andorinha — e atingiu o rosto do adversário no retorno, abrindo-o como uma romã madura.

III

Dos Dez Mais, grupo que dizia representar o tradicional estilo Yoshioka, Kobayashi Kurando havia sido o primeiro a tombar. Agora, o segundo, Oike Jurozaemon, espadachim de reconhecida habilidade, acabava de bater com o rosto no chão.

Com este, e incluindo o menino Genjiro — insignificante como oponente, mas um importante troféu — Musashi havia eliminado metade do grupo que o havia enfrentado inicialmente, espargindo em torno o sangue de todos eles.

Caso Musashi houvesse apontado a espada nesse instante na direção do perturbado grupo e atacado com todo o vigor, aproveitando a brecha aberta pela eliminação de Oike, teria com certeza conseguido livrar-se de muitos mais.

De modo totalmente incompreensível, porém, Musashi disparou em linha reta na direção de uma das três sendas.

Quando todos pensavam que fugia, Musashi retornava e os enfrentava; se voltavam a se guardar, certos de que atacaria, seu vulto, qual andorinha em voo rasante, desaparecia instantaneamente de vista.

— Porco maldito!

A metade restante do grupo rilhou os dentes, frustrada.

— Musashi!

— Não fuja, covarde!

— Isso é sujeira!

— O duelo ainda não terminou! — urravam os homens enquanto o perseguiam.

Seus olhos brilhavam, prestes a lhes saltar das órbitas. A visão e o forte cheiro do sangue estonteavam-nos, embriagando-os tão efetivamente quanto se tivessem mergulhado num barril de saquê. A visão do sangue, capaz de acentuar a frieza de um verdadeiro bravo, exerce efeito oposto sobre o covarde: perturba-o. Os homens que perseguiam Musashi tinham-se transformado em furiosos espíritos malignos saídos de um lago sangrento.

— Está seguindo para esse lado!

— Não o deixem fugir!

Deixando para trás os gritos dos homens, Musashi abandonou a encruzilhada em T, onde a refrega tinha se iniciado, e disparou rumo à mais estreita das três sendas, a do Shugaku-in.

Por ela vinha subindo nesse momento um grupo de partidários dos Yoshioka, frenéticos por terem percebido que algo grave acabava de acontecer junto ao pinheiro da encosta. E mal correu vinte metros, Musashi se viu prestes a chocar-se com o líder desse grupo, tendo às costas os homens que o perseguiam desde o pinheiro da encosta.

Os dois grupos chocaram-se no meio da estreita senda que cortava um denso matagal, mas, por mais que procurassem, viam apenas os próprios companheiros.

— On... onde está ele?

— Por aqui não passou!

— Não é possível!
— Mas...
Enquanto discutiam, alguém gritou:
— Estou aqui!

Era Musashi. Saltando de trás de uma rocha na beira do caminho, estava de pé no meio da senda, no trecho em que a fileira dos perseguidores tinha acabado de passar havia poucos instantes.

A atitude desafiadora mostrava que já estava pronto para enfrentá-los uma vez mais. Os partidários dos Yoshioka, atônitos, começaram a se mover em sua direção. A estreita senda, porém, impediu-os de se manter unidos.

Levando-se em consideração que, para agir, um espadachim necessita de um espaço circular cujo centro é o próprio corpo, e cujo raio é o comprimento do braço acrescido ao da espada, dois aliados não podiam lutar lado a lado na estreita senda sem o risco de se ferir mutuamente. Piorando ainda mais a situação já em si difícil, o primeiro homem da coluna veio andando para trás, afastando-se de Musashi precipitadamente, enquanto os demais forcejavam por vir à frente. A vantagem numérica tinha-se transformado agora num empecilho.

IV

Mas o poder de um grupo não deve nunca ser menosprezado. A veloz ação de Musashi e seu espírito aguerrido tinham num primeiro momento assustado os homens, fazendo-os recuar mesmo enquanto gritavam: "Não recuem! Não recuem!" Logo, porém, deram-se conta de que estavam em vantagem numérica e voltaram à carga.

— Deixem comigo! — gritaram dois ou três cabeças de fila, adiantando-se. O alarido que se elevou do grupo às costas deixou claro a desvantagem de Musashi.

Como um peixe nadando contra a correnteza, Musashi era levado a ceder terreno passo a passo, muito mais ocupado em proteger-se do que em atacar seus inimigos, ignorando até os mais afoitos que, por se terem posto ao alcance de sua espada, poderiam ser facilmente eliminados.

Naquela situação, não lhe adiantava eliminar mais quatro ou cinco homens, pois a força do grupo não se enfraqueceria; além do mais, um passo em falso seria um convite para a lança inimiga. Diferente do golpe desfechado por uma espada, que quase sempre propicia um tempo mínimo de preparo para a defesa, não há como preparar-se contra o de uma lança oculta no meio de uma turba.

Os discípulos da casa Yoshioka recuperaram o entusiasmo.

Ao notar que, passo a passo, Musashi recuava, seus oponentes avançaram, obrigando-o a recuar ainda mais. A essa altura, o rosto de Musashi já estava pálido, cadavérico. Qualquer um diria que ele não respirava. O menor obstáculo — a raiz de uma árvore ou uma corda que se enroscasse no pé — o levaria de cabeça ao chão. Mas ninguém quer aproximar-se de um homem a caminho da morte e partilhar o mesmo destino: embora os adversários gritassem e avançassem ameaçadoramente apontando-lhe espadas e lanças, os diversos golpes que lhe visavam peito, mãos e coxas deixavam de atingir o alvo por alguns centímetros.

Repentinamente, os homens gritaram aturdidos:

— Que raios?...

Pois lá estavam eles, um contingente numeroso demais para uma senda estreita, lutando contra um único adversário e atrapalhando-se mutuamente, atarantados porque uma vez mais o tinham perdido de vista.

Musashi desaparecera, é verdade, mas não porque tivesse fugido em disparada ou subido numa árvore: ele apenas tinha dado um passo para o lado e mergulhado no matagal que beirava o caminho.

A terra era macia no denso bosque de bambus onde Musashi se ocultou. Um lampejo dourado atingiu seu vulto que corria entre troncos de bambus, fugaz como a sombra de um pássaro deslizando num campo riscado por estrias verdes. O sol acabava de surgir nesse instante entre as montanhas, exibindo de súbito a borda do seu disco rubro.

— Pare, Musashi!

— Covarde!

— Não tem vergonha de nos dar as costas?

Os homens corriam como podiam entre os bambus. Musashi já tinha pulado o riacho além do bambuzal, saltado para cima de um barranco de quase três metros, e ali parou finalmente para respirar fundo algumas vezes.

Além do barranco, uma campina em suave aclive formava a base de uma montanha. E dali Musashi avistou o sol raiando.

Pela senda do pinheiro solitário a seus pés vinham chegando cerca de cinco dezenas de discípulos desgarrados. Ao darem com o vulto em pé sobre o barranco, galgaram também o barranco aos gritos.

Um grupo quase três vezes maior que o inicial acabou por aglomerar-se em seguida na campina à base da montanha. Ali estava todo o clã Yoshioka. Eram tantos que, de mãos dadas, abarcariam a campina inteira. A distante figura de Musashi esperava em pé, guardando-se em posição mediana, a minúscula espada cintilando como uma agulha na claridade matinal.

V

Um cavalo de carga relinchou em algum lugar. Vilas e montanhas despertavam — já era hora do tráfego matutino começar.

Especialmente nessa área, o movimento começou cedo: monges madrugadores desciam ou subiam o monte Eizan, bonzos de tamancos altos costumavam passar empinados mal o dia clareava.

E esses bonzos, assim como lenhadores e lavradores, já começavam a se aglomerar:

— É um duelo!
— Onde? Onde?

A agitação dos homens contagiou os animais: na vila, galinhas e cavalos manifestavam-se ruidosamente.

Sobre o templo Hachidai-jinja, uma pequena multidão se concentrou para assistir. A névoa, em constante movimento, cobria os vultos como um manto branco, impedindo-os de ver o que se passava, mas logo se afastava, revelando todos os detalhes.

E no breve intervalo entre um movimento e outro da névoa, Musashi havia sofrido radical transformação: a faixa que lhe prendia os cabelos estava agora suja de sangue e suor. Sangue e suor empastavam também os cabelos, que se tinham aderido ao rosto, transformando-o numa macabra imagem do rei das trevas.

Musashi finalmente começava a ofegar. O peito, largo e robusto como uma armadura, agitava-se de forma visível. O *hakama* tinha-se rasgado, e havia um corte profundo na área da coxa. Pontos brancos que lembravam sementes de romã e um pedaço do osso apareciam no meio da carne rasgada.

Havia um corte também em seu antebraço, nada grave, aparentemente. O sangue, porém, lhe escorria pelo peito e tingia o *obi* na região onde mantinha a espada curta, deixando-o com um aspecto estriado como o de um morto-vivo recém-saído do túmulo, tão apavorante que obrigou muita gente a desviar o olhar.

Mais chocante ainda era a visão dos mortos e dos feridos pela espada de Musashi, estes últimos gemendo e rastejando nas proximidades. Quatro a cinco tinham tombado na hora, mal os quase setenta homens o haviam atacado.

Os feridos não jaziam todos num único lugar, mas a uma considerável distância uns dos outros. Esse detalhe mostrava que Musashi havia se movimentado sem cessar pela ampla campina e combatido em diversos pontos, não dando ao numeroso inimigo tempo para reunir suas forças.

Seus movimentos, sobretudo, tinham obedecido sempre a um princípio: nunca bater-se de frente contra o inimigo. Desse modo, toda vez que a formação inimiga se abria em leque, Musashi evitava a todo custo enfrentar a fileira aberta, girava buscando as extremidades da formação e golpeava, rápido como um raio.

Em consequência, Musashi tinha sempre pela frente os homens em coluna, no mesmo tipo de formação que combatera havia pouco na estreita senda. Fossem portanto setenta ou cem os adversários, eram apenas os dois ou três da ponta de uma coluna que ele enfrentava de cada vez.

Mas apesar da impressionante agilidade com que se movia, comparável à de um pássaro em voo, Musashi falhava vez ou outra. Os Yoshioka, por seu lado, nem sempre se deixavam enganar. Momentos havia em que o bando todo se movia e conseguia encurralá-lo.

Esses eram os momentos de maior perigo para Musashi.

E era também então que, anulada a percepção de si próprio e de seus pensamentos, sua habilidade aflorava poderosa, incandescente.

Suas mãos, sem que soubesse precisar exatamente desde quando, empunhavam cada qual uma espada. A longa na mão direita estava suja de sangue até o cabo. A lâmina da espada curta, na mão esquerda, estava limpa ainda, levemente embaçada por uma camada de óleo, mas parecia pronta para retalhar quem dela se aproximasse.

Naquele instante, porém, Musashi ainda não havia se dado conta de que lutava com as duas espadas.

VI

O movimento lembrava a dança do mar e da andorinha.

O mar lança a onda tentando alcançar a andorinha em voo rasante, mas a andorinha resvala por ela e voa para longe, agilmente.

Os homens do clã Yoshioka movimentavam-se sem cessar, mas pareciam engasgar, parando breves segundos cada vez que viam seus companheiros desabando como troncos sob a ação das duas espadas arrastavam os pés, apenas tentando envolver Musashi num círculo.

E essas paradas davam a Musashi tempo para respirar e recompor-se.

A mão esquerda empunhava a espada curta e apontava diretamente para os olhos de seus adversários. A mão direita, empunhando a longa, abria-se lateralmente — ombros, braços e lâmina compondo naturalmente uma linha horizontal, quase paralela ao chão — à espera, fora do campo visual inimigo.

Juntando-se o comprimento das duas espadas ao dos dois braços estendidos, Musashi dispunha de uma considerável área de ação. E no centro dela estavam seus fulgurantes olhos.

Se o adversário evitava uma aproximação frontal e lhe chegava pela direita, Musashi movia-se imediatamente para a direita, aproximando-se e inibindo a ação inimiga. Se, ao contrário, ele se aproximava pela esquerda, a espada à esquerda instantaneamente se estendia nessa direção, prendendo o adversário entre as duas espadas.

A ponta da espada curta que Musashi empunhava na mão esquerda parecia dotada de incrível força magnética. O adversário que se punha ao alcance dela parecia simplesmente hipnotizado, perdia a capacidade de recuar ou desviar-se. Na fração de segundo seguinte, a espada longa na mão direita vinha sibilando na direção do inimigo e no mesmo instante mais uma bomba de sangue ali explodia.

Muito tempo depois, esse estilo de luta passou a ser conhecido como "técnica Nitoryu contra vários adversários". Naquele instante, porém, Musashi nem sequer tinha noção do que fazia. Anormalmente solicitada, a habilidade latente da mão esquerda havia despertado. Em estado de alheamento, abstraído de si e do mundo, Musashi apenas fazia pleno uso da sua mão esquerda.

No entanto, Musashi era ainda um principiante, até então não tivera tempo para tecer teorias sobre estilos e formas. Em parte por obra do destino, ele tinha percorrido sem vacilar um único cantinho: o da prática. Seu conhecimento advinha da prática. Teorizava posteriormente, em seus momentos de repouso.

Mas os Dez Mais da academia Yoshioka — e com eles todos os principiantes que saltitavam ao redor — tinham percorrido o caminho inverso: todos sem exceção haviam memorizado inicialmente a teoria do estilo Kyohachiryu, e agora se guardavam exibindo os maneirismos do estilo. No entanto, entre eles e Musashi — que nunca tivera um mestre, que estudara na perigosa arena da natureza e na encruzilhada da vida e da morte, sempre pronto a dar a vida para descobrir o sentido da esgrima e aperfeiçoar-se nesse caminho — existiam diferenças fundamentais, tanto no aspecto postural quanto disciplinar. Aos olhos do clã Yoshioka, Musashi — com sua palidez cadavérica, respiração entrecortada, corpo lavado em sangue, mas ainda em pé, indomável e perigoso como um titã, duas espadas em riste prontas a envolver em névoa rubra quem delas se aproximasse — começou a adquirir um aspecto enigmático. Estonteados, olhos embaçados pelo suor, desorientados ante a visão do sangue dos companheiros, Musashi tornava-se gradualmente uma imagem imprecisa, a tal ponto que, cansados e impacientes, lhes pareceu finalmente estarem lutando contra um espírito rubro.

VII

— Fuuuja!
— Você aí, lutando sozinho: fuuja!
— Vá-se embora! Dê um jeito de fugir!
Os gritos partiam das montanhas, das árvores, das nuvens.

Eram os transeuntes e os lavradores que contemplavam a cena e gritavam involuntariamente, torcendo à distância por Musashi, preso no interior de um perigoso cerco.

Musashi porém não ouviria os gritos, mesmo que viessem acompanhados de trovoada, ou que a terra se partisse em dois.

Seu corpo se movia obedecendo apenas ao comando do espírito. Aquele ser que todos viam era ilusório.

Uma aterrorizante energia consumia sua alma e seu corpo. Musashi deixara de existir fisicamente, era apenas uma vida, uma chama.

Foi então que, repentinamente, um rugido estrondoso ecoou pelos 36 picos da cadeia oriental Higashiyama. O alarido tinha partido dos espectadores distantes e também dos homens do clã Yoshioka, que saltavam e berravam simultaneamente. Musashi acabara de disparar como um javali na direção da vila.

Obviamente, seus perseguidores não ficaram a contemplar de braços cruzados.

— Atrás dele!

O pequeno exército enxameou em torno de Musashi, alcançou-o e no mesmo instante cinco ou seis lhe saltaram em cima, gritando e insultando.

Musashi abaixou-se e moveu lateralmente a espada longa na mão direita, varrendo à altura das canelas dos homens mais próximos. Um deles descarregou a lança sobre o vulto curvado de Musashi, esbravejando:

— Verme maldito!

Rechaçada, a lança voou longe enquanto Musashi se aprumava e os enfrentava novamente com tamanha ferocidade, que cada fio de seus cabelos desgrenhados parecia um dardo prestes a lançar-se contra o inimigo. Entre os lábios repuxados num esgar medonho, os dentes cerrados surgiam parecendo prontos a saltar e a morder. Direita e esquerda, direita e esquerda, as espadas tiniam alternadamente, explodindo em chamas, resvalando como água.

— Aaahhh! Ele conseguiu fugir! — rugiu maravilhada a multidão distante, zombando dos atarantados homens do clã Yoshioka. No instante seguinte, o vulto de Musashi já saltava e caía numa verdejante plantação de trigo, no extremo ocidental da campina.

Vozes logo o perseguiram:
— Pare!

— Volte aqui!

Parte do grupo seguiu-o impetuosamente, saltando também para a plantação. Ato contínuo, dois berros medonhos ecoaram: Musashi emboscava colado ao barranco e golpeara os homens que haviam imprudentemente saltado depois dele.

Duas lanças arremessadas de cima do barranco zumbiram e cravaram-se profundamente na macia terra da plantação. Mas o vulto de Musashi já ia longe, correndo e saltando como uma bola de barro, interpondo instantaneamente uma distância de quase dois quilômetros entre si e seus perseguidores.

— Foi para a vila!

— Fugiu para a estrada! — insistiam numerosas vozes.

Mas Musashi tinha corrido à beira da plantação e se refugiado no seio da montanha, de onde se voltava agora vez ou outra para contemplar os homens que, separados em grupos, continuavam a procurá-lo.

E foi então que o sol surgiu como todos os dias, seus raios varrendo a superfície da terra e iluminando até as raízes das plantas.

PRECE POR UM MENINO MORTO

I

Estamos na face meridional do pico Shimei-ga-take do monte Eizan[46], de onde se avistam com facilidade os famosos torreões ocidentais e orientais do complexo religioso, assim como o rio Yokogawa e os vales do Iimuro. À distância, no mundo vil muito abaixo deste puro ambiente, corre em meio ao lixo e à poeira o extenso rio Okawa, envolto em fina névoa. Mas aqui, no templo Mudoji junto às nuvens, o silêncio reina sobre florestas e riachos, o frio retarda o desabrochar das plantas e inibe o canto dos pássaros sagrados.

— *Yobutsu-u'in... Yobutsu-u'em... Bupposoen... Chonen Kanzeon... Bonen Kanzeon...*

Os Dez Versos à deusa Kannon escapam de um aposento nas profundezas do templo Mudoji, nem em prece, nem declamados, muito mais num sussurro involuntário.

Quem seria?

O tom do murmúrio eleva-se pouco a pouco para logo em seguida diminuir repentinamente: quem fala deixa-se arrebatar gradativamente, mas logo cai em si e baixa a voz.

O aprendiz do templo, um menino vestindo um quimono branco, vem por um longo corredor de lustrosas tábuas largas, pretas como breu. Transporta uma bandeja contendo uma refeição frugal[47], respeitosamente erguida com as mãos à altura dos olhos, e entra no aposento de onde provém o murmúrio.

— Senhor! — chamou o menino, depositando a bandeja num canto da sala.

— Senhor! — insistiu momentos depois, ajoelhando-se. O homem interpelado, porém, continuava de costas para ele, ligeiramente curvado para a frente, alheio à sua presença.

Dias atrás, alquebrado e coberto de sangue, esse homem — um samurai peregrino — havia surgido no templo apoiado à espada. Dito isso, o leitor será

---

46. Shimeidake (no original, Daishimei-no-mine): dois picos sobressaem na crista do monte Hieizan — também conhecido como Eizan — situado na fronteira entre o município de Kyoto e a província de Shiga: Daihiei, a leste (848 m), e Shimeidake (839 m), a oeste, este último citado pelo autor. Hieizan, ou ainda Eizan, montanha que faz parte da cadeia Higashiyama, é famosa por nela terem existido quase três mil templos de monges guerreiros, impiedosamente exterminados numa única noite por Oda Nobunaga, irritado com a intromissão de tais monges na gestão política do país. Na época de Musashi, os monges tinham sido proibidos de imiscuir-se em atividades leigas e haviam retomado seus deveres religiosos.

47. Nos templos budistas, a refeição, sempre frugal, era servida uma única vez pela manhã, de acordo com os preceitos da religião.

capaz de adivinhar a identidade do samurai, pois descendo esse pico rumo a leste chega-se à vila Anatamura e à ladeira Shiratorizaka; rumo a oeste, o caminho leva diretamente à vila Shirakawa e à senda Shugaku-in, onde se ergue o pinheiro solitário.

— Senhor, trouxe-lhe a refeição. Vou deixá-la neste canto — disse o aprendiz uma vez mais.

Só então Musashi pareceu perceber:

— Ah... a refeição! — Aprumou-se, voltou a cabeça e viu o menino e a bandeja. — Agradeço a gentileza.

Voltou-se então inteiramente e sentou-se com formalidade.

Sobre seus joelhos havia lascas de madeira. Minúsculas aparas espalhavam-se também pelo *tatami* e pela varanda. Um perfume suave, talvez de mirra, parecia emanar das lascas.

— Vai almoçar agora, senhor?
— Vou.
— Deixe-me servi-lo, nesse caso.
— Aceito. Muito obrigado.

Musashi recebeu a tigela e iniciou sua refeição. Enquanto isso, o pequeno aprendiz contemplava fixamente o toco de aproximadamente quinze centímetros que Musashi acabava de depositar a seu lado, bem como a adaga brilhante quase oculta às suas costas.

— O que está esculpindo, senhor?
— Uma imagem santa.
— De Amida-sama?[48]
— Não. Tento esculpir a imagem de Kannon-sama, a deusa da misericórdia, mas desconheço a técnica e acabo esculpindo meus próprios dedos. Veja! — disse Musashi, estendendo a mão e mostrando ao aprendiz os cortes nos dedos.

O menino, porém, franziu o cenho muito mais impressionado com a bandagem branca envolvendo o cotovelo de Musashi e que aparecia pela boca da manga.

— Como estão os ferimentos em suas pernas e braços, senhor?

— Já melhoraram bastante, graças aos cuidados que me têm dispensado. Transmita meus agradecimentos ao abade, por favor.

— Se o senhor quer esculpir a deusa Kannon, deveria visitar o santuário central, onde existem alguns bons trabalhos de escultores famosos. Quer que o conduza até lá depois da refeição?

— Gostaria muito, mas... a que distância fica o santuário central?

---

48. Amida-sama: Amitabha, santo budista.

II

— Cerca de um quilômetro daqui, senhor — respondeu o menino.
— Ah, é bem perto.

Assim, terminada a refeição e disposto a acompanhar o pequeno aprendiz até o santuário central no torreão leste, Musashi saiu do templo pela primeira vez em dez dias e pisou a área externa.

Imaginara estar totalmente curado, mas ao pôr os pés no chão e andar de fato, sentiu que o corte no pé esquerdo ainda doía. O ferimento no braço, além disso, passou a arder em virtude do cortante vento da montanha.

Tangidas pelo vento frio que sibilava nas copas das árvores, pétalas de cerejeiras esvoaçavam lembrando flocos de neve. Embora o frio ainda fosse intenso, o verão já se anunciava nas cores do céu. Musashi sentiu brotar dentro de si, subitamente, uma irreprimível energia fortalecendo-lhe os músculos numa reação semelhante à das plantas cheias de rebentos ao seu redor.

— O senhor — disse o pequeno aprendiz naquele instante, erguendo o rosto e fitando Musashi — é estudante de artes marciais, não é?
— Isso mesmo.
— E para que esculpe a deusa Kannon?
— ...
— Por que perde tempo esculpindo a deusa, em vez de praticar esgrima?
— ...

Crianças são capazes de tocar questões cruciais com suas ingênuas perguntas, vez ou outra.

Musashi contraiu o cenho. Sua fisionomia mostrava que a pergunta lhe doía muito mais que os ferimentos nos braços e nas pernas. Pior que tudo, o aprendiz parecia ter treze ou quatorze anos: no porte e na idade, lembrava o pequeno Genjiro, morto por ele mal a refrega tivera início em torno do pinheiro solitário.

Naquele dia... quantos teriam tombado sob a sua espada?

Nem hoje Musashi conseguia lembrar-se claramente de que forma usara a espada, ou como lograra escapar daquele inferno. Apesar disso, uma única imagem recorria com dolorosa nitidez desde aquela fatídica manhã, mesmo em sonhos: a do pequeno Genjiro, o representante dos Yoshika, gritando sob o pinheiro solitário: "Tenho medo!", e de seu frágil corpo desfigurado tombando em meio às lascas da árvore.

Naquele momento, Musashi havia matado o pequeno Genjiro sem hesitar porque tinha uma convicção: a de que não podia dar-se ao luxo de sentir pena. Mas eis que se descobria vivo depois da chacina, e se perguntava arrependido: "Por que tive de matá-lo?"

Por que chegar a esse extremo? — censurava-se agora, odiando o próprio feito implacável.

Certo dia, escrevera num diário uma promessa: "De nada me arrependerei, jamais." Mas com relação a esse particular episódio, rememorar a promessa para tentar reassegurar-se não surtia o efeito desejado: seu coração contraía-se de dor e amargura.

Era o caráter absoluto da espada que o obrigava a enfrentar tanta provação. A constatação o fez sentir que o mundo era por demais árido, e seu caminho, desumano.

"Desisto?", chegou a pensar.

Mormente nesses últimos dias — em que vivera enfurnado na montanha sagrada, purgara corpo e alma mergulhado em sons que lembravam o límpido trinado de um *Kalavinka*[49] e despertara da embriaguez do sangue — brotava de seu íntimo, irreprimível, uma prece pela alma do menino morto.

E assim, enquanto se recobrava dos ferimentos, ele havia começado a esculpir a imagem da deusa Kannon. O gesto, mais que um ritual em memória do menino morto, era uma prece pela própria alma acabrunhada.

III

— Nesse caso — disse Musashi ao pequeno aprendiz, finalmente encontrando a resposta — o que acha você das diversas imagens de Buda esculpidas por santos sábios como Genshin Sozu, ou Kobo Daishi, existentes nesta montanha sagrada?

— É verdade! Pensando bem... acho que houve monges famosos que também se dedicaram à pintura e à escultura — disse o menino inclinando ligeiramente a cabeça e concordando a contragosto.

— Portanto, quando um espadachim se dedica à escultura, está se empenhando em elevar o espírito, assim como um monge, ao empunhar uma lâmina e esculpir uma imagem santa em estado de autoanulação, está procurando aproximar seu espírito ao do santo que esculpe. O mesmo espírito norteia os que pintam, ou se dedicam à caligrafia. A meta de todos é atingir a lua, mas muitos são os caminhos que conduzem ao cume da montanha. Alguns se perdem em meandros, ou tentam novos caminhos: todos, porém os trilham procurando chegar o mais perto possível da serena perfeição de Buda.

— ...

---

49. No original, *karyobinka*: pássaro imaginário de trinar suave mencionado em sutras budistas, e que habitara o paraíso e os cumes das montanhas nevadas.

A conversa, descambando para o lado filosófico, deixou de interessar o pequeno aprendiz que, correndo na frente, acercou-se de um marco de pedra.

— Senhor, disseram-me que as palavras neste memorial foram escritas por um bonzo de nome Jichin — observou, apontando a pedra e reassumindo o papel de guia.

Musashi aproximou-se e leu as palavras quase ocultas pelo musgo:

> *Antevejo um tempo que célere se aproxima,*
> *Dias em que exauridas estarão as águas*
> *Dos sagrados ensinamentos de Buda.*
> *E minha alma confrangida estremece,*
> *Ao frio vento que varre o cume do monte Hie.*

Musashi permaneceu imóvel por algum tempo, contemplando o marco. A lápide coberta de musgo parecia conter uma formidável profecia. Pois esse tempo havia chegado. Oda Nobunaga, vândalo e simultaneamente hábil administrador, baixara com rigor pesado malho sobre os templos daquela montanha, destruindo-os uma vez para reconstruir das cinzas uma nova ordem. Desde então, os monges haviam sido banidos do cenário político e tido seus privilégios cassados[50], estando nos últimos tempos inclinados a retornar ao puro caminho da luz prescrito por Buda. A calma e o silêncio pareciam ter voltado a reinar sobre aqueles cumes, mas Musashi ouvira dizer que, mesmo agora, as cinzas da rebelião ainda fumegavam no seio da comunidade religiosa, indicando que persistia nesse meio a vontade de exercer uma vez mais o poder religioso como instrumento para dominar o mundo. Tanto assim que a escolha do superior do templo gerava rivalidades no seio da comunidade religiosa, provocando contínuas maquinações e disputas.

A montanha sagrada, que devia existir para salvar a alma do povo, era agora, pelo contrário, mantida por um regime de donativos por esse mesmo povo a quem devia salvar. Contemplando a lápide silenciosa e pensando na situação atual, Musashi não pôde deixar de compreender a natureza profética daqueles versos.

— Vamos, senhor!— disse o pequeno aprendiz afastando-se alguns passos.

Nesse instante, alguém às suas costas lhe disse:

— Pequeno Seinen, aonde está levando o nosso hóspede?

Era o monge atendente do templo Mudoji, que se tinha aproximado correndo.

— Pensei em conduzi-lo ao santuário central.

---

50. O episódio é mencionado na nota de rodapé n.º 46.

— Para quê?

— Ele passa os dias tentando esculpir a imagem de Kannon-sama, mas me disse que não conhece a técnica correta. Convidei-o então a visitar o santuário central, onde existem algumas esculturas de Kannon-sama feitas por nossos antigos mestres...

— Isso não precisa ser feito agora, precisa?

— Bem, quanto a isso, não sei... — respondeu o menino, hesitante.

Musashi interveio de pronto:

— Desculpe-me se desviei o menino de suas muitas obrigações. A visita ao santuário central não precisa ser realizada neste instante. Por favor, leve-o em sua companhia.

— Engana-se. Vim aqui atrás do senhor, e não do menino. Se não se importa, gostaria que retornasse comigo — respondeu o monge atendente.

— Como? Veio me buscar?

— Sim, senhor. Sinto ter de estragar seu passeio.

— Alguém procura por mim?

— Disse a eles que o senhor se achava ausente, mas responderam-me que o viram há pouco nestas redondezas e exigiram de mim que o viesse buscar.

Intrigado, Musashi retornou.

IV

A arrogância e a arbitrariedade dos bonzos do monte Hiei haviam provocado seu completo banimento tanto do meio político como do guerreiro. As asas lhes haviam sido cortadas, era verdade, mas seu reduto nas montanhas permanecera incólume, ao que parecia. Muitos ainda se vestiam à moda antiga e perambulavam com seus tamancões altos, espadas de madeira à cintura e lanças sob o braço. "Uma vez rebelde, sempre rebelde" parecia ser o lema dessa classe.

Um grupo composto por aproximadamente dez desses bonzos aguardava Musashi no portão de entrada do templo Mudoji.

— Aí vem ele!

— É esse mesmo?

Os vultos em hábitos pretos e capuzes marrons sussurravam entre si, olhando na direção do grupo formado pelo pequeno aprendiz, Musashi e o monge atendente.

"Que poderão querer de mim?", pensou Musashi, tentando adivinhar-lhes o pensamento. No caminho para lá, tinha sido informado pelo monge atendente que os homens à sua procura eram *doshu* do templo Sannou-in da torre oriental, ou seja, bonzos agregados à biblioteca desse templo. Nenhum deles, porém, lhe pareceu familiar.

— Obrigado por ter ido buscá-lo. E agora, não preciso mais de você nem do menino: recolham-se os dois — disse um gigantesco bonzo, espantando-os com a ponta de sua lança.

Virou-se a seguir para Musashi e disse:

— Seu nome é Miyamoto Musashi?

Uma vez que seu interlocutor ignorava as boas maneiras, Musashi também se viu no direito de aprumar-se e responder com rispidez:

— Exato.

No mesmo instante, um velho bonzo adiantou-se e disse em tom pomposo, como se proclamasse um édito:

— O solo do monte Eizan é sagrado, suas terras são santas. Não acobertam indivíduos que, perseguidos e odiados no mundo em que vivem, procuram aqui se esconder, mormente elementos proscritos lutando por causas inúteis. Acabo de notificar o templo Mudoji que você é indesejado nesta montanha: ordeno-lhe que parta imediatamente. Caso desobedeça, será castigado com rigor de acordo com o regulamento desta montanha.

Atônito, Musashi contemplou em silêncio o arrogante grupo.

Por quê? A atitude dos bonzos era suspeita. Dias atrás, quando Musashi a custo alcançara aquelas terras e solicitara abrigo junto ao templo Mudoji, a direção desse estabelecimento só concordara depois de solicitar o consentimento da administração central e de havê-lo obtido.

Algum motivo devia existir, portanto, por trás da súbita resolução de qualificá-lo como criminoso e expulsá-lo dali.

— Compreendi. Solicito um prazo até as primeiras horas de amanhã, pois tenho ainda de me preparar para a viagem e o dia hoje já chega ao fim — disse Musashi, acatando de um modo geral o que lhe era ordenado, para logo a seguir questionar incisivamente:

— No entanto, quero saber: essa ordem partiu das autoridades judiciais ou da administração central da montanha? Por que resolveram expulsar-me agora se há poucos dias, quando a direção do templo Mudoji os avisou sobre a minha chegada, vocês concordaram em me abrigar?

— Já que pergunta, faço-lhe o favor de responder — replicou o mesmo bonzo idoso. — A princípio, a administração central decidiu recebê-lo de braços abertos por ter ouvido dizer que você era o samurai que tinha lutado sozinho contra um bando de partidários da casa Yoshioka debaixo do pinheiro solitário. Mais tarde, porém, muitas informações negativas chegaram aos nossos ouvidos e, em consequência, resolvemos consensualmente expulsá-lo daqui.

— Informações negativas...

Musashi assentiu, agora compreendendo claramente a situação. Não lhe era difícil imaginar que a casa Yoshioka espalharia aos quatro ventos comentários venenosos com relação à sua pessoa.

De nada lhe adiantaria discutir com homens que acreditavam em boatos. Musashi então disse friamente:

— Compreendi. Não faço nenhuma objeção. Partirei amanhã bem cedo, impreterivelmente.

Deu-lhes as costas e dirigiu-se ao portão, disposto a entrar, quando ouviu:

— Miserável!

— Demônio!

— Cretino!

V

— Que disseram? — perguntou Musashi, parando imediatamente e voltando-se com agressividade para os bonzos.

— Você ouviu? Melhor ainda! — retorquiu um deles.

— Retirem o que disseram! Vejo que querem me provocar, mas prestem atenção: estou me retirando sem discutir apenas em respeito à ordem religiosa.

— Longe de nós a intenção de provocá-lo. Afinal, somos pacatos servos de Buda... As palavras, porém saltaram das nossas bocas, que se há de fazer!

No mesmo instante outros bonzos acudiram:

— É a voz do céu!

— O céu falou por nossas bocas!

Olhares de desprezo convergiram sobre Musashi, que se sentiu insuportavelmente humilhado. Provocavam-no, estava claro, mas conteve-se.

Os bonzos do monte Hiei tinham sido famosos pela língua afiada desde a Antiguidade, especialmente os arrogantes *doshu*, alunos de seminário de pouco saber e muita vontade de exibir-se.

— Ora essa! A crer nos boatos da vila, você devia ser um samurai valente. Mas que vemos aqui? Um pobre coitado incapaz de falar, quanto mais de reagir aos insultos!

Musashi percebeu que seu silêncio afiava cada vez mais a língua dos bonzos e sentiu a paciência esgotar-se:

— O céu então falou por suas bocas? Expliquem-me o que querem dizer com isso!

— Ainda não entendeu? Você acaba de ouvir a voz da montanha sagrada! Compreendeu agora?

— Não!
— É bem provável, em se tratando de um indivíduo da sua laia. Você é digno de piedade. Mas espere e verá: as leis cármicas são implacáveis!
— ...
— Musashi: sua fama é péssima. Fique atento quando descer daqui e voltar ao mundo dos homens, pois algo muito desagradável poderá lhe acontecer.
— Nada do que os outros digam ou façam me interessa.
— Ah-ah! Fala como se a razão estivesse do seu lado!
— E está! Não agi com covardia! Perante os deuses e os homens, afirmo que nada fiz de que me possa envergonhar.
— Alto lá! Você agora está indo longe demais em suas afirmações.
— Quando foi que agi indignamente? Quais ações minhas foram covardes, digam-me? Juro por minha espada: a luta foi limpa, honesta.
— Olhem só! Fala como se tivesse realizado um grande feito!
— Falem o que quiserem de mim, não me importo. Mas não admito que espalhem boatos desabonadores com relação ao modo como uso minha espada!
— Nesse caso, vou-lhe fazer uma pergunta. Quero ver se consegue me dar uma resposta convincente. Tem razão, os Yoshioka eram muitos. Posso até admitir que admiro sua vitalidade, temeridade ou, digamos, insensatez de enfrentá-los sozinho até o fim. No entanto, e aqui vai a pergunta, para que matar uma criança de treze anos? Para que ser cruel a ponto de eliminar o menino Genjiro?

Musashi empalideceu visivelmente, mas permaneceu em silêncio.

— Seijuro, o herdeiro dos Yoshioka, escolheu a vida monástica e retirou-se do mundo depois que você o aleijou — continuou o mesmo bonzo. — Seu irmão mais novo, Denshichiro, caiu morto sob a sua espada; e o último a carregar o sangue Yoshioka era aquele menino, Genjiro! Liquidá-lo significou extinguir a linhagem! Por mais que seu ato tenha o amparo do código de honra dos samurais, isso foi excessivamente desumano. Miserável, demônio — você é tudo isso e muito mais! Neste nosso país, o verdadeiro samurai é comparado a flores de cerejeiras, que se vão à mais leve brisa, sem a menor relutância, em plena floração. Do mesmo modo que elas, o verdadeiro samurai despede-se da vida bravamente quando seu momento é chegado, não se agarra à vida a qualquer custo, como você!

VI

Musashi mantinha-se cabisbaixo e em silêncio. O bonzo continuou:

— A montanha sagrada voltou-se contra você porque esses detalhes vieram à luz. Por mais que compreendamos as demais circunstâncias, não podemos perdoar-lhe a maldade de incluir aquele menino na conta dos inimigos e matá-lo. Você está longe da imagem do verdadeiro samurai deste nosso país. Quanto mais bravo e ilustre o guerreiro, mais gentil e bondoso ele é, mais sensível se mostra à transitória beleza desta vida. A montanha sagrada o expulsa! Suma-se daqui o mais rápido possível!

Insultando e agredindo de todas as formas possíveis, os bonzos se foram.

Não fora por falta de respostas que Musashi se deixara ofender em silêncio.

"Agi certo, estou com a razão! Naquelas circunstâncias, não havia outra forma de expressar minhas convicções, as quais acredito serem totalmente corretas", pensou. Não era uma justificativa, mas uma profissão de fé.

Por que matara o menino Genjiro? A resposta a essa pergunta era clara, definitiva: o menino tinha sido nomeado representante da casa Yoshioka, era o general das tropas inimigas, sua bandeira, seu símbolo.

Assim sendo, como poderia ele deixar de matá-lo? Havia ainda uma outra razão.

"Meus adversários eram mais de setenta. Se conseguisse eliminar dez, teria realizado um grande feito. Mas supondo-se que, lutando bravamente, conseguisse eliminar vinte, os cinquenta restantes ainda assim cantariam vitória. Para sair vencedor e evitar que isso acontecesse, eu tinha de eliminar em primeiro lugar o símbolo máximo da tropa inimiga, seu general. Se lograsse derrubar a bandeira inimiga — o símbolo ciosamente defendido por todos os meus adversários — isso faria de mim o vencedor, seria a prova da minha vitória, mesmo que mais tarde eu viesse a morrer lutando."

Musashi tinha ainda muitos outros argumentos a seu favor, como, por exemplo, o caráter absoluto da espada e das leis que a regiam, mas acabara não respondendo a nenhuma das ofensas que os bonzos lhe haviam lançado no rosto.

E por quê? Porque apesar de acreditar firmemente em suas razões, ele próprio sentia amargura, tristeza e vergonha indizíveis.

"E se eu desistisse deste árduo caminho?"

Olhar vago, Musashi permaneceu em pé, imóvel à entrada do templo.

A tarde começava a cair e as pétalas brancas das cerejeiras continuavam a dançar indecisas ao vento. Tão indeciso quanto elas sentia-se Musashi, os fragmentos de sua férrea resolução parecendo esvoaçar ao seu redor.

"E viver o resto da minha vida com Otsu..."

Considerou o mundo despreocupado dos mercadores, de gente como Koetsu e Shoyu.

"Não!" Em largas e decididas passadas, seu vulto desapareceu no interior do templo.

Já havia uma luz acesa em seu aposento. Aquela seria a sua última noite ali.

Sentou-se perto da lamparina. "Vou terminar a escultura esta noite e deixá-la no templo. O valor artístico da obra não vem ao caso. Quero apenas que minhas preces alcancem a alma do morto", decidiu.

Retomou a escultura da deusa Kannon e pôs-se a trabalhar, espalhando novas lascas.

Nesse instante, um vulto vindo de fora subiu para a varanda do templo, esgueirou-se com a lentidão de um gato preguiçoso e se agachou rente à porta do aposento.

VII

Pouco a pouco a luz da lamparina perdeu o brilho. Musashi espevitou-a, tornou a apanhar a adaga e a debruçar-se sobre a escultura.

A montanha sagrada repousava, imersa em profundo silêncio desde o entardecer. Apenas o rascar contínuo da adaga esculpindo a madeira soava debilmente, como passos na neve.

Os movimentos da lâmina absorviam por completo a atenção de Musashi, pois era de sua natureza abstrair-se de tudo ao dedicar-se a uma tarefa. Os versos murmurados à deusa Kannon aos poucos cresciam de intensidade involuntariamente, mas Musashi logo se dava conta disso, baixava a voz, espevitava a lamparina e dedicava-se *ittou-sanrai*[51] à escultura.

"Finalmente!"

No momento em que distendeu o dorso, o grande sino da torre oriental anunciava a segunda hora noturna.

"Vou procurar o abade para despedir-me dele e aproveito para deixar a escultura aos seus cuidados", decidiu-se.

A obra era tosca, mal acabada, mas nela Musashi tinha posto sua alma: ali estava o fruto de compungidas lágrimas e de sinceras preces pelo repouso eterno do menino. Ele iria deixá-la no templo para que a alma do pequeno Genjiro, assim como a profunda tristeza que lhe pesava no espírito nesse momento, pudessem ser lembradas em preces por muitos e muitos anos.

---

51. *Ittou-sanrai*: três reverências a cada golpe de goiva ou de adaga deve estar um artista preparado a fazer enquanto esculpe uma imagem santa.

Momentos depois, Musashi afastou-se do quarto levando a escultura consigo.

Passados instantes, o pequeno aprendiz entrou no aposento e varreu as lascas de madeira. Preparou a seguir as cobertas para que Musashi pudesse dormir, apanhou a vassoura e retirou-se para a cozinha.

E então, uma das portas corrediças do aposento deserto deslizou suavemente, entreabriu-se, e logo se fechou uma vez mais.

Instantes depois Musashi retornou ao quarto. Depositou à cabeceira do leito um sombreiro, um par de sandálias novas e miudezas para a viagem — com certeza presentes de despedida do abade —, apagou a lamparina e deitou-se.

As portas externas de madeira não haviam sido corridas, e o vento batia sobre o *shoji*. Iluminadas pelo luar, as translúcidas divisórias de papel sobressaíam acinzentadas, e sobre elas dançavam sombras de árvores em movimentos que lembravam o constante vai-e-vem das ondas do mar.

Logo, um ressonar tranquilo indicou que Musashi acabava de adormecer.

O sono aprofundou-se e a respiração tornou-se cada vez mais longa e pausada.

Foi então que a beira de um pequeno biombo deslocou-se ligeiramente e um vulto de costas curvadas como as de um gato esgueirou-se detrás, arrastando-se de joelhos.

De súbito, Musashi parou de ressonar. O vulto jogou-se sobre o *tatami* achatando-se contra ele, e imóvel, ficou avaliando a profundidade do sono, esperando cauteloso por um momento melhor.

Repentinamente, uma mancha negra pareceu esvoaçar, como se alguém tivesse lançado um pano preto sobre Musashi: o vulto agora debruçava-se sobre ele. No mesmo instante, uma voz rosnou:

— É agora que você me paga!

A ponta de uma espada curta surgiu golpeando com força o pescoço sobre o travesseiro. Um estrondo reboou no ar e, no mesmo instante, o vulto bateu contra o *shoji* lateral. O movimento tinha sido tão rápido que a espada não teve tempo de completar o movimento.

Lançado como uma trouxa contra a divisória, o vulto soltou apenas um guincho agudo e rolou para fora do aposento levando consigo a divisória, desaparecendo em seguida na escuridão.

No momento em que lançou o intruso contra o *shoji,* Musashi assustou-se com a sua leveza. O desconhecido pesava tanto quanto um gato! Além disso, tinha entrevisto cabelos brancos por baixo do capuz que lhe envolvia a cabeça.

Sem dar a menor importância a esses detalhes, no entanto, Musashi apanhou instantaneamente a espada à sua cabeceira, e saltou para o jardim, gritando:

— Alto! Veio visitar-me e vai-se embora sem me cumprimentar, estranho? Volte cá!

Correu então em largas passadas atrás dos passos que se ouviam no escuro. Não parecia porém muito empenhado em alcançar o fugitivo, pois logo parou, acompanhando com olhar sorridente a sombra encapuzada que aos trambolhões se espalhava no solo, uma lâmina brilhando em meio a ela no escuro.

VIII

A velha Osugi gemia estatelada no chão. Aparentemente, tinha caído de mau jeito ao ser lançada à distância. Percebeu que Musashi se aproximava, mas não conseguiu fugir, nem mesmo levantar-se.

— Ora, se não é a obaba...! — disse Musashi, soerguendo-a.

Parecia genuinamente surpreso ao se dar conta de que o intruso que planejara cortar-lhe o pescoço no sono não tinha sido nenhum dos discípulos da extinta academia Yoshioka ou dos arrogantes bonzos da montanha, mas a idosa mãe de Matahachi, seu velho amigo e conterrâneo.

— Ah, agora começo a compreender. Foi você a pessoa que se apresentou hoje no santuário central para falar do meu passado e me difamar, não foi? Os bonzos acreditariam piamente nas palavras de uma virtuosa anciã e se mostrariam solidários, é claro! Foi por causa de suas maquinações que eles resolveram me expulsar da montanha, e foram eles também que a conduziram até aqui, não é verdade?

— Ai, como dói! Musashi, reconheço que estou acabada. Os Hon'i-den não têm sorte na guerra: vamos, corte-me a cabeça! — disse a velha Osugi a custo, em agonia, debatendo-se sem parar, mas sem forças sequer para afastar as mãos de Musashi, que continuava a ampará-la.

A desastrada queda era em grande parte responsável pela sua atual debilidade. Contudo, Osugi não vinha passando bem havia algum tempo. Um resfriado mal curado, acompanhado de febre e dor nas pernas e quadris já a atormentara à época em que deixou para trás a hospedaria na ladeira Sannenzaka. Além disso, ela tinha sido abandonada por Matahachi a caminho do pinheiro solitário, fato que com certeza representara um grande choque para a anciã e ajudara a abalar-lhe ainda mais a saúde.

— Mate-me de uma vez! Corte-me o pescoço, vamos! — esbravejou ela,

Não era a fraqueza ou o desespero que a fazia esbravejar desse modo, e sim o reconhecimento de que não tinha outra saída, era a exteriorização franca da vontade de morrer o quanto antes.

Musashi, porém, lhe disse:

— Dói muito, obaba?... Onde? Fique tranquila: estou aqui e cuidarei de você.

Ergueu-a a seguir facilmente nos braços, carregou-a para dentro do aposento, depositou-a no meio de suas cobertas e velou por ela a noite inteira, sentado à sua cabeceira.

Mal o dia clareou, o pequeno aprendiz lhe trouxe o lanche encomendado na noite anterior e transmitiu-lhe as instruções da administração do templo Mudoji:

— Sentimos ter de apressá-lo — mandavam dizer os superiores — mas recebemos instruções rigorosas da administração central no sentido de fazê-lo partir destas montanhas o mais cedo possível.

Partir bem cedo tinha sido desde o início a intenção de Musashi, de modo que ultimou os preparativos com rapidez e começou a se erguer, quando se lembrou da anciã acamada. Sondou a direção do templo quanto à possibilidade de deixá-la aos cuidados deles, mas os monges não se mostraram receptivos à ideia. Contudo, prestimosamente sugeriram uma alternativa: um certo mercador tinha trazido algumas encomendas do templo no lombo de uma vaca, mas deixara o animal ali e se fora para Tanba para ultimar outros negócios. Que achava Musashi de transportar a anciã nas costas da vaca e descer até Outsu? Uma vez lá, ele poderia deixar o animal no cais ou em algum posto atacadista dessa região, propunham eles.

UMA VACA LEITEIRA

I

O caminho que percorre a crista do pico Shimei-ga-take e desce pelo meio das montanhas na direção de Shiga termina nos fundos do templo Miidera.

Obaba gemia baixinho no lombo da vaca: a dor parecia intensa. E na frente do animal, conduzindo-o, andava Musashi, rédeas na mão.

— Obaba... — chamou, voltando-se solícito. — Se a dor a incomoda, podemos descansar um pouco. Afinal, não estamos com pressa...

— ...

Prostrada no dorso da vaca, a velha Osugi não se dignou a responder. A obstinada anciã estava revoltada contra as circunstâncias que a obrigavam a aceitar favores do homem a quem jurara matar. O ressentimento era visível em seu semblante.

Quanto mais Musashi se mostrava solícito mais Osugi sentia no íntimo o rancor e o antagonismo crescerem.

"Não adianta mostrar-se compassivo, fedelho! Eu nunca deixarei de odiá-lo!", continuava ela a pensar.

Apesar de tudo, o jovem não sentia especial rancor ou animosidade contra essa mulher que parecia viver apenas para tornar-lhe malditos os dias.

A razão disso talvez residisse na insignificância física da idosa mulher. Mas na verdade a velha Osugi, com seus raquíticos braços e seus feitos traiçoeiros, tinha sido, dentre todos os inimigos até hoje enfrentados por Musashi, a que mais lhe infligira sofrimentos. Ainda assim, ele não conseguia vê-la como uma inimiga real.

Nem por isso a anciã lhe era indiferente. Pelo contrário: em momentos como aquele da vila natal, quando fora maldosamente enganado, ou como o do templo Kiyomizudera, quando fora insultado e humilhado perante uma multidão, ou nas outras tantas vezes em que fora atraiçoado ou impedido de atingir os objetivos em virtude dos ardis dessa megera, Musashi sentira ódio, ganas de cortá-la em pedacinhos. Mas na noite anterior, depois de quase ter sido decapitado por ela enquanto dormia, Musashi não sentira vontade, por motivos que nem ele compreendia direito, de deixar-se levar pela raiva, gritar "Megera maldita!", e torcer-lhe de uma vez o pescoço fino e enrugado.

Talvez porque desta vez a velha Osugi lhe parecesse anormalmente desanimada. Ela não só gemia de dor sem parar por causa da desastrada queda da noite anterior, como também dera descanso à língua viperina, fazendo com que Musashi sentisse pena e vontade de vê-la curada o mais rápido possível.

— Sei que não é cômodo viajar no lombo de uma vaca, obaba, mas chegando a Outsu teremos melhores recursos. Aguente-se um pouco mais. Não está com fome? Você não comeu nada esta manhã... Está com sede? Como? Ah... não quer nada! Entendi.

Caminhavam agora pela crista das montanhas. Desse trecho da estrada, descortinavam-se os quatro cantos da terra: as distantes serras mais ao norte, o lago Biwako, naturalmente, assim como a montanha Ibuki, e cada uma das oito maravilhas cênicas de Karasaki.[52]

— Vamos parar um pouco. Desça da montaria e estenda-se por momentos sobre a relva, obaba — disse Musashi. Atou o boi a uma árvore e, tomando Osugi ao colo, ajudou-a a apear-se.

II

— Ai, ai, ai! — gemeu Osugi, rosto crispado, desvencilhando-se das mãos de Musashi e jogando-se de bruços sobre a relva.

"Pele terrosa e cabelos desgrenhados — esta velha é capaz de morrer se for abandonada à própria sorte", pensou Musashi.

— Beba um pouco de água, obaba. E tente comer alguma coisa — insistiu ele compassivo, acariciando-lhe as costas. A teimosa mulher, porém, sacudiu a cabeça negativamente e recusou tudo que lhe era oferecido.

— E esta, agora... — murmurou Musashi, com ar perdido. — Você não tomou nem uma gota de água desde ontem, estamos longe de tudo e não trago remédios comigo. Desse jeito você adoecerá mais ainda. Faça-me um favor, obaba: coma ao menos a metade do meu lanche.

— Que coisa repugnante!

— Repugnante?

— Idiota! Posso cair morta num canto qualquer no extremo da terra e transformar-me em alimento de pássaros e feras, mas jamais comeria coisa alguma que me fosse dado por você, o homem a quem mais odeio neste mundo! E cale a boca! Você me enerva!

---

52. No original, Karasaki-no-hakkei (ou Oumi hakkei): oito paisagens conhecidas por sua beleza, ligadas a pontos cênicos existentes no extremo sul do lago Biwako, a saber: nevascas ao entardecer de Hira, barcos a vela retornando a Yabase, luar de outono sobre o monte Ishiyama, pôr do sol em Seta, sinos ao entardecer de Mii, revoada de gansos selvagens descendo sobre Katada, vista enevoada de Awazu em dias de sol, Karasaki em noite de chuva.

Com um brusco repelão, Osugi livrou-se da mão que lhe acariciava as costas e agarrou-se com firmeza à relva.

Musashi não sentiu raiva: ele até a compreendia. Lamentava apenas não conseguir desfazer a visão distorcida da velha senhora, fazê-la perceber que não lhe queria mal.

Suportou-lhe a malcriadez com estoicismo, e, com infinita paciência, como se cuidasse da própria mãe enferma, procurou persuadi-la:

— Se continuar teimando desse jeito é capaz de morrer, o que seria uma pena, obaba, visto que você ainda não viu seu filho alcançar o sucesso. Concorda?

— Que papo bobo é esse? — rosnou a velha, arreganhando os lábios e mostrando os dentes, feroz. — Desde quando Matahachi precisa de alguém como você preocupando-se com ele? Meu filho achará o caminho do sucesso sozinho, sem a ajuda de ninguém!

— Eu também acredito nisso. E você tem de se restabelecer para que nós dois, juntos, possamos dar-lhe a força de que precisa!

— Musashi, o falso caridoso, o lobo na pele de cordeiro! Não sou ingênua a ponto esquecer meus propósitos levada por suas palavras doces! E cale-se, porque é inútil e você já está me cansando os ouvidos! — gritou Osugi, irredutível.

Insistir seria pior, percebeu Musashi. Levantou-se bruscamente e, deixando para trás a anciã e a montaria, sentou-se longe de suas vistas e desembrulhou o lanche.

Os bolinhos de arroz — recheados de escuro *miso* perfumado e embalados em folhas de carvalho — eram saborosos. Como ele queria que Osugi partilhasse consigo esse prazer! Tornou a embrulhar alguns bolinhos nas folhas de carvalho e guardou-os, pensando em voltar a oferecê-los mais tarde.

Foi então que ouviu vozes partindo do lugar onde deixara a velha senhora. Voltou-se, espiou por trás de uma rocha e viu uma mulher, aparentemente uma dona-de-casa local que devia estar de passagem por ali. Vestia um *hakama* preso nos tornozelos, semelhante às pantalonas usadas pelas vendedoras ambulantes da região de Ohara, e tinha os cabelos secos displicentemente enfeixados e caídos sobre os ombros.

— Escute vovó — dizia a mulher para Osugi. — Tenho uma hóspede doente em minha casa desde alguns dias atrás, sabe? Já melhorou um pouco, mas acho que se eu lhe der de beber o leite dessa vaca, ela vai sarar de uma vez. Você me deixa ordenhá-la? Por sorte, tenho comigo um cântaro bem jeitoso...

A voz da mulher chegava aguda aos ouvidos de Musashi.

Osugi ergueu a cabeça.

— Ora... eu também já ouvi dizer que leite de vaca tem o poder de curar enfermidades! Você acha que é capaz de ordenhar esta aqui? — perguntou a velha. Seus olhos brilhavam vivos, diferentes dos de quando falara com Musashi.

Ainda falando com Osugi, a mulher agachou-se sob a vaca e dedicou-se a espremer as tetas do animal, enchendo o cântaro de saquê com o líquido branco extraído.

III

— Obrigada, vovó! — agradeceu a mulher, rastejando e saindo de sob a vaca. Ajeitou cuidadosamente o cântaro com o leite ordenhado e preparou-se para partir.

—Espere um pouco, mulher! — deteve-a Osugi, erguendo a mão apressadamente. Examinou em seguida com atenção os arredores, mas não viu Musashi. Satisfeita enfim, voltou-se uma vez mais para a camponesa. — Você não me permitiria beber um pouco desse leite?

A voz, trêmula e rascante, parecia provir de uma garganta bastante ressecada.

— Com prazer — respondeu a mulher, entregando-lhe o cântaro. Osugi levou o gargalo à boca, fechou os olhos e bebeu. Um pouco do líquido branco escorreu pelo canto da boca e pelo peito, e caiu sobre a relva.

Quando sentiu o leite no estômago, Osugi parou para respirar, estremeceu e logo contraiu o rosto, quase vomitando:

— Ugh! Que gosto horrível! Mas acho que agora eu vou me recuperar.

— Você também está doente, vovó?

— O que eu tenho não é nada sério. Eu andava meio febril por causa de um resfriado, caí de mau jeito e me machuquei um pouco. Só isso.

Ainda explicando, Osugi ergueu-se sozinha. Sua aparência, nesse instante, nem de leve lembrava a mísera velhinha sofredora que gemia baixinho, sacudida sobre o lombo da vaca.

— Mulher! — sussurrou ela, aproximando-se enquanto examinava em torno com olhar penetrante. — Se eu seguir reto por esta estrada, aonde chegarei?

— No morro bem atrás do templo Miidera.

— Miidera, em Outsu? ... E não existe outro caminho secundário além deste?

— Até existe, mas... aonde quer ir, vovó?

— Não importa aonde! Eu apenas quero fugir das mãos de um certo bandido que me tem prisioneira.

— A quase meio quilômetro daqui existe uma vereda que leva para o norte. Se você descer sempre em frente por ela, vai sair entre Outsu e Sakamoto.

— Ah, é? — replicou a anciã, inquieta — Preste atenção: se alguém lhe perguntar por mim, diga que não sabe para onde fui.

Mal acabou de dizer, passou pela camponesa boquiaberta e afastou-se correndo, manquitolando como um louva-a-deus aleijado.

Musashi, que tinha acompanhado todos os acontecimentos escondido atrás da rocha, saiu em seguida do esconderijo com um sorriso nos lábios e também se pôs a caminho.

Logo alcançou a camponesa que carregava o cântaro de leite. Ao ser chamada por Musashi, a mulher imobilizou-se rigidamente e, antes ainda de ouvir qualquer pergunta, pareceu pronta a dizer que não sabia de nada.

Mas Musashi não perguntou por Osugi. Ele apenas disse:

— És por acaso a mulher de um lenhador, ou talvez de um lavrador destas cercanias?

— Quem, eu? Sou a dona de uma casa de chá pertinho daqui.

— Ah, tu tens uma dessas casas de descanso para viajantes, comuns em picos de montanhas!

— Isso mesmo.

— Melhor ainda. Que achas de levar um recado à cidade de Kyoto? Pagar-te-ei pelo trabalho.

— Posso ir, mas tenho uma hóspede doente lá em casa e...

— Vamos fazer o seguinte: eu levo esse leite à tua casa e espero lá mesmo pela resposta ao recado que vais levar. Se fores neste instante, estarás de volta antes de escurecer.

— Muito fácil, mas...

— Não te preocupes: não sou o bandido que a anciã descreveu há pouco. E asseguro-te que se ela já está tão boa a ponto de correr, como bem a vi fazendo, não vou mais preocupar-me: ela que siga o seu caminho... Vou escrever uma carta neste instante. Leve-a à mansão Karasumaru, em Kyoto. Espero a resposta na tua casa.

IV

Musashi retirou o pincel de seu estojo portátil e redigiu a carta. Era para Otsu.

— Faz-me o favor!— disse, entregando-a à mulher. Essa era uma carta que ele sempre tivera a intenção de remeter assim que lhe fosse possível, desde os dias em que convalescia no templo Mudoji.

Escarranchou-se então ele próprio no lombo da vaca e se deixou levar pelo animal os quase quinhentos metros que o separavam da casa de chá.

Repensou no bilhete simples que acabara de escrever e ficou imaginando a reação de Otsu ao recebê-lo.

— Estava certo de que nunca mais a veria! — murmurou.

Sorridente, ergueu o rosto para o céu, onde nuvens brancas e brilhantes se destacavam.

Musashi parecia feliz, e seu rosto erguido era a pura expressão da alegria, mais vibrante ainda que a dos demais seres cheios de vida a colorir a face da terra à espera do verão.

— Otsu talvez esteja ainda acamada, doente como me pareceu da última vez em que a vi. Mas quando receber o meu bilhete, ela há de vir correndo ao meu encontro em companhia de Joutaro...

A vaca farejava o mato e parava vez ou outra. Para Musashi, as pequenas flores-do-campo brancas que pontilhavam a relva pareciam estrelas caídas.

Por ora, a mente queria apenas girar em torno de pensamentos felizes, mas lembrou-se de chofre: "Por onde andará obaba?"

Seu olhar varreu o vale. "Espero que não esteja caída em algum canto, sofrendo sozinha...", pensou, algo preocupado. A atitude complacente, os pensamentos felizes, tudo derivava desse seu momento de tranquilidade espiritual.

Musashi ficaria constrangido se o bilhete caísse em mãos estranhas, mas tinha escrito para Otsu:

"*Sobre a ponte Hanadabashi, você me esperou.*
Agora, será minha vez de esperar.
Sigo na frente para Outsu e a aguardo na ponte Karahashi[53], de Seta,
com a vaca que me serve de montaria presa ao corrimão.
E então, conversaremos."

Repetiu diversas vezes as palavras do bilhete mentalmente, como se recitasse um poema, e já imaginava até o que conversariam quando se encontrassem.

Avistou nesse momento uma estalagem sobre a crista do pico.

"É ali!", pensou.

Saltou do lombo da montaria quando chegou mais perto, levando na mão o cântaro de leite a ele confiado pela dona do estabelecimento.

---

53. Ponte Karahashi sobre o rio Seta: famosa ponte — provida de corrimão e de formato que lembra as da China — na província de Shiga. Porta de entrada da cidade de Kyoto para os viajantes que provêm do leste, era antigo e importante ponto de defesa dessa cidade.

— Boa tarde! — disse alto, ocupando um banco sob o alpendre. Uma velha que alimentava o fogo enquanto vigiava alguma coisa numa panela, veio atendê-lo e serviu-lhe um chá morno.

Musashi voltou-se para ela e explicou-lhe que cruzara com a dona da estalagem no caminho e que ele o incumbira de levar-lhe um recado. A idosa mulher talvez fosse surda, pois apesar de ter estado todo o tempo acenando em sinal de compreensão, perguntou quando Musashi lhe entregou o cântaro de leite:

— Que é isso?

Musashi tornou a explicar que se tratava do leite de uma vaca, ordenhado pela dona da estalagem para que fosse dado a um hóspede doente, e que seria melhor fazê-lo beber imediatamente.

— Isto é leite? Ah...! — exclamou a velha, ainda indecisa, segurando com ambas as mãos o cântaro. Logo pareceu decidir que não sabia lidar com a situação, e voltou-se para o interior do casebre para gritar:

— Ó moço! Ó moço do quarto dos fundos! Venha cá um instante, faça-me o favor! Eu aqui não sei o que fazer com isto!

V

Mas o moço convocado pela velha — e que pelo jeito se hospedava nos quarto dos fundos da estalagem — estava nesse momento do lado de fora, atrás da casa, pois foi dessa área que lhes veio a resposta:

— Já vou!

Segundos depois, um homem surgiu por um dos lados da casa de chá, meteu a cabeça pela porta e espiou:

— Que quer, vovó? — disse.

A anciã logo passou-lhe o cântaro, mas o homem não parecia estar ouvindo nada do que a mulher lhe dizia, nem fazia menção de olhar o que havia dentro do pote. Estupefato, olhos presos no rosto de Musashi, parecia petrificado.

Musashi, por sua vez atônito, também conseguia apenas fitar de volta o homem à sua frente:

— E...eei! — exclamaram os dois quase ao mesmo tempo, adiantando-se, aproximando os rostos mutuamente.

— Mas... é você, Matahachi? — gritou Musashi.

Pois o homem em questão era Hon'i-den Matahachi, que ao ouvir a voz do velho amigo, também berrou, fora de si:

— Ora essa! É o Take-yan!

Ao notar que o amigo lhe estendia a mão, Matahachi o abraçou, esquecido do cântaro que segurava junto ao corpo.

O vasilhame foi ao chão, partiu-se, e o líquido branco atingiu a barra dos seus quimonos.

— Há quanto tempo não nos vemos?

— Desde... desde a batalha de Sekigahara! Nunca mais nos vimos, desde então!

— Isto quer dizer...

— ...cinco anos! Este ano faço 22 anos!

— E eu também!

— É verdade! Somos da mesma idade!

Um aroma adocicado subiu do leite derramado e envolveu os dois jovens, que continuavam abraçados. O cheiro talvez estivesse revivendo em suas memórias os velhos dias da infância.

— Você tornou-se famoso, Take-yan! Aliás, já não faz sentido chamá-lo assim hoje em dia, de modo que vou também passar a chamá-lo de Musashi. Ouvi falar muito do recente episódio do pinheiro solitário, assim como dos outros em que você se envolveu.

— Ora, desse jeito você me constrange! Não passo de um novato inexperiente. Meus adversários é que são despreparados. Mas... diga-me, Matahachi: é você o hóspede de que me falou a dona deste estabelecimento?

— Hum! Na verdade, parti de Kyoto e me dirigia à cidade de Edo, mas certas circunstâncias me retiveram neste lugar. Aqui estou há cerca de dez dias.

— E quem é que está doente?

— Doente? — repetiu Matahachi levemente aturdido. — Ah, é a pessoa em minha companhia.

— Agora entendi. De qualquer modo, fico muito feliz em vê-lo gozando boa saúde. Por falar nisso, recebi há muito tempo uma carta sua por intermédio de Joutaro: eu estava na estrada Yamato, a caminho de Nara.

— ...

Matahachi silenciou repentinamente e desviou o olhar. Tinha perdido a coragem de encarar o amigo ao lembrar-se de que não cumprira nenhuma das grandiosas promessas feitas naquela carta.

Musashi pousou a mão sobre o ombro do companheiro de infância. Sentia apenas uma onda de afeto por ele avolumando-se no peito.

Nem lhe passava pela cabeça pensar na grande diferença, do ponto de vista humano, que se estabelecera entre os dois no decorrer desses anos. Desejava apenas poder conversar com Matahachi francamente, com toda a calma, e para isso a oportunidade era boa.

— Quem é essa pessoa que está em sua companhia, Matahachi?

— Ora... ninguém especial. Apenas...

— Nesse caso, venha comigo por alguns instantes aqui fora. Não convém continuarmos ocupando os bancos da casa de chá por muito tempo. Estamos atrapalhando.

— Vamos. Eu o acompanho.

Ao que parecia Matahachi esperava pelo convite, pois foi rapidamente para fora.

A BORBOLETA E O VENTO

I

— Do que vive você ultimamente, Matahachi?
— Como assim? Fala da minha profissão?
— Isso mesmo.
— Não consegui avassalar-me, nem tenho profissão definida...
— Passou então estes anos todos sem fazer nada?
— Sua pergunta me faz lembrar a maldita Okoo! Ela truncou minha vida na época em que ela mal começava...

E a um campo que lembrava o da base da montanha Ibuki chegavam os dois nesse momento.

— Vamos nos sentar por aqui — convidou Musashi, acomodando-se sobre a relva de pernas cruzadas. Sentiu-se impaciente com o amigo, que parecia constrangido, inferiorizado.

— Você põe a culpa em Okoo, mas isso é covardia, Matahachi. O único responsável pela construção da sua vida é você mesmo e mais ninguém.

— Claro, claro! Eu também tive culpa, não nego. Mas é que... o destino me prepara certas situações que não consigo mudar, acabo sempre arrastado por elas, não sei por quê.

— E como pensa em sobreviver nos dias de hoje desse jeito? Mesmo que chegue a Edo, aquilo é uma terra em expansão, para lá converge uma multidão faminta e voraz, proveniente de todos os cantos do país. Para abrir caminho nessa cidade, você precisa ser muito mais decidido que uma pessoa normal!

— Está certo, está certo. Eu devia ter-me dedicado à esgrima há mais tempo...

— Do que é que você está falando? Você tem apenas 22 anos, Matahachi, o futuro inteiro se abre à sua frente! Mas para ser franco, acho que você não foi talhado para a carreira de espadachim. Estude mais, escolha um novo ramo de trabalho e procure um bom amo. Esse é o melhor caminho para você, meu amigo.

— É verdade... Vou-me dedicar, prometo — murmurou Matahachi. Apanhou um talo na relva e o mastigou. Sentia vergonha de si mesmo, sinceramente.

Tinham a mesma idade e procediam da mesma vila: as mesmas montanhas, a mesma terra os haviam embalado, mas cinco anos de descompasso em seus modos de vida haviam cavado um abismo enorme entre os dois. Ao perceber a dolorosa verdade, Matahachi lamentou do fundo do coração seu passado de ócio.

Enquanto apenas ouvira falar do amigo, mas não o vira pessoalmente, Matahachi tinha podido manter uma atitude displicente, fazer pouco da sua fama. Mas agora, ao encontrar-se com Musashi e notar a diferença que nele se operara nos últimos cinco anos, Matahachi não pôde deixar de se sentir pequeno e até intimidado pela força que dele emanava, apesar da amizade que um dia os unira. Esquecido do brio, do amor próprio e até do rancor que chegara a nutrir pelo companheiro bem sucedido, Matahachi apenas recriminava a própria falta de ânimo.

— Ei! Que tristeza é essa? Ânimo, homem! — disse Musashi, batendo-lhe no ombro. A fraqueza do amigo lhe chegou nesse contato, quase palpável. — Nada disso tem importância! Se você desperdiçou os últimos cinco anos, imagine que nasceu cinco anos mais tarde. Dependendo do ponto de vista, esses cinco anos talvez não tenham sido perdidos, pode até ser que representem um bom aprendizado!

— Que vergonha, meu amigo...

— Ora essa! Deixei-me empolgar pela conversa e me esqueci de contar-lhe: Matahachi, acabo de me separar ainda agora de sua velha mãe, a pouca distância daqui!

— Como disse? Você esteve com minha mãe?

— Às vezes me pergunto: por que é que você não nasceu com uma gota da perseverança dela, hein, Matahachi?

II

Observando esse filho indigno, Musashi chegava a sentir pena da velha Osugi.

"Que lástima!", pensava, incapaz de manter-se indiferente. Tinha vontade de lhe dizer: "Olhe para mim! Veja a minha solidão, a falta que sinto de uma mãe, e dê maior valor à sua!".

Tinha sido unicamente o amor pelo filho que fizera a velha Osugi ignorar a idade avançada, arrostar agruras em terras estranhas e jurar morte a Musashi, elegendo-o seu inimigo por todas as sete reencarnações futuras. Esse cego amor maternal tinha-se transformado em ideia fixa e gerara inúmeros mal-entendidos.

Musashi, para quem a mãe era apenas um nebuloso sonho dos tempos de criança, tinha aguda consciência disso e invejava Matahachi. Osugi o tinha amaldiçoado, perseguido e atraiçoado, era verdade. Mas quando ele se recuperava da indignação que tais atos sempre lhe causavam, sentia maior solidão ainda e uma aguda inveja do amigo.

"E então, que fazer para abrandar o ódio daquela anciã por mim?", perguntou-se Musashi enquanto contemplava o filho dela. A resposta lhe veio num átimo. "O filho tem de se transformar num homem bem sucedido. Se ele conseguir me superar em algum aspecto e se o sucesso for reconhecido e louvado por nossos conterrâneos, a velha mãe sentirá satisfação muito maior que a de me cortar a cabeça."

Sentiu a amizade intensificar-se, absorvendo-o numa chama tão poderosa quanto a dos momentos em que se dedicava à esgrima ou à escultura da deusa Kannon.

— Pense bem, Matahachi — disse em tom grave, ainda que impregnada de afeto. — Sua mãe é uma pessoa excelente, que o ama muito e só pensa em seu bem. Como é que não lhe ocorre dar-lhe você também um pouco de alegria em troca? Do meu ponto de vista, o de um órfão, sua atitude não é apenas desrespeitosa, é quase sacrílega. Você foi contemplado com o amor materno, a maior felicidade que um ser humano pode almejar na vida, mas a está menosprezando! Se porventura eu tivesse uma mãe como a sua, minha vida hoje seria muito mais plena, mais calorosa! Imagino com que prazer não estaria me esforçando para alcançar o sucesso ou para praticar uma ação meritória! Sabe por quê? Porque só uma mãe é capaz de se alegrar tão sinceramente com o sucesso da gente. Que estímulo pode haver no mundo maior que o de possuirmos alguém compartilhando o nosso sucesso? Para você, que já possui esse privilégio, minhas palavras talvez soem antiquadas e moralistas, mas é muito triste não ter ninguém, nem a seu lado nem em lugar algum do mundo, com quem dividir, por exemplo, a beleza deste cenário que se estende diante dos nossos olhos neste momento.

Musashi falou com veemência até esse ponto, num só fôlego, tirando proveito da atenção interessada de Matahachi que, imóvel, o escutava. Agarrou-o a seguir pelo punho e continuou:

— Matahachi! Tenho certeza de que você tem consciência de tudo isso que estou lhe dizendo. E agora, peço em nome de nossa velha amizade, dos dias que passamos juntos em nossa terra: faça reviver em seu peito aquele espírito ardente que nos fez partir da vila para a batalha de Sekigahara armados apenas com uma lança, e retome seus estudos. Você se engana se pensa que as guerras acabaram definitivamente, e que a batalha de Sekigahara é coisa do passado: por trás deste nosso cotidiano pacífico, a luta pela vida continua num palco cada vez mais sangrento e cheio de intrigas, nem de longe comparável àquela batalha. E para um indivíduo vencer nesse cenário, só existe um recurso: aprimorar-se. Vamos, Matahachi: empunhe uma vez mais a lança daqueles dias e enfrente o mundo com seriedade. Estude, construa uma carreira para você mesmo e suba na vida, meu amigo! Se você se dispuser a fazer isso, prometo não poupar esforços no sentido de ajudá-lo. Serei seu servo, se você apenas jurar que se empenhará!

Lágrimas saltaram dos olhos de Matahachi e caíram, quentes, sobre a mão de Musashi, que ele retinha entre as suas.

III

Se os conselhos viessem da boca da velha Osugi, Matahachi teria como sempre se mostrado enfadado e rido ironicamente em resposta, mas as palavras do amigo que revia pela primeira vez em cinco anos tiveram o poder de despertar seus melhores sentimentos, e até de fazê-lo chorar.

— Sei... Entendi. E agradeço seu interesse por mim — disse, levando o dorso da mão aos olhos. — Este será o dia do nascimento de um novo Matahachi, você verá. Quer me parecer que não tenho mesmo aptidão para abrir caminho na vida como espadachim, de modo que vou seguir para a cidade de Edo, ou então empreender uma jornada de aprimoramento, peregrinando por diversas províncias. E quando um dia me deparar com um bom mestre, vou acompanhá-lo e estudar sob sua orientação, prometo.

— De minha parte, eu me esforçarei por encontrar um bom mestre e um bom amo para você. Não será preciso dedicar-se em tempo integral aos estudos, Matahachi, você poderá estudar e trabalhar ao mesmo tempo.

— De repente, parece que o caminho se abriu à minha frente. Mas... ainda tenho um pequeno problema.

— Que problema? Fale sem reservas! Farei qualquer coisa que esteja ao meu alcance e seja para o seu bem, tanto hoje como em qualquer tempo. Esse será o jeito de me redimir junto à sua mãe.

— Não está nada fácil falar sobre isso...

— Fale de uma vez! Pequenos segredos podem muitas vezes projetar sombras numa amizade, não se esqueça. Não precisa envergonhar-se, está falando com um amigo. Além de tudo, o constrangimento será momentâneo.

— Nesse caso...

— Fale de uma vez.

— A companhia a que me referi há pouco é, na verdade, uma mulher.

— Você está viajando com uma mulher?

— Estou... Irra, continuo achando difícil falar sobre isso.

— Que sujeito indeciso! Fale!

— Não me leve a mal, Musashi, por favor! Você a conhece também.

— Eu a conheço? Ora essa, quem...
— É Akemi!
Musashi teve um sobressalto.
A Akemi que ele reencontrara sobre a ponte Oubashi não era mais a jovem pura que um dia tinha conhecido nos pântanos de Ibuki. Embora não fosse ainda tão ordinária quanto Okoo — a erva daninha venenosa — Akemi era agora um pássaro solto, a levar o perigo no bico. Quando a vira da última vez, lembrou-se Musashi, Akemi chorara agarrada a ele e lhe confessara suas agruras, mas durante todo o tempo, havia outro samurai de aparência vistosa contemplando-os da base da ponte com olhar ferino. E aquele jovem samurai tinha também algum tipo de relação com Akemi, percebera Musashi.

Musashi se sobressaltara por haver compreendido de imediato a inconveniência dessa companhia para o amigo: Akemi, com seu passado conturbado e gênio difícil, jamais seria a companheira de jornada ideal na estrada da vida para um jovem de temperamento fraco como Matahachi. Juntos estavam destinados a aprofundar-se cada vez mais no escuro vale da perdição, era óbvio.

"E por que este homem consegue atrair apenas mulheres perigosas como Okoo e Akemi?", perguntou-se Musashi.

Matahachi interpretou à sua moda o silêncio do amigo.

— Você se aborreceu, não foi, Musashi? Eu lhe contei tudo francamente porque não achei correto esconder isso de você. Mas reconheço que, em seu lugar, eu também não me sentiria nada bem recebendo uma notícia dessas... — murmurou ele.

— Está enganado! — disse Musashi. A expressão chocada no seu rosto tinha sido substituída agora por um olhar de pena. — Você apenas me surpreendeu! Você nasceu sob um signo infeliz, Matahachi, ou procura a infelicidade por si mesmo? Depois de sofrer tanto nas mãos de Okoo, por quê...?

Sem vontade de sequer completar a frase, Musashi procurou inteirar-se das circunstâncias que o haviam levado a envolver-se com Akemi. Matahachi então lhe contou como a encontrara na hospedaria da ladeira Sannenzaka, como tornara a vê-la na noite seguinte na montanha Uryu, como num impulso haviam decidido fugir juntos para a cidade de Edo e como abandonara a mãe na montanha.

— Mas deve ter sido praga da minha mãe: Akemi começou a queixar-se de dores em consequência de um tombo que levou na montanha Uryu, e terminou acamada quando chegamos a esta casa de chá. Eu me arrependi do que tinha feito, mas já era tarde.

Matahachi tinha toda a razão do mundo em suspirar como suspirou: ele tinha trocado a pura pérola do amor materno por um passarinho levando perigo no bico.

IV

— Ah, o senhor estava aí...! — interrompeu-os alguém nesse momento com voz pachorrenta. Era a velha da casa de chá que se aproximava devagar, como se tivesse vindo apreciar o tempo, mãos para trás contemplando o céu com expressão vaga, típica dos caducos. — E sua companheira não está aqui com o senhor...

O tom era ambíguo, misto de afirmativa e interrogação.

Matahachi respondeu no mesmo instante, algo apreensivo:

— Fala de Akemi? Aconteceu alguma coisa com ela?

— Ela não está na cama.

— Não?

— Mas estava até pouco tempo atrás...

Musashi sentiu instintivamente que algo errado estava acontecendo e disse:

— Vá verificar, Matahachi!

Ele próprio correu atrás do amigo. Espiou o quarto escuro e malcheiroso onde, segundo lhe informaram, Akemi havia estado deitada. A velha da estalagem não mentira: a cama estava vazia.

— E esta agora! — exclamou Matahachi atônito, procurando em torno. — Não vejo seu *obi* nem as sandálias em lugar algum. E o dinheiro miúdo para as nossas despesas de viagem também desapareceu! Irra!

— E os objetos pessoais?

— O pente e os grampos também sumiram! Aonde será que ela foi e por que me abandonou desse jeito?

O rosto, onde havia pouco se estampava a firme resolução de começar vida nova, tinha agora uma expressão insegura.

Da porta, a idosa mulher murmurou como se falasse sozinha:

— Que coisa feia... Não se ofenda, mas aquela rapariga não estava doente, não senhor. A bandida se fingia de doente para poder ficar dormindo. Posso estar velha, mas não sou cega...

Matahachi, que tinha saído da casa, nem a ouvia mais: contemplava vagamente a estrada branca que serpenteava pelo desfiladeiro.

Deitada sob o pessegueiro e rodeada de flores caídas, quase pretas, a vaca leiteira lembrou-se nesse momento de mugir longa e preguiçosamente.

— Matahachi! — chamou Musashi.

— ...

— Ei! Está me ouvindo?

— Hum?

— Que desânimo é esse? Não sei em que direção Akemi seguiu, mas vamos rezar para que ela encontre um bom destino e um pouco de paz.

— Claro...

Diante do seu olhar apático, um remoinho acabava de se formar. Uma borboleta amarela apanhada no turbilhão girava loucamente dentro da espiral invisível e foi aos poucos sendo arrastada para baixo do barranco.

— Lembra-se do que me prometeu há pouco? Você realmente está disposto a cumprir a promessa, não está, Matahachi? — insistiu Musashi.

— Estou, claro que estou! — sussurrou Matahachi por entre os lábios cerrados, contendo o tremor da voz.

Musashi puxou a mão do amigo, tentando recapturar o olhar fixo num ponto distante.

— Veja: seu caminho se abriu naturalmente, está se separando do de Akemi. Calce imediatamente as sandálias e vá atrás da sua mãe. Ela está indo pela estrada que desemboca num ponto entre as cidades de Sakamoto e Outsu. E quando a encontrar, nunca mais a perca de vista, ouviu bem? Vá logo! — ordenou Musashi. Juntou-lhe as sandálias, as perneiras e os apetrechos de viagem, e levou-os para um banco a um canto da casa.

— Tem dinheiro para as despesas de viagem? Não? Nesse caso, leve isto: não é muito, mas servirá para alguma coisa. E se pretende de verdade começar vida nova em Edo, viajaremos juntos até lá. Quanto à sua mãe, quero conversar com ela de peito aberto para esclarecer um equívoco. Sigo daqui para Seta levando essa montaria e o espero na ponte Karahashi. Venha ter comigo sem falta, e traga sua mãe com você. Eu os quero lá juntos, ouviu bem, Matahachi?

NA ESTRADA

I

Musashi permaneceu ainda um tempo na casa de chá à espera do anoitecer, ou melhor, do retorno da mensageira.

Não tinha o que fazer e a tarde custava a passar. Os dias, com a proximidade do verão, eram longos e ele sentiu braços e pernas amolecidos. Seguindo o exemplo da vaca leiteira que se tinha deitado à sombra do pessegueiro, Musashi também estirou-se num banco sob o beiral.

Seu dia havia começado muito cedo e quase não dormira na noite anterior. Sem que disso se desse conta, adormeceu e sonhou com duas borboletas. Uma era Otsu, ele sabia, esvoaçando em torno de um ramo de ervilhas-de-cheiro.

Despertou de chofre e percebeu que os raios solares entravam oblíquos pela porta e chegavam até o fundo da casa. Vozes ásperas ecoavam no interior do estabelecimento, fazendo-o imaginar, num instante de atordoamento, que tinha sido transportado para um lugar diferente enquanto dormia.

Havia uma pedreira no vale abaixo e, como sempre acontecia às duas da tarde, os homens que nela trabalhavam tinham subido até ali para um chá com doces e para prosear.

— Que pouca vergonha!
— Fala dos Yoshioka?
— E de quem mais?
— Caíram muito no conceito público! Com tantos discípulos, não tinham nenhum que soubesse realmente manejar uma espada.
—A fama do velho mestre Kenpo fez com que todos os sobrestimassem. Mas esses grandes homens, os fundadores de casas famosas, nunca têm filhos à altura deles. A decadência já começa na segunda geração, e na terceira, essas casas geralmente desaparecem. Ou se sobrevivem, na quarta é difícil encontrar alguém que mereça ser enterrado no mesmo mausoléu do fundador da casa.
— Nem sempre! Eu, por exemplo, continuo à altura da minha família.
— Porque vocês sempre foram pedreiros, ora essa. Estou falando de gente famosa, como os Yoshioka. Se duvida, veja o caso do sucessor do nosso antigo *kanpaku*, Toyotomi Hideyoshi.

Nesse ponto, um homem, que dizia morar nas proximidades da encosta do pinheiro, afirmou ter presenciado o duelo daquela manhã e a conversa voltou ao tema inicial.

Pelo visto, o pedreiro já tivera a oportunidade de contar o episódio em público centenas de vezes, pois narrava os acontecimentos com extraordinária desenvoltura. "Esse homem, o tal Miyamoto Musashi, lutando contra cento e tantos adversários, fez assim e assim, golpeou deste modo", estava ele contando em termos exagerados, como se ele próprio fosse o protagonista.

Por sorte, Musashi dormia ainda a sono solto no ponto alto da narrativa, pois do contrário, teria explodido em gargalhadas e se afastado dali, completamente constrangido.

Acontecia, porém, que num banco sob o alpendre, outro grupo ouvia a história desde o começo com ostensivo desagrado.

O grupo em questão era composto de três samurais do templo[54] Chudo e de um belo e jovem *bushi*, que tinha sido escoltado até a casa de chá pelos primeiros e se preparava nesse instante para despedir-se deles. O bem-apessoado *bushi* chamava a atenção tanto pela aparência quanto pelo porte e pelo olhar aguçado. Vestia um quimono de padronagem vistosa garbosamente arrumado para viagem, usava os cabelos longos presos em rabo com um cordão colorido e levava uma espada longa enviesada às costas.

Intimidados, os pedreiros abandonaram o banco próximo a esse grupo, e levando consigo as chávenas, agruparam-se numa esteira no interior do estabelecimento. Mas o relato do episódio ocorrido sob o pinheiro da encosta tomou novo alento depois que os trabalhadores reacomodaram-se: explosões de riso e louvores a Musashi eram ouvidos de tempos em tempos no meio do grupo.

Momentos depois, e aparentemente incapaz de conter o mau humor por mais tempo, Sasaki Kojiro voltou-se para os pedreiros e disse:

— Homens!

II

Surpresos, os trabalhadores da pedreira voltaram-se também na direção de Kojiro, todos eles corrigindo suas posturas. Vinham sentindo havia algum tempo a imperiosa presença do jovem samurai vistoso sobrepujando as demais, de modo que responderam em uníssono, abaixando as cabeças humildemente:

— Senhor?

---

54. No original, *terazamurai*: samurais encarregados dos serviços administrativos de uma categoria especial de templo budista conhecida como *monzeki jiin*, ou seja, templos cujos abades eram nobres ou príncipes imperiais. Embora se vestissem como monges, estes samurais tinham permissão para contrair núpcias.

— Quero que o sujeito que há pouco falava como se fosse um grande entendido em artes marciais dê um passo à frente — ordenou Kojiro.

Abanou o leque de metal na direção do grupo e tornou a ordenar:

— Quanto aos outros, aproximem-se também. Nada temam!

— Si... sim, senhor!

— Ouvi o que diziam e notei que todos louvam Musashi desmedidamente. Fiquem porém sabendo que vão se haver comigo se continuarem a alardear tais bobagens!

— Si... sim! Co... como é...?

— Musashi não é nada extraordinário! Um de vocês parece ter presenciado o incidente dias atrás, mas saibam que eu, Sasaki Kojiro, fui a testemunha oficial do duelo. Nessa qualidade, pude observar em detalhes o que realmente aconteceu, tanto de um lado como do outro. Na verdade, dias depois do incidente, subi ao monte Eizan e, no auditório do templo central Konpon Chudo, fiz uma palestra a um grupo de alunos sobre as observações e as impressões que me ficaram do episódio. Além disso, fui convidado por diversos sábios vindos de diferentes templos a expor com franqueza a minha opinião sobre este assunto.

— ...

— Assim sendo, se rudes plebeus como vocês que nada entendem de artes marciais, influenciados pelos aspectos superficiais da contenda põem-se a proclamar que esse indivíduo, Musashi, é uma personalidade extraordinária e um guerreiro ímpar, acabarão transformando em mentira tudo o que eu expus em minha palestra no grande auditório do templo Eizan. É óbvio que não dou importância a comentários da plebe. Contudo, acho interessante que estes senhores do templo Chudo ouçam o que vou dizer; sobretudo, creio que pontos de vista distorcidos como o de vocês ofendem o mundo. Limpem bem as orelhas e escutem com atenção, que eu agora vou-lhes fazer o favor de relatar os fatos como realmente aconteceram e revelar a verdadeira personalidade de Musashi.

— Está certo... Sim, senhor...

— Para começar, que tipo de homem é Musashi? Do jeito como arquitetou o duelo, depreendo que tinha por objetivo vender o próprio nome. Para se tornar conhecido no mundo das artes marciais julgo que Musashi resolveu provocar a casa Yoshioka, a mais famosa de Kyoto. Envolvidos nesse ardiloso esquema, os Yoshioka serviram apenas de trampolim para Musashi alcançar seus objetivos.

— ...?

— Por que os Yoshioka? Porque era sabido que o estilo Yoshioka estava decadente nos últimos tempos, nada mais restando do vigor dos dias do seu ilustre fundador, Yoshioka Kenpo. A casa era uma árvore apodrecida, um doente em estado terminal. Se abandonada à própria sorte, estava fadada a destruir-se. Musashi apenas lhe deu um empurrão e apressou a ruína. Qualquer um teria capacidade de derrubar uma casa nessas condições, mas nenhum guerreiro a isso se tinha disposto até agora, primeiro, porque a academia Yoshioka já não merecia a atenção de ninguém do nosso meio; segundo, porque por uma espécie de acordo tácito, a classe guerreira tinha decidido poupar ao menos essa academia da destruição em nome da camaradagem que deve existir entre samurais e em respeito à memória do mestre Kenpo. Aproveitando-se dessas circunstâncias, Musashi representou seu papel: explorou os fatos a seu favor, aumentou a importância deles, mandou erguer um aviso público em rua de grande movimento e fez com que seu nome alcançasse grande divulgação.

— ...?

— São tantos os exemplos de vilania e de manobras covardes que nem vale a pena enumerá-los. Basta dizer que, por ocasião dos duelos tanto contra mestre Seijuro, como também contra mestre Denshichiro, Musashi nunca se apresentou nos horários prometidos. Além disso, no duelo em torno do pinheiro solitário, ele tomou um atalho e recorreu a estratagemas escusos em vez de atacar de frente, corajosamente.

— ...

— Do ponto de vista numérico, sem dúvida alguma os Yoshioka eram muitos, enquanto Musashi estava sozinho. Mas aqui também se notam vestígios da malícia e da capacidade de autopromoção deste indivíduo: enfrentando sozinho os seus adversários, Musashi conseguiu que a opinião pública ficasse inteira do seu lado. Se querem porém saber a minha, digo que este último duelo nada mais foi que uma brincadeira de crianças. Musashi agiu o tempo todo com astúcia e impertinência e, no momento azado, fugiu. Reconheço que é hábil, mas de um jeito bárbaro. Ele porém está longe, muito longe, de merecer a reputação de espadachim magistral. Se querem qualificá-lo à força na categoria dos magistrais, posso dizer que é um fujão magistral, um mestre na arte da fuga: a velocidade com que foge é, sem dúvida, incomparável.

III

Kojiro discorria com admirável fluência e tudo levava a crer que falara desse mesmo jeito no grande auditório do monte Eizan.

— Leigos em geral podem pensar que o duelo de um contra dezenas seja algo extraordinário. Nada disso: dezenas de pessoas juntando forças não é o mesmo que a capacidade dessas pessoas multiplicada algumas dezenas de vezes.

Partindo deste raciocínio, Kojiro desenvolveu sua argumentação na qualidade de especialista em artes marciais. E era realmente fácil para ele, um simples espectador, criticar de todas as formas possíveis a formidável luta travada por Musashi naquele dia.

O extermínio do pequeno Genjiro, o representante da casa Yoshioka, mereceu em seguida sua veemente condenação. Ultrapassando o campo da crítica, Kojiro passou a afirmar categoricamente que os atos de Musashi eram imperdoáveis, tanto do ponto de vista humano, como da moral guerreira e do próprio espírito da esgrima.

Por fim, pôs-se a falar do passado de Musashi, chegando até a mencionar o nome da matriarca dos Hon'i-den e a afirmar que a referida anciã jurara matá-lo.

— Se pensam que minto, perguntem a essa velha senhora Hon'i-den, de cuja boca aliás eu soube de todos esses fatos: eu convivi com ela alguns dias no templo Chudo quando por lá me hospedei. Como pode ser digno de admiração um indivíduo que mereceu o ódio e o desprezo de uma simples e honesta velhinha de quase sessenta anos de idade? Se digo tudo isto é porque uma dúvida me trespassou: moralmente falando, não seria nocivo permitir a glorificação de um indivíduo de passado tão sombrio? Quero, porém, deixar bem claro um ponto: não tenho nenhum tipo de relacionamento com os Yoshioka, nem especial motivo para odiar Musashi. Apenas pretendi criticar corretamente a situação na qualidade de guerreiro que tem profundo apreço pela esgrima e que procura com empenho aperfeiçoar-se nesse caminho. Entenderam, bando de pedreiros ignorantes? — concluiu Kojiro.

O longo discurso ressecou-lhe a garganta aparentemente, pois tomou um grande gole de chá e voltou-se para os próprios companheiros:

— Senhores, o sol vai descambando no céu.

A isso, os samurais do templo Chudo, que tinham começado a se impacientar, ergueram-se do banco dizendo:

— Será melhor partir agora, senhor. Do contrário, a noite poderá surpreendê-lo ainda na estrada, antes de chegar ao templo Miidera.

Os trabalhadores da pedreira, até então rígidos e silenciosos à espera do pior, aproveitaram também esse momento para se erguer e se afastar precipitadamente, rumo ao vale.

As sombras já envolviam o vale em tons violáceos e os estridentes trinados dos tordos provocavam límpidos ecos por todos os lados.

Os samurais do templo seguiram na direção do templo Chudo, mas antes se despediram:

— Boa viagem, senhor!
— Venha ver-nos uma vez mais quando retornar a Kyoto.

Sozinho na casa agora, Kojiro gritou para os fundos:

— Estou deixando aqui o dinheiro das despesas. E vou levar alguns pedaços de mecha para o caso de a noite me surpreender no caminho.

A velha mulher atiçava o fogo do jantar agachada na frente do fogão e respondeu-lhe sem se erguer:

— Mecha? Tem bastante dependurada nesse canto da parede... Leve quantas quiser.

Kojiro entrou bruscamente na casa e retirou algumas do maço na parede.

Nesse instante, o maço escapou do prego e caiu com um baque sobre um banco. Ao estender casualmente a mão para apanhá-lo, Kojiro deu-se conta pela primeira vez de que havia alguém deitado no banco. Seus olhos percorreram o corpo ali estendido desde a ponta dos pés até o rosto e, ato contínuo, Kojiro sentiu um impacto, como se acabasse de levar um soco na boca do estômago.

Deitado de costas e com a cabeça apoiada sobre os braços dobrados, ali estava Musashi fitando-o firmemente, sem pestanejar.

IV

Kojiro já havia saltado para trás agilmente, num movimento inconsciente.

— Ora, ora...! — exclamou Musashi primeiro, para só depois começar a erguer-se do banco com toda a calma, como se acabasse de despertar nesse instante, um lento sorriso revelando-lhe aos poucos os dentes brancos.

Finalmente em pé, veio aproximando-se de Kojiro, até ficar face a face com ele. Parou então com um sorriso nos lábios e um olhar penetrante que parecia verrumar a alma do outro. Kojiro bem que tentou devolver-lhe o sorriso, mas os músculos faciais rígidos não lhe permitiram.

A rigidez fora provocada pelo olhar de Musashi, que parecia estar zombando da presteza com que Kojiro saltara para trás e de seu descabido pânico, pânico esse com certeza originado na percepção de que Musashi ouvira integralmente o discurso que havia pouco fizera aos pedreiros.

Logo, Kojiro retomou sua habitual atitude arrogante, mas não havia como negar: ele ficara consternado por um breve momento.

— Ora essa... mestre Musashi! Não sabia que você estava aqui — disse.

— Reencontramo-nos, não é mesmo? — observou Musashi.

— É verdade! Aliás, seu desempenho por ocasião do nosso último encontro foi esplêndido, deixe-me dizer-lhe, pareceu sobre-humano. E, ao que me parece, nem ao menos se feriu com gravidade. Congratulações! — acrescentou Kojiro num impulso, desesperado por agir com naturalidade, mas amargando a óbvia discrepância entre esta afirmativa e as anteriores, irritado sobretudo com as palavras que acabavam de lhe saltar da boca.

Musashi era a ironia em pessoa. A aparência e a atitude de Kojiro sempre o deixavam irônico, não sabia explicar por quê. Com forçada cortesia disse:

— Quero agradecer seus bons préstimos como mediador no episódio de há dias. E também as severas críticas à minha pessoa que, deitado ali, ouvi casualmente. Deve haver diferenças entre o que eu acredito que seja a minha imagem pública e a real opinião que o público faz de mim. No entanto, são raras as oportunidades de ver-se a si próprio pelos olhos dos outros: só posso lhe ser grato, quando penso que você me deu essa oportunidade enquanto eu dormitava. Nunca me esquecerei disso.

— ...

"Nunca me esquecerei disso." Um arrepio percorreu a espinha de Kojiro. Aparentemente era um calmo agradecimento, mas para Kojiro, soou como uma provocação, um desafio que teria de enfrentar um dia qualquer no futuro.

A frase ocultava ainda um outro sentido. Musashi parecia estar-lhe dizendo: "Não vou discutir com você agora, mas..."

Eram ambos samurais que não admitiam falsidades, estudantes de artes marciais incapazes de esquecer disputas não resolvidas. No entanto, não fazia sentido discutir naquele lugar quem estava certo e quem errado. O assunto, além disso, era importante demais para ser resolvido dessa maneira. Pelo menos para Musashi, o episódio do pinheiro da encosta era o grande feito de sua vida, um ato revestido de pureza, um grande passo à frente no caminho da espada. Nele Musashi não via resquícios de imoralidade, nem um único aspecto de que pudesse envergonhar-se.

Mas visto pelo prisma de Kojiro, o episódio provocava as observações que já se viu. E nesse caso, não havia outra solução no momento que a escolhida por Musashi: ocultar nas palavras uma promessa, fazê-lo compreender que estava feito um acordo. "Não vou discutir com você agora, mas nunca me esquecerei disso."

Embora bastante perturbado, Sasaki Kojiro por seu lado sabia que não havia dito disparates: tinha dado a opinião justa de um observador imparcial, achava ele. Além disso, Kojiro estava longe de se considerar inferior a Musashi, muito embora tivesse testemunhado sua esplêndida atuação no episódio do pinheiro solitário.

— Muito bem. Em resposta à sua declaração de que nunca se esquecerá disso, eu também lhe declaro que sempre me lembrarei de suas palavras. Não se esqueça de verdade, Musashi!

Musashi sorriu em silêncio e balançou a cabeça, concordando.

ALMAS GÊMEAS

I

Entreabrindo o portãozinho, Joutaro berrou para dentro da casa:
— Já cheguei, Otsu-san!
Sentou-se depois na beira do córrego cristalino que corria ao lado da casa, mergulhou os pés nele e limpou as canelas sujas de terra.
"Luar Serrano" — dizia uma placa de madeira pregada no alto da casa, no ponto em que se juntavam as duas águas do telhado coberto de colmo. Filhotes de andorinha ali chilreavam ruidosamente, saltitando e sujando de fezes brancas tudo em torno enquanto espiavam Joutaro lavando os pés.
— Brrr! Que água gelada!— reclamou o menino franzindo o cenho. Mesmo assim continuou a chapinhar por um bom tempo na correnteza.
O riacho nascia perto dali nos jardins do templo Ginkaku-ji, e suas águas, diziam, eram mais cristalinas que as do grande lago Dongting Hu, mais geladas que o luar sobre o Penhasco Vermelho da China.
Mas a terra já estava morna e debaixo das nádegas do menino havia pequenas violetas amassadas. Olhos semicerrados, Joutaro parecia contente consigo próprio e com a sorte que lhe coubera de existir numa paisagem tão bonita.
Momentos depois, o menino enxugou os pés na relva e rodeou a casa, dirigindo-se para o lado da varanda. A cabana pertencia a um administrador do templo Ginkakuji mas achava-se momentaneamente desocupada, de modo que Otsu, com a intervenção da casa Karasumaru, fora autorizada a ocupá-la desde o dia seguinte ao do seu último encontro com Musashi, no monte Uryu.
Ela havia sido minuciosamente informada sobre o andamento do confronto em torno do pinheiro da encosta por Joutaro, que, para tanto, não poupara esforços e percorrera dezenas de vezes a distância entre o palco do duelo e a cabeceira da doente.
A razão para tanto esforço era uma só: o menino acreditava firmemente que manter Otsu informada sobre o bom desempenho de Musashi era o melhor tratamento para a sua doença, muito mais eficaz que qualquer outro remédio.
Prova disso eram as cores que voltavam dia a dia mais vivas ao rosto de Otsu. Joutaro chegara a temer o pior por algum tempo: se Musashi tivesse sido morto sob o pinheiro solitário, Otsu o teria seguido, tinha certeza o menino. Hoje, porém, ela já estava recuperada o suficiente para passar algumas horas por dia sentada a uma escrivaninha...
— Estou com fome! Que é que você esteve fazendo, Otsu-san?

Otsu recebeu com olhar sorridente o menino sempre tão vivaz e respondeu:

— Passei a manhã inteira sentada aqui mesmo.

—Você não se cansa de não fazer nada, Otsu-san?

— Não. Eu posso estar aqui parada, mas meu espírito vagueia e se diverte com inúmeros pensamentos. Falando nisso, Jouta-san, por onde andou você desde cedo? Dentro dessa caixa restam ainda alguns bolinhos de arroz dos que nos foram mandados ontem. Coma-os.

— Vou deixar os bolinhos para mais tarde porque primeiro quero lhe contar uma coisa que vai deixá-la feliz, Otsu-san.

— Que coisa?

— É a respeito de Musashi-sama...

— Que tem ele?

— Disseram-me que ele está no monte Eizan.

— Em Eizan? Não diga...!

— Nestes últimos dias eu andei perguntando por ele em todos os lugares possíveis e imagináveis. E hoje, acabei descobrindo: ele está hospedado no templo Mudoji, no torreão oriental.

— Sei... Isto quer dizer que ele se salvou realmente.

— E já que o descobrimos, vamos até lá o mais rápido possível, antes que ele resolva desaparecer de novo. Vou comer os bolinhos agora e me arrumar em seguida. Arrume-se também, Otsu-san, e vamos ao encontro dele no templo Mudoji.

II

Otsu tinha desviado o olhar e contemplava distraída o céu além do beiral da cabana.

Joutaro acabou de comer seus bolinhos, apanhou todos os seus pertences e tornou a convidar:

— Vamos embora, Otsu-san!

Otsu, porém, não fez menção de erguer-se.

— Que foi, agora? — perguntou o menino, impaciente.

— Acho melhor não irmos ao templo Mudoji, Jouta-san.

— Será que ouvi bem? — perguntou o menino, em tom de quase zombaria. — E por quê, posso saber?

— Porque não devemos.

— Está vendo? É por isso que eu detesto as mulheres! Você está com tanta vontade de vê-lo que, se pudesse, sairia voando ao encontro dele, mas faz essa cara séria e começa a dizer que não quer ir mal descobre o seu paradeiro.

— É verdade. Como você mesmo disse, estou morrendo de vontade de voar ao seu encontro, mas...

— Então vamos, ora essa!

— Preste atenção, Jouta-san: há dias, quando encontrei Musashi-sama no monte Uryu, pensei que estivesse me despedindo dele para sempre e lhe revelei todos os sentimentos guardados em meu coração. Ele também achava que ia morrer, pois me disse que nunca mais me veria depois daquela noite.

— Mas já que ele está vivo, por que não ir ao seu encontro?

— Nada disso.

— Não podemos?

— O duelo em torno do pinheiro da encosta terminou, mas nós não sabemos se Musashi-sama considera-se vencedor. Pode ser que ele esteja se ocultando no monte Eizan. E quando penso no que ele me disse em nosso último encontro... Além disso, eu realmente me despedi dele naquela noite quando soltei a manga do seu quimono e o deixei ir-se. É por isso que tenho de esperar por uma definição da parte dele antes de ir ao seu encontro.

— E o que você vai fazer se ele não vier procurá-la nos próximos dez ou vinte anos?

— Continuo do mesmo jeito que estou agora.

— Sentada, contemplando o céu?

— Isso mesmo.

— Que mulher mais estranha!

— Você não deve estar compreendendo nada, mas eu estou.

— Compreendendo o quê?

— O que vai no coração dele. Sabe, depois de me despedir de Musashi-sama no monte Uryuzan, passei a compreendê-lo muito melhor. Sabe por quê? Porque hoje confio nele. Eu sempre o amei, desesperadamente. Mas se você me perguntar se eu realmente confiava nele, não posso afirmar com certeza que sim. Mas agora é diferente. Na vida ou na morte, perto ou longe um do outro, nossas almas estarão unidas, inseparáveis como os pássaros gêmeos do poema chinês, ou como as duas árvores de ramos entrelaçados que crescem lado a lado. E porque acredito nisso firmemente, não sinto falta dele: rezo apenas para que ele tenha sucesso no caminho que escolheu.

Joutaro, que a vinha ouvindo em silêncio, interrompeu-a nesse momento aos berros:

— Você está mentindo! As mulheres mentem o tempo todo! Está bem: jura então que nunca mais vai chorar de saudade! Aliás, pode chorar quanto quiser: *eu* não vou mais me incomodar!

Irritado e sentindo desprezada toda a sua colaboração dos últimos dias, o menino calou-se.

Mal a noite caiu, a luz avermelhada de um archote brilhou do lado de fora da casa e alguém bateu na portinhola.

III

O samurai vindo da mansão Karasumaru entregou uma carta a Joutaro e explicou:

— Isto nos foi entregue por mensageiro na mansão. É de Musashi-sama e está endereçado à Otsu-san: ele por certo imaginou que ela ainda permanecia conosco. Levamos o fato ao conhecimento do nosso amo, e ele nos ordenou que entregássemos a correspondência imediatamente à jovem Otsu. O senhor conselheiro também recomenda a ela que se cuide.

Em seguida, o samurai mensageiro foi-se embora.

Com a carta na mão, Joutaro murmurou:

— É a letra do meu mestre! E pensar que se ele tivesse morrido no duelo, eu nunca mais veria recados iguais a este... Aqui diz: "À jovem Otsu", e não "Ao menino Joutaro".

Otsu aproximou-se:

— Jouta-san, a carta que o mensageiro da mansão trouxe não é da parte de Musashi-sama?

— Acertou — respondeu Joutaro escondendo-a nas costas, ainda ressentido. — Mas acho que você não se interessa mais por estas coisas.

— Mostre-me!

— Não!

— Não seja maldoso, Jouta-san! — insistiu Otsu, prestes a chorar de aflição.

Joutaro quase esfregou a carta no nariz da jovem e reclamou.

— Está vendo? Você está a ponto de chorar de tanta vontade de ler a carta, mas quando eu a chamo para irmos ao encontro dele, faz-se de difícil, de rogada!

Otsu já não o ouvia mais. O papel branco sob a lamparina e os dedos que o seguravam tremiam sob os reflexos da luz. Seria imaginação sua, ou a chama nessa noite teria realmente um brilho limpo, pressagiando alegrias?

Sobre a ponte Hanadabashi, você me esperou.
Agora, será a minha vez de esperar.
Sigo na frente para Outsu e a aguardo na ponte Karahashii[55], de Seta,

---

55. Ponte Karahashi, sobre o rio Seta: famosa ponte — provida de corrimão e de formato que lembra as da China — na província de Shiga. Porta de entrada da cidade de Kyoto para os viajantes que provêm do leste, era antigo e importante ponto de defesa dessa cidade.

com a vaca que me serve de montaria presa ao corrimão.
E então conversaremos.

Ah... a letra de Musashi, o cheiro da tinta!
Até a tinta negra tinha reflexos iridescentes! Lágrimas brilhantes, semelhantes a pérolas, brotaram das pestanas de Otsu.
— Talvez estivesse sonhando! — pensou.
A alegria era tão grande que a atordoou. Tamanha felicidade não poderia ser real...
Otsu lia a relia a breve mensagem, sem cansar. Um poema do chinês Po Chü-i falava de um imperador da antiga dinastia Han que perdeu sua amada princesa Yang Kuei-fei durante uma rebelião comandada pelo rebelde An Lu-shan. Inconformado com sua morte e desesperado por revê-la, dizia o poeta em sua obra *Chougonka*[56], o imperador manda um santo eremita procurar o espírito de sua amada para lhe dizer do seu grande amor e de todo o sofrimento que a ausência dela lhe provocava. O eremita parte então à procura da princesa, visita todos os recantos do céu e da terra, e acaba por chegar à lendária ilha Peng Lai no mar oriental, onde velhice e morte inexistem. E no meio das almas puras que ali habitam, o santo homem encontra uma de pele alva como a neve e beleza ímpar, a quem reconhece como a doce princesa Yang Kuei-fei, por quem tanto ansiava o imperador. Para Otsu, a descrição do êxtase e da alegria da princesa ao receber a mensagem de amor que lhe mandava do mundo dos vivos o inconsolável imperador pareciam uma alusão direta ao seu estado atual.
Otsu pensou ter dito a Joutaro:
— Temos de partir imediatamente. Ele já deve estar nos esperando e sei que o tempo custa a passar para os que esperam...
Perturbada pela intensa alegria, porém, ela não percebeu que apenas pensara, mas não chegara a pronunciar as palavras.
Aprontou-se rapidamente, redigiu notas de agradecimento ao proprietário da cabana, ao abade do tempo Ginkakuji e a todos a quem devia favores e, calçando as sandálias, foi para fora.
Voltou-se então para Joutaro, que continuava sentado no mesmo lugar com expressão amuada e disse:
— Vamos logo, Jouta-san. Você já está pronto, não está? Venha de uma vez que eu preciso fechar a casa.

---

56. *Chougonka* (*Chang hen ke* em chinês): obra do poeta Po Chü-i (772-846) composta em 806 d.C, é formada por 120 versos de sete sílabas e conta a trágica história de amor um imperador da distante dinastia Huan que se apaixonou por uma linda jovem da casa Yang, Kuei-fei, e com ela se casa.

— Ah... vamos a algum lugar? Eu não sabia... — ironizou o amuado menino, ao que parecia pregado ao lugar.

IV

— Você se aborreceu, Jouta-san?
— Claro! E tenho razão de sobra para isso!
— Ora...! E por quê?
— Porque você faz tudo do seu modo, não tem consideração pelos outros! Não sei se se lembra, mas você acabou de se recusar a me acompanhar quando a convidei a ir comigo ao encontro do meu mestre!
— Mas eu expliquei meus motivos, não expliquei? Agora, porém, é diferente: Musashi-sama me convida a ir ao encontro dele neste bilhete...
— ...que você leu sozinha e nem teve a consideração de me mostrar!
— Ah, é verdade! Desculpe-me, Jouta-san!
— E também nem precisa mais: perdi a vontade de ler!
— Não se zangue tanto e leia, Jouta-san, por favor! Veja, é a primeira vez que Musashi-sama me escreve! E diz ainda gentilmente que espera por mim. Nunca em toda a minha vida tive uma alegria tão grande! Em nome desse maravilhoso acontecimento, desfaça seu mau humor e leve-me a Seta, por tudo que lhe é sagrado!
— ...
— Ou será que você não quer mais rever seu mestre?

Joutaro apanhou em silêncio a espada de madeira, prendeu-a de viés na cintura, amarrou às costas a pequena trouxa arrumada há pouco, saltou da varanda e disse com agressividade à atordoada Otsu:

— Se quer ir, vamos de uma vez! E se continuar aí parada feito uma tonta, tranco a porta e a deixo para trás!
— Como você é bravo, Jouta-san!

E assim, os dois iniciaram a jornada ao anoitecer daquele dia pelo caminho que transpunha o monte Shiga. Não havia ninguém na estrada, mas em vista da explosão temperamental de há pouco, Joutaro continuou andando em obstinado silêncio, sempre na frente. Arrancou folhas de árvores próximas, levou-as aos lábios e assobiou, cantou baladas, chutou pedregulhos, pareceu enfim tão irrequieto que Otsu finalmente lhe disse:

— Jouta-san... Acabo de me lembrar que tenho uma coisa gostosa comigo. Quer?
— Que coisa?
— Balas.

— Hum...

— Lembra-se dos doces que Karasumaru-sama nos mandou anteontem? Pois sobraram estes...

Como o menino cotinuava a andar em silêncio, sem aceitar ou recusar a oferta de paz, Otsu apressou o passo para alcançá-lo, suportando o melhor que pôde a falta de ar provocado pelo pequeno esforço:

— Você não quer, Jouta-san? Eu comeria alguns com você.

Só então o menino finalmente recuperou o bom humor. E quando enfim atingiram o ponto mais alto da íngreme ladeira que os levava montanha acima, as estrelas da Ursa Maior tinham começado a empalidecer e nuvens rosadas enfeitavam o céu anunciando o próximo alvorecer.

— Você deve estar cansada, Otsu-san.

— Um pouco. A estrada vinha em contínua subida até aqui!

— Daqui para a frente fica mais fácil, é só seguir ladeira abaixo. Olhe, tem um lago lá embaixo.

— É o lago Nio! E de que lado fica Seta?

— Daquele — disse o menino, apontando. — Ele disse no bilhete que vai estar lá nos esperando, mas... talvez cheguemos antes dele.

— Não se esqueça de que vamos levar mais de meio dia para percorrer a distância que nos separa de Seta.

— É verdade. Visto daqui parece tão pertinho, não é mesmo?

— Vamos descansar um pouco?

— Até podemos...

Esquecido por completo da zanga, Joutaro procurou um lugar para descansar.

— Ei, Otsu-san, venha sentar-se embaixo destas árvores! Aqui estaremos abrigados do sereno. — gritou, acenando com a mão. Duas dormideiras cresciam lado a lado no local.

V

Sentaram-se os dois debaixo das robustas árvores gêmeas.

— De que espécie são estas árvores, Otsu-san? — perguntou Joutaro.

Otsu ergueu o olhar para a copa cerrada:

— São dormideiras — explicou. — Lembro-me que havia uma árvore desta espécie no jardim do templo Shippoji, onde Musashi-sama e eu costumávamos brincar juntos quando éramos crianças. Quando chega o mês de junho, ela se cobre de flores rosadas, de pétalas finas como fios. E quando a lua surge, as folhas se amontoam e dormem.

— É por isso que se chamam dormideiras?
— Deve ser. Observe como elas parecem felizes, uma perto da outra.
— E desde quando uma árvore sente alegria ou tristeza?
— Você se engana se pensa que não, Jouta-san. Observe com atenção as árvores desta montanha e verá que algumas parecem solitárias, mas felizes, enquanto outras parecem tristes com a solidão que lhes coube por sorte. Outras se parecem com você, que vive cantando, enquanto aquelas, por exemplo, dão a impressão de estar enfrentando o mundo juntas, iradas. Se até as pedras, assim se diz, falam a quem tem ouvidos para ouvir, por que as árvores não haveriam de ter uma vida semelhante à nossa?
— Acho que você tem razão, Otsu-san: elas agora me parecem vivas. E nesse caso, o que estariam estas dormideiras pensando?
— A mim me parecem dignas de inveja.
— Por quê?
— Você conhece o poema *Chougonka*? Foi escrito por um poeta chinês chamado Po Chü-i.
— Sei.
— No final, o poeta diz: "Quisera renascêssemos, no céu como pássaros gêmeos ruflando as asas de par em par, na terra como árvores entrelaçadas, crescendo lado a lado." Pois estive pensando que ele se referia a árvores como estas...
— Como assim?
— As árvores são duas, cada uma com seu tronco, seus galhos e suas raízes, mas crescem em perfeita harmonia, uma perto da outra, desfrutando juntas as alegrias do mundo, assim como os doces dias de suas primaveras e outonos.
— Ora essa...! Está falando de você mesma e de Musashi-sama?!
— Não seja inconveniente, Jouta-san!
— Ah, vá amolar outro!
— Olhe, está amanhecendo! Que nuvens lindas, que espetáculo!
— Os passarinhos já começaram a tagarelar. Assim que chegarmos lá embaixo, vamos parar para a refeição matinal.
— Eu queria que você recitasse um poema comigo...
— Qual deles?
— O que o vassalo de Karasumaru-sama lhe ensinou no outro dia... Lembrei-me dele quando citei Po Chü-i.

— Fala do poema *Choukankou*?[57]
— Esse mesmo. Recite-o para mim com simplicidade, como se lesse um livro, não precisa dar-lhe a entonação apropriada.

Joutaro logo começou:

> *Quando enfim a franja cresceu a ponto de roçar-me a testa,*
> *Apanhei uma flor e brincava frente à porta da casa.*
> *Você então me surgiu num cavalinho-de-pau,*
> *Agitando um galho de ameixeira, rodeando meu banco a correr.*

— É deste poema que você fala?— perguntou o menino, interrompendo-se por instantes.
— Esse mesmo. Continue, Jouta-san.

> *Duas crianças apenas éramos então, sem reservas ou malícia,*
> *Vivendo na vila de Chang kan*
>
> *Aos quatorze anos com você me casei:*
> *Cenho crispado, envergonhada,*
> *Cabisbaixa sabia apenas a parede fitar,*
> *Mil vezes você me chamou, mas não me voltei.*
>
> *Aos quinze, semblante enfim desanuviado,*
> *Passei a desejar juntos sermos um dia cinza e pó.*
> *E embora linda história de amor com você sonhasse viver*
> *Nunca esperei ter de um dia ao mirante subir por você ansiando.*
>
> *Aos dezesseis, você partiu...*

De súbito, Joutaro ergueu-se e, voltando-se para Otsu, que o ouvia absorta, reclamou:
— Vamos embora, Otsu-san! Estou com fome e poesia não enche a barriga. Quero chegar logo a Outsu e comer!

---

57. *Choukankou*: De autoria do poeta chinês Li Po (701-762), este poema em forma de monólogo é a confissão de amor de uma jovem esposa, quase menina, que se vê obrigada a separar-se do marido quando este parte pela primeira vez em missão mercantil. Choukan (ou Chang-kan em chinês) do título é um pequeno vilarejo de mercadores cortado por hidrovias ao norte de Nanquim. O poeta retrata aqui o amor e sua inerente carga de melancolia no seio da classe mercantil.

ADEUS À PRIMAVERA

I

Era cedo, e a terra ainda estava úmida do sereno caído durante a noite.

A cidade acabava de despertar e as chaminés das casas expeliam uma densa fumaceira, transformando a paisagem em algo que lembrava um fumegante campo de batalha. E em meio à fumaça e à névoa matinal que turvava o céu desde o norte do lago Biwako até o monte Ishiyama, a pousada de Outsu começou aos poucos a surgir.

Musashi, que desde a noite anterior viera percorrendo a longa e monótona trilha da montanha ao lento passo da sua montaria, arregalou os olhos e mal conteve uma exclamação de prazer quando enfim avistou o povoado à fraca luz do amanhecer.

Nessa mesma hora, Otsu e Joutaro deviam também estar se aproximando do lago Biwako em ritmo animado, contemplando esses telhados de algum ponto da estrada que transpunha o monte Shiga.

Depois de partir da casa de chá sobre o pico Shimei-ga-take, Musashi viera pelas trilhas da montanha, passara pelos fundos do templo Miidera e despontava agora na ladeira do templo Bizouji. E Otsu, por onde viria?

Talvez ele se deparasse com ela repentinamente, muito antes de chegar a Seta, bem próximo ao local por onde andava agora, já que os horários e os itinerários escolhidos por ambos eram parecidos. Contudo, Musashi não a vira ainda. A ideia de encontrá-la na estrada lhe era agradável, mas nem por isso passou a procurá-la ansiosamente.

De acordo com a resposta da mansão Karasumaru trazida pela proprietária da casa de chá, Otsu não se encontrava mais na mansão, mas o bilhete que ele lhe mandara seria entregue naquela mesma noite na cabana onde a jovem se restabelecia.

Considerando que Otsu ainda convalescia e que, sendo mulher, levaria um tempo enorme para se arrumar, imaginou que ela deveria estar partindo quando muito nessa manhã e que surgiria no local do encontro ao entardecer.

Não havia pressa, portanto. E uma vez que ele próprio não tinha nenhuma questão urgente a resolver, deixou-se levar ao ritmo indolente dos passos da sua montaria, sem achá-la especialmente lerda.

O corpanzil da vaca leiteira brilhava, úmido de orvalho. Com o raiar do dia, o sol revelou macegas verdejantes na beira do caminho e o animal parou para comer. Musashi deixou-o à vontade.

À margem da estrada que passava entre um templo e as casas de um vilarejo, havia uma velha e frondosa cerejeira — do tipo usualmente considerado ponto de referência —, e, debaixo dela, um marco com versos nele inscritos.

Os versos lhe eram conhecidos, pensou Musashi. Não se empenhou muito em lembrar-se, mas quase meio quilômetro além, murmurou:

— Lembrei-me... Os versos são parte do histórico *Taiheiki*!

A obra havia sido uma de suas leituras favoritas na infância e ele chegara a memorizar alguns trechos que lhe ressurgiam agora por causa da estrofe gravada na pedra. Sacudido no lombo da vaca, ao lento ritmo de seus passos, Musashi recitou casualmente a passagem:

"*O idoso monge do templo Shiga, na mão leva um longo cajado: franze a testa, sobrancelhas de neve junta, e contempla o lago crespo, cristalina fonte da Terra Pura evocando. Eis senão quando avista, de um passeio ao jardim de Shiga retornando, formosa dama de Kyogoku, por quem de imediato se apaixona. Louca fantasia dele então se apossa, e à perseverante chama dos sentidos em fogo, austeras práticas, virtude, num instante tudo esquece.*"

Ora, como era mesmo o resto? — murmurou Musashi, tateando pelos caminhos da memória.

"*De volta à ermida, perante a santa imagem reza. Mas eis que em meio à meditação, lascivas formas se insinuam, e as mesmas preces que oferece, como cálidos suspiros aos ouvidos lhe soam. Contempla o monge as montanhas ao anoitecer, porém as nuvens, ai!, lhe lembram, gracioso pente em negros cabelos... E perplexo, envergonhado, a lua a espiar da janela com certo alvo rosto confunde.*

"*Se da quimera nesta vida livrar-se não consegue, ao perigo ele expõe sua vida no além. O monge resolve a dama visitar, e revelar-lhe o amor que por ela sente: só assim, em paz, os olhos para sempre fecharia. O idoso monge no cajado amparado, ao palácio da dama se dirige, por um dia e uma noite permanecendo perto da quadra onde com a bola brincam...*"

— Eeei! Senhor! Jovem samurai no lombo da vaca! — gritou uma voz nesse instante.

Sem que disso se tivesse dado conta, Musashi já havia entrado na cidade de Outsu.

II

Quem o chamava era um carregador, o empregado do mercado atacadista da cidade.

O homem chegou correndo, acariciou o focinho da vaca e fitou Musashi por cima da cabeça do animal.

— Está vindo de Mudoji, não está, senhor? — perguntou.

— Ora... como soubeste?— indagou Musashi de volta.

— Alguns dias atrás aluguei esta vaca para um mercador, que a levou sem a ajuda de um guia ao templo Mudoji, no topo da montanha. Me dê uns trocados agora, senhor!

— És o dono deste animal?

— Não, senhor! Mas a vaca pertence ao estábulo do mercado e não pode ser montada de graça!

— Muito bem, eu te darei uns trocados para a ração. Quero saber, no entanto, se posso prosseguir viagem com ela.

— Claro! Até onde quiser! Basta me pagar, senhor, e pode seguir mil quilômetros ou mais com ela. Só lhe peço que a deixe num desses postos atacadistas de uma vila qualquer à beira-estrada. Um dia desses ela volta para Outsu, carregando as compras de algum mercador. É assim que funciona, senhor.

— Nesse caso, quanto me custaria seguir com este animal até a cidade de Edo?

— Se vai para esses lados, passe primeiro pelo nosso mercado e deixe o seu nome e seu destino registrados, senhor.

A montaria talvez viesse a ser útil, pensou Musashi, que passou pelo mercado, conforme lhe tinha sido solicitado.

A área atacadista situava-se perto do atracadouro de Uchide-ga-hama. O local era o ponto de encontro dos viajantes: passageiros desembarcados e por embarcar fervilhavam nas proximidades, ali existindo desde lojas de sandálias a casas de banho e de profissionais especializados em aparar os cabelos ou ajeitar penteados desfeitos durante as viagens mais longas.

Musashi fez a refeição matinal com calma e embora achasse cedo demais, tornou a montar e prosseguiu seu caminho.

A cidade de Seta estava próxima: até o meio-dia lá estaria, mesmo deixando-se levar ao sabor do passo da montaria, apreciando a brisa suave e a luminosa paisagem da beira do lago.

"Otsu não deve ter chegado ainda", pensou. O próximo encontro com a jovem seria tranquilo, imaginou ele.

A verdade era que Musashi passara a confiar na jovem. Até o episódio do pinheiro da encosta, em que lograra escapar das garras da morte, Musashi sempre mantivera uma atitude defensiva contra as mulheres em geral. Sempre as tinha temido, e também a Otsu.

Mas a atitude serena da jovem por ocasião do último encontro dos dois e a sensatez com que ela administrara os próprios sentimentos haviam transformado o que por ela sentia em algo mais profundo que o amor.

Desconfiar de Otsu englobando-a na categoria das demais mulheres era imperdoável, começara a achar nos últimos tempos. Esse tipo de atitude seria apenas uma demonstração de mesquinhez da parte dele.

E se agora depositava plena confiança em Otsu, o mesmo devia estar acontecendo com a jovem em relação a ele. Quando se reencontrassem, atenderia qualquer pedido de Otsu, decidiu-se, desde que não obstruísse sua carreira de espadachim nem interferisse na qualidade de seu adestramento.

Até esse dia, Musashi havia achado que uma mulher era capaz de enfeitiçar, de embotar a habilidade de um guerreiro e de desviá-lo do caminho da espada, e por isso as temera. Mas uma mulher como Otsu — bem preparada, compreensiva, capaz de lidar corretamente com a razão e a emoção — jamais haveria de armar ciladas amorosas no caminho de seu amado, de ser um estorvo para ele. Bastava apenas que ele próprio mantivesse o domínio sobre si e não se perdesse.

"Está decidido: seguiremos juntos até Edo, e quando lá chegarmos, farei com que Otsu prossiga seus estudos e aprimore sua educação. Quanto a mim, buscarei com Joutaro caminhos mais elevados, que me aproximem cada vez mais de meus objetivos. E no momento apropriado..."

Pequenas ondas encrespavam a superfície do lago e seus reflexos brilhavam trêmulos no rosto absorto de Musashi: um sorriso feliz brincava em seus lábios.

III

A ponte Karahashi de Seta é composta de duas pontes: Oubashi, com quase 175 metros, e Kobashi, com quase 42 metros, interligadas por uma ilha, a de Naka-no-jima. Um velho chorão ergue-se nessa ilha.

A árvore era um marco para viajantes, razão por que a ponte Karahashi é também conhecida por Aogi-bashi, ou Ponte do Chorão.

— Ei! Aí vem ele! — gritou nesse momento Joutaro, surgindo às carreiras do interior de uma casa de chá da ilha Naka-no-jima, debruçando-se no parapeito da ponte Kobashi, uma mão apontando ao longe, outra acenando na direção de um banco da casa de chá.

— É o mestre! Venha ver, Otsu-san! Otsu-san! É o meu mestre! Ele vem montado num boi!

O menino batia os pés de alegria, frenético a ponto de atrair a atenção dos viajantes de passagem, que se voltavam intrigados tentando adivinhar o motivo de tanta agitação.

— Oh! É verdade! — exclamou Otsu, disparando do interior do estabelecimento e debruçando-se também no parapeito com Joutaro.

— Meestre!

— Musashi-sama!

Mãos e sombreiros acenavam.

Um sorriso abriu-se no rosto de Musashi, bem próximo deles agora.

Logo, a vaca foi atada ao pé do chorão. Otsu, que havia gritado por Musashi e acenado expansivamente quando ainda o via à distância, parecia muda agora que o encontrava ao seu lado: lançando-lhe apenas um rápido olhar sorridente, ela deixou toda a conversação a cargo de Joutaro.

— Já se recuperou dos ferimentos, mestre? Quando o vi no lombo dessa vaca, cheguei a pensar que não conseguia andar por causa dos cortes... Hein? Quer saber como chegamos tão cedo?... Pergunte a Otsu-san! Ela é cheia de caprichos, mestre: foi só ler o seu bilhete e sarar de tudo, na mesma hora!

— Sei... É mesmo? — sorria Musashi, acenando em sinal de compreensão a cada comentário do menino. Mas falar de Otsu na presença dos demais fregueses da casa de chá deixava-o constrangido como um tímido pretendente que se encontra com a prometida pela primeira vez.

Os três foram acomodados numa pequena sala nos fundos da casa de chá, em torno da qual havia treliças carregadas de glicínias em flor. Mas a descontração foi parcial: Otsu torcia as mãos de puro constrangimento e Musashi caiu em rígido silêncio. O único a se alegrar com franqueza e com franqueza falar dessa alegria era Joutaro. Só ele, e talvez as abelhas que voavam agitadas em torno das glicínias, eram capazes de apreciar esse momento e a vista privilegiada.

— Que pena! O céu está escurecendo para os lados do templo Ishiyamadera e vai cair um aguaceiro daqui a pouco. Recolham-se, por favor — disse nesse instante o dono do estabelecimento, surgindo às pressas para enrolar os estores e armar as pesadas portas externas de proteção.

Realmente, o lago tinha adquirido uma tonalidade acinzentada de um momento para o outro, e em meio à brisa, já se ouvia um fraco sibilar anunciando a aproximação da tempestade. As frágeis glicínias roxas agitavam-se e exalavam um pungente perfume, lembrando à Otsu os últimos momentos da princesa Yang Kuei-fei de que falava o poeta chinês Po Chü-i.

Uma lufada desceu do topo do monte Ishiyama e lançou as primeiras gotas de chuva contra as frágeis flores.

— Ih, aí vem uma trovoada, a primeira do ano! Você vai se molhar se continuar nesse lugar, Otsu-san! E você também, mestre, venha para dentro! Que gostoso! Essa chuva veio bem a calhar. A calhar!

Nem Joutaro sabia direito o que tinha querido dizer ao exclamar que a chuva vinha a calhar, mas o comentário serviu para aumentar o embaraço de Musashi, impedindo-o de recolher-se. O mesmo acontecia com Otsu: ruborizada, a jovem continuava em pé a um canto da varanda, deixando-se molhar e fazendo companhia às glicínias, derrubadas pela chuva aos seus pés.

— Chuva maldita! — berrava o homem cobrindo a cabeça com uma esteira, correndo tontamente no meio do aguaceiro branco como um guarda-chuva aberto levado pelo vento.

Alcançou às carreiras o portal à entrada do templo Shinomiya Myojin, e nele se abrigou com um suspiro de alívio, passando a mão pelos cabelos encharcados e espremendo a água.

— Mais parece uma pancada de verão! — murmurou para si mesmo, observando a rápida passagem das nuvens pelo céu.

Um véu leitoso cobriu num instante o pico Shimyo, o lago e o monte Ibuki, e o ruído da chuva que caía incessante abafou por momentos todos os demais. Um relâmpago feriu a vista do homem, e o raio caiu bem próximo.

— Ih...! — gritou Matahachi, que detestava trovoadas, tapando os ouvidos e encolhendo-se todo debaixo do portal.

Uma nesga de céu mostrou-se no meio das nuvens e, no mesmo instante, o sol surgiu como num passe de mágica. A chuva parou, a rua retomou seu aspecto normal e o som ponteado de um *shamisen* soou em algum lugar. Nesse momento, uma mulher de aspecto provocante veio cruzando a rua na direção de Matahachi e lhe sorriu intencionalmente.

IV

A mulher lhe era desconhecida.

— Por acaso o senhor se chama Matahachi-sama? — perguntou ela.

Desconfiado, Matahachi perguntou-lhe o que queria. Em resposta, a desconhecida lhe disse que certo cliente, que no momento ocupava os aposentos superiores do estabelecimento em que ela trabalhava, bem próximo dali, o havia entrevisto da janela e lhe ordenara que o conduzisse à presença dele, já que eram amigos.

Matahachi observou com atenção os arredores e notou nas vizinhanças do templo diversos estabelecimentos que realmente lembravam bordéis.

— Entre só um instante. Asseguro-lhe que pode se retirar quando quiser... — disse a mulher, arrastando à força o hesitante Matahachi a um bordel próximo. Uma vez lá, outras mulheres surgiram para lavar-lhe os pés e despir-lhe as roupas molhadas, não lhe dando tempo sequer para respirar.

Quem era o homem que se dizia seu amigo? — quis saber Matahachi. Mas para manter o clima de diversão, as mulheres prolongavam o mistério, apenas lhe dizendo em tom de troça que ele logo haveria de descobrir.

Matahachi então concordou em ir ao encontro do misterioso amigo, insistindo porém que apenas se servia das roupas do bordel porque a chuva encharcara as suas, e que partiria assim que elas secassem, pois tinha uma pessoa esperando por ele na ponte Karahashi.

— Minha posição ficou bem clara para vocês? — indagou Matahachi.

— Sim, fique tranquilo. Nós o liberaremos no momento oportuno — responderam as mulheres com displicência, empurrando-o escada acima.

"E quem poderia ser o homem que se dizia seu amigo?" tornou a perguntar-se Matahachi, sem atinar com a resposta mas sentindo-se à vontade: ambientes como aquele não só lhe eram conhecidos, como também exerciam sobre ele o surpreendente efeito de emprestar segurança aos seus gestos e de aguçar-lhe o raciocínio.

— Como vai o Senhor dos Cães? — disse abruptamene o misterioso cliente, antes de mais nada.

Com um pé no umbral, Matahachi estacou imaginando ter sido confundido com alguém, mas ao observar melhor o homem sentado no interior do aposento, teve de reconhecer que já o tinha visto antes.

— Ora, se não é...

— ...Sasaki Kojiro. Tinha-se esquecido de mim?

— Não. Mas a quem se referiu ao dizer "Senhor dos Cães"?

— A você, ora essa!

— Mas eu me chamo Hon'i-den Matahachi.

— Estou cansado de saber. Apenas me lembrei de nosso último encontro no bosque de pinheiros da rua Rokujo, quando o vi rodeado por uma matilha de cães selvagens e fazendo-lhes expressivas caretas. Em homenagem ao episódio, e com todo o respeito, resolvi chamá-lo de Senhor dos Cães.

— Não gostei! E também, não pense que esqueci o apuro que me fez passar naquele dia!

— Hoje, em compensação, vou-lhe proporcionar um pouco de alegria. Foi para isso que mandei buscá-lo. Seja bem-vindo. Sente-se, por favor. Mulheres, sirvam-lhe saquê.

— Acontece que estou com pressa: uma pessoa me espera em Seta. Nem adianta encher essa taça porque não vou beber.

— Quem é essa pessoa que o espera em Seta?

— Um amigo de infância, Miyamoto...
Kojiro o interrompeu abruptamente:
— Quê? Musashi? Ah, quer dizer que combinaram esse encontro na casa de chá do pico da montanha...
— Ora, como soube disso?
— Sei tudo sobre o passado, seu e de Musashi. Saiba que me encontrei com sua mãe — Osugi, não é assim que ela se chama? — no templo Chudo do monte Eizan. Ela me contou detalhadamente todas as agruras por que tem passado nos últimos tempos.
— Como? Encontrou-se com minha mãe? Para dizer a verdade, eu também estou à procura dela desde ontem...
— Ela é uma anciã digna de admiração, permita-me dizer-lhe. Todos os monges do templo Chudo ficaram comovidos com sua história e declararam-se solidários a ela. Eu também lhe ofereci meus préstimos quando nos despedimos.
Kojiro enxaguou brevemente a taça e prosseguiu:
— Matahachi: vamos esquecer velhos rancores e beber. Não tenha medo desse Musashi. Não tenho a intenção de me vangloriar, mas saiba que eu, Sasaki Kojiro, estarei sempre do seu lado e contra ele.
Faces avermelhadas pela bebida, Kojiro ofereceu a taça a Matahachi.
Este, porém, não estendeu a mão para aceitá-la.

V

Embriagado, o pretensioso Kojiro perdia a elegância e a atitude arrogante que lhe eram habituais.
— Por que não bebe, Matahachi?
— Estou de saída.
A mão esquerda de Kojiro estendeu-se de súbito e agarrou o pulso de Matahachi:
— Não vá!
— Mas eu e o Musashi...
— Não diga asneiras! Se enfrentar Musashi sozinho, será morto com um único golpe, não percebe?
— Mas já esclarecemos nossas rixas antigas e eu decidi acompanhar meu velho amigo até Edo. Vou refazer minha vida com a ajuda dele.
— Que disse? Pretende pedir a ajuda de Musashi?
— Muita gente fala mal dele, mas isso acontece porque minha mãe anda difamando-o por todos os lados. Agora, porém, percebi com clareza: ela está equivocada. E também, reconheço que errei. Sei que perdi até hoje um tempo

precioso, mas pretendo me espelhar no meu velho amigo e estabelecer um novo objetivo para a minha vida.

— Ah-ah! — ria e ria Kojiro sem parar, batendo palmas.— Como você é ingênuo! Sua mãe bem me disse, mas agora vejo com meus próprios olhos: é difícil encontrar neste mundo um homem mais ingênuo que você. Musashi o engambelou direitinho!

— Nada disso! Musashi...

— Cale a boca e escute-me. Para começar, é inconcebível que um filho traia as convicções de sua própria mãe e se bandeie para o lado inimigo. Como pode dizer uma coisa dessas se até eu, um estranho, fui capaz de sentir a indignação dos justos nas palavras de sua mãe e me prontifiquei a ajudá-la?

— Diga o que disser, eu seguirei para Seta. E solte meu braço! Mulher! Ei, mulher! Minhas roupas devem estar secas a esta altura. Traga-as aqui imediatamente!

— Não se atreva! — gritou Kojiro revirando os olhos de bêbado. — Se lhe devolver as roupas, vai se haver comigo, mulher! Escute aqui, Matahachi: se é isso mesmo que pretende, fale primeiro com sua mãe e convença-a a aceitar sua nova resolução. Eu, porém, tenho quase certeza que a velha senhora jamais concordará com tamanha humilhação...

— Mas como não consigo encontrá-la por mais que a procure, vou primeiro para a cidade de Edo em companhia de Musashi. Antigos rancores e desavenças, tudo se resolverá naturalmente no momento em que eu me reaprumar e conseguir ser alguém.

— Sinto o cheiro de Musashi por trás de suas palavras. Antes de tentar qualquer coisa, fale com sua mãe, insisto. Prometo ajudá-lo a procurá-la amanhã. Não se vá sem antes ouvir o que ela tem a lhe dizer. Vamos beber, por ora. Talvez eu não seja a companhia ideal para você, mas beba assim mesmo.

A essa altura, todas as mulheres tomaram o partido de Kojiro: afinal, trabalhavam num bordel e nenhuma em sã consciência haveria de devolver a Matahachi as suas roupas e de perder um cliente.

A noite chegou e um novo dia amanheceu.

Matahachi, que em matéria de esgrima nem chegava aos pés de Kojiro, superava-o com folga na arte de beber. "Já vai ver do que sou capaz!", tinha pensado Matahachi, começando a beber intencionalmente desde à tarde do dia anterior. Escudado na bebida, atazanou o anfitrião até mais não poder e depois de dar vazão à sua insatisfação, tombou bêbado, quase inconsciente.

Já era madrugada quando dormiu, muito mais de meio-dia quando acordou.

Kojiro ainda dormia a sono solto no aposento ao lado, disseram-lhe as mulheres. Depois do aguaceiro do dia anterior, o sol brilhava com dobrada intensidade. As palavras de Musashi, tão recentes, tornaram a soar em seus ouvidos dando-lhe vontade de vomitar toda a bebida ingerida durante a noite.

Desceu ao andar térreo, mandou que lhe trouxessem as roupas, trocou-se e partiu às pressas, quase fugindo, e chegou enfim à ponte Karahashi.

Nas águas barrentas e avermelhadas do rio Seta, as últimas flores dessa primavera vinham sendo arrastadas desde o monte Ishiyama. Cachos despedaçados de glicínias espalhavam-se em torno do pequeno aposento nos fundos da casa de chá, rosas estiolavam.

— Ele disse que prenderia a vaca no corrimão...

Por mais que procurasse, porém, não viu o animal nem na ponte, nem na ilha Naka-no-jima. Indagou portanto na casa de chá da ilha, e foi informado que, com efeito, um samurai correspondendo a essa descrição ali permanecera até quase a hora de fecharem o estabelecimento. Com a chegada da noite, porém, ele tinha-se ido para uma estalagem, mas havia retornado cedo nessa manhã, ali permanecendo de novo por algum tempo, aparentemente à espera de alguém. Por fim — informou-o o empregado da casa de chá — o samurai tinha optado por escrever um bilhete, o qual atou ao galho do chorão, e se fora em seguida pedindo que o entregassem caso alguém surgisse mais tarde à procura dele.

Matahachi voltou-se na direção indicada pelo homem e reparou: um pedaço de papel dobrado e atado que lembrava uma borboleta branca pousava num galho do chorão.

— Quer dizer que ele seguiu sem mim... Que pena!

Matahachi desprendeu do galho a carta e a desdobrou.

CACHOEIRAS CASADAS

I

O verão começava, assim como a jornada dos três, afinal reunidos. Cercados pelo verde que despontava em todo lugar, ao sabor dos passos da montaria, seguiram eles pela estrada de Kiso que, naquele trecho, fazia parte da rota Nakasendou.

Por essa mesma rota voava também Matahachi no encalço de Musashi, que lhe havia deixado a mensagem no galho do chorão: "Siga-me assim que puder. Estarei sempre à sua espera." Chegou a Kusatsu sem lograr alcançá-lo, a Hikone e a Toriimoto, ainda sem achá-lo.

— Será que passei por ele sem perceber? — murmurou.

No passo Suribachi, permaneceu metade de um dia no pico examinando os viajantes de passagem. A noite chegou, mas não o viu passar.

Andou por todos os lados perguntando por um *bushi* montado num boi, mas viajantes em lombos de cavalos e bois eram muitos. Além disso, Matahachi indagava sempre por um *bushi* solitário. Musashi, porém, viajava agora em companhia de Otsu e Joutaro. Chegou à estrada de Mino sem conseguir nenhuma informação concreta, o que o fez lembrar-se de súbito das palavras de Kojiro e se indagar:

— E se eu for mesmo um tolo ingênuo?

A dúvida, uma vez implantada, só fez crescer.

Perturbado, voltou atrás, tomou atalhos e desviou-se da rota, dificultando cada vez mais um encontro que, em condições normais, forçosamente ocorreria.

E então, quando caminhava um dia nos arredores das pousadas de Nakatsugawa, avistou enfim Musashi caminhando à sua frente.

Quantos dias já teria ele andado à procura do amigo? Para o inconstante Matahachi, essa tenaz perseguição de um único objetivo era algo incomum, digna de louvor. Mas no instante em que seu olhar caiu sobre o vulto tão procurado, empalideceu de espanto e desconfiança.

Pois não era Musashi que ia no lombo da vaca, mas Otsu, do templo Shippoji. E quem conduzia a montaria pela rédea? Musashi!

Matahachi nem sequer notou o pequeno Joutaro, caminhando rente ao quadril do seu mestre. Que lhe importava o menino! O estremecimento de desconfiança tinha sido provocado por um único detalhe: o ar de intimidade e harmonia entre Musashi e Otsu.

Tantas vezes Matahachi vira o amigo com ódio e inveja, mas nunca até esse dia ele lhe parecera tão diabólico.

— Kojiro tem razão: eu realmente tenho feito papel de bobo desde o dia em que fui aliciado por Musashi para participar da batalha de Sekigahara! Mas se ele pensa que vai continuar abusando de mim, engana-se redondamente. Vou lhe mostrar do que sou capaz!

— Irra, que calor e que subida! Nunca andei por uma estrada de montanha que me fizesse suar tanto! Onde estamos, mestre?
— No ponto crítico da estrada de Kiso, num dos desfiladeiros mais difíceis de serem transpostos: estamos quase chegando ao pico Magome.
— Ontem vencemos dois desfiladeiros, não vencemos?
— Misaka e Tomagari.
— Estou cansado de desfiladeiros. Não vejo a hora de chegar a um lugar onde haja mais gente, à cidade de Edo, por exemplo. Concorda comigo, Otsu-san?
— Não concordo, Jouta-san. Eu sempre gostei de lugares pouco frequentados, como este aqui — respondeu Otsu de cima da montaria.
— Claro, você não tem de andar! Olhe lá, mestre, uma cascata!
— Realmente! Querem descansar um pouco? Joutaro, prenda a vaca num arbusto qualquer.

Guiados pelo som da água, os três enveredaram por uma trilha e acabaram chegando ao topo da cascata, onde havia um pequeno casebre deserto. Nas cercanias, muitas flores-do-campo desabrochavam gotejantes, lavadas pela névoa da cascata.

— Musashi-sama! — chamou Otsu, desviando o olhar de uma tabuleta e voltando-se sorridente para ele. "Cachoeiras Casadas", dizia a placa.

Separada em duas torrentes, a cachoeira desabava do alto do penhasco. A de volume de água menor, mais esguia, logo se adivinhava, seria a mulher, a maior, o marido. Joutaro, que quando em marcha vivia querendo descansar, não parava um instante agora que tinha oportunidade para isso. Ao ver de perto a água desabando torrencialmente, chocando-se com violência nas rochas do paredão, disparou barranco abaixo saltando e dançando pelas pedras da margem, parecendo possuído pelo espírito da cachoeira.

— Tem peixes aqui embaixo, Otsu-san! — gritou ele.

Não obteve resposta, mas logo tornou a gritar:

— Posso pescá-los com um pedregulho. Uma pedrada certeira e eles vêm à tona de barriga para cima.

Mais alguns momentos se passaram e sua voz tornou a ecoar de um ponto totalmente inesperado:

— Eeeei!

Tão cedo o menino não haveria de voltar.

II

Um raio de sol contornou a beira de uma montanha e incidiu sobre as flores-de-campo molhadas, produzindo minúsculos arcos-íris.

O troar da cascata envolveu os dois jovens sentados lado a lado no belvedere, à sombra do quiosque.

— Aonde terá ido ele? — murmurou Otsu.
— Fala de Joutaro?
— Sim. Esse menino é terrível...
— Nem tanto. Eu era bem pior, na idade dele.
— Você foi especial.
— Matahachi, ao contrário, era muito comportado. Por falar nele, que lhe teria acontecido que não nos alcançou? Esse sim, me preocupa.
— Eu, pelo contrário, estou muito feliz por não vê-lo! Pensava em me esconder, caso ele realmente nos alcançasse.
— Para que haveria você de se esconder? Precisamos conversar. Acredito firmemente que uma boa conversa é capaz de resolver qualquer mal-entendido.
— A regra não se aplica à matriarca dos Hon'i-den e ao seu filho.
— Otsu-san... Você não quer reconsiderar?
— Reconsiderar o quê?
— A possibilidade de se tornar uma Hon'i-den...

O rosto de Otsu crispou-se de leve instantaneamente.

— Nunca!

Suas pálpebras adquiriram o suave rosado de uma orquídea e no momento seguinte seus olhos encheram-se de lágrimas.

Quase simultaneamente, Musashi arrependeu-se do que acabara de perguntar: àquela altura, devia saber muito bem qual seria a resposta... Por seu lado, Otsu achou que ele a via como uma mulherzinha frívola, cujos sentimentos arrefecem ou mudam com o passar do tempo. Mortificada, ocultou o rosto nas mãos. Seus ombros tremiam.

"Sou toda sua!", parecia estar-lhe dizendo sua nuca branca. A folhagem dos bordos, nova, verde-clara, formava uma cortina em torno dos dois, ocultando-os dos olhares estranhos.

O ribombar da cachoeira, que chegava a estremecer a terra, era o pulsar do sangue de Musashi, a correr impetuoso por suas artérias. O mesmo tipo de instinto que levara Joutaro a disparar ao ver de perto a torrente em queda e o tumulto das águas no poço da cascata, agitava-o agora com violência.

Nos últimos dias, tivera a oportunidade de contemplar Otsu sob os mais diversos tipos de luz: à claridade das lamparinas nas noites das estalagens, ao ofuscante brilho do sol a pino em plena estrada, no meio das jornadas.

Ocasiões havia em que sua pele úmida de suor aparentava a textura de uma flor de hibisco. Em outras, quando passavam as noites num mesmo quarto de estalagem, o perfume de seus cabelos negros lhe vinha do outro lado de um biombo. O desejo, ferreamente contido por longos anos, brotava impetuoso, alimentado por essas circunstâncias. Um langor quente, algo semelhante ao mormaço asfixiante que sobe da relva no verão, toldou-lhe o olhar.

Musashi ergueu-se abruptamente e se afastou, quase fugindo.

Abandonando Otsu, meteu-se pelo meio do mato logo adiante, sentindo-se sufocar. Tinha vontade de vomitar um pouco do sangue tumultuado que parecia prestes a romper-lhe as artérias, sangue que haveria de lhe sair pela boca como uma bola de fogo, tinha certeza. Queria pular e gritar como Joutaro. E ao descobrir uma área banhada de sol, onde o mato seco do inverno passado ainda restava alto, nela deixou-se cair com um gemido.

Otsu veio-lhe no encalço sem compreender direito o que se passava com ele, e ao vê-lo ali sentado, jogou-se no chão agarrada aos seus joelhos. Aquele rosto crispado lhe pareceu amedrontador: algo o havia enfurecido, achou ela, perturbada.

— Que foi? Que houve? Eu disse alguma coisa que o ofendeu? Não tive essa intenção, perdoe-me, por favor!

— ...

— Diga alguma coisa! Musashi-sama!

Quanto mais tenso e crispado ficava o rosto, mais Otsu se desesperava e se agarrava a Musashi, seu corpo desprendento um inebriante perfume, como uma flor tocada pela brisa.

— Otsu! — gemeu Musashi de repente. Seus musculosos braços a envolveram ferozmente e os dois tombaram sobre a relva seca. Desesperada, sem conseguir soltar um grito sequer, Otsu debateu-se nos braços de Musashi, lutando por libertar-se.

III

Um pássaro de cauda longa listrada pousou no galho de um pinheiro-bravo e permaneceu contemplando o céu sobre os picos ainda nevados das montanhas de Ina.

Flores rubras de azáleas selvagens ardiam ao redor. O céu estava limpo e azul. Violetas recendiam debaixo da relva seca.

Um macaco guinchou, um esquilo saltou e desapareceu. A vida na terra era um quadro primitivo. O mato naquele local apresentava uma profunda depressão. Não era propriamente um grito, mas Otsu exclamou com intenso desespero:

— Pare! Pare, Musashi-sama! Você não deve...

Otsu dobrou-se em dois, protegendo o próprio corpo.

— Até você? Co... como pode fazer uma coisa dessas comigo? — gritou ela desolada.

Musashi voltou a si com um sobressalto: a gélida voz da razão pareceu cair como uma ducha sobre seu corpo em fogo e eriçou-lhe os cabelos.

— Po...por quê? Por que não? — gemeu ele, quase em prantos. Ninguém os tinha ouvido, mas para Musashi, a recusa era insuportável, um ultraje à sua condição de macho. O gemido raivoso era uma autocensura, um modo de extravasar o ressentimento e a vergonha que sentia nesse momento.

No instante em que afouxou os braços, Otsu desapareceu. Um saquinho de sachê de cordão partido tinha restado no chão. Prestes a chorar, seu olhar vago fixou-se no pequeno objeto, nele visualizando friamente a própria imagem miserável. Queria apenas ser capaz de compreendê-la! Pois não haviam sido suas palavras, olhos, lábios, seu corpo inteiro — incluindo cada fio de seus cabelos — que tinham estado até hoje atiçando-lhe a paixão?

Otsu ateara fogo e, ao ver as chamas, fugira apavorada, era isso! O ato podia não ter sido intencional, mas teve o efeito de decepcioná-lo, de provocar-lhe sofrimento, de fazê-lo sentir-se traído, envergonhado.

— Ah...! — gemeu Musashi, lançando-se de rosto na relva seca, chorando abertamente.

A ideia de que todo o árduo aprendizado dos últimos anos tinha sido em vão deixou-o desolado, inconsolável como uma criancinha que perdeu um precioso fruto de mato entesourado.

Irritado consigo, com vontade de cuspir em si mesmo, deixou-se ficar jogado no chão soluçando exasperadamente, incapaz de erguer a cabeça e encarar o sol uma vez mais.

"Nada fiz de errado!" gritava ele no íntimo justificando seu ato, mas isso não foi suficiente para apaziguar-lhe o coração.

"Não entendo, não entendo!"

Musashi não possuía ainda maturidade suficiente para considerar com ternura a delicadeza a sensibilidade virginal de Otsu. Não lhe sobrava capacidade para entender que a recusa tinha sido a reação medrosa de uma virgem, de considerá-la uma expressão emocional bela, fugaz, de valor inestimável, e que se manifesta apenas num único momento na vida de uma mulher.

Imóvel, ficou aspirando o perfume da terra por alguns momentos e aos poucos recuperou a calma. Levantou-se bruscamente. Seus olhos já não estavam congestionados, mas as faces tinham um tom esverdeado.

Calcou sob os pés o saquinho de sachê e, erguendo o rosto, permaneceu imóvel por algum tempo, como se tentasse ouvir a voz das montanhas. De súbito, sussurrou:

— É isso!

Rumou para a cascata em largas passadas, cerrando o cenho e juntando as sobrancelhas grossas — a mesma expressão com que se lançara no meio das espadas que o aguardavam em torno do pinheiro da encosta.

Um pássaro voou sobre sua cabeça trinando, e o grito agudo pareceu romper-lhe os tímpanos. O vento trouxe para mais perto o troar ensurdecedor da cascata e o sol perdeu o brilho.

Otsu não se tinha afastado mais que vinte passos. Imóvel, havia muito observava Musashi, amparada ao tronco de uma bétula. Tinha percebido o quanto o magoara e agora, desejava ardentemente que ele voltasse uma vez mais para o seu lado. Seus modos hesitantes mostravam que pensava em procurá-lo e pedir perdão. Mas o coração pulsava acelerado, como o de um passarinho, deixando-lhe o corpo trêmulo, incontrolável.

IV

Os olhos secos de Otsu registravam medo, dúvida e tristeza com muito maior nitidez que há pouco, quando chorava.

Musashi — o escolhido em quem depositara tanta confiança — não era afinal o homem que sua imaginação tinha arbitrariamente criado.

O terror da jovem ao descobrir em seu róseo mundo imaginário um homem nu, de carne e osso, tinha sido tão grande que quase a matara. Sua desolação era imensa.

Mas Otsu ainda não se dera conta de que, em meio ao terror e à amargura, estranhos sentimentos contraditórios começavam a despontar em seu peito.

Se a opressão de havia pouco tivesse partido de um outro homem e não de Musashi, ela nunca teria parado a uma distância de apenas vinte ou trinta passos.

Por que parara tão perto, atraída por aquilo de que acabava de fugir? Com o passar dos minutos, Otsu começou a recuperar o fôlego e já estava tentando considerar que o instinto fazia os homens comportarem-se de modo bastante indecoroso, mas que Musashi era bem diferente dos outros.

"Você se zangou? Por favor, não se irrite tanto comigo! Eu gosto de você, não o rejeitaria. Compreenda, eu lhe peço..."

Sentindo-se solitária e deslocada, como se tivesse sido soprada para longe por uma tempestade, Otsu pedia perdão no íntimo. Não reprovava o selvagem assédio de Musashi tanto quanto ele próprio se reprovava, em agonia. Seu ato não tinha sido desprezível como o dos outros homens.

De súbito, viu-se indagando: "Por que agi daquele modo?"

A própria reação de cego terror começou a entristecê-la. Quanto mais os minutos se passavam, mais sentia a falta do sangue em tumulto, dos fogos de artifício que pareceram explodir dentro do seu corpo naquele instante crucial.

"Ora... aonde foi ele? Aonde foi Musashi-sama?"

Otsu pensou que tinha sido abandonada e a ideia a apavorou.

"Zangou-se, com certeza e... e... Ah, que faço agora?"

Trêmula, vacilante, a jovem veio andando até o quiosque, mas não o encontrou. Apenas o estrondear incessante da cascata e a névoa branca e gelada que subia desde o poço até o belvedere carregada pelo vento a atingiram em pleno rosto.

Nesse exato momento, uma voz veio de algum lugar no alto:

— Que os céus nos acudam! Ele se lançou na cascata! Meestre! Otsu-san!

Era Joutaro, que tinha atravessado a cabeceira da cascata e estava em pé no topo do penhasco, do outro lado da correnteza. E de lá devia ter estado espiando o escuro poço sob a cascata maior, pois avisava Otsu aos berros.

A água trovejante parecia impedir Otsu de ouvir o que lhe dizia o menino. Mas do ponto onde se encontrava, Joutaro a viu sobressaltar-se e descer o caminho à beira da cachoeira, agarrando-se precariamente às rochas que a névoa e o musgo tornavam escorregadias.

Joutaro, agarrado a cipós de glicínias, balançava no ar do outro lado da catarata, como um macaco.

V

E então, Otsu o viu.

Simultaneamente, Joutaro também o descobriu.

Lá estava ele, no meio do poço da cascata.

A princípio, os dois imaginaram que a forma sob a torrente e a névoa branca fosse uma rocha. Mas o vulto nu, imóvel e cabisbaixo, de mãos juntas e dedos ferreamente entrelaçados debaixo de uma cachoeira de mais de quinze metros de altura era Musashi, sem dúvida alguma.

Mal se deram conta disso, os dois gritaram juntos, Otsu do caminho escarpado que beirava a cachoeira, e Joutaro do barranco na outra margem:

— Meestre!

— Musashi-samaa!

Embora gritassem a plenos pulmões, Musashi só ouvia agora o troar contínuo da cachoeira.

A água verde-escura batia-lhe na altura do peito. A torrente em queda tinha-se transformado em centenas de milhares de dragões prateados que lhe mordiam o rosto e os ombros. Os redemoínhos eram agora incontáveis demônios aquáticos que em fúria lhe lambiam os pés, ameaçando arrastá-lo para o abismo da morte.

Uma única respiração errada, uma distração mínima, e no mesmo instante seus pés resvalariam nas rochas cobertas de musgo do fundo do poço, lançando-o na rápida corrente que o carregaria para o outro mundo.

A água que desabava sobre sua cabeça pesava algumas toneladas. Musashi sentia os pulmões e o coração extenuados, parecia-lhe que tinha a montanha Oomagome inteira sobre si.

Ainda assim não conseguia expulsar do espírito em chamas a imagem de Otsu.

O mesmo tormento devia ter sentido o idoso monge do templo Shiga em seu coração. Até o monge Shinran, discípulo de Honen, tinha sofrido esse mesmo tipo de tentação. Quanto mais empreendedor o homem, quanto maior a sua vitalidade, mais suscetível torna-se ele a esse tipo de tormento. Assim tinha sido na Antiguidade, assim continua a ser nos dias de hoje.

Tinha sido esse sangue fogoso que fizera um camponês de desessete anos desejar enfrentar o desconhecido nos campos de Sekigahara. Fora ainda esse mesmo sangue que o levara a suportar o férreo malho de Takuan, a chorar ante as misericordiosas palavras de Buda, a abrir os olhos para a verdade e a refazer a vida. Fora o sangue que o fizera escalar sozinho o muro do castelo de Koyagyu para enfrentar Sekishusai, e que enfim lhe possibilitara mergulhar de cabeça no mar de espadas nuas em torno do pinheiro da encosta e derrotá-las.

E no instante em que Otsu — a pessoa em quem tanto confiara — pusera fogo em seus instintos, esse seu impetuoso sangue de repente se inflamara e debatia-se agora enlouquecido em seu corpo, tão poderoso, que o autocontrole arduamente conquistado a custa de intenso adestramento nos últimos anos não era capaz de contê-lo.

Contra esse inimigo, a espada de nada valia. Em outras palavras, o objeto visado possuía forma e era externo, mas o inimigo era interno, não tinha forma ou substância.

E então, Musashi tinha se apavorado. O jovem havia visto claramente uma grande falha no próprio espírito, e isso o desnorteara.

Como lidar com o sangue — esse elemento vital comum a todos os homens, mas cujo aquecimento tanto os perturba? Confuso, sem atinar com a resposta, Musashi tinha-se lançado no poço da cascata. Joutaro quase adivinhara ao gritar havia pouco para Otsu: "Ele está tentando se matar!"

— Meeestre! Meeestre!— continuava a gritar o menino com voz chorosa.

Musashi buscava uma forma de sobreviver, mas aos olhos de Joutaro sua imagem era a de um homem em busca da morte.

— Você não pode morrer, mestre! Por favor, não morra!— gritava o menino, tentando fazer-se ouvir sobre o rugido da cachoeira. Sem o perceber, ele tinha entrelaçado com firmeza os dedos da mão do mesmo modo que seu mestre, como se procurasse partilhar da sua dor. Lançou um rápido olhar ao paredão da outra margem e se assustou: Otsu, que até pouco tempo atrás estivera agarrada aos arbustos da trilha, havia desaparecido.

VI

— Não é possível! Até ela…? — gritou Joutaro, desnorteado e triste, procurando-a instintivamente no meio da espuma branca do poço da cascata.

O menino tinha concluído que Musashi, por motivos que não atinava, decidira morrer no poço da cascata e que, ao ver isso, Otsu resolvera também lançar-se nessas mesmas águas e terminar seus dias.

Logo, porém, deu-se conta de que se precipitara. Pois nas costas de Musashi, ainda castigadas pela cachoeira que desabava de quase quinze metros de altura, começava a surgir aos poucos uma impressionante força, uma energia juvenil que aos poucos se espalhou por todo o corpo. Aquela não era a imagem de alguém à espera da morte, como a do velho monge do templo de Shiga, imóvel nos arredores do palácio de sua amada. Longe de procurar a morte, percebeu Joutaro vagamente, a imagem do seu mestre era a de um homem em busca de força para erguer-se do fundo de um poço lodoso, alma lavada e convicções renovadas.

Como prova, a voz inalterada de seu mestre lhe chegou aos ouvidos no momento seguinte: ele parecia ora recitar um sutra, ora repreender-se asperamente.

O sol da tarde abriu caminho por um dos cantos do penhasco e incidiu sobre o poço. No mesmo instante, centenas de pequenos arcos-íris explodiram sobre os musculosos ombros de Musashi, o maior deles estendendo-se bem acima do paredão da cascata e lançando uma ponte para o céu.

— Otsu-saaan! — chamou Joutaro, vadeando a forte correnteza como um peixe na piracema, saltando de rocha em rocha para alcançar a margem oposta.

"Pensando bem, Otsu-san parece tranquila. E nesse caso, não tenho por que me preocupar: ela conhece muito bem a alma do meu mestre."

Alcançou o topo do penhasco e o trecho próximo ao quiosque, onde haviam inicialmente chegado. A vaca tinha conseguido desamarrar-se, e arrastando a rédea, comia a relva próxima.

Lançou um olhar casual na direção da choupana e entreviu sob o beiral a beira do *obi* de Otsu. Intrigado, o menino aproximou-se pé ante pé. Ali estava Otsu: sem saber que era observada, a jovem apertava de encontro ao peito as roupas e o par de espadas de Musashi, e chorava amargamente.

— ...?

"Outra que não consigo compreender!", parecia pensar Joutaro contemplando o quadro em silêncio, tocando os próprios lábios com os dedos. Seu rosto contorceu-se ante a visão dos inusitados objetos que a jovem apertava contra o seio. Seu jeito de chorar era também diferente do que se habituara a ver. Apesar da pouca idade, Joutaro percebeu que algo incomum tinha acontecido, pois afastou-se para perto da vaca sem lhe dirigir a palavra.

Deitado no meio das flores-do-campo, o animal banhava-se ao sol da tarde piscando os olhos remelentos.

— Se continuarmos nesse passo, quando é que a gente chega à cidade de Edo...? — resmungou Joutaro, deitando-se inconformado ao lado da vaca.

O CÉU

O SANTO FUGEN

I

Na estrada de Kiso ainda havia neve por toda a parte.

Os traços brancos semelhantes a lâminas de espadas que partem das reentrâncias do distante pico Komagatake são pregas cheias de neve. Mais além, a montanha Ontake mostra sua superfície coberta de neve e coalhada de árvores repletas de brotos avermelhados.

Nas lavouras e na estrada, porém, o verde claro começa a imperar. A estação favorece o crescimento de toda a fauna, e a relva cresce vigorosa apesar de pisoteada repetidas vezes.

O estômago do pequeno Joutaro, particularmente, reclamava com insistência o direito de alimentar o corpo, que parecia nos últimos tempos crescer com a mesma velocidade dos seus cabelos, permitindo entrever o robusto homem em que se transformaria no futuro.

O menino se vira lançado no turbilhão da vida mal tomara consciência dela e das coisas ao redor, e o homem que o salvara era um nômade. De jornada em jornada viera acumulando amargas experiências que o tinham amadurecido precocemente, e nos últimos tempos andava tão impertinente que Otsu sentira muitas vezes vontade de chorar.

"Como foi que fui me envolver com este menino?", chegava a jovem a suspirar às vezes, lançando-lhe um olhar carregado de censura.

Mas olhares não surtiam efeito sobre Joutaro, pois ele sabia, com toda a segurança, que apesar de tudo Otsu o amava.

A petulância que lhe vinha dessa certeza associada à estação e ao insaciável estômago faziam Joutaro estacar como uma mula toda vez que entrevia uma barraca de comida à beira da estrada.

— Otsu-san, me compre essas bolachas! Eu quero, eu quero!

Ao passar havia pouco pelas estalagens de Suhara, Otsu, vencida pelo cansaço, acabara comprando as bolachas Kanehira — assim chamadas em homenagem a Imai Kanehira, o xogum de Kiso —, expostas em alpendres de lojas nas proximidades das ruínas de um antigo forte.

— É a última vez, ouviu bem, Joutaro?— frisara Otsu ao comprá-las.

Desde então não haviam ainda percorrido dois quilômetros, mas o garoto já havia comido todas elas e começava a mostrar sinais de querer mais.

Pela manhã, os dois tinham almoçado mais cedo numa casa de chá perto das estalagens da posta. E agora, mal haviam vencido um desfiladeiro e atingido a altura de Agematsu, Joutaro já começava a insinuar:

— Olhe lá, Otsu-san, uma barraca vendendo caquis secos! Não quer experimentar alguns?

Otsu fez que não ouviu, seu rosto permanecendo tão impassível quanto o da vaca sobre cujo dorso andava. Desencorajado, Joutaro deixou passar as barracas de caquis. Momentos depois, porém, ao se aproximarem de Fukushima, a mais próspera cidade de Kiso, começou a insistir uma vez mais, já que a hora do lanche se aproximava e a fome apertava:

— Vamos parar um pouco, Otsu-san...? Hein? Hein?

Quando a voz do menino adquiria esse tom anasalado e insistente, nada mais o fazia andar.

— Quero comer esses doces de arroz! Venha, Otsu-san, desça da montaria e vamos comer! Você vem ou não?

Já não era um pedido, era uma ameaça. E uma vez que as rédeas da vaca estavam nas mãos de Joutaro pregado ao chão na frente da loja, Otsu não podia prosseguir sozinha, por mais que se exasperasse.

— Pare com isso imediatamente! — disse a jovem, dardejando o olhar irado de cima da montaria que parecia estar em conluio com o menino e lambia a rua posta em sossego. — Muito bem, se vai continuar a me atormentar desse jeito, vou alcançar Musashi-sama, que vai logo adiante, e me queixar de você — ameaçou, fingindo-se disposta a desmontar.

Joutaro, contudo, apenas sorria e olhava, sem esboçar nenhum gesto para detê-la.

II

— E então, que resolve? — perguntou o menino, maldoso. Tinha certeza absoluta de que Otsu jamais o denunciaria a Musashi.

A jovem, que acabara realmente descendo do lombo da vaca, entrou a contragosto na casa de doces:

— Coma de uma vez!— disse.

Joutaro gritou com vivacidade:

— Tia, me dê dois pratos de *mochi*! —, e só depois foi atar a montaria ao mourão além do alpendre.

— E quem lhe disse que eu também quero? — interveio Otsu.

— Por que não, Otsu-san?

— Excesso de comida no estômago embota o cérebro, sabia?

— Nesse caso, coma a sua parte também!

— Ai, que menino impossível!

Mas a essa altura, Joutaro já tinha a atenção voltada para os pratos do doce e não ouvia mais nada. A enorme espada de madeira espetava-lhe as costelas e talvez o impedisse de apreciar devidamente o seu lanche, pois a certa altura, empurrou-a para as costas, continuando a mastigar ruidosamente enquanto examinava a rua.

— Pare de se distrair olhando a rua e coma de uma vez!— ordenou-lhe Otsu.

— Ué...! — exclamou ele de súbito, empurrando para dentro da boca um resto de doce. Disparou a seguir para fora e com as mãos em pala sobre os olhos, ficou observando alguma coisa distante.

— Já podemos ir? — indagou Otsu, separando alguns trocados e preparando-se para sair também. O menino porém a empurrou de volta para baixo do alpendre, dizendo:

— Espere aqui um pouco mais, Otsu-san!

— Não me diga que ainda está com fome depois de tudo que comeu?

— Nada disso! É que acabo de ver Matahachi indo para lá.

— Mentira! — replicou Otsu, descrente. — Por que haveria ele de estar andando por aqui?

— Sei lá! Mas que ele passou, passou! Estava com um sombreiro e ficou nos observando um bom tempo. Você não reparou?

— Está falando a verdade?

— Se pensa que minto, corro atrás dele e o chamo. Quer?

Chamá-lo estava fora de cogitação: só de ouvir o nome Matahachi, Otsu tinha empalidecido visivelmente e ameaçava ter uma recaída.

— Calma, não se preocupe tanto. Se ele tentar alguma coisa, corro adiante e aviso Musashi-sama.

Mas a distância entre eles e Musashi, que seguia sozinho alguns quilômetros à frente, só aumentaria se continuassem ali parados com medo de Matahachi.

Otsu tornou a montar. Uma notícia assustadora como a que acabara de ouvir deixava-lhe o coração disparado por muito tempo: afinal, ela ainda convalescia.

— Uma coisa me intriga, Otsu-san — disse de repente o menino, voltando o olhar para Otsu, que seguia cabisbaixa sobre a montaria. — Como é que viemos os três conversando animadamente até o topo da cachoeira, no desfiladeiro Magome e, de repente, de lá para cá, você e meu mestre pararam de se falar? O que aconteceu entre vocês dois?

Como Otsu não lhe respondesse, o menino prosseguiu:

— Que houve, Otsu-san? Vocês andam agora separados pela estrada, não dormimos mais todos juntos no mesmo aposento nas estalagens... Brigaram, por acaso?

III

"Joutaro e suas perguntas inconvenientes", pensou Otsu.

Se não a atormentava pedindo guloseimas a todo instante, importunava-a com sua incessante curiosidade de menino precoce. Como se não bastasse, vivia sondando-a, especulando sobre o que acontecia entre Otsu e Musashi, troçando dos dois.

"A petulância deste pirralho!", pensou consigo Otsu. Não tinha vontade alguma de responder com franqueza à pergunta que tocava um ponto sensível em seu coração.

A viagem no lombo da vaca tinha sido benéfica para sua saúde, favorecendo-lhe a recuperação, mas problemas muito maiores que sua enfermidade continuavam não resolvidos.

No escuro poço da Cachoeira dos Casados, em Magome, a voz chorosa de Otsu e a raivosa resposta de Musashi continuariam a ecoar em meio ao troar da cascata por cem, ou até por mil anos, proclamando o descompasso desses dois corações até o dia em que enfim conseguissem entender-se.

E de cada vez que pensava naquele dia, as palavras que haviam trocado tornavam a soar em seus ouvidos.

"Por quê?", perguntava-se a jovem. Por que rechaçara com tanta força o franco, violento desejo manifestado por Musashi, por quê? Por quê?

Arrependimento e vontade de compreender alternavam-se em seu íntimo. "Todos os homens agiriam desse modo com as mulheres que amam?", perguntava-se, sentindo-se triste e deprimida. O puro regato do amor que por longos anos murmurara em seu peito, tinha passado por uma transformação desde aquele momento, e rugia agora, violento e enlouquecido como a cascata.

Sobretudo, não conseguia compreender a própria reação contraditória: depois de ter repelido o forte abraço de Musashi e fugido, por que continuava a segui-lo agora, por que procurava não perdê-lo de vista?

Depois do incidente, a relação entre os dois nunca mais voltara a ser a mesma. Já não se falavam, e não caminhavam juntos pela estrada.

Apesar de tudo, Musashi, que seguia sozinho na frente, ajustava os passos à andadura da montaria, ao que parecia mantendo a promessa de entrarem juntos na cidade de Edo, nunca deixando de esperar por Otsu nalgum ponto da estrada a cada vez que as exigências de Joutaro atrasavam o ritmo da sua marcha.

Deixando para trás a cidade de Fukushima e contornando o muro do templo Kozenji, tinham chegado a uma longa ladeira, no topo da qual eram visíveis as cancelas de um posto de inspeção. Otsu ouvira dizer que depois da batalha de Sekigahara, oficiais em todos os postos investigavam com maior rigor sobretudo *rounin* e mulheres, mas o salvo-conduto expedido em seu nome pela casa Karasumaru lhe foi útil uma vez mais, possibilitando-lhe transpor os portões sem demora. Sacudida no lombo do animal, Otsu desfilou ante os olhares admirados dos viajantes que descansavam nas casas de chá estabelecidas nos dois lados da rua. De repente, Joutaro perguntou:

— Quem é Fugen, Otsu-san? Quando passamos há pouco pelos viajantes e monges que descansavam nas casas de chá, as pessoas apontaram para você e disseram: "É a imagem de Fugen[1], mas no lombo de um boi!"

— Eles deviam estar se referindo ao *bodhisattva* Fugen.

— Ah, ao santo Fugen! Nesse caso, eu sou o *bodhisattva* Monju, porque esses dois santos são sempre representados um ao lado do outro.

— Um santo guloso?

— Um par à altura do santo chorão!

— Vai começar de novo! — reclamou Otsu, enrubescendo.

— Por que é que eles sempre andam juntos, hein, Otsu-san? Afinal, são dois homens, não formam um casal...

Otsu, que tinha sido criada num templo, conhecia a história dos dois *bodhissatvas*, mas temendo a persistente curiosidade de Joutaro, explicou com simplicidade:

— Monju é a representação da intelectualidade, e Fugen, da prática religiosa.

No instante em que terminou de falar, um homem que se tinha aproximado do rabo da montaria como uma mosca incômoda interpelou-os com voz raivosa:

— Ei!

Era Hon'i-den Matahachi, que havia pouco Joutaro dissera ter vislumbrado nas proximidades de Fukushima.

IV

Matahachi com certeza tinha estado de tocaia nalgum lugar.

"Covarde!", pensou Otsu, incapaz de conter o desprezo mal pôs os olhos nele.

Ao vê-la de perto, Matahachi, por sua vez, sentiu que amor e ódio turbilhonavam alternadamente em suas artérias. Crispou o cenho, ameaçador, parecendo ter perdido o bom senso por completo.

---

1. No original, *Fugen bosatsu* (*Samantabhadra*, sânscr.): santo eleito de Buda, está sempre ao seu lado esquerdo cavalgando um elefante branco e encarna a ação tranquila, a compaixão e a sabedoria profunda. Monju (*Manjushri*, sânscr.) monta um leão representado sempre à esquerda de Buda, empunhando uma espada de diamante. Monju representa o *satori*, isto é, a compreensão súbita da unidade de toda existência.

Contribuía para isso o fato de ter visto Musashi e Otsu andando lado a lado pela estrada. Mais tarde, observara que continuavam viagem sem se falar mais, ambos contidos em rígido silêncio. O ódio, alimentado por suspeitas infundadas, levou-o a acreditar que assim agiam para manter as aparências, mas que na intimidade... ah! O que não estariam os dois fazendo!

— Desmonte! — gritou em tom de ordem para Otsu, que permanecia cabisbaixa sobre a montaria, sem saber como revidar.

Matahachi não significava mais nada para ela. Muitos anos atrás, ele tinha desfeito o noivado unilateralmente. Como se não bastasse, ele a perseguira em dias recentes com uma espada na mão pelo vale do templo Kiyomizudera, apavorando-a e quase coseguindo matá-la.

"Que quer você comigo a esta altura?" — seria a única resposta possível, caso se desse ao trabalho de replicar. Repulsa e desprezo surgiram cada vez mais nítidos no olhar de Otsu, ainda silenciosa.

— Desça, estou mandando! — gritou Matahachi pela segunda vez.

Aparentemente, os Hon'i-den, mãe e filho, persistiam no hábito de ditar-lhe ordens, como nos velhos tempos em que moravam na aldeia natal, uma atitude que Otsu considerou descabida nessas circunstâncias, revoltante.

— Que deseja? Não estou vendo necessidade alguma de desmontar.

— Quê?! — berrou Matahachi, aproximando-se e agarrando-a pela barra do quimono. — Você talvez não veja, mas eu sim, e muita!— tornou, tentando intimidá-la com seus berros, sem se importar com o fato de que estavam no meio da estrada.

Joutaro, que até então contemplava a discussão em silêncio, largou nesse instante as rédeas da montaria.

— Por que insiste? Ela já disse que não quer desmontar! — interveio, berrando tão alto quanto Matahachi. Sem se contentar com isso, esticou o braço e deu-lhe um violento empurrão no peito.

— Ora, ora! O pirralho pensa que é gente! — replicou Matahachi, ajeitando a sandália que, ao cambalear, quase lhe escapara do pé. Voltou-se a seguir com expressão ameaçadora na direção do menino, que se encolheu. — Sabia que tinha visto esta meleca de gente nalgum lugar! Você é o fedelho que trabalhava numa taberna de Kitano!

— Grande coisa! Pelo menos eu não vivia como você, encolhido pelos cantos da estalagem Yomogi, levando bronca de uma megera chamada Okoo!

Matahachi acusou o golpe: a resposta o atingira no ponto mais sensível, principalmente porque estava na presença de Otsu.

— Pilantra! Meleguinha nojenta! — esbravejou. Avançou então contra Joutaro, que escapuliu para o outro lado da vaca passando debaixo do seu nariz.

— Se eu sou meleca, que é você? No mínimo um ranho verde escorrendo do nariz! — zombou.

O rosto contorcido de Matahachi indicou que o menino passara dos limites. Tentou alcançá-lo diversas vezes, mas Joutaro escapulia a cada tentativa passando por baixo da barriga da vaca.

— Repita o que disse! — urrou Matahachi, agarrando-o afinal pela gola.

— Quantas vezes quiser! — replicou Joutaro. E quando conseguiu puxar a meio a longa espada de madeira, viu-se lançado como um gatinho para dentro de uma macega à beira-estrada.

V

A macega ocultava uma canaleta de irrigação. Escorregando e chapinhando na água como uma enguia, Joutaro a custo conseguiu voltar para a estrada.

— Ora essa...! — exclamou examinando em torno, pois a vaca, sacudindo o pesado corpo, já corria longe, ainda levando Otsu no seu lombo.

E o homem que empunhava a rédea e fustigava o animal com a ponta solta, correndo no meio de uma nuvem de poeira só podia ser Matahachi.

— M...maldito!

O sangue subiu-lhe num átimo à cabeça: a segurança de Otsu era sua responsabilidade. Juntou portanto toda a coragem que lhe restava e disparou no encalço de Matahachi, esquecendo-se por completo de compor uma estratégia.

No céu, a nuvem semelhante a uma longa faixa branca devia estar-se deslocando, mas da terra, seu movimento era imperceptível.

O esplêndido pico Komagatake mostrava a cabeça acima dessa nuvem e parecia estar mandando uma mensagem ao homem parado sobre uma das muitas colinas em torno de sua vasta base.

"Em que pensava eu ainda agora?" perguntou-se Musashi, voltando a si de suas divagações e considerando-se objetivamente.

Os olhos contemplavam a montanha, mas o espírito andava longe, sempre às voltas com Otsu.

Ele não tinha sido capaz de compreender ainda. Por mais que pensasse, não conseguia perceber o que se passava no espírito de uma jovem mulher.

Em pouco tempo sentia-se dominado pela raiva. Que mal havia em tê-la procurado francamente? Afinal, não tinha sido ela mesma a responsável pela paixão que o devastara? Ele apenas mostrara com franqueza a verdadeira face da sua paixão. Contra toda a sua expectativa, recebera como resposta um empurrão: Otsu o tinha rejeitado e fugira como se ele fosse um ser totalmente desprezível.

Humilhação, vergonha, amargura de macho recusado — lançando-se no poço da cascata, Musashi pretendera ter lavado todos esses sentimentos impuros que lhe perturbavam o espírito. Com o passar dos dias, porém, um novo delírio tomava conta dele. Quantas e quantas vezes rira da própria insensatez e ordenara a si mesmo: "Esqueça tudo que se relaciona com mulheres e siga seu caminho!" Mas isso não era uma solução, era uma desculpa para disfarçar a própria estupidez.

Tinha partido de Kyoto com Otsu dando a entender que queria vê-la prosseguir seus estudos quando chegassem a Edo, enquanto ele próprio se empenhava em alcançar os seus objetivos, deixando também implícita a promessa de um futuro a dois. E agora, Musashi não achava correto abandoná-la no meio do caminho: ele sentia sobre si o peso dessa responsabilidade.

"E agora, como será o nosso futuro? Que será da minha carreira como espadachim?" perguntava-se contemplando a montanha, mordendo os lábios. A percepção da própria insignificância o envergonhou tornando-lhe penoso até mesmo encarar a imensidão da montanha Komagatake.

— Como demoram! — resmungou, sem conseguir conter a impaciência e erguendo-se de súbito.

Otsu e Joutaro há muito deveriam tê-lo alcançado.

Pela manhã, haviam combinado que nessa noite parariam em Yabuhara. O sol, porém, já começava a descambar, e não tinham nem sequer se aproximado de Miyakoshi...

De cima da colina, Musashi conseguia avistar até um bosque a quase quarenta quilômetros de distância, mas não viu nem sombra dos dois nas vizinhanças.

"Talvez estejam tendo algum contratempo no posto de inspeção..."

Embora tivesse até cogitado em abandoná-los, o jovem não conseguiu prosseguir nem mais um passo, mal percebeu que se desgarrara dos dois.

Desceu a colina correndo. Espantados, cavalos campineiros criados em liberdade pela população camponesa local dispersaram-se galopando para os quatro cantos da campina banhada pelos raios do sol poente.

— Senhor, senhor samurai! O senhor não andava em companhia de uma moça montada numa vaca? — perguntou um andarilho aproximando-se, mal Musashi alcançou a estrada.

— Que foi? Aconteceu alguma coisa a ela? — perguntou ele de volta antes mesmo de ouvir a explicação do estranho, movido por um estranho pressentimento.

O GUERREIRO DE KISO

I

Hon'i-den Matahachi fora visto por diversos transeuntes raptando Otsu, fustigando a vaca com a ponta da rédea e desaparecendo em seguida. A notícia foi divulgada de boca em boca, transformando-se na mais recente novidade daquela estrada.

Aparentemente, o único a desconhecer o episódio era Musashi, que tinha permanecido muito tempo na colina, longe da estrada.

O jovem retornou às pressas pelo caminho percorrido, mas quase duas horas já se tinham passado desde o acontecimento. Talvez ele não chegasse a tempo, caso Otsu estivesse em situação crítica.

— Estalajadeiro!

Os portões do posto de inspeção fechavam às seis horas. No mesmo horário, o dono da casa de chá empilhava os bancos encerrando o expediente e voltou-se para o homem que o interpelava às costas em tom urgente.

— Esqueceu algo em minha casa, senhor? — indagou.

— Não! Estou à procura de uma jovem e de um menino que devem ter passado por aqui há cerca de duas horas.

— Ah, fala de uma jovem montada numa vaca, lembrando o santo peregrino Fugen...

— Dela mesmo! Ouvi dizer que um homem com aparência de *rounin* a levou contra a vontade. Você não saberá dizer-me para onde foram?

— Não que eu tenha presenciado a cena, mas dizem os boatos que o homem dobrou para uma estrada secundária a partir do marco em frente à minha casa e disparou na direção do lago Nobu-no-ike, sem sequer voltar-se uma única vez.

Musashi já voava na direção apontada pelo homem, seu vulto dissolvendo-se aos poucos na semiescuridão do entardecer.

Por mais que especulasse com base nos boatos colhidos na estrada, o jovem não conseguia entender quem ou para quê alguém raptaria Otsu.

Nem sequer lhe passava pela cabeça a ideia de que o raptor era Matahachi, que ficara de alcançá-los na estrada ou encontrá-los na cidade de Edo, conforme combinado na casa de chá de um desfiladeiro, quando o encontrara a caminho de Outsu. Na ocasião, haviam-se dado as mãos, reatando a velha amizade, prometendo-se mutuamente esquecer o passado.

"Volte a ter uma vida séria e realize seus velhos sonhos!", incentivara Musashi nessa ocasião, ao que Matahachi, feliz a ponto de chorar, havia respondido: "Vou estudar de novo! Ajude-me, Musashi, como a um irmão!"

E como haveria Musashi imaginar que esse mesmo Matahachi seria capaz de tamanha maldade?

Desconfiava, isto sim, que Otsu tinha sido raptada por um dos muitos *rounin* mal-intencionados que pululavam em toda parte, samurais que não conseguiam mais emprego num país sem guerras e que acabavam por engrossar o bando dos andarilhos nômades. Ou senão, por um dos muitos punguistas ou traficantes de escravos disfarçados de viajantes, sempre à espreita de incautos nas estradas em tempos de guerra ou de paz, ou ainda, dos ferozes bandoleiros dessas paragens.

Para Musashi, o criminoso só podia ser um deles. A indicação era vaga demais, mas correu na direção do lago Nobu-no-ike mencionado por seu informante. A noite, porém, o pegou muito antes de lá chegar. Contrastando com o límpido céu iluminado por uma multidão de estrelas, a escuridão na terra era intensa, impedindo-o de enxergar trinta centímetros além do nariz.

Para começar, parecia-lhe que não conseguiria sequer encontrar o lago indicado, pois tinha começado a reparar que o terreno junto às plantações, lavouras e bosques, assim como a própria estrada, começavam a mostrar sinais de entrar em suave aclive, indicando que ele deveria estar andando nesse momento nos campos ao pé do monte Komagatake.

"Devo ter errado o caminho...", pensou, parando por instantes.

Perdido, contemplou a vasta área escura ao redor quando avistou o clarão avermelhado de uma fogueira ou de um braseiro. A luz vinha de uma casa de camponeses cercada por um cinturão de árvores, ao pé da vasta montanha.

Ao aproximar-se e espiar, Musashi descobriu à luz que coava da cozinha da casa, o vulto familiar da vaca, amarrada do lado de fora da casa, sã e salva, mugindo. Não havia nem sombra de Otsu.

II

"Achei-a!" pensou Musashi, aliviado.

Se a vaca que Otsu cavalgava encontrava-se amarrada do lado de fora da casa, dentro dela deveria estar Otsu, não tinha dúvidas.

Contudo...

A quem pertenceria essa casa protegida do vento pelo cinturão de árvores? Musashi parou um instante e repensou no que faria a seguir, já que uma intervenção extemporânea de sua parte poderia fazer com que Otsu fosse mais uma vez levada para longe dele.

Assim sendo, permaneceu momentaneamente em silêncio e espreitou o interior da casa. Nesse instante, alguém disse:

— Mãe! Chega de trabalhar por hoje. Você vive reclamando que está ficando cega, mas teima em continuar trabalhando nessa escuridão...

A voz, absurdamente alta, provinha de um dos cantos escuros da casa onde havia lenha e palha em desordem.

Enquanto vigiava atentamente o próximo movimento do indivíduo invisível, Musashi percebeu que o clarão vermelho provinha de um aposento anexo à cozinha. E era de lá, ou de um aposento separado por um *shoji* cerrado, que provinha o vago ruído de uma roda de fiar.

Porém, o fato de que o ruído logo cessou parecia indicar que a mãe, atendendo à ordem gritada com espantosa arrogância pelo filho, havia posto de lado seu trabalho e passado a arrumar a sala.

O filho, que se movia no pequeno quarto do canto, saiu de lá momentos depois e, fechando a porta, disse:

— Vou lavar os pés. Veja se apronta a comida até a hora em que eu voltar. Ouviu, mãe?

Levou as sandálias na mão e sentou-se numa pedra à beira de uma canaleta por onde corria a água. Enquanto lavava os pés, a vaca malhada esticou o focinho sobre os ombros do homem, que lhe alisou as narinas. Voltou-se então uma vez mais para a mulher silenciosa no interior da casa e berrou.

— Mãe! Quando tiver um tempo livre, venha cá fora para ver: seu filho acabou encontrando um belo presente. Adivinhe o quê! Aposto que você não consegue! Uma vaca, uma linda vaca! Ela vai nos ser muito útil na lavoura, além de nos dar leite!

Se nesse instante Musashi tivesse permanecido um pouco mais no local, teria compreendido o sentido exato dessas palavras e avaliado corretamente o caráter do estranho, evitando assim o conflito que se seguiu. Mas certo de que tinha apreendido de um modo geral as circunstâncias, ele já dava a volta à casa bufando de ódio.

A casa era grande demais para ser de lavradores, e antiga, pelo que se depreendia do tipo de estrutura. No entanto, não havia nem sombra de arrendatários ou de vultos femininos. O fungo apodrecia o colmo do telhado, dando a perceber que seus habitantes não tinham recursos até para pagar a reforma da cobertura.

Havia uma pequena janela lateral iluminada. Musashi subiu numa pedra e espreitou o interior do corpo da casa.

O que primeiro feriu seu olhar foi uma espada *naginata* pendendo de uma viga escura. O objeto era incomum numa sala de visitas. A arma, lustrosa por anos de uso, devia ser preciosa, e pertencera, ao que lhe parecia, a algum guerreiro ilustre. No macio couro da bainha restavam ainda vagamente visíveis os contornos em ouro de um emblema familiar.

"Que significaria isso?", perguntou-se Musashi, cada vez mais desconfiado.

Tinha visto de relance o rosto do homem que havia pouco saíra do interior do casebre a um canto da casa para lavar os pés e havia percebido algo inusitado em seu olhar.

O estranho aparentava simplicidade com seu quimono de lavrador curto que lhe vinha só até o meio das canelas, suas perneiras sujas de barro e sua espada rústica metida na cintura, mas o rosto arredondado, os cabelos revoltos amarrados no topo da cabeça com tanta firmeza que lhe repuxava os cantos dos olhos, o peito volumoso demais para um corpo de apenas cerca de um metro e sessenta de altura, os movimentos equilibrados dos quadris e pernas tinham impressionado Musashi e levantado suas suspeitas.

Confirmando-as, ali estava, na sala de estar da casa, uma *naginata*, objeto que lavrador algum devia possuir. No aposento forrado de esteiras não havia ninguém e no interior de um grande braseiro apenas a lenha queimava vivamente, a fumaça flutuando na direção da única janela aberta.

— Uff...! — tossiu Musashi tapando a boca com a manga, tentando conter-se e sufocando cada vez mais.

— Quem está ai?— disse no mesmo instante alguém, provavelmente a idosa mãe. Sua voz partia da cozinha. Musashi agachou-se debaixo da janela, mas a mesma voz tornou, agora da sala do braseiro:

— Gonnosuke! Você fechou a porta do casebre? Acho que um ladrão de painço está de novo rondando a casa. Eu o ouvi espirrando nalgum lugar. Vá ver.

III

"Que venha!", pensou Musashi. "Primeiro, capturo essa fera em forma humana e depois faço-o dizer-me onde escondeu Otsu!"

Além desse jovem de aparência destemida — o filho da mulher, ao que tudo indicava — era provável que houvesse ainda dois ou três homens dentro da casa e que prontamente acudiriam numa emergência. Musashi decidiu: bastava dominar o filho, que os demais não haveriam de representar problema.

Quando ouviu a voz da mulher gritando pelo filho, Musashi afastou-se da janela e se ocultou no arvoredo em torno da casa.

Logo, o filho a quem a velha chamara Gonnosuke surgiu correndo do fundo da casa.

— Onde está ele? — gritou. Parou sob a janela e tornou a gritar: — O que foi que você viu, mãe?

O vulto da mulher surgiu na janela:

— Acabei de ouvir alguém tossindo desse lado.

— Aposto que se enganou. Ultimamente você não anda boa nem da vista, nem do ouvido...

— Nada disso! Estou certa de que alguém nos espreitava pela janela. E esse alguém acabou se sufocando com a fumaça.

— Hum...

Gonnosuke andou dez, vinte passos, como uma sentinela guardando o forte.

— Acho que estou sentindo cheiro de gente estranha — sussurrou.

Musashi não saiu do seu esconderijo. A razão disso estava no olhar brilhante de Gonnosuke, visível em meio à escuridão, um olhar mortal, assassino.

Além disso, suspeitou da postura do homem — algo indefinível que começava na ponta dos seus pés e ia até a altura do peito. Disposto a verificar com que armas lutava o estranho, Musashi continuou a observá-lo fixamente enquanto ele percorria a área próxima. E logo foi recompensado, pois descobriu que o homem escondia na mão direita a ponta de um bastão de quase 120 centímetros. O corpo do bastão ocultava-se sob sua axila e a outra extremidade emergia às suas costas.

O bastão não era nenhuma trava de porta ou rolo de massa, apanhado às pressas, de improviso, mas uma arma real, com o lustro próprio de uma ferramenta de guerra. Como se não bastasse, aos olhos de Musashi os dois elementos — bastão e seu portador — compunham uma única unidade inseparável, denunciando a intimidade do homem com a arma e a sua íntima convivência no cotidiano.

— Quem está aí?

De repente, o bastão silvou e disparou das costas de Gonnosuke para a frente. Musashi pareceu ter sido deslocado pelo zumbido da arma, e parou num ponto pouco além daquele visado pela ponta do bastão, ligeiramente deslocado para um lado.

— Vim recuperar meus companheiros de viagem — disse.

Ao notar, porém, que seu adversário apenas continuava a fitá-lo com ferocidade, tornou a dizer:

— Devolva-me a jovem e o menino que raptou na estrada. Se você me entregar os dois sãos e salvos e se desculpar pelo que fez, eu o perdoarei. Mas se você os feriu, vai-se haver comigo!

Um vento frio vindo dos vales nevados do monte Komagatake, bem diferente da brisa morna da cidade, soprava de vez em quando gelando a área.

— Devolva-os! Traga-os aqui!

Esta já era a terceira vez que os reivindicava.

Ao ouvir a ordem, mais cortante que o vento dos vales nevados, os cabelos de Gonnosuke — cujo olhar até então não desgrudara um segundo sequer do seu adversário — arrepiaram-se como os de um porco-espinho enfurecido.

— Está me chamando de sequestrador, bosta-de-cavalo?

— Você os sequestrou, na certa pensando que eram apenas dois seres indefesos andando sozinhos pelas estradas! Traga-os aqui! Agora!

— Que...quê?

O bastão de quase 120 centímetros destacou-se de chofre do corpo de Gonnosuke. A arma era a mão, ou a mão era a arma? A velocidade com que se moviam era espantosa, impossível de ser acompanhada com o olhar.

IV

A força física do homem era espantosa, e sua habilidade provinha de longa prática: Musashi não teve outro recurso senão desviar-se dos golpes.

— Vai se arrepender disso! — gritou como advertência, saltando para trás alguns passos.

Mas o misterioso manejador do bastão berrou de volta:

— Não me faça rir!

Sem dar um segundo de trégua, o homem adiantava-se dez passos se Musashi recuava dez passos, aproximava-se cinco se Musashi desviava outros cinco.

Por duas vezes Musashi tentou levar a mão ao cabo da espada na fração de segundo em que conseguia afastar-se do adversário, mas em ambas as vezes sentiu que correria sério risco e desistiu.

E por quê? Porque mesmo durante o ínfimo tempo em que sua mão repousaria no cabo da espada, seu cotovelo ficaria exposto e constituiria um alvo desguardado. Musashi podia sentir ou não essa sensação de perigo, dependendo do adversário. No caso, o bastão do inimigo à sua frente avançava contra ele zunindo com incrível rapidez, excedendo a velocidade que se preparara espiritualmente para enfrentar. E se, ferido em seus brios, resolvesse reagir afoitamente, menosprezando o adversário e classificando-o no grupo dos lavradores insolentes, era naturalmente previsível que tombaria atingido por um certeiro golpe do bastão. Sobretudo, a impaciência gerada por essa situação repercutiria no ritmo da respiração, e a guarda se abriria de modo incontrolável.

Além de tudo, outro motivo ainda houve que o levou a agir com precaução: por instantes, Musashi sentiu-se perdido, sem saber como classificar esse estranho chamado Gonnosuke.

Havia método na maneira com que o enigmático homem brandia seu bastão, e em seus passos, assim como em seu corpo, havia um ar de segurança indestrutível. O espírito combativo dos que trilham o caminho das artes marciais — o mesmo espírito que o próprio Musashi buscava incessante — fulgurava no corpo desse lavrador sujo de terra, desde as pontas das unhas dos pés até o topo de sua cabeça, e de um modo tão intenso como o jovem não se lembrava de ter visto em nenhum dos guerreiros contra os quais até hoje se batera.

Assim explicado, o leitor talvez tenha a impressão de que tanto Musashi como Gonnosuke tinham tempo suficiente para avaliar com calma um ao outro e se preparar de acordo. Na realidade, porém, os movimentos sucediam-se um após o outro em frações de segundo, em especial os do bastão de Gonnosuke que, em meio a tudo, não parava sequer o tempo necessário para piscar um olho.

O estranho homem intercalava gritos e *kiai* com respirações arfantes e saltos súbitos, insultando com expressões do calão provinciano toda vez que renovava o ataque e seu bastão zumbia:

— Bosta maldita!

— Leproso nojento!

Quanto ao bastão, o homem não só o usava para golpear de cima para baixo, como também com ele ceifava lateralmente, dava estocadas, ou ainda girava-o como um moinho, manipulando-o às vezes com uma única mão, outras com ambas.

A espada é composta de duas partes distintas, cabo e lâmina, esta última constituindo a única parte útil da arma. O bastão, ao contrário, possibilita o uso de suas duas pontas tanto como lâmina ou como ponta de lança. Anos de dedicação ocultavam-se por trás do completo domínio que Gonnosuke tinha sobre o bastão: em suas mãos, a arma dava a impressão de esticar ou encolher, como caramelo nas mãos de um baleiro.

— Gon! Muita atenção! Esse samurai não é um homem comum! — berrou nesse instante a velha mãe da janela da casa, por certo sentindo de súbito o mesmo que Musashi percebia no seu adversário.

— Deixe-o comigo, mãe! — gritou Gon de volta. Ciente de que a mãe o observava da janela, o homem tornou-se ainda mais agressivo. Mas nesse instante, Musashi desviou-se de um sibilante golpe desfechado contra seu ombro, conseguiu aproximar-se pela brecha aberta em sua guarda e agarrou-lhe o antebraço. Ato contínuo, o corpo do homem a quem a velha mãe chamara de Gon foi ao solo com um estrondo, como uma rocha lançada com força, costas batendo contra o solo e pernas apontando as estrelas céu.

— Espere, *rounin*!

O berro estentórico da velha mãe, que via o próprio filho correndo risco de morte, varou a treliça da janela e alcançou Musashi. A fúria oculta no grito o fez vacilar.

V

Num relance, Musashi notou que os cabelos da anciã estavam todos eriçados: era uma reação compreensível de mãe.

Aparentemente, a velha nunca esperara ver o filho lançado por terra. Ela sabia que, depois de derrubar Gon, a mão de Musashi iria num átimo para o cabo da espada e, num único movimento, extrairia a arma e com ela golpearia frontalmente o filho, que nesse instante estaria tentando saltar em pé.

Contrariando sua negra previsão, porém, a mulher ouviu Musashi respondendo:

— Está bem! Concedo!

Sentado a cavalo sobre o peito de Gonnosuke e calcando sob o pé o pulso direito de seu adversário, que ainda teimava em não soltar o bastão, Musashi ergueu o olhar para a janelinha onde avistara o rosto da anciã.

No momento seguinte sobressaltou-se, mas logo desviou o olhar: o rosto idoso já não estava à janela.

Debaixo dele, Gonnosuke, apesar de imobilizado, lutava incessantemente por livrar-se, e seus dois pés, não sujeitados, chutavam o ar, retesavam-se contra o solo, esforçavam-se de todas as maneiras por aplicar-lhe um golpe de tesoura e assim reverter a situação.

A situação, que já não permitia um instante sequer de distração, piorou bastante quando a anciã, depois de desparecer da janela, surgiu correndo pelo canto externo da cozinha, e aproximando-se, começou a invectivar contra o filho, ainda dominado por Musashi:

— Belo espetáculo você está me proporcionando, incompetente! Mas espere: sua mãe já vai ajudá-lo! Não se renda!

Ao ouvir a anciã pedindo-lhe da janela para esperar, Musashi tinha imaginado que ela lhe surgiria à frente, ajoelhar-se-ia no chão e lhe imploraria que poupasse a vida do filho. Mas agora, surpreso, percebeu que havia julgado mal e que, pelo contrário, ela ali viera para incentivar o filho a persistir na luta.

Notou que, oculto sob o braço, a velha mãe trazia a *naginata*, cuja bainha de couro sobressaía-lhe às costas e refletia o brilho das estrelas. Com sua arma, a idosa mulher visava as costas de Musashi.

— Maldito *rounin* morto de fome! Achou que somos pobres lavradores indefesos e tentou bancar o espertinho, não foi? Que está pensando que somos?

Tê-la às costas era desvantajoso para Musashi. Debaixo de si, porém, ele tinha um homem vivo e por sinal muito agitado, que o impedia de se virar para ver. Gonnosuke debatia-se e arrastava-se pelo chão com tanta força que quase rasgava o quimono e a pele das próprias costas, tentando oferecer à mãe uma posição mais vantajosa de luta.

— Não se preocupe, mãe! Isto aqui não é de nada! Não se aproxime demais, ouviu? Já vou lançar este sujeitinho bem longe!— urrava Gon entre gemidos.

— Não se afobe! — advertiu a mãe. — Para começar, você não devia perder para este *rounin* sem eira nem beira! Ande, apele para o valoroso sangue dos seus ancestrais! Mostre que tem nas veias o sangue do heroico Kakumyou, o famoso vassalo do senhor de Kiso!

A isso, Gonnosuke reagiu gritando:

— Vou mostrar!

No momento seguinte soergueu a cabeça e fincou os dentes na coxa de Musashi por cima do *hakama*. Simultaneamente, largou o bastão e debateu-se com força tentando livrar ambas as mãos, não dando ao jovem tempo para esboçar nenhum tipo de reação. Sobrepondo-se a tudo isso, o vulto da idosa mulher agora se movia arrastando atrás de si o brilho prateado da lâmina da *naginata*, sempre girando e buscando as costas de Musashi.

— Espera um pouco, velha! — acabou por gritar Musashi, desta vez. Decidira enfim que era inútil continuarem a lutar. Naquelas circunstâncias, continuar significaria a morte de um dos dois. Sem isso, a disputa não se encerraria.

Talvez valesse a pena se esse fosse o preço a pagar pela libertação de Otsu e Joutaro, mas essa questão não tinha ficado suficientemente clara. Era melhor, portanto conversar e esclarecer as dúvidas.

Ao impor à anciã que guardasse a arma, não obteve de imediato sua aquiescência.

— Que acha, Gon?— perguntou a mulher ao filho imobilizado, consultando-o sobre o pedido de trégua.

VI

A lenha no braseiro queimava vivamente. Do fato de haverem os proprietários da casa conduzido Musashi até ali se deduzia que, depois do incidente, os dois lados tinham conversado e esclarecido os mal-entendidos.

— Que perigo, que perigo! Quando penso que chegamos àquele ponto por causa de um mal-entendido... — comentou a velha com um suspiro de alívio, preparando-se para sentar. Voltou-se, contudo, para o filho, que também procurava acomodar-se, e disse em tom severo:

— Gonnosuke!

— Senhora!

— Antes de se sentar, conduza este senhor pelas dependências de nossa casa para que ele possa vistoriá-las uma a uma e desfazer de uma vez por todas a sua desconfiança. Quero que ele tenha a certeza de que não escondemos a moça e o menino sobre os quais nos perguntou há pouco.

— Boa ideia! Não me agrada nem um pouco essa suspeita de sequestrador que pesa sobre mim! *Obuke*[2], acompanhe-me e vistorie a casa!

Atendendo a um convite anterior, Musashi já se havia descalçado e sentado à beira do braseiro. Agora, ao ouvir o novo convite, replicou:

— Agradeço, mas já me convenci de que suas intenções são puras. Quero pedir, isto sim, que me perdoem se cheguei a suspeitar dos dois.

Gonnosuke, ao ouvir o cortês pedido, sentiu-se constrangido e obrigado também a se explicar, enquanto se acomodava próximo ao braseiro:

— Eu também agi mal. Muito antes de me enfezar daquele jeito, devia ter ouvido o que você tinha a me dizer...

Musashi, porém, tinha ainda uma dúvida a esclarecer: que fazia a vaca malhada, amarrada do lado de fora daquela casa? Ele próprio havia trazido o animal desde o monte Eizan, e o destinara como meio de transporte para Otsu, que convalescia de um longo mal. E entregara as rédeas nas mãos de Joutaro, incumbindo-o de conduzi-la.

Por que estaria esse animal preso nos fundos da casa?

— Ah, agora percebo que você tinha razões de sobra para desconfiar de mim! — comentou Gonnosuke, enfim compreendendo a razão principal do mal-entendido. Explicou então que ele próprio era um lavrador e possuía uma pequena plantação nas proximidades da casa. Na tarde desse dia, tinha ido ao lago Nobu-no-ike lançar a rede para pegar algumas carpas e, no caminho de volta, topara com uma vaca atolada num rio próximo, na vertente do lago.

O pântano era fundo nessa área e quanto mais o animal se debatia, mais se atolava: o pobre animal, com seu corpanzil desajeitado, mugia de cortar o coração. Gonnosuke o salvara e, ao examiná-lo, havia descoberto que se tratava de uma fêmea ainda nova, de tetas firmes. E uma vez que perguntara nas redondezas e não encontrara o dono, resolvera por conta própria que algum ladrão o roubara, mas com certeza não conseguira controlá-lo e o abandonara por ali.

— Um animal como esse equivale a meio homem na lavoura. Eu então achei que a vaca — ah-ah! — era um presente mandado pelos céus para mim,

---

2. *Obuke*: denominação respeitosa dada aos samurais.

um pobre lavrador que não consegue dar um mínimo de conforto para a sua velha mãe. Assim sendo, trouxe-a para casa, bastante feliz. Mas agora que sei quem é seu verdadeiro dono, paciência, devolvo-a. Juro, porém, que nada sei a respeito dessa tal Otsu, ou do menino Joutaro.

Tudo explicado, Musashi descobriu que o jovem Gonnosuke era apenas um ingênuo e honesto camponês, e que todo o mal-entendido se originara exatamente dessa sua ingenuidade.

— Acredito, porém, que o senhor, jovem samurai viajante, continue bastante preocupado — atalhou a anciã, externando a solicitude própria das mães. Voltou-se então outra vez para o filho e disse — Gonnosuke, engula de uma vez o seu jantar e ajude o moço a procurar seus pobres companheiros. Espero que tenhamos sorte e os encontremos ainda nos arredores do lago. Mas se se aprofundaram nas montanhas para os lados de Komagatake, a área é habitada por gente desconhecida. Dizem que daquele lado existem covis de ladrões que vivem do roubo de cavalos e até de legumes e verduras! Pode ser que esse rapto seja obra de um desses arruaceiros.

VII

A tocha crepitava, soprada pela brisa noturna.

Na base da majestosa montanha, o vento vinha em lufadas, rugia e agitava por um breve momento a relva e as árvores para logo em seguida cessar abruptamente. Depois disso, a campina se quedava em sinistro silêncio sob um céu ponteado de estrelas fulgurantes.

— Forasteiro!— chamou Gonnosuke, erguendo a tocha à espera de Musashi que lhe vinha logo atrás. — Sinto por você, mas está difícil conseguir notícias. Daqui até o lago resta apenas mais uma única casa, situada além daquele bosque sobre a colina. Nela mora um homem que vive da caça e da lavoura. Se nem ele souber de nada, acho que não tenho mais onde perguntar...

— Agradeço a paciência com que tem me acompanhado. Perguntamos em mais de dez casas até agora e não conseguimos nenhuma informação. Isso só pode significar que estamos procurando no lugar errado.

— Talvez. Patifes capazes de sequestrar mulheres são em geral espertos, não fugiriam por onde fosse fácil alcançá-los.

Passava da meia-noite.

Desde o começo dessa noite, os dois haviam palmilhado cuidadosamente todos os recantos das campinas na base da montanha Komagatake, as vilas Nobumura e Higuchi-mura, os bosques e as colinas ao redor.

Esperavam ao menos ouvir notícias de Joutaro, mas até esse momento não haviam encontrado ninguém que o tivesse visto.

Otsu, principalmente, era um tipo incomum naquelas paragens. Se alguém a visse, não se esqueceria com facilidade. Apesar disso, os camponeses questionados pendiam a cabeça para o lado da maneira característica, consideravam a pergunta por um tempo enorme para só então responder:

— Não me lembro de tê-la visto...

Ao mesmo tempo em que se afligia com a segurança dos dois, Musashi começou também a preocupar-se com o cansaço de Gonnosuke, um completo estranho que tinha tido a consideração de compartilhar as agruras dessa busca. E pensar que no dia seguinte, o pobre homem teria de se levantar cedo para lidar com a sua lavoura...

— Quanto trabalho acabei lhe dando! Vamos então perguntar nessa última casa e, se lá também nada nos puderem informar, paciência, iremos embora.

— Não me importo de continuar andando a noite inteira se for preciso. Mas diga-me: essa jovem e o menino são servos seus, irmãos ou o quê?

— Nada disso... — respondeu Musashi, hesitante. Não tinha tanta intimidade com o homem a ponto de revelar-lhe que a mulher era sua namorada, e o menino, seu discípulo. — Somos aparentados.

Ao ouvir a explicação, Gonnosuke calou-se bruscamente, triste talvez por não ter sido ele próprio abençoado com uma família grande. Continuou então a caminhar absorto no meio do bosque cortado por uma estreita senda que conduzia, conforme afirmava ele, ao lago Nobu-no-ike.

Embora Musashi sentisse o peito oprimido pela ansiedade quanto ao destino de Otsu e Joutaro, não podia deixar de agradecer ao acaso ter-lhe proporcionado este encontro.

Se tamanha desgraça não tivesse acontecido a Otsu, Musashi não teria tido a oportunidade de encontrar-se com Gonnosuke, e de conhecer a formidável técnica daquele bastão.

Em meio às muitas voltas que o mundo dá, o fato de se haver desgarrado de Otsu tinha de ser encarado como uma fatalidade, uma desgraça que não pudera ser evitada, desde que não estivesse ameaçando a integridade física da jovem. Mas se o caminho das artes marciais, pelo qual resolvera trilhar o resto da sua vida, chegasse ao fim sem que ele tivesse conhecido a técnica de Gonnosuke, isto seria uma grande infelicidade, achava Musashi.

Assim sendo, vinha já há algum tempo pensando em indagar a verdadeira identidade do camponês e os detalhes da técnica do bastão, mas continuara apenas a caminhar por não encontrar a oportunidade de abordar o assunto sem parecer rude.

— Espere aí, forasteiro. A casa a que me referi é aquela — disse Gonnosuke apontando uma cabana solitária oculta no meio das árvores. — Vou até lá, bato à porta e acordo os moradores que com certeza já se recolheram.

Afastou os arbustos e disparou barranco abaixo fazendo as folhas farfalharem.

VIII

Pouco depois, retornou para perto de Musashi.

Segundo Gonnosuke, as respostas do casal de moradores eram vagas como a da maioria dos habitantes locais, mas um único ponto talvez pudesse ser considerado uma pista: o que a mulher vira na estrada nessa mesma tarde, ao retornar das compras.

A mulher tinha contado que, à boca da noite, quando as estrelas já brilhavam brancas no céu, pela estrada — deserta nessa hora, batida pelo vento, e onde já não se via nem sombra de viajantes — veio correndo cegamente em sua direção um menino, que chorava alto.

O garoto tinha as mãos e os pés sujos de lama, levava uma espada de madeira na cintura, e corria na direção de Yabuhara. A mulher então lhe perguntara o que se passava, ao que o menino, chorando muito, lhe perguntara onde ficava o posto do magistrado.

Estranhando a pergunta, a mulher procurara saber o que o menino queria no posto, e ele então lhe explicara: queria pedir ao magistrado que salvasse sua companheira de viagem que acabara de ser raptada.

Nesse caso, informara a mulher, de nada lhe adiantaria procurar o posto: esses funcionários, disse-lhe ela, eram capazes de se ocupar seriamente em limpar o esterco da estrada ou nela aspergir areia quando recebiam ordens superiores nesse sentido, ou quando uma figura importante anunciava sua passagem, mas nunca haveriam de dar ouvidos a queixas de gente pobre e indefesa, e de sair, além de tudo, à procura de gente desaparecida.

Sobretudo porque incidentes desse tipo — mulheres sequestradas, gente que perdeu tudo, até a roupa do corpo para assaltantes de estrada — não constituíam novidade, aconteciam todos os dias em todas as estradas.

Muito melhor lhe seria prosseguir uma parada além de Yabuhara e chegar a Narai. Nessa cidade morava um homem de nome Daizou, um atacadista que fabricava remédios homeopáticos. Sua casa era fácil de ser encontrada porque se situava numa encruzilhada no meio da cidade. A esse senhor Daizou o menino devia relatar tudo com detalhes, pois o homem, ao contrário dos magistrados, ouvia com maior atenção quanto mais pobre e mais indefeso era o queixoso. E se a causa era justa, o homem era até capaz de tirar dinheiro do próprio bolso para acudir.

Gonnosuke chegou até esse ponto da narrativa repetindo palavra por palavra o que tinha ouvido da mulher, e acrescentou:

— A mulher disse que ao saber disso, o menino com a espada de madeira na cintura parou de chorar e disparou na direção da cidade de Narai, sem ao menos olhar para trás. Por acaso não seria ele o tal menino chamado Joutaro?

— É ele, com certeza! — respondeu Musashi. A imagem do menino surgiu vívida em sua mente. — Mas isso quer dizer que ele se dirigiu para um lado totalmente diferente do que procuro?

— É verdade. Estamos na base do Komagatake, muito além da estrada que leva a Narai.

— Muito obrigado por todo o empenho. Vou também seguir para Narai, em busca desse senhor Daizou. Graças a você, parece-me que encontrei o fio da meada.

— Minha casa fica no caminho. Descanse um pouco e coma conosco a refeição matinal antes de prosseguir.

— Vou aceitar seu convite.

— Nesse caso, cruzaremos o lago até a sua vertente e encurtaremos pela metade o caminho que percorremos até aqui. Vamos pegar o barco que acabo de pedir emprestado.

Descendo um pouco mais, havia um lago arredondado cercado de chorões, medindo quase um quilômetro de circunferência. O perfil do Komagatake, bem como as estrelas que coalhavam o céu, estavam fielmente refletidos na superfície da água.

Curiosamente, os chorões — árvores não muito frequentes nessas paragens — vicejavam somente em torno desse lago. Gonnosuke apanhou a longa vara e, em seu lugar, Musashi empunhou a tocha. O barco deslizou mansamente pelo centro do lago.

O clarão da tocha refletia agora, rubro, na superfície negra do lago. E nesse exato momento, de um ponto não muito distante dali, Otsu via diante de si essa mesma chama deslizando ao sabor da correnteza. Era outra vez a sorte, irônica e madrasta, interferindo na união dos dois.

PRESAS VENENOSAS

I

De longe, a tocha levada pelo vulto no pequeno barco e o seu reflexo na água lembravam um harmonioso par de pássaros de fogo que se distanciavam nadando.

Otsu os viu e não conteve uma exclamação.

No mesmo instante, Matahachi puxou a ponta da corda que prendia Otsu e gritou assustado:

— Ei! Vem vindo alguém aí!

Capaz de gestos loucos e ousados, Matahachi revelava, ao primeiro sinal de contratempo, toda a sua natureza covarde.

— Que faço agora? Já sei! Venha cá! Venha cá, bruxa!

Arrastou-a para um pequeno santuário onde os habitantes locais ofereciam preces aos deuses e chamavam a chuva.

Nem os aldeões sabiam precisar que divindade cultuavam nesse santuário, mas acreditavam que uma prece rezada ali durante a estiagem do verão era capaz de fazer escurecer o céu por trás do Komagatake e desabar um furioso aguaceiro sobre o lago.

— Não vou! — gritou Otsu, tentando não sair do lugar.

Arrastada e amarrada junto à porta dos fundos do santuário, ela vinha sofrendo tormentos nas mãos de Matahachi havia já algum tempo.

Ah, se não tivesse as mãos amarradas, empurrá-lo-ia para longe com toda a força dos dois braços, pensava ela. Ou então, se visse uma oportunidade, ela se jogaria no lago e se transformaria naquela serpente da gravura votiva na cumeeira do santuário. E depois, enroscar-se-ia no tronco do chorão, e se prepararia para picar esse odioso homem, sonhava ela desesperada e impotente.

— Levante-se, já disse! — berrou Matahachi, batendo com força nas costas de Otsu com a vara que tinha numa das mãos.

Quanto mais Matahachi batia, mais Otsu resistia às suas ordens. Em silêncio, a jovem fitava com olhar feroz o rosto de Matahachi, que perdeu o ânimo e mudou o tom de voz:

— Vamos, Otsu, ande!

Ao ver que nem assim Otsu lhe obedecia, agarrou-a pela gola e a arrastou com brutalidade:

— Agora, terá de vir comigo de qualquer modo!

Enquanto era arrastada à força, a jovem tentou gritar para os vultos no barco sobre o lago, mas Matahachi a amordaçou e a jogou no interior do santuário como um saco de farinha.

Apoiou-se em seguida à porta treliçada e ficou observando o movimento da chama distante. Notou então que o barco deslizava para uma pequena enseada a quase duzentos metros do local em que estavam, e que a tocha logo desapareceu.

— Ainda bem! — murmurou aliviado. Suas emoções, porém, continuavam num turbilhão.

Matahachi tinha Otsu em suas mãos nesse instante, mas não o seu coração. E desde o começo dessa tarde, vinha sentindo na pele como era difícil conduzir um corpo sem coração.

Se tentava apossar-se desse corpo à força, Otsu mostrava com clareza que preferia morrer a se submeter. Matahachi a conhecia desde criança e não duvidava que ela seria muito capaz de se matar mordendo a língua e exaurindo-se no próprio sangue.

"Não posso matá-la!", pensava ele, sentindo arrefecer a brutalidade e também o seu desejo por ela.

"Mas por que ela me odeia tanto, quando ama Musashi tão cegamente? E pensar que, nos velhos tempos, Musashi e eu ocupávamos posições invertidas em seu coração…"

Matahachi não conseguia entender. Ele, muito mais que Musashi, tinha o dom de atrair mulheres, tinha certeza. Realmente, as experiências com Okoo e com algumas outras mulheres autorizavam-no a afirmar isso.

A aversão que Otsu sentia por ele só podia ser obra de Musashi: primeiro, ele a seduzira, depois ganhara-lhe a confiança. E a cada oportunidade que se apresentara sem dúvida falara mal dele, Matahachi, e plantara em seu coração as sementes da repulsa.

E depois de ter feito tudo isso, tivera a coragem de falar-lhe como se fosse um velho e atencioso amigo no momento em que se encontraram na casa de chá.

"Como sou tolo! Musashi me enganou! Quando penso que derramei lágrimas de emoção em nome dessa falsa amizade…!"

Recostado na treliça do santuário, lembrou-se do que Sasaki Kojiro lhe tinha dito num certo dia em que se encontraram na zona do meretrício em Zeze.

II

Recordava-se agora que Sasaki Kojiro rira da sua ingenuidade, e o alertara quanto ao caráter traiçoeiro de Musashi. "Ele vai fazê-lo de bobo qualquer dia destes!", dissera ele.

As palavras tornaram a soar em seus ouvidos, como uma sábia profecia.

Ao mesmo tempo, o conceito que fazia do velho companheiro sofreu uma mudança radical. É verdade que ele a tinha mudado muitas vezes até esse dia, mas sempre acabara retomando a velha amizade. Desta vez, porém, o ódio era muito maior e lhe vinha das entranhas.

— O atrevido...! — murmurou entre os dentes, mordendo com força os lábios.

Ele era do tipo que sente raiva ou inveja com facilidade, mas incapaz de emoções mais violentas, como desejar mal a alguém do fundo da alma.

Mas nessa ocasião, acabou sentindo um rancor tão intenso por Musashi que nem em sete reencarnações conseguiria dissipar. Apesar de terem nascido e crescido na mesma terra, achou que os dois estavam fadados a ser inimigos para o resto de suas vidas.

"Maldito hipócrita!", pensou. "Para começar, é insuportável o tom de sinceridade com que se põe a falar comigo mal me vê. 'Refaça a vida, Matahachi!', 'Tenha ânimo, erga-se!', 'Vamos enfrentar o mundo de mãos dadas!' Ah-ah!"

E pensar que chegara a derramar lágrimas levado por esses conselhos sentimentais! O sangue fervia de ódio e ressentimento ao imaginar que Musashi aproveitara-se de sua ingenuiade, que o tinha feito de bobo.

"Esses que andam pelo mundo posando de virtuosos são todos hipócritas como Musashi. Mas deixe estar, vou superá-los. Para que haveria eu de me esforçar para estudar e viver uma vida séria, se no fim vou acabar fazendo companhia a esses impostores! Podem até me chamar de vilão, mas vou-me bandear para o outro lado e fazer de tudo para impedir que Musashi alcance o sucesso!"

O tortuoso raciocínio levou Matahachi a essa resolução, uma das muitas costumeiras. Desta vez, porém, havia uma diferença: a firmeza por trás dela era inédita.

O pé moveu-se quase inconscientemente e chutou com violência a porta treliçada às suas costas. No curto espaço de tempo transcorrido desde o instante em que trancafiara Otsu à força no santuário, tempo que usara para considerar sua vida de braços cruzados, havia-se operado uma transformação muito grande em Matahachi: ele agora já não era uma cobra, mas uma víbora venenosa.

— Chore bastante, chore! — disse, quase cuspindo as palavras, contemplando friamente o vulto escuro enrodilhado no piso do santuário.

— Otsu!

— ...

— Quero saber a sua resposta neste instante!

— ...

— O choro não é resposta!

Ergueu o pé para chutá-la, mas Otsu, pressentindo o golpe, recuou o ombro e afastou-se dizendo:

— Não tenho respostas a dar a um indivíduo como você! Mate-me de uma vez se for homem e se é isso o que quer!

— Lá vem você com besteiras! — disse ele, rindo entre os dentes. — Eu acabo de tomar uma resolução: já que você e Musashi arruinaram minha vida, vou me esforçar o resto dela para dar-lhes o troco.

— Mentira! Foi você mesmo quem escolheu arruinar-se, por sua própria vontade. E nisso teve a ajuda daquela mulher, Okoo!

— Cale a boca!

— Não sei como você e sua mãe conseguem cometer a façanha de odiar injustamente pessoas que, pelo contrário, têm razões muito justas para odiá-los! Deve ser um mal de família!

— Não perca tempo falando bobagens! Eu só lhe pedi para responder: quer ou não ser minha mulher?

— A essa pergunta, respondo quantas vezes você quiser.

— Vamos então, responda logo que eu quero ouvir!

— Meu coração pertence, por toda esta vida e por outras que porventura eu tiver, a uma única pessoa: Musashi-sama. Como poderia amar mais alguém? Sobretudo um maricas como você! Só de pensar, me arrepio de nojo! Eu detesto você, detesto!

III

Uma recusa tão firme obrigaria qualquer homem a matar ou a desistir, imaginou Otsu. Sentiu alívio depois do desabafo, e se preparou para o pior.

— Então é assim, não é? — disse Matahachi, lutando por controlar o tremor que lhe percorria o corpo, empenhando-se em sorrir friamente. — Quer dizer que você me detesta... Foi bom saber claramente. Mas agora, Otsu, eu também vou falar claro: a partir desta noite, seu corpo será meu, não importa o quanto você me deteste.

— ...

— Por que treme tanto? Pensei que estivesse pronta para isso, depois do que acabou de dizer!

— Estou mesmo! Pronta para tudo! Sou uma pobre órfã criada num templo e nem sequer sei como eram meus pais. Não tenho medo da morte, posso morrer a qualquer momento.

— Não brinque, Otsu!

Matahachi acocorou-se e aproximou maldosamente o próprio rosto do de Otsu, que insistia em desviar o seu, continuou:

— Quem disse que vou matá-la? Nem pense nisso! Vai ver agora o que vou fazer!

Agarrou o ombro e o pulso esquerdo de Otsu e cravou os dentes no braço imobilizado, por cima da manga do quimono.

Com um grito agudo Otsu jogou-se no chão e debateu-se, mas quanto mais lutava por livrar o braço, mais fundo penetravam os dentes em sua carne.

O sangue jorrou e escorreu pela manga do quimono, gotejando pelos dedos da mão atada.

Mesmo assim, Matahachi continuou abocanhando a presa, como um crocodilo.

Otsu empalideceu a olhos vistos, sua pele adquirindo a tonalidade esbranquiçada de um corpo banhado pelo luar. Assustado, Matahachi afastou a boca, removeu o pano da mordaça que pendia em torno do seu rosto e examinou-lhe a língua, temendo que, num momento de desespero, ela a tivesse realmente mordido.

Otsu tinha desmaiado de dor: tênue como vapor na superfície de um espelho, o suor umedecia seu rosto, mas nada havia de anormal em sua boca.

— Ei... Otsu! Otsu! Desculpe-me...

Sacudida, Otsu voltou a si, mas no mesmo instante jogou-se outra vez no chão, rolando e gritando em delírio:

— Está doendo! Está doendo! Jouta-san! Jouta-san!

— Dói, não é mesmo, Otsu? — disse Matahachi, também pálido e ofegante. — O sangue vai parar daqui a pouco, mas as marcas dos meus dentes vão permanecer em sua pele por muitos e muitos anos. O que pensarão as pessoas quando as virem? E Musashi, que pensará? Já que um dia seu corpo vai ser meu, deixo nele este selo que comprova a posse. Se quer fugir, fuja. Só que eu vou anunciar ao mundo inteiro: não toque na mulher que leva no corpo a marca dos meus dentes, ou será perseguido como ladrão de mulheres!

— ...

Um pó fino caía da viga do teto. Por alguns momentos ouviram-se apenas soluços desesperados no interior do santuário.

— Chega! Até quando vai continuar chorando? Começo a ficar deprimido também! Está certo, está certo: prometo não maltratar mais você, pare de chorar. Vou buscar-lhe um pouco de água.

Apanhou um vasilhame de barro do altar e se dispunha a sair quando percebeu, do lado de fora da porta treliçada, um vulto espiando.

IV

Quem seria? Matahachi sobressaltou-se. Mas o vulto do lado de fora do santuário assustou-se ainda mais e desandou a correr. Matahachi então escancarou a porta com violência e saiu em sua perseguição.

— Alto aí, bisbilhoteiro!

Agarrou-o e descobriu que se tratava de um morador da localidade. O homem transportava um saco de cereais no lombo de um cavalo e revelou que pretendia viajar a noite inteira para alcançar Shiojiri, onde queria descarregar sua mercadoria na loja de um atacadista.

— Não tinha segundas intenções. Apenas ouvi uma mulher chorando dentro do santuário, estranhei e fui verificar. Foi só isso — justificou-se o homem em tom sincero, prostado no chão.

Matahachi, que sabia ser valente como ninguém na presença de gente indefesa, logo se empertigou, e arrogante como um magistrado, disse:

— Tens certeza de que é só isso, homem? Certeza absoluta?

— Sim, senhor, juro! — gaguejou ele, tremendo de medo

— Vou fazer-te o favor de perdoar — disse Matahachi. — Em troca, quero que descarregues todos os sacos no lombo do teu cavalo e, no lugar deles, quero que amarres a mulher que se encontra no interior do santuário e a leves até onde eu mandar.

Enquanto falava, Matahachi não se esqueceu de torcer o cabo da espada na mão: qualquer um que pretendesse impor ordens absurdas a um desconhecido lembrar-se-ia disso.

A ameaça velada surtiu efeito e Otsu foi amarrada no lombo do cavalo.

Matahachi transformou um pedaço de bambu em chicote e foi atrás do condutor do cavalo.

— Escuta, homem!

— Sim, senhor?

— Não me vá pela estrada principal, ouviste?

— Por onde devo ir, então?

— Quero chegar a Edo passando por estradas pouco frequentadas.

— Mas isso é quase impossível, senhor.

— Impossível por quê? Segue pelas estradas secundárias. Evita a estrada Nakasendou, leva-nos de Ina até Koushu.

— Mas esse caminho é íngreme, passa no meio das montanhas! Vamos ter de transpor o passo Gonbei a partir de Ubagami!

— Qual o problema? Não tentes poupar esforços ou levas isto nas costas — disse, agitando a vara de bambu. — Anda direito, e eu te garanto a comida todos os dias.

O camponês então pediu agora em voz chorosa:

— Patrão, prometo que o acompanho até Ina, mas depois disso, o senhor me libera?

Matahachi sacudiu a cabeça negativamente:

— Não amola, homem! Vais me acompanhar até onde eu achar que precisas! E se no ínterim fizeres algum gesto suspeito, parto-te ao meio, ouviste? Lembra-te que meu interesse se restringe ao teu cavalo. Tu não tens valor para mim!

A escuridão envolvia a estrada e o caminho se tornava cada vez mais íngreme conforme os três se aprofundavam nas montanhas. E quando tinham enfim galgado metade do monte Ubagami, homens e cavalo já estavam à beira da exaustão. Aos pés deles, os primeiros raios solares revelaram um mar de nuvens.

Ao ver a manhã rompendo, Otsu, que até então viera muda, agarrada ao lombo do cavalo, revelou o que tinha resolvido fazer durante a longa cavalgada:

— Matahachi-san, tenha dó do pobre lavrador. Devolva-lhe o cavalo e deixe-o ir-se embora! Não vou mais fugir, prometo.

Matahachi parecia desconfiado, mas como Otsu não parava de insistir, acabou por desatá-la e descê-la do cavalo.

— Jura que me acompanhará de boa vontade? — insistiu.

— Não vou fugir mais. Mesmo que consiga, não posso fazer nada enquanto tiver a marca dos seus dentes em meu braço... — disse Otsu, apertando os lábios para suportar a dor.

SOB AS ESTRELAS

I

A saúde e os longos anos de treinamento permitiam a Musashi dormir instantaneamente em qualquer lugar ou circunstância, mas seu sono costumava ser espantosamente curto.

Assim tinha acontecido na noite anterior. Depois de retornar à casa de Gonnosuke, havia se deitado completamente vestido no aposento destinado a ele e adormecera imediatamente, mas quando os pássaros começaram a chilrear do lado de fora da casa, ele já estava acordado.

A noite ia alta quando desembarcara enfim na vertente do lago e retornara para essa casa. Gonnosuke certamente estaria cansado da longa busca noturna, assim como a sua idosa mãe, imaginou Musashi. Continuou portanto deitado em estado de semivigília ouvindo os passarinhos, e esperando pelo barulho de portas se abrindo.

E foi então que ouviu.

O som provinha de um aposento além do quarto ao lado do seu e se infiltrava pelas frestas das portas corrediças: alguém soluçava. Apurou os ouvidos e percebeu que quem chorava era o intrépido filho da idosa mulher. O rapaz dizia entre soluços, como uma criança:

— Não fale assim, minha mãe! Claro que a derrota me exasperou! Eu me senti muito mais humilhado que você!

As palavras soavam truncadas pela distância.

— Tamanho homem chorando! — respondeu outra voz, serena mas severa. Era a idosa mãe, repreendendo o filho como se ele ainda fosse uma criança de três anos. — Se achou a derrota tão desonrosa, tem o dever de admoestar-se e empenhar-se doravante de corpo e alma no caminho que você escolheu. Pare de chorar, está dando um espetáculo indigno. Vamos, limpe o rosto.

— Sim, senhora! Prometo não chorar mais, mas perdoe o papel deplorável que representei ontem.

— Deplorável, sem dúvida. Mas pensando bem, aquilo nada mais foi que o resultado de diferentes habilidades, uma superior e outra inferior. Além disso, quanto mais tempo a sorte sorri a um indivíduo e o mantém invicto, mais ele se enfraquece. Sua derrota talvez seja uma decorrência natural dessas circunstâncias.

— Não fale assim que você me deixa triste. Como fui acabar vencido daquele jeito, apesar das suas admoestações diárias? Como posso pensar em me tornar alguém no mundo das artes marciais depois dessa vergonhosa derrota? O que aconteceu ontem me fez decidir: vou deixar de lado os treinos diários e dedicar o resto da minha vida à lavoura. Vou pegar apenas na enxada e tentar ao menos proporcionar-lhe um pouco mais de conforto em sua velhice, minha mãe.

Embora curioso quanto ao que estaria fazendo o homem chorar, Musashi ouvia a princípio com certa indiferença. Logo, porém, percebeu que o objeto das considerações dos seus anfitriões não era outro senão ele próprio, Musashi.

O jovem ergueu-se e, abalado, sentou-se sobre as cobertas.

Quanta importância davam esses dois ao resultado de uma refrega!

O incidente da noite anterior tinha sido um mal-entendido e devia estar resolvido em seus íntimos. Agora, porém, descobria que a derrota sofrida por Gonnosuke continuava a atormentar mãe e filho como um episódio vergonhoso originado no despreparo e os fazia chorar.

— Que espírito competitivo! — murmurou Musashi, dirigindo-se sorrateiramente para o aposento ao lado do seu, por onde espreitou o quarto seguinte, iluminado pela fria luz da madrugada.

A sala abrigava o altar budista da família.

A velha mãe sentava-se de costas para o altar e tinha diante dela o musculoso filho Gonnosuke dobrado sobre si mesmo, rosto sujo de lágrimas como uma criancinha.

Sem saber que o jovem os espreitava pela fresta da porta, a anciã, irritada com as palavras de Gonnosuke, repentinamente elevou a voz e agarrando o filho pela gola, disse:

— Que disse? Gonnosuke! Que foi que acaba de me dizer?

II

Aparentemente, a decisão do filho de abandonar a carreira de guerreiro e dedicar-se à agricultura até o fim da vida e assim cumprir seus deveres filiais não só irritara a anciã, como também a enfurecera:

— Está me dizendo que pretende acabar seus dias como um simples lavrador?

Atraiu para perto de si a nuca do filho, e exasperada, continuou a repreender:

— A única coisa que me manteve viva até esta idade foi a esperança de vê-lo bem sucedido na vida, e de assim reerguer o nosso nome! Se era para terminar meus dias numa cabana de palha, não lhe teria dado tantos livros para ler, não o teria incentivado a perseverar no caminho do guerreiro, não teria eu mesma sobrevivido à custa de magras refeições, colhendo o amargo fruto desta vida miserável, não percebe?

Ao chegar a esse ponto, soluços misturaram-se também às palavras da anciã, que ainda segurava o filho pela gola do quimono.

— Se foi derrotado, por que não pensa em limpar seu nome? Por sorte, o *rounin* continua hospedado em nossa casa. Quando ele se levantar, peça-lhe um novo duelo. Veja se seu espírito quebrantado consegue recuperar-se!

Gonnosuke ergueu enfim a cabeça, mas disse, constrangido:

— Se achasse isso possível, eu não estaria chorando a esta altura, mãe...

— Não o estou reconhecendo, meu filho! Quando foi que você se tornou covarde?

— Você não sabe, minha mãe, mas andei metade da noite de ontem em companhia desse *rounin*, sempre procurando visualizar mentalmente uma oportunidade para descarregar sobre ele o meu bastão, mas não consegui entrever nenhuma.

— Isso acontece porque há temor em seu espírito.

— Nada disso, mãe! Em minhas veias corre o sangue de valorosos samurais das terras de Kiso! Nem por um momento me esqueci que sou um ser privilegiado a quem os deuses da montanha Ontake surgiram numa visão depois de 21 dias de preces contínuas, e ensinaram a arte de manejar o bastão! Sou superior a esse *rounin* desconhecido, pensei eu diversas vezes. Mas, quando olhava para ele, minhas mãos se tornavam impotentes. Muito antes de movê-las, já me sentia derrotado.

— Justo você, que jurou perante esses mesmos deuses da montanha Ontake fundar um estilo com a técnica que deles aprendeu!

— Mas cheguei à conclusão de que vim sendo complacente comigo mesmo até hoje. Como poderia eu fundar um estilo se sou tão despreparado? Achei, portanto, melhor partir em dois o meu bastão e dedicar-me um pouco mais à lavoura. Assim poderei ao menos mitigar-lhe a fome, minha mãe.

— Talvez você tenha ficado presunçoso, meu filho, por nunca ter sido derrotado em nenhum duelo de que participou, e justo ontem os deuses da montanha Ontake tenham tido a bondade de impor-lhe um castigo por sua presunção. O fato é que não adianta partir seu bastão e buscar aumentar meu conforto: meu espírito não se alimenta de refeições fartas ou roupas vistosas.

Admoestando e aconselhando, a anciã prosseguiu: assim que o forasteiro despertar no quarto dos fundos, tente cruzar armas com ele outra vez. Se mesmo assim você perder, então sim: quebre o bastão, desista da carreira, siga o caminho que quiser.

Oculto a trás da porta, Musashi ouviu a conversa do começo ao fim e retirou-se em silêncio para o próprio quarto.

— E esta agora...! — pensou.

III

Que fazer?

Se fosse ter com eles em seguida, mãe e filho lhe solicitariam um novo duelo com certeza.

E se duelassem, Musashi sabia que venceria. Ao menos, assim acreditava.

Mas nesse caso, Gonnosuke sem dúvida perderia a confiança em sua habilidade e abandonaria a carreira.

Podia imaginar o tamanho do desapontamento dessa pobre mãe, que vivera até aquela idade em meio à pobreza sem nunca negligenciar a educação do filho, apenas na esperança de vê-lo atingir o objetivo de se tornar um guerreiro famoso.

"Este duelo não deve acontecer. Vou-me embora pelos fundos", decidiu-se Musashi.

Correu a porta da varanda e saiu.

O sol parecia escorrer entre os ramos das árvores. Lançou um olhar casual para o canto do celeiro e avistou a vaca que, abandonada no dia anterior, fora salva e conduzida até ali. Ela pastava a esmo, aquecendo-se gostosamente ao sol.

O jovem sentiu uma súbita onda de simpatia pelo animal.

"Boa sorte!", desejou-lhe ele.

Atravessou o compacto paredão de árvores e saiu andando em largas passadas pela estreita senda entre as plantações da base do monte Komagatake.

O vento frio que vinha do topo da montanha — nessa manhã visível em todo o seu esplendor — atingia Musashi lateralmente e lhe gelava a orelha, mas teve o efeito de varrer para longe o cansaço e a impaciência acumulados desde o dia anterior.

Ergueu o olhar e viu nuvens brincando no céu: flocos incontáveis de algodão pareciam assumir formas aleatórias e espalhar-se à vontade, como se o infinito firmamento azul lhes pertencesse.

"Tenho de conter a impaciência. Um poder desconhecido que tudo regula, promove encontros e desencontros. Um ser caridoso— talvez Deus — haverá de estender a mão para Joutaro, tão pequeno, e para Otsu, tão indefesa."

O espírito de Musashi, que vinha se desgarrando desde o dia anterior, ou melhor, desde o episódio nas Cachoeiras Casadas, de Magome, curiosamente parecia ter retornado à larga estrada que escolhera seguir e caminhar agora por ela com firmeza. E Otsu? E Joutaro? O olhar de Musashi passava por eles — dois pontos à beira de seu campo visual —, e visualizava nessa manhã o próprio destino no fim da estrada da vida, além da morte.

Pouco depois do meio-dia, seu vulto surgiu no vilarejo da parada de Narai. Frente ao alpendre de um estabelecimento, um urso vivo, enjaulado, servia para anunciar um remédio miraculoso comercializado pela casa e feito do fígado dessa espécie animal; peles de diversos animais selvagens pendiam na frente de outra casa denominada Cem Espécimes Selvagens e pentes de cabelo, que faziam a fama de Kiso, estavam expostas em outra ainda, atraindo inúmeros clientes que congestionavam de modo considerável o tráfego local.

Na frente do estabelecimento de esquina que vendia remédio de fígado de urso e que por algum motivo obscuro se chamava "O Grande Urso", Musashi parou e pediu, espiando o seu interior:

— Quero uma informação, por favor.

Sentado de costas para a entrada, o dono do estabelecimento acabara de verter o chá numa xícara e se preparava para tomá-la. O homem voltou-se para perguntar:

— Que quer saber, senhor?

— Onde fica a casa de um certo senhor Daizou, de Narai?

— Ah, a casa do senhor Daizou fica na próxima rua — disse o dono da loja, ainda segurando a chávena e vindo para fora para apontar a direção. Nesse momento, porém, deu com os olhos num rapazote, o aprendiz da casa, de volta de alguma missão.

— Vem cá, rapaz! Este senhor está procurando a casa do senhor Daizou. Conduze-o até a porta da loja, porque com aquela fachada enganosa, um forasteiro jamais será capaz de achá-la — ordenou ele.

O aprendiz assentiu e foi na frente. Musashi o seguiu, grato pela bondade do dono da loja e ao mesmo tempo começando a sentir a influência moral desse homem a quem chamavam senhor Daizou de Narai, mencionado por Gonnosuke.

IV

Pela especificação "atacadista de remédios homeopáticos", Musashi imaginara que o estabelecimento fosse parecido com os muitos enfileirados nas ruas das cidades e que prosperavam graças aos viajantes de passagem pelo local, mas verificou surpreso que se enganara.

— Esta é a casa de Daizou-sama, de Narai, senhor samurai — avisou o aprendiz apontando a mansão à sua frente e retornando em seguida às pressas para a própria loja. Sem dúvida, o dono do "O Grande Urso" tivera razão em mandar o empregado conduzi-lo até a porta, pois não havia cartaz ou cortina a meia-altura anunciando o nome do estabelecimento. A uma extensão de quase cinco metros de janela treliçada, pintada com verniz de laca, seguia-se um grande armazém cuja entrada tinha a largura de duas portas. Uma cerca alta fechava o restante da propriedade. A porta de entrada da casa era de treliça delicada, típica das grandes mansões, dando a perceber de que por trás dela existia uma casa comercial antiga e tradicional, intimidando os que nela queriam bater.

— Com sua permissão! — disse Musashi alto, entreabrindo a porta.

A área a que chegou era escura, ampla como a antessala de um comerciante de *shoyu*. Um ar gelado, típico de ambientes espaçosos, bafejou-lhe o rosto.

Passados instantes, um homem ergueu-se junto a um armário no balcão de recepção e aproximou-se.

— Que deseja, senhor? — disse ele.

Musashi cerrou a porta, voltou-se e disse:

— Sou um *rounin* de nome Miyamoto. Notícias que colhi na estrada dão conta de que Joutaro — um menino de quase catorze anos de idade, que me acompanhava na viagem — teria corrido até aqui ontem à noite, ou talvez esta manhã bem cedo, em busca de socorro. Sabe por acaso se ele continua nesta casa?

Musashi nem acabara de falar e o gerente já acenava a cabeça, parecendo dizer: "Ah, o menino...!"

— Seja bem-vindo — disse ele com calma, oferecendo-lhe uma almofada e convidando-o a sentar-se. Mas as palavras seguintes desapontaram Musashi.

— Que pena, senhor. Esse menino em verdade bateu ontem à nossa porta no meio da noite Por coincidência estávamos todos acordados ainda e em azáfama, ultimando os preparativos de viagem do nosso patrão, Daizou-sama. Espantados, abrimos a porta e nos deparamos com esse menino, Joutaro, de quem me falou há pouco.

Como todo empregado de casas tradicionais, o homem falava com longos preâmbulos e irritante meticulosidade, mas em suma, era o seguinte:

Assim como o próprio Musashi, Joutaro ouvira de alguém que "a qualquer problema surgido na estrada deveria recorrer ao senhor Daizou, de Narai". Assim, chegara chorando e pedira ajuda ao referido senhor Daizou com relação ao sequestro de Otsu, e dele ouvira: "Isso é grave. Vou tomar as devidas providências. Se fosse obra de um bandoleiro das montanhas ou de malandros disfarçados em carregadores de bagagem, seria fácil encontrá-la, mas este caso envolve uma viajante sequestrada por outro viajante. O raptor deve ter se desviado da estrada principal e escapado por estradas secundárias."

Mandou seus homens correrem por toda parte em busca de informações, mas nada conseguiu saber, conforme previra.

Quando enfim tornou-se evidente que não havia nenhuma pista, Joutaro contorceu o rosto ameaçando cair em nova crise de choro. Daizou, que estava de partida nessa manhã, disse-lhe então para consolá-lo: "Que acha, garoto, de viajar em minha companhia? Pelo caminho, podemos procurar essa jovem, ou talvez encontrar seu mestre, Musashi."

O menino aceitou a sugestão, ávido como um náufrago que se agarra à tábua de salvação. Daizou então resolveu realmente levá-lo e tinham partido juntos havia pouco, acabou por contar o gerente do estabelecimento.

Por uma diferença de quase seis horas Musashi deixara de alcançá-los, completara o gerente com ar penalizado.

V

Seis horas era tempo demais: por mais que se tivesse apressado, jamais os teria alcançado, sabia Musashi. Mesmo assim, sentiu-se exasperado.

— E para onde foi o senhor Daizou? — perguntou ao gerente. Aparentemente, seu destino era vago.

— Como vê, senhor, este estabelecimento não trabalha no varejo, não tem sequer um cartaz indicando o nome da casa. Os remédios homeopáticos são produzidos diretamente nas montanhas e duas vezes ao ano — na primavera e no outono — nossos vendedores saem a vendê-los pelas províncias. Por esse motivo, nosso patrão é pouco solicitado e aproveita todas as oportunidades que se apresentam para peregrinar por templos budistas e xintoístas, passar os dias em termas medicinais, ou visitar pontos turísticos. Desta vez, acho, que ele pretende ir ao templo Zenkoji, de lá sair na estrada de Echigo, e por ela entrar em Edo, visitando as áreas de interesse turístico existentes no caminho."

— O senhor não sabe ao certo, então.

— Nosso patrão nunca nos diz claramente o itinerário ou o destino quando parte numa de suas costumeiras viagens... Aceite ao menos um chá — acrescentou o homem, erguendo-se e indo buscá-lo nas profundezas da casa.

Musashi, porém, não tinha vontade de perder mais tempo falando de amenidades. Solicitou, portanto, mal viu o gerente retornar com o chá, uma descrição do dono do estabelecimento, suas características físicas, idade, etc.

— Quanto a isso, senhor, estou certo de que o reconhecerá com facilidade, caso o encontre. Ele tem cinquenta e dois anos, mas é do tipo bem conservado, robusto. Seu rosto é corado e marcado pela varíola, e tem um formato quadrangular. Além disso, tem uma pequena falha nos cabelos da têmpora direita.

— E quanto à sua altura?
— Mediana, eu diria.
— Como costuma vestir-se?
— Saiu usando um quimono de algodão listrado adquirido, segundo ele próprio me disse, na cidade de Sakai. Este tecido é uma novidade: quase ninguém no país deve possuí-lo, e isso ajudará o senhor a identificá-lo.

Agora que sabia em linhas gerais o aspecto do homem, Musashi não quis mais perder tempo. Tomou às pressas o chá que o gerente lhe oferecia e partiu.

Quando alcançasse Seba talvez já não houvesse sol, mas continuaria a andar a noite inteira, passaria pela parada de Shiojiri, chegaria ao passo e lá esperaria por eles. Desse modo, venceria a diferença de quase 6 horas e, na manhã seguinte bem cedo, Daizou e Joutaro passariam por ele.

"Boa ideia! Vou passar-lhes à frente e esperar por eles..." resolveu Musashi.

Passou por Niegawa, por Seba, e ao se aproximar da parada ao pé da montanha, o sol já estava se pondo. A névoa rastejava na estrada e as luzes das casas piscavam e tremiam anunciando o fim de mais um dia de primavera compondo uma paisagem indescritivelmente triste, típica das regiões montanhosas.

Daquele ponto até o pico de Shiojiri havia ainda pouco mais de oito quilômetros a vencer. Musashi subiu pela íngreme estrada de um fôlego, e muito antes do dia clarear, atingiu o platô Inoji-ga-hara. Com um suspiro de alívio, parou por alguns instantes no meio das estrelas.

LUZ MATERNA

I

Musashi dormia profundamente.

Numa placa no beiral do pequeno santuário que o abrigava lia-se: *Santuário Sengen*.

O local era uma elevação rochosa a um canto do platô, e constituía o ponto mais alto do desfiladeiro de Shiojiri.

— Eeei! Vem cá! Daqui se vê o monte Fuji! — gritou uma voz de súbito ao seu lado. Musashi, que havia se deitado na varanda do santuário, ergueu-se bruscamente. No mesmo instante sentiu os olhos ofuscados pelas deslumbrantes nuvens do amanhecer. Não viu ninguém nas proximidades, mas sobre o distante mar de nuvens avistou o perfil avermelhado do monte Fuji.

— É o monte Fuji! — gritou Musashi, extasiado como uma criança. Conhecia-o de pinturas, chegara a sonhar com ele, mas essa era a primeira vez que o via com os próprios olhos, bem na sua frente.

Para aumentar a sua alegria, a montanha tinha sido a primeira coisa que seus olhos viram no momento em que despertara de súbito, nessa manhã. Além do mais, o pico e ele estavam no mesmo nível. Esquecido de si e do mundo, contemplou o perfil da montanha sem sequer piscar, um longo e profundo gemido de prazer escapando-lhe dos lábios.

Profundamente emocionado, seus olhos encheram-se aos poucos de lágrimas, que lhe rolaram pelas faces. Não se preocupou em enxugá-las: permaneceu imóvel, deixando que os raios matinais lhe tingissem de vermelho o rosto e até os rastros deixados pelas lágrimas.

A pequenez do ser humano!

Tinha sido essa percepção que o havia comovido. Ele se havia dado conta de como ele próprio era pequeno no meio desse vasto universo, e isso o havia entristecido.

Encerrado o episódio em torno do pinheiro solitário de Ichijoji, quando subjugara dezenas de discípulos da academia Yoshioka contando unicamente com sua espada, Musashi tinha permitido que traiçoeiras sementes da presunção começassem a brotar em seu espírito.

"Talvez eu seja o melhor do mundo!", tinha pensado. Muita gente proclamava-se o melhor do mundo, é verdade, mas nenhum deles tinha realmente valor, começara ele a pensar.

Não era verdade.

Mesmo que realizasse o sonho de ser um guerreiro famoso, invencível no mundo da esgrima, que valor teria o título, quanto tempo ele duraria na terra? Musashi sentiu tristeza. Mais que isso, sentiu indignação ao contemplar a beleza eterna do monte Fuji.

Afinal, havia um limite para a vida do ser humano, ele nunca seria eterno como a natureza. Existia algo incomparavelmente maior que ele pairando solenemente sobre sua cabeça; e abaixo disso estava o ser humano. Musashi sentiu medo de estar na mesma altura do topo da montanha. Sem se dar conta de que o fazia, ajoelhou-se e, em silêncio, juntou as mãos sobre o peito.

Pelas mãos cruzadas subiram ao céu suas preces: desejou paz e tranquilidade à mãe no além, agradeceu à terra natal, rezou pela segurança de Otsu e Joutaro. E embora fosse incomparavelmente menor que deus ou o mundo, rezou para que, dentro de sua pequenez, ele viesse a ser um dia um grande homem.

E assim permaneceu ele por algum tempo.

Foi então que uma voz dentro dele lhe disse, de súbito:

— Tolo! Por que o homem seria pequeno?

A natureza tornava-se imensa só depois de refletida nos olhos de um ser humano. Deus existia somente através do espírito humano. Eis por que o ser humano era capaz de atos e manifestações grandiosos, além de ser um espírito vivente. A distância entre você, deus e o universo não é absolutamente grande. Ao contrário, você está tão perto deles que pode até alcançá-los através dessa espada que carrega na cintura. Mas enquanto essa pequena distância existir, você não poderá nem se aproximar do universo dos esgrimistas magistrais.

Musashi continuava de mãos postas enquanto vislumbrava esses pensamentos. E então vozes reais disseram ao seu lado:

— Tem razão! Que vista maravilhosa!

— O monte Fuji se mostra poucas vezes por ano com tanta nitidez.

O grupo de cinco viajantes tinha acabado de galgar a elevação e louvava a bela vista, contemplando-a com as mãos em pala. Mesmo no meio desse grupo de mercadores havia quem visse a montanha como um simples acidente geográfico e quem a reverenciava como uma manifestação divina.

II

De cima da rocha já era possível avistarem-se vultos de viajantes minúsculos como formigas se cruzando no desfiladeiro abaixo, alguns vindos do leste, outros do oeste.

Musashi deu a volta aos fundos do pequeno santuário e vigiou o passo. Dentro em breve, Daizou de Narai e Joutaro haveriam de vir subindo o caminho e surgir naquele desfiladeiro.

E mesmo que não conseguisse avistá-los, os dois por certo não deixariam de ler o aviso, pensou, tranquilizando-se.

Pois na noite anterior ele havia apanhado um pedaço de madeira na beira do caminho e o fincara num lugar bem visível, com a seguinte inscrição:

"*Ao Senhor Daizou, de Narai:*
Preciso encontrar-me com o senhor, caso passe por este desfiladeiro.
Aguardo-o no santuário sobre esta elevação rochosa.
Musashi,
Mestre do menino Joutaro."

Mas o horário matinal de tráfego mais intenso se passou e embora aguardasse até o sol subir quase a pino sobre o platô, não avistou ninguém que se assemelhasse aos dois que procurava, nem ninguém que tivesse lido a tabuleta o chamou de baixo.

"Que estranho!", pensou. "Eles tinham de passar por aqui!"

A partir desse platô, os caminhos trifurcavam: o primeiro levava a Koushu, o segundo era a estrada principal, Nakasendou, e o último desviava-se rumo às províncias do norte. Os rios desciam todos na direção setentrional, desaguando no mar de Echigo.

Mesmo que Daizou resolvesse sair na planície do templo Zenkouji, ou trafegar pela estrada Nakasendou, tinha de passar por ali obrigatoriamente.

Mas usar a lógica para tentar adivinhar o movimento das pessoas resultava muitas vezes em erros memoráveis. Podia ser que Daizou tivesse modificado o itinerário de repente, ou que estivesse passando uma noite a mais nas estalagens da base da montanha. Musashi tinha consigo lanche suficiente para a refeição matinal e o almoço, mas decidiu retornar até o vilarejo da base e preparou-se para descer da elevação.

Foi nesse exato instante que ouviu uma voz rude gritando aos seus pés:

— Ah! Achei o homem!

Havia um tom ameaçador na voz, semelhante ao sibilar de certo bastão que o ameaçara duas noites atrás. Com um sobressalto, Musashi espiou agarrado às saliências da rocha e descobriu, conforme esperara, dois olhos conhecidos fitando-o de baixo.

— Vim no seu encalço, forasteiro! — gritou Gonnosuke, o lavrador de Komagatake. Acompanhava-o a anciã, sua mãe.

Segurando numa das mãos o bastão de quase 120 centímetros e mais a rédea da vaca sobre qual a idosa mulher se escanchava, Gonnosuke contemplou Musashi ferozmente.

— Belo lugar para um reencontro, forasteiro! Acho que você previu o que tencionávamos e fugiu de nossa casa ontem pela manhã. Mas eu quero que se bata comigo mais uma vez! Tente aparar os golpes do meu bastão, se for capaz!

III

Musashi imobilizou o pé que tateava em busca de um apoio e parou no meio da íngreme picada agarrado a uma rocha. Por instantes, olhou para baixo em silêncio.

Gonnosuke achou que o jovem tinha desistido de descer e gritou:

— Mãe! Fique observando daí mesmo que eu vou subir, pegar esse sujeito e jogá-lo cá para baixo. A área do duelo não tem de ser obrigatoriamente plana.

Entregou a rédea da montaria para a mãe e segurou melhor o bastão que trazia debaixo do braço. Em seguida, saltou abruptamente e agarrou-se a uma rocha, preparando-se para escalar a elevação.

— Espere! — disse a mãe. — Esqueceu-se de que foi derrotado alguns dias atrás por causa da sua precipitação? Por que não tenta ler a intenção do seu adversário antes de se lançar contra ele desse jeito? E se ele lhe joga uma rocha lá de cima, que lhe acontecerá?

Mãe e filho continuaram a trocar ideias. Musashi ouvia suas vozes, mas não conseguia discernir o que diziam.

Entrementes, tomou uma decisão: não valia a pena levar adiante o duelo.

Ele já o havia vencido uma vez. Já conhecia a competência do bastão desse lavrador. Não havia por que vencê-lo mais uma vez num novo duelo.

Sobretudo, considerava temível o rancor que a dupla lhe votava, intenso a ponto de fazê-los vir no seu encalço. O episódio da casa Yoshioka havia-lhe ensinado a evitar duelos capazes de deixar rastros de ódio. O proveito, nesses casos, era mínimo, e um passo em falso levava à morte.

Além de tudo, não se passava um dia sem que Musashi se lembrasse dos tormentos que o amor cego e a excessiva devoção de uma mãe por seu filho são capazes de infligir em estranhos. Era o caso de Osugi, a idosa mãe de Matahachi.

Por que haveria ele então de procurar o ódio de uma outra mãe? Um único caminho lhe restava para passar por aquela situação sem maiores danos: fugir.

Chegando a essa conclusão, Musashi começou a escalar de novo a elevação.

— *Obuke*! — chamou-o alguém às suas costas nesse instante. Não era o agressivo filho, mas a anciã, que desmontando, achava-se agora em pé ao lado da montaria.

A intensidade do apelo fez Musashi voltar-se e olhar para baixo.

A velha mãe estava agora sentada no solo, ao pé da elevação, e contemplava-o intensamente com o olhar voltado para cima. Ao perceber que tinha conseguido atrair a atenção de Musashi, a anciã curvou-se em silêncio, profundamente, com as mãos tocando a terra.

Musashi não pôde deixar de se voltar por inteiro apressadamente. Não se lembrava de ter feito nada para merecer a profunda reverência da anciã além da desconsideração de ter-se ido embora sem ao menos agradecer-lhe a hospitalidade.

— Que é isso, senhora? Levante a cabeça, aprume-se, por favor! — parecia querer dizer-lhe Musashi, ao dobrar rapidamente o joelho que havia começado a esticar.

— *Obuke*! Com certeza nos considera gente obstinada, sem consideração pelos outros, e nos despreza. Sinto-me envergonhada. Mas não siga adiante chamando-nos, além disso, de rancorosos e arrogantes. Em nome deste meu filho que levou a vida inteira empenhando-se em manejar o bastão sem um mestre para orientá-lo, sem amigos ou adversários de bom nível, peço-lhe, senhor, que se compadeça dele e se disponha a lhe conceder mais uma lição.

Musashi continuava em silêncio. Mas as palavras que a idosa mulher lhe dirigia da base da elevação, esforçando-se para se fazer ouvir com sua voz rouca, tinha um tom sincero, difícil de ser ignorado.

— Considerei uma lástima não poder vê-lo nunca mais, senhor. Quem nos garante que teremos oportunidade de encontrar outro adversário do seu nível? Além disso, não teremos, meu filho e eu, coragem para nos apresentar perante nossos ancestrais — todos descendentes de uma famosa casa guerreira — depois da vergonhosa derrota que ele sofreu há dias. Não estou dizendo tudo isso porque lhe guarde rancor, mas porque o meu filho parecia um simples lavrador derrubado e imobilizado no solo, e não um guerreiro derrotado, quando há dias o senhor o venceu. Lamentaríamos o resto de nossas vidas se depois de termos tido a sorte de encontrar uma pessoa do seu nível, o deixássemos partir sem nada aprender desse encontro. E porque penso desse modo, recriminei meu filho e o arrastei até aqui. Atenda portanto ao meu pedido, e conceda a ele a oportunidade de um novo duelo, eu lhe peço, senhor!

A anciã terminou de falar e curvou-se outra vez, como se venerasse os calcanhares de Musashi que ela via pouco acima de sua cabeça.

IV

Musashi veio descendo em silêncio. Tomou em seguida as mãos da mulher, ergueu-a e a depositou cuidadosamente sobre o lombo da vaca.

— Mestre Gon, apanhe as rédeas. Conversaremos enquanto andamos. Vou pensar sobre a conveniência ou não de um duelo entre nós. — disse.

Voltou as costas aos dois e pôs-se em marcha com passos decididos. Embora prometesse conversar enquanto andavam, continuou em silêncio.

Gonnosuke não conseguia perceber o que ia no espírito de Musashi e o seguia com o olhar brilhante e desconfiado fixo em suas costas. Com medo de atrasar-se muito, o lavrador puxava a rédea, instigava a lerda montaria aos gritos e tentava acompanhar o passo de Musashi.

Que lhe diria ele: sim ou não?

No dorso da montaria, até a velha mãe franzia o cenho, apreensiva. E assim, quando já haviam percorrido quase dois quilômetros pela estrada que cortava o platô, Musashi balançou a cabeça como se concordasse consigo mesmo e voltou-se bruscamente.

— Está bem. Aceito o desafio — declarou.

Gonnosuke deixou cair a rédea e ecoou:

— Aceita?

Sôfregos, seus olhos já procuravam uma boa área de para o duelo. Musashi, porém, desviou o olhar do entusiasmado adversário e voltou-se para a anciã, ainda no lombo da montaria:

— Entretanto, senhora, quero saber se não lamentará caso o inesperado venha a ocorrer. Não existe nenhuma diferença entre um duelo como este e uma briga sangrenta de rua, a não ser no tipo de arma que se usa. Fora disso, as duas modalidades de luta são exatamente iguais — frisou.

A anciã sorriu então pela primeira vez e respondeu:

— É óbvio, senhor. Dez anos são passados desde que meu filho começou a se dedicar à técnica do bastão. Se apesar dos longos anos de estudo ainda perder para alguém mais novo que ele, como o senhor certamente é, ser-lhe-á melhor desistir de trilhar o caminho das artes marciais. Mas disse-me ele que nesse caso, a vida não terá mais sentido. Assim sendo, se ele morrer no duelo estará apenas realizando seu mais ardente desejo. Nem eu alimentarei nenhum rancor ou ressentimento, senhor, asseguro-lhe.

— Nesse caso, aceito — disse Musashi. Passeou o olhar ao redor e apanhou a rédea que Gonnosuke tinha soltado. — Estamos muito perto da estrada. Vamos procurar um lugar mais afastado, prender a montaria e lutar, conforme desejam.

No centro do platô havia um enorme pinheiro meio seco.

— Perto daquela árvore — disse Musashi apontando. Logo, prendeu nele o animal.

— Faça os preparativos, mestre Gon — pediu.

Ávido, Gonnosuke urrou um assentimento e, empunhando o bastão, parou em pé, encarando Musashi. Ereto, este apenas o encarou tranquilamente.

Musashi não trazia bordão ou espada de madeira, próprios para uma competição, nem mostrava sinais de que usaria qualquer pedaço de madeira caído nos arredores. E também, não aprumou os ombros: seus braços pendiam com naturalidade ao longo do corpo.

— Não vai se preparar?— perguntou Gonnosuke por sua vez.

— Por que pergunta? — replicou Musashi.

Olhos chispando, Gonnosuke respondeu com voz indignada:

— Escolha a arma que quiser e empunhe-a!

— Já a tenho! — replicou Musashi.

— Está falando de suas mãos?

— Nada disso — replicou o jovem balançando a cabeça e levando a mão esquerda num movimento quase furtivo ao cabo da própria espada. — Aqui a tenho.

— Quê? Vai usar a espada?

A resposta veio na forma de um sorriso torto, do canto da boca. Musashi já estava tão concentrado que não podia mais dar-se ao luxo de responder mesmo monossilabicamente, ou de quebrar o tranquilo ritmo da respiração.

Sentada ao pé do pinheiro, imóvel como uma imagem santa ao relento, a anciã empalideceu a olhos vistos.

V

Com uma espada real!

Quando Musashi tornou clara sua intenção, a velha mãe se apavorou.

— Um momento! — gritou ela de súbito.

Mas uma intervenção desse tipo já não tinha a capacidade de fazer desviar um milímetro sequer os olhares dos dois contendores, Musashi e Gonnosuke.

Gonnosuke, imóvel e em guarda com o bastão sob o braço, parecia ter absorvido todo o ar do platô e aguardar o momento certo para vomitá-lo num único e raivoso sibilar de sua arma. Musashi, com a mão petrificada logo abaixo da empunhadura da espada fixava os olhos de seu adversário tentando ao que parecia trespassá-los com o brilho do próprio olhar.

Os dois homens já estavam presos um ao outro e estraçalhando-se espiritualmente. O olhar, nessas situações, corta mais que espadas ou bastões.

Depois de ferir mortalmente o adversário com o olhar, uma das duas armas, bastão ou espada, penetraria pela brecha na guarda do adversário para atingi-lo no momento certo.

— Espere! — tornou a gritar a anciã.

— Que quer, senhora? — perguntou Musashi, saltando e distanciando-se quase um metro e meio do seu opositor antes de perguntar.

— Entendi que vai usar sua espada, uma arma real!

— Exato. Da maneira que eu luto, tanto faz que a espada seja de madeira ou de aço, o efeito é sempre o mesmo.

— Não o estou impedindo de usá-la, não me entenda mal.

— Basta que compreenda, senhora. A espada é absoluta. Uma vez empunhada, não há como limitar sua ação em cinquenta ou setenta por cento. Se isso não lhe convém, só resta um caminho: o da fuga.

— Naturalmente! Mas o motivo por que intervim não é esse. Apenas me ocorreu de súbito que os dois deviam nomear-se mutuamente, para que, ao fim deste duelo magnífico, um não venha a lamentar o desconhecimento do nome do opositor.

— Tem razão.

— Não há ódio neste caso, mas quis o destino que se defrontassem como formidáveis oponentes, de um nível raro neste mundo. Gon, decline seu nome primeiro.

— Sim, senhora — disse Gonnosuke. Curvou-se cortês e declarou: — Reza a tradição que o fundador de minha casa, de nome Kakumyo, foi em tempos idos oficial do exército do valoroso Minamoto-no-Yoshinaka, senhor de Kiso. Com a queda do senhor de Kiso, Kakumyo entrou para uma ordem religiosa e tornou-se seguidor do santo budista Honen. Talvez sejamos, portanto, um ramo dessa última família. Anos se passaram e hoje, na minha geração, vivemos da terra. Um fato humilhante ocorrido na época de meu pai nos deixou mortificados e nos fez, a mim e à minha mãe, jurar perante os deuses de Ontake que nos ergueríamos uma vez mais pelo caminho das artes marciais. Durante um retiro espiritual no templo, os deuses de Ontake revelaram-me a técnica do bastão, a qual denominei Musou-ryu, ou seja, estilo de uma visão. Por causa dele, sou também conhecido como Musou Gonnosuke.

Quando Gonnosuke calou-se, Musashi devolveu a reverência e disse:

— Minha casa é um ramo da tradicional casa Akamatsu, de Banshu, e descende diretamente de Hirata Shogen. Venho da vila Miyamoto, de Mimasaka, sou filho único de Miyamoto Munisai, e me chamo Musashi, com o mesmo sobrenome. Caso me aconteça tombar sob o golpe do seu bastão e terminar meus dias na terra, não se deem ao trabalho de providenciar meu enterro, porque não tenho parentes a quem comunicar a morte e porque a esse destino estou preparado, uma vez que escolhi trilhar o caminho de um guerreiro.

Reaprumou-se e acrescentou:

— Em guarda.

Gonnosuke também disse:

— Em guarda.

VI

A anciã, sentada ao pé do pinheiro, nem parecia respirar.

Não era por um golpe de azar, comum na vida de um guerreiro, que o filho se via envolvido nesse duelo mortal: ao contrário, ela o havia procurado, correra-lhe literalmente no encalço, e agora expunha o filho à lâmina inimiga. Em estado de espírito inimaginável para o comum dos mortais, a velha mãe sofria em silêncio. Algo em seu aspecto, porém, denunciava a fortaleza de espírito dos que têm fé em suas próprias convicções e por elas são capazes de arrostar o mundo inteiro.

Sentada sobre a relva, quase se achatando contra o solo, ombros levemente caídos, a idosa mulher mantinha as duas mãos cruzadas e pousadas sobre as coxas em postura educada. Tinha um aspecto frágil, emurchecido, sugerindo que aquele corpo tinha dado à luz diversos filhos e que os perdera todos, mas que mesmo assim lutara por sobreviver em meio à miséria.

Mas no instante em que Musashi e Gonnosuke, interpondo uma distância de algumas dezenas de metros entre si declararam-se prontos para o combate, o olhar da anciã fulgurou como se a luz de todos os deuses e santos budistas tivesse convergido para os seus olhos e por eles espiassem.

O destino de seu filho estava para ser decidido perante a espada de Musashi. Gonnosuke, por sua vez, teve a impressão de adivinhar o próprio destino e sentiu o corpo gelar na fração de segundo em que Musashi extraiu a espada da bainha.

"Quem é este homem?" perguntou-se. Só agora ele o via realmente.

O homem à sua frente tinha um aspecto totalmente diferente do adversário com quem lutara nos fundos da própria casa. Transpondo a situação para o campo da caligrafia, poder-se-ia dizer que no primeiro encontro Gonnosuke havia percebido Musashi como um vistoso cursivo, de linhas suaves e fluidas, e assim avaliou sua personalidade. Mas hoje, o aspecto físico do seu adversário assemelhava-se a uma austera caligrafia formal, escrita com meticulosa precisão de linhas e pontos, e tomou consciência do quanto errara em seu primeiro julgamento.

E porque ele próprio tinha preparo suficiente para ter esse tipo de percepção, Gonnosuke, que dias atrás se havia lançado em furiosa desordem sobre o adversário, hoje mantinha o bastão erguido bem alto sobre a cabeça, sem conseguir dele extrair sequer um único golpe sibilante.

— ...

— ...

A névoa, que por um breve instante pairara sobre a relva do platô, aos poucos se esgarçou. Em voo sereno, um pássaro cruzou a silhueta esfumaçada das montanhas distantes.

Um silvo rasgou de chofre o espaço entre os dois homens. Embora invisível, a vibração tinha sido tão forte que talvez derrubasse uma ave em pleno voo. Impossível era precisar se fora provocada pelo bastão ou pela espada, um enigma ao estilo da proposição zen: "Qual o som de uma mão batendo palmas?"

Não só isso, como também quase impossível havia sido acompanhar com os olhos o movimento de absoluta simultaneidade com que corpos e armas haviam se movido. Na fração milesimal de segundo em que, com um sobressalto, os olhos intuíam o movimento e o transmitiam para o cérebro, o posicionamento e a postura dos dois homens já se haviam alterado.

Num golpe descendente, o bastão de Gonnosuke cortou o ar e golpeou ao lado de Musashi, errando o alvo. Este último por sua vez volteou o antebraço: a espada deslocou-se da posição mediana para a superior descrevendo um movimento de varredura e cintilou, quase raspando ombro e têmpora direitos de Gonnosuke.

A espada de Musashi errou o alvo e prosseguiu em seu trajeto ascendente apenas o necessário para em seguida, como sempre, de súbito reverter o movimento e descrever um V invertido no ar — o formato das agulhas do pinheiro, o golpe característico de sua criação. E era quase sempre pela ponta da espada que volteava e descia nesse movimento de reversão que seus inimigos haviam conhecido o inferno.

Em consequência, Gonnosuke não conseguiu tempo para golpear o adversário uma segunda vez: segurando as extremidades do bastão, ele apenas logrou aparar a espada de Musashi no alto, sobre a própria cabeça.

O bastão acima da cabeça de Gonnousuke emitiu um sonoro estalo. Quando espada e bastão chocam-se nessas condições, o bastão teria naturalmente de partir-se em dois. Mas isso somente acontece quando a lâmina golpeia obliquamente. Gonnosuke, que naturalmente levara em consideração esse fator ao erguer o bastão bem alto sobre a própria cabeça e aparar o golpe de Musashi, estava agora com o cotovelo esquerdo perigosamente próximo do peito de Musashi, e com o direito dobrado e projetado um pouco mais alto, pronto para golpear seu oponente na boca do estômago. O camponês-guerreiro havia sem dúvida detido o avanço da espada inimiga, mas não conseguira completar com sucesso o próprio golpe: quando as duas armas tinham-se imobilizado em rígida cruz sobre sua cabeça entre a ponta do seu bastão e o peito de Musashi restava ainda um espaço de quase três centímetros.

VII

Impossível retrair, perigoso avançar.

Quem se impacientasse e tentasse cegamente uma das duas medidas seria no mesmo instante derrotado, era óbvio.

Se as armas cruzadas fossem duas espadas, os dois contendores estariam agora com os punhos de suas armas mutuamente pressionados numa situação de impasse. Mas naquele caso, cruzavam-se uma espada e um bastão.

Num bastão não existe cabo, punho, lâmina ou ponta.

Mas o bastão, com seu corpo cilíndrico de quase 120 centímetros, podia ser todo ele lâmina, ponta ou cabo. Nas mãos de um especialista, a versatilidade do bastão é incomparavelmente maior que a da espada.

Musashi estaria perdido se se baseasse em seus conhecimentos de esgrima e resolvesse determinar intuitivamente o próximo golpe adversário: o bastão era por vezes capaz de se mover com características de uma espada, ou como uma lança curta.

E porque não conseguia prever como se moveria a arma inimiga, Musashi via-se impossibilitado de retrair a espada sobreposta ao bastão.

A situação era ainda pior para Gonnosuke. O lavrador, sustentando sobre a cabeça a espada de Musashi, estava em posição defensiva. Além de impossibilitado de recuar, tinha de manter o vigor espiritual para sustentar o corpo nessa postura, pois na fração de segundo que se descuidasse, a espada inimiga esmagar-lhe-ia a cabeça com um arranco final.

E ali estava Gonnosuke, o homem a quem os deuses de Ontake haviam revelado os segredos de sua arte, impossibilitado de qualquer movimento.

Seu rosto empalideceu a olhos vistos. Seus incisivos enterravam-se com firmeza no lábio inferior. Um suor frio começou a escorrer pelos cantos dos olhos repuxados.

— ...

A cruz formada pelo bastão e pela espada pôs-se a ondular, e debaixo dela, Gonnosuke começou aos poucos a ofegar.

E foi nesse momento que a idosa mãe, mais pálida ainda o filho e que a tudo assistia aos pés do pinheiro, gritou:

— Gon!!!

A anciã estava fora de si ao gritar. Soerguendo o corpo e batendo com força nas próprias coxas, tornou:

— Os quadris!

Mal disse, tombou para frente como se estivesse cuspindo sangue.

Ato contínuo, Musashi e Gonnosuke — cujas armas pareciam querer petrificar-se naquela posição, para sempre cruzadas — afastaram-se num súbito salto, com ímpeto muito maior que o do entrechoque.

O movimento partira de Musashi.

O recuo também não fora de meros cinquenta centímetros ou um metro. O impulso pareceu resultar de um chute contra o solo, desferido por um dos seus calcanhares. Em consequência, seu corpo deslocou-se para trás mais de dois metros antes de aterrissar.

A formidável distância foi, porém, num átimo encurtada pelo salto de Gonnosuke e pelos 120 centímetros do seu bastão, que lhe vieram no encalço.

— Ah! — gritou Musashi, conseguindo desviar o golpe para o lado por um triz.

E porque Musashi desviou seu golpe no momento em que escapava do território da morte e partia para a agressão, Gonnosuke cambaleou para a frente parecendo prestes a precipitar-se de cabeça no solo. Nessa posição, acabou expondo as costas desguardadas diante de Musashi, que com seu olhar agudo e cabelos eriçados, lembrava um falcão de penas arrufadas travando luta de vida ou morte.

Um fino risco prateado, semelhante ao que uma gota de chuva descreve no ar ao cair, lampejou sobre as costas de Gonnosuke. Com um longo gemido que lembrou o mugir de um bezerro, o lavrador-guerreiro deu mais alguns passos para a frente e tombou. Musashi, por sua vez protegendo com uma das mãos a área da boca do estômago, caiu sentado pesadamente no meio da relva.

E então, um grito ecoou:

— Você venceu!

Por incrível que parecesse, o grito tinha partido de Musashi.

Gonnosuke não estava em condição de falar.

VIII

Tombado de bruços, Gonnosuke não se movia mais. A idosa mãe pareceu perder a noção de tudo e permaneceu contemplando o corpo do filho.

— Foi um golpe reverso — advertiu Musashi à anciã. Ao perceber que nem assim ela se erguia, tornou a dizer:

— Seu filho não está ferido, pois eu o atingi com as costas da espada. Dê-lhe logo um pouco de água.

— Co... como? — disse a idosa mulher erguendo enfim a cabeça e observando o filho inerte com olhar incrédulo. Mas ao perceber que não havia vestígios de sangue nele, soltou um gemido de alívio, aproximou-se dele cambaleante e o abraçou com força. Deu-lhe água, chamou-o e sacudiu-o, até vê-lo recuperar os sentidos. Ao dar com Musashi que, aturdido, continuava sentado na relva, Gonnosuke prostrou-se à sua frente.

— Reconheço que fui derrotado — disse ele.

A essas palavras, Musashi voltou a si de seu quase transe. Tomou às pressas as mãos do lavrador nas suas e respondeu:

— Pelo contrário, fui eu o vencido.

Abriu o quimono a seguir e mostrou à mãe e ao filho o próprio peito, na altura da boca do estômago.

— Estão vendo esta marca vermelha? Ela foi feita pela ponta do bastão. Significa que se eu tivesse sido atingido um pouco mais profundamente, não estaria vivo a esta altura — explicou, ainda aturdido, sem compreender com clareza de que jeito havia sido golpeado.

Gonnosuke e a mãe também contemplavam, abismados, a marca vermelha na pele de Musashi.

Este se recompôs e perguntou à anciã por que motivo gritara havia pouco: "Os quadris!". Que tipo de falha havia ela visto na postura do filho para gritar a advertência?

A isso, a velha mãe respondeu:

— Tenho até vergonha de confessar, mas naquele instante de desespero, meu filho retesava os dois pés apenas empenhado em sustentar sua espada sobre a própria cabeça. Era-lhe perigoso atacar ou recuar, ele estava completamente encurralado. Enquanto o observava, dei-me conta de súbito de uma falha, visível até para uma mulher que, como eu, nada entende de artes marciais: meu filho estava encurralado porque seu espírito voltava-se inteiro para um único detalhe: a espada. Nervoso, sem saber se devia recuar o braço, ou usá-lo para uma dar uma estocada, meu filho não conseguia notar essa falha. Mas naquela situação, percebi que se ele apenas abaixasse os quadris, mantendo corpo e braços na mesma posição, a ponta do bastão nivelaria com a altura do seu peito e poderia atingi-lo em cheio num único movimento. "É isso!", pensei eu, e gritei, nem me lembro o quê...

Musashi balançou a cabeça, concordando, grato pela oportunidade que a sorte lhe concedia dessa bela lição.

Em silêncio, Gonnosuke também escutava. Sem dúvida alguma ele tirara proveito das observações da idosa mãe. Não era visão dos deuses de Ontake, mas lição de amor de uma mãe de carne e osso que, ao ver o filho no limiar da morte, vislumbrara uma tática extrema, um "último recurso".

Gonnosuke, o lavrador de Kiso, posteriormente conhecido como Musou Gonnosuke, tornou-se o fundador do estilo Musou para o bastão[3] — o estilo de uma visão. No livro em que ele registra os segredos de sua técnica, existe um adendo onde descreve um golpe a que chamou "Luz Materna".[4] Nesse trecho, o lavrador-guerreiro fala do grande amor que lhe devotou a mãe, assim como dos detalhes do seu duelo com Musashi. Contudo, em nenhum lugar do livro se lê que ele venceu Musashi naquele memorável dia. Pelo contrário: Gonnosuke continuou afirmando pelo resto de sua vida que havia sido derrotado por Musashi, derrota que considerou para sempre um inestimável marco em sua carreira.

Encerrado o duelo, Musashi despediu-se da mãe e do filho com muitos votos de felicidade e deixou para trás Inoji-ga-hara. E no momento em que ele possivelmente já estaria na altura de Kamisuwa, surgiu um *bushi* indagando nos agrupamentos de condutores de cavalos e a viajantes com quem cruzava:

— Sabem me informar se por aqui passou um certo Musashi? Tenho certeza de que o homem está percorrendo esta estrada.

---

3. No original, *Musouryu Jojutsu*.
4. No original, *Doubo-no-isshu*.

PAIXÃO SAMURAICA

I

A área marcada pelo bastão doía.

O golpe de Gonnosuke, ligeiramente desviado da boca do estômago, parecia ter resvalado numa costela.

Musashi tinha de parar na base das montanhas ou em Kami-Suwa e indagar sobre Joutaro e Otsu, mas não tinha disposição para isso. Contudo, rumou diretamente a Shimo-Suwa, ao se dar conta de que nessa região existiam termas.

Suwa, à margem do lago do mesmo nome, era também conhecida como "Cidade das Mil Casas".[5] Em frente à maior estalagem da localidade — onde *daimyo* e importantes personalidades costumavam pernoitar — Musashi avistou uma terma coberta. Outras existiam, porém, à beira da estrada, onde qualquer um podia banhar-se livremente.

Musashi dependurou as roupas no galho de uma árvore, a ele atando também suas espadas. Mergulhou a seguir na terma a céu aberto e com um suspiro de prazer repousou a cabeça numa pedra.

A água quente proporcionou alívio à área ferida, inchada e rígida como um pequeno saco de couro e que o vinha incomodando desde a manhã. Uma agradável sonolência tomou conta de seu corpo.

O sol tombava no horizonte.

Estava nos fundos de uma casa de pescadores ao que parecia. Por entre as construções próximas, avistou a superfície do lago: uma rala névoa carmesim se erguia dela e lhe deu por instantes a impressão de que o lago inteiro era uma gigantesca terma. Da estrada, situada duas ou três hortas além do local onde se encontrava, chegava-lhe aos ouvidos o incessante burburinho de gente, cavalos e carroças trafegando.

E no meio desse burburinho, sentava-se um samurai num banco à porta de uma pequena loja que comercializava óleo e utilidades domésticas:

— Quero um par de sandálias — pediu o forasteiro, descalçando as suas, bastante gastas. — A notícia deve ter chegado até estes lados, não chegou? Falo do homem que lutou sozinho, com rara coragem, contra um bando de Yoshiokas no episódio do pinheiro solitáro de Ichijoji. Não o viram por acaso? Tenho certeza de que ele passou por aqui — acrescentou.

---

5. No original, *Machiya Sengen*.

Era o samurai que vinha seguindo Musashi desde o passo de Shiojiri, sempre perguntando por ele. O homem parecia não conhecer bem a pessoa que procurava apesar de saber tanto sobre ela, pois ao ser indagado sobre detalhes como aspecto e idade, respondeu vagamente:

— Quanto a isso, não tenho certeza.

Uma coisa era certa: o estranho fazia muito empenho em encontrar essa pessoa, pois abateu-se visivelmente ao saber que ninguém vira ou ouvira falar dela.

— Tenho de achar um meio de encontrá-lo... — continuava ele a repetir em tom de lamúria, mesmo depois de ter acabado de amarrar os cordões da sandália.

"Esse homem estará procurando por mim?" — perguntou-se Musashi ainda mergulhado nas águas termais, observando com cuidado o estranho na loja do outro lado da horta.

Pele curtida de sol, quase quarenta anos, o homem era com certeza um avassalado, e não *rounin*.

Tinha os cabelos da têmpora eriçados — talvez em consequência da contínua pressão que o cordão do sombreiro exerce na área —, e seu porte dava a perceber que era um formidável guerreiro num campo de batalha. Oculto debaixo das roupas, devia haver um corpo temperado por lutas e cheio de calosidades resultantes de armaduras e perneiras.

"Quem será este homem? Não me lembro de tê-lo visto...", pensou Musashi. Entrementes, o *bushi* desconhecido foi-se embora.

Uma vez que mencionara o nome dos Yoshioka, o estranho poderia ser um dos discípulos da academia, achou Musashi. No meio do pequeno exército de seguidores dessa academia, podia ser que um ou outro fosse valente e estivesse procurando vingar-se usando estratagemas.

Musashi enxugou-se, vestiu as roupas e, ao sair para a estrada, o samurai desconhecido de há pouco surgiu-lhe à frente como por encanto.

— Perdão, senhor — disse, interceptando-lhe o caminho com uma mesura e fixando o olhar no seu rosto. — Será que estou na presença de mestre Miyamoto?

II

Desconfiado, Musashi balançou uma única vez a cabeça em sinal de assentimento. Ao ver isso, o samurai desconhecido entusiasmou-se.

— Ora, até que enfim! — exclamou, acrescentando em tom de grande familiaridade: — Não sabe o quanto isso me deixa feliz! Desde que comecei esta jornada, algo me dizia que o haveria de encontrar nalgum lugar!

Satisfeito consigo mesmo, não deu tempo a Musashi de fazer-lhe perguntas, mas insistiu em que ambos pernoitassem na mesma hospedaria, caso não lhe fosse inconveniente.

— Não sou um indivíduo suspeito, tranquilize-se. Partindo de minha boca, talvez soe como bravata, mas acontece que minha posição social me permite viajar com um séquito de quinze pessoas e um cavalo para muda. Para que não restem dúvidas, vou declinar meu nome: sou Ishimoda Geki, vassalo do senhor Date Masamune, senhor do castelo Aoba, de Oshu[6] — acrescentou.

Musashi acompanhou Geki, que decidiu pernoitar na principal hospedaria da localidade. Mal chegou e se acomodou num aposento, perguntou:

— Vai tomar seu banho agora?

No mesmo instante corrigiu-se:

— Ah, esqueci-me que você acabou de sair de uma das termas ao ar livre! Bem, nesse caso, vou tomar o meu. Desculpe-me por momentos — disse. Desfez-se dos trajes de viagem, vestiu o quimono fornecido pela hospedaria, apanhou uma toalha e saiu.

Homem interessante, pensou Musashi, sem no entanto atinar com o motivo pelo qual o estranho o procurava com tanta insistência, ou mostrava tanto apreço por ele.

— Troque-se também — convidou uma serviçal, oferecendo a Musashi um grosso quimono forrado da hospedaria.

— Não, obrigado. Talvez eu não pernoite nesta casa, dependendo das circunstâncias — explicou ele.

— Sim, senhor.

Musashi saiu para a varanda pela porta aberta e contemplou o lago sobre cuja superfície a noite começava enfim a cair. Pensou em Otsu, e no que poderia ter-lhe acontecido, evocou seu rosto triste e o olhar velado.

Um leve tilintar de louças produzido por uma serviçal que preparava a mesa do jantar soou às suas costas, e percebeu a luz de uma lamparina vindo-lhe de trás. As suaves ondas de um profundo azul-índigo que quebravam à beira do lago enegreciam a olhos vistos conforme a noite caía.

"Será que estou no caminho errado? Segundo me disseram, Otsu foi sequestrada. Mas um malfeitor que não hesita em raptar mulheres jamais viria para uma cidade populosa como esta", pensou. Em seus ouvidos parecia ecoar o grito de Otsu pedindo ajuda. Embora tivesse concluído que tudo no mundo acontecia segundo desígnios divinos, logo se sentiu tomado de profunda inquietação.

---

6. Oshu: antiga denominação de uma extensa área que abrange as atuais províncias de Fukushima, Miyagi, Iwate, Aomori e parte de Akita.

— Desculpe-me se demorei — disse Ishimoda Geki, retornando nesse momento. — Vamos, venha servir-se — disse, apontando a mesa posta. No mesmo instante percebeu que Musashi não se havia trocado. — Troque-se e ponha-se à vontade também — insistiu.

Musashi recusou com firmeza, explicando que seu cotidiano era de noites dormidas ao relento "debaixo de árvores e em cima de pedras": do jeito que estava dormia e do jeito que estava percorria as estradas. Era prático, e ao mesmo tempo, deixava-o muito à vontade, acrescentou ele.

— Percebi que se preocupa com as quatro atitudes do ser humano no cotidiano, *gyouju zaga,* a saber, andar, parar, sentar e deitar. Pois com isso também se preocupa meu lorde Masamune. Suspeitava que você fosse mais ou menos assim, mas é muito agradável ver minhas suspeitas confirmadas! — disse Geki, dando uma leve palmada na própria coxa, ao mesmo tempo em que contemplava com admiração o rosto de Musashi, iluminado de revés pela luz da lamparina.

Dentro de instantes, voltou a si.

— Vamos brindar à amizade!— disse, oferecendo-lhe uma taça com toda a cortesia, pronto a desfrutar a companhia de Musashi pelo resto da noite.

Musashi fez uma reverência cortês, mas manteve as mãos sobre as coxas e perguntou:

— Mestre Geki: que significa esse seu interesse por mim? Como explica a amizade que parece sentir por mim, um estranho que encontrou numa estrada?

III

Ante a pergunta formal, Geki pareceu enfim dar-se conta de que a situação era clara somente aos seus próprios olhos e apressou-se a explicar:

— Vejo que não está entendendo, e com razão. Não existe nenhum motivo concreto para que eu, um estranho, sinta tanto interesse por você, outro estranho. Caso, porém, você insista em saber, posso tentar explicar-lhe em poucas palavras: sinto-me irresistivelmente atraído por você.

Riu a seguir com gosto e acrescentou:

— Sou um homem atraído por outro!

Geki parecia pensar que com isso esclarecia de vez os próprios sentimentos. Musashi, contudo, continuava a não entender nada. Um homem podia até sentir-se atraído por outro. Todavia, Musashi nunca até hoje havia sentido atração por outro homem.

Takuan era severo demais; Koetsu vivia num mundo muito diferente do seu; Yagyu Sekishusai era-lhe tão superior, que Musashi nem ousava dizer que gostava dele.

Ele podia afirmar por suas experiências passadas que não era fácil encontrar um homem capaz de atrair outro. Apesar de tudo, Geki afirmava: "Sinto-me atraído por você!"

Seria lisonja? Se fosse, o homem só podia ser um leviano. Mas Geki tinha modos másculos que o desmentiam.

Musashi então tornou a perguntar, cada vez mais sério:

— Que quer dizer quando afirma que sente atração por outro homem?

Geki parecia aguardar a pergunta, pois respondeu de pronto:

— Na verdade, jovem, desde o dia em que ouvi falar de seus feitos no episódio do pinheiro solitário de Ichijoji até hoje, vim-me sentindo atraído por você sem ao menos conhecê-lo. Espero que não se ofenda.

— Quer dizer que o senhor estava em Kyoto nessa época?

— Cheguei a Kyoto no mês de janeiro e permaneci na mansão Date. No dia seguinte ao do duelo, fui visitar lorde Karasumaru Mitsuhiro, como sempre faço durante minhas estadias naquela cidade, e lá ouvi muitas histórias a seu respeito. Meu nobre anfitrião contou-me que o tinha conhecido, assim como detalhes de sua vida, carreira e idade. Minha ansiedade por conhecê-lo cresceu ainda mais. E então, no caminho de volta para a minha província, soube pelo cartaz que deixou no passo de Shiojiri, que por coincidência você também trafegava por esta mesma estrada.

— Cartaz?

— Sim! O que você deixou na base de uma elevação rochosa, endereçado a um certo Daizou de Narai.

— Ah! O senhor leu aquilo! — comentou Musashi, sem deixar de sentir a ironia da situação: o homem que ele procurava com tanto empenho não o tinha lido, mas um estranho servira-se dele para encontrá-lo.

Musashi sentiu que não merecia a admiração de Geki. Tanto o duelo do templo Renge-ou como o confronto em torno do pinheiro solitário de Ichijouji haviam deixado marcas dolorosas em seu espírito e nem de longe lhe ocorria gabar-se deles.

— Acho que não mereço sua consideração — disse Musashi com sinceridade, realmente embaraçado.

Geki, porém, não cansava de elogiá-lo:

— Dentre os *bushi* a serviço do meu lorde Date, cujo feudo é avaliado em um milhão de *koku*, existem muitos guerreiros corajosos. Percebo também, ao percorrer o país nos últimos tempos, que não é pequeno o número de espadachins que podem ser considerados muito bons. Mas um samurai com suas características é uma raridade! Você é aquilo que se convencionou chamar de jovem promissor. Estou completamente vencido por seus encantos.

Fez uma pequena pausa e prosseguiu:

— E assim, digamos que esta noite vou realizar meu sonho de amor. Releve a insistência, brinde comigo, e deixe-me conquistá-lo.

IV

Desfeita a desconfiança, Musashi aceitou a taça de saquê. E como de hábito, seu rosto logo se avermelhou sob o efeito da bebida.

— Nós, guerreiros das frias terras do norte, somos todos bons bebedores. Meu amo, lorde Date, é capaz de beber um barril sem se alterar, de modo que nós, soldados rasos sob o comando desse valente general, não podemos fazer feio — brincou Ishimoda Geki, sem mostrar nenhum sinal de embriaguez.

Mandou a mulher que os servia espevitar a lamparina diversas vezes e convidou:

— Vamos beber e conversar até o dia raiar.

— Com prazer — disse Musashi, sorrindo. — Há pouco, disse-me o senhor que costuma frequentar a mansão de lorde Mitsuhiro. São amigos íntimos?

— Não diria que somos íntimos... Eu ia à mansão dele a mando de meu amo e, com o tempo, acabei por frequentá-la com assiduidade graças ao gênio aberto de lorde Mitsuhiro.

— Eu tive a oportunidade de me avistar com ele uma única vez na casa Ougiya, do bairro Yanagi, por apresentação do mercador Hon'ami Koetsu. Na ocasião, tive a impressão de estar diante de uma pessoa alegre, muito diferente da maioria dos nobres.

— Alegre? Foi apenas essa a sua impressão? — disse Geki, parecendo insatisfeito com a definição. — É uma pena! Se você tivesse tido a oportunidade de conversar com ele um pouco mais, teria percebido o espírito ardente e o brilhante intelecto que se ocultam por trás dessa aparência alegre.

— O local onde nos encontramos também não era dos mais favoráveis para uma conversa mais séria...

— Tem razão. Ele por certo só lhe mostrou a fachada boêmia, que usa para iludir o mundo inteiro.

— Nesse caso, como é ele na verdade? — perguntou Musashi casualmente.

No mesmo instante Geki aprumou-se e disse em tom de voz emocionado:

— Ele é um homem mergulhado em profundo desgosto.

Fez uma pequena pausa e acrescentou:

— E a causa do seu desgosto está no despótico sistema xogunal dos nossos dias.

A luz pálida da lamparina tremia vagamente, embalada pelo suave marulhar das ondas do lago.

— Diga-me, mestre Musashi: a quem você dedica esse seu empenho em adestrar-se nas artes marciais?

— A mim mesmo — respondeu Musashi.

Geki balançou a cabeça com vigor, concordando:

— Está certo!

Logo, porém, tornou a pressionar:

— E a quem você dedica a sua pessoa?

— ...

— Não me diga de novo que a você mesmo! Não é possível que um homem como você, que se devota à esgrima com tanta seriedade, se contente com tão pouca distinção!

E assim teve início o assunto. Ou talvez seja mais apropriado dizer que Geki procurou essa desculpa para abordar o assunto, e a partir disso expor suas ideias.

O país estava atualmente nas mãos de Tokugawa Ieyasu, dizia ele, e de um modo geral, o povo vivia em paz do norte ao sul, de leste a oeste. Mas pensando bem, teria realmente a sociedade condições para proporcionar felicidade para o povo?

Houjo, Ashikaga, Oda, Toyotomi — nos longos anos em que o país havia vivido sob o comando desses governantes, os oprimidos tinham sido o povo e a casa imperial, sempre. A casa imperial fora usada e o povo escravizado com o único intuito de fazer prosperar a classe guerreira. Afinal, o atual regime — em que a classe guerreira enfeixava o poder em suas mãos — seguia o modelo político implantado por Yoritomo[7], não seguia?

Oda Nobunaga, continuou Geki, havia-se dado conta de que cometia injustiça e mandara reerguer o palácio imperial. Toyotomi Hideyoshi também prestara tributo ao imperador Go Yosei, e se preocupara em implantar uma política que visou o bem-estar da população geral. Mas a linha política adotada pelo atual xogum Ieyasu tinha como objetivo apenas transformar a casa Tokugawa no centro do poder. Em vista disso, não estaria o país caminhando uma vez mais para um regime despótico, em que apenas o xogunato se fortalecia e recheava seus cofres em detrimento do povo e da casa imperial?

— Mas dentre todos os *daimyo* do país, o único a se preocupar com isso é o meu amo, o suserano Date Masamune. E entre os nobres, lorde Karasumaru Mitsuhiro — completou Ishimoda Geki.

---

7. Referência a Minamoto-no-Yoritomo — fundador do *bakufu* de Kamakura, deu início ao sistema governamental liderado por guerreiros, ou seja, ao *buke seiji*. (1147-1199)

V

Ouvir um vassalo falar com orgulho de seu amo era sempre agradável. Ishimoda Geki parecia sentir particular orgulho do seu. Ao ouvir que só ele entre todos os *daimyo* se preocupava com a sorte do país e tinha o devido respeito pela casa imperial, Musashi apenas moveu a cabeça, concordando:
— Sei...

A bem da verdade, o pouco conhecimento que ele tinha do assunto permitia-lhe apenas fazer esse tipo de observação. Com o fim da batalha de Sekigahara, ocorrera uma drástica mudança geopolítica no país, mas Musashi tinha a esse respeito apenas uma vaga noção que o levava vez ou outra a pensar: "como o país mudou!". No entanto, nunca se interessara em saber como moviam os *daimyo* fiéis a Toyotomi Hideyori, de Osaka, ou o que planejavam os adeptos da casa Tokugawa, ou ainda, que papel representavam nesse meio poderosos *daimyo* como Shimazu e Date. Do mesmo modo, nunca tentara analisar as tendências da época, sendo portanto seu conhecimento do assunto bastante superficial.

Sobre personalidades — como Kato, Ikeda, Asano ou Fukushima —, Musashi tinha também um ponto de vista formado como qualquer outro jovem de 22 anos. Mas com relação a Date quase nada conhecia, a não ser o que era do conhecimento da maioria, isto é, que se tratava de um clã poderoso, cujos domínios valiam 600 mil *koku* oficialmente, e 1 milhão de *koku* na realidade.

Eis porque apenas escutava, incapaz de fazer qualquer comentário, por vezes duvidando, por vezes tentando formular uma opinião sobre Date Masamune com base no que lhe contava seu anfitrião.

Geki citou diversos exemplos:
— Duas vezes por ano, e através da casa Konoe, meu amo Masamune tem por hábito presentear a casa imperial com produtos de nossa terra. Nunca se esqueceu disso até hoje, mesmo nos piores anos do período Sengoku, quando o país esteve submergido em intermináveis guerras. A viagem que eu empreendi a Kyoto, nesta oportunidade, também teve por objetivo transportar para lá os referidos artigos. E uma vez que me desencumbi a contento da missão, tomei a liberdade de solicitar alguns dias de folga e de visitar pontos turísticos no meu caminho de volta a Sendai.

Acrescentou ainda:
— Entre todos os suseranos do país, o meu amo é o único a ter em seu castelo uma ala especialmente preparada para abrigar a família imperial para o caso de uma eventual visita. Por ocasião da reforma do palácio imperial, ele ganhou o material usado na antiga construção, providenciou o seu transporte

de navio cobrindo a longa distância de Kyoto até Sendai e com ele ergueu a referida ala em seu castelo. Apesar de tudo, é uma construção simples que até hoje tem servido apenas como objeto de adoração do meu amo: ele a reverencia todos os dias à distância. A história, porém, tem-nos ensinado que um governo dirigido por guerreiros é capaz de atrocidades incríveis. E se caso algum dia isso vier a acontecer, meu amo está preparado para enfrentar a classe guerreira e pegar em armas em nome de sua alteza, o imperador.

Fez uma pausa, e prosseguiu:

— Ah, lembrei-me de um outro episódio que ilustra melhor o modo de pensar de meu amo. Aconteceu quando de sua travessia para a Coreia. No episódio da conquista desse país, ficamos sabendo que personalidades como Konishi e Kato, em busca de fama e glória, haviam-se envolvido em vergonhosas disputas. E como agiu meu amo Masamune? Digo-lhe que foi o único em campo de batalha a identificar seu exército com a bandeira do Sol Nascente: seus soldados levavam às costas estandartes com o disco rubro sobre fundo branco do nosso país! E quando lhe perguntaram por que usava essa bandeira quando possuía seu próprio e honroso brasão, sabe o que respondeu? Que atravessara os mares e trouxera seu exército até ali não para a glória da casa Date, muito menos para a do xogum Hideyoshi, mas sim para servir ao seu país. Que a bandeira do sol nascente simbolizava a sua pátria, e que por ela viera preparado para morrer. Essa foi a sua resposta.

Musashi ouvia com muita atenção as palavras de Geki que, entusiasmado com a narrativa, havia se esquecido de beber.

— O saquê esfriou... — resmungou. Bateu palmas e chamou a serviçal.

Ao notar que seu anfitrião se dispunha a ordenar uma nova rodada, Musashi interveio às pressas:

— Já bebi o suficiente. Se não se incomoda, mande servir a refeição.

— Ora, é cedo para isso... — murmurou Geki, relutante. Reconsiderou, porém, talvez levando em conta a disposição de seu convidado, e ordenou à serviçal:

— Sirva-nos o jantar.

O anfitrião continuou a gabar-se de seu amo mesmo enquanto comia. De tudo o que lhe dizia o homem, um detalhe, porém, tornou-se aparente e cativou Musashi: em torno desse guerreiro, Date Masamune, todo o clã parecia estar continuamente empenhado em exercer os deveres de um verdadeiro *bushi*, em trilhar o centro do caminho das armas, em indagar-se sem cessar: "Qual o sentido do ser guerreiro?"

Shido, o caminho do guerreiro, existia ou não nos dias que corriam? A resposta a essa pergunta era: desde os tempos antigos, quando a classe guerreira fora próspera, o caminho sempre existira, mas de um modo vago. E vago como era, havia-se transformado em remotos princípios morais que se desgastaram com o correr dos turbulentos anos de guerra, a ponto de os esgrimistas atuais haverem até perdido de vista o próprio *shido*, o caminho originário.

Restara-lhes apenas a noção do "ser guerreiro", cada vez mais fortalecida ao sabor dos ventos que, como uma tempestade, haviam assolado o país no período Sengoku. Uma nova era estava por começar, mas nela não se divisava um novo caminho guerreiro. Como resultado, dentre os que hoje se arrogavam a condição de guerreiros, muitos eram desprezíveis e mesquinhos, mais despreparados que lavradores ou mercadores. Tais elementos, quando guindados a posições de comando, naturalmente destruíam-se a si mesmos. Em contrapartida, até mesmo entre os mais valorosos das hostes de Toyotomi ou Tokugawa, muito poucos eram os líderes guerreiros que se empenhavam de verdade em trilhar o *shido*, que se preocupavam em ser essencialmente a riqueza e o poder da nação.

No passado — para ser mais preciso, nos três anos que, por ordem de Takuan, passara encerrado no torreão do castelo Himeji sem ver a luz do sol, apenas dedicando-se à leitura de livros — Musashi lembrava-se de ter lido um manuscrito em meio às incontáveis obras da biblioteca da casa Ikeda.[8]

O manuscrito intitulava-se "A ética no comportamento cotidiano"[8], de autoria de Fushikian, cujo verdadeiro nome era Uesugi Kenshin. Nele, o autor — suserano de Echigo e famoso general — relacionava os princípios éticos pelos quais pautava seu cotidiano, e os dava a conhecer a seus vassalos.

Lendo-os, Musashi havia tido uma visão do dia a dia de Kenshin, ao mesmo tempo em que havia descoberto por que o feudo de Echigo era considerado o símbolo da riqueza e de fortaleza bélica do país. A percepção, contudo, fora limitada, não lhe ocorrera relacioná-la com o *shido*.

Nessa noite, porém, ouvindo o relato de Ishimoda Geki, Musashi não só começou a considerar que Masamune era uma personalidade em nada inferior a Kenshin, como também que o clã dos Date, mesmo em meio ao conturbado mundo desses dias, havia conseguido estabelecer um firme *shido*, uma ética guerreira inabalável, que não se vergava nem mesmo perante o poder xogunal. E bastava-lhe observar Geki, o homem à sua frente, para sentir o quanto seu clã valorizava esses princípios.

— Perdoe-me se falei demais sobre assuntos do meu interesse, levado pelo entusiasmo. Mas... que acha, mestre Musashi, de conhecer Sendai? Meu amo é pessoa de pouca cerimônia: é do tipo que não hesita em entrevistar

---

8. No original, *Fushikian-sama Nichiyo Shishin-kan*. Uesugi Kenshin, o autor do livro, foi um famoso general do período Sengoku. Homem de espírito nobre e excelente estrategista, envolveu-se em frequentes lutas contra Odawara e Takeda (1530-1578).

qualquer um, *rounin* ou não. Basta que seja um samurai com clara noção do *shido*, e eu vou recomendá-lo especialmente quanto a esse aspecto. O destino nos uniu, gostaria portanto que fosse até lá. Podemos até seguir caminho juntos — insistiu Geki com fervor, depois que a serviçal retirou-se.

Musashi, no entanto, solicitou tempo para pensar um pouco mais sobre o assunto e se retirou para dormir.

Musashi permaneceu por muito tempo sem conseguir dormir.

Shido.

Imóvel, o pensamento preso nesse conceito, de súbito o jovem percebeu sua relação com a esgrima que ele praticava.

Kenjutsu — a técnica da esgrima.

Mas não era isso.

Kendo — o caminho da esgrima.

Era isso. A esgrima tinha de ser um caminho. *Shido*, o caminho preconizado por Kenshin e Masamune, tinha um forte ranço militarista. O dele seria humano, e ele o buscaria no alto, bem alto, sem descanso. Que devia fazer um diminuto ser humano para fundir-se harmoniosamente na natureza que o continha, para respirar em sincronia com o universo? Musashi iria empenhar-se na busca dessa resposta, seguiria até onde lhe fosse possível na tentativa de alcançar as fronteiras da paz espiritual e da iluminação. Haveria de dedicar-se de corpo e alma a transformar a esgrima num caminho.

Com a resolução firmemente estabelecida, Musashi caiu em profundo sono.

UM PRESENTE INESPERADO

I

Que teria acontecido a Otsu? Por onde andaria Joutaro? Esses foram os primeiros pensamentos que ocorreram a Musashi, mal despertou.

— Espero que tenha tido uma boa noite de sono! — disse-lhe Ishimoda Geki, à mesa da refeição matinal. Envolvido na conversação, mas nem por isso esquecendo-se de suas preocupações, Musashi se viu momentos depois fora da hospedaria, no meio da torrente de viajantes que trafegava pela estrada Nakasendo.

Embora não tivesse consciência disso, o jovem mantinha um olhar vigilante sobre a corrente humana que ia e vinha ao seu redor.

A visão de uma silhueta familiar o sobressaltava: será ela?

Geki logo se deu conta do desassossego do companheiro.

— Procura alguém? — perguntou.

— Na verdade... — respondeu Musashi, explicando em poucas palavras a situação e aproveitando a oportunidade para agradecer e despedir-se de Geki, uma vez que pretendia seguir até Edo procurando pelos dois desaparecidos durante o trajeto.

Geki lamentou:

— É uma pena! Imaginei que teria o prazer de sua companhia por um bom trecho da viagem... Contudo, recordo-lhe uma vez mais o assunto sobre o qual me estendi na noite passada, e insisto: venha nos ver em Sendai.

— Agradeço seu convite. Encontrar-nos-emos numa próxima oportunidade.

— Faço questão de lhe mostrar o nível moral e disciplinar dos guerreiros do clã Date. Se isso não lhe interessa, apareça ao menos para ouvir nossas árias *sansa-shigure*. Se nem isso lhe interessa, venha apreciar a paisagem das ilhas Matsushima, decantada em verso e prosa. Lembre-se: estou à sua espera.

Com essas palavras, o homem que conquistara a amizade de Musashi em apenas uma noite afastou-se a passos largos rumo ao desfiladeiro de Wada. Havia algo atraente no vulto que se distanciava rapidamente. Musashi resolveu: um dia visitaria as terras do clã Date.

Nessa época, não devia ser raro um samurai encontrar-se com viajantes do tipo de Geki. A experiência não seria exclusiva de Musashi. Os rumos do país não estavam ainda definidos e os diversos clãs procuravam bons elementos para acrescentar às suas hostes. Fazia parte, portanto, das funções de um eficiente vassalo procurar indivíduos dignos de atenção e apresentá-los a seus amos.

— Patrão! Ei, patrão! — chamou alguém às costas de Musashi.

Depois de percorrer um trecho na direção de Wada, ele havia retornado até a entrada da cidade Shimo-Suwa e tinha estado algum tempo em pé, absorto, na bifurcação das estradas de Koshu e Nakasendo. Os homens que tinham se agrupado às suas costas eram carregadores, ou seja, ganhavam a vida transportando cargas e bagagens nas cidades que cresciam em torno das estações de muda, ao longo das estradas.

O grupo, porém, não era homogêneo, havendo em seu meio condutores de cavalo e carregadores de liteira de um modelo primitivo, estes últimos razoavelmente solicitados, já que a estrada se tornava íngreme na direção de Wada.

— Que querem? — indagou Musashi, voltando-se.

Cruzando sobre o peito os braços grossos como toras, os homens vieram se aproximando, analisando o jovem de alto a baixo com olhares pouco cerimoniosos.

— Patrão, parece que está à procura de alguém... A pessoa que procura é uma beldade, ou um servo?

II

Musashi não tinha bagagens a carregar, nem vontade de contratar uma liteira. Aborrecido, sacudiu a cabeça em negativa e começou a se afastar rapidamente do grupo de trabalhadores braçais, mas ainda hesitante quanto ao caminho a tomar. Leste ou oeste?

A certa altura, havia decidido deixar tudo nas mãos da providência e seguir sozinho para Edo, mas uma súbita inquietação quanto ao destino de Joutaro e a sorte de Otsu o fez repensar.

"Vou procurar por estes arredores pelo menos durante o dia de hoje inteiro. Se nem assim conseguir saber de seus paradeiros, não tenho alternativa senão seguir sozinho até Edo e lá esperar por eles."

Quando acabava de tomar essa resolução, um dos carregadores que uma vez mais haviam se aproximado disse-lhe:

— Patrão! Se está mesmo procurando alguém, nós estamos aqui à toa, tomando banho de sol... Dê as pistas que a gente procura!

Um outro acrescentou:

— Não somos de estipular valores, de dizer o quanto queremos ganhar...

— Afinal, quem é que o senhor procura: uma mulher, a mãe idosa?

A insistência era tanta que Musashi acabou por contar sua situação, perguntando se algum deles teria visto uma jovem ou um menino que correspondesse à descrição.

— Ora essa... — disseram, entreolhando-se. — Parece que nenhum de nós viu ninguém parecido com eles. Mas não se preocupe, patrão: a gente se espalha pelas três estradas de Suwa e Shiojiri e os encontra num piscar de olhos. Até essa moça que diz ter sido raptada a gente encontra. Para cruzar estas montanhas, o sujeito que a raptou não tem outra escolha senão passar por um dos desfiladeiros. E aí, nada melhor que uma raposa para conhecer os caminhos de outra raposa. Existem buracos pouco conhecidos onde nós, gente da terra, podemos achá-los.

— Têm razão — concordou Musashi. Havia lógica no que diziam. Em vez de ele próprio, um estranho naquelas paragens, sair a esmo procurando pelos dois, talvez fosse realmente muito mais eficaz usar esses homens para obter notícias. — Peço-lhes que iniciem as buscas.

— Deixe conosco! — responderam os homens entusiasmados. Discutiram ruidosamente a divisão dos grupos de busca e logo um dos homens adiantou-se em nome dos demais e disse, esfregando as mãos entre risadinhas melífluas:

— Patrão, sabe como é... Nós somos trabalhadores braçais pobres, vivemos um dia de cada vez do suor dos nossos corpos. Nem comemos ainda esta manhã. O senhor não podia nos adiantar alguns trocados pelo trabalho de meio-dia, para cobrir as despesas com nossas sandálias? Até o fim do dia, tenho certeza de que teremos notícias sobre o paradeiro dessas pessoas.

— Claro, é justo! — disse Musashi. Juntou tudo que tinha, mas o valor ainda não cobria o preço pedido pelos homens.

Sozinho no mundo, Musashi, mais que ninguém, sabia dar valor ao dinheiro, principalmente porque vivia em contínuas viagens pelo país. Por outro lado, nunca tivera muito apego ao dinheiro exatamente por ser solitário e não ter a responsabilidade de sustentar ninguém. Hospedava-se em templos, dormia ao relento, recebia vez ou outra a ajuda de amigos, mas se nada tinha, não se incomodava de não comer uma ou outra refeição. Esse tinha sido o seu modo de viver até agora, e de um jeito ou outro, sempre sobrevivera.

Pensando bem, as despesas desta última viagem haviam sido pagas integralmente por Otsu. A jovem havia ganhado uma vultosa quantia da casa Karasumaru como presente de despedida e pagara não só as despesas de viagem, como também entregara parte do dinheiro a Musashi, pedindo-lhe que o usasse para seus gastos pessoais.

O jovem passou aos homens tudo que havia ganhado de Otsu, perguntando:

— Isto é suficiente para vocês?

Contando as moedas na palma da mão e distribuindo-as, o porta-voz do grupo disse:

— Está bem, faço um abatimento. Espere-nos então na frente do portal com cumeeira dupla do templo Myojin, de Suwa. Até a noite estaremos de volta trazendo boas notícias.

Dispersaram-se a seguir em todas as direções como um bando de formigas.

III

Ficar ao léu enquanto os homens se espalhavam pelos arredores em busca dos desaparecidos não agradava a Musashi. O jovem decidiu, portanto, procurar pessoalmente pelos arredores de Suwa e da cidade casteleira de Takashima.

Enquanto indagava aqui e ali sobre Otsu e Joutaro, Musashi, incapaz de desperdiçar o dia inteiro apenas nisso, voltava também sua atenção para as características topográficas e hidrográficas da região, assim como para a busca de algum nome guerreiro famoso nas cercanias.

Ambas as buscas não renderam e, com o cair da tarde, o jovem acercou-se do templo Myojin de Suwa, local onde prometera esperar pelos carregadores, mas não encontrou ninguém.

— Estou cansado — sussurrou, sentando-se pesadamente num degrau da escadaria de pedra diante do portal de cumeeira dupla.

Esse tipo de queixa acompanhado de um profundo suspiro raras vezes escapava da boca do jovem, mas o cansaço nesse dia provinha de um desgaste espiritual e não físico.

Ninguém aparecia.

Entediado, deu uma volta pela extensa propriedade e retornou.

Nenhum dos homens que contratara tinha voltado ainda.

Um som semelhante ao de cascos de cavalo soava vez ou outra, provocando sobressaltos em Musashi. Incomodado, desceu a escadaria e se aproximou de um pequeno casebre no fundo de um bosque cerrado e avistou em seu interior um cavalo branco sagrado. Era ele o responsável pelo ruído que o havia incomodado havia pouco.

— Que quer, senhor *rounin*? — perguntou um homem que se ocupava em dar feno ao animal, voltando-se. — Procura a casa sacerdotal?

O olhar era de velada censura.

Musashi explicou a situação em linhas gerais, tornado claro que não era nenhum indivíduo suspeito. O homem, que usava o uniforme branco dos serviçais de templo, quase rolou de tanto rir.

Musashi ofendeu-se e perguntou-lhe qual era a graça, ao que, sem parar de rir, o cavalariço respondeu:

— Não sei como o senhor se manteve incólume até hoje sendo tão ingênuo e viajando tanto. Nunca lhe ocorreu perguntar-se para que um bando de malfeitores como esse que descreveu haveria de perder tempo procurando honestamente por pessoas desaparecidas depois de receber o pagamento adiantado?

— Quer dizer que eles mentiram quando prometeram procurar? — espantou-se Musashi.

Penalizado, o serviçal do templo respondeu, desta vez com expressão séria:

— O senhor foi enganado. Agora compreendi por que um bando de carregadores bebia e jogava *bakuchi* em plena luz do dia no bosque do morro existente atrás deste templo. Na certa eram seus homens.

A seguir, o funcionário do templo contou diversos casos ocorridos nas cercanias de Suwa e Shiojiri, envolvendo viajantes que tinham sido extorquidos por carregadores de má índole e perdido o dinheiro reservado para as despesas de viagem.

— Essas coisas podem acontecer em qualquer lugar. De agora em diante, precavenha-se — aconselhou o homem, levando a manjedoura agora vazia e afastando-se.

Musashi permaneceu imóvel por algum tempo, atônito com o próprio despreparo.

Espada na mão, sabia que não havia brechas em sua guarda, mas no mundo real, um reles grupo de ignorantes trabalhadores braçais era capaz de lográ-lo! O jovem percebeu claramente que lhe faltava adestramento para enfrentar a vilania do mundo real.

— Paciência... — murmurou.

Não se sentia especialmente revoltado, mas tinha mesmo que se precaver, pois esse tipo de despreparo haveria de surgir na forma de falhas estratégicas quando um dia estivesse à frente de um exército.

Tenho muito a aprender do mundo vil, pensou, humilde.

Voltou sobre os próprios passos até o portal do templo e, de súbito, percebeu que havia um vulto no lugar onde até há pouco ele próprio estivera.

IV

— Ah! Patrão! — disse o vulto, descendo a escadaria e vindo ao encontro de Musashi, mal o avistou. — Soube do paradeiro de um de seus companheiros, e vim avisá-lo!

— Como é? — perguntou o jovem, algo desnorteado. Observou o homem com cuidado e percebeu que se tratava de um dos trabalhadores do grupo que, pela manhã, havia se dispersado em busca dos dois desaparecidos em troca de algumas moedas.

A estranheza tinha razão de ser, pois nos ouvidos do jovem ainda soava a risada do guardião do cavalo sagrado, zombando de sua ingenuidade.

Ao mesmo tempo, Musashi percebeu que embora o mundo fosse repleto de malandros como os carregadores que lhe haviam extorquido dinheiro para beber e jogar, sempre sobravam alguns honestos. A descoberta encheu-o de satisfação.

— De qual deles? Do menino Joutaro ou da jovem Otsu?

— Descobri a direção tomada por esse tal Daizou de Narai, que leva o menino Joutaro.

— Realmente?

De súbito, o mundo lhe pareceu um lugar menos sombrio.

A história contada pelo honesto homem era a seguinte:

Pela manhã, ao receber o adiantamento, seus colegas — que desde o princípio não haviam tido a menor intenção de sair em busca dos desaparecidos — todos abandonaram o trabalho e se dedicaram à jogatina. Ele, contudo, ciente das circunstâncias que cercavam o desaparecimento dos companheiros de Musashi, ficara penalizado e fora sozinho de Shiojiri até Seba, parando a cada posto de descanso de liteireiros e pedindo informações a colegas de profissão. Da jovem nada soubera, mas pela altura do meio-dia, ouviu da serviçal de uma hospedaria, que o senhor Daizou de Narai havia ali almoçado e seguido na direção do passo de Wada para transpor as montanhas.

— Obrigado por ter vindo me avisar! — disse Musashi. Disposto a gratificar a honestidade do homem, apalpou o quimono na altura do peito em busca da carteira e descobriu, desolado, que havia dado tudo o que possuía para os vigaristas e que só lhe restavam alguns trocados para o jantar. "Mas eu quero recompensá-lo", pensou.

Nada do que levava consigo teria valor para o homem. Afinal, raspou o fundo da carteira e entregou o dinheiro que separara para a refeição, decidido a não jantar nessa noite.

— Muitíssimo obrigado, patrão! — agradeceu o trabalhador honesto encostando o dinheiro à testa e afastando-se, feliz por receber uma recompensa a mais apenas por ter cumprido o seu dever.

Agora, não restava a Musashi sequer uma única moedinha.

Inconscientemente, o jovem acompanhou com olhar desolado o vulto que se afastava levando toda a sua posse, sobretudo porque a fome havia começado a apertar desde o começo da tarde...

Achou, porém, que os trocados que o homem honesto levava para a casa teriam serventia muito maior que a de saciar sua própria fome. Além disso, ao saber que a honestidade era recompensada, amanhã o homem tornaria a ajudar da mesma forma outros viajantes em apuro que por acaso encontrasse na estrada.

"Em vez de dormir sob o alpendre de alguma casa nestes arredores, vou seguir adiante e tentar alcançar Daizou e Joutaro", decidiu.

Se conseguisse vencer o passo de Wada durante a noite, com alguma sorte encontraria os dois amanhã.

Momentos depois, Musashi deixava para trás a parada de Suwa, pela primeira vez em muito tempo, andando sozinho pela estrada escura, desfrutando o prazer de uma viagem noturna.

V

Musashi gostava da sensação de andar sozinho à noite.

O gosto talvez lhe viesse de sua vida solitária. Andando em silêncio pela estrada escura, atento ao som dos próprios passos e ouvindo o vento, o jovem era capaz de esquecer todos os seus aborrecimentos e sentir-se feliz.

No meio de uma multidão ruidosa, ele se sentia solitário e com o coração confrangido, não sabia explicar por quê. Mas quando andava sozinho no meio da noite, sentia ao contrário o espírito leve, alegre.

Isto talvez ocorresse porque ao caminhar sozinho à noite, diversas verdades se manifestavam ao espírito — coisa quase impossível de acontecer no meio de uma multidão. Nessas ocasiões, Musashi era capaz de considerar friamente o mundo em geral, e ao mesmo tempo contemplar-se com a mesma imparcialidade com que contemplaria um estranho.

— Olá! Estou vendo um ponto de luz adiante! — murmurou Musashi. Apesar do seu gosto por solidão, sentiu alívio ao avistar sinais de fogo depois de andar quilômetros por uma estrada escura que parecia não ter fim.

Fogo e uma casa habitada.

Voltando de seus devaneios ao mundo real, percebeu que ansiava por companhia humana a ponto de sentir o coração estremecer de alegria, mas não teve tempo de indagar a si mesmo a razão desses sentimentos contraditórios.

— Parece que estão à beira de um fogareiro. Talvez me permitam secar o quimono molhado de sereno. Que fome! Talvez tenham um pouco de cozido sobrando.

Seus pés haviam assumido o comando do corpo e já se dirigiam apressadamente rumo ao ponto de luz avistado.

Passava da meia-noite.

Ele havia partido de Suwa ao anoitecer, mas depois de cruzar a ponte sobre o rio Ochiai, ainda no vale, a estrada o levara cada vez mais alto nas montanhas. Àquela altura, já havia vencido um passo, mas tinha ainda pela frente os de Wada e Daimon, nos picos dos mesmos nomes: suas silhuetas sobrepostas agigantavam-se diante dele contra o negro céu estrelado.

O pequeno ponto de luz brilhava nas redondezas de um extenso vale interligando a base dos referidos picos.

Musashi aproximou-se e descobriu que se tratava de uma solitária casa de chá. Na área fronteiriça ao alpendre, havia cinco a seis mourões para prender cavalos. Apesar da hora tardia e de estar localizada em meio ao nada, a casa estava cheia ainda: vozes rústicas em animada conversa misturadas ao crepitar do fogo vinham do interior do aposento de terra batida.

"E agora?" pensou Musashi parando à porta, em dúvida.

Se a casa fosse de lavradores ou lenhadores, podia pedir comida ou pouso por uma noite. Mas num estabelecimento comercial, teria de pagar por tudo que pedisse, mesmo por um pouco de chá.

Dinheiro não tinha, nem mesmo uma pequena moeda. E o cheiro de cozidos que escapava do morno ambiente teve o efeito de espicaçar-lhe a fome e de minar a vontade de se afastar dali.

"Não tenho outro recurso senão pedir-lhes um prato de comida em troca do que eu tenho comigo", pensou. O objeto que pretendia trocar estava no fundo de sua pequena trouxa.

— Boa noite! — disse ele, entrando.

Até chegar a essa resolução, Musashi tinha permanecido longo tempo do lado de fora, hesitando, mas os homens que se agitavam no interior do aposento com certeza sentiram que sua entrada tinha sido abrupta, pois calaram-se de imediato e o contemplaram espantados.

No meio da sala de terra batida havia um braseiro, e sobre ele, pendia de um gancho uma fumegante panela com um cozido de nabos e carne de javali. O braseiro havia sido cavado na terra para que os clientes da casa dele pudessem se aproximar sem antes ter de descalçar as sandálias.

Aboletados em banquetas e barris, três homens com aparência de bandoleiros beliscavam o cozido e bebiam de chávenas o saquê amornado nas cinzas do braseiro. O tabernéiro, de costas para o grupo, fatiava picles enquanto tagarelava com os fregueses.

— Que quer você? — disse em lugar do tabernéiro um homem de cabelos mal aparados e que tinha o olhar mais agressivo de todos, voltando-se para Musashi.

VI

O aroma do cozido e o calor do aposento envolveram Musashi, que sentiu fome e sede quase insuportáveis.

Um homem com aparência de bandoleiro lhe disse alguma coisa, mas o jovem o ignorou, passou por ele e sentou-se numa banqueta a um canto.

— Taberneiro! Prepara-me qualquer coisa para comer — pediu.

O dono do estabelecimento logo se aproximou trazendo o ensopado e um pouco de arroz frio.

— Pretende vencer o passo ainda durante esta noite, forasteiro? — perguntou.

— Pretendo. Gosto de viajar à noite — respondeu Musashi, já segurando seu *hashi*.

Acabou de comer, pediu uma nova porção do ensopado e indagou:

— Sabe se durante o dia passou por aqui um certo senhor Daizou de Narai, acompanhado de um menino?

— Não sei, não senhor. Ó senhor Toji, sabe de alguém que tenha visto essa dupla por aqui? — perguntou o taberneiro para os homens do outro lado da panela.

Os três homens que continuavam a comer e a servir-se mutuamente o saquê, sussurravam alguma coisa entre si com as cabeças próximas e responderam em uníssono, bruscamente:

— Não!

Musashi satisfez a fome e tomou uma xícara de chá. Seu corpo tinha-se aquecido gradualmente, ao mesmo tempo em que lhe crescia a apreensão quanto ao modo de pagar a conta.

Talvez devesse ter explicado sua situação desde o início ao dono do estabelecimento, mas a presença dos três estranhos o havia inibido. Além disso, nunca pretendera esmolar a refeição, de modo que optara por encher primeiro a barriga. Mas que faria, caso o taberneiro discordasse com a troca que ia propor?

Nesse caso, deixaria em paga o *kougai*[9] de sua espada, resolveu ele.

— Taberneiro: não tenho comigo nem uma única moedinha. Isso, porém, não significa que pretendo sair daqui sem lhe pagar. Sei que o pedido é incomum, mas quero que aceite um objeto que tenho comigo em troca da refeição.

Contrário à expectativa, o homem aceitou sem reclamar:

---

9. *Kougai*: disco de metal trabalhado, muitas vezes valioso, adaptado à boca da bainha de uma espada e que serve para estabilizar a arma em seu interior.

— Aceito, sim senhor. Mas que tipo de objeto é esse?
— Uma imagem da deusa Kannon.
— Como? Mas é valioso demais!
— Nada disso. Não se trata de uma obra artística esculpida por artesão famoso. Eu mesmo esculpi com minha adaga um toco de ameixeira envelhecido e criei esta pequena imagem da deusa em posição sentada. Talvez não chegue a valer uma refeição, mas... examine-a, ao menos — acrescentou Musashi. Sacudiu sua mochila, pegando-a por um dos cantos. No mesmo instante, um objeto pesado foi ao chão com um pequeno baque.

— Ora essa...! — foi a exclamação uníssona que partiu da boca do estalajadeiro e dos três homens agrupados do outro lado do braseiro.

Também atônito, Musashi, permanecia imóvel com o olhar fixo no objeto caído aos seus pés.

O embrulho continha moedas de todos os tipos que se haviam espalhado pelo chão: de ouro, pesadas e grandes, cunhadas no período Keicho, assim como prateadas e douradas, de menor valor.

"De quem serão estas moedas?" pensou Musashi.

Os quatro da taberna pareciam pensar o mesmo: desconfiados, continham a respiração, fixando atentamente o chão.

Musashi tornou a sacudir sua trouxa. Uma folha de papel caiu sobre as moedas.

VII

Surpreso, abriu a folha e descobriu que era um bilhete de Ishimoda Geki.

Era um recado curto, de uma só linha, e dizia:

"Use para suas despesas.

Geki"

O montante era considerável e fez Musashi apreender o significado daquela simples linha. A tática era empregada não só por Date Masamune, mas por diversos outros *daimyo*.

Manter uma equipe permanente de homens talentosos não era tarefa fácil para qualquer suserano. Mas os tempos exigiam, cada vez mais, o emprego de hábeis guerreiros em todos os feudos. *Rounin* nômades, sem emprego ou suserano, abundavam à beira das estradas desde a batalha de Sekigahara, era verdade, mas muito poucos dentre eles eram realmente valiosos. Os poucos que preenchiam os requisitos eram logo contratados em troca de altos estipêndios que alcançavam desde algumas centenas até alguns milhares de *koku*, mesmo que carregassem o ônus de sustentar numerosos agregados.

Soldados rasos podiam até ser recrutados com facilidade no próprio dia da batalha, mas o que a maioria dos feudos procurava freneticamente nos dias que corriam eram os poucos valiosos, difíceis de ser encontrados. Portanto, no momento em que localizavam tal elemento, a tática favorita era comprar-lhe de alguma forma a simpatia ou chegar a um acordo tácito com ele.

Como um dos exemplos mais famosos dessa prática, podia ser citado o caso de Toyotomi Hideyori, o atual suserano do palácio de Osaka, que pagava uma estupenda taxa de vassalagem a Goto Matabei, fato que era de conhecimento público. O montante nada desprezível pago anualmente pela casa Toyotomi a Sanada Yukimura, refugiado nas montanhas Kudousan, era outro exemplo, aliás muito bem investigado por Tokugawa Ieyasu.

Um *rounin* que levava a vida no anonimato jamais necessitaria de quantias tão elevadas para viver, mas nas mãos de Yukimura, o montante se fragmentava e servia para sustentar alguns milhares de outros *rounin*. Por esse detalhe percebia-se que devia ser grande o número de pessoas vivendo ociosas pelas cidades, apenas à espera do dia da grande batalha em que a casa Toyotomi enfrentaria a de Tokugawa.

Nesse quadro, tornava-se claro por que o vassalo da casa Date havia corrido no encalço de Musashi, logo após o episódio do pinheiro solitário de Ichijoji. O dinheiro provava claramente a intenção de Geki de vincular o jovem ao seu clã. Era também um presente problemático.

Se o usasse, Musashi estaria se vendendo.

Mas e se não tivesse o dinheiro?

"Minhas dúvidas surgiram depois que soube da existência dele. Se não o tivesse, viveria muito bem do mesmo modo, está claro!"

Chegando a essa conclusão, o jovem juntou as moedas espalhadas aos seus pés e tornou a guardá-las na mochila que lhe servia para transportar miudezas.

— Muito bem, taberneiro. Aceite isto como paga pela refeição — disse, apresentando-lhe a escultura da deusa Kannon.

Desta vez, porém, o dono da casa de chá não mostrou nenhum entusiasmo.

— Que é isso, patrão? Não posso aceitar essa escultura! — disse, sem sequer pegá-la nas mãos.

E quando Musashi lhe perguntou o motivo da recusa, o homem respondeu:

— Ora essa, patrão! Eu disse que aceitava a estatueta porque o senhor me disse que não tinha sequer uma pequena moedinha. Mas... que vejo eu?

O senhor não só tem dinheiro, como tem até demais! Deixe de ser avarento e me pague, por favor!

Os três bandoleiros que acompanhavam os acontecimentos com expressões agora sóbrias, moveram as cabeças, concordando com o que dizia o taberneiro em tom queixoso.

VIII

Seria muita tolice tentar explicar àquela gente que o dinheiro não lhe pertencia.

— Tem razão. Creio que tenho de lhe pagar em dinheiro.

Apanhou uma moedinha de prata e a pôs na palma da mão do taberneiro.

— Ih...! Agora sou eu que não tenho troco. Não tem moedas menores, patrão?

Musashi tornou a examinar, mas não tinha nenhuma de menor valor.

— Não precisa me dar o troco. Fique com ele pelo serviço.

— Ora, muito obrigado, patrão!— sorriu o homem, agora melifluamente.

O jovem guardou o restante na faixa abdominal debaixo do seu *obi*, já que havia começado a gastar. Tornou a meter a estatueta de madeira recusada no saco e o pôs às costas.

— Vamos, fique mais um pouco e aqueça-se ao fogo — convidou o velho, acrescentando lenha ao braseiro. Musashi, porém, considerou o momento oportuno para partir, e despediu-se.

Era noite ainda, mas já não sentia fome.

Decidiu vencer o pico Wada e alcançar o de Daimon até o amanhecer. Fosse dia claro, as campinas do planalto estariam repletas de rododendros, gencianas e campânulas, mas na escuridão, apenas a névoa branca que lembrava fiapos de algodão rastejava sobre o solo.

Flores havia no céu, que se assemelhava a um jardim de exuberantes espécimes.

— Eeeei! — chamou uma voz ao longe, quando já havia percorrido quase dois quilômetros. — Patrão! Deixou cair uma coisa!

Um dos bandoleiros que havia pouco tinham estado na casa de chá alcançou-o correndo e disse:

— Anda rápido, hein, senhor? Isto deve ser seu. Só notei algum tempo depois que partiu da casa de chá.

O homem exibia uma moedinha na palma da mão, acrescentando que viera devolvê-la.

Musashi discordou, dizendo que não deveria ser dele, mas o desconhecido sacudiu a cabeça com vigor, afirmando que a peça, não tinha dúvida, havia rolado para um canto do aposento quando o jovem deixara cair o embrulho com o dinheiro.

Uma vez que não sabia o montante exato que possuía, Musashi acabou achando que o homem tinha razão.

Assim, agradeceu-lhe o empenho em devolver-lhe a moeda e a guardou na manga do quimono, não conseguindo porém sentir simpatia pelo homem, apesar da sua aparente honestidade.

— Desculpe a indiscrição, mas com quem aprendeu artes marciais, senhor? — perguntou o desconhecido, continuando a andar ao lado de Musashi, mesmo depois de levar a termo a tarefa que se havia proposto. Este fato também causou estranheza ao jovem.

— Sou autodidata — respondeu em tom displicente.

— Pois eu também já fui um samurai, apesar de viver hoje em dia metido no meio das montanhas.

— Sei...

— O mesmo aconteceu com os homens que viu há pouco em minha companhia. Nossa vida se assemelha um pouco ao do lendário dragão que se oculta no fundo de um poço à espera de uma oportunidade para alçar voo rumo à vastidão infinita. Vivemos enfurnados nestas montanhas ganhando o sustento como lenhadores, ou ervatários, mas no momento certo, vamo-nos erguer como Sano Genzaemon, empunhar uma espada rústica, vestir uma velha armadura e inscrever-nos nas fileiras de algum famoso *daimyo* para lutar!

— É partidário da coalizão de Osaka, ou do leste?

— Isso não importa. O importante é verificar para que lado sopram os ventos. Caso contrário, a gente pode terminar a vida sem ter ganhado nada.

— Ah-ah! Essa é boa! — riu Musashi, sem dar importância alguma ao que lhe dizia o estranho. Aumentou as passadas para ver se se livrava de sua companhia, mas o homem apressou-se em acompanhá-lo.

Outro detalhe chamou-lhe a atenção: o estranho esforçava-se por andar rente ao seu lado esquerdo. O posicionamento era do tipo que maior suspeita despertava em qualquer espadachim com razoável adestramento por ser o preferido dos que maquinam desfechar um golpe relâmpago.

IX

Musashi, porém, deixou o lado esquerdo visado por seu bárbaro e desconhecido acompanhante intencionalmente desguarnecido, oferecendo-o até ao seu golpe.

— Como é, forasteiro? Não quer passar a noite conosco? Além do pico de Wada, está o de Daimon. Sei que quer vencê-los ainda esta noite, mas a tarefa não é nada fácil para quem desconhece o terreno. A estrada, daqui para a frente, só tende a ficar cada vez mais íngreme e difícil.

— Acho que vou aceitar seu convite.

— Isso, isso mesmo! Mas não espere nenhum tipo de recepção.

— Claro! Quero apenas um canto onde possa me deitar. Por falar nisso, onde moram vocês?

— Meio quilômetro além, subindo por esse caminho à esquerda do vale.

— Em que encosta íngreme foram morar!

— Como já lhe expliquei há pouco, eu e meus companheiros levamos por enquanto uma vida de reclusos, fingindo-nos de caçadores e ervatários, à espera de dias melhores.

— Por falar nisso, onde estão seus dois companheiros?

— Devem estar ainda na taberna. Costumam beber tanto que precisam ser carregados de volta para a casa, tarefa que sempre me cabe. Hoje, porém, achei que era demais e larguei-os lá. Êpa, atenção, forasteiro! Além desse barranco tem um rio: desça com cuidado.

— Atravessamos para a outra margem?

— Sim. Cruze por esse tronco caído sobre a parte mais estreita do rio e suba ao longo do vale, para a esquerda — indicou o homem, embora ele próprio permanecesse parado no meio do barranco.

Musashi nem sequer se voltou e começou a atravessar a ponte.

Com um repentino salto, o bandoleiro parado no meio do barranco desceu para a margem do rio, e agarrando a ponta do tronco, ergueu-a tentando lançar Musashi para dentro da água.

— Que pretende?

O grito, partindo do meio do rio, sobressaltou o homem, que ergueu a cabeça.

O jovem não estava mais sobre o tronco, mas parado numa rocha no meio da correnteza espumante, como uma lavandisca pousada no rio.

— Ah!

O homem largou bruscamente o tronco que bateu na água e jogou uma espuma branca sobre a margem. E antes ainda que as gotas espirradas chegassem ao solo, o vulto no meio do rio tão parecido com uma lavandisca saltou de volta para a margem, desembainhou a espada num movimento rápido que olhar algum detectaria, e abateu o dissimulado e covarde bandoleiro.

Nessas situações, Musashi nem sequer se dava ao trabalho de lançar outro olhar sobre sua vítima. Enquanto ela ainda cambaleava, o jovem, espada em riste, já se preparava para enfrentar algo mais. Cabelos arrepiados, lembrava um falcão de penas arrufadas à espera de um ataque, o qual podia provir de qualquer ponto da montanha.

Conforme esperara, um estrondo que pareceu romper o vale em dois ribombou do outro lado do caudaloso rio proveniente das montanhas.

O tiro tinha partido de uma arma de caça. A bala passou certeira pelo ponto ocupado por Musashi e se encravou no barranco logo atrás.

O jovem tombou ali mesmo depois que a bala se alojou no barranco. E enquanto observava a clareira do outro lado do rio, notou dois pontos vermelhos que piscavam como vagalumes.

Dois vultos rastejavam cautelosamente para a beira do rio.

O bandoleiro que antecedera os demais para a terra dos mortos havia dito que seus dois companheiros tinham ficado bebendo na taberna, mas era mentira: os comparsas haviam lhes passado à frente e armado a emboscada, exatamente como Musashi tinha previsto.

Não viviam da caça ou de colher ervas, como lhe havia dito o bandoleiro morto: eram, isto sim, assaltantes, e seu covil sem dúvida situava-se naquela montanha.

Contudo, o homem devia estar falando a verdade quando afirmara diversas vezes que se ocultavam à espera de uma oportunidade para se reerguer, já que mesmo os piores bandidos deviam querer uma vida melhor para seus filhos e netos. Bandoleiros e ladrões começavam a pulular nas montanhas, nos campos e nas cidades em todas as províncias, gente que havia optado por tais expedientes apenas para atravessar o difícil período do país, conturbado por guerras. E quando enfim chegasse o dia da grande batalha, todos eles voltariam à condição de cidadãos respeitáveis e se apresentariam a diversos suseranos, levando consigo lanças enferrujadas e vestindo armaduras rotas. Infelizmente, porém, este que aqui tombara nunca chegaria a ver o grande dia.

QUEIMANDO VERMES

I

Segurando a mecha acesa com os dentes, um dos homens preparava o mosquete para um segundo tiro.

O outro, acocorado, espreitava na direção de Musashi. O bandoleiro havia visto um vulto tombando na margem oposta, mas parecia inseguro e sussurrava para o companheiro:

— Tem certeza?

O indivíduo recarregando a arma assentiu vigorosamente:

— Absoluta! Vi quando ele caiu!

Enfim tranquilizado, o homem ergueu-se, disposto a atravessar pelo tronco para o outro lado do rio com seu comparsa.

Quando o vulto empunhando o mosquete aproximava-se do meio da ponte, Musashi ergueu-se.

— Ah!

Com um grito de espanto, o homem pressionou o dedo que descansava no gatilho, mas àquela altura, a arma já não mirava o alvo: a bala disparou para o alto, e o estrondo apenas despertou ecos no vale.

Os dois bandoleiros retornaram em desordenada carreira, e fugiram beirando o rio, mas ao ver que Musashi lhes vinha no encalço, um deles pareceu repentinamente irritar-se com a situação e gritou para o companheiro:

— Ei! Ei! Por que estamos fugindo? Ele está sozinho! Eu, Toji, posso acabar com ele sozinho, mas volte aqui e venha me dar uma mão, por segurança!

O homem que gritava não era o do mosquete. Seu comportamento e o fato de haver declinado o próprio nome alto e bom som indicavam ser ele o líder da quadrilha que infestava aqueles ermos.

A essas palavras, assaltante do mosquete, seu asseclatalvez, encheu-se de coragem.

— Já vou! — respondeu. Lançou longe a mecha acesa e empunhando a arma pelo cano, avançou também na direção do jovem.

No mesmo instante Musashi percebeu que os dois bandoleiros não eram simples ladrões de estrada, em especial o que vinha brandindo uma espada rústica, pois sua postura deixava entrever um bom treinamento.

Ao se aproximar, porém, os dois homens foram arremessados longe por um único golpe desferido por Musashi. O bandoleiro que empunhava o mosquete havia sido atingido fundo, de viés, desde o ombro até o torso e jazia imóvel à beira do barranco, meio corpo pendendo sobre a correnteza.

Quanto ao outro, que se denominara Toji, fugia agora às carreiras montanha acima apesar das bravatas, segurando o antebraço ferido.

Musashi perseguiu o fugitivo seguindo o rastro de terra que rolava do alto.

Estavam numa ravina entre os picos Wada e Daimon, onde as faias cresciam exuberantes, e que por isso mesmo era chamada de Vale das Faias. No topo da elevação que acabava de galgar, Musashi avistou uma casa solitária, simples e grande, construída com toras das próprias faias.

Um clarão avermelhado provinha dela.

Havia claridade também no interior da casa, mas a luz que chamou a atenção de Musashi parecia provir de uma dessas tochas feitas de tocos de madeira embebidos em óleo, empunhada por uma pessoa no alpendre da cabana.

O líder dos bandoleiros correu esbaforido na direção da luz enquanto gritava:

— Apague o fogo, apague o fogo!

A isso, o vulto que empunhava a tocha e a protegia do vento com a manga do quimono respondeu:

— Que foi?

Era uma voz feminina.

— Que horror, quanto sangue! Você está ferido?! Eu desconfiei que havia algo errado quando ouvi o estampido lá no vale...!

O homem voltou-se aflito, atento aos passos que lhe vinham no encalço e tornou a esbravejar, ofegante:

— Apaga a tocha de uma vez, mulher burra! E também o fogo dentro da casa!

Jogou-se para dentro da cabana, seguido pela mulher em pânico que soprava a tocha desesperada por apagá-la. Momentos depois, quando Musashi enfim parou à entrada, já não havia luz dentro da casa e a porta achava-se hermeticamente fechada.

II

Musashi estava furioso.

A raiva não era pessoal. Ela não tinha sido provocada pela covardia do bandoleiro nem pela sensação de ter sido enganado. Aqueles bandoleiros não passavam de vermes, pensava ele, não podia deixá-los impunes por uma questão de justiça.

— Abram! — gritou.

Ninguém o atendeu, naturalmente.

A porta, de madeira grossa, parecia à prova de chutes. Mesmo que não fosse, ninguém com um mínimo de preparo guerreiro haveria de bater nela ou sacudi-la para tentar abrir. O jovem manteve-se a uma cautelosa distância de quase cem metros.

— Não vão abrir?

Dentro, o silêncio era total.

Musashi ergueu nas mãos uma rocha de bom tamanho e a lançou de súbito contra a porta.

Ele havia visado o vão entre duas folhas de madeira, de modo que a porta se partiu e tombou para dentro da cabana. Uma espada voou do meio dos escombros, ao mesmo tempo em que um homem saiu rastejando, pôs-se de pé num salto e embarafustou-se casa adentro.

Musashi saltou em seu encalço e agarrou-o pela gola.

— Poupe-me!— gritou o bandoleiro em tom de súplica, como todo bandido quando se vê em perigo. Apesar do que dizia, não se curvava humildemente pedindo perdão: ao contrário, procurava uma brecha para atracar-se com Musashi. Como previra, o líder dos bandoleiros tinha um bom preparo, conforme mostravam suas ágeis tentativas de agarrar o adversário.

O jovem, contudo, bloqueou sem tréguas cada um dos ardis adversários, e se preparou para jogar o homem ao chão e imobilizá-lo.

— Maldito! — rosnou o bandoleiro, recuperando o vigor. Extraiu de súbito uma adaga e, com ela em riste, atacou-o.

Musashi a arrancou de suas mãos.

— Rato! — disse entre os dentes.

Com um movimento do corpo, aplicou um golpe que ergueu o bandoleiro no ar, e o lançou longe na direção do aposento contíguo. Na queda, seu braço ou perna bateu no gancho sobre o braseiro: uma viga partiu-se com estrondo e uma nuvem de cinzas elevou-se no ar, lembrando um vulcão em atividade.

Do outro lado da espessa cortina de cinzas, tampas de panela, lenha, louça e tenazes vinham voando cegamente na direção de Musashi, com a óbvia intenção de deter seu avanço.

Quando as cinzas baixaram um pouco, o jovem conseguiu ver que o homem jazia inconsciente perto de um pilar, talvez porque tivesse batido a cabeça ao cair.

Outra pessoa, porém, continuava a lançar em desespero os objetos à mão, intercalando imprecações: a mulher do homem.

Musashi logo a dominou e a imobilizou. Ainda assim, a mulher conseguiu extrair da cabeça um longo grampo de cabelo e com ele tentou um novo ataque, mas o jovem pisou em seu braço.

— Que aconteceu, meu bem? Não diga que você não pode nem com esse novato! — gritou a mulher, raivosa, contra o marido desacordado.

— Que...quê?! — exclamou Musashi nesse momento, soltando-a involuntariamente.

Mais corajosa que a maioria dos homens, a mulher ficou em pé e, apanhando a adaga que o marido havia deixado cair, tentou golpeá-lo, mas estacou petrificada ao ouvir uma inesperada exclamação:

— Oba-san?!

— Co... como? — gaguejou a mulher, ofegante, contemplando fixamente o rosto de seu adversário. — Mas... Ora, você é... Takezo-san! — completou, atônita.

III

Quem, além de Osugi, a velha mãe de Matahachi, o haveria de chamar ainda hoje pelo antigo nome de sua infância?

Musashi observou, ainda em dúvida, o rosto da mulher.

— Você me saiu um guerreiro bem garboso, Take-san! — observou ela. Sua voz tinha um tom saudoso.

Ali estava Okoo, a moradora dos pântanos de Ibuki, a que mais tarde abriria uma casa de chá suspeita em Kyoto, empregando a filha Akemi como chamariz.

— Como lhe acontece de estar por aqui? — indagou Musashi.

— Nem me pergunte: tenho vergonha até de pensar nisso!

— Esse homem é seu marido?

— Você deve ter ouvido falar dele... Isto é o que restou de Gion Toji, o primeiro discípulo da academia Yoshioka.

— Como é? Este é Gion Toji, da academia Yoshioka? — ecoou o jovem. O espanto foi tão grande que chegou até a perder a fala.

Depois de andar pelo país inteiro angariando fundos com a desculpa de que iam reformar a academia, Toji havia-se evadido em companhia de Okoo levando todo o dinheiro arrecadado. À época, seu nome andara de boca em boca pela cidade de Kyoto, como exemplo de homem covarde, indigno de ser um samurai.

Musashi também tinha ouvido os boatos. E agora, o que restara do antigo discípulo Yoshioka bandoleiro jazia no chão à sua frente na forma de um vil assaltante de estradas. Apesar de lhe ser um estranho, Musashi não pôde deixar de sentir tristeza pelo triste destino que lhe coubera.

— Cuide dele, oba-san! Se eu soubesse que era seu marido, nunca o teria tratado tão mal — observou.

— Quisera achar um buraco para me esconder agora! — resmungou Okoo, aproximando-se de Toji, dando-lhe água e cuidando de seu ferimento. Contou a seguir ao marido, ainda não refeito por completo, a história de como se haviam conhecido.

— Como?! — exclamou Toji, revirando os olhos. — Então, o senhor é o famoso mestre Miyamoto Musashi! Ah, que vexame!

Devia restar ainda um resto de honra no homem, pois ocultou o rosto nas mãos e permaneceu por muito tempo de cabeça baixa, contrito, sem coragem de encarar seu adversário.

De um ponto de vista abrangente, a vida desse indivíduo que decaíra da condição de guerreiro e vivia agora como assaltante de estrada, nada tinha de excepcional: seu destino era comparável ao da espuma rala que flutua na água e é levada pela correnteza deste mundo efêmero. Mesmo assim, sentiu pena de Toji: esse homem tinha de continuar vivendo, apesar de toda a sua degradação.

A raiva se foi. Toji e a mulher se esmeravam agora em arrumar o aposento, varrendo-o, limpando a cinza em torno do braseiro e acrescentando lenha ao fogo, como se estivessem recebendo um inesperado e distinto hóspede.

— Não temos nada para lhe oferecer, mas aceite ao menos esta taça de saquê — ofereceu Okoo.

— Jantei na taberna, há pouco. Não se incomode comigo — respondeu Musashi.

— Não diga isso! Prove ao menos estas iguarias que eu mesma preparei e vamos passar esta longa noite da montanha conversando! — insistiu Okoo. Ajeitou um caldeirão no gancho sobre o braseiro, retirou a bilha das cinzas e serviu o saquê.

— Isto me lembra a casinha no sopé do monte Ibuki — comentou Musashi. Lá fora, a tempestade rugia, fazendo com que as labaredas se erguessem vivas no braseiro apesar das portas e janelas fechadas.

— Não me faça lembrar os velhos tempos...! E que terá sido feito de Akemi? Sabe alguma coisa sobre ela?

— Quando eu vinha de Eizan para Outsu, ela estava havia alguns dias acamada numa casa de chá existente nesse trecho de estrada. Ela furtou nessa ocasião a carteira de Matahachi, com quem viajava, e fugiu...

— Até ela está nessa vida? — murmurou Okoo cabisbaixa, comparando o próprio destino ao da enteada, incapaz de ocultar o brilho sombrio que lhe surgiu no olhar.

IV

Okoo não era a única arrependida. Seu companheiro também parecia bastante envergonhado. Afirmando que fora levado pela tentação, suplicou a Musashi que se esquecesse do infeliz incidente. Como prova de arrependimento, prometeu-lhe que retornaria nos próximos dias à condição de samurai, voltaria a ser o velho Gion Toji.

A bem da verdade, grande diferença não fazia se esse frustrado bandoleiro voltasse ou não a ser o antigo Gion Toji. As estradas, porém, tornar-se-iam, com certeza, um pouco mais seguras para os viajantes.

— E você também, oba-san! Deixe essa vida perigosa — aconselhou Musashi, ligeiramente embriagado com o saquê que Okoo insistia em lhe oferecer.

— Não é que eu me dedique a este tipo de profissão por gosto. Depois de fugir de Kyoto, resolvemos ir para Edo, a cidade do futuro. A caminho dela, passávamos por Outsu quando este homem resolveu jogar *bakuchi* e perdeu tudo que possuía, até os trocados para as despesas de viagem. Sem outro recurso, lembrei-me de minha antiga profissão e acabamos colhendo ervas nestas montanhas para vendê-las nas cidades e prover nosso sustento. Mas o incidente desta noite serviu de lição: prometo não me dedicar nunca mais a este tipo de atividade.

Sob o efeito do saquê, a linguagem de Okoo retomou o tom familiar dos velhos tempos dos pântanos de Ibuki.

Quantos anos teria ela agora? O tempo parecia não passar para essa mulher. Bem alimentado e cuidado, um gato ronrona no colo de seu dono, mas se ele for abandonado no meio da montanha torna-se um predador: seus olhos faíscam no escuro e ele não hesita em se alimentar de seres vivos ou mortos. Para saciar-se, é capaz de violar caixões ou atacar viajantes enfermos caídos à beira de uma estrada.

Okoo era desse tipo.

— Escute, meu bem... — disse, voltando-se para Toji. — Takezo-san disse-me há pouco que Akemi deve ter ido para Edo. Vamos nos esforçar um pouco e voltar a viver no meio de pessoas normais. Talvez possamos abrir uma nova casa de chá se pusermos as mãos em Akemi outra vez...

— Hum!... — fez Toji, abraçando os joelhos.

A essa altura, o homem já devia estar se arrependendo de ter-se juntado a Okoo, conforme tinha acontecido com Matahachi.

Musashi teve pena de Toji. E ao lembrar-se de Matahachi e de seu infeliz modo de viver, veio-lhe também à mente que em certo dia distante, ele próprio havia sido tentado por essa mesma mulher. Um súbito arrepio percorreu-lhe o corpo.

— Que barulho é esse? Chuva? — perguntou Musashi, erguendo o olhar para o teto escuro.

Okoo o contemplou de esguelha com um olhar lânguido de bêbada, e respondeu:

— Nada disso. São galhos e folhas de árvores que caem sobre o telhado, trazidos pela ventania. No meio das montanhas, não se passa noite sem que alguma coisa chova sobre o seu telhado. A lua pode estar radiante e o céu estrelado, mas o vento carrega terra solta, gotas de cerração ou a névoa da cascata, e as lança sobre a casa.

— Mulher! — disse Toji, erguendo a cabeça. — Vai começar a clarear dentro de instantes. Nosso hóspede deve estar fatigado. Trate de arrumar as cobertas no aposento dos fundos.

— É verdade. Acompanhe-me, Takezo-san! Cuidado, que está escuro.

— Vou aceitar seu convite — respondeu Musashi, erguendo-se e seguindo Okoo pela escura varanda.

V

O quarto em que Musashi foi alojado havia sido construído com toras à beira de um penhasco que dava para um vale. A escuridão impedia uma observação melhor, mas o assoalho do aposento parecia projetar-se no vazio, diretamente sobre o abismo.

O sereno gotejava sobre o teto, e a água da cascata também caía em borrifos, trazida pelo vento.

A cada lufada uivante, o pequeno aposento sobre o precipício jogava como um barco.

Deslizando os pés brancos pelo assoalho, Okoo retornou ao aposento do braseiro.

Toji, que havia estado contemplando o fogo com olhar pensativo, ergueu a cabeça e perguntou em tom agressivo:

— Ele dormiu?

— Parece... — respondeu Okoo, ajoelhando-se ao lado dele. — E agora?

— Vá chamá-los!

— Você está realmente decidido?

— Claro! E não é só pelo dinheiro. Se eu acabar com ele, vou me transformar no herói que liquidou o inimigo número um da academia Yoshioka!

— Nesse caso, vou até lá!

Aonde?

Okoo arrepanhou a barra do quimono, prendeu-a e saiu.

A noite ia alta. O vulto de pernas brancas e cabelos negros esvoaçantes que corria em linha reta em meio às lufadas escuras só podia ser o do gato demoníaco encarnado numa mulher.

As pregas ao longo das encostas das montanhas não são habitadas apenas por pássaros e animais selvagens. Dos vales, dos picos e das plantações percorridos por Okoo logo surgiu um pequeno exército de mais de vinte pessoas.

O modo como o grupo agia dava a perceber que aqueles homens eram treinados: silenciosos como folhas trazidas pelo vento, reuniram-se diante da cabana de Toji.

— Ele está sozinho?
— É um samurai?
— Tem dinheiro?

As perguntas cruzavam-se em surdina. Gestos e olhares indicaram as posições habituais de cada um e o grupo dispersou-se.

Empunhando lanças de caçar javalis, mosquetes e espadas rústicas, metade do pequeno exército espreitou o lado externo do aposento em que Musashi dormia. A outra metade pareceu descer pelo precipício até o fundo do vale.

Dois ou três deste último grupo separaram-se dos demais no meio da descida e rastejaram para o lado, parando bem debaixo do assoalho do aposento.

Os preparativos estavam concluídos.

A pequena construção que se projetava sobre o precipício nada mais era que uma armadilha. O assoalho era forrado de esteira e guardava pilhas de ervas medicinais secas, assim como pilões e utensílios farmacêuticos, ali postos de propósito para desfazer qualquer desconfiança de eventuais hóspedes e induzi-los a um pesado sono. A verdadeira profissão desses homens, porém, não era preparar e produzir remédios homeopáticos.

O relaxante aroma das ervas fez com que Musashi sentisse o sono pesar-lhe nas pálpebras. Seus pés e mãos formigavam. Mas para quem sempre viveu nas montanhas, como ele, alguns pontos no pequeno aposento que se projetava sobre o vale despertavam desconfiança.

Nas montanhas de Mimasaka, sua terra natal, também havia cabanas usadas para armazenar ervas medicinais. Entretanto, Musashi sempre soubera que as ervas eram todas, sem exceção, avessas à umidade. Ninguém construiria um depósito para elas num lugar sombrio como aquele, debaixo de densas copas, sobretudo numa área atingida por borrifos de cascata.

Sobre a mesinha que sustentava o pilão, havia uma pequena candeia enferrujada e, à sua luz bruxuleante, Musashi descobriu mais alguns pontos que lhe despertaram suspeita.

As juntas das toras, nos quatro cantos do aposento, haviam sido firmadas com cantoneiras, mas havia um número muito grande de buracos para fixá-las.

As junções, além disso, deixavam à mostra pedaços mais claros de cinco a seis centímetros, evidenciando que o aposento passara por recentes reformas.

— Entendi...!

Um sorriso aflorou lentamente nos lábios de Musashi. Sua cabeça, porém, continuou sobre o travesseiro, captando estranhos sinais em meio ao gotejar do sereno no telhado.

VI

— Takezo-san! Você já dormiu?

Era Okoo, chamando de manso do lado de fora da porta corrediça.

A mulher apurou os ouvidos e, ao ouvir seu ressonar tranquilo, entreabriu a porta silenciosamente e se aproximou da cabeceira.

— Vou-lhe deixar a água aqui — disse, aproximando-se mais ainda do rosto adormecido. Depositou a bandeja e retirou-se em silêncio.

Na construção principal, agora às escuras, Toji a aguardava.

— Tudo em ordem? — perguntou num sussurro.

— Dorme profundamente! — respondeu Okoo cerrando os próprios olhos e dando ênfase à afirmativa.

Toji saltou da varanda no mesmo instante e agitou a lamparina na direção do escuro vale.

Era o sinal.

No momento seguinte, o pilar que sustentava o assoalho da pequena cabana onde Musashi dormia foi removido. Com um estrondo, teto, paredes e assoalho desabaram abismo abaixo, rumo ao fundo do vale.

— É agora!

Como caçadores que avistam a caça, os ladrões surgiram dos esconderijos e desceram o precipício, cada um a seu modo, ágeis como macacos.

Era dessa maneira — lançando para o fundo do vale cabana e viajantes incautos — que o bando os roubava com a maior facilidade. E no dia seguinte, o rústico aposento era uma vez mais construído à beira do precipício.

No fundo do vale, a outra metade do grupo já aguardava. Ao ver madeiras e pilares da cabana desabando, os homens avançaram como cães sobre despojos, procurando pelo cadáver de Musashi.

— Como é? Acharam?

Os poucos que tinham permanecido no alto já vinham chegando ao fundo e punham-se a ajudar nas buscas.

— Não o estou vendo! — gritou alguém.

— Vendo o quê?

— O cadáver!
— Impossível!
Momentos depois, porém, a mesma voz aborrecida se fez ouvir:
— Não está em parte alguma. Que terá acontecido?
Toji, o mais aflito de todos, berrou com os olhos congestionados:
— Não é possível! O corpo deve ter batido numa rocha e ricocheteado. Procurem mais adiante!

Nem tinha acabado de falar quando as rochas, o rio e a vegetação da encosta tingiram-se de vermelho como num lindo pôr do sol.
— Ei!
— Que é isso?

Os bandoleiros ergueram a cabeça, projetando os queixos para o alto. E lá estava a cabana de Toji, no topo do barranco de quase 25 metros de altura, expelindo uma fumaça vermelha pelos quatro cantos, teto, portas e janelas!
— Socorro! Socorro! Me acudam! — gritava alguém com voz aguda, esganiçada: Okoo, com certeza.
— Que está acontecendo? Vamos lá, homens!

Agarrando-se a cipós e raízes, o bando tornou a rastejar barranco acima. A casa solitária sobre o despenhadeiro era presa fácil do fogo e do vento. Okoo tinha sido amarrada a um tronco de árvore com as mãos para trás, e sobre ela choviam fagulhas.

Como e quando havia Musashi escapado? Os bandoleiros não conseguiam acreditar.
— Atrás dele, homens! — gritou alguém.

Toji tinha perdido o ânimo por completo, mas seus comparsas, que não conheciam Musashi, jamais concordariam em deixar a situação nesse pé. Partiram portanto todos eles no seu encalço como um vendaval, mas não o encontraram mais: Musashi talvez tivesse se embrenhado no meio da mata ou procurado abrigo sobre alguma árvore frondosa, desta vez para dormir realmente.

Enquanto os homens procuravam pelo meio da montanha que o incêndio tingia em lindas cores, a luz branca da manhã aos poucos se infiltrou sobre os picos Wada e Daimon.

RUMO LESTE

I

À beira da estrada de Koshu, as árvores ainda não tinham crescido o suficiente para sombreá-la devidamente e as postas não funcionavam a contento.

Nos antigos períodos Eiroku, Genki e Tensho (1558 a 1592), aliás nem tão distantes, essa estrada tinha sido simples rota de passagem para os exércitos dos generais Takeda, Uesugi e Hojo. Posteriormente, cidadãos comuns passaram a trafegar por ela. Basicamente, porém, ela não tinha sido modificada, não existindo portanto um caminho principal e outros secundários, como o que se vê comumente em torno de núcleos populacionais.

Para os viajantes procedentes de grandes centros urbanos como Kyoto, uma das maiores inconveniências da estrada era a inexistência de hospedarias de bom nível. O despreparo tornava-se patente por exemplo nos lanches de viagem, quase sempre embalados de forma rústica, nos moldes dos primitivos lanches do período Fujiwara: *mochi* simples, envoltos em folhas de bambu, ou arroz puro embrulhado em folhas secas de carvalho.

Apesar de tudo, o congestionamento da estrada de Koshu era algo digno de atenção e perceptível nas estalagens dos postos de muda como Sasago, Hatsugari e Iwadono, desertos até bem pouco tempo atrás. Chamava sobretudo a atenção o fato de que a maioria dos viajantes que por ali passavam não se dirigia a Kyoto, mas fazia o percurso contrário, rumo leste.

— Olhe outra leva chegando! — observou um dos viajantes que descansava no topo de Kobotoke, apontando para um grupo que vinha subindo. O forasteiro aguardou na beira da estrada a chegada do grupo, feliz por essa distração que lhe animava a monótona jornada.

O grupo era sem dúvida grande e ruidoso.

Só de jovens meretrizes devia haver cerca de trinta, assim como cinco ou seis *kamuro*, mal saídas da infância. Além delas, havia também mulheres velhas e de meia-idade, que somadas aos serviçais masculinos perfaziam um total de quase quarenta pessoas.

Os animais de carga transportavam em seus lombos cestos de roupas e utensílios em quantidade considerável. O chefe dessa numerosa trupe, um homem de cerca de quarenta anos, não se cansava de incentivar as meretrizes, acostumadas a uma vida sedentária:

— Se a corda das sandálias fez bolha no pé, troquem-nas por sandálias de dedo. Como é possível que não consigam mais andar? Não têm vergonha? Vejam as crianças!

Levas de prostitutas de Kyoto semelhantes àquela passavam em média uma vez a cada três dias por essa estrada, provocando a curiosidade dos viajantes, conforme acontecera momentos atrás, o destino de todas elas sendo naturalmente Edo, a cidade em expansão.

Com a chegada do novo xogum Tokugawa Hidetada a Edo e o seu estabelecimento no palácio do mesmo nome, a cultura dos grandes centros urbanos como Kyoto — da qual naturalmente também faziam parte essas meretrizes — deslocou-se com grande rapidez rumo à cidade em expansão. As rotas terrestres costumeiras, como a estrada de Tokaido, assim como as vias fluviais e marítimas, andavam nos últimos tempos congestionadas, apenas atendendo ao tráfego oficial, ao transporte de materiais de construção e aos cortejos de pequenos e grandes *daimyo*, não restando às levas de prostitutas outro recurso senão optar por estradas menos frequentadas, como a Nakasendo e a de Koshu.

O patrão desta leva chamava-se Shoji Jinnai e era originário da região de Fushimi. Samurai de origem, optara por exercer a profissão de dono de bordel por um motivo qualquer. Lançando mão do talento e da esperteza que lhe eram inatos, o homem estabelecera vínculos com a casa Tokugawa do castelo de Fushimi e obtivera permissão oficial para transferir seu empreendimento para a cidade de Edo. Shoji aconselhara seus colegas de profissão a lhe seguirem o exemplo, e nos últimos tempos remetia levas e levas de mulheres do oeste para o leste.

— Vamos parar um pouco! — ordenou ele quando atingiu o pico Kobotoke e descobriu uma área conveniente para descansar. — Ainda é cedo, mas vamos lanchar por aqui. Velha Onao, distribua o lanche entre as meretrizes e *kamuro*, por favor!

Um volumoso cesto foi descarregado do lombo dos animais. Ao receber o seu quinhão de arroz embrulhado em folhas secas de carvalho, cada mulher dirigiu-se ao canto de sua preferência e o comeu avidamente.

Pele suja e amarelada, cabelos brancos do pó da estrada apesar dos sombreiros e toalhas que os protegiam, as mulheres estalavam a língua e deglutiam ruidosamente a comida seca, pois nem chá lhes havia sido servido para auxiliar a passagem da refeição pelas gargantas secas e empoeiradas. A visão nem de longe evocava a imagem idealizada de prostituta dos versos de certo poeta: "Quem tua pele macia haverá de tocar/ Rubra flor de perdição?"

— Ah, que delícia! — exclamavam as mulheres com sinceridade, o que por certo faria suas mães chorarem, caso as ouvissem.

Nesse momento, algumas mulheres do grupo descobriram um jovem que passava casualmente e logo começaram a sussurrar entre si:

— Olhe! Que homem bonito!

— Lindo!

Outra interveio:

— Eu o conheço muito bem. Ele costumava frequentar nossa casa na companhia dos discípulos da academia Yoshioka.

II

Kanto devia parecer, para essa gente nascida em Kyoto, mais distante que Michinoku[10] pareceria para os nascidos na própria Kanto. As mulheres, todas apreensivas quanto ao destino que as aguardava na distante terra desconhecida e já saudosas da terra de origem, alvoroçaram-se ao ouvir que um antigo cliente de Fushimi passava por ali.

— Quem?

— Qual homem?

— Esse, todo imponente, que vem carregando uma enorme espada às costas.

— Ah, já sei! O rapaz de cabelos compridos, com jeito de aprendiz de guerreiro!

— Esse mesmo.

— Como é o nome dele? Chame-o!

Nem sequer imaginando que estivesse despertando o interesse das meretrizes estacionadas no topo do pico Kobosatsu, no meio das quais caminhava nesse momento, Sasaki Kojiro passou em largas passadas, abrindo caminho entre cavalos de carga e carregadores.

Foi então que uma das mulheres gritou com voz esganiçada:

— Sasaki-san! Sasaki-san!

Kojiro, que jamais esperaria ser abordado dessa maneira por prostitutas, nem ao menos se voltou. A mulher então insistiu:

— Moço dos cabelos compridos!

Só podia ser com ele. Desconfiado, cerrou o cenho e se voltou.

Shoji Jinnai, que comia seu lanche sentado próximo às patas de um cavalo de carga, admoestou a mulher severamente:

— Cale a boca! Você está sendo inconveniente!

Voltou a seguir o olhar na direção de Kojiro e lembrou-se imediatamente de havê-lo cumprimentado certa noite em seu bordel na cidade de Fushimi, quando ali aparecera com um bando de discípulos da academia Yoshioka.

---

10. Michinoku: outra denominação dada à região de Oushu, ou seja, das atuais províncias de Fukushima, Miyagi, Iwato, Aomori e Akita.

— Bom dia, senhor! — disse, erguendo-se e espanando os gravetos agarrados à sua roupa. — Para onde se dirige, Sasaki Kojiro-sama?
— Ora se não é o patrão da casa Sumiya! Eu estou a caminho de Edo. E o senhor, para onde vai com essas mulheres?
— Abandonei Fushimi e estou me transferindo para a cidade de Edo...
— E por que abandonou uma zona tão tradicional para se aventurar numa cidade, mas onde o sucesso é incerto?
— Fushimi é antiga demais. É como água parada, onde somente a podridão viceja, senhor. Nela não crescem plantas.
— Concordo que a cidade de Edo seja promissora para os profissionais do ramo da construção e para os fabricantes de armamentos, mas lá não deve haver ainda lugar para bordéis.
— Engana-se nesse ponto, senhor. Lembre-se de que quem primeiro chegou aos alagadiços de Naniwa e os desbravou foram as mulheres, antes ainda de Taiko-sama lá chegar.
— Mas não deve haver nem casas por lá!
— O supremo comandante Tokugawa nos destinou uma área de algumas dezenas de quilômetros quadrados numa região pantanosa denominada Yoshiwara. E ali já se encontram alguns dos meus colegas, fazendo o reconhecimento topográfico e providenciando a construção dos alojamentos. Não corremos o perigo de ficar ao relento.
— Quê? A casa Tokugawa anda distribuindo terras correspondentes a dezenas de quilômetros quadrados a profissionais do seu ramo? De graça?
— E quem haveria de pagar por uma área alagada, coberta de juncos, senhor? E além de tudo, prometeram-nos também material de construção, como pedras e madeira, em abundância.
— Ah, agora compreendi por que arrebanham todas as mulheres e se transferem em levas para o leste!
— O senhor também está indo para assumir um posto?
— Nada disso. Não estou interessado em servir casa alguma. Mas já que a cidade de Edo vai tornar-se a sede do novo xogunato assim como o centro decisório do poder, achei que tinha a necessidade de conhecê-la. Mas posso até concordar em servir à casa xogunal, desde que seja no cargo de instrutor de artes marciais...
Shoji calou-se.
Seus olhos, experientes em avaliar as correntezas do submundo, os rumos da economia e o caráter dos homens, haviam lido nas entrelinhas e percebido que o homem com quem falava talvez fosse um bom guerreiro, mas não chegava a ser metade do que pretendia.
— Bom! Vamo-nos pôr em marcha! — ordenou o homem para as mulheres, sem se incomodar mais com Kojiro.

Nesse momento, a velha serva de nome Onao, que estivera conferindo o número das meretrizes, observou:

— Ora essa! Está faltando uma! Quem é que desapareceu? Kicho-san, Sumizome-san... Ah, as duas estão aí! E então, quem é que está faltando?

III

Nem passou pela cabeça de Kojiro acompanhar a leva de prostitutas rumo ao leste, de modo que seguiu na frente. Mas o grupo do bordel Sumiya continuava parado no mesmo lugar porque faltava uma mulher.

— Ela estava conosco até há pouco.
— Que lhe teria acontecido?
— Vai ver, ela fugiu.

Em meio aos insistentes comentários que pipocavam por todos os lados, dois ou três servos voltavam de uma busca nas proximidades.

Shoji, que acabava de se despedir de Kojiro, voltou-se nesse momento e perguntou:

— Velha Onao, quem fugiu?

A mulher voltou-se com ar culpado:

— É a tal da Akemi. Essa que o patrão viu andando na estrada de Kiso e chamou para ser meretriz, lembra-se?

— Ela desapareceu?

— Achamos que talvez tenha fugido e um dos nossos desceu a montanha para procurá-la.

— Se foi realmente essa menina, não percam mais tempo. Afinal, não paguei por ela, apenas prometi dar-lhe emprego porque ela era bonita e disse que não se importava em ser meretriz se pudesse seguir conosco até Edo. É verdade que vou acabar tendo prejuízo com relação aos gastos dela em hospedarias, mas... que se há de fazer? Vamos embora!

Se conseguissem pernoitar em Hachioji nessa noite, amanhã entrariam em Edo.

Nesse momento, uma voz os interrompeu, vinda da beira da estrada:

— Procuravam por mim? Desculpem se lhes causei transtornos.

Era a tão procurada jovem, Akemi. Misturou-se à fila de mulheres em andamento e pôs-se também a caminhar.

— Onde se meteu? — censurou a velha Onao.

— Escute aqui, benzinho: nunca desapareça desse jeito, sem avisar, a não ser que esteja planejando fugir — disse-lhe outra meretriz em tom aborrecido, enfatizando o quanto todas tinham se preocupado.

— É que... — sorriu Akemi, ignorando as palavras ásperas — passou por aqui uma pessoa conhecida e eu não queria ser vista por ela, compreendem? Meti-me então às pressas no meio desse bambuzal, caí num barranco e escorreguei — explicou, exibindo o quimono rasgado, o cotovelo esfolado, desculpando-se sem cessar, sem o menor traço de arrependimento na voz.

Jinnai, que ia à frente do grupo, entreouviu suas palavras e voltou-se:

— Menina!

— Eu, senhor?

— Você mesma. Akemi?! É assim que se chama? Que nome difícil de ser lembrado! Se vai mesmo seguir a profissão, tem de mudar de nome. O que quero saber é o seguinte: você está preparada para ser meretriz?

— Por acaso a profissão exige algum preparo?

— Claro que exige! Você não pode começar hoje e largar daqui a um mês porque não gostou! Mulheres dessa profissão têm de se submeter à vontade dos seus clientes, não importando quem sejam eles. Se não está pronta para isso, é bom nem começar, ouviu bem?

— Ora, eu não sirvo para mais nada... Um maldito homem destruiu o que existe de mais precioso na vida de uma mulher.

— Isso não significa que você deva destruir ainda mais a sua vida. Pense bem até chegarmos a Edo. E se está preocupada com as despesas de hospedaria e os gastos miúdos que você fez nesta viagem, esqueça: não vou cobrá-los de você.

BRINCANDO COM O FOGO

I

Um homem maduro, com o ar descontraído dos que já abandonaram a profissão e vivem uma vida confortável, bateu à porta do templo Yakuou-in, em Takao, na noite anterior.

O forasteiro fazia-se acompanhar de um servo, a quem encarregara de transportar seu baú, e de um adolescente aparentando quinze anos.

— Dê-me pouso por uma noite. Amanhã, visitarei o templo — pediu ele ao monge que o atendeu na hora em que a tarde começava a cair.

O homem acordou bem cedo na manhã seguinte e fez um giro pela montanha do templo em companhia do garoto. Observou que também essa propriedade continuava abandonada depois de ter sido devastada por uma das muitas guerras empreendidas pelos generais Uesugi, Ikeda e Hojo, e retornou pela altura do almoço.

— Empregue-as para a reforma do telhado do templo — disse, entregando três grandes moedas de ouro, de formato ovalado, e ocupando-se logo em seguida em calçar as sandálias para partir.

O mordomo do templo Yakuou-in, espantado com o vultoso donativo que o caridoso homem lhe deixava, apressou-se em vir vê-lo partir, e lhe perguntou o nome.

— Eu o tenho registrado no livro de hóspedes — interveio nesse instante um outro monge, apresentado o registro.

O mordomo conferiu:

"Narai Daizou — Ervateiro da base do monte Ontake."

— Ah, então o senhor é o famoso Daizou-sama... — exclamou o mordomo, desculpando-se com insistência por ter-lhe dispensado tão pouca atenção na noite anterior. — Se eu soubesse...

O nome era por demais conhecido: em templos budistas e xintoístas do país inteiro seu nome constava em placas, junto com os de outros de beneméritos doadores. A quantia doada nunca era inferior a algumas moedas de ouro, tendo chegado a algumas dezenas em certa terra santa. Diletantismo, sede de fama ou puro espírito cívico? Só ele saberia dizer o que se escondia por trás das suas doações. Seja como for, o mordomo de Yakuou-in já havia ouvido falar desse ilustre filantropo, e não poucas vezes.

Em vista disso, tentou retê-lo por mais algum tempo insistindo em lhe mostrar as relíquias guardadas no templo, mas Daizou, em companhia do servo e do menino, já estava fora do portão.

— Pretendo passar algum tempo na cidade de Edo. Voltarei numa outra oportunidade — disse ele com uma reverência, despedindo-se.

— Nesse caso, acompanhá-lo-ei até os limites da propriedade — replicou o mordomo. — E então, senhor, pretende passar a noite na vila de Fuchu?

— Não. Esta noite, penso em alcançar Hachioji.

— Ah, não é longe daqui. Chegará com folga antes do anoitecer.

— E quem administra a área de Hachioji atualmente?

— Okubo Choan-sama passou a administrar essa área, pouco tempo atrás.

— Ah, o magistrado transferido de Nara...!

— Ele também está encarregado de administrar as minas de ouro e prata da ilha de Sado.

— O homem tem fama de ser eficiente...

Daizou e seus dois acompanhantes desceram a montanha e logo surgiram nas movimentadas ruas da vila Hachiouji com suas 25 pousadas. O sol ainda ia alto no céu.

— Onde quer passar a noite, Joutaro? — perguntou o homem ao garoto que caminhava rente a ele, como um apêndice.

A resposta foi imediata:

— Em qualquer lugar, menos num templo!

Em consequência, acabaram escolhendo a maior pousada de todo o vilarejo.

— Quero acomodações para uma noite — pediu Daizou.

— Chegou cedo, senhor! — disse a serviçal, apressando-se em atender o hóspede de fina aparência e que, além de tudo, trazia consigo um servo só para lhe carregar o baú. Conduziu-o portanto a um dos quartos nobres, além do pátio interno.

Mas o entardecer trouxe muita gente à estalagem em busca de alojamento, fazendo com que o dono e o gerente da hospedaria parassem à porta do aposento ocupado por Daizou com fisionomias pesarosas.

— Sei que estamos sendo injustos, mas o senhor concordaria em transferir-se para aposentos no andar superior? O andar de baixo inteiro vai ficar lotado e muito barulhento porque tivemos de aceitar um grupo grande de viajantes — disse o dono, embaraçado.

— Está certo. Alegra-me ao menos saber que seus negócios prosperam — replicou Daizou, aceitando o novo arranjo com bom humor. Mandou juntar seus pertences e transferiu-se rapidamente para o andar de cima. À saída do aposento, cruzou com os novos hóspedes: as meretrizes da casa Sumiya.

II

— Em que bela companhia vou ter de me hospedar! — resmungou Daizou, chegando ao andar superior e passando em revista o aposento que lhe fora destinado.

A lotação excessiva logo teve suas consequências: por mais que chamasse, nenhuma serviçal veio atendê-lo, o jantar atrasou, e quando enfim chegou a refeição, ninguém surgiu para retirar os pratos sujos.

Além de tudo, passos apressados soavam sem cessar nos dois andares, perturbando-lhe o sossego. Mesmo irritado, Daizou esforçou-se por não reclamar, apenas em consideração aos empregados do estabelecimento, visivelmente atarantados com o excesso de tarefas. Deitou-se apoiando a cabeça sobre o braço dobrado no meio da sala em desordem, mas um súbito pensamento fê-lo erguer a cabeça.

— Sukeichi! — gritou, chamando o servo, mas como não o viu surgir, sentou-se e tornou a chamar:

— Joutaro! Joutaro!

Quando nem este o atendeu, Daizou saiu do aposento e viu todos os hóspedes do seu andar recostados no corrimão da varanda que dava para o pátio interno, em animada conversa.

E no meio deles avistou Joutaro, também espiando o andar térreo.

— Venha cá!— disse, arrastando-o pela gola e repreendendo-o. — Que andou espiando, garoto?

Joutaro arrastou no *tatami* sua longa espada de madeira, da qual não se separava nem dentro de casa, e sentou-se.

— Eu só fui ver o que os outros tentavam espiar — replicou, com certa lógica.

— E o que é que os outros tentavam espiar? — perguntou Daizou, sentindo a curiosidade espicaçada.

— Ora, as mulheres que ocupam o andar de baixo, acho eu.

— Só isso?

— Só.

— E qual a graça?

— Sei lá! — replicou Joutaro sacudindo a cabeça, francamente perplexo.

Daizou sentia-se incomodado não pelo incessante ruído de passos, nem pelas meretrizes da casa Sumiya alojadas no andar inferior, mas pela balbúrdia que os demais hóspedes faziam espiando-as de cima.

— Vou sair por alguns instantes e dar uma volta no povoado. Fique por aqui e não se afaste do aposento, entendeu? — disse ele ao menino.

— Se vai dar uma volta, leve-me também — pediu Joutaro.

— Não. Sempre saio sozinho à noite.
— Por quê?
— Já lhe expliquei diversas vezes: minhas saídas noturnas não são recreativas.
— São o que, nesse caso?
— Devocionais.
— Mas o que o senhor faz durante o dia já deve ser suficiente. Tanto os deuses quanto os templos dormem de noite, não dormem?
— A devoção não se resume a visitas a templos. Tenho outras súplicas a fazer — desconversou Daizou. — Tire a sacola guardada no baú. Consegue abri-lo?
— Não consigo.
— Sukeichi deve estar com a chave. Aonde foi ele?
— Desceu, não faz muito tempo.
— Acha que ainda está na sala de banho?
— Estava espiando o aposento das mulheres quando o vi, há pouco.
— Até ele? — exclamou, estalando a língua de impaciência. — Vá chamá-lo, e depressa! — ordenou Daizou, ocupando-se agora em reatar o *obi*.

III

O andar inferior da hospedaria havia sido quase todo tomado pelas cerca de quarenta pessoas da casa Sumiya.

Os homens tinham sido alojados nos aposentos próximos à recepção, as mulheres nos quartos além do pátio interno, e o barulho que faziam era ensurdecedor.

— Não aguento andar nem mais um dia! — reclamava uma das meretrizes, estirando o pé branco enquanto outra lhe aplicava compressas de nabo ralado na planta dos pés inchados e quentes.

A mais animada pedira emprestado um *shamisen* em lastimável estado de conservação e dedilhava as cordas. As demais, pálidas e quase doentes, já haviam estendido as cobertas num canto e deitado, voltadas contra a parede.

Alguém disputava uma guloseima:
— O que você está comendo? Hum! Parece gostoso. Me dê um pedaço!

À luz de lamparinas, viam-se também aqui e ali vultos curvados entretidos em escrever longas cartas aos amados que haviam deixado atrás, sob o céu de Kyoto.

— É verdade que chegamos amanhã a essa tal cidade de Edo?
— Sabe-se lá! O pessoal da hospedaria diz que faltam ainda cerca de cinquenta quilômetros até lá.

— Quando vejo as luzes se acenderem, sinto que estamos perdendo um tempo precioso, paradas aqui sem fazer nada.

— Ora essa! E desde quando você resolveu se preocupar com os interesses do patrão?

— Não é isso, mas... Ai, a cabeça me coça! Empreste-me o grampo!

O quadro não podia ser mais prosaico, mas a fama das mulheres de Kyoto atiçava a imaginação dos homens. Sukeichi tinha saído da sala de banho, e embasbacado, ficara espionando escondido nos arbustos do jardim, esquecido de que, depois do banho quente, podia até resfriar-se exposto ao ar frio da noite.

Foi então que sentiu um puxão na orelha e alguém lhe disse:

— Está perdendo tempo!

— Ai-ai! — gritou o serviçal, voltando-se. — Ora, se não é o peste do Joutaro!

— Me mandaram chamar você, Suke-san!

— Quem?

— Seu patrão, ora essa!

— Mentira!

— É verdade! Ele disse que vai sair de novo. Esse homem vive andando a esmo!

— Ah, então é isso!

Joutaro preparava-se para correr atrás de Sukeichi, quando alguém no meio dos arbustos o chamou inesperadamente:

— Jouta-san! Você é Jouta-san, não é?

Joutaro voltou-se sobressaltado, o olhar inflamando-se de súbito. Embora parecesse esquecido de tudo, disposto apenas a seguir o caminho que o destino lhe traçava, o menino devia manter em seu íntimo uma contínua preocupação quanto ao que poderia ter acontecido a Otsu e Musashi.

A voz que o chamara era feminina e, no mesmo instante, seu coração bateu acelerado: talvez fosse Otsu! Apertou os olhos e perscrutou entre os ramos do arbusto próximo:

— Quem é? — perguntou, aproximando-se devagar.

— Eu.

A mulher de rosto alvo nas sombras dos arbustos abaixou-se, passou por baixo de algumas folhagens e surgiu inteira à frente de Joutaro.

— Ah, é você... — resmungou Joutaro, desapontado.

Akemi estalou a língua:

— Que menino malcriado! — exclamou. Ela própria tinha ficado empolgada com o reencontro, e sem saber como extravasar sua emoção ante a fria acolhida do menino, deu-lhe um tapa indignado nas costas. — Isso é jeito de falar a alguém que não vê há muito tempo? E como é que você veio parar aqui?

— Isso sou *eu* que lhe pergunto!

— Eu... me separei da minha madrasta, aquela da Hospedaria Yomogi, lembra-se? Depois disso, muita coisa me aconteceu.

— Você está no meio dessas meretrizes?

— Estou, mas ainda estou em dúvida....

— Sobre o quê?

— Se aceito ou não seguir a profissão de meretriz.

Sabia que Joutaro era apenas uma criança, mas a pobre moça não tinha mais ninguém a quem confiar suas dúvidas.

— E Musashi-sama? Por onde anda ele agora, Jouta-san? — perguntou baixinho, passados instantes. Na verdade, essa era a única coisa que queria saber desde o instante em que se tinham encontrado.

IV

Joutaro queria saber do destino de Musashi muito mais que qualquer um.

— Sei lá! — respondeu.

— Como é que você não sabe?

— É que meu mestre, Otsu-san e eu acabamos nos desgarrando no meio da viagem.

— Otsu-san? Quem é ela? — perguntou Akemi, a atenção subitamente despertada. Logo pareceu lembrar-se. — Ah, já sei... Então, ela continua atrás de Musashi-sama... — murmurou.

Musashi, na imaginação de Akemi, era um samurai peregrino de destino mais incerto que o da nuvem ou da gota de água, um homem que na quase religiosa busca a que se devotava fazia de pedras o leito, e de árvores o teto, um ser inatingível, por mais que o amasse. Akemi considerara o triste quinhão que lhe coubera da vida, e percebera, abatida, que o seu amor era impossível, que tinha de abrir mão de qualquer esperança.

No momento, porém, em que imaginou entrever outro vulto feminino rondando o cotidiano de Musashi, Akemi sentiu o seu amor por ele se reacender como brasa latente sob cinzas.

— Não podemos conversar à vontade no meio dessa gente toda. Que acha de sairmos um pouco?

— Para o centro do povoado?

O menino aceitou o convite no mesmo instante, pois era o que ele mais queria nesse momento.

Passando pelo portão dos fundos da hospedaria, os dois logo se viram no meio da rua ao entardecer.

Hachioji, a vila das 25 pousadas, pareceu a Joutaro a mais feérica de todas as cidades até então vistas. Embora as silhuetas do monte Chichibu e das montanhas que marcavam a fronteira de Koshu pesassem sobre a paisagem noroeste da cidade, as luzes agrupadas no centro do vilarejo eram a pura expressão da atividade humana: recendiam a saquê, vibravam com as agitadas vozes dos mercadores de cavalos, com as batidas dos pentes de teares, com as ordens dos fiscais da zona atacadista e com a triste melodia tocada por trupes mambembes.

— Ouvi Matahachi-san falando dela muitas vezes, mas... Que tipo de mulher é essa tal Otsu? — perguntou Akemi, a atenção de súbito despertada. Guardou momentaneamente a imagem de Musashi num canto do coração e permitiu que a irritação lhe tomasse o peito, alastrando-se como labaredas.

— Ela é muito boazinha — disse Joutaro. — É delicada, tem consideração pelos outros, muito bonita... e eu a adoro!

Akemi começou a sentir-se cada vez mais ameaçada.

Nessas situações, mulher alguma deixa transparecer o que lhe vai no íntimo. Ao contrário, esforça-se por sorrir. E era o que Akemi fazia nesse instante:

— Quer dizer que ela é boazinha!

— E entende de tudo, além do mais. Declama poesias, tem letra bonita, toca flauta muito bem...

— Para que haveria uma mulher de querer tocar flauta?

— Ah, mas todo o mundo elogia sua técnica. Até o grão-suserano Yagyu, da província de Yamato. Na minha opinião, ela tem só um defeito.

— Qualquer mulher tem um monte de defeitos. A única diferença é que algumas, como eu, os mostram francamente, enquanto outras os escondem muito bem por trás de uma fachada de delicadeza.

— Otsu-san não tem tantos defeitos assim! Como já disse, para mim ela só tem um.

— Qual?

— É chorona. Chora por qualquer coisa.

— Coitadinha! E por que choraria ela?

— Acho que ela chora quando se lembra de Musashi-sama. Isso me aborrecia de verdade no tempo em que andava em sua companhia.

Insensível à devastação que suas palavras estavam causando em Akemi, Joutaro continuou a falar, transformando sua ouvinte numa bola ardente de ciúme.

V

O ciúme aflorava nos olhos e na pele de Akemi, incontrolável. Ainda assim, a jovem quis saber mais detalhes.

— Quantos anos tem essa Otsu-san?

Joutaro lançou um olhar avaliador ao rosto de Akemi e respondeu:

— Deve ter mais ou menos a sua idade. Mas ela é mais bonita, e parece mais nova que você.

Para o seu próprio bem, Akemi deveria ter interrompido a conversa nesse ponto, mas voltou a comentar:

— Que eu saiba, Musashi-sama é do tipo forte e calado, que detesta mulheres chorosas. Essa Otsu deve ser do tipo que procura prender a atenção de um homem com lágrimas, parecida com essas meretrizes da casa Sumiya, tenho certeza.

A observação tinha o óbvio intuito de mostrar Otsu sob luzes menos favoráveis, ao menos aos olhos do menino, mas teve resultado oposto, pois Joutaro replicou:

— Não acho que seja assim. Meu mestre não é muito carinhoso com ela, mas no fundo, acho que gosta um bocado de Otsu-san.

A esse novo golpe, a expressão de Akemi, há muito alterada, mostrava agora sinais alarmantes, como se uma bola de fogo lhe subisse das entranhas: se ali houvesse um rio, a jovem se jogaria nele com certeza.

Ah, se estivesse conversando com um adulto, pensou Akemi, teria muito mais a dizer e a contestar. Mas o ar ingênuo do seu interlocutor desencorajou-a.

— Venha comigo, Jouta-san! — disse ela de repente, puxando o garoto pela mão, dobrando uma esquina e entrando numa estreita viela, rumo a uma casa iluminada.

— Ei! Isto aqui é uma taberna! — reclamou Joutaro.

— Claro que é!

— E você vai entrar aí sozinha?

— Me deu uma vontade louca de beber! Venha comigo, por favor. Sozinha não posso entrar.

— Mas eu também não me sinto à vontade nesses lugares.

— Qual é o problema? Você janta enquanto eu bebo. Pode pedir o que quiser, Jouta-san.

Espiaram o interior da taberna, felizmente deserta. O mesmo cego impulso que a faria jogar-se num rio fez Akemi embarafustar-se porta adentro e pedir, olhando para a parede:

— Saquê, por favor.

A partir desse instante, a jovem emborcou sucessivas taças da bebida e já estava incontrolável na altura em que, temeroso, Joutaro resolveu intervir.

— Não amole, menino! Que coisa...! — reclamou ela, afastando-o a cotoveladas. — Quero mais... por favor! — pediu, meio corpo tombado sobre a mesa, rosto em brasa e ofegante.

— Não sirvam nem mais um gole a ela — pediu Joutaro, interpondo o próprio corpo, ansioso.

— Por que não? Você não se importa comigo, Jouta-san! Você gosta dessa Otsu, não gosta? Eu não gosto dela! Odeio mulheres que compram a piedade dos homens com lágrimas!

— E eu detesto mulheres que não sabem se comportar e bebem feito homem! — disse Joutaro.

— Pouco se me dá...! E de qualquer modo, como é que um pirralho como você haveria de entender o que eu sinto?

— Vamos, pague a conta de uma vez e vamos sair!

— E quem disse que eu tenho dinheiro?

— Quê? Você não tem com que pagar?

— Taberneiro, apresente a conta ao dono da Sumiya, que está hospedado na estalagem logo adiante. Eu já me vendi mesmo!

— Ora essa...! Você está chorando?

— Que tem isso de mais?

— Mas você acabou de dizer que detesta choronas como Otsu-san, e logo depois, começa a chorar?!

— Existe uma grande diferença entre as minhas lágrimas e as dela, está bem? Ai, estou cheia desta vida...! Por que não me mato?

Akemi ergueu-se de súbito e disparou para fora. Apavorado, Joutaro tentou retê-la em seus braços.

Mulheres bêbadas não deviam ser novidade para o taberneiro, que riu e ficou apenas contemplando. Nesse instante, porém, um *rounin* que dormitava a um canto da loja ergueu de súbito a cabeça e acompanhou com olhar turvo os dois vultos que saíam da taberna.

VI

— Ei! Não vá se matar, Akemi-san! — gritava Joutaro, seguindo-a de perto.

A jovem corria em linha reta, embrenhando-se cada vez mais em áreas escuras.

Embora desse a impressão de correr cegamente, sem se importar com a escuridão ou com o terreno pantanoso, Akemi tinha perfeita consciência de que Joutaro a seguia gritando alguma coisa.

Ela tinha passado pela amarga experiência de ver seu virginal sonho de amor destruído por Yoshioka Seijuro na enseada de Sumiyoshi. Na ocasião, tentara realmente matar-se no mar. Agora, porém, sua alma já tinha perdido a pureza e ela não tentaria uma segunda vez, muito embora fosse ainda capaz de sentir a mesma revolta.

"Quem disse que eu vou me matar?" pensava Akemi. Apenas... era divertido ver como o menino se desesperava e lhe corria atrás. Sentia-se bem ao saber que alguém se preocupava com ela.

— Cuidado! — gritou Joutaro nesse momento: havia percebido a água de um fosso brilhando na direção em que a jovem corria.

O menino agarrou com firmeza o vulto cambaleante.

— Não faça isso, Akemi-san! Não vale a pena morrer... — disse, afastando-a da beira do fosso.

— Me deixe em paz! Você e Musashi-sama acham que eu não presto, mas eu morro, e levo Musashi-sama junto comigo, no meu peito. Nunca, jamais o entregarei a essa mulherzinha! — gritou Akemi, cada vez mais revoltada.

— Quê? Não entendi nada! Que é que aconteceu para você ficar desse jeito?

— Vá, me empurre! Jogue-me para dentro desse fosso, Jouta-san. Ande logo! — gritou Akemi chorando e ocultando o rosto nas mãos.

Joutaro contemplava a jovem tomado de um estranho temor, sentindo ele próprio muita vontade de chorar.

— Vamos embora, está bem? — sussurrou, em tom conciliador.

— Ah, eu queria tanto estar com ele! Procure-o, Jouta-san! Ache Musashi-sama para mim!

— Não vá para esse lado!

— Musashi-samaa!

— É perigoso, estou lhe dizendo!

Um *rounin* que os vinha seguindo desde o momento que se afastaram da viela da taberna surgiu nesse instante contornando o muro da mansão cercada pelo estreito fosso, e aproximou-se como um felino que fareja a presa.

— Ei, moleque! Vá-se embora! Deixe a mulher comigo que eu a escolto mais tarde até a hospedaria — ordenou, empurrando Joutaro e agarrando de súbito o frágil corpo de Akemi com um dos braços.

Era um homem alto, de seus trinta e cinco anos, de olhar insistente e rosto sombreado por uma escura barba. Usava quimono mais curto que o habitual e a espada, ao contrário, era mais longa que as que Joutaro estava acostumado a ver. Esses dois detalhes da aparência masculina, talvez definitivos da moda masculina de Kanto, tornavam-se cada vez mais evidentes aos olhos do menino conforme se aproximava da cidade de Edo.

— Quê? — disse Joutaro, erguendo o olhar e reparando na feia cicatriz que ia do queixo até a orelha direita do homem, marca antiga da passagem da ponta de uma espada por seu rosto e que o deixara sulcado como a base de um pêssego. "Este parece ser dos perigosos!" pensou, engolindo em seco.

— Pode deixar, pode deixar! — disse o menino, tentando reaver Akemi.

— Olhe só! — replicou o *rounin*. — A moça parece tão satisfeita em meus braços, que acabou dormindo. Eu a levo de volta, já disse.

— Deixe disso, tio!

— Vá-se embora, moleque!

— ...

— Não quer ir, não é? — gritou o *rounin*, de súbito estendendo o braço e agarrando-o por trás, pela gola do quimono. Pés retesados, opondo-se à poderosa tração do braço do homem, Joutaro lembrava o guerreiro Tsuna resistindo ao gigantesco braço do diabo no portal Rashomon.[11]

— Que...que vai fazer?

— Moleque dos infernos! Prefere tomar um banho no fosso antes de ir embora?

— Quê?!

Nos últimos tempos, o menino já se tornara alto o bastante para lidar com a espada de madeira. Torceu portanto o torso e sacou-a da cintura em rápido movimento, desferindo um golpe lateral contra os quadris do *rounin*.

No mesmo instante, porém, viu-se descrevendo uma pirueta no ar, e embora não chegasse a ser lançado dentro do fosso, foi ao chão, batendo a cabeça contra uma pedra. Joutaro soltou um gemido e se imobilizou.

VII

Crianças costumam desmaiar com frequência, não sendo Joutaro o primeiro e único caso. Elas têm alma pura, e talvez por isso não hesitem em cruzar de pronto as fronteiras que separam este mundo do outro.

— Garoto! Ei, garoto!

— Menino!

Vozes alternadas de diversas pessoas trouxeram Joutaro de volta a este mundo. Olhos piscando, o menino passeou o olhar ao redor e se viu rodeado de rostos estranhos. Alguém o amparava.

---

11. O autor refere-se ao lendário guerreiro Watanabe-no-Tsuna, (953-1025) e a uma famosa cena de teatro nô, em que Tsuna luta contra um gigantesco diabo que habita o portal Rashomon, vence-o, e lhe decepa um braço.

— Você está bem?

A solícita pergunta o embaraçou: num rápido gesto, o menino apanhou a espada, caída ao seu lado, levantou-se e pôs-se a caminho.

— Ei, calma! Aonde foi a moça que estava com você? — perguntou-lhe o ajudante da hospedaria, segurando-o pelo braço.

Só então Joutaro percebeu que dos homens ao seu redor, alguns eram servos da casa Sumiya, e os demais, empregados da hospedaria, todos à procura de Akemi.

Aparentemente, os *chochin* — as práticas lanternas portáteis projetadas por algum inventor muito criativo — estavam em voga tanto em Kyoto como naqueles rincões da região de Kanto, pois alguns homens os traziam para iluminar o caminho, enquanto outros empunhavam bordões.

— Um homem veio nos avisar que você e uma moça da casa Sumiya estavam em apuros nas mãos de um samurai arruaceiro qualquer. Você deve saber para onde ela foi — disse um dos homens.

Joutaro sacudiu a cabeça, negando.

— Não sei de nada.

— Como não sabe? Você tem de saber, garoto!

— Ele a carregou para lá. Só sei disso — respondeu o menino a contragosto. Tinha medo de ser envolvido no incidente e de levar uma reprimenda de Daizou, caso ele ficasse sabendo. Tinha também vergonha de admitir em público que fora lançado longe e desmaiara.

— Para lá, onde?

— Lá — disse, apontando vagamente numa direção. No instante em que todos se preparavam para disparar para esse lado, alguém gritou, mais adiante:

— Achei-a!

Lamparinas e bordões deslocaram-se até onde o homem gritava. Akemi estava ali, com as roupas desalinhadas, semioculta por um casebre, por certo o depósito de feno de algum camponês. Tudo indicava que ela havia sido derrubada sobre o feno e se erguera assustada ao ouvir os passos. Seu quimono estava entreaberto na altura do peito e a ponta do *obi* desatado pendia-lhe às costas.

— Ora... o que foi que lhe aconteceu?

À luz dos *chochin*, os homens logo inferiram que ali acabara de ocorrer um grave delito, mas ninguém se animou a tocar no assunto, parecendo esquecidos até mesmo de sair no encalço do *rounin* criminoso.

— Vamos... Vamos embora! — disse alguém, tomando-lhe a mão. Akemi afastou-o de repelão, e apoiando o rosto contra as tábuas do casebre, pôs-se a chorar mansamente.

— Acho que ela está embriagada.
— Por que ela veio beber longe da hospedaria?

Por algum tempo os homens deixaram-se ficar por ali, apenas vendo-a chorar.

Joutaro também espiava de longe. O menino não conseguia sequer imaginar o que teria acontecido a Akemi, mas lembrou-se de repente de certa experiência do passado que nada tinha a ver com Akemi, do prazer, misto de culpa e sobressalto, que tinha experimentado numa estalagem do feudo de Yagyu, na província de Yamato, quando ele e a menina Kocha da hospedaria haviam rolado sobre o feno de um depósito como dois cãezinhos, mordendo-se e beliscando-se mutuamente.

— Vou-me embora! — gritou, aborrecido. Enquanto corria, sua alma, que há pouco ameaçara partir para o outro mundo, provou estar firmemente presa ao mundo dos vivos: Joutaro pôs-se a cantar a plenos pulmões:

> *Santinho de ferro*
> *No meio da campina,*
> *Viu por acaso*
> *Moça perdida*
> *Passar por aqui?*
> *'Ding'* — *ele diz,*
> *'Dong'* — *quando bato.*

O GAFANHOTO

I

Certo de que sabia o rumo da hospedaria, Joutaro viera até ali correndo sem pensar, mas parou.

— Ué? Que caminho é esse? — murmurou, observando ao redor em dúvida. — Não me lembro de ter passado por aqui antes.

Ao redor das ruínas de um antigo forte erguiam-se mansões de famílias guerreiras compondo um núcleo residencial. Os antigos muros do forte, de pedras sobrepostas, haviam sido destruídos por hordas invasoras em tempos idos e seus destroços ainda restavam abandonados. Parte da fortificação, porém, havia sido restaurada e servia de moradia para Okubo Nagayasu, o administrador designado para essa localidade.

Diferente dos palácios fortificados, construídos em áreas planas após o período Sengoku, este era um forte antigo, no estilo preferido de velhas e poderosas famílias que reinaram soberanas, gerações após gerações, numa mesma terra. Assim sendo, em torno dele não havia fossos, muralhas ou pontes, mas apenas um vasto matagal.

— Ei, aquilo só pode ser um homem! Quem será e de onde vem ele?

A um dos lados do caminho onde Joutaro estacara, o muro de uma mansão cercava a parte inferior do forte. Do outro lado da estrada havia apenas um arrozal e pântano.

Logo além do arrozal e desse terreno pantanoso erguia-se um íngreme paredão rochoso que parecia ter brotado abruptamente da terra: o paredão era a encosta do monte Yabuyama.

Não havia caminho, nem escada cavada na rocha, de modo que a área devia ter sido os fundos do antigo forte. E ante o olhar admirado do menino, um homem tinha soltado uma corda do topo do paredão rochoso de Yabuyama e por ela vinha descendo.

Na ponta superior da corda devia haver um dispositivo em forma de gancho, pois ao escorregar até a outra ponta da corda, o homem procurava pontos de apoio com a ponta dos pés, agarrava-se a rochas e raízes e sacudia a corda. Em seguida, tornava a soltar a corda para baixo e a descer por ela.

E quando enfim o vulto atingiu os limites do arrozal, desapareceu momentaneamente dentro da mata.

— Que estranho!

Com a curiosidade despertada, Joutaro esqueceu-se de que, no momento, ele próprio estava perdido, longe das luzes e da segurança da hospedaria.

Arregalou os olhos para observar melhor, mas não viu mais nada.

Sua curiosidade, porém, aumentou ainda mais. Colou-se então ao tronco de uma árvore que crescia à beira do caminho e esperou pelo vulto que, assim lhe parecia, em breve surgiria pela estreita senda do arrozal e lhe passaria bem na frente.

Ele estivera certo em suas expectativas: depois de uma longa espera, avistou enfim um vulto que vinha gingando pela senda e encaminhando-se em sua direção.

— Ora, é apenas um catador de lenha!

Em todas as localidades sempre havia gente invadindo a propriedade alheia em busca de lenha. Esse tipo de gente costumava agir na calada da noite e não hesitava em vencer despenhadeiros perigosos. Se o homem era um deles... Joutaro sentiu de súbito que fizera papel de bobo e perdera tempo inutilmente. Uma cena espantosa, porém, desenrolou-se uma vez mais diante de seus olhos, cena essa que teve a capacidade não só de satisfazer sua curiosidade, como também de fartá-la, produzindo-lhe uma vaga sensação de terror.

Sem ter ideia de que havia um pequeno vulto colado ao tronco de uma árvore, o homem que viera do arrozal para a estrada passou por ali com toda a calma. Simultaneamente, Joutaro quase deixou escapar um grito de espanto.

Pois o furtivo homem era, sem sombra de dúvida, Daizou de Narai, o ervateiro a quem o menino confiara nos últimos dias o próprio destino.

Logo, porém, Joutaro procurou negar o que seus olhos tinham acabado de presenciar:

— Deve ser alguém parecido com ele.

No momento seguinte, começou a acreditar que realmente havia se enganado.

O vulto que se afastava a passos rápidos cobria a cabeça com um lenço preto, usava calção e perneiras também pretos, e calçava sandálias leves, de palha.

Preso às costas, carregava ainda um volume de aspecto pesado. Aqueles ombros robustos e quadris poderosos não podiam ser de Daizou, um ancião de mais de cinquenta anos, pensou o menino.

II

O vulto à sua frente tornou a sair da estrada e enveredou para uma colina do lado esquerdo.

Joutaro foi atrás dele sem pensar muito bem no que fazia.

Se pretendia voltar à estalagem, o menino tinha de decidir que direção tomar, mas como não havia ninguém a quem pudesse perguntar o caminho, acompanhou o misterioso homem quase sem querer, esperando logo avistar as luzes do povoado.

Entretanto...

Depois de tomar o atalho, o desconhecido descarregou o pesado saco que levava às costas ao pé de um marco de estrada e leu com atenção as letras gravadas na pedra.

— Ué! Que estranho! Esse homem se parece muito com Daizou-sama.

Com a curiosidade espicaçada, Joutaro decidiu que o seguiria de perto furtivamente a partir dali.

Como o misterioso homem já subia o caminho da colina, o menino aproximou-se do marco e leu por sua vez a inscrição:

> *Pinheiro dos Decapitados*
> *Suba a Colina*

— Ah, deve ser o pinheiro lá no alto — murmurou.

A copa era visível da base da colina. Subiu cuidadosamente e viu o homem que o havia precedido sentado ao pé do pinheiro, fumando.

— Só pode ser ele! — sussurrou Joutaro.

Pouca gente fumava nessa época, e era quase impossível que mercadores e camponeses locais tivessem acesso ao tabaco. Joutaro tinha ouvido dizer que o hábito fora implantado pelos bárbaros vindos de barco do sul, e mesmo agora que as folhas passaram a ser produzidas no país, o preço exorbitante permitia a apenas uma pequena parcela da população afluente de grandes centros urbanos como Kyoto cultivasse esse hábito. Além do preço, outro fator impedia um maior consumo do produto: o organismo do povo japonês não se tinha adaptado ainda ao tabaco, e as folhas provocavam tonturas e desmaios em ocasionais fumantes. Este último fator fazia com que o tabaco fosse de um modo geral apreciado, mas visto como um tipo de entorpecente.

Por essa razão, Date Masamune, o suserano de Oushu, dono de um feudo de mais de 60.000 *koku* e considerado profundo apreciador do tabaco, policiava-se para não se exceder, conforme consta num registro de seus hábitos elaborado por seu secretário:

> *Pela manhã: três baforadas.*
> *À tarde: quatro baforadas.*
> *Antes de dormir: uma baforada.*

Claro está que Joutaro desconhecia esses pormenores, mas até uma pessoa de pouca idade como ele sabia muito bem que um homem comum jamais poderia entreter um vício tão dispendioso. O menino já havia visto Daizou acender o seu cachimbo de porcelana muitas vezes por dia, mas isso não lhe causara estranheza pois sabia que seu protetor era o famoso proprietário da maior casa comercial de Kiso. Mas nesse momento, a visão da brasa do cachimbo avivando intermitente como a luz de um pirilampo levantou dúvidas em seu espírito, e certo temor.

— Que faz ele aqui?

Aos poucos, o menino começou a apreciar a aventura: rastejando, aproximou-se até uma pequena distância para observar melhor.

Momentos depois, o homem guardou o cachimbo e pôs-se de pé. Retirou em seguida o lenço que lhe cobria a cabeça, descobrindo inteiramente o rosto: o homem era Daizou de Narai, sem dúvida.

Prendeu no quadril o lenço preto e deu uma volta em torno do gigantesco pinheiro, pisando suas grossas raízes. E então, uma enxada surgiu inexplicavelmente em suas mãos.

— ...

Apoiado ao cabo da ferramenta, Daizou permaneceu algum tempo em pé, imóvel, apenas contemplando a paisagem noturna. Só então Joutaro percebeu: a colina onde se encontravam situava-se entre o povoado, com suas estalagens e lojas comerciais, e o forte, na área residencial, constituindo um limite natural entre as duas zonas.

Nesse instante, Daizou meneou a cabeça como se concordasse consigo mesmo e empenhou-se em rolar uma enorme pedra situada junto às raízes do lado norte. Em seguida, cravou a enxada na terra no ponto em que a pedra havia estado.

III

Uma vez começado o trabalho, Daizou concentrou-se inteiro nele.

Num instante o buraco se aprofundou até a altura de um homem. Nesse ponto, fez uma pausa: retirou a toalha preta da cintura e enxugou o suor do rosto.

Joutaro tinha-se imobilizado atrás de uma pedra no meio da relva, e contemplava a cena com olhos esbugalhados: sabia que o homem era Daizou, mas ainda assim, parecia-lhe ver um desconhecido, um homem diferente daquele que conhecia. Teve a impressão de que existiam dois Daizous de Narai no mundo.

— Pronto! — disse Daizou de dentro da cova. Apenas sua cabeça emergia dela.

Se ele pretende enterrar-se vivo, tenho de detê-lo, pensou Joutaro. Mas não era nada disso.

De um salto, o homem emergiu da cova e dirigiu-se ao pé do pinheiro, de onde retornou arrastando o pesado volume ali depositado. A seguir, começou a desatar a corda de cânhamo que amarrava a boca do saco.

Joutaro imaginou que o tecido que envolvia o volume fosse um simples *furoshiki*, mas verificou com espanto que se tratava de um casaco de couro grosso, do tipo usado sobre armaduras. Aberto o casaco, surgiu um pano que lembrava uma rede e que, também removido, revelou uma quantidade espantosa de barras de ouro. Para adquirir esse formato, o ouro derretido costumava ser vertido em gomos de bambus grossos partidos em dois, sendo por essa razão também conhecido como "bambus de ouro".

E não era só isso. Ante o olhar atônito do menino, o homem agora pôs-se a retirar do *obi*, das costas, da faixa ao redor da barriga, uma quantidade espantosa de moedas de ouro, cunhadas no formato característico das moedas do período Keicho, espalhando-as no chão. Daizou apanhou-as todas com rapidez e envolveu-as, assim como as barras de ouro, no casaco de couro, jogando o pesado volume dentro da cova como se estivesse enterrando um grande cão morto.

Cobriu a cova com terra.

Pisoteou a área.

Repôs a pedra em seu lugar, espalhou galhos e folhas secas sobre a terra revolvida para despistar e, finalmente, começou a trocar-se para voltar ao seu costumeiro aspecto.

Fez uma única trouxa com as sandálias, perneiras e tudo o mais que havia deixado de ser útil, amarrou-a ao cabo da enxada e lançou o conjunto para dentro de um matagal denso, de difícil acesso. Trocou então as sandálias, vestiu um sobretudo e passou pelo pescoço a alça de um pequeno saco, do tipo usado por monges itinerantes.

— Um trabalho e tanto! — murmurou, afastando-se rapidamente na direção do povoado.

Depois que o viu afastar-se, Joutaro aproximou-se num salto do local onde vira o ouro ser enterrado, mas por mais que procurasse, não encontrou vestígios de terra revolvida. Boquiaberto, o menino contemplou o solo com tanta intensidade quanto examinaria a mão de um prestidigitador.

— Ih! Tenho de estar de volta à hospedaria antes dele, senão ele vai desconfiar.

Já sabia para que lado dirigir-se, pois dali avistava as luzes do povoado. Escolheu um caminho diferente daquele por onde Daizou desaparecera, e disparou colina abaixo, como se tivesse asas nos pés.

Ao chegar à estalagem, subiu ao andar superior com a maior naturalidade e entrou no aposento que ocupavam. Por sorte, Daizou ainda não havia retornado.

Sob a lamparina, o servo Sukeichi dormitava sozinho, recostado no baú. Um fio de saliva escorria por seu queixo. Acordou-o de propósito, dizendo:

— Ei, Suke-san, vai acabar se resfriando.

— Jouta? — resmungou Sukeichi, esfregando os olhos. — Por onde andou até esta hora, sem pedir a permissão do meu amo?

— Do que é que você está falando? — replicou o menino. — Faz muito tempo que eu cheguei. Você nem me viu porque estava dormindo!

— Mentiroso! Eu fiquei sabendo que você saiu com uma menina da casa Sumiya. Se você é capaz disso na sua idade, imagina o que não fará quando crescer!

Pouco depois, Daizou retornou.

— Estou de volta! — disse, correndo a porta.

IV

Havia ainda quase cinquenta quilômetros a percorrer até a cidade de Edo, não importava o caminho que escolhessem. Se quisessem chegar antes do anoitecer, tinham de partir bem cedo.

O grupo da casa Sumiya partiu de Hachioji muito antes do amanhecer.

Daizou e seus acompanhantes partiram muito mais tarde, depois de fazer tranquilamente a refeição matinal. O sol já ia alto no céu.

O servo carregando o baú e Joutaro seguiram juntos, mas depois do que presenciara na noite anterior, o comportamento do menino com relação à Daizou tinha-se alterado ligeiramente.

— Jouta! — disse o homem, voltando-se para o pequeno que lhe vinha atrás, desanimado. — Que tem você esta manhã?

— Como?

— Está se sentindo mal, por acaso?

— Não, senhor.

— Estranho. Você está quieto demais.

— É que... não sei quando conseguirei encontrar meu mestre se continuar desse jeito. Estou pensando em me separar do senhor e procurar por conta própria. Posso?

Daizou respondeu no mesmo instante:

— Não pode!

Joutaro estendeu o braço e ia dependurar-se no braço do homem como sempre, mas recolheu a mão abruptamente e tornou a perguntar, hesitante:

— Por quê?
— Vamos parar um instante.

Daizou sentou-se no meio da campina de Musashino, ao mesmo tempo em que gesticulava para Sukeichi, mandando-o seguir sozinho na frente.

— Mas eu quero encontrar meu mestre o mais rápido possível, tio! E para isso, acho melhor procurá-lo sozinho...

— Já lhe disse que não! — replicou Daizou com expressão séria, tirando uma baforada do seu cachimbo de porcelana. — A partir de hoje, você será meu filho.

Joutaro engoliu em seco, mas ao reparar que o homem sorria agora, achou que era uma brincadeira e respondeu com a petulância costumeira:

— Que os deuses me livrem! Nunca vou querer ser seu filho adotivo.

— E por quê? Posso saber?

— Porque o senhor é um mercador, não é? E eu quero ser um samurai!

— Nesse caso, procure saber as origens deste Daizou de Narai: vai descobrir que não sou um mercador. Aceite ser meu filho e eu prometo fazer de você um *bushi* famoso, Joutaro.

A proposta era séria, pelo jeito. O menino sentiu um arrepio percorrer-lhe o corpo.

— Por que puxou esse assunto tão de repente, tio?

Daizou agarrou de súbito a mão do menino, puxou-o para perto de si e o prendeu em seus braços. Aproximou em seguida os lábios de seu ouvido e disse baixinho:

— Você me viu, não foi, menino?

— Co... como?

— Viu ou não?

— O quê?

— O que eu estive fazendo, ontem à noite.

— ...

— Por que me espionou?

— ...

— Para que quer saber dos segredos alheios?

— Me perdoe, tio, me perdoe! Juro que não conto a ninguém!

— Fale baixo! Não vou perder tempo com sermões, agora que me viu, mas você terá de ser meu filho adotivo. Se recusar, não tenho outro recurso senão matá-lo, embora eu goste muito de você. E então, que decide?

V

Joutaro percebeu que podia ser morto de verdade e pela primeira vez na vida sentiu medo.

— Desculpe! Me perdoe! Não me mate! Não quero morrer! — gritou, debatendo-se debilmente como um passarinho contra o peito de Daizou. A um movimento seu mais brusco — temia ele — a morte poderia estender a sufocante mão em sua direção.

Não obstante, Daizou não o retinha com tanta força a ponto de sufocá-lo: ele apenas o envolvia de leve com seus braços e o mantinha junto ao corpo.

— Quer dizer que aceita ser meu filho? — perguntou Daizou, tocando o rosto do menino com o seu, onde uma barba rala despontava.

A barba picava.

A leve pressão de seus braços era aterrorizante, e o cheiro desse corpo adulto inibia qualquer tipo de reação por parte do menino.

Por que sentia tanto medo? Joutaro não conseguia compreender. Não podia ser pelo risco, pois já vivera situações muito mais perigosas que essa e contra elas reagira corajosamente. No entanto, ali estava ele, sem poder esboçar um gesto, sem conseguir fugir desse abraço, como um bebê indefeso.

— Qual é a resposta? Que escolhe?

— ...

— Quer ser meu filho, ou prefere morrer?

— ...

— Vamos, responda de uma vez!

— ...

Sentindo-se enfim derrotado, Joutaro começou a chorar. Gotas de lágrimas, pretas por causa da mão suja que levara aos olhos, empoçaram-se na aba do seu nariz.

— Por que chora? Você terá um belo futuro como meu filho! Melhor ainda se deseja ser um samurai. Prometo fazer de você um bravo guerreiro, repito.

— Mas...

— Mas o quê?

— ...

— Fale de uma vez!

— O tio...

— Hum?

— Mas...

— Você me irrita! Fale claro, como um homem!

— É que... o tio... o tio é um ladrão, não é? — acabou por dizer o menino, desesperado por sair correndo, mas ainda preso entre as coxas do homem, sem sequer conseguir se aprumar.

— Ah-ah! — gargalhou Daizou, dando uma leve palmada nas costas do menino, sacudidas por soluços. — E por isso não quer ser meu filho?

— I...isso! — confirmou Joutaro.

Daizou sacudia-se todo de tanto rir, mas explicou:

— Talvez eu ande pelo país inteiro apossando-me do que é dos outros, mas não sou um simples gatuno ou ladrão de galinhas. Pense bem: Ieyasu, Hideyoshi e Nobunaga também não se apossaram do país inteiro? Venha comigo e fique observando o meu trabalho a longo prazo. Um dia você há de compreender.

— Quer dizer que o tio não é um ladrão?

— Eu jamais entraria para uma profissão tão pouco compensadora. Sou um homem muito mais corajoso que um larápio.

Joutaro sentiu que não tinha conhecimento suficiente para contestar essa declaração.

Daizou então soltou-o de súbito e o afastou.

— Pronto! Agora ande, sem choramingar. A partir de hoje, você é meu filho e vou tratá-lo com muito carinho. Em troca, jamais se refira ao que viu ontem a ninguém. Se falar, torço-lhe o pescoço na hora, entendeu?

OS PIONEIROS

I

Maio chegava ao fim quando Osugi, a velha mãe de Hon'i-den Matahachi, chegou à cidade de Edo.

O tempo tinha esquentado nos últimos dias e havia muito não caía uma única gota de chuva, indício de que nesse ano não teriam o habitual aguaceiro do início de todos os verões.

— Como foram construir tantas casas neste pântano cheio de juncos?

O murmúrio da anciã resumia sua primeira impressão de Edo.

Quase dois meses já se haviam passado desde o dia em que partira de Outsu, em Kyoto. Ao que tudo indicava, Osugi viera pela estrada Tokaido, mas o percurso havia sido interrompido diversas vezes por causa de suas dores crônicas, visitas a santuários e uma bobagem ou outra. De modo que a velha cidade de onde partira lhe devia parecer agora distante, muito de acordo com o que disse um poeta: "Parti da velha Kyoto perdida em meio às brumas..."

Mudas de árvores e indicadores de distância já tinham sido plantados à beira da estrada de Takanawa. Uma espessa poeira branca, resultante da seca atípica, cobria como nuvem o trecho entre Shioiri a Nihonbashi. Este caminho constituía a principal via de acesso ao centro urbano, sendo portanto razoavelmente bem conservado, muito embora as constantes idas e vindas dos pesados carroções de bois carregando material para aterro, assim como toras e pedras para novas construções, a deixassem bastante esburacada.

— Com os diabos! Que é isso? — gritou Osugi indignada, lançando um olhar feroz para o interior de uma casa em construção à beira do caminho por onde passava.

Dentro da obra, alguém riu. Era um pedreiro, alisando uma parede. Um movimento desastrado da sua mão tinha feito o barro espirrar e atingir o quimono de Osugi, sujando-o.

A idade não abrandara o gênio irascível da velha senhora: a atitude autoritária com que costumava tratar os aldeões de sua terra natal, onde era uma líder respeitada, sempre vinha à tona nessas situações.

— Como se atreve a me sujar de barro e rir, em vez de pedir desculpas?

Uma reprimenda nesse tom teria sido suficiente para estremecer arrendatários e aldeões e prostrá-los por terra, temerosos, se tivesse sido feita em meio às plantações de sua terra natal. Mas o pedreiro, um migrante transplantado de súbito para Edo, a cidade em expansão, riu com ar de desprezo e continuou a remexer o barro grosso.

— O que foi? Que é que essa velha caduca está resmungando? — disse um dos companheiros do pedreiro.

Osugi sentiu a raiva crescer.

— Quem foi o mal-educado que riu, há pouco? — gritou, exasperada.

— Nós todos!

— Atrevidos!

Quanto mais Osugi se indignava, mais os pedreiros riam.

Transeuntes paravam, aflitos pela anciã que se comportava de modo nada condizente com a idade, mas a geniosa Osugi não podia ignorar a ofensa.

Em silêncio, a velha senhora entrou no aposento em construção e pousou a mão na prancha de madeira sobre a qual alguns pedreiros trabalhavam.

— Foi você, não foi? — disse, deslocando a tábua.

Perdendo o apoio para os pés, os trabalhadores sobre a prancha desabaram e tomaram um banho de reboco.

— Desgraçada! — gritaram, saltando em pé num instante e avançando para Osugi com fúria assassina.

A velha senhora, porém, levou a mão ao cabo da espada curta:

— Para fora, vamos! — comandou, sem hesitar.

Seu ar decidido abalou os trabalhadores, que pareciam duvidar do que viam. O aspecto e o modo de falar da anciã indicavam que ela devia ser a matriarca de alguma família guerreira. Os homens se acovardaram.

— Não voltem a tomar atitudes grosseiras, porque senão, vão se haver comigo!

"Assim é que se faz!" — pensou Osugi afinal satisfeita, voltando para a rua. Os curiosos contemplaram por instantes seu vulto orgulhoso afastar-se e se dispersaram.

E quando tudo parecia ter voltado à normalidade, um ajudante de pedreiro surgiu correndo de um canto da obra, arrastando aparas de madeira nas solas das sandálias barrentas.

— Velha coroca! — gritou ele, lançando de súbito sobre Osugi um balde de lama, desaparecendo num átimo.

II

— Ah, miserável! — gritou a anciã, voltando-se. Mas o manhoso ajudante de pedreiro já tinha desaparecido.

Ao perceber que suas costas estavam sujas de barro, o rosto de Osugi contorceu-se num esgar, misto de ódio e de choro.

— Estão rindo de quê? — gritou ela, agora contra os transeuntes. — Ao que vejo, é assim que costuma se comportar o povo de Edo. Em vez de tratar com carinho e compreensão uma velha que veio de longe com muito custo, jogam-lhe às costas um balde de barro e riem dela. Sou velha, não nego, mas nunca se esqueçam que, não demora muito, vocês também serão como eu.

Osugi parecia não compreender que quanto mais esbravejava, mais atraía a atenção das pessoas, as quais paravam e riam cada vez mais alto.

— Cidade de Edo! Grande porcaria! Pelo que se ouve no país inteiro, até parece que são terras maravilhosas! Mas que vejo eu? Um povo inquieto que destrói montanhas, aterra brejos, cava fossos e empilha areia do mar, levantando poeira por todos os lados. Não existe gente tão vulgar a oeste de Kyoto!

Sentindo que havia descarregado parcialmente a raiva, a anciã deixou para trás a aglomeração, que ainda ria, e se afastou a passos rápidos.

No centro da cidade tudo que via tinha um brilho de coisa nova: para onde quer que se voltasse, madeira recém-cortada e paredes recém-erguidas feriam os olhos. Nos terrenos baldios, hastes secas de juncos e de plantas de brejo despontavam no meio do aterro que mal tinha coberto o pântano, e o estrume seco recendente era uma ofensa para os olhos e o nariz.

— E isto é Edo! — murmurou Osugi, sentindo a antipatia pela cidade crescer. Teve a desagradável sensação de ser o ente mais velho naquela cidade onde tudo era novo.

Realmente, quase toda a população ativa da cidade era composta de gente jovem. O dono da loja, o oficial a cavalo, o samurai andando com grandes passadas segurando a aba larga do sombreiro, o trabalhador braçal, o marceneiro, o vendedor, o comandante e o soldado raso, todo o mundo era jovem. A cidade era o paraíso deles.

— Se eu não estivesse à caça de certa pessoa, não daria a esta cidade a honra de pernoitar nela nem uma única noite... — resmungou, parando de novo. Ali também cavavam um fosso, de modo que teve de dobrar uma esquina.

Mal a terra era retirada do fosso, carroções a transportavam; mal a levavam, era lançada sobre juncos e caniços, e logo compactada; mal o aterro se firmava, marceneiros erguiam casas; e enquanto estes ainda trabalhavam, já surgiam cortinas no interior das casas, à sombra das quais mulheres de pesada maquiagem branca raspavam sobrancelhas, ou homens surgiam vendendo saquê, ou afixavam placas anunciando ervas medicinais, ou empilhavam roupas e tecidos à espera de compradores.

A rua ao longo da qual surgiam tantas construções tinha sido até bem pouco tempo atrás uma estreita senda em meio a arrozais, entre as vilas Chiyoda e Hibiya. Mais para perto do castelo de Edo — construído por Outa Doukan[12] — havia áreas urbanas mais antigas, bairro residenciais com majestosas mansões de grandes senhores feudais que ali vieram se agrupando desde que Ieyasu se transferira para o referido castelo durante o período Tenshou (1590). Osugi, porém, ainda não havia tido a oportunidade de conhecer essa região.

E por imaginar que a cidade inteira fosse semelhante ao bairro que de ontem para hoje se formava com vertiginosa velocidade bem diante dos seus olhos, a anciã sentiu-se completamente deslocada.

Lançou um olhar casual para a cabeça da ponte sobre o fosso ainda seco e viu um casebre feito de estacas de bambu e esteiras. Uma cortina curta pendia à porta, de onde também despontava uma bandeirola. Nela se lia: Banho.

A anciã entregou uma moeda ao encarregado do casebre e entrou. Não estava interessada no banho em si, mas em lavar o quimono, que mais tarde estendeu num varal e pôs para secar atrás do casebre. Enquanto esperava, sentou-se sob o varal vestida apenas com a roupa de baixo, abraçou os joelhos e deixou-se ficar contemplando o movimento da rua.

III

Osugi apalpava o quimono de vez em quando. Tinha achado que o sol forte secaria sua roupa num instante, mas logo descobriu que errara.

Vestida apenas com as roupas de baixo e *obi*, a anciã mantinha-se agachada por trás da casa de banho de modo a não ser vista da rua, embora não desse nenhuma importância às aparências.

Foi então que ouviu, do outro lado da rua:

— Quantos *tsubo*[13] tem este terreno? Dependendo do tamanho, podemos conversar.

— Mais de oitocentos *tsubo*[14], ao preço que já lhe dei. Por menos não fecho.

---

12. Outa Doukan: general e poeta do período Muromachi, vassalo de Uesugi Sadamasa, especializado em estratégias de guerra e em arquitetura casteleira. Foi o idealizador e construtor do castelo de Edo (1457), posteriormente transformado em residência dos xoguns Tokugawa (1590), e finalmente em residência imperial, a partir do primeiro ano do período Meiji (1868).

13. *Tsubo*: medida superfície, corresponde aproximadamente a 3.306 m².

14. Oitocentos *tsubo*: 2.644,8 m².

— É muito caro! O preço é absurdo!

— De modo algum! O senhor não tem ideia do quanto paguei só para transportar o aterro! Além disso, não existe mais terra à venda nestas redondezas.

— Isso não é verdade. Olhe aí, quanto terreno sendo aterrado!

— Já estão todos vendidos, muito antes de terem sido aterrados. A disputa por terrenos é acirrada, não existe mais terra como a minha, à espera de comprador, acredite! O senhor só vai encontrar outros lotes bem mais para baixo, perto das margens do rio Sumidagawa.

— Tem certeza de que este mede oitocentos *tsubo*?

— Pode conferir. Foi pensando nisso que eu trouxe esta corda.

Quem assim discutia era um grupo de quatro a cinco mercadores, entretidos em negociar um terreno.

E ao ouvir o preço, a velha Osugi arregalou os olhos de admiração. Cada *tsubo*, ali, valia o preço de algumas dezenas de medidas de terras aráveis, no interior.

A especulação imobiliária era uma febre entre os mercadores de Edo e cenas iguais a essa repetiam-se em todos os cantos da cidade.

— Por que o povo deste lugar dá tanto valor a terras que não servem nem para produzir arroz, nem estão no meio do povoado? — indagava-se a anciã, intrigada.

Enquanto isso, negócio fechado, o grupo no meio do terreno bateu palmas[15] e se dispersou.

— Quê...? — gritou Osugi nesse instante agarrando uma mão que se tinha insinuado em seu *obi*. — Ladrão! — esbravejou.

Sua carteira com o dinheiro trocado já estava nas mãos do gatuno — pelo aspecto, um carregador de liteiras ou trabalhador braçal — que fugia voando pela rua.

— Peguem o ladrão! — gritou a anciã correndo-lhe no encalço, como se tivesse perdido a cabeça e não a carteira, e atracando-se com ele.

— Acudam-me! Socorro! Peguei um ladrão!

Vendo que um ou dois socos no rosto não tinham sido suficientes para livrá-lo, o larápio, sem saber mais o que fazer, levantou um pé e deu-lhe um chute nas costelas, dizendo:

— Não amola!

O grande erro do ladrão foi imaginar que Osugi era uma velha como qualquer outra. Com um gemido, a anciã foi ao chão, é verdade, mas ao

---

15. O costume, muito em voga no passado, sinalizava a concretização de um negócio: nesse momento, as partes envolvidas na negociação batiam palmas e se congratulavam. O gesto selava o acordo, e tinha um valor correspondente ao do aperto de mãos entre cavalheiros da Idade Média, no Ocidente.

mesmo tempo, extraiu da cintura a espada curta que carregava consigo — mesmo sumariamente vestida — e desferiu um golpe no tornozelo do homem.

— Ai! Ai,ai! — berrou o larápio sem soltar a carteira ainda, correndo por mais alguns metros apesar de ferido. A visão do sangue que lhe jorrava do ferimento, porém, deixou-o em estado de choque: o homem sentou-se de súbito à beira do caminho.

Hangawara Yajibei — um dos homens que havia pouco tinham batido palmas e negociado o terreno — afastava-se nesse momento em companhia de um capanga, mas voltou-se ao ouvir a comoção:

— Ei! Esse não é o sujeito que veio de Koshu e que vivia no alojamento sem fazer nada até poucos dias atrás?

— Parece. E tem uma carteira nas mãos.

— Ouvi alguém gritando: "Pega ladrão!" Pelo visto, ele não perdeu o hábito, mesmo depois de expulso do alojamento. Ah, e tem uma velha caída mais adiante! Deixe que eu cuide do homem de Koshu e vá acudir a velha — ordenou Yajibei ao capanga, agarrando pela gola o gatuno manco que tentava escapulir e lançando-o no meio do terreno baldio como se estivesse se livrando de um incômodo gafanhoto.

IV

— Acho que o larápio deve estar de posse da carteira da velha, chefe!

— Está sim, mas já a tenho comigo. Que aconteceu à velha?

— Não parece muito ferida. Estava desmaiada, mas mal recobrou os sentidos, começou a esbravejar que quer a carteira, como o senhor bem pode ouvir.

— Mas continua sentada no chão! Acha que ela não tem forças para se levantar?

— Diz que esse sujeito lhe deu um chute nas costelas...

— É um mau caráter! — comentou Yajibei, fixando um olhar feroz no ladrão. Voltou-se então para o capanga. — Ushi, mande erguer a estaca!

Ao ouvir a ordem, o larápio originário de Koshu estremeceu, mais nervoso do que se lhe tivessem apontado uma espada ao pescoço.

— Tudo, menos isso, chefe! Por favor! Juro que nunca mais vou roubar, que vou me emendar e trabalhar daqui para a frente! — implorou, lançando-se no chão.

Yajibei, porém, sacudiu a cabeça:

— Nada feito!

Enquanto isso, Ushi, o capanga, correu para cumprir as ordens e voltou trazendo consigo dois marceneiros que trabalhavam na construção de uma ponte provisória.

— Finquem a estaca por aqui — ordenou Yajibei, apontando com a ponta dos pés uma área no meio do terreno baldio.

Os dois marceneiros assim fizeram.

— Está bom? — perguntaram, depois de concluído o trabalho.

— Ótimo! Agora, amarrem esse gatuno e preguem uma tabuleta na altura de sua cabeça.

— Pretende escrever alguma coisa na tabuleta?

— Isso mesmo.

Yajibei pediu pincel e tinta emprestados e escreveu:

Atenção:
Este sujeito morava até há pouco de favor no alojamento Hangawara. Aqui o prendo por sete dias e sete noites, no sol e na chuva, como castigo pelos repetidos delitos que vem cometendo.
Yajibei dos Marceneiros

— Obrigado — disse Yajibei, devolvendo o pote de tinta. — Se não se incomodam, quero que vocês deem de comer e de beber de vez em quando a este tratante, apenas o suficiente para que ele não morra — pediu para os marceneiros que trabalhavam na construção da ponte e para os homens próximos.

No mesmo instante, todos concordaram em uníssono:

— Deixe conosco, chefe. Dependendo de nós, ele vai passar a maior vergonha da vida dele!

Passar vergonha era, mesmo entre mercadores e artesãos, a pior das punições. Como a classe guerreira dominante estava entretida apenas em promover guerras entre si e se esquecera de governar o país e de estabelecer um código penal adequado, a classe mercantil recorria a esse tipo de punição para manter a ordem em seu meio.

Na verdade, um magistrado já tinha sido nomeado para administrar a cidade de Edo e, ao mesmo tempo, vinha tomando forma o antigo sistema de governar através de representantes locais — geralmente lavradores, designados um para cada vila ou conjunto de vilas. No entanto, os velhos costumes não se extinguem só porque o governo resolveu implantar algumas diretrizes.

O magistrado, além disso, não se opunha às punições públicas por considerá-las necessárias ainda por algum tempo à manutenção da ordem nessas terras selvagens, em vias de expansão.

— Ushi, devolve a carteira à anciã — disse Yajibei, entregando-a ao capanga. — Pobrezinha! Com essa idade e viajando sozinha... Que aconteceu às roupas dela?

— Foram lavadas e estão secando ao lado da casa de banho.

— Vá então buscá-las. Depois, carregue a velha às suas costas.

— Pretende levá-la para casa?

— Claro! Não adianta castigar o ladrão e deixar esta velha entregue ao seu próprio destino. Ela logo vai cair nas mãos de outro larápio.

E depois de ver que Yajibei se afastava em companhia do capanga carregando a velha às costas e levando na mão a sua roupa meio úmida, a multidão que se tinha juntado na beira do caminho começou a se dispersar, alguns para o leste, outros para o oeste.

V

Nem um ano tinha se passado desde a construção da ponte Nihonbashi.

A largura do rio era muito maior do que hoje se vê retratada em pinturas: paredões de pedra recém-erguidos nas duas margens sustentavam cabeças de ponte e projetavam-se para dentro do rio, corrimões novos de madeira branca protegiam as laterais da ponte.

Barcos provenientes de Kamakura e Odawara entravam até bem perto da ponte. Na margem oposta uma pequena multidão alvoroçada e cheirando a peixe comercializava pescados.

— Ai! Ai, ai! — gemia a velha Osugi nas costas do capanga, contorcendo o rosto de dor, mas mesmo assim arregalando os olhos e contemplando interessada a aglomeração ruidosa do mercado de peixes.

Yajibei voltou-se ao ouvir os intermitentes gemidos da anciã.

— Aguente mais um pouco, senhora, que já estamos quase chegando. E não faça tanto escândalo: afinal, não está tão machucada. — reclamou, pois seus queixumes chamavam a atenção dos transeuntes.

Osugi então calou-se e dali em diante permaneceu com o rosto apoiado às costas do capanga como uma criancinha.

A cidade dividia-se em diversos bairros, de acordo com a profissão de seus moradores. Havia o bairro dos ferreiros, dos fabricantes de lanças, dos tingidores de tecido, dos urdidores de *tatami* etc. A casa Hangawara, no bairro dos marceneiros, era entre todas a mais diferente: seu telhado era coberto por telhas até a metade, donde advinha a alcunha Hangawara, ou "metade de telha", literalmente.

A partir do grande incêndio que arrasara a cidade havia dois ou três anos, as casas locais passaram a ter telhados de madeira. Antes disso, porém, a grande maioria era de colmo. Yajibei havia coberto com telhas a metade da sua casa que dava para a rua, motivo por que o povo passara a chamar de *Hangawara*, tanto a casa como o seu proprietário, este último aliás muito orgulhoso da alcunha.

À época em que fixara residência em Edo, Yajibei era um *rounin*. Homem talentoso e galante, sabia tratar com todas as pessoas. Com o tempo, tornou-se mercador e especializou-se no ramo de telhados, e logo estava incumbido de fornecer mão de obra para as reformas das mansões dos *daimyo*, progredindo pouco depois para a área de compra e venda de terrenos. E nos últimos tempos, havia recebido o título especial de *oyabun*, ou chefe, não precisando mais ele próprio trabalhar para viver.

Além dele, começava a surgir ultimamente na cidade de Edo um grande número de pessoas com o mesmo título, mas entre todos os *oyabun*, Yajibei era o mais respeitado.

A gente do povo respeitava os samurais, mas também tinha pelos *oyabun* grande consideração. As pessoas os consideravam galantes defensores dos fracos e oprimidos, aliados que se interpunham entre elas e os temíveis *bushi*.

A história nos mostra que esse tipo de homem galante não é originário de Edo, mas seu modo de ser e sua mentalidade mudaram bastante depois de transplantados para essa cidade. No final do conturbado período dos xoguns Ashikaga já existiam facções como o Ibara-gumi, cujos membros não eram tão galantes como os *oyabun* de Edo, mas que são descritos do seguinte modo no livro "Histórias do Período Muromachi" (*Muromachidono Monogatari*):

> *Usam todos eles caracteristicamente tangas vermelhas, obi longos com os quais dão muitas voltas ao redor do ventre e carregam consigo em bainhas vermelhas espadas de 114 cm, cujas empunhaduras medem 54 cm, e espadas curtas de 63 cm, preparadas da mesma maneira. Têm os cabelos revoltos, cordas de palha urdida amarradas à testa, usam perneiras de couro preto, e andam sempre em bandos de vinte homens. Há ainda os que carregam consigo forcados e machados...*

Tão poderosos eram eles que ao vê-los, diz o livro, o povo estremecia de medo e abria caminho dizendo: "São os Ibara-gumi: calem a boca e saiam de perto." Louvavam a honestidade, mas por vezes saíam a pilhar, afirmando: "Roubar e assaltar fazem parte da tradição do *bushi*." Por ocasião das guerras urbanas, transformaram-se em espiões mercenários e trabalharam para os dois lados em conflito, passando por esse motivo a sofrer perseguições por parte tanto do povo quanto dos *bushi*. Os de pior reputação foram banidos para as montanhas e se degradaram, transformando-se em bandoleiros.

Os mais audaciosos descobriram Edo, a cidade do futuro, onde havia uma nova cultura em formação. "O senso de justiça é o nosso esqueleto, o povo é a nossa carne, integridade e cavalheirismo são a nossa pele." Com esse lema, uma nova classe de homens imbuída de espírito galante começou a surgir no seio das diversas profissões e grupos sociais.

— Estou de volta! Ninguém vem me receber? Trouxe comigo uma visita! — gritou Yajibei, mal pôs os pés em sua casa.

O RIO DAS DISCÓRDIAS

I

Osugi devia sentir-se muito à vontade na casa Hangawara, pois um ano e meio já se havia passado desde o dia em que ali chegara.

E o que teria ela feito durante esse tempo? Nada mais que repetir, dia após dia, desde o momento em que se viu curada: "Fiquei muito mais tempo do que pretendia, mas acho que já é hora de partir."

Mas a quem apresentar as despedidas se Hangawara Yajibei, o proprietário, quase nunca estava em casa? Além disso, nas poucas vezes em que o via, o homem logo atalhava:

— Que é isso? Para que tanta pressa? Continue morando nesta casa e procure seu desafeto com calma. Eu já lhe disse que meus homens também estão procurando esse tal Musashi sem descanso; e quando descobrirmos onde ele mora, nós a ajudaremos a dar cabo dele, prometo.

As bondosas palavras faziam Osugi perder por completo a vontade de partir.

Edo, suas terras e seus costumes haviam a princípio despertado a antipatia da velha senhora. Durante o ano e meio passado na casa Hangawara, porém, Osugi começara a sentir a bondade inata daquele povo e a apreciar seu modo despreocupado de viver.

Especialmente o povo da casa Hangawara. Ali viviam parvos camponeses recém-saídos das lavouras, *rounin* produzidos no campo de Sekigahara, filhos pródigos em busca de valhacouto depois de esbanjar a fortuna dos pais, e até um criminoso liberado há dois dias da cadeia, sentenciado a trazer para sempre a marca do seu passado criminoso tatuada na pele. Reunidos sob o teto de Yajibei, formavam uma grande família de origem variada, vivendo de modo selvagem e conduzindo-se de modo bastante impróprio. Em meio a tudo isso, porém, esses desgarrados da vida haviam estabelecido algo semelhante a um regulamento e um lema: "cultivar a masculinidade", e compor uma academia de marginais, um lar, enfim.

A hierarquia nessa academia de marginais tinha, no topo, um *oyabun* ou chefe; abaixo dele um *aniki* ou capataz, que por sua vez tinha sob seu comando os *kobun* ou capangas. Entre estes últimos, havia uma rígida distinção de veteranos e calouros, existindo também uma classe especial de visitantes. Sustentando todo esse esquema hierárquico havia regras de etiqueta, de origem incerta, mas rigorosamente cumpridas.

— Se lhe aborrece ficar à toa, encarregue-se de olhar por meus homens e ajude-me, — pediu Yajibei à velha Osugi certo dia. A anciã então passou a fiscalizar o serviço de lavagem das roupas, a costurar e a reformar os quimonos dos rudes habitantes da casa Hangawara.

— Ela entende de tudo e com razão: afinal, é a matriarca de uma família de samurais. Os Hon'i-den devem ser uma casa tradicional e fina! — comentavam os capangas de Yajibei, observando com admiração seu modo espartano de administrar a casa.

Os modos de Osugi auxiliavam também a manter a disciplina da academia de marginais.

— Se virem ou ouvirem falar de um samurai chamado Miyamoto Musashi, avisem incontinenti a velha senhora — tinha ordenado Yajibei aos seus homens.

Um ano e meio já se passara desde então. Apesar da atenção de todos da casa Hangawara, ninguém em Edo ouvira falar de Musashi, ao que parecia.

Osugi havia contado a Hangawara Yajibei as circunstâncias do seu envolvimento com Musashi, e os motivos por que o procurava com tanto afinco. Assim sendo, Yajibei via Musashi pelo mesmo prisma de Osugi e sua simpatia à causa da velha senhora era incondicional.

— Que mulher formidável! E que sujeito desprezível é esse Musashi! — disse Yajibei.

Com o intuito de mostrar maior consideração por ela, mandou construir um anexo para o uso exclusivo dela nos fundos da residência, lá surgindo todas as manhãs e noites nos dias em que estava em casa para cumprimentá-la.

Um dos capangas certo dia lhe perguntou:

— Sei que um hóspede deve ser bem tratado, mas não entendo para que tanta deferência. Principalmente partindo de um homem tão importante como o senhor, um *oyabun*, afinal.

A isso, Yajibei respondeu:

— Ultimamente, quando vejo uma anciã, sinto vontade de mimá-la, de tratá-la como se fosse minha mãe e assim dar vazão ao meu amor filial, justamente porque negligenciei minha própria mãe...

II

Com a chegada da primavera, as flores das ameixeiras silvestres, que tanto haviam alegrado a paisagem da cidade de Edo com o seu colorido, já tinham acabado e poucas eram ainda as cerejeiras na cidade nessa época.

Havia porém algumas na base das montanhas, e suas flores, de um rosa claro, quase branco, eram visíveis à distância. Em anos recentes, alguém tinha tomado a louvável iniciativa de mandar transplantar mudas de cerejeira nas duas margens da alameda em frente ao templo Asakusa-dera e, ao que se dizia, as árvores estavam carregadas de botões nesse ano.

— Senhora obaba, que acha de irmos juntos visitar o templo Asakusa-dera no dia de hoje? — perguntou certo dia Yajibei.

— Com muito prazer! Sou devota da deusa Kanzeon!

— Nesse caso...

Tudo resolvido, o grupo composto por Yajibei, Osugi e dois capangas — Jyuro, apelidado Mendigo, e Koroku, o Coroinha — carregando caixas de lanches tomou um barco próximo ao fosso da ponte Kyobashi.

O apelido Coroinha faz imaginar um homem do tipo bondoso, mas o capanga Koroku era, muito pelo contrário, um homem atarracado e musculoso com uma feia cicatriz na testa, sempre pronto a brigar, e com uma qualidade: remava bem.

Quando o barco afastou-se do fosso e entrou na correnteza do rio Sumidagawa, Yajibei mandou que abrissem as caixas de lanche e disse:

— Velha senhora, hoje é o aniversário de morte de minha mãe. Em homenagem a ela, quero praticar uma boa ação neste dia. E já que me é impossível visitar seu túmulo, situado em terras distantes, quero ao menos fazer uma peregrinação ao templo Asakusa-dera. Vamos beber a isso, senhora.

Apanhou uma taça, estendeu o braço pela borda do barco e lavou-a no rio. Enxugou-a a seguir rapidamente e a ofereceu a Osugi.

— Realmente? Mostra um louvável sentimento filial — replicou Osugi, pensando de súbito no final de seus próprios dias e em Matahachi, por associação.

— Vamos, senhora, beba o quanto quiser, pois estamos aqui a seu dispor, caso suas pernas fraquejem.

— Fico imaginando se é certo bebermos no aniversário de morte de sua querida mãe...

— Nós, que vivemos à margem da sociedade, odiamos a hipocrisia. Além disso, somos uns pobres coitados, cheios de fé, mas ignorantes. Vamos beber!

— Há muito que não bebo, ao menos em local tão aprazível.

Osugi bebeu muitas taças.

O rio naquele trecho era caudaloso e largo. Na margem para os lados de Shimousa havia uma densa floresta de árvores entrelaçadas e perto das raízes das árvores a água formava um poço sombrio de um azul profundo.

— Escute, são rouxinóis!

— Na época das chuvas, na boca do verão, os cucos cantam noite e dia nesta região, mas nunca tinha ouvido rouxinóis...

— Deixe-me servi-lo, *oyabun*-sama. Que belo passeio o senhor está me proporcionando!

— Fico feliz que esteja apreciando. Vamos, beba mais!
Nesse momento, o capanga Coroinha interveio, em tom de inveja:
— E eu, *oyabun*?
— Eu o trouxe comigo porque você rema bem. Mas se eu lhe der de beber na ida, ninguém garante que chegaremos de volta incólumes. Beba o quanto quiser na volta — replicou Yajibei.
— É triste ter de esperar tanto tempo! A vontade de beber é tanta que o rio inteiro me parece um enorme barril de saquê! — suspirou Coroinha.
— Esqueça-se disso por ora e aborde esse barco que está lançando a rede. Quero que me compre alguns peixes.
O capanga fez como lhe mandavam. O dono do barco pesqueiro, interpelado, abriu a tampa do porão e mostrou-lhes os pescados, dizendo-lhes que levassem o que quisessem.
Osugi, nascida e criada nas montanhas, arregalou os olhos de espanto: peixes ainda vivos saltitavam no fundo do barco. Havia desde carpas a trutas até pescadinhas, gobiões e pargos, assim como camarões e bagres.
Yajibei logo preparou alguns peixes de carne branca e os comeu com molho de soja, oferecendo-os também a Osugi.
— Não consigo comê-los desse jeito!— replicou a velha interiorana que desconhecia peixes frescos, arrepiando-se toda.
Momentos depois, o barco aportou à margem do rio Sumidagawa, no lado ocidental. Da praia logo avistaram o telhado de colmo do templo Asakusa-dera surgindo entre as árvores de um bosque na orla do rio.

III

Desembarcaram todos na praia. A velha Osugi estava ligeiramente embriagada: seus pés pareceram vacilar ao tocarem a terra firme, mas talvez fosse a idade.
— Cuidado! Dê-me a mão! — disse Yajibei.
— Deixe-me! Sei andar sozinha — replicou Osugi, livrando a mão, não querendo ser tratada como uma velha, como era do seu costume.
Os capangas Mendigo e Coroinha amarraram o barco e vieram atrás. A praia era apenas uma vasta extensão de água e pedregulhos, a perder de vista.
Nesse momento, crianças que aparentemente revolviam pedras à caça de caranguejos notaram a presença dos estranhos na praia e acorreram aos gritos:
— Compra, tio!
— Compra, vó!
Yajibei parecia gostar de crianças. Sem demonstrar impaciência, perguntou:

— Que têm aí, meninos? Caranguejos?

Os pequenos responderam, todos ao mesmo tempo:

— Não são caranguejos, não!

Exibiram então o que tinham guardado nas mangas, nas dobras do quimono e nas mãos:

— São flechas! São flechas! — explicavam, disputando a atenção dos adultos.

— Ah! Pontas de flechas!

— Isso mesmo. Pontas de flechas.

— No matagal perto do templo há um túmulo onde enterraram gente e cavalos. Os fiéis costumam visitar ao túmulo e depositar estas pontas de flechas e rezam. Deposite você também, tio!

— Não quero as pontas de flechas, mas vou lhes dar alguns trocados — disse Yajibei.

Dinheiro na mão, as crianças logo se dispersaram para retomar a tarefa de revirar pedras. Instantes depois, porém, um homem surgiu de uma choupana e tomou o dinheiro das crianças.

— Que absurdo! — resmungou Yajibei, contrariado, desviando o olhar. A velha Osugi, porém, estava absorta contemplando a vasta praia.

— Pela quantidade de pontas de flechas que essas crianças acham nestas redondezas, deduzo que esta área tenha sido palco de alguma grande batalha. Estou certa? — perguntou Osugi a Yajibei.

— Não tenho muita certeza, mas parece-me que estas terras foram o palco de muitas batalhas no tempo em que faziam parte do antigo feudo de Edo. As mais antigas aconteceram no período Jishou (1177-1181), quando Minamoto-no-Yoritomo veio de Ito e agrupou o exército da região de Kanto nesta praia. Além disso, no período Nanboku (1336-1392), o exército de Nitta Musashi-no-kami, que vinha da batalha de Kotesashi-ga-hara, foi recebido com uma chuva de flechas disparada pelo exército do xogum Ashikaga também nesta área. E em anos mais recentes, no período Tenshou (1573--1592), os clãs de Outa Doukan e de Chiba, dizem, insurgiram-se diversas vezes nesta área.

Os dois andavam lentamente, conversando. Enquanto isso, os capangas, que os haviam precedido, já se encontravam sentados na varanda do santuário. Asakusa-dera nem parecia um templo: o santuário era um barraco com telhado de colmo, e um casebre nos fundos servia de alojamento para os monges.

— E isto é o templo Asakusa, a que o povo de Edo se refere com tanto orgulho? — disse Osugi, decepcionada.

A construção era primitiva demais para alguém acostumada a ver os soberbos e tradicionais templos da milenar cultura de Kyoto e Nara.

Pelo visto, o rio costumava submergir as raízes das árvores nas cheias, pois chegava em pequenas ondas até bem perto do santuário, mesmo em tempos normais. As árvores em torno eram altas, centenárias. Alguém derrubava uma delas em algum lugar, pois o som das machadadas vibrava agudo no ar como gritos de ave fantástica.

— Olá! Sejam bem-vindos! — disse uma voz de repente acima de suas cabeças.

Osugi ergueu o olhar, espantada, e descobriu alguns bonzos sentados no telhado do templo, recompondo as camadas de colmo.

Yajibei parecia ser conhecido até nestes ermos. Sorrindo, o homem devolveu o cumprimento:

— Olá! Hoje é dia de reformar o telhado? Belo trabalho!

— Temos pássaros de grande porte nestas redondezas que insistem em levar as palhas do telhado para construir seus ninhos. De modo que vivemos reformando sem nunca conseguir eliminar as goteiras. Logo desceremos. Enquanto isso, descansem um pouco — disse um dos monges.

IV

O grupo sentou-se no interior do santuário e acendeu as luzes votivas. Visto de dentro, tornava-se óbvio que a água devia vazar em dias de chuva: teto e paredes pareciam um céu repleto de estrelas, tantos eram os buracos por onde a luz do dia se infiltrava.

Sentada ao lado de Yajibei, Osugi havia extraído um terço da manga do quimono e, absorta, começou a entoar a prece à deusa Kannon: *Nyonichi kokuju/ Wakuhi akuninchiku...*

A voz, baixa a princípio, aos poucos foi se tornando alta e clara conforme a ladainha progredia. Esquecida da presença de Yajibei e dos capangas, a idosa mulher tinha as feições alteradas e parecia possuída.

Osugi terminou a primeira parte da oração. Rolou o terço entre as palmas das mãos, comprimindo-as uma contra a outra com os dedos trêmulos e continuou:

— Ó Deusa Kannon misericordiosa, glória ao vosso nome. Tende piedade desta velha e ouvi minha prece. Fazei com que Musashi caia em minhas mãos o mais breve possível. Permiti que eu aniquile Musashi... que eu aniquile Musashi.

E então prostrou-se de súbito e, baixando a voz, prosseguiu:

— Fazei com que Matahachi se torne um bom filho e que a casa Hon'i-den prospere.

Ao ver que a anciã terminava suas preces, o monge convidou:
— Vamos tomar chá no outro aposento.

Yajibei e seus capangas ergueram-se massageando as pernas dormentes em consequência da longa oração de Osugi.

Jyuro, o Coroinha, perguntou:
— Posso beber agora a minha parte do saquê?

Ao receber a permissão dirigiu-se às pressas para o alojamento dos monges, no fundo do santuário, e acomodando-se na varanda em companhia de Koroku, o Mendigo, tratou de abrir sua caixa de lanche. Pediu também que lhe assassem os peixes comprados na viagem e, enfim descontraído, comentou:
— Até parece que vim para um festival de flores! Pena que não haja cerejeiras em flor nas proximidades...

Yajibei envolveu algumas moedas não muito valiosas num pedaço de papel e as ofereceu ao monge dizendo:
— São para o conserto do telhado.

Foi então que notou: pregadas na parede havia placas de madeira com nomes de doadores e as respectivas quantias doadas. Dentre elas, uma em particular chamou sua atenção e o fez arregalar os olhos de espanto.

Pois a maioria delas registrava valores iguais ou até inferiores ao que Yajibei acabava de doar. Uma, porém, trazia o nome de um benfeitor extremamente generoso:

Daizou, da Parada de Narai, em Shinano
Dez Moedas de Ouro.

— Monge — chamou Yajibei.
— Sim, senhor?
— Releve minha indiscrição, mas... dez moedas de ouro são uma doação excepcional! Esse senhor Daizou de Narai deve ser muito rico!
— Não sei ao certo. Ele me surgiu por aqui de repente no final do ano passado. Considerou lastimável o estado deste templo, afinal o mais famoso da região de Kanto, e foi embora deixando esse donativo, recomendando que o usasse para comprar madeira no dia em que o templo for reconstruído.
— Quanta generosidade!
— Mais tarde, fiquei sabendo que Daizou-sama tinha doado três moedas de ouro ao templo Tenjin de Yushima, e mais vinte ao templo Myoshin, de Kanda, a este último só por cultuar o guerreiro Taira-no-Masakado. Segundo ele, afirmar que esse guerreiro foi um reles rebelde, conforme se propala pelo país hoje em dia, é um ultraje à sua memória, sem mencionar que a região de Kanto deve a ele o progresso que hoje desfruta... Muito louvável da parte dele, sem dúvida!

Nesse instante, passos soaram no interior do bosque situado entre a margem do rio e o templo, indicando que algumas pessoas se aproximavam correndo.

V

— Vão brincar na praia, moleques! Não quero confusão no templo! — gritou o monge, de pé na varanda.

Mas as crianças juntaram-se ofegantes à beira da varanda como um cardume de pequenos peixes e puseram-se a falar, todas ao mesmo tempo:

— Venha ver, monge!

— Tem um samurai brigando com outros lá na beira do rio!

— É um contra quatro!

— ...e já estão com as espadas desembainhadas!

— Venha de uma vez, monge!

Os bonzos calçaram as sandálias, resmungando:

— Outra vez?!

Já iam partir correndo, mas voltaram-se para Osugi e Yajibei, um deles explicando:

— Deem-nos licença por momentos, senhores. É que as praias dos rios, nestas bandas, são ideais para brigas. Volta e meia servem de palco para duelos, emboscadas e troca de socos, e o sangue corre em abundância. E de cada vez as autoridades nos cobram um relatório, de modo que temos de testemunhar os acontecimentos do começo ao fim.

As crianças já haviam disparado na direção do bosque, e de pé na sua orla, gritavam agitadas.

Yajibei e seus dois capangas também apreciavam uma boa briga e correram atrás deles, entusiasmados:

— Será um duelo?

Osugi atravessou o bosque por último e parou em pé próximo à raiz de uma árvore na orla da praia, mas não viu nada que se parecesse com uma briga quando passeou o olhar ao redor.

Notou porém que as crianças — que tinham estado gritando assustadas até então — assim como os homens que as tinham precedido e os moradores de uma vila de pescadores próxima, estavam todos imóveis, em silêncio sepulcral, semiocultos atrás das árvores.

— ...?

A anciã estranhou, mas logo conteve a respiração como os demais e passou a contemplar um ponto intensamente.

A praia continuava a ser uma vasta extensão de água e seixos a perder de vista. O rio tinha a mesma cor azul límpida do céu e uma andorinha solitária cortava livremente o espaço.

E então, um samurai veio andando com ar displicente, pisando a água cristalina e os seixos da beira do rio. Ele era o único vulto humano visível na praia.

Era jovem ainda, e de aparência vistosa: carregava uma espada comprida atravessada às costas e vestia uma meia-casaca de seda importada, com estampas de peônias em cores vibrantes. Talvez soubesse das dezenas de pessoas que o contemplavam das sombras das árvores, talvez não, mas o fato era que o samurai parou de súbito.

— O...olhe! — deixou escapar baixinho um homem, perto de Osugi.

No mesmo instante, a anciã também sobressaltou-se. Um brilho estranho cruzou-lhe o olhar.

A quase vinte metros do ponto em que o samurai da casaca vistosa havia parado, Osugi acabara de descobrir quatro corpos caídos em posições diversas, indicando incontestavelmente que o vencedor dessa contenda era o jovem.

Entretanto, um dos homens caídos não tinha sido mortalmente ferido ao que parecia, pois nesse momento, o jovem voltou-se com um sobressalto. Simultaneamente, o único sobrevivente ergueu-se como um fantástico fogo-fátuo ensanguentado e lhe veio no encalço gritando:

— Não fuja! O duelo não acabou!

O vistoso samurai virou-se de frente e o esperou com toda a calma, mas no momento em que o ferido o atacou, cambaleando e urrando que ainda estava vivo, recuou um passo, deixou-o passar e gritou.

— Agora não mais!

A cabeça do homem partiu-se em dois como uma melancia. O instrumento usado para isso tinha sido a famosa espada Varal, carregada às suas costas, mas tanto os movimentos da sua mão esquerda, agora segurando a bainha da espada na altura do ombro, quanto os da direita, que descarregara o golpe de cima para baixo, foram tão rápidos que os espectadores não conseguiram acompanhar.

VI

O jovem limpava agora a espada.
Lavou as mãos no rio.

A calma do jovem guerreiro arrancou suspiros até de alguns moradores locais, acostumados às cenas sangrentas daquela praia. Outros porém empalideciam, tocados pelo clima desolador.

Ninguém conseguiu proferir palavra durante todo o tempo.

O jovem samurai enxugou a mãos, distendeu as costas e murmurou:

— Este rio me lembra os de Iwakuni... Sinto falta da minha terra.

Por instantes permaneceu contemplando a extensa praia e as andorinhas de peito branco que roçavam a superfície da água com seus voos rasantes.

Logo, pôs-se em movimento a passos rápidos: seus inimigos estavam todos mortos, ninguém mais haveria de lhe vir atrás, mas pareceu dar-se conta de que teria aborrecimentos com as autoridades caso permanecesse por mais tempo no local.

Notou um barco atracado nas águas rasas da margem. A embarcação era provida de vela e o jovem samurai sem dúvida achou que vinha a calhar, pois embarcou e procurou desfazer as amarras.

— Ei! Samurai!

O grito partiu de um dos dois capangas de Yajibei, que tinham de súbito surgido da sombra das árvores e se aproximado correndo da beira do rio.

— Que pretende fazer com o barco? — perguntou ele.

Um forte cheiro de sangue impregnava o corpo do jovem guerreiro e os dois capangas o sentiram conforme se aproximavam. Gotas vermelhas manchavam seu *hakama* e os cordões das sandálias.

— Por quê? Não posso usá-lo? — respondeu ele com um súbito sorriso, ainda segurando as amarras.

— Claro que não! Essa embarcação é nossa. Propriedade privada!

— Ah, sei! Nesse caso, pago pelo empréstimo.

— Não me venha com gracinhas. Não somos barqueiros, está sabendo?

A atitude ríspida de Coroinha e Mendigo frente a um samurai que sozinho acabava de exterminar quatro adversários nada mais era que a expressão da poderosa cultura emergente na região de Kanto, destemida como o novo xogum, selvagem como as terras de Edo.

Silêncio.

Nenhum pedido de desculpas.

Mas o jovem pareceu considerar pouco razoável iniciar ali uma nova disputa. Desembarcou, portanto, e foi andando rio abaixo pela praia, sem nada dizer.

— Mestre Kojiro! O senhor deve ser mestre Kojiro! — disse nesse instante a velha Osugi barrando-lhe a passagem.

— Olá! — exclamou Kojiro ao dar com os olhos na anciã. Sorriu e seu rosto só então perdeu a desoladora palidez. — Vejo que conseguiu chegar! Para dizer a verdade, andei pensando em que lhe teria acontecido...

— Hoje, vim até aqui para rezar à deusa Kanzeon em companhia do proprietário da casa Hangawara e de seus capangas.

— Quando nos vimos na última vez... Onde foi mesmo? Ah, no monte Eizan... você me disse que estava a caminho de Edo. Imaginei então que um dia nos encontraríamos, mas jamais nestas circunstâncias... — Voltou-se a seguir para os dois capangas e indicou-os com o olhar. — Quer dizer que esses dois são seus companheiros?

— São. O chefe deles é uma personalidade e tanto, mas os capangas não passam de dois marginais.

A familiaridade que parecia existir entre a velha senhora e Kojiro, entretidos em conversar cordialmente, deixou todos admirados. Hangawara Yajibei também considerou inesperada a atitude e aproximou-se:

— Acho que meus capangas acabam de lhe dirigir palavras insolentes, senhor — disse, escusando-se com delicadeza. — No entanto, já estávamos de partida. Não quer aproveitar e seguir conosco no mesmo barco? Posso deixá-lo onde quiser...

LASCAS DE MADEIRA

I

Juntos, encetaram a viagem de retorno. "Estar no mesmo barco" é uma expressão que indica compartilhar de um mesmo destino. Talvez por isso, os ocupantes daquele barco em particular viram-se forçados a entender-se, mormente porque peixe fresco e saquê foram servidos durante a viagem.

Curiosamente, Osugi e Kojiro sempre se haviam entendido muito bem, e parecia ter inesgotáveis assuntos para conversar.

— E então, mestre Kojiro? Ao que vejo, continua viajando para se adestrar — comentou Osugi.

Kojiro também demonstrou preocupação pela velha senhora:

— Conseguiu realizar seu velho sonho, obaba? — perguntou solícito, a certa altura.

O velho sonho de Osugi era, como todos sabiam, eliminar Musashi. Mas ninguém conhecia seu paradeiro, queixou-se a velha.

— Soube que entre o outono e o inverno do ano passado, ele andou batendo à porta de alguns guerreiros desta área. Ele tem de estar ainda em Edo! — disse Kojiro em tom confortador.

O dono de Hangawara interveio:

— Depois que soube de seu triste passado, estou fazendo o que posso para ajudá-la, mas não consigo encontrar o rastro desse indivíduo.

A conversa girou por momentos em torno das circunstâncias da anciã, e de tema em tema se generalizou.

— Espero doravante poder contar com sua amizade — disse Yajibei a Kojiro em determinado momento, ao que o jovem, servindo saquê a todos, até mesmo aos capangas, por sua vez replicou:

— E eu também com a sua.

Uma vez conquistados, Coroinha e Mendigo, que vinham de testemunhar a competência de Kojiro como espadachim no duelo da praia, passaram incondicionalmente a respeitá-lo. Yajibei, por sua vez, ao saber que o jovem samurai era um aliado da sua protegida, sentiu sua simpatia por ele crescer. Quanto a Osugi, vendo-se rodeada de tão poderosos protetores, comentou com lágrimas nos olhos:

— Em toda parte existe bondade, diz o povo, e é verdade: como prova disso, aqui estão mestre Kojiro e as pessoas da casa Hangawara, todos tão solícitos para com esta velha decrépita. Nem tenho palavras para expressar minha gratidão. E devo tudo isso à proteção da misericordiosa deusa Kannon.

A conversa começava a ficar lacrimosa, de modo que Yajibei mudou de assunto.

— Quem são os quatro homens que acaba de eliminar, mestre Kojiro? Conte-nos — disse ele.

Kojiro parecia estar à espera da oportunidade para explicar e logo disparou a falar com sua costumeira eloquência e um sorriso displicente:

— Aqueles homens? São *rounin* da academia Obata. Nos últimos tempos, andei promovendo alguns debates nessa academia e em todas as oportunidades eles se opuseram ao meu ponto de vista. Esses homens contestaram não só os conceitos por mim enunciados sobre a arte guerreira, como até sobre a própria esgrima. Mandei então que comparecessem às margens do rio Sumidagawa todos os homens que discordavam de mim. Lá eu lhes mostraria os princípios secretos do estilo Ganryu, assim como a eficiência da minha espada Varal. Cinco aceitaram o meu desafio dizendo que me aguardariam nas margens do rio, e eu ali os esperei. Mal nos defrontamos, um deles fugiu... Já vi que esta terra está cheia de bravateiros — terminou, sacudindo os ombros num riso silencioso.

— E quem são esses Obata? — inquiriu Yajibei.

— Como? Não conhece Obata Kanbei Kagenori? Ele descende de Obata Nyudo Nichijou, vassalo da antiga família Takeda, de Kai. Foi descoberto por Toyotomi Hideyoshi, e hoje é instrutor de artes marciais do seu filho Hidetada, e dono de uma academia.

— Ah! Refere-se a esse Obata-sama! — exclamou Yajibei, fitando com redobrado interesse o rosto do homem que falava com tanta familiaridade desse importante personagem. No íntimo, perguntou-se: "Afinal, qual será o valor real deste jovem samurai que ainda se arruma como um adolescente?"

II

Gente como Yajibei, que vive à margem da sociedade, é simplória por natureza. A vida nos centros urbanos é complexa, mas o homem galante deve viver com simplicidade nesse meio, achava ele.

Por tudo isso, Yajibei passou a venerar o jovem Kojiro.

"Este homem é digno de respeito", decidiu-se ele. Uma vez chegada a essa conclusão, sua lealdade e admiração por ele só cresceriam.

— Escute-me, senhor — disse, fazendo-lhe de imediato uma proposta. — Tenho sempre ao meu redor um bando de quase cinquenta desocupados, e disponho de um terreno baldio nos fundos da minha casa. Eu poderia construir ali uma academia... Que acha, senhor?

Yajibei dava assim a entender seu desejo de ser patrono do jovem Kojiro em troca de aulas de esgrima.

— Não me recuso a dar aulas aos seus homens, mas veja bem: no momento, diversos *daimyo* me importunam com ofertas de 300 ou até 500 *koku* em troca dos meus serviços. Eu, porém, não tenho intenção de aceitar nada abaixo de mil *koku*, de modo que, por ora, preciso continuar morando na mansão de certa pessoa de meu conhecimento, de onde não posso sair de uma hora para a outra por uma questão de cortesia. No entanto, posso fazer-lhe o favor de ir à sua academia três a quatro vezes por mês — respondeu Kojiro.

Kojiro subia cada vez mais no conceito dos dois capangas, os quais não eram capazes de perceber que havia uma boa dose de autopromoção em suas palavras.

— De minha parte, acho o acordo satisfatório e agradeço seu interesse — disse Yajibei, com humilde submissão. — Espero vê-lo em breve.

— Eu também estarei à sua espera, não se esqueça — acrescentou Osugi.

O barco preparava-se para entrar no canal Kyobashi quando Kojiro pediu:

— Deixem-me aqui.

Ante os olhares dos que restaram no barco, a vistosa meia-casaca de padrão florido logo desapareceu em meio à poeira que pairava sobre a cidade.

— Que jovem promissor! — exclamou Yajibei, ainda sob o efeito da hábil autopromoção feita por Kojiro.

Osugi também opinou:

— Ele, sim, é um verdadeiro *bushi*. Não me admira que os *daimyo* lhe ofereçam 500 *koku*!

Em seguida, murmurou:

— Quisera eu que Matahachi fosse como ele...

Cinco dias depois, Kojiro surgiu na casa Hangawara.

Um a um, os cerca de cinquenta capangas apresentaram-se à sala de visitas para cumprimentá-lo.

— Que vida interessante levam vocês! — exclamou Kojiro, parecendo sinceramente divertido.

— Pretendo construir a sala de treinos no fundo da casa e gostaria de ouvir sua opinião quanto ao posicionamento ideal — disse Yajibei, levando-o ao terreno baldio.

Era uma área de quase sete mil metros quadrados, e nela havia se estabelecido um especialista em tinturas. Diversas peças recém-tingidas secavam em varais. Yajibei, porém, garantiu que não haveria falta de espaço, uma vez que ele havia apenas alugado o terreno para o tintureiro.

— Esta área fica longe da rua, a salvo da curiosidade dos transeuntes. Não é preciso construir um salão especial para os treinos: eles poderão ser realizados ao ar livre— declarou Kojiro.

— E nos dias de chuva? — quis saber Yajibei.

— Basta evitá-los. Lembre-se que não posso vir com tanta frequência. Uma coisa, porém, quero deixar bem claro: meus métodos são muito mais rigorosos que os empregados por mestres de casas como Yagyu, ou outro qualquer. Fique ciente de que podem aleijar ou provocar a morte de algum infeliz.

— Isso, senhor, é óbvio.

Yajibei reuniu então seus homens e fê-los jurar que aceitavam as condições.

III

Estabeleceu-se que os treinos seriam realizados três vezes ao mês, nos dias 3, 13 e 23. Nos dias combinados, Kojiro aparecia na casa Hangawara.

— Viram? Surgiu um homem ainda mais galante no meio desse bando de homens galantes! — era o que mais se comentava na vizinhança. Os boatos eram inevitáveis, já que Kojiro, com seu jeito dândi, chamava a atenção onde quer que fosse.

Especialmente notável era o espetáculo do elegante jovem empunhando sua espada de madeira feita do cerne da ameixeira, adestrando um bando de capangas no secadouro da tinturaria aos gritos de "O seguinte! O seguinte!".

Apesar de seus vinte e três ou vinte e quatro anos de idade, Kojiro ainda insistia em manter os cabelos longos e o estilo vistoso de vestir dos adolescentes. Sua roupa de baixo — que surgiu quando o jovem despiu um ombro e um braço para facilitar seus movimentos — era de tecido estampado no padrão Momoyama, e a tira de couro que lhe continha as mangas, roxa.

— Dizem que um golpe dado com uma espada feita com o cerne da ameixeira é capaz de apodrecer os ossos. Apresentem-se portanto preparados para sofrer as consequências! Quem é o próximo?

Seu jeito de falar agressivo impressionava os capangas, tanto mais que contrastava violentamente com o seu aspecto dândi.

Além de tudo, esse instrutor era impiedoso. Apenas três treinos haviam sido realizados até aquele dia na academia do terreno baldio, mas a casa Hangawara já contabilizava um aleijado e cinco feridos, que gemiam deitados nos aposentos dos fundos.

— Já desistiram? Ninguém mais se apresenta? Nesse caso, vou-me embora!
O tom mordaz indignou um capanga, que se destacou da roda:
— Está bem, eu me apresento!
Adiantou-se, parou na frente de Kojiro e fez menção de apanhar a espada de madeira, mas não completou o gesto: com um grito de agonia, o capanga tombou, ainda com as mãos vazias.
— Isto é para vocês aprenderem a não se descuidar nunca. A falta de atenção é o defeito que mais se condena em esgrima — disse Kojiro, examinando um a um os rostos dos quase quarenta homens reunidos em torno dele, todos pálidos, trêmulos de medo ante a violência do adestramento.
Os homens que haviam arrastado o colega abatido para a beira do poço comentaram nesse instante:
— Não adianta fazer mais nada.
— Ele morreu?
— Parou de respirar...
Outros acorreram e logo o tumulto se generalizou, mas Kojiro nem sequer se dignou a lançar-lhes um olhar.
— Se vão se acovardar só por isso, será melhor que desistam neste instante! Que é feito da sua fama de marginais corajosos, sempre prontos a brigar? — disse Kojiro, dirigindo um sermão aos homens. — Pensem bem! Vocês, os valentões da cidade de Edo, partem para a briga por qualquer motivo, ora porque alguém lhes pisou o pé, ora porque alguém ousou esbarrar no cabo da espada. A qualquer gesto que não lhes agrade, logo desembainham suas espadas, ávidos por sangue. Mas no momento em que se veem num duelo real, perdem a coragem e já não são capazes de esboçar nenhum gesto. Perdem a vida por questões ridículas como mulheres e falso brio, mas não são homens bastantes para arriscar a vida por uma causa nobre. Vocês são apenas agressivos e emocionais, mas isso não é suficiente.
Empinou o peito e prosseguiu:
— A verdadeira coragem só surge sobre uma firme base de autoconfiança, e esta só se adquire através do adestramento. Quero vê-los em pé, vamos!
Nesse momento, vendo sua oportunidade de acabar com a pose do jovem instrutor, um dos capangas o atacou por trás. Kojiro, contudo, curvou-se rente ao chão, e o atacante que pretendera pegá-lo de surpresa cambaleou para a frente.
— Ai, ai! — berrou o capanga, caindo sentado: com um estalo seco, a espada de madeira manejada por Kojiro havia-lhe atingido o osso do quadril.
— Basta por hoje! — declarou, lançando longe sua espada e dirigindo-se para a beira do poço para lavar as mãos. Branco e mole, o homem que ele abatera havia pouco jazia morto ao seu lado, mas Kojiro se absteve de expressar

qualquer simpatia, continuando a lavar as mãos ruidosamente. Vestiu o quimono que havia parcialmente despido e arrumou-se.

— Soube que o famoso bairro Yoshiwara anda efervescente, nos últimos tempos — disse ele entre risadas. — Quem se habilita a me mostrar a zona alegre esta noite? Sei que vocês a conhecem muito bem!

IV

Se queria beber ou farrear, Kojiro falava sem reservas, atitude que tanto podia ser interpretada por presunção como por franqueza. Yajibei naturalmente era dos que interpretavam do segundo modo.

— Como? Nunca foi a Yoshiwara, mestre Kojiro? Mas isso é imperdoável, precisa conhecê-lo! Eu até poderia conduzi-lo, mas como vê, tenho de providenciar o enterro deste defunto...

Yajibei voltou-se então para os capangas Mendigo e Coroinha e entregou-lhes certa quantia para as despesas da noite, dizendo:

— Encarreguem-se de conduzi-lo.

Antes de sair, os dois capangas ainda ouviram minuciosas recomendações de seu *oyabun*:

— Prestem bastante atenção, malandros: não estão indo para se divertir esta noite. A função de vocês é conduzir seu mestre. Ocupem-se em mostrar-lhe o bairro minuciosamente, ouviram direito?

Apesar disso, os dois malandros de tudo se esqueceram, mal dobraram a primeira esquina.

— Que tarefa agradável nos tocou esta noite, meu irmão! — comentou um deles.

— Vou pedir-lhe um favorzinho, mestre: diga mais vezes ao nosso *oyabun* que quer visitar Yoshiwara!— solicitou o outro, entusiasmado.

— Ah, ah! Prometo-lhes que toco mais vezes no assunto! — concordou Kojiro, andando na frente.

Quando o sol se punha, a cidade de Edo mergulhava na mais completa escuridão. Tamanho negrume não se via nem nos bairros periféricos de Kyoto, muito menos em Nara ou Osaka, pensou Kojiro, tateando o caminho com passos inseguros, não acostumado ainda à falta de iluminação, apesar de estar há quase um ano na cidade.

— Que estrada esburacada! Não vejo nada! Devíamos ter trazido uma lanterna — disse Kojiro irritado.

— Não podemos nos dirigir a um bairro como Fujiwara com uma lanterna na mão, mestre! Vão rir da gente! Ei, cuidado! Isso que o senhor está pisando são terras retiradas do canal em construção. Existe um barranco enorme do outro lado. Melhor caminhar aqui embaixo, mestre.

— A área de baixo está cheia de água. Ainda há pouco escorreguei para dentro de um alagado cheio de juncos e molhei minhas sandálias.

De súbito, a água do canal avermelhou-se. Kojiro ergueu o olhar e percebeu o céu rubro na outra margem do rio. Uma lua branca e redonda estava suspensa sobre o telhado de uma mansão próxima.

— É ali, mestre!
— Interessante!

Começavam a atravessar uma ponte quando Kojiro voltou até a cabeceira dela para observar a placa ali afixada e perguntar:

— Por que a ponte tem esse nome?
— Ela se chama *Oyaji*-bashi[16], mestre!
— Disso eu sei, já que acabo de ler a placa! Pergunto por que ela tem esse nome?
— Deve ser porque o bairro foi fundado por um homem chamado Shoji Jinnai, cujo apelido era *oyaji*. Tem uma modinha em voga no bairro, cantada pelas meretrizes, que fala dele — explicou o Mendigo, entoando-a em voz baixa, já excitado pelas luzes do bairro alegre.

> Oyaji — *enfim o vejo além da treliça,*
> Oyaji — *a sua falta senti.*
> *Quero ao menos uma noite ao seu lado passar!*
> Oyaji — *enfim o vejo além da treliça,*
> Oyaji — *a sua falta senti.*
> *Não se vá, não me deixe...*
> *Quem me dera para sempre ao seu lado viver!*

— Quer que lhe empreste?
— O quê?
— Uma toalha. Nestas bandas, costuma-se andar com o rosto oculto deste jeito — explicaram os capangas, abrindo uma toalha de mão vermelha e com ela envolvendo a cabeça.

— Ah, compreendi — respondeu Kojiro. Desatou um lenço de crepe roxo que trazia à cintura e com ele envolveu a cabeça e os cabelos longos presos no alto em rabo. Amarrou-o a seguir sob o queixo, deixando as pontas caírem livremente.

— Ora... que elegância, mestre!

---

16. *Oyaji* é um termo coloquial que pode significar "meu pai", "meu velho", "chefe" ou "patrão".

— Caiu-lhe muito bem.
Do outro lado da ponte, as ruas estavam festivamente iluminadas. Sombras moviam-se sem cessar por trás das treliças das janelas.

V

Kojiro e os dois capangas andaram de porta em porta, das quais pendiam cortinas vermelhas e amarelas, algumas estampando emblemas. Uma das casas tinha instalado um guizo na cortina: quando alguém passava por ela, o guizo tilintava e chamava as mulheres à treliça da janela.

— Já vi que conhece muito bem este bairro, mestre! Não tente esconder — disse um dos capangas.

— Por que diz isso?

— Não finja inocência, senhor! Como as mulheres podem conhecê-lo se nunca andou por aqui? Nós vimos quando uma das mulheres soltou um gritinho mal o viu e se escondeu por trás de um biombo — acusaram os dois capangas.

Kojiro, contudo, não tinha ideia do que falavam os dois homens.

— Ora essa...! E como era a mulher?

— Desista de esconder o jogo e vamos entrar de uma vez nessa casa!

— Afirmo que esta é a minha primeira visita ao bairro.

— Logo, logo, saberemos a verdade. Vamos, vamos entrar.

— Continuo dizendo que nunca estive aqui.

— Lá dentro está a solução do enigma.

Ainda falando, os dois capangas já afastavam a cortina e tornavam a entrar na casa da qual acabavam de sair. Um círculo partido em três partes — cada uma com uma folha de carvalho com o pecíolo voltado para o centro — era o emblema do estabelecimento estampado na cortina, com o nome *Sumiya* a um canto.

A construção, com suas colunas grossas e corredores vazios, era espaçosa como um templo. Nada havia porém da sobriedade e refinamento que os anos emprestam à arquitetura dos templos: debaixo da varanda, ainda se viam folhas verdes de junco mal encobertas pelo aterro realizado às pressas, e as portas, paredes, mobílias, e tudo o mais no interior da casa eram ostensivamente novos e brilhantes a ponto de ferir o olhar.

Os três homens haviam sido introduzidos num amplo aposento do segundo andar, que dava para a rua. A sala devia ser uma das melhores da casa, mas restos de aperitivos e lenços de papel usados pelos ocupantes anteriores juncavam o piso.

A rudeza das serviçais do bordel, versões femininas de trabalhadores braçais, transparecia em seus gestos limpando a desordem. Segundo uma das servas mais idosas, de nome Onao, o movimento era tão intenso todas as noites que ninguém tinha tempo sequer para dormir. Três anos nessa vida, dizia ela, significavam morte certa.

"Nisto se resume a zona alegre de Edo!" pensou Kojiro, contemplando o teto de madeira mal aplainada, cheia de nódulos.

— Mais parece um campo de batalha! — disse em voz alta, com um riso desdenhoso.

Onao justificou-se incontinenti:

— Mas esta construção é provisória! No momento, estamos construindo no terreno dos fundos o estabelecimento definitivo, uma obra como ninguém jamais viu, nem em Fushimi nem em Kyoto. — e analisou o jovem abertamente, da cabeça aos pés. — Já o vi em algum lugar, senhor. Ah, lembrei-me! Foi no ano passado, quando vínhamos pela estrada de Fushimi para cá!

Kojiro lembrou-se também da ocasião em que encontrara a comitiva do Sumiya assim como o dono do bordel, Shoji Jinnai, no topo do Kobotoke.

— Quanta coincidência! Parece que o destino insiste em nos reunir — comentou, começando a se divertir.

Mendigo interveio:

— E insiste com razão, já que o senhor conhece uma das mulheres da casa! — troçou, ordenando a Onao que a chamasse ao aposento.

Pela descrição dos capangas — uma moça vestida assim e assim, com tal tipo de rosto —, a idosa serva logo adivinhou.

— Já sei de quem se trata! — disse ela.

Afastou-se para buscá-la, mas não retornou, por mais que a esperassem. Mendigo e Coroinha saíram então ao corredor para saber o motivo da demora e perceberam uma agitação incomum no interior do estabelecimento.

— Servas! Servas! — gritaram, convocando Onao para exigir explicações.

— A menina que me mandaram chamar desapareceu! — disse ela.

— Como assim? Por que haveria ela de desaparecer?

— Mas é isso que estávamos nos perguntando, o senhor Jinnai e eu. Lembramo-nos então de um episódio muito parecido com este: na ocasião, estávamos todos no passo Kobotoke e o senhor conversava com o nosso patrão. E de repente, essa mesma menina desapareceu!

VI

A construção no terreno dos fundos estava em fase de cobertura. Metade das telhas já haviam sido dispostas, mas ainda não havia paredes nem divisórias internas.

— Hanagiri! Hanagiri! Apareça!— chamava alguém à distância.

Vultos a procuravam com insistência entre as pilhas de serragem que formavam verdadeiras montanhas.

Akemi tinha se agachado e prendia até a respiração. Hanagiri era o seu nome profissional na casa Sumiya.

— Não vou aparecer de jeito nenhum!

A princípio, ela havia se escondido de Kojiro porque o odiava e sabia que era ele o cliente que a chamava. Com o passar dos minutos, porém, começou a odiar todo o mundo.

Odiou Seijuro, odiou Kojiro, odiou o *rounin* que a havia encurralado num depósito de feno quando se embriagara em Hachioji. Odiou os clientes da casa Sumiya, que se divertiam com seu corpo todas as noites.

Eram todos homens. Os homens eram seus inimigos. Mas, ao mesmo tempo, ela vivia em busca de um homem. Isto é, de um homem como Musashi.

"Pode até ser alguém parecido com ele!" pensava ela.

E quando encontrasse esse homem, faria de conta que o amava: isso ao menos haveria de consolá-la um pouco. Akemi, porém, não encontrava ninguém parecido com ele entre os homens que frequentavam a casa Sumiya.

Embora buscasse Musashi, e amasse Musashi, tinha consciência de estar se afastando dele cada vez mais. O saquê tinha cada vez menos poder de embriagá-la.

— Hanagiri! Hanagiri!

Era Jinnai, o patrão, chamando-a do portão dos fundos da casa, perto da obra. Instantes depois, Kojiro e os dois capangas também surgiram no terreno baldio.

Depois de reclamarem dezenas de vezes e obrigarem o dono da casa Sumiya a se desculpar outras tantas vezes, os três homens saíram para a rua. Quando os viu enfim afastando-se, Akemi saiu do esconderijo com um suspiro de alívio.

— Você estava aí o tempo todo?! — começou a gritar a ajudante de cozinha, quando a descobriu.

— Cale-se! — disse Akemi tapando-lhe a boca e espiando a ampla cozinha. — Dê-me um pouco de saquê. Não precisa amornar.

— Saquê?

— Hum... — resmungou Akemi.

O brilho no olhar de Akemi assustou a mulher, que encheu uma chávena até a borda. Akemi levou a chávena aos lábios, cerrou os olhos, tombou a cabeça para trás e bebeu até a última gota.

— A...aonde vai, Hanagiri-san! Aonde?

— Que mulher enxerida! Vou lavar os pés e entrar!

Tranquilizada, a ajudante da cozinha fechou a porta. Akemi, porém, não fez o que tinha prometido: com os pés ainda sujos, calçou o primeiro par de sandálias que encontrou e saiu para a rua com passos vacilantes, murmurando:

— Estou me sentindo tão bem...!

Na rua iluminada pela luz avermelhada das lanternas, vultos masculinos cruzavam-se em tumulto. Akemi passou correndo por eles, cuspiu na direção deles e os amaldiçoou:

— Pragas!

Logo, chegou ao fim da área iluminada e ao trecho escuro da cidade. Estrelas brancas brilhavam no fundo do canal. Enquanto as contemplava, ouviu uma correria às suas costas.

— Lanternas da casa Sumiya! Eles acham que podem me explorar até os ossos só porque me encontraram perdida na beira da estrada... E é com o sangue e a carne da gente que eles fazem as vigas e as paredes dos bordéis! Mas agora não vão mais me fazer de boba: eu lá não volto nunca mais.

O mundo inteiro parecia hostilizá-la. Akemi correu em linha reta, avançando sem hesitar para a noite escura. Uma fina lasca de madeira serrada soltou-se dos seus cabelos e flutuou por algum tempo no escuro.

A CORUJA

I

Kojiro estava bêbado, como seria de se esperar. Com certeza tinha estado farreando durante as últimas horas numa casa qualquer.

— Os ombros...!

— Como é, mestre?

— Deixe-me andar amparado nos seus ombros... — pediu Kojiro com voz pastosa, passando os braços nos pescoços dos dois capangas e cambaleando pelas ruas na suja madrugada da zona do meretrício.

— Devíamos ter passado a noite na última casa, conforme sugeri — reclamou um dos capangas.

— Não sou de passar a noite num bordel de quinta categoria. Ei! Quero voltar mais uma vez ao Sumiya!

— Não é uma boa ideia.

— Por quê, posso saber?

— A menina fugiu ao vê-lo, mestre! Agarrá-la à força não será nada divertido.

— Acham...?

— Está apaixonado por ela, mestre?

— Ah, ah!

— Que foi?

— Nunca fui de me apaixonar por mulher alguma. Não sou desse tipo. Tenho uma ambição grande demais queimando no peito para perder tempo com isso.

— Que tipo de ambição?

— A de ser o maior espadachim do país, está claro! E para isso, o caminho mais curto é tornar-me instrutor de artes marciais da casa xogunal.

— Infelizmente, a casa xogunal já nomeou um Yagyu para a função. Além dele, um certo Ono Jiroemon também foi indicado para a mesma função nos últimos tempos, senhor.

— Jiroemon... Bela porcaria! Aliás, nem Yagyu é grande coisa. Esperem e verão: dentro em breve, passarei pisando sobre suas cabeças!

— Epa! Cuidado, mestre! Por enquanto, acho melhor passar olhando onde pisa!

As luzes do bairro licencioso haviam ficado para trás e raros eram os transeuntes.

Nesse instante, os três homens aproximaram-se do problemático barranco à beira do canal em construção, área de difícil passagem, como já haviam tido a oportunidade de verificar na ida.

O caminho estava obstruído pela terra escavada, que formava um morro da metade da altura de um chorão. Se não quisessem passar por cima do barranco, teriam de ir pela faixa de terra pantanosa cheia de juncos e de poças de água refletindo as estrelas dessa madrugada.

— Cuidado para não escorregar! — preveniram os capangas,

E no momento em que os dois homens se dispunham a descer o barranco com a incômoda carga, Kojiro soltou um súbito grito. Simultaneamente, Mendigo e Coroinha, que tinham sido repentinamente empurrados para os lados, também gritaram.

— Quem está ai?! — disse Kojiro, lançando-se de costas no meio da rampa, protegendo-se.

Vindo de trás dele, uma espada pareceu rasgar suas palavras ao meio. O vulto que a empunhava tinha tentado atingi-lo de surpresa mas cambaleou, desequilibrado pelo próprio impulso: com um berro alarmado, o homem escorregou barranco abaixo na direção da terra pantanosa.

— Já nos esqueceu, Sasaki? — disse alguém, no momento invisível.

— Somos colegas dos quatro homens que você matou na margem do Sumidagawa — disse outro.

— Ora, ora! — murmurou Kojiro, saltando em pé sobre o barranco e procurando os homens que o haviam emboscado. Havia mais de dez vultos nas sombras das árvores, atrás do barranco e dentro do canal recém-cavado. Ao ver Kojiro no topo do barranco, todos abandonaram seus esconderijos e sacando das respectivas espadas, formaram um cerco em torno dos seus pés.

— Discípulos da academia Obata, hein? Cinco dos seus me desafiaram no outro dia e quatro morreram. Quantos são os que me desafiam hoje, e quantos querem morrer? Terei muito prazer em eliminar todos, se quiserem. Em guarda, covardes! — intimou Kojiro. Sua mão voou para o cabo da longa espada Varal, cujo cabo emergia na altura do ombro.

II

Obata Kagenori era dono de uma mansão cujos fundos davam para o templo Hirakawa Tenjin, com um bosque de permeio. Ele havia acrescentado um novo vestíbulo e um amplo auditório à casa colmada, bem ao estilo das antigas construções, e nesse anexo estabelecera uma academia.

Kagenori descendia de Obata Nyudo Nichijo, em tempos idos vassalo da casa Takeda e um dos mais famosos guerreiros da área de Koshu.

Desde a queda da casa Takeda, o clã Obata viveu discretamente por um longo período, mas na geração de Kagenori, foi descoberto por Tokugawa Ieyasu. Kagenori chegou até a participar de batalhas, mas nos últimos tempos, doente e velho, manifestou o desejo de realizar um velho sonho, o de tornar-se um pacato professor de estratégia militar, e assim terminar seus dias. Ao saber disso, a casa xogunal lhe reservou um quarteirão na área central da cidade para residência, mas Kagenori recusou o presente, dizendo:

— Essa área é elegante demais para mim, um rude guerreiro de Koshu.

Fez então reformar uma velha mansão campestre na área do templo Hirakawa Tenjin, e para lá se mudou. Nos últimos tempos vivia acamado em seus aposentos, quase nunca surgindo no salão de conferências.

O bosque nos fundos da mansão era habitado por um grande número de corujas e era comum ouvi-las piar mesmo durante o dia. Obata Kagenori resolveu então chamar a si próprio de "Inshi Kyoou", ou seja, Eremita Coruja Velha, comparando sua discreta vida de guerreiro reformado à da coruja oculta no arvoredo, rindo melancólico da própria debilidade.

— Sou um deles — dizia, apontando os pássaros.

O mal que o atormentava devia ser o que hoje chamamos de neuralgia. Nos momentos de crise, uma dor intensa lhe subia dos quadris e paralisava metade do seu corpo.

— Está se sentindo melhor, mestre? Quer um pouco de água? — perguntou Hojo Shinzo, o jovem discípulo que velava à sua cabeceira noite e dia, sem descanso.

Shinzo era filho de Hojo Ujikatsu, também estrategista. Pequeno ainda, Shinzo se tornara aprendiz na casa Obata, e estudara sob a orientação espartana de Kagenori. Começara partindo lenha e baldeando água para o uso da casa, e estudara nas horas vagas. Seu sonho era suceder ao pai e concluir o Estilo Hojo de Estratégia Militar, cuja elaboração o pai havia iniciado.

— Estou bem melhor. Pode retirar-se. A madrugada vem chegando e você deve estar cansado. Vá descansar um pouco, meu jovem, vá... — respondeu Kagenori. Os cabelos do ancião tinham a brancura da neve, e o seu corpo estava ressequido como o tronco de um velho pessegueiro.

— Não se preocupe comigo, senhor. Tenho dormido durante o dia.

— Não me parece que você tenha tempo para dormir durante o dia, já que faz preleções em meu lugar, e é o único capaz de me substituir.

— Dormir pouco também faz parte do aprendizado, senhor. Ao menos, assim acredito.

Shinzo percebeu que a lamparina estava prestes a se apagar. Parou de alisar as costas do ancião e fez menção de erguer-se em busca do óleo para alimentar a luz.

— Ora... que significaria isso? — disse Kagenori erguendo de súbito o rosto magro do travesseiro e apurando os ouvidos. A luz da lamparina incidiu em cheio em suas faces encovadas.

Ainda segurando o pote de óleo, Shinzo voltou-se para o ancião e indagou:

— Que foi, mestre?

— Escute... Barulho de água, para os lados do poço... Está ouvindo?

— Ah... Tem alguém daquele lado!

— Quem será, a esta hora? Algum interno retornando de uma farra?

— Pode ser. Vou verificar, senhor.

— Admoeste-o duramente, Shinzo.

— Encarregar-me-ei disso, mestre. Deixe tudo por minha conta e descanse.

O mal sempre dava uma trégua ao amanhecer, permitindo ao ancião adormecer placidamente. Shinzo puxou as cobertas, cobriu os ombros do seu mestre com cuidado e saiu pela porta dos fundos.

Na beira do poço, dois discípulos da academia içavam o balde e lavavam mãos e rostos ensanguentados.

III

Shinzo sobressaltou-se a essa visão e franziu o cenho. Empertigou-se a seguir e correu na direção do poço calçado apenas com as meias de couro, esquecendo-se, na pressa, das sandálias.

— Idiotas! Foram atrás dele? — gritou-lhes abruptamente.

A voz era de espanto e desolação ante a inevitabilidade do fato consumado. Ele tinha insistido tanto que não fossem!

Caído à beira do poço gemia mais um homem gravemente ferido, agonizante. Este havia chegado carregado pelos companheiros.

— Mestre Shinzo! — exclamaram os dois discípulos que lavavam pés em mãos. Seus rostos se contorceram, prestes a chorar. — Que lástima!

Soluços escaparam entre os dentes cerrados: os dois homens pareciam criancinhas indefesas que veem surgir um poderoso irmão mais velho no meio de uma crise.

— Idiotas! — tornou a gritar Shinzo. O berro teve o efeito de uma bofetada em seus rostos. — Consumados idiotas! Eu os proibi de enfrentá-lo, não uma nem duas, mas diversas vezes, por saber muito bem que não seriam páreo para ele! Por que me desobedeceram?

— Porque... esse maldito Sasaki Kojiro teve a ousadia de vir até aqui para zombar de nosso velho mestre enfermo, e em seguida, eliminou quatro de nossos colegas nas margens do Sumidagawa! Como podíamos deixá-lo impune, diga-me? O senhor, mestre Shinzo, exige demais quando nos manda esquecer o orgulho e a espada, e suportar tudo em silêncio. Isso é pedir demais!

— Do que estão falando? — esbravejou Shinzo.

Apesar da pouca idade, ele era respeitado por ser o mais graduado discípulo da academia Obata, o que cuidava de todos durante a doença do mestre.

— Se o problema fosse apenas enfrentá-lo, eu o teria feito muito antes de vocês, não compreendem? Não é por medo que deixo em paz esse indivíduo chamado Sasaki Kojiro, que fala com insolência ao nosso mestre enfermo em sua própria casa, e que nos trata a todos nós, seus discípulos, de modo tão ultrajante!

— Mas é exatamente isso o que os outros pensam! Além de tudo, esse Kojiro anda por todos os lados falando em termos pejorativos do nosso mestre e até das ideias que ele defende como estrategista!

— Deixe-o falar! Os que conhecem o verdadeiro valor de nosso mestre jamais imaginarão que esse guerreiro de fraldas possa tê-lo derrotado num debate!

— Não sabemos quanto ao senhor, mas para nós, isso é insuportável!

— Nesse caso, que pretendem?

— Dar-lhe uma lição, retalhá-lo!

— Vocês contrariaram minhas ordens, foram até as margens do Sumidagawa para enfrentá-lo e perderam quatro nesse duelo. Não contentes com isso, emboscaram-no de novo esta noite e foram uma vez mais derrotados. Se isso não for dupla humilhação, não sei o que mais possa ser! Ainda não perceberam que quem mais contribui para envergonhar nosso mestre não é Kojiro, mas sim vocês, seus discípulos?

— Isto agora é demais, mestre Shinzo! Por que estaríamos nós contribuindo para humilhar nosso mestre?

— E não estão? Nesse caso, respondam-me com franqueza: conseguiram derrotar Kojiro?

— ...

— As baixas foram todas do nosso lado também esta noite, não foram? Vocês não compreenderam ainda a habilidade real desse homem. Têm razão: ele é um novato, tem uma personalidade mesquinha, vulgar e arrogante! No entanto, sua habilidade no manejo da espada a que chama de Varal é inegável, ela resulta de um dom natural! Não o subestimem, porque cometerão um erro fatal!

Nesse instante, um dos discípulos deu um passo à frente e o encarou:

— E só por isso temos de aceitar calados todas as suas grosserias? Tem tanto medo dele, mestre Shinzo?

IV

— Se é isso o que pensam, paciência! — disse Shinzo. — Podem me chamar de medroso se minha atitude assim lhes parecer.

Nesse momento, o homem gravemente ferido que jazia aos pés do grupo pediu entre gemidos:

— Água...! Quero água!

— Espere um instante!

Seus dois companheiros o ampararam e se preparavam para oferecer-lhe a água do balde, mas Shinzo os impediu às pressas:

— Não lhe deem água agora, ou ele morre!

Enquanto os dois discípulos hesitavam, o ferido agarrou o balde e sorveu um grande gole de água. No mesmo instante cerrou os olhos e pendeu a cabeça para dentro dele. Estava morto.

Uma coruja piou para a lua no céu que ameaçava clarear.

Shinzo afastou-se em silêncio.

Ao retornar à casa, Shinzo espiou o quarto de seu mestre. O ancião ressonava tranquilo, profundamente adormecido. Com um suspiro de alívio, Shinzo retirou-se para os seus aposentos.

Um tratado militar estava aberto sobre a escrivaninha. Ele havia começado a ler o livro, mas não conseguia terminar porque os cuidados com o mestre doente tomavam muito do seu tempo. Sentou-se à escrivaninha e, enfim livre das obrigações, sentiu o cansaço acumulado nas longas noites de vigília invadindo-o de vez.

Cruzou os braços e soltou um profundo suspiro involuntário. Não havia mais ninguém para cuidar do mestre acamado naqueles dias.

Um bom número de aprendizes internos morava na academia, mas eram todos rudes estudantes de ciências militares: Shinzo não podia contar com eles e muito menos com os que frequentavam a academia durante o dia. Estes últimos estavam sempre prontos a mostrar-se autoritários ou a se engajar em intermináveis discussões teóricas, mas não tinham capacidade alguma para compreender a alma do solitário e idoso mestre. Quase todos prezavam demais a opinião pública e reagiam com calor quando espicaçados em seus brios ou hostilizados.

O caso atual era um bom exemplo disso.

Nesse dia, Shinzo estivera ausente e Sasaki Kojiro surgiu na academia alegando que tinha dúvidas quanto a um ponto obscuro de uma teoria militar qualquer e solicitou uma entrevista com Kagenori para esclarecê-las. Os discípulos então providenciaram a entrevista, momento em que Kojiro, contrariando a alegada disposição de solicitar esclarecimentos, iniciou um insolente debate, mostrando que na realidade tinha vindo com o intuito de pôr em xeque o velho mestre. Ao perceber a manobra de Kojiro, os discípulos cercaram-no e o escoltaram a um outro aposento, onde questionaram a atitude presunçosa. Obtiveram então uma resposta ainda mais arrogante, e um desafio: se estavam descontentes, ele, Kojiro, os enfrentaria quando quisessem.

Tais tinham sido os preâmbulos. As causas do conflito eram insignificantes, mas as consequências, monstruosas. E para exaltar ainda mais os ânimos, tinha chegado aos ouvidos dos discípulos certos comentários malévolos que Kojiro andara espalhando por toda a cidade de Edo, a saber: que a teoria militar defendida pelo clã Obata carecia de consistência, que o estilo Koshu por eles divulgado era puro engodo, nada mais que adaptação de antigas teorias, como a Kusunoki, ou do tratado militar chinês *Rikutou*, ou Seis Segredos.

Indignados, os discípulos ergueram-se jurando vingança:

— Kojiro não pode espalhar essas ofensas e continuar vivo.

Desde o instante em que a ideia da vingança tomou corpo, Hojo Shinzo opôs-se a ela com os seguintes argumentos: primeiro, a questão era por demais insignificante; segundo, o velho mestre estava doente; e terceiro, o adversário não era um estudioso das ciências militares. Por último, apresentou mais um argumento: Yogoro, o único filho do mestre, andava muito longe, em viagens.

— Proíbo-os terminantemente de aceitar o desafio — dissera Shinzo, severo.

Apesar de tudo, os discípulos haviam comparecido às margens do Sumidagawa em segredo. Não contentes com a derrota, haviam uma vez mais se reunido e emboscado Kojiro e, segundo parecia, do grupo composto de dez pessoas, apenas alguns haviam sobrevivido.

— Em que bela enrascada nos meteram — murmurou Shinzo, contemplando a lamparina em vias de se extinguir e suspirando diversas vezes, ainda de braços cruzados.

V

Shinzo acabou adormecendo com a cabeça apoiada na escrivaninha.

Vozes alteradas discutindo à distância despertaram-no de súbito, e ele logo deduziu que os discípulos haviam-se reunido uma vez mais. No mesmo instante lembrou-se dos acontecimentos da madrugada.

Mas as vozes vinham de algum lugar muito distante. Foi espiar o salão de conferências, mas não viu ninguém.

Shinzo calçou as sandálias.

Saiu pelos fundos da casa, atravessou um bambuzal verdejante e logo alcançou o bosque que dava para o templo Hirakawa Tenjin.

Conforme desconfiara, ali estavam reunidos os discípulos da academia Obata.

Os dois homens que Shinzo encontrara de madrugada lavando os ferimentos na beira do poço também estavam presentes com os braços enfaixados pendendo de tipoias. Pálidos, contavam aos companheiros o trágico desfecho da emboscada da noite anterior.

— Estão querendo me dizer que eram dez contra um, e que Kojiro sozinho liquidou mais da metade de vocês? — indagou alguém.

— Infelizmente... Não pudemos enfrentar a monstruosa espada de estimação a que o homem chama de Varal!

— Mas tanto Murata como Ayabe eram dedicados praticantes de esgrima...

— Pois esses dois foram os primeiros a tombar; o restante saiu gravemente ferido. Yosobei, por exemplo, conseguiu voltar conosco até a beira do poço, mas bebeu um gole de água e morreu no mesmo instante. Compreendem agora o tamanho da revolta que nos ferve as entranhas, não compreendem, senhores?

Um silêncio soturno caiu sobre os homens. Ardentes estudiosos das ciências militares, a grande maioria dos discípulos da academia Obata considerava que, na qualidade de futuros comandantes, não lhes competia praticar esgrima ou adestrar-se para a luta corporal, pois para isso existiam os soldados.

Agora, contudo, depois de haverem provocado o duelo contra Kojiro e, por duas vezes, sofrido numerosas baixas em suas próprias fileiras, lamentavam agudamente não terem dedicado maior atenção à esgrima no cotidiano.

— E agora? — murmurou alguém.

Uma coruja piava em algum lugar, como sempre. E então, um dos homens pareceu ter de repente uma ideia original:

— Tenho um primo servindo à casa Yagyu. Que acham de pedir ajuda a essa casa por intermédio dele?

— Idiota! — replicaram muitas vozes simultâneas. — Se fizermos isso, nossa reputação ficará realmente comprometida e desonraremos ainda mais o nome do nosso mestre!

— Que outra solução você propõe, nesse caso?

— Vamos mandar mais uma carta de desafio a Sasaki Kojiro, em nome dos que aqui estão reunidos. Desta vez, será melhor não tentarmos nada semelhante a emboscadas. Esses expedientes só servem para nos envergonhar ainda mais.

— Esta vai ser então a última tentativa?
— Não necessariamente. Temos de continuar tentando tantas vezes quantas forem necessárias. O que não podemos é deixar as coisas no pé em que estão.
— Concordo! Mas se mestre Shinzo souber do que planejamos vai se opor outra vez.
— Vamos agir em segredo: nem nosso mestre nem seu querido discípulo podem saber. E já que todos concordam, vamos até o alojamento dos monges para pedir papel e tinta. Lá redigiremos o desafio e mandaremos alguém entregá-lo a Kojiro.

Ergueram-se todos e começavam a andar em cauteloso silêncio rumo ao templo, quando o homem que ia adiante soltou um grito de espanto e recuou.

No momento seguinte o grupo inteiro estacou. Os olhares de todos estavam erguidos e convergiam para um corredor antiquado por trás de um santuário.

A sombra de um galho de pessegueiro carregado de frutos verdes projetava-se sobre uma parede banhada de sol. E ali, com um pé sobre o gradil do corredor, estava Sasaki Kojiro, aparentemente assistindo à reunião havia já algum tempo.

VI

Repentinamente desencorajados, os discípulos Obata contemplavam Kojiro, pálidos e com expressões atoleimadas, duvidando dos próprios olhos. Ninguém conseguia dizer nada, nem mesmo respirar, ao que parecia.

Com um sorriso arrogante e olhar de desprezo, Kojiro contemplou os homens agrupados aos seus pés.

— Eu os ouvi daqui, discutindo se deviam ou não de mandar-me uma carta de desafio. Tinha certeza de que vocês tentariam mais alguma coisa, de modo que segui seus colegas covardes ontem à noite, e estive aqui à espera do amanhecer sem ao menos limpar o sangue que suja minhas mãos. Dispenso o mensageiro: desafiem-me agora mesmo — disse ele, como sempre fazendo uso das palavras com grande habilidade.

Se esperava por alguma réplica, enganou-se: o grupo inteiro parecia ter perdido a língua. Em vista disso, Kojiro prosseguiu:

— Que foi? Não conseguem estabelecer o dia do duelo? Será possível que os discípulos da academia Obata têm de consultar o calendário para escolher o dia mais auspicioso e o do padroeiro mais forte para ajudá-los no duelo? Ou será ainda que vocês só se animam a desembainhar as espadas quando emboscam na calada da noite um adversário que retorna bêbado de uma noitada?

— ...
— Por que se calam? Estão todos mortos? Um de cada vez, ou todos juntos — venham do jeito que quiserem, podem escolher. Eu, Sasaki Kojiro, jamais dou as costas a um bando de covardes, mesmo que ataquem em formação, rufando tambores e vestindo armaduras.
— ...
— E então?
— ...
— Desistiram?
— ...
— Ninguém desse grupo tem fibra?
— ...
— Pois então, ouçam, e nunca mais se esqueçam! Eu sou Sasaki Kojiro, discípulo do falecido Tomita Gorozaemon. Dominei a técnica secreta de desembainhar espadas, criada por Katayama Hisayasu, senhor de Hoki, aperfeiçoei-a e criei eu mesmo uma nova técnica a que chamo Ganryu. Não sou um simples teórico como vocês, sempre envolvidos em fantásticas discussões a respeito do que disse Sun Tzu, ou ainda o que preconiza o tratado Seis Segredos! A diferença entre nós está aqui, nestes meus braços e na minha coragem!
— ...
— Não sei o que vocês aprendem de Obata Kagenori no dia a dia, mas neste instante, estou-lhes dando uma lição prática do que é, na verdade, a ciência militar. Não quero me gabar, mas quando um homem sobrevive a uma emboscada, como aconteceu comigo ontem à noite, esse homem procura em seguida um refúgio seguro na maioria dos casos. E na manhã seguinte, a esta hora, relembra os acontecimentos passados com um suspiro de alívio. Mas não eu. Eu os combati sem tréguas, dizimei-os, persegui os poucos sobreviventes e, por fim, surgi de modo inesperado na própria cidadela inimiga. Não lhes dei tempo de sequer compor uma contraofensiva, arrasei-lhes o ânimo de vez! Este modo de agir representa a quintessência da estratégia militar, entenderam?
— ...
— Eu, Sasaki Kojiro, sou espadachim, e não um estrategista militar, é verdade. Alguém me dirigiu severas críticas, no outro dia, dizendo que não devia invadir uma academia de ciências militares para falar de assuntos que não são da minha especialidade. Mas o episódio de hoje serviu para demonstrar com clareza que não só sou um magistral espadachim, como também que domino perfeitamente as artimanhas da estratégia militar. Compreenderam, agora? Ah, ah, acabei dando-lhes uma lição de estratégia! Mas se eu continuar a semear em seara alheia, o pobre Obata Kagenori vai acabar perdendo o emprego!

Coroinha! Mendigo! Estou com sede! Vão buscar um pouco de água, imprestáveis! — disse, voltando-se para trás.

Uma vigorosa resposta se fez ouvir a um dos cantos da varanda e os dois capangas dispararam para cumprir as ordens. Em instantes, retornaram com um vasilhame de barro cheio de água:

— E então, mestre Kojiro? Vai ou não haver duelo? — perguntaram.

Kojiro lançou aos pés do estático bando Obata o vasilhame vazio e disse:

— Perguntem a esses sujeitos aparvalhados!

— Ah, ah! Que caras infelizes! — gargalhou Mendigo, ao que Coroinha logo acrescentou:

— Estão vendo, covardes? É assim que se faz! Vamos, mestre Kojiro, vamos embora que nesse bando não tem nenhum com coragem suficiente para enfrentá-lo!

VII

Oculto nas sombras, Hojo Shinzo assistia a tudo em silêncio e viu quando Kojiro, acompanhado dos dois capangas, passou sob o portal do templo e desapareceu, andando com arrogância.

— Maldito...! — murmurou Shinzo.

Estremeceu de impaciência, como se um remédio amargo lhe descesse pela garganta e lhe percorresse as entranhas. No momento, porém, só lhe restava jurar:

— Ainda acertaremos esta conta!

Os discípulos, que acabavam de sofrer um atordoante revés, continuavam agrupados em silêncio, desanimados.

Conforme o próprio Kojiro havia dito, tinham sido envolvidos inteiramente em sua tática. Sentiam-se acovardados, não tinham mais ânimo para lutar.

Simultaneamente, a raiva que devastara suas entranhas como uma labareda parecia ter-se extinguido, deixando apenas cinzas. Ninguém mostrou disposição de correr no encalço de Kojiro para enfrentá-lo.

Foi então que um serviçal do templo saiu do santuário e veio correndo na direção do grupo. Comunicou que o fabricante de esquifes da cidade havia entregado cinco unidades no templo, e queria saber se realmente tinham encomendado tantos caixões.

Os discípulos da academia Obata nem tiveram ânimo para responder à pergunta.

— O fabricante de esquifes está à espera de uma resposta... — insistiu o serviçal.

— Não sei ao certo quantos caixões serão necessários porque os homens que foram buscar os corpos ainda não retornaram. De qualquer modo, encomende mais um. Quanto aos que já foram entregues, vamos guardá-los no depósito por hora — respondeu alguém, em tom sombrio.

Nessa noite, os corpos foram velados no auditório da academia.

Os discípulos empenharam-se em realizar a cerimônia com a maior discrição possível a fim de não dar a conhecer o ocorrido ao velho mestre enfermo e acamado num aposento nos fundos da mansão. Embora nada perguntasse, Kagenori parecia já ter adivinhado.

Shinzo, que como sempre cuidava dele, não tocou porém no assunto.

A partir desse dia, os discípulos que haviam estado tão revoltados caíram em pesado silêncio. Um sombrio desânimo abateu-se sobre eles. Em contraste, a chama da revolta passou a brilhar no fundo dos olhos de Shinzo — o homem que todos consideravam um covarde, o de atitude mais passiva até o momento.

Shinzo contava nos dedos o dia em que enfim estaria livre para tomar uma atitude.

E enquanto esperava, o jovem divisou certo dia uma coruja pousada no galho de uma árvore, visível da cabeceira do enfermo. Ela ficava sempre no mesmo galho e piava mesmo de dia, voltada para uma lua que nos últimos tempos continuava no céu esquecida de se ir.

O verão se foi e no começo do outono, o estado de saúde de Kagenori agravou-se: doenças oportunistas haviam-se instalado.

Para Shinzo, a coruja parecia anunciar o próximo fim do mestre com seu pio soturno: "Vou! Vou!"

Yogoro, o único filho de Kagenori, estava em terras distantes, mas ao saber do agravamento da doença, havia mandado uma carta anunciando seu retorno para breve. Nos últimos quatro a cinco dias, Shinzo o esperava ansioso, torcendo para que ele chegasse a tempo de encontrar o pai vivo.

Agora, sabia que estava perto o dia em que finalmente realizaria seu mais precioso desejo. Na noite anterior ao do retorno de Yogoro, o jovem deixou um testamento sobre a escrivaninha e despediu-se mentalmente do mestre:

— Perdoe-me por sair deste modo, sem o seu consentimento.

De pé, à sombra das árvores, Shinzo contemplou por instantes o quarto onde seu velho mestre dormia e afastou-se em seguida.

— Seu filho estará ao seu lado amanhã. Parto com o coração leve por saber que agora terá alguém para cuidá-lo. Não estou certo porém de poder retornar à sua presença trazendo a cabeça de Kojiro como troféu. Se eu for derrotado por esse maldito, chegarei primeiro à estrada dos mortos. Lá estarei à sua espera, mestre.

O VELÓRIO

I

A vila, miserável, situa-se a quase quatro quilômetros da aldeia Gyotoku, na província de Shimousa.[17] Aliás, nem vila era o pequeno aglomerado de casas. A região, que os habitantes locais chamam de Hoten-ga-hara, é uma planície inculta coberta de bambuzais, juncos e pequenas árvores de espécies variadas.

Da direção da estrada de Hitachi vem andando um homem solitário. Os caminhos que cruzam esta área parecem conservar o mesmo aspecto dos tempos em que Taira-no-Masakado por ali vagara em companhia de seus rebeldes. O vento geme nos bambuzais.

— E agora?

Parado numa bifurcação da estrada, Musashi parecia perdido.

O sol de outono começava a cair além da extensa campina, tingindo de vermelho as poças de água que se espalhavam aqui e ali. A penumbra começava a envolver-lhe os pés, esmaecendo as cores da relva e dos arbustos.

Musashi queria encontrar um ponto de luz.

Na noite anterior havia dormido no meio da campina; na anterior a essa, numa montanha.

Quatro ou cinco dias atrás, uma violenta tempestade o pegara desprevenido nas proximidades do passo de Tochigi e desde então sentia um mal-estar generalizado. Resfriados nunca o haviam incomodado, mas hoje, a perspectiva de passar mais uma noite ao relento o desanimou. Queria estar abrigado, nem que fosse numa choupana de palha, e comer algo quente diante de um belo fogo.

— Este cheiro é de maresia... O mar deve estar a quase vinte quilômetros daqui. Vou na direção do cheiro — resolveu, recomeçando a andar.

Não sabia se acertara na escolha. Se não conseguisse chegar ao mar ou encontrar uma casa, teria de dormir mais uma vez entre os juncos, no meio de uma campina varrida pelos ventos.

Uma lua enorme se ergueria no céu assim que o sol se escondesse no horizonte. O cricri dos grilos vinha do chão, ensurdecedor. Musashi era o único ser humano andando na campina, mas os grilos assustavam-se até com os seus passos calmos e saltavam, agarrando-se ao cabo de sua espada e ao seu *hakama*.

---

17. Shimousa: antiga denominação de uma área que corresponde à região setentrional da atual província de Chiba e a parte da vizinha Ibaragi.

Fosse ele um homem de gosto refinado, talvez conseguisse sentir prazer em caminhar por esta paisagem desolada, imaginou Musashi. No momento, porém, só ansiava por convívio humano e um pouco de comida. Estava cansado da solidão e da necessidade de exercitar-se continuamente em busca de aprimoramento.

Não estava feliz com sua situação e vinha absorto em amargas reflexões. Passara por Kiso, e entrara em Edo pela estrada Nakasendou, mas permanecera apenas alguns dias nessa cidade, e logo tornara a partir na direção de Michinoku.

Um ano e meio havia se passado desde então e Musashi retornava agora para a cidade de Edo, onde tinha permanecido tão pouco tempo na primeira vez.

O que o teria levado a Michinoku? Simplesmente a vontade de alcançar Ishimoda Geki, o vassalo da casa Date de Sendai, e lhe devolver a bolsa cheia de moedas que o homem havia introduzido em sua mochila sem o seu conhecimento. A generosa dádiva pesava em seu espírito.

— Se ainda tivesse a intenção de servir à casa Date...

Musashi era muito orgulhoso.

Estava cansado de sua vida espartana, de passar fome e de ser pego ao fim de um dia vagando mal vestido por regiões ermas. Ainda assim, um sorriso lhe vinha aos lábios quando pensava na grande ambição que habitava seu peito: a poderosa casa Date, com seus 600.000 *koku* de renda, não estavam à altura dela.

— Que é isso?— murmurou. Havia acabado de ouvir um forte espadanar no rio a seus pés. Musashi parou sobre a ponte e espiou um buraco escuro.

II

Alguma coisa chapinhava na água. Em contraste com as nuvens que flutuavam no extremo da campina, o buraco no barranco do rio parecia ainda mais escuro. Em pé sobre a ponte, Musashi observou com cuidado.

— Deve ser uma lontra... — pensou.

Logo, porém, descobriu um pequeno camponês na penumbra. O menino se parecia realmente com uma lontra e olhava desconfiado para o homem que via sobre a ponte.

Sem nenhum motivo especial Musashi dirigiu-lhe a palavra. Ele era sempre levado a isso quando via uma criança.

— Que faz aí, garoto?

O pequeno camponês respondeu lacônico:

— Bagres.

Mergulhou outra vez o pequeno cesto de vime no ribeirão e peneirou a água.
— Ah, você está pescando bagres!
Na imensa planície deserta, o breve diálogo pareceu uni-los.
— E então, pegou muitos?
— Nem tanto. Já estamos no outono, e eles começam a rarear.
— Pode me dar alguns?
— Bagres?
— Ponha alguns nesta toalha e eu lhe dou moedinhas em troca.
— Não posso. Estes são para o meu pai — disse o menino, agarrando o cesto e saltando para cima do barranco. Disparou então pela campina com a agilidade de um esquilo.
— Parece um azougue...! — murmurou Musashi com um sorriso.
Lembrou-se de sua infância e de momentos iguais a esse, passados em companhia de Matahachi.
"Joutaro também era desse tamanho quando o vi pela primeira vez..."
Joutaro... Que lhe teria acontecido? Onde andaria a essa altura?
Quase três anos já se haviam passado desde o dia em que o menino, Otsu e ele tinham se desgarrado. Na ocasião, o menino tinha catorze anos, quinze no ano passado...
— ...e dezesseis, este ano! — murmurou.
"Apesar de minha pobreza, Joutaro sempre me respeitou, me amou e me serviu com lealdade. Mas que lhe dei eu em troca? Nada. E no decorrer da viagem que fazíamos juntos, esse pobre menino teve ainda de suportar pressões minhas e de Otsu por causa do nosso relacionamento deteriorado", pensou Musashi.
Tornou a parar no meio da campina.
Com o pensamento preso em Otsu, em Joutaro e em inúmeras recordações, caminhara o último trecho esquecido da fome e do cansaço, mas de súbito deu-se conta de que continuava mais perdido que nunca.
Sua única alegria era a lua, grande e redonda no céu de outono. E também os grilos, em extasiado cri-cri. Lembrou-se de que Otsu gostava de tocar sua flauta em noites de luar. Entremeadas ao cricrilar, parecia-lhe ouvir as vozes de Otsu e de Joutaro.
— Uma casa! — exclamou Musashi. Tinha avistado uma luz. Esqueceu-se de tudo por instantes e caminhou na direção do ponto luminoso.
Era uma casa solitária, pobre e de alpendre inclinado, quase oculta no meio de eulálias e arbustos altos. Vistosas boas-noites enfeitavam as paredes da casa.
Aproximou-se, e um súbito resfolegar irado recebeu Musashi. Era um cavalo castanho, preso ao lado do casebre. Alertado pelo animal, alguém gritou de dentro da casa:

— Quem está aí?!
Musashi espiou pela porta e viu o menino que há pouco se recusara a repartir os bagres pescados. Sorriu, feliz com a coincidência.
— Dê-me pouso por uma noite. Vou-me embora ao amanhecer — disse Musashi.
Desta vez, o menino observou-o cuidadosamente, da cabeça aos pés, e respondeu com um aceno:
— Pode entrar.

III

O casebre estava em péssimas condições.
Havia inúmeros buracos no telhado e nas paredes, por onde o luar se infiltrava. Musashi perguntou-se como seria a casa num dia de chuva.
Desatou a tira da trouxa de viagem, mas não achou sequer um prego onde dependurá-la. O piso estava forrado de esteiras, mas o vento entrava pelas frestas.
— Você disse que queria alguns bagres, não disse, tio? Gosta deles? — perguntou o menino, sentando-se formalizado na frente de Musashi.
Este apenas observava o menino, esquecido até de responder.
— Por que olha tanto para mim?
— Quantos anos você tem, menino?
— Eu? — perguntou o garoto de volta, parecendo perturbado.
— Hum!
— Doze anos.
Musashi continuou a analisar-lhe o semblante, impressionado com a sua expressão determinada.
De tão sujo, o rosto lembrava uma raiz de lótus recém-extraída da lama. Os cabelos estavam crescidos e desgrenhados, e um cheiro muito semelhante ao do excremento de pássaros veio-lhe do menino. Ainda assim, dois detalhes chamaram-lhe a atenção: o físico — robusto e saudável como o de uma criança bem alimentada — e os formidáveis olhos, duas esferas brilhantes e límpidas no meio da sujeira.
— Você está com fome, tio? Tenho arroz com painço e os bagres que pesquei há pouco. Já os servi primeiro ao meu pai.
— Aceito, e agradeço-lhe muito.
— Quer um pouco de chá, também?
— Quero.
— Espere um pouco, está bom?

O menino correu uma porta e logo desapareceu no aposento contíguo.

Momentos depois, Musashi o ouviu quebrando gravetos e abanando um fogareiro. A casa logo se encheu de fumaça, que expulsou os insetos pousados em suas paredes e teto.

— Pronto!

Os pratos foram depositados diretamente no assoalho. Os bagres haviam sido salgados e assados, e vinham acompanhados de um caldo de *miso* escuro e arroz.

— Delicioso! — elogiou Musashi.

O menino era do tipo que encontra satisfação na alegria dos outros, pois retrucou entusiasmado:

— Que bom que você gostou!

— Quero apresentar também meus agradecimentos ao dono da casa. Ele já foi dormir?

— Está bem acordado, não está vendo?

— Onde?

— Aqui! — disse o garoto, apontando para o próprio nariz. — Não tem mais ninguém nesta casa.

Musashi perguntou-lhe do que ele vivia e ouviu do menino que eram lavradores, mas haviam desistido da profissão desde que o pai adoecera. Hoje, ele se sustentava como condutor de cavalos, informou.

— O óleo da lamparina acabou... Mas o senhor já vai dormir mesmo, não vai, tio?

A lamparina apagou-se realmente, mas os buracos deixavam passar a luz do luar.

Musashi cobriu-se com um cobertor fino de palha, recostou a cabeça num travesseiro de madeira e deitou-se rente a uma parede. Caiu num sono leve, mas acordou suando diversas vezes, talvez em consequência do resfriado.

E de cada vez, ouvia um ruído que lembrava o da chuva. O contínuo cricrilar dos grilos aos poucos o embalou e aprofundou seu sono. E com certeza dele não despertaria tão cedo, não fosse pelo ruído de uma lâmina correndo sobre uma pedra de amolar.

Musashi soergueu-se, espantado.

O pilar do quarto vibrava de leve a cada movimento da lâmina na pedra e dava ideia da força que estava sendo empregada nessa tarefa. Que estaria o menino afiando a esta hora? Mas a questão não era essa.

Musashi introduziu bruscamente a mão debaixo do travesseiro e agarrou o cabo da própria espada. No momento seguinte, o menino perguntou do quarto ao lado:

— Ainda não dormiu, tio?

IV

E como teria o menino percebido que ele acordara se estavam em quartos diferentes? A percepção aguda do menino deixou Musashi atônito. Ignorou porém a pergunta e lhe fez outra em tom contundente:

— Para que afia uma lâmina a esta hora da noite?

O garoto gargalhou:

— Ora essa, eu o assustei? Você é bem medroso apesar de parecer tão forte, hein, tio?

Musashi calou-se. Parecia-lhe estar conversando com um espírito maligno incorporado no menino.

O ruído surdo da lâmina sobre a mó voltou a soar compassado: o garoto tinha retomado o trabalho. As palavras destemidas assim como a espantosa força contida em cada um dos seus movimentos espantaram Musashi.

Aproximou-se da porta e espiou por uma fresta. O aposento vizinho era uma cozinha e anexo a ela havia um pequeno quarto de pouco mais de três metros quadrados.

O menino havia instalado a mó debaixo de uma janela iluminada pelo luar, e afiava uma espada rústica cuja lâmina media quase cinquenta centímetros.

— O que pretende cortar com essa espada? — perguntou Musashi, ainda espiando pela fresta.

O garoto olhou de relance para a porta, mas nada respondeu, continuando apenas a trabalhar. Momentos depois, enxugou as gotas de água que escorriam da lâmina agora brilhante e disse, voltando-se para a porta:

— Você acha que consigo cortar um homem em dois pelo tronco usando esta espada, tio?

— Talvez. Depende da sua habilidade.

— Isso eu tenho.

— E a quem pretende você cortar?

— Meu pai.

— Que disse? — exclamou Musashi, abrindo a porta num gesto involuntário. — Está brincando, moleque?

— Não estou, não!

— Pretende partir o próprio pai em dois? Se fala sério, não é humano. Sei que se criou sem orientação alguma, como um rato de campo ou uma abelha, mas tem idade suficiente para saber o respeito que se deve a um pai. Até um animal selvagem tem essa noção!

— Eu também tenho. Mas é que se não o corto em dois, não consigo levá-lo.

— Para onde?

— Para o cemitério na montanha.
— Como é?!

Musashi voltou o olhar para um dos cantos do quarto, onde um volume tinha-lhe chamado a atenção havia algum tempo. Nem de leve, porém, imaginara que o volume em questão fosse o cadáver do pai do menino. Forçou a vista e percebeu que o morto repousava a cabeça num travesseiro e que o menino havia estendido um sujo quimono sobre ele. Ao seu lado, havia também uma oferenda: uma tigela de arroz, água e um pouco do bagre cozido, do qual Musashi também comera poucas horas atrás.

Bagres teriam sido o prato predileto do falecido, e por esse motivo o menino fora pescá-los, aliás com certa dificuldade, uma vez que o outono já ia a meio e os peixes rareavam nos rios. Quando Musashi o encontrara, o garoto devia estar lavando os bagres que havia conseguido pegar.

Musashi lembrou-se de haver pedido os preciosos pescados levianamente e sentiu certo constrangimento. Ao mesmo tempo, aturdiu-o a ideia de que o menino pensava em cortar em dois o cadáver do pai, já que inteiro não teria forças para transportá-lo ao cemitério no topo da montanha. Por momentos, ficou contemplando o rosto infantil, esquecido de tudo o mais.

— Quando foi que seu pai faleceu? — perguntou finalmente.
— Esta manhã.
— O cemitério fica longe daqui?
— A uns dois quilômetros.
— Por que não pensou em levá-lo ao templo com a ajuda de alguém?
— Não tenho dinheiro.
— Eu lhe dou.

O menino sacudiu a cabeça:
— Não quero. Meu pai detestava esmolas. E templos, também.

V

Cada uma de suas palavras mostrava firmeza de caráter.

Aquele pai não devia ter sido um rústico camponês, mas um homem bem-nascido que por alguma razão terminara os dias na pobreza.

Musashi respeitou a vontade do menino e lhe ofereceu apenas sua força para ajudar a transportar o morto até o cemitério.

A remoção foi facilitada pelo cavalo, em cujo dorso o defunto foi carregado até o sopé da montanha, restando a Musashi apenas o trabalho de carregá-lo às costas montanha acima pelo trecho mais íngreme do caminho.

O cemitério nada mais era que uma área marcada por uma pedra arredondada sob um castanheiro. Além desse marco natural, não havia nada que lembrasse uma lápide.

Enterrado o morto, o menino depositou algumas flores sobre a terra e disse, juntando as mãos em prece:

— Meu avô, minha mãe e agora o meu pai estão todos repousando aqui.

Estranho destino, que o levava a rezar junto ao túmulo desse desconhecido, pensou Musashi.

— O marco de pedra me parece novo, ainda. Deduzo por isso que vocês vieram para esta terra na geração do seu avô. Acertei?

— Assim me contaram.

— E antes disso, onde viviam?

— Meu avô era vassalo da casa Mogami, que foi derrotada numa batalha. E no momento em que fugia de suas terras, minha gente queimou todos os registros. É por isso que hoje não temos nenhum documento.

— E por que não gravaram o nome do seu avô na pedra tumular? Uma família tão distinta como a sua devia ter cuidado disso. Não vejo nem o emblema da casa, nem a data do seu falecimento na pedra...

— Meu pai me contou que, antes de morrer, meu avô proibiu a família de gravar o que quer que fosse nesta pedra porque ele se havia transformado em um simples camponês e não tinha mais direito ao emblema familiar. Ele achava que deixar seu nome gravado nessa pedra só serviria para desonrar a casa dos seus antigos amos. Anos atrás, muito antes dele morrer, parece que mensageiros das casas Gamou e Date vieram até aqui para convidar o meu avô a servi-las. Disseram-me que ele recusou ambos os convites, alegando que um samurai só serve a um único amo numa vida.

— E como se chamava seu avô?

— Ele se chamava Misawa Iori, mas meu pai abandonou o sobrenome, já que somos lavradores, e passou a chamar-se simplesmente San'emon.

— E você, como se chama?

— Sannosuke.

— Tem parentes vivos?

— Uma irmã, numa província distante.

— Só uma irmã?

— Ah-han.

— E como pretende viver a partir de amanhã?

— Continuo a trabalhar como condutor de cavalos — disse o menino.

Fez uma ligeira pausa e logo voltou a dizer:

— Tio, você é um samurai peregrino, e deve andar por todo o país, não é verdade? Que acha de andar no meu cavalo para sempre? Eu o conduziria.

— ...

Fazia já algum tempo que Musashi contemplava a vasta planície deserta, sobre a qual a claridade da manhã lentamente se insinuava. Estava intrigado: por que um povo levava uma vida tão miserável nessa planície fértil?

As águas do grande rio Tone[18] haviam se juntado às do mar de Shimousa[19] incontáveis vezes, para transformar a planície de Kantou em um mar de lama e, no decorrer de milhares de anos, as cinzas expelidas pelo monte Fuji haviam também soterrado a área. Com o passar dos tempos, juncos, arbustos e plantas rasteiras se apossaram da área, a força da natureza sobrepujando a do homem.

Mas uma civilização tem início apenas quando o homem consegue dominar o solo, a água e a força da natureza. Na planície de Kanto, a natureza continuava a dominar o ser humano, a subjugá-lo. E ali se deixava ficar ele, com toda a sua inteligência, apenas a fitar atordoado a vasta planície.

O sol despontou, e Musashi descobriu pequenos animais saltitando aqui e ali, pássaros esvoaçando. Na planície ainda não desbravada, pássaros e animais, muito mais que o homem, tiravam proveito da abençoada natureza.

VI

Apesar da aparente maturidade, Sannosuke era afinal apenas um menino: no caminho de volta do enterro, já parecia ter se esquecido do pai. Talvez não o tivesse esquecido por completo, mas o sol, surgindo entre as folhas orvalhadas, espantou sua tristeza numa reação fisiológica.

— Que acha disso, hein, tio? Ande no meu cavalo até o fim do mundo, e leve-me com você! Podemos começar hoje mesmo!— começou a insistir o menino, levando pela rédea o cavalo montado por Musashi.

— Hum...— respondeu Musashi vagamente, embora no íntimo já estivesse depositando grandes esperanças no menino.

O que mais o preocupava era a própria vida nômade: perguntava-se nesse momento se tinha realmente condições de tornar essa criança feliz, se estava disposto a responsabilizar-se por seu futuro.

Musashi já tivera uma experiência anterior: Joutaro, um menino talentoso. E porque levava uma vida nômade, sempre às voltas com inúmeras situações problemáticas, hoje não sabia sequer por onde andava o garoto.

---

18. Tone: (do ainu tanne, longo): famoso rio da planície de Kanto, também apelidado de Bando Tarou, nasce nas cordilheiras que compõem os limites das províncias de Gunma, Nagano e Niigata e corre na direção sudeste, desaguando no Pacífico pela cidade de Choushi, depois de percorrer as províncias de Gunma, Tochigi, Saitama, Ibaragi e Chiba. Com 322 km de extensão, é o maior rio em volume de água do Japão.

19. Shimousa: antiga denominação de uma área ao norte da província de Chiba e parte da de Ibaragi.

"Se Joutaro acabar no mau caminho, a responsabilidade é minha", pensava Musashi com o coração oprimido.

Mas esse tipo de preocupação inibe qualquer tipo de inciativa. Ninguém é capaz de prever o que poderá acontecer a si próprio dentro de alguns minutos, quanto mais de garantir que uma criança — um ser cuja vida mal começou — será feliz ou não num remoto futuro. Pouco razoável era também planejar o futuro de uma pessoa dotada, como todas, de vontade própria.

"Mas posso muito bem aprimorar-lhe o talento, guiar-lhe os passos para o bom caminho", pensou. Disso era capaz.

— E então, tio? Quer? — insistiu Sannosuke.

Musashi então lhe perguntou:

— Escute, Sannosuke. Você quer ser condutor de cavalos ou samurai?

— Um samurai, está claro!

— Você é capaz de se tornar meu discípulo e suportar em minha companhia todos os tipos de provações?

No mesmo instante Sannosuke soltou as rédeas do cavalo. Ante o olhar espantado de Musashi, o menino sentou-se formalmente no meio da relva molhada de sereno e se curvou profundamente, tocando o solo com ambas as mãos.

— Por favor, deixe-me ser um samurai. Esse também era o desejo do meu falecido pai, mas... nunca até hoje tive a oportunidade de fazer esse pedido a alguém.

Musashi desmontou, procurou ao redor um galho seco de bom tamanho e entregou-o a Sannosuke. Procurou outro para si, empunhou-o e disse:

— Ainda não decidi se vou aceitar você como discípulo. Primeiro, quero ver se tem talento para ser um samurai. Tente atacar-me com esse pedaço de pau.

— Quer dizer que você me aceitará como discípulo se eu conseguir golpeá-lo, tio?

— É capaz disso? — desafiou-o Musashi com um sorriso, guardando-se com o seu bastão improvisado.

Sannosuke ergueu-se, empunhou o seu e o atacou às cegas. Musashi o golpeou sem dó e o fez cambalear diversas vezes, atingindo-o nos ombros, no rosto e nas mãos.

"Vai começar a chorar daqui a pouco", imaginou, mas Sannosuke não desistia. Num dado momento, o pedaço de madeira que o menino usava como arma partiu-se. Ao ver isso, o menino avançou com as mãos limpas e atracou-se com Musashi, agarrando-o pela cintura.

— Moleque impertinente! — gritou este em tom propositadamente áspero, lançando-o ao chão.

— Ainda não viu nada! — retrucou Sannosuke, erguendo-se num salto e avançando outra vez. Musashi tornou a agarrá-lo com ambas as mãos e ergueu-o no ar, contra o sol nascente.

— E agora? Pede água?

Ofuscado, o garoto debateu-se no ar.

— Ainda não!

— Se eu o lançar contra aquela pedra, você morre! E então: pede água?

— Ainda não!

— Teimoso! Não está vendo que está perdido? Peça água, vamos!

— Não peço porque sei que um dia o vencerei, tio! Basta que eu continue vivo!

— E de que jeito você vai me vencer?

— Adestrando-me.

— Mas se você se adestra dez anos, eu também terei me adestrado mais dez anos.

— Mas você é mais velho que eu, vai morrer primeiro!

— E daí?

— Daí, quando você estiver dentro do caixão, eu o golpearei. É por isso que eu digo: se eu continuar vivo, eu o vencerei!

— Espertinho! — exclamou Musashi, derrubando-o no chão como se acabasse de levar um golpe frontal. Não o lançou, porém contra a pedra, como ameaçara havia pouco.

Sannosuke saltou em pé a poucos passos de distância. Musashi bateu palmas e riu.

O CÉU POR LIMITE

I

— Eu o aceito como discípulo — disse Musashi.

A alegria do menino foi indescritível. Uma criança não é capaz de esconder a alegria.

Juntos, os dois retornaram à cabana. Ao saber que partiriam no dia seguinte, Sannosuke contemplou o barraco em que três gerações de sua família haviam vivido. Os dias passados com o avô, as lembranças da avó e da mãe lhe vieram à mente. O menino falou delas por toda a noite.

Na manhã do dia seguinte, Musashi arrumou-se primeiro e saiu da casa.

— Iori! Iori! Venha de uma vez! Não deve haver nada que você possa levar. Mesmo que haja, não se apegue a objetos inúteis.

— Sim, senhor! Estou indo! — respondeu o menino, saltando para fora. Levava apenas a roupa do corpo.

Musashi o chamara de Iori por ter sabido na noite anterior pelo menino que o avô, o vassalo da casa Saijo, chamava-se Misawa Iori, e que Iori era um nome há gerações na sua família.

— Agora, você é meu discípulo e retornou à condição de samurai. Deve portanto usar o nome Iori de seus antepassados — decidira então Musashi. E embora o menino estivesse longe ainda da maioridade, Musashi julgou que a mudança de nome haveria de prepará-lo mentalmente para a nova condição.

Mas nada no aspecto do garoto que acabava de saltar pela porta lembrava um samurai: calçava um par de sandálias do tipo usado pelos condutores de cavalos, trazia nas costas um fardo de arroz e painço para as refeições durante a jornada, e vestia um quimono curto que lhe ia somente até as coxas.

— Amarre o cavalo numa árvore, longe daqui — ordenou Musashi.

— Monte primeiro, mestre, por favor!

— Faça o que estou mandando, Iori: amarre o cavalo longe daqui e volte em seguida.

— Sim, senhor.

A partir dessa manhã, as respostas vinham acompanhadas de um respeitoso "senhor", mostrando que o menino esforçava-se por adotar uma linguagem mais educada.

Iori retornou depois de amarrar o cavalo conforme lhe fora ordenado. Musashi continuava em pé, sob o alpendre.

"Que faz ele parado no mesmo lugar?" estranhou o menino.

Musashi pousou a mão sobre a cabeça do garoto.

— Você nasceu neste casebre e deve a ele o seu gênio forte e o espírito indomável — disse.

— Sim, senhor — respondeu Iori, balançando a cabeça sobre a qual ainda repousava a mão de Musashi.

— Fiel ao princípio de servir apenas a um amo na vida, seu avô abriu mão da condição de guerreiro e optou por terminar seus dias neste casebre. Seu pai, Iori, procurou realizar o desejo de seu avô e a ele dedicou sua juventude: tornou-se um lavrador, e morreu, deixando você. Agora, você está sozinho e tem de viver por sua própria conta, Iori.

— Sim, senhor.

— Torne-se um homem de valor, Iori!

— Sim, senhor! — respondeu o menino, esfregando os olhos.

— Junte as mãos, agradeça e despeça-se da cabana que o protegeu, assim como a três gerações da sua família, contra a chuva e o sereno. Pronto? Muito bem!

Musashi retornou para dentro do casebre e pôs fogo nele.

As labaredas logo tomaram conta de tudo e Iori contemplou a cena emocionado. Musashi notou a infinita tristeza de seu olhar e lhe explicou:

— Se deixássemos a cabana em pé, ela logo se transformaria em moradia de ladrões, assaltantes e perturbadores da ordem pública, maculando a memória de pessoas íntegras como seu pai e seu avô. Entendeu, Iori?

— Sim, senhor, e lhe agradeço por ter-se lembrado disso.

Num instante o casebre transformou-se em um monte de cinzas.

— Vamos, mestre! — apressou-o Iori.

Era óbvio que cinzas e passado não exerciam nenhuma atração sobre a criança.

— Ainda não! — retrucou Musashi, sacudindo a cabeça.

II

— Como assim? Que vamos fazer agora? — perguntou Iori, fitando-o com olhar perplexo.

Musashi riu de sua expressão desconfiada:

— Vamos construir uma cabana.

— Ora! Mas... para quê? E essa, que acabamos de queimar?

— Essa era a de seus antepassados. A que vamos construir a partir de hoje será nossa, onde nós dois vamos viver daqui para a frente.

— Nestas terras?

— Correto.

— Não íamos partir numa jornada de aprendizagem?

— Já partimos. Eu próprio tenho ainda muito a aprender, não só a ensinar.

— Aprender o quê?

— A ser um exímio espadachim e um nobre guerreiro, está claro! Isto também significa que tenho de aprimorar-me espiritualmente. Iori, vá buscar o machado!

No meio dos arbustos que Musashi apontava, o menino descobriu machados, serrotes e instrumentos agrícolas, os quais deviam ter sido retirados da cabana sem que ele soubesse, num momento qualquer anterior ao fogo.

Iori seguiu Musashi carregando ao ombro um grande machado.

Dentro em breve, chegaram a um bosque de castanheiros, onde também cresciam cedros e pinheiros.

Musashi despiu-se da cintura para cima e foi derrubar algumas árvores. Lascas brancas de madeira voavam ao compasso das machadadas.

"Que pretende ele? Construir um salão de treinos? Transformar a campina num centro de treinamento?"

A explicação que seu mestre lhe dera não havia sido suficiente para Iori. Aborrecia-o além de tudo o fato de ter de permanecer nessas terras.

Uma árvore tombou com um baque, a seguir outra e mais outra.

O suor começou a escorrer pela pele morena de Musashi lavando a indolência, o langor e a solidão que o haviam atormentado nos últimos dias.

A ideia de deixar momentaneamente de lado a espada e empunhar a enxada lhe havia ocorrido de súbito como uma revelação, enquanto contemplava a extensa e primitiva planície de Kanto do topo da montanha a que subira para enterrar o pai de Iori, o samurai que acabara seus dias como um simples camponês.

Para aprimorar a esgrima ele praticava o zen, estudava em livros, descontraía-se numa cerimônia de chá, pintava ou esculpia uma imagem santa. Ou podia pegar numa enxada.

A vasta planície constituía-se no melhor e mais ativo salão de treino do mundo. Além disso, ao empunhar a enxada e trabalhar aquela terra, estaria expandindo a área, que por seu turno transformar-se-ia em meio de subsistência para inúmeras pessoas por algumas centenas de anos vindouros.

A mendicância sempre tinha sido a base do aprimoramento de um guerreiro. Do mesmo modo que os monges zen, o aprendiz de guerreiro considerava natural que seu aprendizado fosse custeado por doações, e que o teto alheio o defendesse da chuva e do sereno.

No entanto, o valor real de uma porção de arroz ou de legumes só pode ser avaliado por quem os produz. Musashi considerava óbvio que, sem passar pela experiência de lavrar a terra, o monge zen sempre haveria de fazer sermões vazios, assim como o guerreiro que vivia de doações seria sempre inculto e agressivo, jamais chegando a ser um bom governante.

Musashi sabia cultivar a terra. Em sua infância, tinha-se dedicado à horta nos fundos da mansão em companhia da mãe.

Mas o tipo de lavoura a que pretendia dedicar-se a partir desse dia visaria não só o seu sustento físico, como também o espiritual. Além disso, ele queria sair da mendicância e aprender a prover a própria subsistência.

Sobretudo, esperava com seu trabalho transformar-se numa lição viva para os camponeses — essa classe tão sofrida que não sabia combater a exuberante vegetação dos alagadiços, contemplava apática a ação das enchentes e das tempestades, e se conformava com o que a natureza lhes dava, vivendo geração após geração em condições de extrema penúria.

— Vá buscar uma corda e amarre os troncos, Iori. Arraste-os na direção da margem do rio — ordenou Musashi, fazendo uma pausa e enxugando o suor do rosto.

III

Iori arrastou os troncos e Musashi removeu-lhes a casca com a ajuda do machado.

Quando a noite chegou, os dois acenderam uma fogueira com as lascas da madeira, descansaram as cabeças em troncos e dormiram.

— Está gostando da experiência, Iori?

— Nem um pouco — respondeu o menino com franqueza. — Trabalhar na lavoura não é novidade para mim. Para isso eu não precisaria ter-me tornado seu discípulo.

— Pois vai gostar logo — prometeu Musashi.

O outono avançava. A cada noite, o cricrilar dos grilos tornava-se menos intenso, árvores e relva secavam.

A essa altura, porém, a cabana já estava pronta na campina de Hotengahara, e mestre e discípulo já se dedicavam a limpar o terreno em torno dela.

Inicialmente, Musashi havia percorrido um bom trecho da vasta área inculta procurando investigar por que o homem teria se dissociado da natureza e permitido que ervas e arbustos se apossassem de toda a área.

A culpa era das enchentes. Tinha de ordenar o curso da água em primeiro lugar.

Vista do topo de uma colina, a planície agreste era o retrato de uma época da sociedade japonesa compreendida entre a revolta de Ouni e o Sengoku.

Depois de um forte aguaceiro, as águas transformavam-se em rios que abriam seus próprios caminhos na terra, cada torrente escolhendo seu próprio traçado e arrastando consigo pedras e rochas.

Não havia um curso principal onde desaguassem todos os afluentes. Em regime normal, havia uma corrente aparentando ser a principal correndo entre largas faixas de leito seco. O leito, porém, não comportava o volume de água produzido na região e o seu traçado não era sempre o mesmo, nem seu curso disciplinado.

Sobretudo, os pequenos riachos não tinham um ponto de convergência. A própria corrente principal estava à mercê dos caprichos do tempo, em alguns momentos inundando os campos, em outros varando florestas, ou ainda, nos seus piores dias, ameaçando homens e animais, e cobrindo lavouras com um mar de lama.

Não ia ser nada fácil domar o rio, concluiu Musashi. A dificuldade, porém, pareceu aumentar seu interesse pela tarefa.

"É como administrar um país", pensou.

A tarefa de trabalhar a água e o solo e produzir uma área fértil e habitável era no seu entender o mesmo que trabalhar o homem, governar um país e conduzi-lo para o progresso.

"Por coincidência, exatamente o ideal que viso", concluiu.

Foi a partir dessa época que Musashi começou a vislumbrar a esgrima ideal. Ultimamente, vinha considerando inútil golpear outro ser humano, vencê-lo, tornar-se imbatível em duelos. Não queria que a espada servisse apenas para demonstrar sua superioridade sobre os demais. Isto lhe parecia cada vez mais vão.

Nos dois últimos anos aproximadamente, seu modo de ver a esgrima havia evoluído. Ela não era mais simplesmente "um meio para vencer o próximo", mas um "meio para vencer a si próprio e alcançar a vitória na vida". Essa visão continuava inalterada, mas sua busca da esgrima ideal não cessara nesse ponto.

"Se a esgrima é realmente um caminho, deve haver um modo de empregar a moralidade inerente a esse caminho para valorizar a vida", pensou. "Vou usar a esgrima não só para a evolução pessoal, mas também como meio para governar um povo e administrar um país", concluíra.

Ele sonhava alto. Era livre para isso. Mas no momento, seu sonho era apenas um ideal.

Para pô-lo em prática precisava ocupar um importante posto político.

Trabalhar a terra e a água da planície inculta não exigia postos no governo ou poder. Musashi empenhou-se de corpo e alma à tarefa.

IV

Os dois juntos arrancaram raízes de árvores, peneiraram a terra, desfizeram barrancos, nivelaram a terra, arrastaram pedras de bom tamanho e as depuseram umas ao lado das outras para conter as enchentes.

E então, ao ver Musashi e Iori trabalhando todos os dias com afinco desde antes do sol raiar até a hora em que estrelas despontavam no céu, os camponeses locais de passagem na outra margem do rio paravam para apreciar.

— Que pretendem esses dois? — perguntavam-se uns aos outros, desconfiados.

— Construíram um barraco! Será possível que queiram morar nele?

— O menino não é o filho do falecido San'emon?

A notícia começou a se espalhar.

Nem todos zombavam. Alguns davam-se ao trabalho de vir até ali e gritar conselhos:

— Ó senhor samurai! Não adianta se matar de trabalhar essa terra que no primeiro aguaceiro ela vai-se embora!

Alguns dias depois, o mesmo homem retornou e pareceu ofender-se ao ver que Musashi ignorara seus conselhos e continuava a trabalhar no mesmo local em companhia de Iori:

— Eeei! Parem com isso! A única coisa que vão conseguir produzir aí é buracos e poças de água!

Passados outros tantos dias, o homem tornou a aparecer. Desta vez, enfureceu-se de verdade ao ver os dois fazendo-se de surdos e persistindo no trabalho.

— Idiota! — gritou ele a Musashi, ao que parece considerando-o um débil mental. — Se essas terras alagadas produzissem coisa que preste, a gente viveria tocando flautas, ora essa!

— Teríamos fartura todos os anos! — gritou outro.

— Parem com isso! Chega de esburacar essa terra!

— Só mesmo um cretino se dá a tanto trabalho para nada!

Brandindo a enxada, Musashi apenas sorria, voltado para a terra.

Iori tinha sido prevenido por seu mestre, mas não conseguiu conter a revolta:

— Vai deixar essa gente caçoar à vontade, mestre?

— Já lhe disse para não lhes dar atenção, Iori.

— Mas... — disse o menino. Apanhou uma pedra e se preparava para jogá-la nos camponeses, quando Musashi interveio:

— Iori! Que vai fazer com essa pedra? Se não é capaz de obedecer minhas ordens, não poderá ser meu discípulo.

O menino sobressaltou-se como se a reprimenda lhe tivesse doído, mas ainda assim conseguiu largar a pedra.

— Cretinos! — disse, lançando-a com toda a força contra uma rocha próxima. A pedra bateu, soltou faíscas e partiu-se em dois pedaços, cada um voando numa direção diferente. A visão o entristeceu de súbito: Iori abandonou a enxada e pôs-se a chorar mansamente.

Musashi não lhe deu atenção.

O menino começou então a chorar cada vez mais alto, e a certa altura ele já esbravejava como se fosse o único ser vivo restante na face da terra.

Ao chorar, toda a energia espiritual que o levara até a pensar em cortar o cadáver do pai em dois para sepultá-lo no topo da montanha o abandonava, e Iori voltava a ser um simples menino.

— Pai! Mãe! Meu avô querido, minha avó! — pareciam chamar os sentidos soluços, ecoando dolorosamente no coração de Musashi.

Ali estava outro ser solitário, pensou.

Tanta tristeza pareceu comover a natureza: árvores e arbustos vergavam-se e farfalhavam ao vento frio do entardecer. A escuridão envolveu lentamente a desolada campina. Gotas de chuva começaram a cair.

V

— Aí vem chuva, Iori, e das fortes! Vamos para casa! — gritou Musashi. Juntou pás e enxadas e correu para a cabana.

No instante em que entrou na casa a tempestade desabou branqueando a paisagem.

— Iori! Iori!— chamou Musashi. Estava certo de que ele o tinha acompanhado, mas não o viu ao seu lado, nem a um canto do alpendre.

No momento em que espiou pela janela, um raio rasgou as nuvens, tremulou sobre a campina e um ribombo ensurdecedor se seguiu, obrigando-o a cerrar os olhos e levar as mãos aos ouvidos. Musashi continuou a contemplar a campina, quase em transe.

Toda vez que se via diante de uma tempestade intensa, ou ouvia o vento uivar, lembranças de quase dez anos atrás lhe vinham à mente: Musashi revia então o cedro centenário do templo Shippoji, e tornava a ouvir a voz do monge Shuho Takuan.

Sabia que devia a sua atual existência ao que o cedro lhe ensinara.

E hoje, ele próprio tinha um pequeno discípulo, Iori. Pensou no próprio passado e sentiu uma ponta de vergonha: não sabia se possuía a fortaleza do cedro, ou a grandiosidade de Takuan.

Mas ele teria de ser para o menino forte como um cedro, e ao mesmo tempo duro e compassivo como Takuan. Só assim, pensava ele, estaria pagando sua dívida para com o seu grande benfeitor.

— Iori! Iori! — tornou a chamar em meio à tempestade.

Nenhuma resposta. Os únicos sons que ouvia eram o ribombar dos trovões e o ruído da água escorrendo pelo alpendre.

— Que lhe teria acontecido? — murmurou, sem coragem de sair e enfrentar a chuva.

Instantes depois, porém, a tempestade transformou-se em chuva fina como por encanto e Musashi saiu à sua procura. Iori não se havia arredado um passo sequer da área que trabalhavam antes da tempestade. Como podia um menino ser tão obstinado?

"Deve ser retardado!" chegou a pensar Musashi ao vê-lo ainda de boca aberta, com a mesma expressão de choro de há pouco. Encharcado da cabeça aos pés, parecia um espantalho plantado no meio da terra preparada, agora transformada em lamaçal.

Musashi correu até um morro próximo e gritou-lhe:

— Idiota! Entre em casa de uma vez ou poderá adoecer! Ande, antes que essa área se transforme num rio e o impeça de voltar para a cabana!

Iori passeou o olhar em torno procurando descobrir de onde provinha a voz, e sorriu zombeteiro.

— Para que tanta pressa? Essa chuva é passageira! As nuvens já estão indo embora, não está vendo? — disse, apontando o céu.

Musashi não encontrou o que responder: acabara de aprender uma lição do menino a quem devia ensinar.

Iori, porém, não tinha pretendido dar nenhuma lição: sua mente era simples e ele não costumava fazer complexos raciocínios antes de agir ou falar, como Musashi.

— Venha, mestre! Vamos trabalhar mais um pouco enquanto há luz — disse, retomando o trabalho interrompido pela chuva sem ao menos trocar as roupas molhadas.

TAL MESTRE, TAL DISCÍPULO

I

Quatro a cinco dias de sol se seguiram. Tordos e picanços trinavam no céu azul e a terra em torno das raízes das eulálias já começava a secar, quando do extremo da planície, densas nuvens negras pareceram avolumar-se e estender enormes braços, eclipsando num instante o sol e escurecendo toda a região de Kanto.

— Agora sim, mestre, vamos ter chuva de verdade! — avisou Iori, parecendo preocupado.

Cortando as palavras do menino, o vento sibilou pelo espaço enegrecido. Pássaros retardatários eram impiedosamente lançados ao chão, árvores estremeciam, exibindo as costas brancas das folhas.

— Vai cair um novo aguaceiro? — perguntou Musashi.

— Pelo jeito, vai ser muito mais que um aguaceiro. Ah, tenho de ir até a aldeia. É melhor recolher os instrumentos e voltar para a cabana, mestre!

As previsões que o menino fazia de cabeça erguida e contemplando o céu nunca tinham falhado até esse dia. Iori afastou-se correndo pela campina, seu vulto lembrando o de um pássaro a cortar uma fria rajada de inverno, ora surgindo, ora desaparecendo no mar de relva ondulante.

Cumprindo sua previsão, o vento e a chuva recrudesceram.

— Aonde foi ele? — perguntou-se Musashi, sozinho na cabana. Preocupado, voltava o olhar constantemente para fora.

O volume de água desabado nesse dia foi espantoso: a chuva parava de súbito para logo em seguida voltar com intensidade dobrada.

Chegou a noite, mas o aguaceiro continuou, ameaçando inundar a terra inteira, quase destelhando a cabana diversas vezes, espalhando por todos os lados as cascas de cedro que forravam o teto.

Iori porém não voltou.

— Que menino! — murmurou Musashi.

A manhã chegou sem trazê-lo de volta.

Quando o dia clareou, Musashi saiu para verificar os estragos e quase perdeu a esperança de vê-lo retornar. A conhecida planície inculta havia-se transformado num mar de lama. Aqui e ali, arbustos e árvores despontavam como bancos de areia.

Por sorte, o casebre havia sido construído em local alto, que se manteve seco. A várzea, porém, tinha-se transformado numa única torrente de lama que corria impetuosamente.

Musashi começou a preocupar-se de verdade: Iori não teria tentado voltar durante a noite passada e se afogado nesse rio barrento?

Foi então que ouviu uma voz distante chamando no meio da tempestade:

— Meestre! Meestre!

E num minúsculo banco de areia que mais parecia um ninho de pássaro boiando no meio do rio, Musashi descobriu algo que se assemelhava ao menino. Era ele mesmo que voltava, cavalgando um boi. O animal carregava ainda em seu lombo dois grandes fardos atados à frente e às costas do menino.

Ante o olhar consternado de Musashi, Iori conduziu o boi para dentro da correnteza. A água barrenta espumou e engoliu imediatamente o menino e sua cavalgadura. Mesmo assim, cavaleiro e montaria cruzaram o rio pela correnteza e emergiram na margem próxima, sacudiram a água dos corpos e subiram correndo a colina, aproximando-se do casebre.

— Onde esteve, Iori! — disse Musashi, entre aliviado e irritado.

— Na vila, onde mais? Fui buscar provisões, porque esta chuva vai durar muito tempo. Mesmo que pare, a água com certeza não vai baixar por um bom tempo.

II

Musashi admirou-se da sagacidade do menino, mas logo percebeu que muito mais digna de admiração era a própria estupidez.

Para quem vive no campo, era apenas uma questão de bom senso estocar provisões quando o tempo mostrava sinais de deteriorar, e Iori já devia ter passado por inúmeras experiências semelhantes em sua curta vida.

Ainda assim, considerou espantosa a quantidade de víveres descarregada do lombo do boi. O menino abriu os fardos embrulhados em esteira e papel oleado e foi anunciando:

— Isto é painço, isto é feijão *azuki*, isto é peixe seco salgado.

Enfileirou os diversos sacos e completou:

— Com tudo isto, mestre, não precisamos nos preocupar com a enchente, mesmo que ela não baixe por um ou dois meses.

Lágrimas brilhavam agora nos olhos de Musashi. Impressionava-o a coragem e o senso de previsão do menino. Ele havia estado orgulhoso de si mesmo por imaginar que promovia a expansão da terra e contribuía para o desenvolvimento dos camponeses, e tinha se esquecido por completo de prover o próprio sustento, quase condenando-se à morte por inanição. Mas o pequeno camponês acabava de salvá-lo.

No entanto, como havia Iori conseguido obter provisões na comunidade se o povo os considerava uma dupla de idiotas e não os via com simpatia? Além de tudo, os próprios aldeões estariam com toda a certeza apavorados ante a perspectiva de morrer de inanição por causa da enchente.

O menino explicou:

— Deixei minha carteira no templo Tokuganji como caução e pedi em troca as provisões.

— Que templo é esse? — indagou Musashi.

Era o único de Hotengahara e distava quase quatro quilômetros dali, disse Iori. O menino havia se lembrado do que o pai em vida lhe dissera: "Se um dia eu morrer e você se vir sozinho e em apuros, use aos poucos o ouro em pó que tenho dentro desta carteira."

— E foi assim que peguei essas provisões na cozinha do templo — completou o garoto com um brilho triunfante no olhar.

— Mas essa bolsa... era uma lembrança do seu falecido pai, Iori — disse Musashi.

— Exato. A casa inteira foi queimada, de modo que as únicas lembranças de meu pai são a bolsa e esta espada — respondeu Iori, apontando a arma rústica que trazia na cintura.

Musashi já havia examinado a espada anteriormente e percebido que se tratava de uma arma nobre, muito embora não tivesse o nome do forjador gravado.

Imaginou que a carteira devia conter algo mais que simples ouro em pó, e tê-la depositado no templo em troca de alimento mostrava a imaturidade do menino, assim como uma tocante ingenuidade.

— Lembranças deixadas por nossos entes queridos são sagradas: nunca as entregue a um estranho, Iori. Qualquer dia desses passarei pelo templo e reaverei a carteira para você. E depois, nunca mais se desfaça dela, compreendeu?

— Sim, senhor.

— E você pediu pernoite no templo, Iori?

— É que o monge me aconselhou a ir embora quando o dia clareasse.

— Fez ele muito bem. Você já comeu?

— Não. Aposto que nem o senhor, mestre.

— É verdade. E lenha?

— Temos até de sobra. O vão debaixo do assoalho está cheio de lenha.

Musashi enrolou uma esteira, ergueu a tábua do assoalho e espiou. Ali havia uma espantosa provisão de raízes de bambus e de árvores diversas, armazenadas pouco a pouco pelo menino para essas emergências.

Quem ensinara Iori a agir desse modo? A rigorosa natureza desses rincões, onde um passo em falso levava o homem à morte por inanição.

Depois da refeição, Iori apresentou um livro a Musashi e disse, mais formal:

— Ensine-me, mestre, já que não temos o que fazer enquanto a água não baixa.

Fora, a tempestade rugiu durante todo esse dia e os seguintes.

III

O livro era uma antologia de Confúcio. Iori explicou que o ganhara também no templo.

— Você gostaria de estudar mais, Iori? — perguntou Musashi.

— Sim, senhor.

— Já leu alguma coisa?

— Muito pouco.

— Com quem aprendeu a ler?

— Com meu pai.

— Até onde?

— O básico.

— E você gostou?

— Muito.

A sede de saber queimava o menino.

— Muito bem. Vou-lhe ensinar tudo o que sei. Se quiser saber mais no futuro, terei de achar um bom mestre para você.

Lá fora, a tempestade rugia, mas dentro do casebre ecoavam as vozes do menino lendo alto e de seu mestre fazendo preleções, ambos tão concentrados que dificilmente notariam o pavoroso uivar do vento, mesmo que ele carregasse o telhado.

A chuva continuou a cair por mais dois dias.

Quando enfim cessou, a campina inteira tinha sido encoberta pela água. Iori parecia até feliz com a novidade.

— Vamos estudar mais, mestre! — disse, preparando-se para abrir o livro.

Musashi porém o interrompeu:

— Basta de livros, Iori.

— Por quê?

— Observe! — disse ao jovem, apontando o rio. — Vivendo no fundo do rio, um peixe não tem visão do próprio rio. Não se apegue demais à leitura ou se transformará numa traça, perderá de vista a palavra viva e se transformará num homem sombrio. Basta de estudos por hoje e vá brincar! Eu lhe faço companhia.

— Brincar como? Nem posso sair lá fora, com esse tempo!

— Assim! — disse Musashi, deitando-se de costas com a cabeça apoiada nos braços dobrados. — Vamos, deite-se também.
— Você está me mandando deitar, mestre?
— Ou sente-se, ou estique as pernas!
— E depois?
— Depois, eu lhe contarei histórias.
— Que bom!— exclamou Iori, deitando-se de barriga e agitando os pés como se fossem o rabo de um peixe. — Que história?
— Vejamos...

Musashi evocou a própria infância e escolheu histórias de guerra que o haviam entusiasmado nessa época, a maioria extraídas de *Genpei Josuiki*, o relato das batalhas entre as antigas casas Genji e Heike. Ao chegar ao trecho em que Genji é derrotado e a casa Heike assume o poder, Iori ficou consternado. A fuga da princesa Tokiwa — mulher do derrotado Minamoto-no-Yoshitomo — e de seus filhos pelos campos cobertos de neve trouxe lágrimas aos olhos do menino. Mas no ponto em que todas as noites Shanao Ushiwaka — posteriormente denominado Minamoto-no-Yoshitsune — passa a aprender esgrima com os *tengu*, os duendes da floresta, e desse modo logra escapar da cidade de Kyoto, Iori sentou-se de súbito e disse com fervor:

— Eu admiro Yoshitsune!

Pensou alguns instantes e perguntou:

— Os *tengu* existem mesmo, mestre?

— Talvez... Ou melhor, no nosso mundo existem seres extraordinários. Mas quem ensinou esgrima a Ushiwaka não foi um *tengu*.

— Quem foi, então?

— Acredito que foram os sobreviventes da casa Genji. Esses homens não podiam andar livremente por um país dominado por Heike, e se ocultaram no interior de montanhas e florestas à espera de dias melhores.

— Como meu avô?

— Exatamente. Seu pobre avô morreu sem ver esse dia raiar, mas os remanescentes da casa Genji criaram uma nova oportunidade para eles próprios na pessoa de Ushiwaka.

— Mas eu... também estou criando agora uma nova oportunidade para a minha casa no lugar do meu avô, não estou, mestre?

— Exatamente!

Entusiasmado com a observação do menino, Musashi agarrou-o pelo pescoço, atraiu-o a si e, ainda deitado, ergueu-o no ar sustentando-o com as pernas e as mãos:

— Quero vê-lo crescer e transformar-se num homem de valor, Iori!

O menino soltava gritos de alegria, como um bebê feliz:

— Cuidado, cuidado! Vai me derrubar, mestre! Você me lembra um *tengu*! Meu mestre é um *tengu* de nariz comprido! — gritou, estendendo a mão e apertando o nariz de Musashi.

IV

A chuva continuou por mais dez dias, com breves períodos de trégua, mas a campina estava inundada e o rio não dava mostras de ceder.

Musashi não teve outro recurso senão esperar paciente o recuo da natureza.

Nessa manhã, Iori, que tinha saído bem cedo da cabana, gritou sob luminosos raios solares:

— Mestre! Já está dando passagem!

Pela primeira vez em vinte dias, os dois pioneiros juntaram suas ferramentas e saíram para o campo.

Um grito de espanto escapou-lhes das bocas no instante em que alcançaram a área onde tinham estado trabalhando com tanto afinco: pedras grandes e pedregulhos cobriam o terreno, e inúmeros riachos antes inexistentes corriam agora velozes entre as pedras, zombando do trabalho executado por esses dois minúsculos seres humanos.

— Idiotas! Malucos! — ecoavam em seus ouvidos os gritos dos aldeões.

Iori ergueu o olhar para seu mestre, imóvel ao lado, e disse:

— Não tem mais jeito. Vamos procurar uma área melhor, mestre!

Musashi porém não concordou:

— Nada disso. Basta desviar o curso da água e esta área vai se transformar num campo fértil. Eu considerei muito bem a topografia do terreno antes de escolher este pedaço de terra.

— Mas se vier uma nova tempestade...

— Desta vez, vamos construir um dique com essas pedras, desde o topo daquela colina, e evitar que o rio torne a invadi-lo.

— O trabalho vai ser monstruoso!

— Esqueceu-se de que este é o nosso salão de treino? Não cedo um passo sequer enquanto não vir espigas de trigo brotando nesta área.

Quase dez dias depois de extenuante trabalho desviando o curso da água, construindo um dique e removendo pedras e pedregulhos, uma área cultivável de pouco mais de trinta metros quadrados começou a tomar forma no local.

Uma noite de chuva, porém, bastou para que tudo voltasse a ser um lamaçal.

Até Iori cansou-se e reclamou:

— Vamos desistir, mestre. Um bom estrategista não insiste num projeto que sabe ser inútil, não é?

Musashi, porém, nem sequer pensava em escolher outro local: lutando contra a torrente, refez o trabalho inúmeras vezes.

Com a chegada do inverno, fortes nevascas caíram esporadicamente. Quando a neve derretia, o rio tornava a transbordar. O ano chegou ao fim, um novo começou, fevereiro se foi, mas o suor e a enxada dos dois pioneiros não tinham produzido nem mesmo um pedacinho de terra arável.

Quando as provisões chegaram ao fim, Iori voltou ao templo Tokuganji em busca de mais. Falavam mal de Musashi também no templo, ao que parecia, pois o menino retornou com expressão aborrecida.

Para piorar a situação, Musashi também parecia ter entregue os pontos, pois nos últimos dias nem sequer se aproximara da enxada. Absorto em pensamentos, permanecia em pé na terra que teimava em ser inundada, por mais que a protegesse.

Certo dia, porém, Musashi de súbito pareceu dar-se conta de algo.

— É isso! — exclamou, mais para si mesmo do que para Iori. — Como é que não percebi antes? O que fiz até hoje foi tentar administrar a terra e a água de acordo com planos por mim estabelecidos, como um estadista — murmurou, febrilmente. — Mas está errado! A água tem seu caráter, e a terra princípios que a regem, e eu tinha de obedecê-los! Meu papel tinha de ser apenas o de servo para água e de protetor para a terra!

Musashi retraçou então toda a sua estratégia expansionista: desistiu de tentar dominar a natureza e passou a trabalhar no sentido de servi-la lealmente.

A neve tornou a cair e, ao degelar, ocorreu uma enchente de grandes proporções. O trecho trabalhado por Musashi, porém, foi preservado.

"A mesma regra deve valer para governar os homens", compreendeu o jovem.

Registrou então em seu caderno de anotações uma advertência para si mesmo:

Nunca se oponha aos caminhos do mundo.

A CHEGADA DOS BANDOLEIROS

I

Entre os paroquianos que frequentavam o templo Tokuganji, Nagaoka Sado era um dos mais poderosos. Vassalo e secretário de Hosokawa Tadaoki — famoso general e suserano do castelo Kokura, em Buzen[20] —, Sado surgia no templo apoiado numa bengala por ocasião dos aniversários de morte de parentes, ou quando sua apertada agenda permitia.

Tokuganji distava mais de trinta quilômetros da cidade de Edo, o que muitas vezes obrigava o idoso paroquiano a pernoitar no templo. Seu séquito era quase sempre composto de três ou quatro samurais e um servo, o que podia ser considerado bastante modesto em vista de sua importante posição.

— Monge.
— Senhor?
— Não se dê a tanto trabalho. Sua atenção me deixa feliz, mas eu nunca esperaria cercar-me de luxo num templo.
— Agradeço a sua consideração, senhor.
— Deixe-me apenas descansar à vontade.
— Claro, senhor!
— Nesse caso, com sua licença...

Sado deitou-se e repousou a cabeça de cabelos já brancos no braço dobrado.

Seus deveres na sede do clã não lhe davam sossego, de modo que as frequentes visitas ao templo talvez fossem uma escusa para descansar. Depois de um relaxante banho quente ao ar livre e uma taça do saquê produzido naquela área, Sado dormia embalado pelo coaxar das rãs, esquecido das atribulações do mundo real.

Nessa noite, o idoso paroquiano decidira uma vez mais pousar no templo e dormitava ouvindo o coaxar distante.

O monge retirou silenciosamente os restos do jantar. Sentados a um canto à luz bruxuleante do candeeiro, os samurais do séquito contemplavam a figura adormecida do amo com expressões ansiosas, temendo que o idoso homem viesse a pegar um resfriado.

---

20. Buzen: antiga denominação de uma área constituída pela região oriental da atual província de Fukuoka e por parte da região setentrional da província de Oita, em Kyushu.

— Ah, que doce sensação! Sinto-me quase atingindo o Nirvana! — murmurou, mudando a posição do braço. Um dos homens do seu séquito interveio:

— Não vá se resfriar, senhor! Esta brisa noturna está carregada de sereno.

— Ora, deixe-me em paz! Não vou me resfriar por causa de um pouco de sereno. Meu corpo foi temperado em campos de batalha, não se esqueçam. Sinto o perfume de colzas na brisa. Perceberam?

— Não, senhor.

— Vocês não têm nariz! Ah, ah... — riu Sado.

Ele não riu alto, mas o coaxar cessou de súbito. Quase simultaneamente, uma voz muito mais alta que o riso do ancião partiu da varanda da biblioteca:

— Que faz aí, moleque! Pare de espiar os aposentos do nosso hóspede!

O berro tinha sido dado por um monge do templo.

Os samurais do séquito logo se ergueram para perscrutar em torno.

— Que foi?

— Que se passa?

Passos leves, como os de uma criança, dispararam rumo à cozinha do templo, enquanto o monge causador do tumulto se desculpava:

— Era um pequeno órfão da vila, senhor. Não o castigue.

— Que fazia ele? Espionava-me?

— Acho que sim, senhor. É filho de um condutor de cavalos que vivia em Hotengahara, a cerca de quatro quilômetros daqui. Seu avô, ao que me consta, era um samurai, de modo que o sonho do menino é tornar-se também um guerreiro. Por isso, quando vê alguém da sua importância, senhor, o interesse do moleque se aguça e ele vem espionar.

Ao ouvir isso, Sado ergueu-se repentinamente, sentou-se no meio do aposento e chamou o monge que o guardava a certa distância:

— Atendente!

— Pronto, Nagaoka-sama! Vejo que acabou acordando, senhor...

— Não se assuste, não pretendo reclamar... Esse menino despertou meu interesse. Quero conversar com ele e quebrar a monotonia desta noite. Chame o menino à minha presença: vou dar-lhe alguns doces.

II

Iori surgiu na cozinha e gritou:

— Tia, nosso estoque de painço acabou. Vim buscar mais.

O saco que apresentou à serviçal devia comportar mais de quinze litros de cereal.

— Que modos são esses, moleque? Do jeito que fala, parece até que veio cobrar uma dívida! — gritou de volta a velha cozinheira do templo.

O serviçal que se ocupava em lavar algumas verduras fez coro com a cozinheira:

— Olhe os modos, moleque! Você só vai ganhar porque o nosso abade ficou com pena de vocês e nos mandou dar, ouviu bem?

— Que têm meus modos?

— Um mendigo deve falar mansinho, humildemente, entendeu?

— E quem disse que estou mendigando? Eu entreguei ao abade o saquinho com dinheiro que meu pai deixou de herança, está bem? Dentro dele tem ouro em pó, fique sabendo!

— Até parece que um condutor de cavalos que viveu num casebre no meio do nada tinha tanto dinheiro para deixar para o filho!

— Vai me dar o painço ou não?

— Além de tudo, você é um retardado!

— Por quê?

— Para começar, trabalha de sol a sol para um *rounin* maluco que ninguém sabe de onde veio, e depois, tem de arrumar comida até para ele.

— Não se meta no que não é da sua conta!

— Todos da vila estão zombando de vocês! De que adianta cavar e aplainar uma terra que não serve para nada?

— Deixe que riam, não me importo!

— Acho que você também está ficando maluco como o *rounin*. Ele até merece morrer de fome, já que esburaca a terra atrás do pote de ouro de que falam as histórias para crianças, mas você ainda tem uma vida inteira pela frente. Para que cava desde já a própria sepultura?

— Não enche e me dê o painço de uma vez!

— Maluco! Maluco! — continuou a caçoar o ajudante de cozinha, arregalando os olhos e enviesando-os.

Algo molhado e frio, como um trapo de cozinha, colou-se ao rosto do ajudante. O homem soltou um berro e empalideceu: o objeto frio e úmido era um sapo enorme.

— Moleque dos infernos! — gritou, avançando e agarrando o menino pelo pescoço.

Nesse exato momento, outro serviçal veio dizer que o nobre paroquiano Nagaoka Sado-sama mandava chamar o menino à sua presença.

— Que foi? Esse moleque meteu-nos em apuros? — preocupou-se agora o abade, surgindo na cozinha. Ao saber que o ilustre hóspede apenas queria quebrar a monotonia da longa noite conversando com o menino, pareceu aliviado. Por via das dúvidas, pegou-o pela mão e levou-o pessoalmente à presença de Sado.

No aposento ao lado da biblioteca, as cobertas já tinham sido arrumadas para o ilustre hóspede. Sado já estava velho e na verdade queria deitar-se, mas conteve-se porque gostava de crianças. Indagou portanto ao pequeno Iori, sentado formalmente ao lado do abade.

— Quantos anos tem você, meu filho?
— Treze. Isto é, faço treze este ano — disse o menino.
— Ouvi dizer que quer ser um samurai?
— Isso! — respondeu Iori.
— Nesse caso, venha à minha mansão em Edo. Se conseguir passar pela fase inicial de aprendizado, em que vai ajudar a baldear a água e a cuidar das sandálias dos veteranos, promovo-o e o incluo mais tarde no grupo jovem do clã.

Iori porém apenas sacudiu a cabeça negativamente. Certo de que o menino se sentia constrangido, Sado prometeu levá-lo consigo a Edo quando partisse no dia seguinte, mas recebeu como resposta uma malcriada careta.

— E os doces? Dê-me os doces que prometeu de uma vez e eu vou-me embora!

O abade empalideceu com a insolência do menino e lhe deu uma violenta palmada na mão.

III

— Não o castigue! — repreendeu-o Sado. — Um samurai jamais mente. Os doces já lhe vão ser servidos.

Voltou-se para o samurai que o atendia e ordenou que os providenciasse.

Quando as guloseimas lhe foram apresentadas, Iori as guardou incontinenti nas dobras do quimono. Sado estranhou e lhe perguntou:

— Por que não os come?
— Porque meu mestre está à minha espera!
— Ora... seu mestre? — tornou Sado.

Sem se dar ao trabalho de explicar, Iori saltou em pé e correu para fora do aposento. Aflito, o abade pediu desculpas e curvou-se repetidas vezes diante do ilustre hóspede que, com um sorriso de pura diversão nos lábios, preparava-se para deitar. Ao vê-lo enfim entre as cobertas, o abade correu para a cozinha atrás do menino.

— Aonde foi o moleque? — perguntou.
— Acaba de ir-se embora, com o fardo de painço às costas — respondeu o ajudante de cozinha.

Com efeito, um assobio desafinado se afastava na noite: Iori soprava uma folha de árvore improvisada em apito para matar o tédio da longa caminhada que tinha pela frente.

O menino lamentava não conhecer melodias que pudessem ser assobiadas. As canções em voga no meio dos condutores de cavalo não se prestavam para isso, e as músicas folclóricas — ao som das quais o povo dessas redondezas costumava dançar durante o festival dos finados — eram complexas demais.

Iori então imaginava melodias dos festivais *kagura*, arrancava estranhos sons da folha apertada contra os lábios e se aproximou de Hotengahara.

— Que é isso? — exclamou, com um súbito sobressalto. Cuspiu folha e saliva, e escondeu-se ligeiro numa moita à beira do caminho.

Naquele ponto, dois braços do rio juntavam-se num só e a corrente unificada prosseguia na direção da aldeia. Sobre uma rústica ponte, quatro homens musculosos conversavam em voz baixa.

No instante em que viu os estranhos, Iori lembrou-se de certo acontecimento ocorrido dois anos atrás, no final do outono.

— Ih! São eles! — murmurou, assustado.

Um pavor antigo, gravado em sua memória quando ainda era muito novo, reviveu num átimo. As mães daquela localidade costumavam ameaçar os filhos malcriados com uma frase: "Não faça isso que eu o ponho na padiola da divindade dos montes e o dou para os homens da montanha!"

Num passado mais distante ainda, uma padiola feita de madeira nobre dessa "divindade dos montes" costumava aportar de tempos em tempos num santuário situado no topo de uma montanha a quase quarenta quilômetros da aldeia. Toda vez que isso acontecia, o povo de uma determinada aldeia nas proximidades da montanha era avisado. Os aldeões, conformados com a sina que lhes tocava em turnos, dirigiam-se então para o santuário em procissão levando oferendas de cereais e verduras, assim como preciosas filhas virgens cuidadosamente enfeitadas. Com o passar dos anos, o povo começou a perceber que a "divindade dos montes" era um ser humano como qualquer um deles, e aos poucos, deixou de contribuir.

A partir do período Sengoku, porém, ao ver que o povo já não trazia oferendas mesmo avisado da chegada da padiola, homens que se diziam seguidores da "divindade dos montes" passaram a visitar as aldeias uma a uma a cada dois ou três anos armados de lanças, arcos, flechas e foices, em vista dos quais os aldeões se encolheriam de medo, sabiam eles.

Um grupo desses bandoleiros tinha atacado a aldeia de Iori durante o outono de dois anos atrás.

E no instante em que viu os vultos sobre a ponte, a trágica cena do passado ressurgiu como um corisco na mente do menino.

IV

Logo, um novo grupo surgiu correndo pela campina.
— Eeei! — gritaram na direção dos vultos sobre a ponte.
— Eeei! — soou a resposta.
Outras vozes responderam de diversos pontos da vasta campina enevoada.
Olhos arregalados, contendo a respiração, Iori observava oculto na moita. Instantes depois, havia uma pequena multidão negra de quase cinquenta bandoleiros agrupada perto da ponte, trocando ideias e discutindo. Estabelecido o plano, o líder do grupo ergueu o braço e gritou:
— Atacar!
Correu então na direção da vila com os demais no encalço como um bando de gafanhotos.
— E agora?
Iori pôs a cabeça para fora da moita, revendo a horrível cena de dois anos atrás.
Da pacífica aldeia até então adormecida no meio da cerração passaram a ecoar nitidamente gritos estridentes de aves, mugidos de bois, relinchar alarmado de cavalos, choro e lamento de crianças e velhos.
— Vou avisar o guerreiro que se hospeda no templo Tokuganji! — resolveu Iori, saltando resolutamente da moita.
Quando porém o menino se aproximou da ponte, que acreditava deserta a essa altura, um vulto surgiu de súbito das sombras:
— Ei! — gritou o homem.
Iori disparou pela estrada, quase tombando para a frente na pressa de escapar, mas o homem era mais rápido e logo o agarrou pela gola com a ajuda de um companheiro.
— Aonde ias, moleque?
— Quem és tu?
Em vez de chorar como faria qualquer criança indefesa, Iori arranhou o robusto braço que o agarrava pela gola e despertou a desconfiança dos homens.
— O moleque pretendia avisar alguém!
— Mete-o no meio da plantação!
— Não! Vou dar uma outra solução.
Iori foi chutado para baixo da ponte. Logo em seguida, o homem saltou atrás e o amarrou a um pilar.
— Pronto!
Despreocupados agora, os dois homens galgaram a ponte num salto.
O sino do templo começou tocar e o som grave ecoou pela campina, indicando que a notícia do ataque já havia chegado até lá.

Uma língua de fogo subiu na aldeia. A água sob a ponte tingiu-se de vermelho como se o rio nesse ponto fosse de sangue. Um bebê chorava em algum lugar e seu choro misturou-se aos gritos agudos de uma mulher.

De repente Iori ouviu o barulho de rodas passando na ponte sobre a sua cabeça. Quatro ou cinco bandoleiros conduziam carroças e cavalos carregados de objetos pilhados.

— Maldito!
— Que disse, verme?
— Devolve minha mulher!
— Quer morrer, idiota?

Sobre a ponte, bandoleiros e aldeões haviam começado a lutar. Gritos esganiçados misturaram-se ao som de passos apressados, e de repente, um corpo ensanguentado tombou aos pés de Iori, seguido de outro e mais outro, derrubados a pontapés de cima da ponte. A água do rio respingou no rosto do menino.

V

Os mortos foram sendo levados pela correnteza e o único sobrevivente arrastou-se para a margem, agarrando-se às plantas aquáticas.

Iori, que o observava de perto ainda atado à pilastra, gritou:

— Desamarra-me! Se tu me soltares, eu te vingarei!

Caído de bruços na margem, o aldeão ferido não se mexia.

— Vamos, homem! Me solta que eu preciso salvar a aldeia! Anda! — ordenou Iori aos gritos em voz urgente, incentivando o pobre aldeão agonizante.

Apesar de tudo, o homem não reagia. Iori debateu-se, tentando desvencilhar-se das cordas, mas era inútil.

— Ei, ei! — gritou então o menino, esticando os pés ao máximo e chutando o ombro do aldeão ferido.

O homem ergueu o rosto coberto de sangue e lama e fixou em Iori o olhar vago.

— Desata esta corda, vamos!

O aldeão aproximou-se arrastando, desfez as amarras e caiu morto no momento seguinte.

— Vão ver agora! — sussurrou o menino.

Espiou a ponte e mordeu os lábios: os bandoleiros haviam matado todos os camponeses com quem lutaram, e no momento, achavam-se ocupados em mover um dos carroções, cuja roda tinha-se entalado num buraco no local onde a madeira apodrecera.

O menino disparou rente ao barranco, atravessou o rio no trecho mais raso e subiu para a outra margem.

Uma vez do outro lado, Iori disparou pelos campos desertos de Hotengahara por quase dois quilômetros e aproximou-se da cabana onde morava com seu mestre. Havia um vulto em pé ao lado da casa, contemplando o céu. Era Musashi.

— Meestre!
— Olá, Iori.
— Depressa, corra até lá!
— Lá onde?
— À vila!
— Algo a ver com esse incêndio?
— São os homens da montanha! Eles atacaram de novo, do mesmo jeito que fizeram dois anos atrás.
— Homens da montanha? Bandoleiros, você quer dizer!
— São quase cinquenta!
— Então é por isso que o sino do templo está tocando...
— Por favor, salve aquela gente, mestre!
— Deixe comigo!

Musashi entrou na cabana, mas logo reapareceu. Havia calçado sandálias resistentes.

— Venha comigo, mestre! Eu o levo até eles!

Musashi sacudiu a cabeça.

— Fique aqui e espere, Iori!
— Mas... por quê?
— É perigoso.
— Não tenho medo!
— Vai acabar me atrapalhando.
— Mas você não sabe o atalho para a vila, mestre!
— O incêndio será meu melhor guia. Ouça bem e me obedeça: fique dentro da cabana e espere-me.
— Sim, senhor — respondeu Iori, desapontado. Não ia ver a justiça sendo feita, conforme tanto desejara.

A aldeia continuava em chamas.

Contra o rubro pano de fundo, o vulto escuro de Musashi corria cortando a campina em linha reta.

O EXTERMÍNIO

I

As mulheres escolhidas pelos bandoleiros seguiam amarradas umas às outras como contas de um terço. Muitas haviam assistido ao assassinato de pais e maridos, outras tinham se desgarrado dos filhos e, chorando alto, estavam agora sendo tocadas pela campina.

— Calem a boca!
— Mais depressa!

Chicote nas mãos, os bandoleiros vergastavam as mulheres.

Uma delas tombou soltando um grito agudo e arrastou consigo as que lhe iam à frente e atrás.

Um bandoleiro deu um forte safanão na corda e as puxou em pé.

— Bando de imprestáveis! Não perceberam ainda que vão se divertir muito mais conosco do que trabalhando essa terra ingrata de sol a sol, comendo o pão que o diabo amassou?

— Estou cansado de puxá-las. Amarre a ponta da corda no cavalo e faça-o arrastá-las!

Todos os cavalos carregavam pilhas de objetos e cereais roubados. Um bandido amarrou a ponta da corda que prendia as mulheres na sela de um dos animais e chicoteou-o.

Gritando, as mulheres tentaram acompanhar o trote do cavalo, mas logo, algumas tombaram e foram arrastadas pelo chão.

— Meu braço, meu braço! — gritavam elas.

Os bandoleiros gargalhavam e corriam atrás.

— Ei, devagar! Mais devagar, homem! — gritou um bandoleiro no meio do grupo que corria atrás.

Quase ao mesmo tempo, cavalo, mulheres e bandidos foram parando, sem que o homem que corria na frente chicoteando o cavalo tivesse respondido.

— Que foi? E agora, quem mandou parar? — gritou alguém de trás, gargalhando e aproximando-se do homem à frente da coluna. No mesmo instante o grupo inteiro apurou olhos e ouvidos: o olfato aguçado dos homens havia detectado o inconfundível cheiro de sangue no ar.

— Que...quem é?
— ...
— Que...quem está aí?
— ...

O vulto detectado pelos bandoleiros veio aproximando-se calmamente, pisando a relva com firmeza. O forte cheiro de sangue que envolveu o grupo como uma névoa vinha da espada desembainhada que o estranho trazia na mão.

— E...eei!

Os homens da frente deram um passo para trás, empurrando os que lhes vinham às costas.

Enquanto isso, Musashi havia contado os bandoleiros — cerca de treze —, e fixou o olhar no mais promissor deles.

Alguns desembainharam suas espadas rústicas, outros se aproximaram lateralmente empunhando foices. Os que empunhavam lanças assestaram-nas de viés, visando o ventre de Musashi.

— Queres morrer, idiota? — berrou um dos bandoleiros.

— De onde saíste, vagabundo? E como ousaste eliminar um dos nossos?

Enquanto ainda falavam, o homem à direita do grupo e que empunhava uma foice soltou um grito estranho como se tivesse mordido a língua, e cruzou cambaleando a frente de Musashi.

— Não me conhecem? — disse Musashi em meio à névoa de sangue ainda retraindo a espada. — Sou o mensageiro da divindade que protege estas terras e o povo desta aldeia!

— Deixa-te de gracinhas! — gritou um bandido, investindo com a lança. Musashi esquivou-se, ignorou o homem e, espada em riste, avançou para o meio do grupo que lhe apontava espadas rústicas.

II

A luta foi árdua para Musashi enquanto os bandidos o desprezaram, confiantes na sua superioridade numérica. Aos poucos, porém, os bandoleiros foram perdendo a calma: seus companheiros estavam sendo rechaçados e tombavam uns após outros pela espada do inimigo solitário.

— Não pode ser! — exclamavam.

— Deixe comigo! — diziam outros.

Aqueles que se adiantavam, ansiosos por liquidar o insolente que ousava enfrentar o poderoso bando, eram eliminados um a um impiedosamente.

No momento em que correu para dentro do círculo e se bateu com o primeiro bandoleiro, Musashi conseguiu sentir o grau de habilidade do grupo inimigo.

Ele avaliara a força do bando como um todo. Enfrentar um grupo numeroso podia não ser a sua tática favorita, mas era a que lhe despertava maior interesse porque todas as situações passavam a mortais. Em outras palavras, um inimigo numeroso ensinava lições impossíveis de serem aprendidas numa luta de um contra um.

Nessa ocasião, por exemplo, Musashi havia se apossado da espada do bandoleiro que conduzia o cavalo e as mulheres encadeadas no momento em que o eliminara, longe dali, e com ela na mão enfrentara o resto do bando, poupando assim as suas duas espadas, ainda presas à cintura.

Não era por considerar que eliminando reles ladrões conspurcava a própria espada — a representação material do espírito guerreiro — que Musashi tinha agido desse modo, mas porque tinha real cuidado com ela.

Os inimigos eram muitos e a lâmina de sua espada acabaria lascada, ou pior ainda, quebrada, numa luta contra tantos. Exemplos havia de gente que acabou vencida no último momento por não ter uma espada a que recorrer.

Por tudo isso, Musashi não desembainhava sua espada a esmo. Esse era o seu procedimento normal em todas as situações. Sem que disso se desse conta, aos poucos acabara dominando a técnica de apossar-se rapidamente da arma do adversário e com ela golpeá-lo.

— Tu me pagas ainda! — gritavam os bandoleiros, começando a bater em retirada.

Dos quase quinze homens iniciais, haviam restado apenas cinco ou seis, que se afastaram agora correndo na direção de onde tinham vindo.

Na aldeia devia ainda restar um bom número de seus comparsas, no auge da violência. E aparentemente, era para perto deles que os remanescentes fugiam a fim de juntar forças e renovar o ataque.

Musashi fez uma breve pausa para recuperar-se.

Retornou então para o lugar onde as mulheres ainda continuavam caídas, amarradas umas às outras, cortou-lhes as cordas, e ordenou às que estavam em melhores condições que ajudassem as demais a se erguer.

As mulheres já não tinham sequer ânimo para expressar seus agradecimentos e erguiam os olhares para Musashi apenas chorando e curvando-se em mesuras silenciosas.

— Vocês agora estão salvas, fiquem tranquilas — disse-lhes Musashi. — Seus pais, maridos e filhos ainda estão na aldeia, não estão?

— Sim, senhor!

— Pois temos de salvá-los. Afinal, de nada adiantará serem salvas, se eles também não o forem, não é verdade?

— Sim, senhor!

— E vocês têm força para proteger-se e ajudar uns aos outros, mas não sabem como juntar essas forças, nem como fazer uso delas. Eis porque se transformaram em alvo dos bandoleiros. Vocês têm de pegar em armas também! Eu as ajudo!

Assim dizendo, Musashi apanhou as armas que os bandoleiros haviam deixado cair na fuga e as deu uma para cada mulher.

— Precisam apenas seguir-me e fazer o que eu lhes ordenar! Vamos, ânimo! Estão indo salvar seus entes queridos das chamas e das mãos dos bandidos! A divindade que protege estas terras vela por vocês, nada temam!

Encorajando-as, Musashi atravessou a ponte e rumou para a aldeia.

III

O fogo ainda queimava a vila, mas estava restrito a um único bloco porque o número de casas era pequeno e porque havia grandes espaços abertos entre elas.

As chamas tingiam de vermelho a rua e projetavam delgadas sombras das pessoas que por ela caminhavam. Quando Musashi se aproximou da aldeia à frente das mulheres, diversos vultos vieram surgindo dos esconderijos e se juntaram a elas. Eram maridos e pais que, reconhecendo-as, exclamavam:

— És tu mesmo?
— Estás salva!
— Estavas aqui, então!

Logo se formou um aglomerado composto por algumas dezenas de aldeões. Abraçadas aos seus entes queridos, as mulheres choravam de alegria, e apontando Musashi, explicavam:

— Este senhor nos salvou!

Entusiasmadas, contavam aos homens as peripécias do seu salvamento no rude dialeto local.

A princípio, os aldeões fixaram em Musashi olhares de espanto: afinal, o homem que acabara de salvar suas mulheres era aquele a quem sempre se referiam com desprezo, o "maluco de Hotengahara".

Musashi exortou-os então a reagir, do mesmo modo que fizera com as mulheres:

— Peguem em armas, todos vocês. Pode ser um bordão, ou um pedaço de bambu. Qualquer coisa serve!

Os homens obedeceram.

— Quantos são os bandidos que continuam na vila? — perguntou Musashi.
— Quase cinquenta — respondeu alguém.
— E quantas são as casas?

"Quase setenta", foi a resposta. Aquela gente costumava constituir famílias grandes por tradição, de modo que devia haver em média dez habitantes por casa. Isto significava que havia entre setecentos a oitocentos camponeses morando na região. Deixando de lado velhos, inválidos e crianças, deviam restar ainda quase quinhentos homens vigorosos e mulheres jovens. Musashi não conseguia atinar com o motivo pelo qual um grupo tão grande submetia-se mansamente aos desmandos de um bando composto por apenas cinquenta a sessenta bandoleiros, permitindo que lhes pilhassem a aldeia todos os anos e lhes tomassem as mulheres.

O despreparo dos governantes podia ser culpado em primeiro lugar, mas parte da culpa cabia também aos aldeões, que não tinham iniciativa, nem conheciam o poder das armas.

Quanto mais indefeso é o povo, mais teme a força das armas. Mas se o povo conhecesse o verdadeiro caráter das armas, passaria a não temê-las tanto, o que em última instância ajudaria a manter a paz.

O povo daquela aldeia tinha de aprender a pegar em armas para a paz. Caso contrário, nunca se livraria de tragédias como o desse dia. Exterminar os bandoleiros não era o objetivo principal de Musashi nessa noite.

— Senhor *rounin* de Hotengahara! Os homens que fugiram há pouco foram buscar ajuda e estão voltando para cá! — gritou um apavorado aldeão nesse instante, correndo e aproximando-se.

Apesar das armas em suas mãos, os aldeões tinham um medo antigo arraigado em suas mentes, de modo que ficaram tensos no mesmo instante, prontos para fugir.

— Claro que voltaram! — disse Musashi em tom tranquilo, ordenando-lhes a seguir: — Escondam-se dos dois lados do caminho.

Os camponeses obedeceram, disputando a frente.

Musashi permaneceu sozinho no mesmo lugar.

— Ouçam bem: eu enfrentarei sozinho os bandidos, que já devem estar chegando. Em seguida, finjo bater em retirada — explicou, olhando à esquerda e à direita da estrada onde os vultos acabavam de se ocultar. Parecia estar falando sozinho.

— Mas vocês continuam escondidos aí mesmo. Depois de algum tempo, os bandidos que saíram em minha perseguição vão voltar correndo por este mesmo caminho, assustados e em desordem, alguns de cada vez. Esse será o momento em que vocês deverão surgir de repente de ambos os lados da rua e atacar aos berros, golpeando-lhes as pernas e derrubando-os, ou ainda descarregando o bordão frontalmente em suas cabeças. Exterminado o grupo, escondam-se outra vez, aguardem o próximo grupo e ataquem novamente de surpresa, até não restar mais nenhum.

Mal acabou de falar, um grupo de bandoleiros surgiu à distância e se aproximou rapidamente, como um exército do mal.

IV

Os bandidos vinham em formação que lembrava o de um exército primitivo. Perdidos no tempo, esses homens não haviam visto a era dos Toyotomi passar; para eles Tokugawa não existia. As montanhas constituíam seu único reino, e as aldeias o local onde satisfaziam suas necessidades, todas ao mesmo tempo.

— Esperem um pouco! — comandou o líder, parando e detendo os companheiros com a mão.

Eram quase vinte ao todo, uns poucos carregando enormes machados, outros sobraçando lanças enferrujadas. Seus vultos destacavam-se negros e demoníacos contra o vermelhão do incêndio ao fundo.

— Como é, estão vendo o homem? — perguntou o líder.

— Acho que é esse que está aí!

— É ele! — disse alguém apontando para Musashi que, em pé a quase vinte metros de distância, lhes impedia a passagem.

E ao ver que ele os enfrentava sozinho com ostensiva indiferença, os bandidos hesitaram. A atitude era estranha e os deixou inseguros, incapazes de dar um passo à frente.

Mas o momento de hesitação passou e logo dois ou três bandoleiros adiantaram-se.

— Então, és tu... — começou a dizer um deles.

Musashi contemplou o homem que se aproximava com olhos brilhantes. Seu olhar era um ímã e atraiu o olhar do bandido, que apenas conseguiu fixá-lo de volta ferozmente.

— Quer dizer que tu és o sujeito que veio nos atrapalhar!

— Correto! — trovejou Musashi.

Mas então, a espada que empunhava até esse momento do modo displicente já havia golpeado de frente o bandoleiro.

No alarido que se seguiu, não foi mais possível discernir quem era quem. A confusa escaramuça ali originada era a própria imagem de um bando de insetos arrastados por um remoinho.

A topografia favorecia Musashi em detrimento dos bandoleiros, pois de um lado do caminho havia um extenso arrozal de terras inundadas e do outro, uma barragem encimada por árvores. Além disso, aqueles homens furiosos não tinham noção de unidade nem treinamento guerreiro, de modo que Musashi não se sentia pisando a fina linha que divide a vida da morte, como acontecera no episódio do pinheiro solitário de Ichijoji.

Outro motivo que o fazia sentir-se diferente era sem dúvida o fato de estar procurando uma oportunidade para recuar. Quando lutara contra os discípulos

Yoshioka, não lhe havia sequer passado pela cabeça a ideia de recuar, mas agora, pelo contrário, o que não lhe passava pela cabeça era enfrentar de igual para igual os bandoleiros. Seu objetivo era apenas um: atrair os bandidos segundo o plano de batalha previamente estabelecido.

— Ah, covarde!

— Vai fugir!

— Não o deixem escapar!

Os homens o seguiram de perto e foram aos poucos sendo atraídos para um ponto na campina.

Diferente do estreito caminho ladeado por obstáculos, a vasta área descampada parecia topograficamente desvantajosa para Musashi, que no entanto correu para um lado, escapou para o outro, e conseguiu dividir o compacto grupo inimigo em diversos grupos menores, quando então de súbito tomou a ofensiva e atacou.

Um golpe seguiu-se a outro e mais outro.

O sangue borrifava a cada movimento de Musashi, apenas uma silhueta escura, saltando de vítima em vítima.

Era tão fácil golpeá-los quanto cortar um caule de cânhamo. O homem visado imobilizava-se quase paralisado de medo, enquanto seu algoz retraía-se do mundo a cada golpe: "eu" e tudo ao redor tinham deixado de existir para Musashi. A despeito da aparente agressividade, os bandoleiros começaram a debandar com gritos de pavor, rumo ao estreito caminho por onde tinham vindo.

V

— Atenção!

— Aí vêm eles!

Os camponeses ocultos nos dois lados do caminho à espera dos bandoleiros em fuga atacaram com um alarido.

— Cão dos infernos!

— Animal!

Desferindo golpes com lanças de bambu, bordões e armas diversas, os camponeses envolveram os poucos bandoleiros que chegaram esbaforidos e os eliminaram um a um. Em seguida, desapareceram novamente na beira da estrada, obedecendo ao comando: "Escondam-se outra vez!"

E assim, com a mesma disposição com que liquidavam gafanhotos, os camponeses trucidaram todos os bandoleiros, comentando afinal:

— Esses bandidos não valem nada!

A vitória fortaleceu-os e a visão dos muitos corpos fê-los perceber pela primeira vez na vida que tinham força, algo em que não acreditavam até então.

— Aí vem outro!

— Esse vem sozinho!

— Acabem com ele!

Aos gritos, os lavradores se agruparam, mas logo viram que quem se aproximava correndo era Musashi.

— Esperem! Esperem! É o senhor *rounin* de Hotengahara!

Os homens abriram caminho e se perfilaram dos dois lados do caminho como soldados rasos recebendo a visita de um general, observando hipnotizados o homem e a espada cobertos de sangue.

A lâmina estava lascada e denteada como uma serra. Musashi jogou-a fora e apanhou a lança de um dos mortos.

— Armem-se vocês também com as lanças e as espadas dos bandoleiros mortos! — ordenou.

Ao ouvir o comando, os camponeses mais jovens caíram sobre os cadáveres e disputaram suas armas.

— Muito bem, é agora que começa a verdadeira guerra. Unam suas forças e expulsem os bandidos! Salvem suas mulheres e filhos, recuperem suas casas! — instigou-os Musashi, encabeçando a corrida rumo à aldeia.

Atrás deles seguiram até mesmo mulheres, velhos e crianças, cada qual com uma arma na mão.

Uma casa grande, construção antiga e tradicional, queimava vivamente quando entraram na aldeia. Os reflexos do fogo tingiam de vermelho a estrada e todos os vultos que corriam por ela.

O incêndio parecia ter-se propagado para um bambuzal próximo, pois vez ou outra ouviam-se os gomos do bambu verde explodindo.

Em algum lugar uma criança chorava em tom estridente, bois presos em currais mugiam enlouquecidos ante a visão das chamas.

— De onde vem esse cheiro de saquê? — indagou Musashi de súbito a um camponês.

Desnorteados pela visão do incêndio, os homens ainda não se haviam dado conta do forte cheiro no ar, mas logo o sentiram.

— A única casa que estoca saquê em barris é a do líder da vila. Esse cheiro só pode estar vindo de lá — concordaram todos.

Musashi logo percebeu que o restante dos bandidos devia estar agrupado nessa casa e expôs seu plano aos homens.

— Sigam-me! — comandou, começando a correr uma vez mais.

A essa altura, mais camponeses haviam retornado dos diversos lugares para onde tinham fugido. Muitos apareceram do vão sob as casas e de dentro das moitas, engrossando para quase cem pessoas o pequeno exército, fortalecendo-o cada vez mais.

— Aquela é a casa do líder da comunidade — apontaram de longe os homens. Cercada por um muro de barro, era a maior da vila. Ao se aproximarem, o cheiro do saquê tornou-se mais forte, como se uma fonte dessa bebida brotasse ali.

VI

Os camponeses nem se haviam ainda ocultado completamente quando Musashi pulou o muro e invadiu a casa, transformada em quartel-general dos bandoleiros.

O chefe do bando e os asseclas mais graduados haviam se agrupado no grande vestíbulo de terra batida, e, completamente embriagados, tinham estado divertindo-se com algumas jovens prisioneiras.

— Não se apavorem! — gritava o líder nesse momento, furioso por algum motivo. — Não vejo por que eu tenha de interferir pessoalmente, só porque um desgraçado resolveu nos perturbar! Tratem de resolver o problema sozinhos!

A recriminação era dirigida a um dos asseclas, que acabara de entrar trazendo a notícia do desastre. E nesse exato momento, o líder ouviu um estranho gemido no outro aposento. Os bandoleiros ao seu redor, que nesse momento rasgavam com os dentes a carne de aves assadas e bebiam grandes goles de saquê, também estranharam:

— Que foi isso?

Apanharam suas armas num gesto automático e ergueram-se todos juntos. Seus rostos estavam destituídos de expressão mostrando o despreparo espiritual de todos eles, e suas atenções tinham convergido para a entrada do aposento de onde partira o estranho gemido.

A essa altura, Musashi havia muito tinha alcançado os fundos da casa, onde encontrou uma janela. Usou então o cabo da lança como apoio e pulou para dentro da casa, surgindo silenciosamente às costas do líder dos bandoleiros.

— És tu o líder desta corja de malfeitores? — gritou.

No instante em que o homem voltou-se para ver quem falava, foi trespassado pela lança de Musashi.

O homem, porém, era um bruto feroz: com um rugido, agarrou o cabo da lança com ambas as mãos, e, banhado de sangue, tentou erguer-se. Musashi então soltou o cabo da lança, de modo que o líder rolou por terra com a arma ainda enterrada no peito.

No momento seguinte, Musashi já tinha uma nova espada na mão, arrebatada a um outro bandoleiro, e com ela abateu um e trespassou outro. No mesmo instante os bandoleiros debandaram como abelhas abandonando a colmeia.

Musashi lançou a espada contra o grupo em fuga, arrancou a lança do peito do líder morto e com ela em riste, correu também para fora da casa. O grupo dos fugitivos partiu-se em dois, deixando-lhe espaço suficiente para manejar a lança. Musashi agitou a arma com tanta violência que o cabo, feito de rijo carvalho, chegou a vergar-se. Trespassou os bandidos, lançou-os longe ou descarregou-lhes golpes sobre a cabeça.

Acovardados, os bandoleiros dispararam rumo à abertura no muro, mas ao encontrar uma multidão furiosa de camponeses esperando por eles, desistiram de fugir por ali e começaram a pular o muro para tentar alcançar a liberdade.

A maioria foi exterminada pelos aldeões nesse momento. Os poucos que lograram escapar estavam aleijados. Por momentos, os camponeses — velhos, jovens, mulheres e crianças sem distinção — cantaram e dançaram, loucos de alegria. Aos poucos, cada um reencontrou seus entes queridos e, abraçados, choraram de felicidade.

Foi então que alguém murmurou:

— E se eles voltarem?

Um burburinho ansioso percorreu a multidão.

— A esta aldeia não voltam nunca mais! — declarou Musashi com firmeza. Ao ouvir isso, os camponeses acalmaram-se.

— No entanto, aviso-os: nunca superestimem a própria força. Lembrem-se sempre de que a enxada, e não a arma, é o instrumento da sua classe. Se se deixarem empolgar pelo poder que as armas conferem e confundirem os objetivos de suas vidas, a ira dos céus, muito mais temível que a dos bandoleiros, cairá sobre suas cabeças.

VII

— Descobriram o que houve? — perguntou Nagaoka Sado, o hóspede do templo Tokuganji, ainda acordado e à espera do retorno dos seus homens.

O clarão provocado pelo incêndio na aldeia havia estado visível até bem pouco tempo atrás no extremo da campina e da área pantanosa, mas agora, o fogo parecia ter sido debelado.

— Sim, senhor! — responderam os dois vassalos destacados para a missão.

— E os bandoleiros? Escaparam? E quanto aos danos aos aldeões?

— Não chegamos a tempo para defendê-los, senhor. Eles mesmos acabaram exterminando metade dos bandidos, e expulsaram a metade restante, pelo que soubemos.

— Ora essa!

Sado pareceu intrigado. Se o que lhe diziam seus homens era verdade, tinha de repensar seriamente os critérios com que seu amo, o suserano da casa Hosokawa, administrava o seu feudo.

Mas a noite já ia alta, e o ancião resolveu descansar.

Sado tinha programado seu retorno a Edo para a manhã seguinte, de modo que resolveu fazer um pequeno desvio e passar pela aldeia a caminho. Um monge do templo lhe serviu de guia.

No trajeto para a aldeia, Sado voltou-se para os dois vassalos da noite anterior e expôs suas dúvidas:

— Que foi que vocês viram realmente na noite passada? Os bandoleiros mortos que estamos vendo à beira do caminho não me parecem ter sido mortos a pauladas pelos camponeses.

Os aldeões, que haviam varado a noite arrumando a casa incendiada e removendo os referidos cadáveres, correram a esconder-se em suas casas mal avistaram os vultos de Sado, a cavalo, e dos homens do séquito.

— Ora, ora! Parece-me que esses homens estão me tomando por outra pessoa! Procure alguém um pouco mais esclarecido e traga-o à minha presença — ordenou Sado ao monge que lhe servia de guia. Este logo retornou trazendo consigo um aldeão.

Só então o velho guerreiro conseguiu saber todos os detalhes do que acontecera na noite anterior.

— Ah, foi o que me pareceu! — disse, acenando gravemente a cabeça. — E esse *rounin*... Como se chama ele?

O aldeão pensou por instantes e respondeu que não sabia. Sado, porém, queria saber a todo o custo, de modo que o monge tornou a sondar aqui e ali, e voltou com a resposta.

— O *rounin* chama-se Miyamoto Musashi, senhor.

— Que disse? Musashi? — perguntou Sado, lembrando-se do menino da noite anterior. — Nesse caso, é o mestre do moleque que entrevistei ontem à noite...

— Esse homem é um *rounin* excêntrico que dedica seus dias à lavoura e à expansão de uma área selvagem em Hotengahara em companhia do menino.

— Queria conhecer esse homem... — murmurou Sado, mas lembrou-se dos muitos problemas aguardando solução na sede do clã e desistiu.

— Vamos deixar para a próxima oportunidade — disse, tocando adiante o seu cavalo.

Ao passar pela casa do líder da comunidade, algo chamou-lhe a atenção: uma placa recém erguida, onde a tinta negra dos caracteres nem acabara de secar. A placa dizia:

> *Povo da aldeia:*
> *A enxada é também uma espada,*
> *Assim como*
> *A espada é também uma enxada.*
> *Na lavoura não se esqueçam da rebelião,*
> *Mas rebelados, não se esqueçam da lavoura.*
> *Dispersos, voltem sempre a unir-se.*
> *E lembrem-se ainda:*
> *Os caminhos do mundo não podem ser contrariados.*

— Hum...! — gemeu Sado. — Quem escreveu isso?
O líder da aldeia, chamado à sua presença, prostrou-se no chão em profunda reverência e respondeu:
— Miyamoto-sama, senhor!
— E vocês entendem o sentido dessas palavras?
— Esta manhã, ele nos reuniu aqui e nos explicou. Agora, parece que compreendemos.
— Monge! — chamou Sado, voltando-se. — Pode retornar ao templo. Está dispensado. Sinto não poder encontrar-me com esse homem, mas tenho pressa. Adeus por ora. Breve estarei de volta!
Estugou o cavalo e afastou-se.

A CHEGADA DA PRIMAVERA

I

Hosokawa Sansai, o líder do clã, vivia em seus domínios de Kokura, na província de Buzen e nunca vinha à mansão de Edo.

Nessa cidade costumava ficar seu primogênito, Tadatoshi, resolvendo a maioria dos assuntos com a ajuda de um idoso conselheiro.

Tadatoshi era brilhante. Com pouco mais de vinte anos, o jovem suserano do clã Hosokawa sabia conduzir-se com dignidade. Convivia com *daimyo* muito mais velhos — alguns do tipo arrogante e cruel, outros de lendária valentia, todos aportados na cidade de Edo, a nova sede xogunal, no esteio de Hidetada, o segundo xogum da casa Tokugawa — e nunca envergonhara o pai. Pelo contrário: Tadatoshi, com sua juventude e idealismo e sua percepção aguda da nova era que começava, chegava a sobrepujar em muitos aspectos os *daimyo* idosos e rudes, temperados nos campos de batalha do período Sengoku, e cuja única distração era rememorar lances heroicos que haviam protagonizado nos velhos tempos.

— Onde está o nosso jovem amo? — procurava Nagaoka Sado.

Não o viu na sala de leitura, nem o encontrou no campo de equitação.

A mansão do clã era ampla, mas inacabada: seu jardim, por exemplo, era ainda parcialmente uma floresta. Parte dela tinha sido desmatada e transformada em centro de equitação.

Nesse momento, Sado vinha retornando do centro de equitação e perguntou a um jovem samurai com quem cruzou:

— Sabe onde posso encontrar nosso jovem amo?

— Ele está no estande praticando arco e flecha, senhor.

— Ah, no estande!

Sado percorreu uma estreita senda no meio da floresta e ao alcançar as proximidades do estande, já ouviu o zumbido vigoroso de flechas cortando o ar.

— Olá, senhor Sado! Em boa hora o vejo!— disse uma voz nesse instante.

Era Iwama Kakubei, outro vassalo do mesmo clã. Arguto e competente, o homem gozava de boa reputação no clã.

— Aonde ia? — perguntou Kakubei, aproximando-se.

— Procurar nosso jovem amo.

— Mas ele está praticando arco e flecha...

— Não tem importância. É uma questão trivial, posso tratar disso no próprio estande.

Sado ia prosseguir seu caminho quando Kakubei tornou a interrompê-lo:

— Se não está com pressa, gostaria de trocar algumas palavras com o senhor.

— A respeito de quê?

— Vamos para um lugar mais tranquilo. Ali, por exemplo... — disse Kakubei, dirigindo-se ao mesmo tempo a um quiosque próximo a uma cabana usada para realizar cerimônias de chá.

— Quero pedir-lhe um favor: caso haja uma oportunidade, gostaria que recomendasse certa pessoa ao nosso jovem amo quando conversar com ele.

— Pretende indicar alguém para servir a casa Hosokawa?

— Sei que muita gente o procura com o mesmo objetivo, direta ou indiretamente, por meio de contatos, senhor Sado. No entanto, o homem que hospedo em minha mansão me parece diferente dos demais, digno de uma atenção especial.

— Sei... É claro que homens talentosos sempre interessam à casa Hosokawa, mas infelizmente, o que se vê com mais frequência é gente em busca de um bom estipêndio.

— O homem a que me refiro é um pouco diferente desse tipo. Na verdade, ele é aparentado com minha mulher e veio há dois anos de Iwakuni, na província de Suo. No momento, está desocupado, mas é uma pessoa que gostaria muito de ver avassalada à casa Hosokawa.

— Iwakuni? Nesse caso, deve ser um *rounin* da casa Kitsukawa.

— Não, ele é filho de um *goushi* de Iwakuni, e chama-se Sasaki Kojiro. É novo ainda, e aprendeu de Kanemaki Jisai o estilo Tomita de esgrima, e de Katayama Hisayasu — o parasita da casa Yoshikawa — a técnica de desembainhar a espada com rapidez e precisão. Não contente com isso e apesar da sua juventude, o homem desenvolveu um estilo próprio, a que chama de Ganryu — explicou Kakubei, tentando enfaticamente vender Kojiro a Sado.

O idoso conselheiro da casa Hosokawa, porém, não o ouvia com muito interesse, já que qualquer um empenhado em indicar um protegido faria esse tipo de referência elogiosa. Mais exatamente, seus pensamentos voltavam-se para um outro homem, por quem se interessara mais de ano e meio atrás, mas com quem não conseguira encontrar-se, premido como esteve pelas obrigações rotineiras.

O homem que tanto interessara Sado era um *rounin* que se dedicava a expandir as terras áridas de Hotengahara, a leste do rio Sumidagawa. Seu nome: Miyamoto Musashi.

II

O nome Musashi tinha permanecido profundamente gravado na memória de Sado.

"Ele, sim, é o tipo do homem necessário à casa Hosokawa!", decidira Sado havia muito tempo.

Antes de recomendá-lo, porém, o velho conselheiro queria avistar-se com ele pessoalmente e manter um franco diálogo.

Pensando agora, mais de um ano já se havia decorrido desde a noite do incêndio. Na ocasião, ele se encontrava hospedado no templo Tokuganji, mas para lá não conseguira retornar porque seus deveres oficiais o haviam ocupado.

"Que terá sido feito dele?" indagou-se Sado. Musashi tinha sido trazido à sua lembrança em associação ao outro nome. Iwama Kakubei continuou por algum tempo a apregoar as qualidades de Sasaki Kojiro, na esperança de conseguir o apoio de Sado.

— Quando se avistar com nosso amo, diga algumas palavras favoráveis a ele, por favor — completou Kakubei, antes de se afastar.

— Vou ver o que posso fazer — respondeu Sado.

O velho conselheiro, porém, sentia-se muito mais propenso a indicar Musashi.

No estande, Tadatoshi treinava arco e flecha em companhia de alguns vassalos. Cada flecha disparada pelo jovem suserano atingia o alvo com incrível precisão, e seu zumbido tinha um tom característico, refinado.

Certa vez, um dos seus vassalos o aconselhara:

— Os tempos mudaram, e daqui para a frente a arma mais usada em campo de batalha será a espingarda, e depois, a lança. A espada, assim como o arco e flecha, deverá cair em desuso. De modo que talvez fosse melhor à sua senhoria dedicar-se ao arco e flecha tempo apenas suficiente para aprender as regras desta modalidade de competição, mais como um complemento à sua educação guerreira.

A isso, Tadatoshi havia respondido com certa aspereza:

— Parece-lhe por acaso que me dedico ao treino do arco e flecha com o objetivo de alvejar dez ou vinte soldados num campo de batalha? Minhas flechas têm o espírito como alvo!

A totalidade dos vassalos da casa Hosokawa admirava incondicionalmente o velho suserano Sansai, mas não era por influência dessa admiração que serviam com tanta lealdade ao filho Tadatoshi. A importância de Sansai não pesava minimamente na devoção dos vassalos a Tadatoshi, pois este tinha brilho próprio e por seu valor havia conquistado a fidelidade de seus súditos.

O seguinte episódio, ocorrido anos mais tarde, serve para ilustrar o quanto Tadatoshi era reverenciado por seus súditos:

Aconteceu quando o xogum Tokugawa atribuiu à casa Hosokawa um novo feudo, o de Kumamoto, e para lá transferiu o clã, tirando-o de seus antigos domínios de Kogura, em Buzen. No dia da posse do novo castelo, reza a lenda que Tadatoshi, ainda envergando as roupas do cerimonial, desceu da liteira diante do portão principal e, antes de entrar, sentou-se formalmente sobre uma esteira e fez uma profunda reverência ao castelo, tocando o solo com as duas mãos. Nesse momento, seus súditos viram a ponta do cordão do seu barrete cerimonial — o símbolo do poder — roçar a soleira do portal. Desse momento em diante, continua a lenda, nenhum súdito de Tadatoshi, assim como nenhum dos antigos vassalos da casa Hosokawa, ousou pisar o centro da soleira, o local roçado pelo cordão do barrete de seu suserano.

O episódio serve também para ilustrar a alma dos samurais desses tempos: a solene consideração de um suserano por seu castelo, assim como o grau de reverência e admiração que vassalos nutriam por seu suserano. E porque Tadatoshi desde a juventude sempre tinha sido um homem de mente aberta, recomendar um vassalo a ele não era tarefa das mais fáceis, demandando profunda consideração anterior.

No instante em que avistou seu amo no estande de arco e flecha, Nagaoka Sado arrependeu-se de ter prometido levianamente a Kakubei que ajudaria a indicar Kojiro.

III

Suado e disputando um torneio com vassalos de sua idade, o jovem suserano Tadatoshi, com seu modo de vestir simples e comportamento jovial, nada mais era que um jovem samurai, igual aos muitos que o rodeavam.

Nesse momento, Tadatoshi vinha-se aproximando da sala de espera em companhia de seus vassalos para um curto descanso, rindo e enxugando o suor, quando de súbito deu com seu idoso vassalo, o conselheiro Sado, esperando-o.

— Olá, meu velho! Que tal competir conosco? — perguntou alegremente.

— Não, obrigado. Não faz bem à minha reputação competir com crianças — esquivou-se Sado, também com jovialidade.

— Ora essa! Ele nunca vai reconhecer que crescemos! — retrucou Tadatoshi voltando-se para seus vassalos, fingindo aborrecimento.

— Não por isso! Acontece apenas que sou um arqueiro hábil demais para os senhores. Já fui muito elogiado por nosso velho suserano por ocasião das batalhas de Yamazaki e da tomada do castelo de Nichiyama, não me presto, portanto, a divertir criancinhas.

— Ah, ah! Lá vem o conselheiro Sado com suas velhas histórias de guerra! — riram os jovens vassalos.

Tadatoshi também sorriu, mas logo retomou a seriedade.

— Que assunto o traz à minha presença? — perguntou.

Sado o pôs a par das pequenas questões administrativas e perguntou, para finalizar:

— Soube que o senhor Iwama Kakubei quer apresentar-lhe um protegido dele para ocupar um cargo neste clã. Já se encontrou com esse homem, senhor?

Aparentemente, Tadatoshi tinha-se esquecido do assunto, pois sacudiu a cabeça em negativa, mas logo atalhou:

— Lembrei-me agora: é um certo Sasaki Kojiro. Kakubei fez insistentes elogios a esse personagem, mas ainda não concordei em entrevistá-lo.

— E que tal fazê-lo, senhor? Hoje em dia, é difícil encontrar um homem realmente talentoso. Todas as casas disputam seus serviços, oferecendo vultosos estipêndios...

— E quem me garante que ele é realmente talentoso?

— Chame-o à sua presença e verifique pessoalmente, senhor.

— Sado.

— Senhor?

— Estou vendo que Kakubei andou pedindo seu apoio... — disse Tadatoshi com um sorriso nos lábios.

Sado conhecia muito bem a mente lúcida de seu jovem amo, lucidez que simples palavras de recomendação de sua parte não haveriam nunca de toldar. Sorriu portanto de volta, dizendo simplesmente:

— Acertou, senhor.

Tadatoshi tornou a calçar as luvas e tomou o arco das mãos de um vassalo, comentando:

— Posso entrevistar esse protegido de Kakubei, mas quero também conhecer o tal Musashi que você mencionou certa noite, numa de nossas proveitosas conversas noturnas, meu velho.

— Lembra-se ainda dele, meu amo?

— Com certeza! Mas esse não parece ter sido o seu caso...

— Pelo contrário! Acontece simplesmente que não voltei mais ao templo Tokuganji porque não houve nenhuma cerimônia religiosa a encomendar desde então.

— Creio que vale a pena sacrificar alguns deveres quando se trata de procurar um homem de talento. Nem parece coisa sua, meu velho, subordinar algo tão importante a uma trivial visita ao templo!

— Perdoe-me, meu senhor, mas acontece que nos últimos tempos houve tanta gente recomendando seus protegidos... Além disso, pareceu-me que sua senhoria não se havia interessado pelo meu homem, razão por que não me empenhei mais a fundo.

— Que diz, Sado? Tenho todo o interesse do mundo, mais ainda porque a recomendação não partiu de um qualquer, mas de você, meu velho e bom conselheiro.

Reiterando desculpas, Sado retirou-se para a sua casa. Lá chegando, mandou aprestar o cavalo imediatamente e partiu em seguida para Hotengahara, levando consigo apenas um homem.

IV

Sado pretendia ir e voltar em seguida. Desta vez, não haveria tempo para hospedar-se uma noite no templo, de modo que resolveu ir direto ao seu objetivo, e apressou o passo do cavalo.

— Genzou!— chamou Sado, voltando-se para o samurai que o acompanhava. — Já não estamos em Hotengahara?

— Foi o que eu também imaginei, senhor — respondeu Sato Genzou. — Mas como vê, há plantações verdejantes à vista nesta área, de modo que devemos estar ainda nas proximidades da vila. A área que estava sendo expandida deve ficar um pouco mais além, senhor.

— Será?

Tokuganji já havia ficado bem para trás. Se prosseguissem ainda, acabariam saindo na estrada para Hitachi.

O sol começava a descambar no horizonte. Ao longe, revoadas de garças pareciam poeira branca, ora pairando, ora erguendo-se do mar verde das plantações. À beira do rio e nas sombras das colinas surgiam aqui e ali lavouras de cânhamo. O trigo agitava suas hastes ao vento.

— Olhe lá, senhor!

— Que foi?

— Um bando de camponeses agrupados naquele ponto!

— Onde? Ah, é verdade!

— Quer que eu pergunte a eles, senhor?

— Espere um momento. Que estarão eles fazendo? Veja como se abaixam um por um... Parece que estão rezando.

— Assim me parece também. Vamos até lá, senhor.

Genzou tomou as rédeas do cavalo e o conduziu através de um baixio para o outro lado do rio, junto aos homens agrupados.

— Camponeses! — chamou.

Assustados, os homens voltaram-se e se separaram.

No local onde antes se agrupavam, Sado divisou uma rústica cabana e ao lado dela, um minúsculo santuário, do tamanho de uma casa de passarinhos. Os camponeses haviam estado rezando voltados para esse santuário.

Depois de um árduo dia de trabalho, os quase cinquenta lavradores já se preparavam para ir embora, conforme evidenciavam seus instrumentos de trabalho limpos, ordeiramente enfileirados. Por algum tempo discutiram entre si alguma coisa, mas logo, um monge adiantou-se do meio do grupo e disse:

— Mas é o nosso benemérito paroquiano, Nagaoka Sado-sama! Não o havia reconhecido, senhor!

— Ora, ora, é o monge do templo Tokuganji que me acompanhou até a vila na primavera do ano passado, por ocasião dos distúrbios nesta aldeia!

— Exatamente. Esteve em nosso templo para alguma cerimônia, senhor?

— Nada disso. Vim direto para cá, em uma missão especial e urgente. Aproveito a oportunidade e lhe pergunto: que é feito de certo *rounin* de nome Musashi, e do seu discípulo, um menino de nome Iori, que trabalhavam para desbravar estas terras?

— Pois esse Musashi-sama já partiu, senhor.

— Partiu? Quando?

— Há pouco mais de meio mês, sem avisar ninguém.

— Algum motivo especial para a sua partida?

— Nenhum, senhor. No dia anterior ao da sua partida, os camponeses desta vila decretaram feriado para festejar a transformação das terras áridas da bacia do rio em lavouras verdejantes, como o senhor mesmo pode ver pessoalmente ao seu redor. E na manhã seguinte ao dos festejos, não havia mais sombra de Musashi-sama, nem do menino Iori nesta cabana.

Em seguida, o monge contou os detalhes, comentando também que nenhum aldeão ainda se conformara: parecia-lhes que Musashi-sama estava em algum lugar, nas proximidades.

V

Segundo o relato do monge, depois de exterminados os bandoleiros e restabelecida a ordem na vila, os camponeses haviam retomado a vida pacífica. Ninguém mais, no entanto, referia-se a Musashi em termos pejorativos como antigamente. Muito pelo contrário, ele era designado pelo respeitoso título de "*rounin*-sama de Hoten", ou "Musashi-sama".

Lavradores que antes o haviam chamado de maluco, passaram a comparecer ao seu casebre, solicitando respeitosamente a honra de ajudá-lo no trabalho de expansão daquelas terras incultas.

Musashi foi imparcial com todos.

"Quem quiser me ajudar, pode vir. Quem sonha com uma vida melhor, também. Prover apenas o próprio sustento e morrer é o destino de pássaros e animais selvagens. Mas quem almeja deixar o fruto do seu trabalho como herança para filhos e netos deve vir aqui e me ajudar", teria ele dito.

No mesmo instante, quase cinquenta pessoas se apresentaram entusiasticamente, ajudando-o a recuperar a terra árida para a lavoura, o número de voluntários chegando a cem no período da entressafra, todos trabalhando unidos, visando o mesmo objetivo.

Em consequência, no outono do ano anterior as cheias tinham sido contidas e a terra preparada no inverno; na primavera, as sementeiras estavam prontas e a água canalizada; e nesse verão, embora as lavouras ainda estivessem restritas a pequenas áreas, as espigas de arroz agitavam-se verdejantes nas plantações, e os caules dos trigos e do cânhamo já haviam crescido cerca de trinta centímetros, reportou o monge.

Os bandoleiros não tornaram a aparecer. Os camponeses uniram-se mais ainda e passaram a trabalhar com prazer. Os idosos e as mulheres passaram a venerar Musashi como a uma divindade, e lhe traziam de presente sandálias novas e verduras frescas.

— No ano que vem, teremos o dobro de terras aráveis, e no outro, teremos o triplo! — diziam eles, a confiança nas próprias conquistas e a crença na paz fortalecendo-se a cada dia, assim como a confiança no projeto de recuperação das terras tomadas pelo aluvião.

E em sinal de gratidão, o povo da aldeia havia deixado de trabalhar um dia inteiro e se reunido diante da cabana de Musashi, trazendo enormes potes de saquê. E prendendo Musashi e Iori no interior de uma roda, os camponeses haviam dançado ao som de tambores e flautas, cantando a alegria de ver os campos verdes e o arroz cacheando.

Nessa oportunidade, Musashi havia dito:

— Tudo isso foi o resultado do seu trabalho, não meu. Eu apenas mostrei-lhes como externar a força que existia em vocês.

A seguir, voltara-se para o monge do templo Tokuganji, que havia comparecido aos festejos e dissera:

— Não haverá futuro para eles se continuam a depender de um nômade como eu. Vou portanto deixar-lhes isto, para que lhes sirva de guia espiritual, e para que nunca se esqueçam da confiança e da união que tão duramente conquistaram.

Desembrulhara a seguir uma imagem esculpida da deusa Kannon e a entregara ao monge.

E na manhã seguinte, quando os camponeses vieram até a cabana, Musashi já não estava mais ali. Ao que parecia, havia partido antes do alvorecer levando consigo o pequeno Iori, pois não encontraram nenhum de seus pertences na cabana.

— Musashi-sama desapareceu!

— Ele se foi para sempre!

Atônitos e consternados, os camponeses não conseguiram trabalhar o dia inteiro, desesperados de dor, comentando episódios de sua breve passagem por suas vidas.

Em meio a tantas lamúrias, o monge do templo Tokuganji lembrou-se de repente das palavras de Musashi e ergueu-se para dizer aos camponeses:

— Não é assim que vocês vão retribuir a dedicação dele. Não deixem os brotos das plantas morrerem! Aumentem as áreas aráveis! — instigou.

Depois, construiu ao lado da cabana um pequeno santuário e nele depositou a imagem da deusa Kannon esculpida por Musashi. Sem que ninguém lhes recomendasse, os aldeões passaram então a se ajoelhar perante a imagem todas as manhãs e tardes, antes de seguir para a lavoura e no retorno, como se tomassem a bênção de Musashi todos os dias.

O relato do monge terminava nesse ponto. Nagaoka Sado sentiu um enorme arrependimento queimar-lhe o peito:

— Cheguei tarde demais!

A névoa da primavera começou a embaçar a lua. Sado voltou o cavalo e, abatido, iniciou a viagem de volta.

— Que lástima! Parece-me que traí meu amo com minha negligência. Cheguei tarde demais! Tarde demais! — murmurou ele diversas vezes enquanto se afastava.

NA CIDADE DE EDO

I

Sobre o rio Sumidagawa, a ponte Ryokoku que liga Shimousa a Oushu ainda não existia nesses dias, e as estradas provenientes das duas regiões terminavam abruptamente em cada margem do grande rio num ponto próximo ao local onde mais tarde foi construída a referida ponte.

No cais da balsa havia sido instalado um posto de inspeção que se constituía em verdadeira barreira, tamanho era o rigor com que seus oficiais revistavam os transeuntes.

Ali gritavam ordens os subordinados do magistrado urbano Aoyama Tadanari — o primeiro nesse posto administrativo desde a sua criação:

— Alto!

— Pode passar.

"Ora, ora... Parece-me que o xogunato começa a cercar-se de precauções!", percebeu Musashi de imediato.

Há três anos, quando Musashi entrara em Edo pela estrada Nakasendo e prosseguira logo depois para Oushu, entrar e sair da cidade havia sido muito simples.

"E então, por que tanto rigor agora?", pensava Musashi enquanto aguardava sua vez na fila da balsa em companhia de Iori.

Quando um povoado crescia e se transformava em cidade, gente proveniente de todos os quadrantes para lá convergiam naturalmente, dando origem a inúmeros conflitos que exigiam o estabelecimento de um governo e de uma legislação para reforçá-lo. E enquanto de um lado a sociedade se esforçava por erigir uma civilização próspera, do outro a luta pela sobrevivência e ambições mesquinhas entravam também em cena sob a égide dessa mesma civilização, transformando a vida na cidade num palco sangrento.

Este seria sem dúvida um dos motivos.

Outro motivo que ocorria a Musashi era o fato de que a cidade de Edo era agora a sede do xogunato Tokugawa. A segurança precisava portanto ser reforçada, principalmente por causa dos espiões provenientes de Osaka.

O aspecto da cidade, mesmo vista de longe com o rio de permeio, parecia também totalmente diferente: o número de casas aumentara e a área verde diminuíra visivelmente.

— Sua vez, senhor *rounin*!

No mesmo instante em que era assim interpelado, Musashi já estava sendo revistado por dois oficiais do posto, que lhe apalpavam a cintura, as costas e as coxas.

Outro oficial de olhar severo iniciou o interrogatório:
— Que pretende fazer na cidade de Edo?
— Não tenho um objetivo estabelecido. Sou um samurai peregrino.
— Não tem objetivo estabelecido? — repetiu o oficial. — Como assim? O aprendizado não é um objetivo?
Musashi apenas sorriu e manteve-se em silêncio.
— Terra de origem? — prosseguiu o oficial.
— Vila Miyamoto, terras de Yoshino, na província de Mimasaka.
— Quem é seu amo?
— Não sirvo a ninguém.
— Nesse caso, quem está pagando as despesas de sua viagem?
— Faço esculturas e pinto em minhas horas vagas, hospedo-me em templos, dou aulas de esgrima a quem me solicita, vivo com o que as pessoas me pagam. Quando nem isso é suficiente, durmo ao relento, e me alimento de raízes e frutos silvestres.
— Hum...! E de onde vem?
— Passei meio ano na região de Michinoku, dois anos em Hotengahara onde me dediquei amadoristicamente à lavoura, mas cansei-me dessa vida e resolvi vir para cá.
— Quem é o moleque em sua companhia?
— Um órfão que adotei nessa última localidade. Seu nome é Iori, e vai fazer quatorze anos.
— Onde vai ficar na cidade de Edo? Não estamos admitindo ninguém que não tenha emprego em vista ou endereço fixo.
O interrogatório parecia não ter fim, e a fila crescia às costas de Musashi. Não fazia sentido responder com honestidade a todas as perguntas, além do que tinha de levar em conta o transtorno que a demora estava causando aos outros. De modo que respondeu:
— Tenho um endereço fixo.
— Dê-me o nome e o endereço da pessoa que vai hospedá-lo.
— Lorde Yagyu Munenori, senhor de Tajima.

II

— Que disse? Vai ficar na mansão de lorde Yagyu? — repetiu o oficial desconcertado, calando-se momentaneamente.
O jovem divertiu-se com a confusão do funcionário, ao mesmo tempo em que se congratulava pela pronta lembrança do nome Yagyu.
Musashi não concretizara o encontro com Yagyu Sekishusai na província de Yamato, mas o velho suserano o conhecia através do monge Takuan. Se os

oficiais procurassem confirmar sua declaração, a casa Yagyu com certeza não haveria de negar que o conhecia.

Talvez o próprio Takuan estivesse em Edo. Através dele, Musashi esperava ser apresentado a Munenori, o herdeiro da casa Yagyu e atual instrutor de artes marciais de Hidetada, o segundo xogum da casa Tokugawa. Talvez conseguisse então a oportunidade de duelar com ele, coisa que não conseguira com o pai, Sekishusai.

E porque vinha havia algum tempo pensando nisso, o nome Yagyu surgira prontamente em resposta à pergunta do oficial.

— Ora... isto quer dizer que o senhor goza da amizade dos Yagyu! Perdoe-me se o ofendi com minhas insistentes perguntas, mas é que tenho estritas ordens superiores para investigar rigorosamente todos os *rounin* antes de permitir-lhes a entrada na cidade. Como deve estar sabendo, todos os tipos de samurais suspeitos têm tentado chegar a esta cidade — desculpou-se o oficial, assumindo uma atitude mais respeitosa. Fez mais algumas perguntas por mera formalidade e abriu a cancela, convidando-o a passar.

Iori seguiu-o de perto e perguntou:

— Por que só os samurais são investigados com tanto rigor, mestre?

— Medidas de precaução contra espiões inimigos, creio eu.

— Até parece que um espião tentaria passar disfarçado de *rounin*! Esses oficiais são bem ingênuos, não, mestre?

— Fale baixo porque são capazes de ouvi-lo.

— Ih, a balsa acaba de zarpar.

— Por certo querem que contemplemos o monte Fuji enquanto esperamos pela próxima. Reparou que ele é visível daqui, Iori?

— Grande novidade! Cansei de vê-lo em Hotengahara!

— Mas não deste ângulo.

— A montanha é sempre a mesma, qualquer que seja o ângulo!

— Engana-se. O aspecto dessa montanha varia todos os dias.

— Não varia, não.

— Varia de acordo com o horário, o clima, o ângulo e a estação do ano. Sobretudo, de acordo com o estado de espírito de quem o contempla.

— ...

Iori apanhou pedregulhos na margem do rio e se divertiu fazendo-os ricochetear sobre a superfície da água. Passados instantes, retornou correndo.

— Mestre, é verdade que vamos em seguida para a mansão dos Yagyu?

— Não sei ainda.

— Mas se foi isso que afirmou no posto, há pouco!

— Pretendo ir, mas não sei quando. Lembre-se que ele é um *daimyo*.

— Um instrutor de artes marciais da casa xogunal é importante, não é, mestre?

— Sem dúvida.
— Quando eu crescer, vou ser igual a esse Yagyu-sama.
— Não pense tão pequeno, Iori.
— Como assim?
— Veja o monte Fuji!
— Mas como posso ser uma montanha?
— Não perca tempo e energia querendo ser igual a esse ou aquele homem. Em vez disso, veja se consegue ser uma personalidade sólida, inabalável como o monte Fuji. Se conseguir, não terá de se preocupar em impressionar as pessoas, pois elas o olharão com respeito naturalmente.
— Olhe a balsa aí!

Iori abandonou Musashi e embarcou primeiro na balsa: como toda criança, não queria andar atrás dos outros.

III

O rio ora se alargava, ora se estreitava. Bancos de areia surgiam aqui e ali, trechos rasos de água rápida ficavam para trás. Nessa época, o rio Sumidagawa seguia livremente o seu curso natural e o cais situava-se numa enseada próximo ao estuário. Quando o mar se agitava, o rio inundava as duas margens, dobrava de largura e tornava-se gigantesco.

A vara do barqueiro tocava o leito arenoso do rio, produzindo um som rascante.

Em dias de sol, as águas ficavam translúcidas, permitindo rápidas visões das sombras dos peixes. Um ou outro elmo enferrujado surgia também enterrado nos pedregulhos do fundo do rio.

— E agora? Acham que esta paz é duradoura? — disse alguém dentro da balsa.

— Não vai ser tão fácil assim — replicou outro.

O companheiro do segundo reforçou seu ponto de vista:

— Não que eu queira, é claro, mas vai haver outra guerra com certeza!

O assunto era empolgante, mas nem todos estavam dispostos a discuti-lo. Alguns chegavam a demonstrar franca desaprovação e fitavam o rio em silêncio, temendo ser ouvidos por algum oficial.

Mas o povo simplesmente gosta de furtar-se aos olhos e ouvidos das temíveis autoridades e comentar assuntos proibidos.

— Prova disso é o posto de inspeção do cais: reparou como a revista anda rigorosa? E sabem por quê? Porque o número de espiões de Kyoto e Osaka infiltrados na cidade está aumentando cada vez mais, foi o que eu ouvi dizer.

— Por falar nisso, ouvi dizer também que há ladrões assaltando as mansões dos *daimyo*. O assunto não se torna público porque os *daimyo* assaltados têm vergonha de admitir que foram roubados.

— Não devem ser ladrões comuns. Devem ser espiões. Afinal, por mais atraente que seja o ouro, assaltar um *daimyo* é tarefa arriscada, o ladrão tem de estar preparado para morrer.

Um rápido olhar pelos passageiros da balsa revelava uma miniatura da sociedade de Edo. Ali estavam madeireiros com suas roupas sujas de serragem, saltimbancos provenientes de Osaka e Kyoto, marginais arrotando valentia, um grupo de trabalhadores braçais com jeito de poceiros pilheriando com algumas prostitutas, monges, *komuso*, e alguns *rounin*, entre os quais Musashi.

A balsa atracou e todos desembarcaram, subindo em fila o barranco da margem.

— Ei, senhor *rounin*! — gritou um homem, correndo atrás de Musashi. Era um dos marginais da balsa, o de compleição robusta. — Acho que perdeste isto. Eu vi quando esse moleque que te acompanha deixou-o cair.

Aproximou do rosto de Musashi uma pequena bolsa de brocado vermelho, tão velha que o ouro tecido já se havia esgarçado.

Musashi sacudiu a cabeça:

— Agradeço a gentileza de me trazer até aqui, mas isso não me pertence. Deve ser de outro passageiro — disse.

— É meu! — exclamou alguém, apanhando o objeto bruscamente e metendo-o entre as dobras do quimono. Era Iori, tão pequeno ao lado de Musashi que somente um gesto como aquele o poria em evidência.

O rufião irritou-se:

— Escuta aqui, pirralho: a bolsa pode até ser tua, mas não podes arrancá-la das minhas mãos sem ao menos agradecer! Devolve a bolsa, dá três voltas e faz uma mesura, e então eu a darei a ti. Caso contrário, eu te jogo no rio!

IV

Iori fora precipitado, sem dúvida, mas o rufião também não era dos mais compreensivos. Musashi alegou que o menino era ainda muito novo, não tinha noção de cortesia, e desculpou-se em nome dele.

— Está bem! Não sei se tu és irmão ou mestre desse moleque, mas quero saber como te chamas.

Musashi respondeu cortês:

— Sou Miyamoto Musashi, um *rounin*.

O rufião arregalou os olhos:

— Musashi? — repetiu, examinando-o atentamente por alguns instantes. — Mais cuidado doravante, ouviste?— gritou para Iori, e com um súbito movimento, fez menção de partir.

— Para aí! — gritou Musashi de chofre.

Assustado com a rudeza do jovem que julgara delicado como uma mulher, o rufião voltou-se:

— Que... que é isso? — gaguejou, tentando desvencilhar-se da forte mão que o retinha pelo cabo da espada.

— Diz o teu nome!

— Meu nome?

— Como te atreves a ir embora sem declinar teu nome depois que me fizeste dizer o meu?

— E... eu me chamo Juro, de alcunha "Mendigo", e pertenço ao grupo Hangawara.

— Agora, sim, podes ir — declarou Musashi, afastando-o com um safanão.

— Ainda me pagas! — murmurou Mendigo entre dentes. Tropeçou, deu alguns passos meio tombado para a frente e se afastou correndo.

—Ah, ah! Covarde! Bem-feito! — disse Iori sentindo-se vingado. Postou-se em seguida rente ao seu mestre e ergueu para ele um olhar repleto de admiração.

Musashi pôs-se a caminho da cidade e disse:

— Iori.

— Sim, senhor?

— Até hoje, você viveu despreocupado no meio de esquilos e raposas, mas agora estamos numa cidade grande onde existe muita gente. Doravante, terá de ser mais cuidadoso e educado, compreendeu?

— Sim, senhor.

— Se os homens soubessem conviver em paz, o mundo seria um paraíso. Infelizmente, porém, todo ser humano nasce com duas naturezas, uma santa e outra diabólica. Um passo em falso, e o mundo se transforma num inferno. Para que isso não aconteça, é preciso inibir a ação da metade diabólica, dando o devido valor à cortesia e valorizando a dignidade. As autoridades, por seu lado, fazem cumprir a lei e só assim se estabelece ordem numa sociedade. Sua rudeza de há pouco não constituiu falta grave, mas desperta a ira numa sociedade ordeira.

— Sim, senhor.

— Não sei para onde iremos daqui para a frente, mas aonde quer que formos, respeite os costumes locais e trate as pessoas sempre com muita cortesia, entendeu? — disse Musashi, terminando o longo sermão cuidadosamente elaborado para facilitar a compreensão da criança.

Iori balançou a cabeça concordando.

— Perfeitamente, senhor! — respondeu com súbita cortesia, acrescentando uma pequena reverência que pareceu forçada. — Por gentileza, mestre, poderia guardar com o senhor esta bolsa? Tenho receio de perdê-la de novo.

Musashi pegou-a e de súbito lembrou-se:

— Esta não é a carteira que o seu pai lhe deixou, Iori?

— Isso mesmo. Eu a tinha deixado no templo Tokuganji por conta de nossas despesas, mas o abade me devolveu no começo deste ano, sem nada dizer. O ouro também está aí, nada foi tocado. Use-o quando precisar, mestre.

V

— Obrigado, Iori — disse Musashi. As palavras do menino eram simples, mas nelas transparecia sua preocupação pelo mestre pobre. Musashi sentiu-se tocado por sua gentileza. — Fico com ela provisoriamente — completou, levando o pequeno volume à testa em sinal de respeito e guardando-o a seguir no próprio *obi*.

"Iori é uma criança, mas preocupa-se com as questões financeiras", pensou ele enquanto andava. A dura infância em meio à pobreza nas áridas terras de Hotangahara tinham-no ensinado naturalmente. Em compensação, ele próprio tinha tendência a desprezar o dinheiro e a ignorar problemas financeiros, percebeu Musashi.

Grandes questões financeiras despertavam seu interesse, sem dúvida, mas as pequenas, no âmbito restrito das despesas diárias, não o atraíam. Em consequência, Iori sempre acabava tendo de se preocupar por ambos nesse aspecto.

"Este menino tem qualidades que eu não possuo", reconheceu Musashi, cada vez mais atraído por sua inteligência, conforme o conhecia melhor. Nem Joutaro tinha esse tipo de qualidade.

— Onde nos hospedaremos esta noite, Iori? — perguntou. Não havia decidido nada por enquanto.

O menino, que havia estado contemplando a cidade maravilhado, exclamou nesse instante com voz emocionada, como se acabasse de descobrir um velho amigo numa terra estranha:

— Olhe lá, mestre, quantos cavalos! Não sabia que promoviam feiras de cavalos nas cidades!

Um grande número desses animais juntava as ancas numa viela do bairro Bakurochou, assim chamado porque para ali convergiam os *bakuro*, ou seja, os mercadores de cavalo, com a consequente proliferação de casas de chá, tabernas e hospedarias a eles destinadas.

Conforme se aproximavam do centro urbano, o zumbido de moscas e de gente falando aumentava. Pessoas esbravejavam no dialeto de Kanto e das mais diversas regiões interioranas, de modo que a balbúrdia era quase incompreensível.

No meio disso, um samurai e seu acompanhante procuravam com insistência um bom cavalo, material tão raro nesses dias quanto guerreiros talentosos, ao que parecia.

— Vamos embora!— disse o samurai, cansado de procurar. — Não vi nenhum que pudesse recomendar ao nosso amo.

O homem deu um largo passo para o lado a fim de afastar-se dos animais e viu-se de súbito frente a frente com Musashi.

— Ora essa! — disse o samurai. — Mestre Musashi!

Musashi o olhou por sua vez e sorriu:

— Olá!

Ali estava Kimura Sukekuro, um dos vassalos veteranos de Yagyu Sekishusai, em cuja companhia Musashi havia passado uma noite no Shin'in-do do castelo Yagyu, em Yamato, discutindo esgrima.

— Mas que encontro inesperado! Quando chegou a Edo? — perguntou Sukekuro, percebendo pelo aspecto de Musashi que este ainda continuava em sua cruzada em busca de aperfeiçoamento.

— Acabo de chegar do feudo de Shimousa. Como está o grão-mestre? Com saúde, espero.

— Ele está bem, mas debilitado pela idade — informou Sukekuro, acrescentando em seguida: — Venha nos ver na mansão do senhor de Tajima. Eu o apresentarei a ele com muito prazer. Além disso...

Nesse ponto, Sukekuro encarou Musashi e, sorrindo por algum motivo, acrescentou:

— ...seu tesouro perdido está na mansão. Venha reavê-lo!

Um tesouro? Que poderia ser? Mas Sukekuro já atravessava a rua com o seu acompanhante.

MOSCAS

I

A hospedaria ficava numa viela afastada da rua principal, no extremo do bairro Bakurochou, por onde Musashi havia pouco perambulara.

Hospedarias baratas e pouco asseadas enfileiravam-se dos dois lados da rua e constituíam a metade das casas do bairro.

Musashi havia escolhido pernoitar nessas redondezas, atraído pelos baixos preços. Todas elas eram providas de cocheira, detalhe que as tornava muito mais parecidas com hospedarias de cavalos do que de seres humanos.

— Senhor samurai, vou transferi-lo para o aposento no andar de cima e de frente para a rua. Ele é um pouco melhor, tem menos moscas — disse o dono, visivelmente preocupado por estar recebendo uma pessoa que não era mercador de cavalo.

Comparado com o casebre onde haviam morado até a noite anterior, o aposento podia até ser considerado confortável. Ao menos, era forrado de *tatami*. Musashi não teve intenção de reclamar, mas tinha murmurado: "Quanta mosca!"

A observação fora entreouvida pela mulher do estalajadeiro, que a havia interpretado como uma queixa e se apressara em oferecer-lhe melhores acomodações.

Musashi e Iori agradeceram a gentileza e transferiram-se, para logo descobrir que o novo aposento era quente como um forno: voltado para o oeste, recebia em cheio o sol da tarde.

— Ótimo quarto — murmurou Musashi, acomodando-se e contendo-se para não reclamar uma vez mais. Não podia ser indulgente consigo mesmo, admoestou-se.

Era espantoso o que a civilização provocava nas pessoas. Até poucos dias atrás, o sol da tarde havia representado uma bênção e uma esperança, a força por trás do crescimento dos brotos. Quanto às moscas, nem eram percebidas quando pousavam sobre a pele suada. Por elas chegara até a sentir certo companheirismo, como dois seres vivendo debaixo do mesmo céu.

No entanto, bastou-lhe cruzar um rio e passar a fazer parte desse ativo centro urbano para que de súbito lhe viesse a vontade de reclamar: "O sol da tarde é quente demais! As moscas importunam!" Logo, uma outra vontade se insinuava: a de comer algo gostoso.

Essa impudente mudança de estado de espírito surgia claramente no rosto do pequeno Iori, em certo aspecto compreensivelmente, já que bem ao seu lado alguns barulhentos mercadores de cavalo comiam e bebiam saquê agrupados em torno de uma panela fumegante. Em Hoten, quando alguém queria comer um prato de macarrão sarraceno, tinha de semear o trigo na primavera, contemplar a floração durante todo o verão, colher o fruto no fim do outono e moer o trigo nas frias noites de inverno para enfim fazer o macarrão. Nas cidades, porém, bastava bater palmas e encomendá-lo: pouco mais de uma hora depois, o macarrão era servido.

— Iori, quer comer um prato de *soba*? — perguntou Musashi.

— Quero! — respondeu o menino, com os olhos brilhando de prazer antecipado.

Musashi então chamou a mulher do estalajadeiro e lhe perguntou se lhe prepararia o macarrão. A mulher respondeu que sim, já que outros hóspedes também haviam feito o mesmo pedido.

Enquanto aguardava, Musashi reclinou-se contra o gradil da janela sob o intenso sol da tarde e espiou o movimento externo. Do outro lado da rua, havia uma casa com um grande cartaz anunciando:

Zushino Kosuke — Da Escola Hon'ami
Polidor de Almas.

Iori o descobriu primeiro e chamou a atenção de Musashi:

— Olhe lá, mestre! A placa diz: "Polidor de Almas". Que tipo de profissão exerce esse homem?

— Se é da Escola Hon'ami, deve ser um polidor de espadas. A espada, Iori, é também conhecida como alma do samurai, não se esqueça — respondeu Musashi.

Pensou por instantes e murmurou consigo:

— Pensando bem, está na hora de mandar polir a minha. Vou até lá mais tarde.

Algum tempo depois, os ocupantes do quarto ao lado desentenderam-se no jogo e iniciaram um tumulto. A algazarra dos vizinhos despertou Musashi, que cansado de esperar pelo prato de macarrão sarraceno, havia se estirado sobre o *tatami* e dormitava com a cabeça apoiada no braço.

— Iori! Peça aos hóspedes do quarto ao lado que se aquietem um pouco — ordenou.

II

Bastava-lhe entreabrir a divisória próxima a Musashi e pedir, mas em consideração ao seu mestre deitado na passagem, Iori saiu para o corredor e de lá alcançou o quarto ao lado.

— Ei, tios! Não façam tanto barulho, por favor. Meu mestre está tentando repousar do outro lado dessa divisória.

— Como é?

Os mercadores de cavalo voltaram instantaneamente os olhos congestionados para a minúscula figura.

— Repete, fedelho!

O menino ofendeu-se com a grosseria e disse em tom amuado:

— Lá embaixo eram as moscas que não davam sossego, e aqui em cima são os tios.

— Quem diz isso: tu ou teu mestre?

— Meu mestre, ora!

— Foi ele que te mandou dizer isso?

— Todos os hóspedes devem estar querendo dizer a mesma coisa.

— Ora, muito bem! Tirar satisfações de um pirralho que mais parece bosta de coelho não faz meu estilo. Volta atrás e fica quieto no teu quarto que eu, o Urso Kumagoro, já vou lá dar a resposta ao teu mestre.

Urso ou lobo, no meio do grupo havia dois ou três homens que pareciam bastante ferozes. Ao ver-se alvo dos olhares irritados, Iori apressou-se em bater em retirada.

Musashi continuava dormindo. O sol da tarde começava a cair no horizonte e seus raios incidiam agora apenas numa área aos pés de Musashi e ao lado da divisória. Enormes moscas pretas enxameavam nessa poça de luz.

Iori continuou contemplando a rua em silêncio porque não queria acordar seu mestre, mas a algazarra no quarto ao lado continuou tão intensa quanto antes.

Pelo jeito, a reclamação do menino havia feito com que os homens desviassem a atenção do jogo e a concentrassem na fresta da porta, por onde espiavam todos juntos, rindo, zombando e insultando.

— Certos *rounin* que vieram arrastados por não sei que correntes e acabaram dando com os costados na cidade de Edo não deviam estar se hospedando em nossas estalagens e reclamando do barulho! Fazer barulho é a especialidade dos mercadores de cavalo!

— Bota o sujeito para fora!

— Finge que dorme só para parecer valente!

— Alguém precisa dizer a ele que nenhum mercador de cavalo da região de Kanto tem medo de samurais.

— Dizer só não basta! Vamos botá-lo para fora aos pescoções e lavar-lhe a cara com urina de cavalo.

Nesse instante, o Urso interveio:

— Esperem! Para que tanta gente para pôr um samurai morto de fome fora da casa? Eu sozinho vou até lá e arranco um pedido de perdão por escrito. Ou escreve, ou lava a cara na urina do cavalo! Fiquem aí mesmo, observem e divirtam-se!

— Vai lá! Vai lá!

Os homens acomodaram-se por trás da divisória entreaberta.

Urso, o mais forte do grupo na opinião dos próprios mercadores, apertou a faixa ao redor da cintura e abrindo de vez a divisória, avançou de joelhos dizendo:

— Com tua licença!

O macarrão sarraceno encomendado havia sido servido em forma de seis apetitosos ninhos numa grande caixa de laca, e Musashi ocupava-se em desfazer um deles com seu *hashi*.

— Ih! Ele veio tirar satisfações, mestre! — disse Iori assustado, pondo-se em pé e afastando-se. O Urso sentou-se no lugar que o menino desocupara, cruzou as pernas na frente ostensivamente, fincou os cotovelos nas coxas, apoiou a cabeça nas mãos e ficou contemplando Musashi com seu olhar feroz.

— Ei, *rounin*! Deixa o macarrão para mais tarde. Sei que a tua garganta está apertada de medo e a comida vai acabar te fazendo mal!

Musashi não respondeu. Sorrindo, desfez outro ninho de macarrão, mergulhou-o no molho e o sorveu com satisfação.

III

O Urso impacientou-se.

— Para de comer! — gritou de súbito.

Musashi, ainda segurando o *hashi* numa das mãos e a pequena vasilha com o molho na outra, perguntou:

— Quem és tu?

— Não sabes? Aqui no bairro, só um surdo ou um falso mercador pode não saber quem sou!

— Pois faço parte dos que não ouvem bem. Fala portanto teu nome e de onde vens, alto e claro!

— Entre os mercadores de Kanto, sou conhecido como o Urso Kumagoro, e meu nome é temido até pelas criancinhas.
— Ora, ora! Um agenciador de cavalos!
— Me respeita, porque meus fregueses são samurais! E pede desculpas!
— Desculpas por quê?
— Mandaste ou não esse pirralho ao nosso quarto reclamar do barulho? Fazer barulho é nossa segunda natureza. E isto aqui não é uma hospedaria de luxo para *daimyo*, mas uma estalagem de mercadores de cavalo, ouviste bem?
— Sei disso.
— Se sabes, por que mandaste interromper nosso joguinho? Anda, pede desculpas. Meus companheiros estão todos ali reunidos, à espera.
— Como assim?
— Vou te explicar melhor: declara aí por escrito que tu pedes perdão ao senhor Urso e aos seus excelentíssimos companheiros. Senão, lavo-te a cara com urina de cavalo!
— Muito interessante!
— Que disseste?
— Disse que acho interessante teu modo de falar.
— Não estou para brincadeiras. Anda, resolve de uma vez o que vais fazer!
Excitado com os próprios berros e pela bebida, o Urso enrubescia cada vez mais, ameaçando sufocar de uma hora para outra. O suor escorria da sua testa e brilhava ao sol da tarde. Para dar maior ênfase à aparência ameaçadora, o homem despiu-se da cintura para cima e exibiu o peito peludo.
— Como é? Escolhe de uma vez o que preferes porque estou esperando a resposta! Dependendo dela...
Urso extraiu da cintura uma adaga, cravou-a no *tatami* diante da caixa do macarrão e cruzou ainda mais ostensivamente as pernas.
Musashi esforçava-se por ocultar o sorriso.
— Deixe-me pensar... Qual das duas alternativas devo escolher? — resmungou.
Baixou ligeiramente a mão que sustentava a vasilha com o molho e estendeu a outra para o macarrão, ao que parecia entretido em apanhar com o *hashi* pequenas impurezas que formavam pontos escuros sobre os ninhos, e a jogá-las para fora da janela.
As veias da testa do Urso se intumesceram perigosamente. Feroz, o mercador de cavalos esbugalhou os olhos e encarou Musashi, mas este continuava em silêncio a tarefa de remover com o *hashi* os pontos escuros sobre os ninhos de macarrão.
De súbito, o olhar do Urso convergiu para a ponta do *hashi*. No mesmo instante, o homem arregalou ainda mais os olhos esbugalhados e conteve a respiração, a atenção irresistivelmente presa ao que via ali.

Os numerosos pontos escuros sobre a superfície do macarrão não eram impurezas, mas sim moscas. Os insetos nem tentavam escapar e se deixavam apanhar docilmente, como grãos de feijão, aparentemente hipnotizados pelo poder de Musashi.

— Isto não tem fim! Iori, vá lavar este *hashi* para mim — pediu Musashi.

No instante em que o menino saiu do quarto para fazer o que lhe pediam, Urso retornou sorrateiramente para o aposento contíguo.

Por instantes, os mercadores conversaram em voz baixa, mas logo, o silêncio reinou do outro lado da divisória: os homens tinham preferido mudar de quarto.

— Enfim, um pouco de paz, Iori! — riu Musashi.

O sol já se tinha posto e uma lua em forma de crescente tinha surgido sobre o telhado da casa do polidor de espadas quando os dois terminaram a refeição.

— Bom, acho que vou visitar o polidor do anúncio interessante — disse Musashi, apanhando sua espada simples, bastante maltratada.

Nesse instante, a dona da estalagem gritou ao pé da escada:

— Senhor, um samurai desconhecido deixou-lhe uma carta!

A mulher tinha um envelope nas mãos.

IV

"Quem haveria de me escrever?" pensou Musashi. Examinou o verso do invólucro e descobriu apenas um nome: Suke.

— E o mensageiro? — perguntou à dona da estalagem.

— Já se foi — respondeu a mulher, tornando a acomodar-se por trás do balcão.

Parado no meio da escada, Musashi rasgou o envelope e leu. Logo descobriu que "Suke" era a abreviatura de Kimura Sukekuro, o samurai com quem se encontrara pela manhã na feira de cavalos. Dizia:

> *Levei ao conhecimento do meu amo o nosso encontro desta manhã. Sua senhoria, o senhor de Tajima, declarou-se agradavelmente surpreso e manda perguntar quando nos dará o prazer de sua visita. Aguardo resposta.*
>
> *Sukekuro.*

— Empreste-me o pincel — pediu Musashi à mulher do estalajadeiro.

— Não é de boa qualidade, senhor.

— Não tem importância.

Em pé ao lado do balcão, o jovem escreveu nas costas da carta de Sukekuro:

> *Um guerreiro não tem outras ocupações. Se o senhor de Tajima se dispõe a cruzar armas comigo, terei muito prazer em visitá-lo a qualquer dia ou hora.*
>
> *Masana.*

Masana era o nome de guerra de Musashi. Terminando de escrever, o jovem dobrou a carta e a encerrou no mesmo envelope, em cujo reverso escreveu: "*Ao mestre Suke — Vassalo da casa Yagyu.*"

Ergueu o olhar para o topo da escada e chamou:

— Iori!

— Senhor?

— Tenho uma tarefa para você.

— Sim, senhor.

— Leve esta carta para mim.

— Aonde?

— À mansão de lorde Yagyu, senhor de Tajima.

— Está bem.

— Sabe onde fica?

— Pergunto por aí.

— Bem pensado — disse Musashi, afagando-lhe a cabeça. — Não se perca.

— Sim, senhor.

Iori calçou as sandálias rapidamente. A dona da estalagem, entreouvindo o diálogo, interveio bondosamente nesse instante e explicou ao menino que a mansão Yagyu era bastante conhecida e qualquer um lhe indicaria o caminho. Em todo o caso, continuou ela, bastava sair na rua principal e seguir sempre em frente, atravessar a ponte Nihonbashi e continuar depois para a esquerda, beirando o rio. E se tiver de perguntar a alguém, diga que quer ir para o bairro Kobiki, ensinou a mulher.

— Sei. Sei. Já entendi — respondeu Iori, feliz por poder sair à rua e orgulhoso por estar levando uma carta à importante casa Yagyu.

Musashi também calçou suas sandálias e saiu. Acompanhou com o olhar o pequeno vulto de Iori até vê-lo dobrar à esquerda a esquina do ferreiro e desaparecer.

"Esse menino peca por excesso de confiança", pensou, enquanto espiava a loja do polidor de almas. Nada na casa sugeria um estabelecimento comercial: não tinha a fachada de treliça característica das lojas, nem mercadorias expostas.

Dentro, um único aposento de terra batida parecia constituir a cozinha e a oficina de trabalho, mais para o fundo. À direita, num plano um pouco mais elevado, havia um aposento forrado de *tatami* que parecia ser a loja propriamente dita, e pendendo do teto na divisa com os fundos, Musashi notou os indefectíveis festões de palha do cerimonial xintoísta.

— Boa tarde! — disse, entrando no aposento de terra batida e voltando-se para a parede próxima, ao lado da qual havia uma robusta caixa de madeira para guardar espadas. Cotovelos fincados sobre a tampa da caixa e queixo apoiado nas mãos, um homem dormitava. Parecia feliz como um desses sábios taoístas idosos muitas vezes retratados em pinturas.

O homem devia ser Zushino Kosuke, o dono da loja. O rosto, magro e pálido, nada tinha do ar penetrante, comum em profissionais desse ramo, mas parecia incrivelmente longo quando considerado em conjunto com a área acima da testa, onde o cabelo fora raspado. Mais longo ainda era o rastro da saliva que lhe escorria da boca até a caixa.

— Boa tarde! — tornou a dizer Musashi um pouco mais alto para o adormecido sábio taoísta.

CONSIDERAÇÕES EM TORNO DE UMA ESPADA

I

A voz pareceu enfim ter penetrado nos ouvidos de Zushino Kosuke, que ergueu o rosto lentamente como se despertasse de uma letargia de cem anos. Sem ao menos piscar, o homem deixou-se ficar contemplando Musashi por algum tempo com uma interrogação no olhar.

Momentos depois, Kosuke aparentemente deu-se conta de que estivera dormindo e que o homem à sua frente, um provável freguês, já devia tê-lo chamado diversas vezes.

— Seja bem-vindo — disse afinal.

Sorriu e esfregou com as costas da mão o rastro da saliva que escorrera pelo queixo. Aprumou-se e acrescentou:

— Em que posso servi-lo?

O homem era incrivelmente pachorrento. Ele se anunciava bombasticamente um "polidor de almas", mas Musashi desconfiou que as "almas" a ele confiadas para polir podiam voltar mais cegas que antes. Apesar da preocupação, retirou a espada da cintura e a entregou a Kosuke, dizendo que a queria afiada.

— Deixe-me examiná-la, por favor — disse o homem.

No momento em que viu a espada, sua atitude mudou radicalmente: aprumou os ombros magros, apoiou uma mão sobre a coxa, estendeu a outra e, apanhando a arma que Musashi lhe apresentava, fez uma cortês mesura. Antes mesmo de saber se a espada era uma obra-prima de algum renomado forjador ou um produto padrão, igual aos muitos espalhados pelo país, o homem mostrava por ela um respeito que não tivera por seu dono.

Introduziu a mão entre as dobras do quimono na altura do peito e extraiu um lenço de papel, levou-o à boca e o prendeu entre os lábios. Segurou a bainha com uma mão e com a outra o cabo da espada, extraiu-a e ergueu-a verticalmente diante de si de modo a ter a lâmina posicionada bem no centro do rosto, entre os olhos. Enquanto a examinava com cuidado desde o cabo até a ponta, os olhos do homem passaram a brilhar intensamente, como se alguém tivesse incrustado olhos novos em suas órbitas.

Com um gesto rápido e um sonoro estalido, devolveu a espada à bainha e ficou observando o rosto de Musashi em silêncio.

— Aproxime-se, senhor. Sente-se, por favor — disse, enfim afastando-se e oferecendo uma almofada redonda para Musashi.

— Se me permite — respondeu Musashi, aceitando o convite e sentando-se.

A crer no que dizia o cartaz, Zushino Kosuke era da escola Hon'ami, e portanto um profissional proveniente da área de Kyoto, um antigo discípulo de Koetsu, com certeza. Ao bater em sua oficina, Musashi tinha tido não só a intenção de mandar polir sua espada, como também de saber notícias do grande amigo Hon'ami Koetsu e de sua gentil mãe, Myoshu, de quem havia muito não tinha notícias.

Todavia, mesmo sem saber desse relacionamento, Kosuke formalizou-se ligeiramente depois de ter examinado a arma e perguntou:

— Esta espada está há muito tempo em sua família?

O jovem então respondeu-lhe que a arma não tinha tradição alguma.

— Nesse caso, teria ela sido usada em campo de batalha, ou apenas do modo usual? — tornou a perguntar o polidor.

— Nunca a usei em campo de batalha. É uma espada de pouco valor, sem nome ou história, que trago sempre comigo por não possuir outra melhor — explicou Musashi.

— Sei... — disse Kosuke, ficando a observar o rosto do jovem por mais algum tempo. — E como quer que eu a afie? — perguntou em seguida.

— Não entendi sua pergunta.

— Quer que a afie para torná-la cortante? Ou o corte não importa?

— Quero que a deixe cortante, é claro!

Kosuke então arregalou os olhos, atônito, e exclamou:

— Como? Mais que isso?

II

Polir uma espada significava aprimorar seu corte. Esse era o trabalho de um bom polidor, estava claro.

Musashi observou Kosuke com desconfiança por um breve momento. O homem então balançou a cabeça.

— Não posso polir sua espada, senhor. Leve-a a outro profissional, por favor — disse, devolvendo-a bruscamente.

Musashi não conseguiu ocultar o seu descontentamento diante dessa atitude para ele incompreensível. E durante todo o tempo em que permaneceu calado, Kosuke também manteve um grosseiro silêncio.

Nesse momento, um homem — um vizinho, pelo aspecto — meteu a cabeça pela porta e chamou:

— Kosuke, meu velho! Empreste-me sua vara de pescar! A maré cheia trouxe um cardume de peixes rio acima e eles estão pulando perto da margem. Se você tem a vara, empreste-me que eu providenciarei o meu jantar e o seu.

Kosuke, irritado por algum motivo ainda obscuro, descarregou sua ira no vizinho:

— Não guardo instrumentos para matanças em minha casa! Vá bater noutra porta! — berrou.

Espantado, o vizinho foi-se embora. Passado o incidente, o polidor voltou a ficar mudo e sombrio, sentado diante de Musashi.

Agora, porém, o homem havia começado a despertar o interesse de Musashi. Não por seu talento ou inteligência, mas por um traço de sua personalidade que se tornava cada vez mais aparente. Comparado a uma cerâmica, ele lembrava certas peças rústicas e simples como um pote de saquê Karatsu ou uma tigela Nonkou — obras em que o barro se oferecia sem pejo ao exame.

Por falar nisso, havia uma ferida coberta por emplastro na têmpora de Kosuke, onde os cabelos tinham sido raspados. O detalhe tornava-o ainda mais semelhante a uma peça de cerâmica a que, por acidente, uma pelota de barro tivesse aderido dentro da fornalha, e aumentava o interesse humano do polidor.

Musashi lutou por ocultar o sorriso e disse com forçada tranquilidade, instantes depois:

— Polidor.

— Sim, senhor...? — veio a resposta em tom desanimado.

— Por que não quer polir esta arma? Seria ela tão vulgar a ponto de não valer a pena afiá-la?

— Nada disso... — respondeu Kosuke, sacudindo a cabeça. — Esta espada, como o senhor que é o seu dono deve saber muito bem, é uma boa e honesta peça forjada em Bizen. No entanto, e falando com franqueza, desgosta-me o seu pedido de torná-la mais cortante ainda.

— Ora essa!... E posso saber por quê?

— Todos que me surgem nesta loja pedem sempre a mesma coisa: "quero que me prepare esta espada de modo a torná-la mais cortante". Afiar as espadas, é só no que pensam! E isso me desgosta profundamente.

— Mas se aqui vêm com esse objetivo... — ia dizendo Musashi, quando Kosuke ergueu a mão e o interrompeu.

— Espere, ouça até o fim. Não vou começar a teorizar para não alongar a conversa, mas peço-lhe apenas um favor: saia daqui e leia o que diz o cartaz sobre a loja.

— Dizia: "Zushino Kosuke — Polidor de Almas." Ou terei deixado escapar mais alguma coisa?

— Pois aí chegamos ao âmago da questão. Não declaro que sou afiador de espadas, digo que sou polidor das almas dos samurais. Embora ninguém o saiba, foi esse o ofício que aprendi de meu mestre.

— Estou entendendo.

— E porque prezo acima de tudo o ensinamento do meu mestre, eu, Zushino Kosuke, recuso-me a atender samurais que me pedem simplesmente para afiar suas espadas a fim de poder cortar outros seres humanos e assim se sentirem importantes.

— Suas palavras têm certo fundamento. E por falar nisso, quem e de onde é o mestre que assim preparou seu discípulo?

— Isso também está escrito no cartaz. Hon'ami Koetsu, de Kyoto, é meu mestre.

Kosuke pronunciou o nome com orgulho, endireitando as costas e estufando o peito.

III

A essa altura, Musashi declarou conhecer muito bem o senhor Koetsu e sua gentil mãe, Myoshu, contando ao polidor algumas passagens do seu relacionamento. Atônito, Zushino perguntou, olhos fixos em Musashi:

— Estarei eu por acaso na presença de Miyamoto Musashi-sama, o espadachim cuja habilidade tornou-se conhecida no país inteiro pelo episódio em torno do pinheiro solitário, em Ichijoji?

O jovem considerou exagerada a admiração do polidor e ligeiramente constrangido, declarou:

— Eu sou Musashi.

Kosuke então afastou-se a uma respeitosa distância, como o faria na presença de uma importante personalidade, e disse:

— Peço-lhe sinceras desculpas. Não imaginava estar na presença de tão famoso espadachim e me portei como um tolo, falando demais e pretendendo dar-lhe uma lição.

— Não se desculpe. Muito do que falou serviu-me de lição, realmente. Quanto ao ensinamento que diz ter recebido, nele ouço a voz de mestre Koetsu.

— Como deve saber, a casa Hon'ami vem se dedicando a reformas e polimento de espadas desde o período Muromachi, dos xoguns Ashikaga. Ela mereceu a confiança até da casa imperial, que lhe tem dado a honra de polir algumas peças de importância histórica. E é mestre Hon'ami Koetsu, o atual líder da casa, que me repetia constantemente: "Originariamente, a espada japonesa não foi desenvolvida para retalhar seres humanos, nem para feri-los. Pelo contrário, ela foi idealizada como instrumento para pacificar o império, protegê-lo do mal e dele expulsar os demônios. Ao mesmo tempo, a espada destina-se a aprimorar o caminho dos homens, e deve ser levada à cintura dos que estão no comando como uma contínua advertência no sentido de manter a própria compostura e de vigiar a si mesmos para não incorrer em erros. Ela é a alma do samurai, e o seu polidor tem de realizar o trabalho sem perder de vista tais princípios."

— Bem observado!

— Por esse motivo, cada vez que mestre Koetsu examinava uma boa espada, dizia que lhe parecia ver "o brilho da luz sagrada, que conduz uma nação à paz e à prosperidade". E quando se deparava com uma espada maléfica, dizia sentir arrepio e repulsa mesmo antes de extraí-la da bainha.

— Sei... — murmurou Musashi. De súbito, pareceu dar-se conta de um detalhe. — E minha espada é das tais maléficas, por acaso?

— Nada disso. Ocorre apenas que muitos foram os samurais que me confiaram suas armas desde que cheguei a esta cidade, mas nenhum pareceu compreender essa missão verdadeira e nobre da espada. Só o que ouço falar é que ela serviu para rasgar o ventre de quatro, que partiu a copa do elmo e atingiu em cheio o crânio de outro. Tais homens parecem achar que a única virtude de uma espada é o poder de corte. Por esse motivo, eu estava começando a desgostar de minha profissão, mas pensei melhor e achei que ainda havia esperança. Há alguns dias, decidi então refazer o cartaz da minha loja, e nele anunciei claramente: "Polidor de almas". Mesmo assim, os guerreiros que me procuram continuam insistindo em ter apenas as suas espadas afiadas, o que me aborrece sobremodo...

— E quando até eu surgi em sua loja insistindo no mesmo pedido, recusou-se. Acertei?

— Seu caso é um pouco diferente, senhor. Na verdade, quando há pouco examinei sua arma, espantou-me o deplorável estado da lâmina, toda denteada. Ao mesmo tempo, nela senti entranhado o sangue e o espírito de incontáveis mortos e, com o perdão da palavra, imaginei estar na presença de um reles *rounin* assassino, do tipo que se vangloria das muitas mortes desprovidas de sentido que semeia por onde passa.

Pela boca do polidor, Musashi pareceu ouvir a voz de Koetsu, e cabisbaixo, prestou atenção. Instantes depois, declarou:

— Compreendi perfeitamente o sentido de suas palavras. Sempre tive esta espada comigo e a sinto quase parte de minha pessoa, de modo que até hoje nunca me ocorreu pensar em seu verdadeiro caráter. Peço-lhe, porém, que se tranquilize: asseguro-lhe que doravante a usarei com muito cuidado.

O humor de Kosuke melhorou instantaneamente.

— Nesse caso, terei muito prazer em polir sua espada. Aliás, ter a honra de cuidar da alma de um samurai de seu nível é bênção divina para qualquer polidor — declarou.

IV

Já havia luzes acesas no interior da loja.

Musashi confiou sua arma e preparou-se para partir.

— Perdoe minha indiscrição, mas o senhor possui espada sobressalente? — perguntou Kosuke.

Quando Musashi lhe respondeu que não, o polidor levou-o para um aposento nos fundos, dizendo:

— Nesse caso, gostaria de lhe oferecer uma das que tenho em minha loja, embora não sejam muito valiosas.

Abriu caixas e armários, escolheu algumas e as depositou na frente de Musashi.

— Escolha a que mais lhe agrada, senhor — ofereceu.

Atônito, Musashi contemplou as armas, incapaz de escolher uma. Sempre quisera uma espada de boa qualidade, mas até agora, suas modestas posses não lhe haviam permitido sequer sonhar com isso.

Uma boa espada tem invariavelmente um forte apelo. A que acabara de escolher dentre as diversas expostas e que empunhava ainda embainhada, fazia-o sentir algo, talvez o espírito do forjador, vibrando através da bainha.

Musashi extraiu-a e, conforme pressentira, viu-se diante de uma peça admirável, provavelmente do início do período Yoshino (1336-1392). O jovem chegou a pensar que a arma era valiosa demais para um samurai em suas condições, mas ao examiná-la contra a luz, suas mãos pareceram irremediavelmente atraídas por ela, incapazes de soltá-la.

— Nesse caso, fico com esta — disse.

Não disse que a tomava emprestada, porque podendo ou não, havia percebido que não a devolveria. Uma obra-prima forjada por um exímio ferreiro exerce invariavelmente essa espécie de terrível fascinação. Muito antes de ouvir a resposta de Kosuke, Musashi já sentia o desejo de possuí-la queimando no íntimo.

— Escolheu como um grande especialista, conforme eu esperava — disse Kosuke, guardando as demais.

Mas o desejo de posse atormentava Musashi. Pedir que a vendesse estava fora de cogitação; a espada devia ser valiosa demais para suas posses. Em dúvida e incapaz de se conter, tocou no assunto.

— Mestre Kosuke, eu poderia de algum modo ficar com esta espada?

— Claro que sim, senhor.

— Mas quanto custa?

— Eu a venderei pelo mesmo preço que paguei por ela.

— E quanto é isso?

— Vinte moedas de ouro.
— ...
Musashi estava longe de possuí-las, e sentiu um profundo desgosto por ter desejado tal raridade. Logo disse:
— Nesse caso devolvo-a.
— Por quê, senhor? — perguntou o polidor, estranhando. — Não será preciso comprá-la, eu a empresto. Use-a, por favor.
— Nem me passa pela cabeça tomá-la emprestada. Se só de ver esta espada sofro com a vontade de possuí-la, imagino quanto não sofrerei quando tiver de devolvê-la depois de a ter comigo por algum tempo.
— Ela o agradou tanto assim? — disse Kosuke, transferindo o olhar da espada para Musashi. — Muito bem! Se sua paixão por ela é tão forte, eu a dou em casamento. Em troca, quero que me dê algo, obra pessoal sua.
Musashi queria tanto a espada que, antes de mais nada, decidiu aceitar o presente sem reservas. Pensou em seguida no que lhe daria em troca. Mas ele era um guerreiro pobre que dedicara a vida inteira à espada, nada tinha com que lhe pagar.
O polidor lhe disse então ter ouvido de Koetsu, seu mestre, que Musashi era também um escultor. Caso ele possuísse uma imagem esculpida da deusa Kannon, por exemplo, ficaria muito feliz em recebê-la em troca, disse o homem, preocupado em aliviar-lhe a preocupação.

V

A estatueta da deusa Kannon que por muito tempo andara em sua trouxa havia sido deixada na vila Hotengahara, de modo que Musashi pediu alguns dias de prazo para esculpir outra.
— Naturalmente. Nunca pretendi que me pagasse de imediato — respondeu Kosuke, aceitando o arranjo com a maior naturalidade. Não só aceitou, como também lhe ofereceu:
— Em vez de se hospedar nessa estalagem barata de mercadores de cavalo, que acha de transferir-se para um aposento vago nos fundos da minha oficina?
O convite vinha bem a calhar.
Musashi respondeu que nesse caso aceitaria com prazer o oferecimento a partir do dia seguinte, e, aproveitando, esculpiria a imagem nesse quarto.
Satisfeito, Kosuke convidou:
— Venha então conhecer o aposento.
Musashi o seguiu até os fundos. A casa não era espaçosa. O aposento em questão media quase dezesseis metros quadrados e situava-se no extremo

da varanda da sala de estar, cinco a seis degraus acima do nível do chão. Ao lado da janela erguia-se um pessegueiro repleto de folhas novas molhadas de sereno.

— Aquela é a minha oficina de trabalho — disse o proprietário da casa, apontando um telhado coberto de conchas.

Cumprindo uma ordem que a Musashi passara despercebida, a mulher de Kosuke surgiu nesse instante, trazendo o jantar numa bandeja.

— Vamos, sirva-se — insistiu o casal.

O saquê foi servido. Anfitrião e hóspede descontraíram-se e passaram a conversar com franqueza. O assunto não podia ser outro: espadas.

O tema era capaz de absorver Kosuke por completo. Seu rosto enrubescia como o de um menino, e ele punha-se a falar entusiasticamente, esquecido de que as gotas de saliva juntadas nos dois cantos dos lábios podiam atingir o hóspede.

— Todos neste nosso país concordam da boca para fora que a espada é um instrumento sagrado, é o espírito do guerreiro, mas tanto samurais como mercadores e sacerdotes tratam-na muito mal. Durante muitos anos, visitei templos e casas tradicionais em diversas províncias atrás de um objetivo: conhecer as espadas antigas e valiosas guardadas nesses lugares. Pois declaro que fiquei triste ao ver como eram poucas as relíquias conservadas em bom estado. No templo Suwa, em Shinshu, por exemplo, existem trezentas e tantas espadas antigas consagradas aos deuses do xintoísmo, mas no meio delas não havia nem cinco em bom estado, sem pontos de ferrugem. No templo Omishima, em Iyo, há um famoso depósito que conserva cerca de três mil espadas antigas, datadas de algumas centenas de anos atrás, e nele me enfurnei por quase um mês, pesquisando. Sabe o que descobri? Coisa espantosa: das três mil e tantas espadas, nem dez tinham brilho!

Fez uma ligeira pausa para prosseguir:

— O problema é que quanto mais tradicionais ou famosas as espadas, mais são guardadas, acabando por transformar-se em alvo de ataque da ferrugem. São como crianças amadas demais pelos pais e que acabam estragadas por excesso de mimo. Aliás, crianças podem até ser estragadas sem grandes prejuízos, pois outras boas haverão de nascer depois. No meio de tantas existentes neste nosso país, algumas desajustadas quebram a monotonia da vida. Mas esse não é o caso da espada!

Aqui, Kosuke enxugou a saliva acumulada nos cantos da boca e aprumou os ombros magros. Seus olhos brilharam ainda mais.

— A espada, e somente a espada, cai inexplicavelmente de qualidade com o passar das gerações. Desde o período Muromachi até o período Sengoku, a habilidade dos forjadores de espadas vem caindo ano a ano e a tendência é piorar ainda mais, segundo receio. Por esse motivo, acho que as boas e antigas espadas têm de ser conservadas e protegidas. Sinto muita raiva quando penso no que fazem com essas peças magistrais, verdadeiras relíquias que nenhum forjador atual consegue duplicar por mais que se esforce em imitar a técnica dos antigos!

Ergueu-se de súbito.

— Veja esta, por exemplo: é de um forjador famoso e me foi confiada por um freguês. Mas olhe: já tem pontos de ferrugem! — disse, apresentando a Musashi uma espada espantosamente longa como prova do que vinha falando até então.

Musashi lançou um olhar casual à arma e sobressaltou-se: ali estava a espada Varal, de Sasaki Kojiro.

VI

Pensando bem, não havia nenhum mistério. Afinal, Musashi estava na loja de um polidor de espadas, local procurado por todo samurai que quisesse ter sua arma afiada.

Ainda assim, nunca havia imaginado possível ver de tão perto a longa espada Varal de Sasaki Kojiro.

— Bela espada! Seu dono deve ser um samurai hábil, já que consegue manejar uma arma tão longa — comentou.

— É o que também acho — concordou Kosuke. — Já vi muitas espadas em minha vida, e posso afirmar que são poucas as deste nível. No entanto...

Desembainhou a arma, voltou as costas da lâmina para Musashi e lhe passou o cabo.

— Pegue-a na mão e veja: lamentavelmente, existem três ou quatro pontos de ferrugem. E apesar deles, seu dono continuou a usá-la durante um bom tempo.

— Estou vendo.

— Por sorte, esta é uma lâmina resistente, forjada com a excepcional técnica de um período anterior ao Kamakura, e acredito que serei capaz de eliminar até a sombra da ferrugem, embora o processo seja trabalhoso. Mas isso só é possível porque a ferrugem, em lâminas desta qualidade, só chega a manchar o aço. Se o mesmo tivesse acontecido a uma espada moderna, ela estaria completamente perdida! No caso de peças produzidas em tempos recentes, a ferrugem costuma atacar a cerne do aço como um cancro maligno, apodrecendo-o. Só por esse detalhe percebe-se a superioridade das técnicas de forja antigas, quando comparadas às modernas.

— Receba-a de volta, por favor — disse Musashi, voltando por sua vez as costas da lâmina na direção de Kosuke e devolvendo-lhe a espada pelo cabo. — Diga-me, se não lhe for inconveniente: o proprietário desta arma a trouxe pessoalmente até aqui?

— Não. Estive na mansão dos Hosokawa alguns dias atrás para tratar de certos negócios, e fui procurado por Iwama Kakubei-sama, um vassalo da casa, que me pediu para passar em sua residência antes de ir-me embora. A espada me foi confiada na casa desse vassalo. Ele me disse que era de um hóspede seu.

— O acabamento é elegante — murmurou Musashi, contemplando a arma sob a luz do candeeiro.

— Disseram-me que em virtude do seu excepcional comprimento, a arma vinha sendo levada de viés às costas, e pediram-me que a reformasse de modo a poder ser carregada à cintura. O dono deve ser um homem muito grande, ou bastante hábil. Caso contrário, não será capaz de manejá-la — murmurou Kosuke, também contemplando.

O anfitrião começava a sentir a língua pesada sob o efeito do saquê. Musashi considerou a hora oportuna para as despedidas e retirou-se em seguida.

Era muito mais tarde do que ele havia imaginado e já não havia nenhuma casa com a luz acesa. A rua estava mergulhada na mais completa escuridão.

A ausência de iluminação não o incomodou, pois a estalagem ficava do outro lado. Entrou pela porta aberta, subiu para o andar superior tateando pelas paredes da casa impregnada do cheiro de corpos adormecidos e entrou no quarto, certo de ali encontrar Iori dormindo profundamente. Dois conjuntos de cobertores haviam sido arrumados para a noite, mas neles não viu Iori. Os travesseiros estavam dispostos em rigorosa ordem e as cobertas geladas indicavam que ninguém os havia ocupado ainda.

Musashi sentiu um súbito desassossego. Talvez o menino estivesse perdido nessa cidade estranha.

Desceu as escadas e sacudiu o plantonista adormecido em busca de notícias.

— O menino não voltou ainda? Eu pensei que ele estivesse com o senhor... — respondeu o serviçal entreabrindo os olhos sonolentos.

— Que lhe teria acontecido? — resmungou Musashi. Perdeu o sono e tornou a sair para a noite escura como breu, permanecendo em pé sob o alpendre, à espera do menino.

A RAPOSA

I

— Isto não pode ser o bairro Kobiki-cho — resmungou Iori, revoltado com as pessoas que lhe haviam dado informações erradas pelo caminho. — Como pode um importante *daimyo* morar neste lugar horrível?

Sentou-se sobre uma das toras empilhadas na beira do rio e esfregou na relva fresca a sola do pé, quente e inchada de tanto andar.

Eram tantas as balsas carregadas de toras flutuando no canal que chegavam a ocultar a água. Cerca de trezentos metros além já era o mar, visível apenas como uma mancha escura onde as ondas cintilavam.

Além disso, havia apenas uma vasta campina deserta e uma área espaçosa recentemente aterrada. Sempre havia algumas luzes, aqui e acolá, mas quando Iori se aproximava delas, descobria que se tratava de simples casebres de lenhadores e pedreiros.

Perto do rio havia montanhas de madeira e pedras. A presença maior de lenhadores, serralheiros e pedreiros nas proximidades de centros urbanos era uma decorrência lógica das reformas que estavam sendo empreendidas no palácio de Edo e do vertiginoso aumento das moradias populares. Mas, apesar de criança, o bom senso dizia a Iori que a mansão de um homem tão importante quanto o senhor de Tajima não poderia situar-se lado a lado com esses casebres rústicos de trabalhadores braçais.

— E agora, que faço?

A relva estava úmida de sereno. Iori descalçou as sandálias, molhadas e duras como pedaços de prancha. O contato da sola dos pés ardentes com a relva fria refrescou-o.

A noite já ia tão alta que o menino nem cogitava mais voltar para a estalagem. Além de tudo, o orgulho não lhe permitia retornar sem ter cumprido a missão que lhe fora confiada.

— Tudo culpa daquela velha da estalagem, que me informou errado — resmungou, esquecendo-se convenientemente do tempo que perdera espiando os teatros do bairro Sakai-cho.

Não havia mais viva alma nas ruas a quem pudesse pedir informações. Nesse passo, o dia amanheceria e o encontraria ainda ali. Infeliz e com a consciência pesada, resolveu bater à porta de um dos casebres, acordar um morador para poder cumprir a missão e voltar à estalagem.

Iori ergueu-se e recomeçou a andar na direção de uma luz.

Nesse instante, avistou uma mulher rondando os casebres, assobiando curto como costumavam fazer as prostitutas em busca de clientes. A esteira de palha que a envolvia desde o ombro deixava-a com o aspecto de um guarda-chuva semiaberto.

Os assobios não tinham conseguido atrair nenhum morador para fora dos casebres, de modo que a prostituta vagava de um lado para o outro.

Iori não tinha a mais remota ideia do que uma mulher desse tipo fazia vagando na noite escura, de modo que a chamou:

— Tia!

A mulher voltou o rosto, branco como uma parede caiada, e o olhou com raiva:

— Tu me atiraste uma pedra há agora pouco, não atiraste, moleque? — disse.

Iori assustou-se, mas logo respondeu:

— Não sei nada disso! Nem moro por aqui!

A mulher veio chegando-se, e de súbito caiu na risada, como se achasse graça de si mesma.

— Que queres, hein, pirralho?— perguntou ainda rindo.

— Eu queria uma informação.

— Que menino bonito...

— Vim trazendo recado para uma mansão, mas não consigo achá-la. Você não podia me ajudar, tia?

— Qual mansão estás procurando?

— A do senhor de Tajima.

— Quê? — exclamou a mulher, gargalhando com vulgaridade.

II

— Moleque, esse senhor de Tajima é um *daimyo* da casa Yagyu, sabias? — disse a prostituta contemplando dos pés à cabeça o pequeno Iori, não acreditando no que este lhe dizia. — Ele é o instrutor de artes marciais da casa xogunal! Achas que o guarda abriria as portas para ti? Mas talvez tu estejas à procura de um dos seus serviçais...

— Estou levando uma carta.

— Para quem?

— Para certo Kimura Sukekuro.

— Um vassalo? Ah, agora tua história começa a fazer sentido. Do jeito que me falaste, parecia que eras amigo íntimo de Yagyu-sama.

— Isso não vem ao caso. Diga-me apenas onde ele mora.

— Do outro lado do canal, está claro! Depois de atravessar aquela ponte, a primeira construção é a do depósito de Kii-sama, a segunda, a do Kyogoku Suzen-sama, a terceira, a de Kato Kisuke-sama...

A mulher apontava os depósitos, fossos e telhados visíveis do outro lado do canal, enumerando-os.

— Acho que a outra ainda deve ser a mansão que procuras — ensinou.

— Nesse caso, o bairro Kobiki-cho continua do outro lado do canal?

— Claro!

— Ah, essa não!

— Como assim? Não sabes agradecer? És bem malcriado, hein, moleque! Mas não faz mal: levo-te até lá porque te acho bonitinho.

A mulher foi na frente.

Quando já ia pela metade da ponte, a prostituta, que lembrava o folclórico guarda-chuva assombrado, cruzou com um homem vindo em sentido contrário. O estranho recendia a saquê e no momento em que passou por ela, assobiou curto, roçando de leve a mão na manga do seu quimono.

No mesmo instante, a mulher esqueceu-se por completo de que levava o menino e correu no encalço do homem.

— Ora essa, eu te conheço!! — exclamou a prostituta, barrando-lhe a passagem. — Agora, tens de vir comigo — disse, tentando arrastá-lo para baixo da ponte.

— Me larga, mulher!

— Nada feito!

— Não tenho dinheiro.

— Não faz mal...

Colou o corpo ao do homem, mas de súbito, deu-se conta de Iori, que a contemplava atônito.

— Já sabes o caminho, não sabes? Então vai, que eu tenho um negócio a resolver com este homem — disse ela.

Iori porém continuava a contemplar admirado os dois adultos, homem e mulher, agarrados no meio da ponte.

Passados instantes, os dois afastaram-se juntos para baixo da ponte, talvez porque a mulher tivesse vencido o homem pela força, ou porque o homem fingisse estar sendo arrastado.

O menino, ainda curioso, projetou o pescoço para fora do corrimão para espiar. O mato crescia viçoso na estreita faixa de terra debaixo da ponte.

A mulher ergueu a cabeça nesse momento e deu com o garoto espiando-a de cima.

— Moleque safado! — gritou, furiosa. Apanhou então uma pedra e jogou-a contra ele. — Vai-te embora, malandro!

Apavorado, Iori cruzou correndo para o outro lado do canal. Criado numa casa solitária no meio de uma campina deserta, nunca tinha visto nada tão apavorante quanto aquele rosto branco e raivoso.

III

Com o rio agora às costas, Iori caminhou até encontrar um depósito, um fosso, outro depósito e outro fosso.

— Ei! Acho que é aqui! — murmurou de repente.

Destacando-se no escuro contra uma parede caiada, o menino havia descoberto um emblema — dois sombreiros estilizados sobrepostos no interior de um círculo. Iori sabia que esse era o emblema da casa Yagyu, conforme os versos de uma canção folclórica.

O portal escuro ao lado do depósito devia ser a entrada da mansão. Iori bateu com toda a força.

— Quem é? — gritou de dentro uma voz irritada.

O menino respondeu o mais alto que pôde:

— Sou discípulo do guerreiro Miyamoto Musashi e trago uma carta dele.

O porteiro resmungou algumas palavras ininteligíveis, mas minutos depois, abriu uma fresta do portal e espiou:

— Que quer a esta hora da noite? — perguntou.

Iori levou a carta quase ao nariz do homem que espiava e disse:

— Por favor, entregue isto ao destinatário. Se há resposta, espero por ela. Se não há, vou-me embora.

O porteiro tomou a carta nas mãos e examinou-a.

— Que é isso? Ei, menino, a carta é para Kimura Sukekuro-sama?

— Sim, senhor.

— Mas ele não vive aqui.

— E onde posso encontrá-lo?

— Na mansão em Higakubo.

— Mas... me disseram que a mansão ficava em Kobiki-cho.

— É o que todos pensam, mas na verdade, esta mansão é apenas um depósito de víveres e de materiais para a reforma da residência do senhor de Tajima.

— Quer dizer que sua senhoria e todos os vassalos estão em Higakubo?

— É isso.

— E Higakubo fica muito longe daqui?

— Um bocado.

— Onde, exatamente?

— No meio das montanhas, quase no limite da cidade.

— Que montanhas?

— As da vila Azabu.

— Não conheço — suspirou Iori. O senso do dever não lhe permitia contudo desistir. — O senhor não poderia fazer um mapa e me mostrar como se chega a esse lugar?

— Se está pensando em ir até lá a esta hora, desista, pois terá de andar a noite inteira.

— Não faz mal.

— Acontece que faz. Azabu é um dos locais preferidos das raposas e é muito arriscado andar por ali à noite. E se uma delas o enfeitiçar?... Menino, você realmente conhece Kimura-sama?

— Eu não, mas meu mestre parece conhecê-lo muito bem.

— Bem... a noite já vai a meio. Acho melhor você dormir num dos nossos celeiros e esperar o dia raiar.

Iori mordiscava a unha, pensativo.

Nesse instante, o supervisor do depósito surgiu e, posto a par do assunto, opinou:

— Nem pense em seguir até Azabu sozinho no meio da noite. Nem sei como conseguiu chegar sem acidentes desde o bairro dos mercadores de cavalos até aqui andando por essas ruas cheias de assaltantes!

Ante a insistência do supervisor, o menino passou a noite num celeiro. Dormir entre os incontáveis fardos de arroz fê-lo sentir-se um mendigo no meio de montanhas de ouro, e lhe provocou pesadelos.

IV

O sono transformava Iori numa simples criança cansada.

Esquecido pelo supervisor do depósito e pelo porteiro, o menino só veio a despertar no dia seguinte, pouco depois do meio-dia.

— Onde estou? — disse ele, erguendo-se num pulo. — Ih, dormi demais!

Lembrou-se da missão incompleta e saiu do meio da palha e dos fardos esfregando os olhos, apavorado. A claridade do sol a pino o estonteou.

O porteiro almoçava dentro de sua guarita e se admirou de vê-lo:

— Acordou agora, menino?

— Tio, faça um mapa e mostre-me como chegar a Higakubo, por favor.

— Ah, dormiu demais e agora tem pressa! Está com fome?

— Tanta que sinto tudo girar ao meu redor.

— Ah, ah! Tenho aqui uma caixa de lanche a mais. Coma antes de partir — convidou o porteiro bondosamente.

Enquanto o menino comia, o homem preparou o mapa mostrando como chegar à vila Azabu e à mansão Yagyu em Higakubo.

Com o mapa na mão, Iori apressou-se em seguir caminho. Tinha presente na cabeça a ideia do dever a cumprir, mas esqueceu-se por completo de que não voltara para a estalagem na noite anterior e que Musashi poderia estar preocupado com a sua segurança.

Seguindo às riscas as instruções do mapa, Iori percorreu inúmeras ruas e vielas, atravessou a estrada que cruzava a cidade e chegou enfim ao pé do castelo de Edo.

Nas proximidades, viu canais recém-cavados por todos os lados e a terra deles extraída havia servido para cobrir uma vasta área pantanosa, sobre a qual erguiam-se agora majestosas mansões de *daimyo*, assim como residências dos seus vassalos. Nos canais flutuavam barcaças carregadas de pedras e madeira, e nas muralhas em torno do castelo haviam sido armados andaimes de toras que, à distância, assemelhavam-se a frágeis treliças para sustentação de trepadeiras.

Nos campos do vale Hibiya ecoavam as batidas de martelos e machados, glorificando o poder do novo xogum. Para Iori, tudo era novidade.

> Quem me dera colher
> Gencianas e campânulas
> Dos campos de Musashino,
> São tantas e tão bonitas,
> Que nem sei qual escolher.
> Meu benzinho, minha flor,
> Orvalhada de sereno,
> Quem me dera te colher
> Sem molhar as minhas mangas,
> No sereno ao teu redor.

Homens cantavam enquanto arrastavam pedras, lascas de madeira voavam das mãos de serralheiros e marceneiros. Encantado, Iori perdeu um precioso tempo contemplando.

À visão das muralhas subindo e das construções surgindo do nada, a imaginação do menino criava asas, voava. O coração batia forte.

— Ai! Quem me dera crescer de uma vez e construir um castelo para mim! — pensou Iori, encantado com os imponentes samurais supervisionando as obras.

Entretempo, a água do canal tingiu-se de dourado e os corvos começaram a grasnar, voando de volta para os ninhos.

— Ih, o sol já está caindo!— exclamou o menino, só então dando-se conta de que tinha acordado depois do meio-dia e a tarde já se fora. Mapa na mão e apertando o passo, finalmente despontou na estrada que levava à vila Azabu, no meio das montanhas.

V

Depois de um extenso e íngreme trecho de mata fechada onde os raios solares não chegavam a penetrar, a estrada o levou ao topo da montanha. Ali, o sol ainda brilhava a caminho do poente.

Pouca gente morava nas montanhas de Azabu: espalhados no fundo de um vale, entre hortas e plantações, pontilhavam aqui e ali alguns telhados de casas rurais.

Em tempos remotos, a área também fora conhecida como vila Asaou, ou seja, Vila do Cânhamo, que como diz o nome, era um centro produtor de cânhamo. No distante período Tenkei (938-947), época em que Taira--no-Masakado campeara pelas oito províncias da região de Kanto, diz-se que Minamoto-no-Tsunemoto entrincheirou-se nas montanhas de Azabu para enfrentá-lo. Decorridos outros oitenta anos, Taira-no-Tadatsune iniciou uma rebelião, ocasião em que Minamoto-no-Yorinobu recebeu do governador e comandante supremo para as áreas de Kamakura, Muromachi e Edo, a espada Onimaru[21] e a incumbência de comandar uma expedição punitiva contra as tropas rebeldes. Diz-se que Yorinobu então estabeleceu seu quartel general nessas mesmas montanhas de Azabu, e a partir dali arregimentou os soldados das oito províncias de Kanto.

— Que cansaço! — suspirou Iori depois de ter galgado a montanha correndo. Parou por alguns instantes, contemplando vagamente o mar de relvas verdejantes, as distantes montanhas de Shibuya e Aomori, assim como as vilas nas proximidades de Imai, Iigura e Mita.

O menino não tinha noção da importância histórica do local, mas sentia nas velhas árvores de aspecto centenário, nos regatos murmurantes correndo apressados pelas pregas das montanhas e no próprio ar desses montes e vales, o espírito da gente guerreira dos clãs Taira e Minamoto que por ali haviam campeado nos longínquos dias em que a região ainda era conhecida como Asaou.

Nesse momento, as batidas profundas de um tambor agitaram o ar. Iori espiou ao redor e descobriu, emergindo entre a densa folhagem aos seus pés, o telhado de um santuário xintoísta.

---

21. Onimaru: famosa espada, mais tarde tornada tradicional dos Minamoto.

Iori tinha passado há pouco pelo santuário de Iigura, dedicado à deusa de Ise. Na área, existiam arrozais que abasteciam tanto a cozinha imperial como o grande santuário de Ise, de cuja importância já sabia muito antes de começar a estudar com Musashi.

De modo que não conseguia compreender por que ultimamente o povo reverenciava Tokugawa-sama, e não a deusa do santuário de Ise, a deusa-mãe da nação japonesa. Ainda agora, havia visto com seus próprios olhos a imponência do palácio de Edo, as mansões luxuosas dos *daimyo*, e as comparava ao humilde santuário logo abaixo, muito semelhante às construções rurais ao redor.

"Tokugawa-sama deve ser mais importante que a deusa", imaginou. "Já sei: vou perguntar a Musashi-sama quando voltar", decidiu-se o menino.

Resolvido o problema, dedicou a atenção a localizar a mansão dos Yagyu, retirando das dobras do quimono, à altura do peito, o mapa que lhe dera o porteiro.

"Que é isso?", pensou, com uma leve carranca. O local onde se encontrava era bem diferente daquele descrito no mapa.

"Que estranho!"

O sol caía no horizonte, mas a paisagem ao seu redor parecia iluminar-se cada vez mais, como num quarto fechado em cujo *shoji* o sol poente incide em cheio. Aumentando a sensação de sonho, a névoa cobriu tudo com seu manto, e as minúsculas gotas de orvalho que teimavam em acumular-se nas pontas dos seus círios faziam com que as coisas ao seu redor assumissem cambiantes tonalidades do arco-íris.

— Ah, bicho maldito! — gritou ele de repente, saltando e disparando na direção de uma moita logo atrás, golpeando às cegas.

Uma raposa regougou e borrifos de sangue e relva voaram no meio da névoa iridescente.

VI

O pelo da raposa era brilhante, da cor de um esporão de eulália seco. Ferido no rabo, ou talvez na pata, o animal disparou pela campina como uma flecha.

— Já te pego, maldita!— gritou Iori, correndo no encalço com a espada na mão, pronto para matá-la.

Manquitolando, meio tombada para a frente, a raposa parecia presa fácil, mas no momento em que o menino conseguia aproximar-se, ela tornava a disparar e a distanciar-se.

Como toda criança criada no campo, Iori ouvira desde pequeno, ainda no colo da mãe, histórias ditas verídicas em que raposas haviam pregado peças em seres humanos. Assim, o menino tinha raiva e medo delas, embora fosse capaz de amar os filhotes de javali, coelhos e esquilos.

Essa era a razão por que, ao descobrir a raposa dormindo no meio do mato, imaginara imediatamente: não era por acaso que andava perdido, a raposa o havia enfeitiçado! E então, uma ideia ainda mais apavorante lhe ocorreu de súbito: a maldita raposa talvez já estivesse atrás dele desde a noite anterior!

Maldita!

Tinha de acabar com ela, ou continuaria enfeitiçado.

Foi pensando nisso que o menino a perseguira com tanto ímpeto, mas a raposa logo mergulhou no meio de arbustos à beira de um barranco e desapareceu.

Iori sabia que as raposas eram astutas. Talvez essa apenas fingisse ter fugido, quando na verdade estaria bem atrás dele, à espreita por trás de uma moita, pensou. Chutou todos os arbustos ao redor, examinando-os um a um.

O sereno já umedecia a relva e gotas brilhavam nas pequenas flores-do--campo. O menino desabou no meio das plantas e sorveu a água acumulada nas folhas da hortelã para umedecer a boca.

Depois de instantes, pôs-se a arfar: o suor começou a escorrer por todo o corpo e o coração disparou.

— Ah, raposa dos infernos! Aonde foi que você se escondeu?

Se pelo menos não a tivesse ferido, pensou, aflito.

— Ela vai tentar vingar-se, com certeza! — murmurou, preparando-se para o ataque.

Dito e feito. Mal começava a recuperar a calma, Iori ouviu um som estranho, quase sobrenatural.

— ...?

Apavorado, procurou vivamente ao redor, concentrando-se para não ser enfeitiçado.

O estranho som que lembrava o de uma flauta vinha se aproximando.

— Aí vem ela!

Pronto para tudo, Iori ergueu-se com cuidado.

Nesse instante, surgiu em seu campo visual um vulto feminino, cujos contornos a névoa do entardecer tornava imprecisos. A mulher usando um véu longo que a cobria desde a cabeça vinha a cavalo, sentada de lado no selim. As rédeas do animal estavam soltas e as pontas descansavam na sela à sua frente.

É sabido que cavalos em geral são sensíveis à música, e este, sem fugir à regra, parecia enfeitiçado: andava a passos lentos, acompanhando o ritmo da melodia tocada pela mulher em seu lombo.

— Ah, raposa dos infernos! Assumiu a forma de uma mulher para me pregar uma peça...! — pensou Iori no mesmo instante.

A confusão do menino era até justificável: com o sol poente às costas, a mulher a cavalo que se aproximava tocando flauta constituía uma visão fantasmagórica, algo capaz de levar qualquer um a duvidar dos próprios olhos.

VII

Iori mergulhou no meio da relva e se achatou contra o solo como uma pequena serpente.

No ponto onde se encontrava, o caminho descia abrupto rumo aos vales da região setentrional. Quando a mulher passasse por ali, decidiu o menino, ele se ergueria de repente, a golpearia e obrigaria a mostrar sua verdadeira identidade.

Rubro, o disco solar caía a um canto da montanha Shibuya. Nuvens escuras orladas de vermelho começavam a preparar o céu para a noite, mas a penumbra já havia invadido a superfície da terra.

— Otsu-san...! — pensou Iori ter ouvido em algum lugar nesse momento. "Otsu-san...!", repetiu o menino baixinho, imitando o chamado.

Até a voz soava sobrenatural aos ouvidos do desconfiado menino.

"Deve ser a companheira desta raposa", decidiu o menino. Uma chamara a outra, com certeza.

Ergueu o olhar das moitas onde se escondera e percebeu que a estranha mulher já tinha alcançado o início da ladeira. A área era um descampado, de modo que, destacando-se da névoa e da penumbra, o vulto a cavalo surgiu nítido da cintura para cima contra o céu em chamas.

Iori preparou-se para dar o bote.

"Ela ainda não percebeu que estou aqui!" pensou, empunhando a espada com firmeza. Mais dez passos, e o cavalo começaria descer a ladeira, momento em que saltaria das moitas e golpearia suas ancas, decidiu.

Iori havia ouvido dizer muitas vezes que a raposa está sempre alguns metros atrás da aparição produzida por ela mesma. A noção era parte de uma complexa teoria popular em torno de raposas. Rígido de antecipação, o menino engoliu a saliva e esperou.

Contudo...

Ao chegar ao começo da ladeira, a mulher a cavalo freou de súbito a montaria e, parando de tocar a flauta, guardou-a num saquinho, enfiando-o a seguir entre as dobras do *obi*. Levou então as mãos à beira do véu, soergueu-o e pôs-se a olhar em torno, procurando algo ainda sentada sobre a sela.

— Otsu-san! — voltou a chamar a mesma voz.
No mesmo instante, um sorriso surgiu no rosto alvo da bela aparição a cavalo.
— Ah, é Hyogo-sama! — exclamou ela em voz baixa.
Só então Iori também conseguiu avistar o vulto de um samurai que vinha subindo a ladeira, proveniente do vale.
"Que é isso?" assustou-se o menino.
Pois o samurai coxeava! E a raposa que ferira havia pouco também mancava! Isso queria dizer que este samurai era o animal que ele tinha ferido na pata e deixado escapar. Como ele era ardiloso, hábil em seus truques, pensou Iori assombrado. Um arrepio percorreu-lhe o corpo inteiro e o fez molhar as calças sem querer.
Entrementes, a mulher e o samurai coxo trocaram algumas palavras e, em seguida, o homem apanhou as rédeas e passou conduzindo o cavalo bem na frente dos arbustos onde Iori se escondia.
"É agora!" pensou o menino, mas o corpo não o obedeceu. Não obstante, o samurai coxo pressentiu de imediato o movimento nos arbustos, pois voltou-se imediatamente e lançou um olhar feroz para o lado do menino.
O olhar tinha um brilho duro, mais intenso que os raios vermelhos do sol caindo por trás das montanhas.
Iori tombou no meio do mato. Nos seus curtos quatorze anos de vida, nunca tinha sentido tanto medo como nesse instante. Não fosse o medo mortal de revelar a própria posição, o menino teria desandado a chorar a plenos pulmões.

IMAGEM SEMPRE PRESENTE

I

A ladeira era íngreme.

Segurando as rédeas do cavalo, Hyogo descia inclinando-se para trás, contendo o passo da montaria.

— Está atrasada, Otsu-san! — disse, voltando-se para o vulto sobre a sela. — Demorou demais para quem só ia fazer uma visita ao santuário. A tarde começou a cair e o meu tio a preocupar-se, de modo que vim à sua procura. Foi a mais algum lugar?

— Sim — respondeu Otsu. Inclinou-se para um lado, e agarrando-se ao apoio na frente da sela, desmontou.

— Por que desmontou, Otsu-san? Sabe que eu a conduziria muito bem — protestou Hyogo.

— Não me sinto bem sendo conduzida por um homem de sua importância, Hyogo-sama.

— Continua cheia de formalidades, Otsu-san. Pior pareceria se *eu* voltasse a cavalo conduzido por você...

— Nesse caso, andamos os dois, cada um segurando um dos lados da rédea — resolveu Otsu.

A penumbra se adensava conforme desciam a ladeira e estrelas já surgiam brancas no céu. As luzes de casas rurais pontilhavam o vale, o rio Shibuya murmurava.

Os habitantes locais chamavam de Higakubo Setentrional a área aquém do rio, e de Higakubo Meridional a margem oposta.

A área ribeirinha próxima à ponte era ocupada por uma academia de monges, fundada pelo bonzo Kan'ei Rintatsu. Quando desciam a ladeira, os dois haviam passado pela entrada, assinalada por uma placa: "Academia Sendan'en da Seita Zen Soto".

A mansão Yagyu ficava frente a frente com a academia, do outro lado do rio. Por esse motivo, os camponeses e pequenos mercadores que habitavam as margens do rio Shibuya referiam-se genericamente aos discípulos da academia dos monges como "guerreiros do norte", e aos discípulos da casa Yagyu como "guerreiros do sul".

Yagyu Hyogo vivia sempre em companhia dos discípulos da academia Yagyu, mas gozava de uma situação privilegiada por ser neto de Yagyu Sekishusai e sobrinho do senhor de Tajima.

Em contraposição à casa Yagyu de Yamato, esta era chamada "Yagyu de Edo". E entre todos os netos, o velho suserano Sekishusai de Yamato tinha especial predileção por Hyogo.

Logo depois de completar vinte anos, ele havia chamado a atenção de Kato Kiyomasa e fora convidado a servir à sua casa na província de Mango em troca de um alto estipêndio. Mais tarde, ficou estabelecido que se fixaria em Kumamoto por fabulosos 3 mil *koku*. Terminada a batalha de Sekigahara, a casa Tokugawa, que saíra vencedora da guerra, usara critérios políticos extremamente complexos para separar os *daimyo* em dois grupos: o dos fiéis a ela e o dos partidários da coalizão de Osaka.

Hyogo então considerara melhor afastar-se da casa Kato para não se envolver em questões que nada tinham a ver com sua pessoa e, dando como desculpa a doença do avô, retornara a Yamato. Depois disso, informou que desejava sair em jornada de estudos e nunca mais retornou à casa Kato. Desde então, percorreu diversas províncias adestrando-se e no ano anterior tinha chegado à casa do tio em Edo, onde permanecia até esse dia.

Hyogo estava agora com 28 anos, e nos últimos dias havia surgido na casa do tio uma jovem de nome Otsu. Sendo ambos jovens, os dois logo tornaram-se amigos, ou mais que amigos, se dependesse da vontade de Hyogo. Ele porém sabia que Otsu tinha um passado confuso. Além disso, o olhar vigilante do tio vivia sobre os dois, de modo que não havia revelado a ninguém o que lhe ia no coração.

II

Neste ponto, torna-se imprescindível explicar também a razão da presença de Otsu na mansão Yagyu.

Três anos já se haviam passado desde o dia em que, a caminho de Edo, Otsu havia-se desgarrado de Musashi na estrada de Kiso, e desaparecido sem deixar rastros.

O sequestrador a emboscara entre o posto de inspeção de Fukushima e a pousada de Narai, forçara-a a transpor a serra e escapara para os lados de Koshu, conforme foi narrado anteriormente.

Esse malfeitor, lembram-se ainda os leitores, era Hon'i-den Matahachi. Otsu, apesar de constantemente vigiada e coagida por ele, tinha conseguido manter-se casta. E na época em que Musashi e Joutaro teriam presumivelmente entrado na cidade de Edo depois de percorrer seus próprios caminhos, Otsu também ali havia chegado.

Como vivia ela?

E em que parte da cidade?

Para esclarecer esses pontos obscuros da narrativa, teria de voltar dois anos no tempo, de modo que vou simplificar, contando-lhes apenas de que modo Otsu acabou chegando à casa Yagyu.

Ao entrar em Edo, Matahachi resolveu que a primeira providência a tomar seria encontrar um emprego para garantir a subsistência.

Mas até para procurar emprego Matahachi não se afastava de Otsu nem por um instante.

Aonde ia, anunciava:

— Somos um casal recém-chegado de Kyoto.

Sempre havia empregos para ajudante de pedreiro, carpinteiro e marceneiro porque o palácio de Edo estava sendo reconstruído, mas Matahachi conservava amargas lembranças dos tempos em que trabalhara na reforma do palácio de Fushimi.

— Conhece alguém disposto a contratar um casal? Estou procurando um trabalho que possa ser feito dentro de casa, como de escriba, por exemplo — pedia ele aqui e ali com seu habitual jeito vacilante, irritando os poucos interessados em ajudá-lo.

— Um emprego tão conveniente é difícil, até nesta cidade onde não faltam oportunidades! — respondiam, dando-lhe as costas.

Alguns meses se passaram. Desde que Matahachi não lhe ameaçasse a castidade, Otsu mostrava-se dócil para ganhar sua confiança e poder fugir à primeira oportunidade.

Certo dia, andavam os dois por uma rua quando se depararam com o cortejo de um *daimyo*. Baús e liteiras coloridas, ornadas com o emblema da casa — dois sombreiros estilizados sobrepostos no interior de um círculo — desfilaram diante de seus olhos. Os transeuntes abriram passagem para o cortejo prostrando-se dos dois lados do caminho e, de cabeças baixas, sussurravam:

— É Yagyu-sama!

— É o senhor de Tajima, o homem que ensina artes marciais ao xogum pessoalmente!

Otsu lembrou-se dos dias passados no feudo de Yagyu na província de Yamato, assim como da sua amizade com o velho suserano Sekishusai e sentiu uma indizível tristeza. Como seria bom se estivesse agora em Yamato, pensou, contemplando vagamente a comitiva passar, uma vez que Matahachi se encontrava rente ao seu lado.

E foi então que ouviu:

— Otsu-san! É Otsu-san, como pensei!

Um samurai tinha vindo no seu encalço, procurando-a no meio da multidão que começava a se dispersar.

Quando passara havia pouco escoltando a liteira do senhor de Tajima, Otsu não lhe vira o rosto, oculto debaixo de um largo sombreiro. Agora, porém, que o tinha à sua frente, percebeu com grande surpresa que se tratava do seu velho conhecido Kimura Sukekuro, um dos quatro vassalos veteranos de Sekishusai.

Otsu soltou-se de Matahachi, correu para perto de Sukekuro e a ele se agarrou, dizendo:

— Como estou feliz em revê-lo, senhor!

Desse momento em diante, Sukekuro tomara conta da situação e a conduzira para a mansão Yagyu de Higakubo. Como era de se esperar, Matahachi não permaneceu contemplando passivamente a presa escapar-lhe das garras. Sukekuro, porém, interrompeu sua arenga e ordenou:

— Se tem alguma reclamação a fazer, compareça à mansão Yagyu. Lá conversaremos.

Covarde como era, Matahachi não conseguiu dizer mais nada ao ouvir o nome Yagyu. E assim, deixou-se ficar apenas contemplando o cortejo que se afastava, imóvel, rosto contorcido de ódio.

III

Sekishusai nunca tinha ido à cidade de Edo. Isso, porém, não o impedia de preocupar-se constantemente com a sorte do filho, o senhor de Tajima, designado para o importante cargo de instrutor marcial do novo xogum Tokugawa Hidetada.

Nos últimos tempos, o nome Yagyu crescia de importância não só em Edo, mas no país inteiro, a ponto de o estilo Yagyu de esgrima ser considerado por unanimidade o mais expressivo entre os praticantes de artes marciais, e o nome do senhor de Tajima ser citado como o do melhor espadachim da atualidade.

Aos olhos do pai, contudo, o mais famoso espadachim do país não passava de uma criança, o seu pequeno filho de antigamente.

"Tomara que ele saiba controlar aquele velho hábito seu", ou "Espero que seu gênio voluntarioso não interfira em sua carreira" eram frases que lhe escapavam vez ou outra, demonstrando que, em se tratando do filho querido, o monstro sagrado da esgrima era tão vulnerável quanto qualquer outro pai.

Nos últimos tempos, a preocupação com o filho e com o futuro do neto aprofundava-se cada vez mais porque Sekishusai andava bastante debilitado desde o ano anterior e percebia com maior clareza a aproximação da morte. E talvez como parte dos preparativos para abandonar esta vida, o velho suserano havia recomendado seus fiéis discípulos Debuchi, Shoda e Murata às casas Echizen, Sakakibara e Chiki, abrindo-lhes a possibilidade de constituir suas próprias casas.

Sekishusai não se esquecera também de remeter Kimura Sukekuro para junto do filho em Edo, certo de que o experiente vassalo ajudaria o senhor de Tajima a tomar decisões corretas no desempenho de suas importantes funções.

Com o exposto, creio que pus o leitor a par dos principais acontecimentos da casa Yagyu destes últimos três anos e dos motivos por que certa jovem e o sobrinho do senhor de Tajima viviam agora sob um mesmo teto.

Na ocasião em que Sukekuro trouxe Otsu para a mansão, o senhor de Tajima aceitara de bom grado abrigá-la, pois sabia que, tempos atrás, a jovem havia servido ao pai corretamente.

— Não se preocupe com nada e permaneça em minha casa o tempo que quiser. Você poderá me ajudar a administrar a casa — sugerira ele.

Com a chegada do sobrinho Hyogo, porém, essa disposição despreocupada alterou-se ligeiramente. Tinha agora sob seus cuidados dois jovens convivendo intimamente e via-se obrigado a mantê-los sob constante vigilância, o que começava a cansá-lo.

Hyogo, no entanto, ao contrário do tio, tinha um gênio aberto e descontraído.

— Otsu-san é uma boa moça. Gosto dela — vivia ele sempre dizendo, sem se importar com o olhar sisudo do tio. Consciente da própria posição, contudo, o jovem Hyogo jamais dera a entender que a amava ou a queria desposar.

Voltamos agora ao ponto em que os dois, com o cavalo no meio e segurando cada qual um lado da rédea, vinham caminhando pelo vale Higakubo, de onde o sol há muito desaparecera. Subiram em seguida um ligeiro aclive para o sul e pararam na frente do portão da casa Yagyu. Hyogo bateu com força à porta e gritou:

— Abra a porta, Heizo! Somos nós, Hyogo e Otsu-san!

CARTA URGENTE

I

Munenori, o senhor de Tajima, estava com 38 anos. Nem brilhante nem audacioso, era contudo inteligente, um tipo mais racional que espiritual.

Nisso ele diferia do ilustre pai, Sekishusai, e do genial sobrinho Hyogo.

Anos atrás, quando o idoso suserano de Koyagyu havia recebido ordens de Tokugawa Ieyasu no sentido de designar alguém de seu clã para servir o filho Hidetada na qualidade de instrutor de artes marciais, Sekishusai procurou, entre os próprios filhos, netos, sobrinhos e vassalos, alguém cujo perfil se adaptasse ao cargo, e logo decidiu:

— Mandem Munenori.

Pesaram na escolha a inteligência e o temperamento suave de Munenori.

A personalidade de Munenori, acreditava o idoso suserano, era a que melhor interpretava o pensamento básico da escola Yagyu, ou seja, o de que arte militar devia ser um instrumento para governar o país.

Ieyasu, por seu lado, não pensava em aprimorar o nível técnico de esgrima do filho Hidetada quando procurara um bom instrutor de artes marciais para ele. Na época, o próprio Ieyasu tomava aulas de esgrima com um certo mestre de nome Okuyama, e havia muitas vezes repetido que, desse modo, procurava "obter a visão necessária para governar o país."

De modo que, muito além da questão de ser ou não um hábil espadachim, o instrutor de Hidetada tinha de ter como objetivo básico ensinar ao aluno esgrima como um meio de compreender e governar o país.

Isto não queria dizer que, só por defender tais objetivos, Munenori não precisasse ser ele próprio um hábil espadachim e demonstrar essa habilidade em duelos, já que a esgrima era fundamentalmente a arte de vencer sempre e sobreviver em quaisquer circunstâncias. Mais que isso, esperava-se dele que superasse os demais, independente de estilos ou correntes, até para preservar a dignidade do nome Yagyu.

E a constante necessidade de provar sua superioridade representava uma grande angústia para Munenori. Enquanto os demais membros do clã o invejavam por ter sido escolhido para o honroso cargo, o senhor de Tajima considerava uma indizível provação a função ora exercida por ele, e invejava Hyogo e sua vida despreocupada.

Por falar em Hyogo, vinha ele nesse instante atravessando o longo corredor em forma de ponte, dirigindo-se para os aposentos ocupados por Munenori.

A mansão, no estilo arquitetônico de Nara, era propositadamente rústica e sua construção fora realizada por marceneiros locais, os quais não contaram com nenhum auxílio da refinada mão-de-obra da região de Kyoto. Morando nesse ambiente, Munenori procurava mitigar a saudade do vale Yagyu, onde as árvores eram esparsas e as montanhas baixas, iguais às que via ao seu redor nesse momento.

— Senhor meu tio! — disse Hyogo, ajoelhando-se no corredor e espiando o aposento.

Munenori já havia pressentido sua aproximação.

— É você, Hyogo? — disse, sem tirar os olhos do jardim.

— Posso trocar algumas palavras com o senhor?

— Assunto sério?

— Não, senhor. Quero apenas conversar.

— Entre.

— Com sua licença — disse Hyogo, só então passando para dentro do aposento.

A rigidez protocolar era uma das características da casa. Hyogo, por exemplo, considerava mais fácil conviver com Sekishusai do que com o tio. Com o avô ele tomava certas liberdades que jamais tomaria com Munenori, todo formal até no modo de sentar-se. Por vezes, Hyogo sentia pena do tio.

II

Munenori era homem de poucas palavras, mas ao ver o sobrinho, pareceu de súbito lembrar-se e perguntou:

— E Otsu?

— Já está de volta — respondeu Hyogo.— Ela tinha ido visitar o santuário de Hikawa, como de costume, e disse que acabou se atrasando porque deixou-se levar pelo cavalo e perambulou por aí.

— Você foi procurá-la pessoalmente?

— Sim, senhor.

Munenori permaneceu em silêncio por alguns instantes, com a luz da lamparina iluminando-lhe lateralmente o rosto.

— Ter essa jovem aos meus cuidados transformou-se numa responsabilidade muito grande. Será melhor procurar uma casa que a receba convenientemente e transferi-la. Já instrui Sukekuro nesse sentido.

— Contudo... — disse Hyogo, parecendo discordar da decisão do tio —, ouvi dizer que ela não tem ninguém no mundo a quem recorrer. Se a mandar embora daqui, não terá para onde ir.

— Se pensar desse modo, nunca me livrarei dessa responsabilidade.
— Ela é gentil. Meu avô costumava elogiá-la.
— Não o estou contradizendo, mas... esta é uma casa só de homens. A presença de uma mulher bonita e solteira no meio deles distrai-lhes a atenção, é capaz de provocar comentários entre os que frequentam a mansão.
— ...

Hyogo não quis interpretar as palavras do tio como uma censura velada a ele. Primeiro, porque era solteiro e não precisava temer a língua do povo, e segundo, porque não nutria por Otsu nenhuma intenção escusa de que tivesse de se envergonhar.

As palavras do tio — sentiu Hyogo — eram antes uma referência à própria situação. Munenori tinha uma esposa, que descendia de uma família influente e em boa posição social. Como convinha às grandes damas, os aposentos dela e das mulheres que compunham sua pequena corte ficavam longe dos quartéis de Munenori, tão longe que ninguém conseguia saber com certeza se a relação do casal era ou não harmoniosa. No entanto, era fácil deduzir-se que a jovem esposa, obrigada a viver confinada em aposentos tão distantes do marido, não via com bons olhos o aparecimento de outra mulher jovem e bela partilhando o cotidiano do marido.

Por esse motivo, ao encontrá-lo vez ou outra sozinho e desanimado, Hyogo, apesar de solteiro e, portanto, inexperiente em assuntos conjugais, era levado a imaginar se não tivera algum tipo de aborrecimento nos distantes aposentos da esposa. Sobretudo porque o tio era o tipo do marido sério, incapaz de mandar a mulher calar-se, mesmo quando ela se tornava inconveniente.

De um lado, portanto, Munenori suportava em silêncio o peso da responsabilidade inerente ao cargo de instrutor xogunal e do outro, o humor instável da jovem esposa. Ultimamente, porém, era visto sozinho, perdido em pensamentos, com frequência cada vez maior.

— Falarei com Sukekuro e encontraremos um meio de aliviar suas preocupações, tio. Deixe Otsu-san por nossa conta — disse Hyogo.
— Faça isso o mais breve possível — atalhou Munenori.

Nesse instante, seu administrador Sukekuro surgiu no aposento contíguo.
— Senhor! — chamou ele. Tinha se sentado num local distante da área iluminada pela lamparina e depositou uma caixa de correspondências na sua frente.
— Que quer? — disse Munenori, voltando-se.

Sukekuro aprumou-se e posicionou-se de frente para o seu amo.
— Um mensageiro a cavalo acaba de trazer esta carta expressa de Koyagyu — disse.

III

— Carta expressa? — repetiu Munenori agitado, como se adivinhasse o teor da correspondência.

Hyogo também logo desconfiou, mas como o assunto não podia ser tratado levianamente, absteve-se de qualquer comentário, ocupando-se apenas em passar a caixa das mãos de Sukekuro para as do tio.

— Que poderá ter acontecido? — disse.

Munenori desdobrou a carta que o administrador do clã Yagyu, Shoda Kizaemon, havia escrito às pressas, conforme indicavam os traços corridos dos caracteres. Dizia:

Referência: o estado de saúde do grão-senhor, Sekishusai-sama.

Acometido novamente por um resfriado muito forte, desta vez seu estado é crítico, e leva-nos a crer com grande pesar que seu fim se aproxima. Não obstante, sua senhoria mantém-se lúcido e insiste que o senhor de Tajima não deve afastar-se de Edo e do importante cargo que lhe foi confiado, mesmo em caso de luto. Apesar de sua expressa recomendação, nós, os vassalos, discutimos o caso entre nós e optamos por remeter a presente.

— Em estado crítico... — sussurraram Munenori e Hyogo, calando-se em seguida por alguns minutos.

Pela expressão do tio, Hyogo viu que ele já havia tomado uma resolução. O jovem sobrinho admirava o autocontrole de Munenori — traço da sua personalidade racional, sem dúvida —, que lhe permitia manter a calma e a compostura mesmo em situações como aquela, enquanto ele, Hyogo, emocionava-se imaginando o rosto morto do avô e a consternação dos vassalos, sentindo-se incapaz de tomar qualquer medida prática.

— Hyogo!
— Sim, senhor?
— Apronte-se imediatamente e siga para o castelo em meu lugar.
— Em seguida, senhor.
— Diga ao meu pai que não se preocupe comigo ou com minha função, e que tenho tudo sob controle.
— Assim direi.
— Cuide dele por mim, Hyogo.
— Sim, senhor.

— Depreendo que seu estado é grave. A mim, só me resta pedir a proteção dos deuses e dos santos budistas... Apresse-se, por favor, Hyogo. Faça de tudo para chegar a tempo de vê-lo ainda com vida.

— Parto em seguida. Até mais ver, meu tio.

— Ainda esta noite?

— Minha situação me leva a partir a qualquer momento. É a minha única vantagem em relação ao senhor, meu tio, e tenho de fazer uso dela em seu benefício — disse Hyogo. Pediu licença ao tio e retornou aos seus aposentos.

Enquanto o jovem preparava-se para viajar, a triste notícia espalhou-se pela mansão e chegou aos ouvidos da criadagem. Sussurros pesarosos encheram a casa.

Sem que ninguém tivesse percebido, Otsu havia-se trocado e surgiu timidamente à entrada dos aposentos ocupados por Hyogo.

— Hyogo-sama: deixe-me seguir em sua companhia, por favor — suplicou ela em lágrimas. — Sei que nada haverá de pagar a grande dívida que tenho para com o grão-senhor, mas gostaria ao menos de estar ao seu lado neste momento e de proporcionar-lhe um mínimo de conforto. Nunca me esquecerei do quanto ele fez por mim e sei que se hoje encontro abrigo nesta mansão, devo-o também à sua bondosa recomendação. Por tudo isso, eu lhe suplico: leve-me com o senhor.

Hyogo sabia muito bem o caráter correto de Otsu e não conseguiu recusar, embora no íntimo tivesse a certeza de que, se o tio estivesse em seu lugar, não teria hesitado em negar permissão. Por outro lado, lembrou-se do que havia prometido a Munenori momentos atrás, e considerou que talvez esta fosse uma boa oportunidade para cumprir a promessa.

— Muito bem, eu a levarei comigo. Contudo, lembro-lhe que nesta viagem cada minuto será precioso. Será capaz de viajar dia e noite sem descanso, a pé, a cavalo e de liteira?

— Prometo-lhe que acompanharei seu ritmo, por mais rápido que seja — respondeu Otsu feliz, enxugando as lágrimas e apressando-se em ajudar Hyogo a se aprontar.

IV

Otsu apresentou-se nos aposentos de Munenori, expôs sua decisão e lhe pediu permissão para partir depois de agradecer-lhe a gentil acolhida durante os dias e meses que ali passara.

— Estou satisfeito com a sua decisão. Tenho certeza de que sua presença alegrará o meu velho pai — disse Munenori satisfeito. — Vá com cuidado —

acrescentou, ao mesmo tempo em que mandava providenciar, como presente de despedida, um quimono novo e uma considerável quantia em dinheiro para as despesas de viagem e miudezas.

Os vassalos descerraram o portão e, enfileirados dos dois lados da passagem, acompanharam a partida do neto de Sekishusai.

— Adeus! — despediu-se Hyogo de todos com um breve aceno, saindo pelo portão.

Otsu tinha prendido o quimono sob o *obi*, deixando-o mais curto para facilitar-lhe os passos, e levava nas mãos um bastão e um sombreiro feminino finamente envernizado, aprontando-se para a longa jornada. Se levasse um ramo de glicínias ao ombro seria um exemplar vivo das tradicionais beldades retratadas em pinturas, muito comum em Outsu, pensavam os vassalos, tristes ante a ideia de que não a veriam mais andando pela mansão.

Hyogo havia decidido contratar liteiras ou cavalos a cada posto de muda no qual passassem, de modo que o objetivo dessa primeira etapa da viagem era alcançar Sangen'ya ainda durante a noite. Para tanto, tinham de pegar a estrada de Ouyama até o rio Tamagawa, tomar a balsa, cruzar para a outra margem e sair na estrada Tokaido, explicara Hyogo. O sereno já molhava o sombreiro de Otsu. Depois de percorrer um bom trecho de mata no fundo do vale à beira do rio, os dois saíram numa estrada mais larga, em subida.

— Esta é a ladeira Dougen-zaka — explicou Hyogo.

O caminho, um dos mais frequentados da região de Kanto desde o período Kamakura, era ladeado por morros cobertos de mata fechada e árvores altas, de modo que pouca gente por ele transitava depois do anoitecer.

— Está com medo de andar por esta estrada escura? — perguntou Hyogo, diminuindo o passo para que Otsu pudesse alcançá-lo.

— Nem um pouco — respondeu Otsu, sorrindo e apressando-se por seu lado para não ficar para trás. Afligia-a a ideia de que, por sua causa, Hyogo se atrasasse e não chegasse a tempo de ver o idoso suserano com vida.

— Esta área costumava ser infestada de bandoleiros.

— Bandoleiros?! — exclamou, arregalando os olhos de espanto.

— Mas isso foi antigamente — enfatizou Hyogo, rindo. — Dizem que um certo Dougen Taro, um homem do clã de Wada Yoshimori, tornou-se bandoleiro e vivia numa caverna nestas proximidades.

— Vamos falar de assuntos menos apavorantes, está bem?

— Mas você acaba de dizer que não está com medo!

— Não seja maldoso!

Hyogo gargalhou, e seu riso ecoou no escuro.

Não sabia bem por quê, mas o jovem sentia-se em boa disposição. Estava feliz pela oportunidade de poder viajar a sós com Otsu, o que lhe provocava uma vaga sensação de culpa quando se lembrava do avô, às portas da morte na distante província natal.

— Que é isso? — exclamou Otsu de súbito, dando um passo para trás.

— Que foi? — disse Hyogo, passando sem o perceber um braço protetor em torno dos seus ombros.

— Tem alguma coisa movendo-se ali.

— Onde?

— Ora... é uma criança! Olhe, está sentada na beira da estrada. Ah, que horror! Ela está falando sozinha!

Hyogo aproximou-se. O menino era o mesmo que ele vira escondido no meio das moitas naquela mesma tarde, quando voltava em companhia de Otsu para a mansão.

V

Mal avistou os dois, Iori — pois, tratava-se dele — saltou em pé rapidamente e investiu, golpeando a esmo.

— Malditos! — esbravejou.

— Que é isso, menino! — gritou Otsu.

No mesmo instante, Iori voltou-se na sua direção aos berros:

— Raposa dos infernos! Bicho maldito!

Era apenas um menino, e brandia uma espada curta, mas o que causava apreensão era o seu olhar selvagem. O menino parecia possuído por um espírito demoníaco e investia cegamente, obrigando Hyogo a recuar um passo.

— Raposa maldita! Maldita!

A voz de Iori era rascante como a de uma mulher velha. Desconfiado, Hyogo continuou apenas a desviar-se dos golpes enquanto observava o comportamento do menino.

— Toma isto! — gritou Iori nesse instante, erguendo a espada e descarregando-a num arbusto delgado, decepando-o. A metade superior da planta tombou e no mesmo instante, Iori sentou-se molemente no chão.

— E agora, que me diz disso, raposa maldita! — disse, arquejante.

O menino tinha a expressão chocada de alguém que acaba de matar um homem e se arrepia ante a visão do sangue. Ao ver isso, Hyogo sorriu e voltou-se para Otsu:

— Pobrezinho! Parece ter sido enfeitiçado por uma raposa! — comentou.

— Que horror! Isso explica esse olhar enlouquecido!

— Obra da raposa, sem dúvida.

— Não podemos fazer nada por ele?

— Já diz um velho ditado que burro e louco só a morte cura, mas esta loucura é fácil de ser curada.

Hyogo parou na frente de Iori e o fixou duramente. O menino, que havia estado com os olhos arregalados, quase em transe, tornou a empunhar a espada e gritou:

— Ainda está aí, bicho dos infernos?

Ia erguer-se, quando ouviu o *kiai* estridente de Hyogo. No mesmo instante, viu-se apanhado pela cintura e levado dali em disparada.

O jovem desceu a ladeira correndo e ao chegar à ponte que cruzara havia pouco, segurou Iori pelos pés e o dependurou de ponta-cabeça por cima do corrimão sobre o rio.

— Máááe! — gritou Iori em voz aguda. — Paaai!

Hyogo continuava a segurá-lo sobre o rio, quando ouviu o terceiro berro:

— Meeestre! Me acuda!

Otsu alcançou-os nesse instante e ao ver o tratamento brutal dispensado a Iori, gritou como se ela própria estivesse sendo maltratada:

— Pare! Pare com isso, Hyogo-sama! Não pode tratar desse jeito um menino que nem conhece!

Hyogo depositou então o menino sobre a ponte gentilmente dizendo:

— Creio que basta.

No momento seguinte, Iori desatou a chorar como uma criança totalmente desamparada, sem ninguém no mundo para acudi-la.

Otsu aproximou-se e pôs a mão sobre o ombro, sentindo-o menos tenso que há pouco.

— De onde você veio? — perguntou.

Com voz entrecortada de soluços, o menino respondeu, apontando a esmo:

— De lá.

— Lá onde?

— Da cidade de Edo.

— De que bairro de Edo?

— Dos mercadores de cavalo.

— Ora essa! E que faz você neste lugar tão distante?

— Eu vim trazendo uma mensagem e acabei me perdendo...

— Quer dizer que você andou o dia inteiro e...

— Nada disso — interrompeu Iori, balançando a cabeça, recuperando parcialmente a calma. — Estou andando desde ontem.

— Como é? Você andou perdido por dois dias? — exclamou Otsu atônita.

VI

— E aonde ia você com a mensagem? — insistiu Otsu.

Iori parecia esperar a pergunta, pois respondeu sôfrego:

— À mansão de Yagyu-sama.

Tirou em seguida da altura do umbigo uma carta amarfanhada, guardada com muito zelo. Ergueu-a e leu à luz das estrelas:

— Diz aqui: Kimura Sukekuro-sama. Ele é vassalo de Yagyu-sama e mora em sua mansão. A carta é para ele.

Ah, mundo cruel! Por que Iori não mostrou nesse instante a carta às pessoas que tão bondosamente o tinham acudido? Ou teria o destino intervindo uma vez mais intencionalmente?

Pois o papel amarfanhado que o menino sustinha bem perto do rosto de Otsu era o próprio instrumento de sua felicidade, a tão esperada notícia do homem com quem ela sonhara todas as noites dos últimos anos, mas a quem só conseguia encontrar uma vez a cada muitos anos, como no velho conto chinês da tecelã e do pastor.

Sem saber de nada, Otsu não olhou para o papel.

— Hyogo-sama. O menino está à procura do senhor Kimura — disse, voltando o rosto para o outro lado.

— Se estava à procura dele, o coitado andou realmente perdido — comentou Hyogo. Voltou-se de novo para Iori e disse: — Agora, porém, você já está quase lá, menino. Basta atravessar esta ponte e seguir por algum tempo beirando o rio. A certa altura, o caminho vai transformar-se numa subida para o lado esquerdo e encontrará uma trifurcação. Nesse ponto, siga na direção de um pinheiro robusto, compreendeu?

— E cuidado para não ser enfeitiçado por outra raposa! — acrescentou Otsu.

Iori sentia como se lhe tivessem removido um véu dos olhos e respondeu com firmeza:

— Muito obrigado.

Afastou-se em seguida correndo, andou alguns metros beirando o rio Shibuya e parou.

— Para a esquerda? É para subir para o lado esquerdo? — frisou, apontando nessa direção.

— Isso mesmo — respondeu Hyogo, balançando a cabeça. — Tem um trecho escuro mais à frente. Vá com cuidado!— acrescentou, mas já não obteve resposta.

O pequeno vulto aos poucos desapareceu tragado pela estrada entre as colinas cobertas de árvores.

Hyogo e Otsu permaneceram ainda por algum tempo recostados ao parapeito da ponte, contemplando o ponto onde o menino desaparecera.

— Que garoto decidido! — comentou Hyogo.

— E esperto também — acrescentou Otsu, no íntimo comparando-o com Joutaro. A jovem lembrava-se dele como um moleque um pouco maior que Iori, mas pensando bem, hoje já teria dezessete anos!

"Deve estar tão mudado!" pensou.

No momento seguinte, a imagem de Musashi lhe veio à mente. Uma tristeza infinita avolumou-se em seu peito, mas ela logo a combateu.

"Não devo ficar triste. Talvez o encontre em algum lugar, durante a jornada!" pensou. Nos últimos tempos ela havia aprendido a enganar a saudade.

— Vamos embora! Teremos de nos apressar daqui para a frente — disse Hyogo, quase numa autocensura. Percebia em si certa tendência à despreocupação, e isso o incomodou.

Otsu apressou o passo, mas seu espírito vagava sem rumo, debruçando-se sobre as pequenas flores de campo, imaginando se Musashi não teria passado por ali pisando sobre elas. E assim andou por muito tempo perdida em pensamentos que não podia partilhar com o companheiro ao lado.

O SERMÃO DO FILHO INGRATO

I

— Que é isso, obaba? Treinando caligrafia?

Mendigo havia acabado de chegar da rua e parou à entrada do quarto de Osugi, entre assombrado e admirado.

Estamos na casa de Hangawara Yajibei.

Obaba voltou-se.

— Ah... olá! — disse, como quem não quer perder tempo com conversas. Segurou melhor o pincel e tornou a concentrar-se no que escrevia.

Mendigo sentou-se de manso ao seu lado.

— Ora essa! Ela está copiando um sermão de Buda... — murmurou.

Como nem assim conseguiu chamar a atenção de Osugi, irritou-se:

— Não está velha demais para treinar caligrafia, obaba? Ou pretende ensinar no outro mundo?

— Silêncio! Quem copia um texto sagrado tem de se abstrair. Faça-me o favor de se retirar.

— Justo hoje que voltei mais cedo para poder contar umas novidades...

— Mais tarde, faça-me o favor.

— Quando é que você vai acabar?

— Cada um dos caracteres tem de ser copiado com a mente iluminada, de modo que são precisos quase três dias para completar uma cópia.

— Santa paciência!

— Mas não pretendo dedicar apenas três dias para esta tarefa. Quero terminar algumas dezenas de cópias durante o verão, e mil até o fim de minha vida. Vou deixá-las para serem distribuídas a todos os filhos ingratos deste mundo.

— Mil cópias? Tudo isso?

— Esta será a minha última missão na terra.

— Incomoda-se de me explicar por que quer deixar essas cópias para os filhos ingratos? Não estou querendo me gabar, mas este que lhe fala faz parte desse grupo, sim senhora.

— Você é também um deles?

— Não só eu, como todos os malandros desocupados que vivem nesta casa. Excetuando o nosso chefe, o resto é um bando de ingratos que há muito esqueceu o sentido da palavra dever filial.

— Em que mundo vivemos!

— Ah-ah! Você hoje me parece bastante deprimida, obaba. É impressão minha, ou seu filho também é um malandro ingrato?

— Ele é o mais ingrato de todos os filhos! Resolvi copiar mil vezes este sermão de Buda sobre a importância do amor dos pais pensando em dá-lo a ler a outros filhos iguais a Matahachi. Esta será a última missão da minha vida. Mas nunca pensei que houvesse tantos filhos ingratos neste mundo...

— Quer dizer então que vai fazer mil cópias do sermão de Buda sobre o amor dos pais e distribuí-las a mil filhos?

— Não pense que me contento com tão pouco. Dizem as escrituras que se você semeia a luz numa alma, logo haverá cem almas iluminadas, e que se a luz brotar nessas cem, logo haverá dez milhões de almas iluminadas.

Entretida na conversa, Osugi tinha posto de lado o pincel. Apanhou então um exemplar no meio dos cinco ou seis já acabados e o entregou com uma respeitosa reverência a Mendigo.

— Eu lhe ofereço esta cópia. Deve lê-la sempre que tiver um tempo disponível.

Ao ver a cara séria da idosa mulher, Mendigo conteve a custo um acesso de riso. Não podia enfiar a cópia de qualquer modo nas dobras do quimono, como o faria a papéis para assoar o nariz. Assim sendo, levou-a rapidamente à testa simulando deferência e logo mudou o rumo da conversa.

— Acho que sua fé foi recompensada, obaba. Você não vai acreditar, mas hoje, andando na rua, dei de cara com um sujeito interessantíssimo!

— De que sujeito interessante fala você?

— Do seu inimigo jurado, o tal Miyamoto Musashi! Topei com ele no atracadouro da balsa que cruza o rio Sumidagawa.

II

— Como é?! Você topou com Miyamoto Musashi? — ecoou Osugi, empurrando para longe a escrivaninha, esquecendo-se no mesmo instante das cópias. — E para onde foi ele? Você verificou?

— Para esse tipo de trabalho você pode confiar em mim, obaba. Nunca o deixaria escapar. Fingi que me afastava dele, escondi-me numa viela e fui ao seu encalço. Vi quando entrou numa estalagem no bairro dos mercadores de cavalo.

— É um pulo daqui! Ele está bem pertinho do nosso bairro!

— Não é tão perto assim, obaba.

— É perto, é muito perto! Pense bem! Até hoje, eu o imaginava a muitas e muitas léguas de distância, muito além destes rios e montanhas! Mas não, ele está aqui, nesta mesma cidade!

— Bem, considerando-se que tanto o bairro dos mercadores de cavalo quanto o dos marceneiros ficam perto da ponte Nihonbashi...

Osugi ergueu-se bruscamente, abriu a porta de um armário e espiou. Apanhou a seguir a velha e conhecida espada curta, tradicional da família Hon'i-den, e disse:

— Leve-me até lá, Mendigo!

— Lá onde?

— Preciso dizer?

— Que coisa, obaba! Você quer ir agora até o bairro dos mercadores de cavalo? Uma hora você parece paciente demais, e noutra, impaciente demais!

— Claro que quero! Eu estou sempre pronta para o confronto. Se o pior acontecer, quero que mande minhas cinzas à casa Hon'i-den, em Yoshino, na província de Mimasaka.

— Calma, calma! No dia em que isso acontecer, o chefão acaba comigo! Ele nem vai levar em consideração que fui eu quem trouxe a boa notícia...

— Irra, como posso ficar me preocupando com tais minúcias a esta altura? Musashi pode ir-se embora da estalagem a qualquer momento!

— Quanto a isso, pode ficar tranquila. Mandei um desses vagabundos que passam o dia inteiro deitados no quarto vigiar o homem.

— Você me garante então que ele não vai fugir?

— Ei, espere aí! Eu lhe faço um favor e sou cobrado por isso? Ah, paciência. Em consideração aos seus cabelos brancos, obaba, eu garanto — disse Mendigo. — E que acha de continuar copiando esses sermões? Você precisa acalmar-se. Tem de ter a cabeça fria nestas horas...

— E o chefe Yajibei? Ainda não voltou?

— Ele foi a Chichibu com os membros de uma associação religiosa, e não disse quando voltava.

— E eu também não posso ficar aqui até não sei quando, à espera do seu retorno...

— O que acha de chamar mestre Kojiro e pedir conselhos a ele?

No dia seguinte, o homem destacado para vigiar Musashi retornou do bairro dos mercadores de cavalo com a seguinte informação: Musashi tinha permanecido até altas horas da madrugada na casa do polidor de espadas, do outro lado da hospedaria, e pela manhã, acertara as contas na hospedaria, mudando-se para a casa do dito polidor, de nome Zushino Kosuke.

Osugi irritou-se:

— Que foi que lhe disse? Eu sabia que ele não ia ficar muito tempo no mesmo lugar! — disse em tom acusador para Mendigo, agitada demais até para sentar-se à escrivaninha onde estivera copiando o sermão.

Mendigo, assim como todos os moradores da casa Hangawara, já conhecia o gênio irascível da idosa mulher, de modo que não deu mostras de se ofender.

— Por que se desespera, obaba? Afinal, Musashi não tem asas, não vai desaparecer de repente. Daqui a pouco, o Coroinha vai até a casa de Sasaki-sama e conversa com ele — replicou.

— Que disse? Ainda não foi? Mas ele me afirmou que ia procurá-lo ontem mesmo! Irra, deixe que eu mesma vou! Não posso ficar esperando por vocês. Ensine-me apenas como chegar à casa dele — exigiu Osugi, começando a se arrumar.

III

Sasaki Kojiro morava a um canto da mansão de Iwama Kakubei, vassalo do clã Hosokawa. A casa situava-se no meio da ladeira Isarago, na estrada Takanawa, num promontório também conhecido como Tsuki-no-misaki, e tinha um portão pintado de vermelho, disseram os habitantes de Hangawara, descrevendo o trajeto com tantos detalhes que qualquer um chegaria lá, até de olhos fechados.

— Já entendi, já entendi! — exclamou Osugi, irritada com a explicação minuciosa. Aquela gente a via como uma pobre velha, senil e meio parva, desconfiou ela. — Será fácil achar o caminho, chego lá num instante. Tomem conta da casa durante a minha ausência, e muito cuidado com o fogo. Não a incendeiem na ausência do chefe, ouviram?

Atou os cordões das sandálias, guardou a espada curta na cintura, apanhou um bastão e saiu.

Mendigo, que estivera ocupado com alguma tarefa, surgiu nesse instante e perguntou:

— Ué?! Onde está a velha?

— Já se foi. Mandou-nos explicar como se chega à mansão em que o mestre Sasaki se hospeda, e depois foi-se embora sem nem ouvir direito o que a gente explicava. Acaba de sair.

— Essa velhinha dá muito trabalho! Coroinha! — chamou Mendigo na direção do grande aposento onde conviviam os mais jovens. Coroinha abandonou o jogo e veio correndo:

— Que quer, meu irmão?

— Que quero? Chamar tua atenção: a velhinha irritou-se e partiu sozinha para falar com mestre Sasaki porque tu não foste ontem à noite à casa dele, embora tivesses prometido.

— Ora, se foi, melhor para ela.

— Devagar com o andor, meu irmão! Quando o chefe voltar, ela vai se queixar de nós com certeza.

— Boca para isso com certeza ela tem!

— Mas o corpo é seco e magro como o de um gafanhoto. Tenho a impressão de que se quebra em dois por qualquer motivo. A única coisa forte nela é o gênio. Se um cavalo a pisotear, era uma vez...

— Irra, que amolação!

— Sei que é pedir muito, mas corre atrás dela e acompanha-a até a casa de mestre Kojiro. Ela acaba de sair, não deve ter ido longe.

— Estou te estranhando! Aposto que nunca tiveste tanta consideração nem com teus próprios pais!

— Por isso mesmo. Em parte, estou expiando meus pecados.

Coroinha abandonou o jogo e saiu correndo atrás de Osugi.

Contendo um sorriso de pura diversão, Mendigo entrou no aposento ocupado pelos mais jovens e deitou-se a um canto.

O aposento tinha quase trinta metros quadrados e era forrado com esteiras de junco. Adagas, dardos e bastões com ganchos jaziam por todos os lados, ao alcance das mãos dos seus proprietários.

Pendendo de pregos na parede, havia uma variedade infinita de artigos usados pelos habitantes do quarto, os rufiões de Edo: toalhas, quimonos, capuzes para proteger a cabeça em caso de incêndio, roupas de baixo. Em meio a essa variada coleção havia até um quimono feminino com forro vermelho que obviamente não era de nenhum dos homens. Um único toucador laqueado, com acabamento em *makie*, repousava a um canto.

Certa vez, um dos capangas havia tentado tirar o quimono feminino do prego, reclamando:

— Para que serve isso?

No mesmo instante, outro interviera:

— Deixa-o aí mesmo. Foi mestre Sasaki quem o pôs aí.

Quando lhe perguntaram se sabia a razão disso, o homem respondeu:

— Ouvi o mestre explicando ao nosso chefe que num aposento como o nosso, onde só vivem homens, a gente tende a brigar por dá cá aquela palha, cada um louco por tirar sangue do outro, e perde energia para as lutas reais.

Mas a simples presença de um quimono feminino e de um toucador não haveria nunca de abrandar o ânimo sangrento daqueles homens.

Prova disso era a tensão quase palpável que se estabelecera no meio dos homens agrupados a um canto, e que, aproveitando a ausência de Yajibei, dedicavam-se à jogatina.

— Tu estás roubando!

— A quem chamas de ladrão?
— A ti mesmo!
— Como te atreves?
— Calma! Calma!

IV

Observando de longe o tumulto, Mendigo comentou:
— Como é que não se enjoam disso?
Rolou o corpo até ficar de costas, dobrou um joelho e descansou sobre ele o outro pé, ficando a contemplar o teto, já que não conseguia dormir por causa da briga dos jogadores, ainda discutindo ganhos e perdas. Não queria participar da jogatina em companhia da arraia-miúda, de modo que fechou os olhos tentando dormir.
— Maldição! Hoje não estou com sorte! — disse alguém, jogando-se no chão ao seu lado com a expressão desolada dos que apostaram até a roupa do corpo e perderam. Outro e mais outro se juntaram, formando um grupo de perdedores, todos abandonados pela sorte.
De súbito, um deles perguntou, estendendo a mão para a cópia do sermão que Mendigo havia deixado cair :
— Que é isso? Ora essa... é um sermão! Não pensei que ligavas para esse tipo de coisa! Carregas como um amuleto, por acaso?
Mendigo, que tinha começado a cair numa gostosa modorra, entreabriu os olhos pesados de sono.
— Hum? Ah, isso? Foi a velha Osugi quem me deu. Disse que fez voto de copiar mil vezes esse sermão, até o fim de seus dias.
— Deixa-me ver — disse, pegando os papéis, um dos capangas que sabia ler um pouco. — Vê-se bem que foi escrito por uma vovozinha: ela acrescentou até indicação de leitura ao lado dos ideogramas mais difíceis. Até uma criancinha seria capaz de ler isto.
— E tu? És capaz de ler também?
— Claro!
— Lê então em voz alta, e cantado, como uma música.
— Nem pense nisso! Isto não é uma modinha popular.
— Quem disse que não? Antigamente, usava-se cantar esses sermões, como uma modinha qualquer. E os *wasan* nada mais são que preces budistas cantadas, não são?
— Mas estes versos não se adaptam ao ritmo de um *wasan*.
— Não importa! Lê de qualquer jeito ou te esgano!

— Está bem, está bem!
Sem se dar ao trabalho de erguer-se, o homem que sabia ler desdobrou os papéis e, segurando-os acima do rosto, começou:

> *Buda Prega Sobre o Quanto Devemos aos Pais.*
> *Ouvi todos, pois em verdade assim aconteceu:*
> *Estava Buda certo dia na montanha Grdhrakuta,*
> *Próxima à cidade de Rajagriha[22],*
> *Em companhia de seus santos eleitos e de discípulos iluminados*
> *Quando uma multidão composta de monges e monjas,*
> *Fiéis de ambos os sexos,*
> *Seres celestiais, dragões e espíritos demoníacos,*
> *Juntou-se querendo ouvir sua pregação.*
> *E ao redor do trono de lótus em que Buda se sentava,*
> *Respeitosos reuniram-se todos, seu santo rosto contemplando*
> *Sem ao menos piscar.*

— Que significa isso? Não estou entendendo nada!
— Monjas? Monjas não são essas mulheres de cara pintada, mais baratas que as prostitutas do bairro alegre?
— Shhh! Cala a boca!

> *Foi então que Buda*
> *Pregando, disse:*
> *'Devotos do mundo inteiro, ouvi-me:*
> *Deveis muito à bondade do pai,*
> *Deveis muito à compaixão da mãe.*
> *Pois se o homem está neste mundo*
> *Tem por causa o carma,*
> *E por agentes do carma os pais.'*

— Ah, é sobre os pais da gente. Pelo jeito, Sakyamuni era também do tipo que repete sempre a mesma conversa!
— Cala a boca, Take! Estás perturbando.
— Viste? Ele parou de ler. Justo agora que eu estava quase dormindo, embalado pela ladainha.
— Está bem, prometo não interromper de novo. Lê mais, lê mais!

---

22. Rajagriha: antiga província no interior da Índia, atual estado de Bihar.

V

'Não fosse pelo pai não nasceríeis,
Não fosse pela mãe não cresceríeis.
Eis porque:
Da semente paterna recebeis o espírito,
Ao ventre materno deveis a forma.'

Nesse ponto, o homem encarregado da leitura rolou o corpo, deitou-se de barriga, enfiou o dedo no nariz e o limpou.

'E por causa dessa relação cármica,
Nada neste mundo se compara
Ao misericordioso amor de uma mãe:
A ela deveis eterna gratidão.'

Agora, o silêncio desestimulou o ledor, que se voltou em busca de apoio:
— Ei! Estão ouvindo?
— Estamos, estamos!

'Desde o momento em que a mãe
O filho recebe no ventre,
Dez meses ela passa sofrendo,
Em cada ato cotidiano —
No andar, no parar, no sentar e no dormir.
E o sofrimento não lhe dando trégua,
Perde a mãe a vontade
De satisfazer a fome e a sede, e também de ataviar-se,
Apenas pensando em dar à luz o filho com segurança.'

— Cansei! Posso parar?
— Por quê? Não estás vendo que a gente quer ouvir mais?

'Os meses se completam
O dia do nascimento chega,
E os ventos cármicos o acontecimento apressam.
Sente dores a mãe em cada osso e cada junta,
Treme o pai de ansiedade pela mãe e pelo filho,
Parentes e conhecidos com ele sofrem.
Nasce o filho sobre a relva,

> *Infinita é a alegria dos pais,*
> *Semelhante à da mulher pobre que de súbito ganha,*
> *Mágica pérola que todos os desejos realiza.'*

Os rufiões, que a princípio pilheriavam, passaram aos poucos a compreender o sentido do sermão e, sem que disso se dessem conta, a ouvir embevecidos.

> *'Ao ouvir o primeiro choro do filho,*
> *Sente a mãe também ela renascer.*
> *A partir desse dia o filho*
> *No colo da mãe dorme,*
> *Em seus joelhos brinca,*
> *Do seu leite se alimenta,*
> *E em sua misericórdia vive.*
> *Sem a mãe o filho não se veste nem se despe.*
> *A mãe, mesmo faminta, tira da própria boca*
> *Para o filho alimentar.*
> *Sem a mãe um filho não se cria.*
> *Considerai, todos,*
> *Quanto leite sorvestes ao seio materno:*
> *— Oitenta medidas repletas por dia!*
> *E o tamanho do débito para com vossos pais:*
> *— Infinito como o céu!'*

— ...
— Ei, que houve?
— Espera um pouco. Já vou continuar.
— Ué?! Estás chorando? Olha, pessoal, ele está chorando!
— Cala a boca!
Depois, redobrando o ânimo:

> *'A mãe sai a trabalhar na aldeia vizinha:*
> *Tira a água, acende o fogo,*
> *Mói o trigo e a farinha peneira.*
> *A caminho de volta, findo o dia,*
> *Antes ainda de chegar à casa,*
> *Imagina o filho à sua espera,*
> *A chorar e a gritar por ela ansiando.*
> *Peito confrangido, coração disparado,*

Leite vertendo e incapaz de mais suportar,
Corre e da casa se aproxima.
De longe o filho vê a mãe chegando,
O cérebro usa, a cabeça agita,
E à mãe se dirige entre gritos e soluços.
Curva-se a mãe, estende os braços,
Os lábios aos do filho junta,
Duas emoções unificadas,
Nada no mundo supera este amor arrebatado.
Dois anos: o filho do colo se desprende,
E pela primeira vez sozinho anda.
E agora,
Sem o pai não saberia que o fogo queima,
Sem a mãe, que a lâmina corta o dedo.
Três anos: o filho recusa o leite materno,
E pela primeira vez de outras coisas se alimenta.
Sem o pai não saberia que o veneno mata,
Sem a mãe, que as ervas curam.
Se os pais a uma festa são convidados,
E guloseimas e delicadas iguarias lhes são oferecidas,
Nada comem mas tudo consigo guardam.
Ao retornar, o filho chamam e tudo lhe dão,
Felizes, apenas de ver o filho feliz.'

— Ei! Estás chorando de novo?!
— É que me lembrei de umas coisas...
— Para com isso! Tu ficas lendo com essa voz chorosa e... sei lá, estou com vontade de chorar também.

VI

Rufiões também já tiveram um pai e uma mãe: esses homens brutos, desesperados, inconsequentes e imprestáveis, não nasceram afinal da forquilha de uma árvore.

Acontecia apenas que, no grupo, quem falasse de pai ou mãe era logo tachado de maricas, de modo que todos se esforçavam em aparentar desprezo por eles, adotando, segundo imaginavam, a atitude padrão do homem forte.

O sentido do sermão — de início incompreensível, cantado em tom de puro deboche — aos poucos se havia tornado claro e esse pai ou mãe adormecidos no fundo de seus corações de súbito afloraram, deixando-os chorosos e sentimentais.

"Eu também já tive um pai e uma mãe", lembravam-se os rudes homens, voltando no tempo para uma época em que haviam sugado o seio da mãe e brincado nos seus joelhos. Hoje, barbudos, deitados de costas, cabeças sobre braços cruzados, peitos cabeludos à mostra e pés para o ar, alguns rufiões sentiam as lágrimas umedecendo-lhes as faces.

— Ei! Tem mais? — perguntou um deles para o homem que lia o sermão.
— Tem.
— Continua então a ler para mim...
— Espera — disse o ledor, erguendo-se e assoando o nariz. Desse ponto em diante, continuou a ler sentado.

> *'O filho cresce,*
> *E ao iniciar o convívio com amigos,*
> *Roupas de seda o pai lhe compra,*
> *Seus cabelos a mãe com capricho penteia.*
> *Esquecidos de si mesmos ao filho tudo dedicam,*
> *Eles próprios vestindo roupas velhas e rasgadas.*
> *Passa o tempo e o filho se casa,*
> *E uma estranha ao lar conduz,*
> *Mais e mais os pais ele passa a ignorar,*
> *Mais e mais o novo casal íntimo se torna,*
> *Trancado no quarto em animada conversa.'*

— Ai-ai! Eu me lembro! Eu me lembro! — gemeu alguém.

> *'Envelhecem os pais:*
> *Ânimo quebrantado, forças lhes faltando,*
> *O filho apenas têm para recorrer,*
> *E a nora para ajudá-los.*
> *Mas a manhã se vai, a noite chega,*
> *Sem que lhes vejam os rostos,*
> *Cerrada está a porta na gélida madrugada.*
> *Seu quarto é frio, semelhante ao da estalagem,*
> *Que dá pouso por uma noite ao solitário viajante.*
> *Não há mais repouso, nem risos.*
> *E eis que num momento de crise,*
> *O filho chamam para lhe pedir ajuda,*
> *Mas nove em dez vezes ele não os atende.*

E quando enfim chega, raivoso os ofende,
Aos gritos dizendo que melhor lhes seria,
Morrer a continuar vivos, velhos e imprestáveis.
Peito repleto de mágoa, atordoados,
Os pais vertem lágrimas sentidas.
— Ah, quando eras pequeno,
Sem nossa ajuda não terias te alimentado,
Sem nossa ajuda não terias crescido.
Ah, nós a ti...'

— Eu... eu não aguento mais! Quem quiser que continue!... — disse o ledor lançando longe a cópia do sermão e chorando agora abertamente.

Deitados de lado ou de costas, ou sentados cabisbaixos e de pernas cruzadas, imóveis, nenhum dos que ouviam se ofereceu para substituí-lo.

De um lado do aposento, o grupo dos apostadores continuava a discutir aos berros, a ganância contorcendo-lhes as feições como seres demoníacos, e do outro, diversos rufiões choravam e soluçavam como criancinhas.

E no meio desse cenário peculiar surgiu Sasaki Kojiro.

— Hangawara não voltou ainda? — perguntou à entrada do aposento, inspecionando o ambiente.

VERÃO SANGRENTO

I

A pergunta ficou sem resposta, pois os ocupantes do aposento ou estavam entretidos no jogo, ou deprimidos e soluçantes.

— Que acontece aqui? — insistiu Kojiro, aproximando-se de Mendigo, que continuava deitado de costas no chão, braços dobrados escondendo o rosto.

— Ora, mestre Kojiro! — exclamou Mendigo, erguendo-se. Os demais o imitaram, enxugando os olhos às pressas ou assoando os narizes.

— Nem sabíamos de sua presença — desculparam-se todos constrangidos, apresentando suas boas-vindas.

— Não me digam que choravam! — perguntou Kojiro, incrédulo.

— Não, que é isso!

— Muito estranho... Onde anda o Coroinha, Mendigo?

— Ele foi levar obaba à sua casa, mestre Kojiro.

— À minha casa?

— Sim, senhor.

— E por que iria a velha Hon'i-den à minha casa?

Cientes da presença de Kojiro, a essa altura o grupo entretido em jogatina dispersou-se e o bando que choramingava ao redor do Mendigo também desapareceu furtivamente.

Este último contou a Kojiro seu encontro com Musashi no atracadouro da balsa, no dia anterior, finalizando:

— Infelizmente, nosso chefe encontra-se ausente. Sem saber a quem consultar nestas circunstâncias, obaba foi se aconselhar com o senhor.

O nome Musashi acendeu uma centelha no olhar de Kojiro.

— Sei. Isto quer dizer que Musashi está passando os dias numa hospedaria no bairro dos mercadores de cavalo?

— Não senhor. Segundo me informaram, ele já saiu da estalagem em que se hospedava e transferiu-se para a casa do polidor de espadas Kosuke, logo em frente.

— Ora, que estranha coincidência!

— Como assim?

— Pois nas mãos desse Kosuke está Varal, minha espada de estimação.

— Aquela espada comprida? Realmente, uma coincidência e tanto!

— Na verdade, achei que já devia estar pronta e saí hoje para pegá-la.

— Ora essa! Então já passou na loja desse Kosuke?
— Não. Pretendo ir depois daqui.
— Ainda bem! O senhor poderia ter chegado lá sem saber de nada e levado um golpe à traição...
— Ora, ele não é tudo isso que dizem. De qualquer modo, como posso aconselhar obaba se ela não está aqui?
— Duvido que ela já tenha alcançado Isarago. Vou mandar um dos corredores mais rápidos no seu encalço e chamá-la de volta.

Kojiro retirou-se para um aposento nos fundos e esperou.

O crepúsculo caiu e quando as luzes começavam a acender-se, Osugi finalmente retornou numa liteira, acompanhada por Coroinha e pelo homem que saíra a chamá-los.

De noite, uma conferência teve início na sala de visitas.

Kojiro achava que não precisavam esperar a volta de Hangawara Yajibei. Ele, Kojiro, estava ali e ajudaria obaba a liquidar Musashi.

Coroinha e Mendigo tinham nos últimos tempos ouvido muitas referências à excepcional habilidade de Musashi, mas não conseguiam imaginá-lo superando Kojiro, por mais que se esforçassem.

— Nesse caso, vamos entrar em ação — decidiram.

Osugi mostrou-se valente como sempre:

— Quero ver quem me impede de matá-lo! — declarou.

Apesar de tudo, a idade constituía um grande empecilho para a obstinada anciã: com dores nos quadris por causa da corrida até Isarago, considerou melhor descansar por essa noite. Assim, ficou combinado que Kojiro iria reclamar sua espada na loja do polidor na noite seguinte.

II

Osugi passou o dia seguinte em preparativos: tomou banho, tingiu os cabelos e os dentes.

Ao cair da tarde, arrumou-se solenemente. Na roupa de baixo feita de algodão branco — sua mortalha, talvez — havia carimbos de todas as espécies, obtidos em cada um dos templos e santuários das diversas províncias por que tinha passado até então: templos Sumiyoshi, de Osaka, Kiyomizudera e Hachiman-gu, de Kyoto, Kanze-on, de Asakusa. Vestindo-a, Osugi sentia-se fortalecida como se usasse uma armadura de cota de malha, pois todos os deuses do xintoísmo e os santos budistas estariam ao seu lado, acreditava ela.

Apesar disso, a anciã não se esqueceu de introduzir, preso entre as cópias do sermão do filho ingrato, bem fundo no seu *obi*, o testamento endereçado ao filho Matahachi. Outra prova admirável da prudência dessa mulher era o pedaço de papel que levava sempre no fundo de sua carteira, com os seguintes dizeres:

> *Apesar da idade avançada, estou percorrendo diversas estradas do país tentando realizar uma antiga promessa. Não sei ao certo se não acabarei morta por um golpe traiçoeiro, ou se não cairei doente na beira de alguma estrada. Se isso me acontecer, peço à alma caridosa que me encontrar e às autoridades competentes que usem o dinheiro nesta carteira para tomar as devidas providências com relação ao meu corpo.*
>
> *Sugi — matriarca da casa Hon'i-den*
> *Moradora de Yoshino, na província de Sakushu.*

Deste modo, Osugi havia preparado até o próprio funeral.

Além disso, introduziu a espada curta na cintura, calçou perneiras brancas e ajustou os protetores de mãos, apertou uma faixa por cima do sobretudo sem mangas e considerou-se pronta para tudo. Sentou-se a seguir à escrivaninha onde estivera copiando os sermões, tomou um gole de água, cerrou os olhos e sussurrou:

— Estou pronta, ouviu?

Pelo jeito, falava ao velho Gon, que havia morrido anos atrás, no meio de uma jornada.

Mendigo entreabriu de manso a porta e espiou:

— Tudo pronto, obaba?

— Sim.

— Kojiro-sama já está à sua espera.

— Parto quando ele quiser.

— Nesse caso, venha para o outro aposento — disse Mendigo.

Na sala ao lado havia muito aguardavam Kojiro, Coroinha e Mendigo — os três homens que se haviam oferecido para ajudá-la.

O lugar de honra do aposento estava reservado para a velha Osugi, que se sentou rígida como um boneco de porcelana.

— Vamos brindar à ocasião — disse Coroinha. Apanhou uma taça da mesinha de pé alto, entregou-a a Osugi e a encheu de saquê.

Em seguida, foi a vez de Kojiro e assim, sucessivamente, os quatro brindaram. Terminada a cerimônia, ergueram-se todos, apagaram as luzes e partiram.

Não tinham sido poucos os capangas que se haviam oferecido para participar da excursão noturna, mas Kojiro recusara a ajuda de todos eles por considerar que, ao invés de ajudar, atrapalhariam. Além disso, a movimentação de um grupo muito grande em plena cidade de Edo acabaria chamando a atenção das autoridades, o que não lhes convinha.

— Um momento, por favor! — disse um dos capangas, detendo o grupo que se aprestava a sair para a rua. Bateu a pederneira às costas de cada um deles e tirou faíscas para chamar a sorte.

Fora, nuvens de chuva cobriam o céu.

Um cuco cantava em algum lugar.

III

Cães ladravam no escuro, pressentindo talvez a sinistra intenção dos quatro vultos andando na noite.

— Ora... — murmurou Coroinha, voltando-se.

— Que foi?

— Parece-me que há um estranho nos seguindo há algum tempo.

— Deve ser um dos nossos novatos. Dois deles queriam nos acompanhar a todo custo, lembram-se? — disse Kojiro.

— São dos tais que preferem brigar a comer, com certeza. Que faremos?

— Não se incomodem com eles! Tipos tão determinados até podem ser úteis.

Assim, sem maiores cuidados, os quatro dobraram a esquina da rua que levava ao bairro dos mercadores de cavalo.

— Alto! Essa deve ser a loja do tal polidor de espadas — disse Kojiro, parando a certa distância e apontando a loja do outro lado da rua.

A essa altura, os quatro conversavam em voz bem baixa.

— Nunca esteve na loja, mestre?

— Nunca. Quem entregou a minha espada a esse homem foi meu anfitrião, o senhor Iwama Kakubei.

— E então, que faremos?

— Vocês e obaba escondam-se em algum lugar, conforme combinamos.

— E se Musashi pressente a nossa presença e foge pela porta dos fundos?

— Quanto a isso, não se preocupem: ele tem tanta vontade de fugir de mim quanto eu dele. Caso tente, no entanto, vou providenciar para que sua carreira de espadachim termine aqui e agora. De qualquer modo, ele preza demais o próprio nome para fugir.

— Nesse caso, separamo-nos e nos escondemos dos dois lados do alpendre.

— Eu vou atrair Musashi para fora da loja e virei caminhando com ele a meu lado. Quando me afastar quase dez passos, eu o golpearei de súbito e o deixarei ferido. Nesse ponto, vocês dois ajudam obaba a dar-lhe o golpe de misericórdia.

Osugi juntou as mãos num gesto de adoração, e agradeceu repetidas vezes:

— Muito obrigada, senhor. Vejo-o como a reencarnação de Hachiman, o deus da guerra!

Seguido por seu olhar grato, Kojiro aproximou-se da entrada da casa de Zushino Kosuke sentindo-se o próprio justiceiro correndo em auxílio dos fracos e oprimidos.

Na verdade, não havia entre ele e Musashi nenhuma velha conta para acertar.

Ocorria apenas que, com o passar dos anos, Kojiro vinha-se sentindo cada vez mais incomodado com a crescente fama de Musashi. Este, por sua vez, sempre considerara extraordinária a habilidade de Kojiro, mas não a sua personalidade, de modo que o encarava com grande dose de prevenção.

E essa situação já perdurava alguns anos. A primeira desavença tinha ocorrido numa época em que ambos eram ainda muito novos e impetuosos, e não passou de um atrito de duas personalidades igualmente capazes.

Desse dia até hoje, porém, o desentendimento se agravara e os levara a posições antagônicas irreversíveis com o acréscimo de fatores como o conflito da casa Yoshioka, a jovem Akemi — perigosa como um pássaro a voar com um estopim aceso no bico — e a velha Osugi dos Hon'i-den.

Sobretudo agora, que Kojiro resolvera acertar as contas por Osugi e mascarava os próprios sentimentos escusos com a desculpa de que agia em defesa dos fracos e oprimidos, o conflito havia assumido todas as características de uma grande fatalidade.

— Já foi dormir, polidor? — disse Kojiro, batendo de leve na porta cerrada.

IV

A loja parecia deserta, mas uma réstia de luz passava pelo vão da porta, indicando que havia gente acordada nos fundos da casa.

— Quem bate? — disse alguém, com certeza o dono da casa.

— Vim buscar minha arma, encomendada pelo senhor Iwama Kakubei, da casa Hosokawa.

— Ah, a espada longa!

— Essa mesmo. Abra a porta.

— Sim, senhor.

Instantes depois, a porta se abriu, e os dois homens contemplaram-se friamente.

Kosuke bloqueou a passagem e disse com aspereza:

— Sua espada não está pronta.

— Realmente? — disse Kojiro. A essa altura, já tinha passado pelo dono da casa e se acomodado à entrada do aposento no canto do vestíbulo de terra batida. — E quando estará?

— Não sei ao certo — respondeu Kosuke, beliscando a própria bochecha e puxando-a. A face alongada tornou-se ainda mais longa e os cantos dos olhos descaíram.

O gesto pareceu zombeteiro a Kojiro, que se irritou.

— Está levando tempo demais — reclamou ele.

— Mas eu já tinha prevenido Iwama-sama de que o prazo de entrega teria de ficar a meu critério.

— De um jeito ou de outro, essa demora me prejudica.

— Se não está contente, leve-a embora, por favor.

— Que disse?

Para um simples artesão, o homem falava com muita insolência, achou Kojiro, que além de tudo não tinha o hábito de sondar a alma de um interlocutor por suas palavras ou atitude. Logo, interpretou a arrogância de Kosuke como prova de que Musashi tinha sido avisado de algum modo e dava cobertura ao artesão.

Assim sendo, achou melhor agir com rapidez.

— Mudando de assunto, ouvi dizer que mestre Miyamoto Musashi, de Sakushu, hospeda-se em sua casa. É verdade?

— Ora, onde soube? — replicou Kosuke, admirado. — Realmente, ele aqui se encontra, mas...

— Vá chamá-lo, então. Somos velhos conhecidos, e não o vejo há algum tempo.

— E o seu nome, por favor?

— Diga-lhe que Sasaki Kojiro o procura. Ele logo se lembrará.

— Bem, não sei o que ele dirá. Em todo o caso, vou avisá-lo.

— Ei. Espere um pouco.

— Algo mais?

— Não quero que mestre Musashi me interprete mal. Diga-lhe, portanto, que vim porque um dos vassalos da casa Hosokawa comentou ter visto alguém muito parecido com ele nesta casa. Diga-lhe também que se apronte para sair, porque eu o estou convidando a beber comigo em algum lugar, fora daqui.

— Sim, senhor.

Kosuke saiu para uma varanda e desapareceu.

Sozinho no aposento, Kojiro pensou: "Pode ser que Musashi não fuja, mas também pode ser que não atenda ao meu convite. E então, que farei? Talvez seja melhor desafiá-lo abertamente em nome da velha Osugi e obrigá-lo a aparecer."

Kojiro tentava estabelecer planos de combate avançados, quando de súbito ouviu, do lado de fora da loja, um grito que sobrepujou de longe todas as situações por ele antecipadas.

Não era um grito comum, mas um estertor agoniado que falava direto à alma, tão horrendo que chegava a arrepiar.

V

"E essa agora!" pensou Kojiro, erguendo-se de um salto, como se alguém o houvesse chutado. "Ele adivinhou meus planos! Mais que isso, ele tomou a iniciativa!"

Musashi com certeza havia saído pelos fundos e eliminado os mais fracos, Osugi, Mendigo e Coroinha.

— Se é assim que ele quer... — disse, saltando para a rua escura.

O momento tinha chegado.

Todos os músculos se contraíram e avolumaram, a vontade de entrar em luta percorrendo-lhe o corpo em surtos.

"Um dia nos confrontaremos com uma espada na mão!", tinham-se prometido os dois na pequena casa de chá no passo entre Eizan e Outsu.

Kojiro não se esquecera. E o dia havia chegado.

Se Osugi tinha sido morta à traição, ao seu enterro iria levando o sangue de Musashi, pensou Kojiro. Imbuído dos mais elevados ideais de nobreza e justiça, Kojiro correu quase dez passos quando uma voz agoniada à beira do caminho o chamou:

— Me...mestre!

— Coroinha?

— Me pegaram! Me pegaram, mestre!

— E Mendigo? Que foi feito dele?

— Também!

— Quê?

Só então Kojiro percebeu, caído a quase dez metros dali, o vulto ensanguentado e agonizante de Mendigo. Não viu porém Osugi em lugar algum.

Não havia tempo para procurá-la. Kojiro imaginava o próximo ataque e assustava-se com o que ele próprio imaginava. Sentia Musashi em todos os cantos da treva e guardou-se.

— Coroinha! Coroinha! — gritou ele às pressas no ouvido do moribundo. — E Musashi? Aonde foi ele?

— Na... não foi ele!— murmurou Coroinha, esfregando a cabeça no chão, já sem forças para erguê-la. — Não foi Musashi!

— Como é?
— O homem que atacou não era Musashi!
— Repita!
— ...
— Coroinha! Repita o que disse! Não era Musashi?
Coroinha porém não disse mais nada.
Kojiro sentiu uma perturbação enorme, como se alguém tivesse revirado seu cérebro. Se não havia sido Musashi, quem teria eliminado esses dois num único golpe?
Aproximou-se agora do Mendigo caído numa poça de sangue e agarrou-o pela gola do quimono:
— Mendigo! Ânimo, homem! Quem foi que os atacou! Aonde foi ele?
O rufião abriu os olhos de súbito, mas o que escapou de seus lábios entre arquejos de agonia nada tinha a ver com a pergunta, nem com o incidente.
— Mãe! Mãezinha! Perdoe... ingrato...! — disse. O sangue ontem impregnado com o sermão do filho ingrato jorrava hoje em golfadas pelo corte aberto em seu corpo.
Kojiro, que nada sabia, estalou a língua de impaciência:
— Perdeu tempo falando bobagens — resmungou, largando bruscamente a gola do seu quimono.

VI

Nesse instante, ouviu Osugi gritando de algum lugar:
— Mestre Kojiro!
Correu na direção da voz e deparou-se com outra cena incrível: a velha senhora estava caída dentro de uma fossa com restos de verduras e palha grudados na cabeça e no pescoço.
— Ajude-me a sair daqui! Ajude-me! — gritava ela, estendendo os braços e sacudindo-os.
— Que quer dizer isso?! — gritou Kojiro, frustrado. Pegou nas mãos da anciã e a puxou com toda a força. Obaba então caiu sentada, achatando-se no chão como um trapo sujo, e perguntou:
— E o homem? Fugiu?
Era o que Kojiro mais queria saber.
— E então, obaba! Quem era esse homem?
— Não estou entendendo nada! Apenas... pode ser que se tratasse do mesmo homem que nos seguia quando vínhamos para cá.
— E atacou o Mendigo e o Coroinha de repente?

— Isso mesmo! Surgiu como uma ventania e não nos deu tempo para dizer nada! Saiu das sombras, atacou o Mendigo, e no momento em que, espantado, o Coroinha foi desembainhar a espada, ele já tinha sido mortalmente ferido.

— E depois? Para que lado ele fugiu?

— Não consegui ver direito porque acabei levando um golpe acidental e caí neste lugar malcheiroso. Mas seus passos foram se distanciando naquela direção.

— Na direção do rio!

Kojiro correu. Atravessou um terreno baldio onde sempre realizavam feiras de cavalos e chegou até os barrancos de Yanagihara.

Troncos de chorões jaziam empilhados a um canto da campina, e perto dali, Kojiro divisou uma fogueira e vultos. Ao aproximar-se, notou que era um agrupamento de quatro a cinco liteireiros.

— Vocês aí!

— Senhor?

— Dois de meus companheiros jazem mortos no meio dessa ruela. Além deles, tem uma velha que caiu no esgoto. Ponham-nos nas liteiras e levem-nos até a casa Hangawara, no bairro dos marceneiros.

— Como? Foi obra do matador do beco?

— Existe algum assassino à solta nestas proximidades?

— Claro que existe! Esta área está tão perigosa que nos últimos tempos até nós temos medo de andar por aí.

— O homem que matou meus companheiros deve ter vindo da ruela e corrido nesta direção. Por acaso o viram?

— Não. Isso acaba de acontecer, senhor?

— Sim.

— Que coisa desagradável!

Os homens carregaram as três liteiras vazias e um deles perguntou:

— E quem vai nos pagar?

— A casa Hangawara — disse Kojiro, já começando a correr de novo. Espiou a margem do rio, atrás da pilha de troncos, mas nada descobriu.

"Terá sido obra de algum louco testando uma espada nova?", pensou.

Voltou atrás e logo chegou a um aceiro. Dali, Kojiro pensava em retornar para a casa Hangawara: a expedição falhara antes de começar e não havia como retomá-la sem Osugi. Sobretudo, era-lhe desvantajoso defrontar-se com Musashi no estado de espírito em que se encontrava.

Foi nesse exato instante que Kojiro percebeu o súbito brilho de uma lâmina na beira do caminho que bordejava a plantação. Nem teve tempo de voltar o olhar surpreso: folhas de árvore decepadas desabavam sobre ele e o rápido lampejo já vinha de encontro à sua cabeça.

VII

— Covarde! — gritou Kojiro.

— Engana-se! Não sou covarde! — veio a resposta.

O segundo golpe saltou das sombras das árvores, cortou a noite e lhe veio no encalço enquanto se desviava.

Com um terceiro volteio Kojiro interpôs uma distância de quase vinte metros entre ele próprio e o seu agressor.

— Musashi! Como pode agir de modo tão inusitado... — começou ele a dizer quando de repente sua voz adquiriu um tom de puro espanto. — Que...quem é você? Quem é você, afinal? Confundiu-me com alguém?!

O homem falhara três vezes e já começava a ofegar. Ciente agora de que sua estratégia não surtira efeito, preferiu não desfechar o quarto golpe e avançou palmo a palmo com a espada em posição mediana, o olhar queimando por trás dela.

— Cale-se! Não o confundi com ninguém! Sou Hojo Shinzo, discípulo de Obata Kanbei Kagenori! Isto lhe lembra alguma coisa?

— Ah, discípulo de Obata!

— Como se atreveu a insultar meu mestre e a assassinar meus colegas?

— Se isso o revolta, venha tirar satisfações quando quiser, de acordo com as regras guerreiras. Declare-se abertamente, pois eu, Sasaki Kojiro, nunca fui de me esconder de ninguém!

— Estou aqui para isso!

— E acha que pode me bater?

— Como não!

Shinzo avançou trinta centímetros. E depois, mais três, mais seis. Contemplando com toda a calma sua lenta aproximação, Kojiro expôs o peito ao adversário e levou a mão direita à espada na cintura.

— Pode vir! — convidou.

No instante em que Shinzo se sobressaltou com o convite e preparou-se, Kojiro, ou melhor dizendo, a metade superior de seu corpo, dobrou-se bruscamente e se alongou, ao mesmo tempo em que o cotovelo se distendia como um arco cuja corda se parte.

Um tilintar metálico — e a espada já estava de volta à bainha, guarda batendo na borda. Naturalmente, a lâmina havia sido extraída da bainha e para ela voltara, mas o movimento fora tão rápido que olhos humanos não conseguiriam acompanhá-lo. O único fenômeno visível havia sido um fino fio prateado que mal pareceu atingir o pescoço de Shinzo.

No entanto... Shinzo continuava em pé, pernas abertas e retesadas. Não havia indício de sangue em lugar algum, mas era óbvio que ele havia sido atingido, pois ainda guardando-se em posição mediana, tinha involuntariamente levado a mão esquerda ao lado esquerdo do pescoço.

— Aah! — exclamou alguém nesse instante.

A voz tanto poderia ter partido de Kojiro como das trevas atrás dele. Kojiro pareceu levemente desnorteado, enquanto os passos no escuro aproximavam-se correndo cada vez mais rápido.

— Que lhe aconteceu, senhor? — disse o vulto chegando ao lado de Shinzo. Era Kosuke. Estranhando a imobilidade do jovem, o polidor de espadas ia ampará-lo quando de súbito Shinzo tombou como um tronco seco, quase indo ao chão.

Sentindo de súbito o peso do corpo nos braços, Kosuke gritou:

— Está ferido! Acudam! Alguém me acuda!

Simultaneamente, um molusco vermelho pareceu abrir a boca no pescoço de Shinzo e o sangue começou a jorrar, morno, escorrendo do peito para as mangas do quimono de Kosuke.

A DIFÍCIL ARTE DA ESCULTURA

I

Um leve baque indicou que outra ameixa caíra no piso do pátio interno. Curvado para a luz de uma lamparina, Musashi nem sequer ergueu a cabeça.

A chama iluminava claramente o topo da sua cabeça assim como seus cabelos secos e avermelhados, rebeldes por natureza. Um olhar mais cuidadoso revelava também, na raiz deles, uma pequena cicatriz escura, lembrança de um furúnculo que lhe surgira nos tempos de criança.

"Nunca vi criança de gênio mais difícil!", queixara-se a mãe constantemente nesses tempos, quase em prantos. Passados tantos anos, traços desse gênio continuavam nítidos.

Musashi tinha, nesse exato instante, se lembrado de súbito da mãe. Desconfiava que o rosto que esculpia com a ponta da adaga começava a se assemelhar ao dela.

Algumas horas atrás — ou teria sido há pouco?— pareceu-lhe que Kosuke, o dono da casa, temendo abrir a porta e perturbá-lo, tinha-o chamado do lado de fora:

— Continua trabalhando, senhor? Um certo Sasaki Kojiro encontra-se neste instante na porta da minha loja e diz que quer vê-lo. Vai encontrar-se com ele, ou prefere que o mande embora dizendo que já se recolheu? Que lhe respondo...? Digo-lhe qualquer coisa que quiser...

Musashi não se lembrava direito se respondera ou não.

Momentos depois, pareceu-lhe que Kosuke soltava uma exclamação de espanto e se afastava bruscamente, atraído por algum ruído inesperado, mas nem assim o jovem desviou a atenção da ponta da adaga e do pedaço de madeira de quase 25 centímetros em que trabalhava. Lascas de madeira espalhavam-se sobre suas coxas, em torno do seu vulto curvado, assim como da pequena escrivaninha ao lado.

Musashi prometera a Kosuke esculpir a imagem da deusa Kannon em troca da valiosa espada que ganhara dele, e a isso se dedicava desde a manhã do dia anterior.

Mas Kosuke, homem de gosto refinado e exigente, tinha um pedido especial a fazer: queria vê-la esculpida em um material antigo, uma preciosidade que estava em seu poder havia muitos anos.

O referido material, que o homem apresentou solenemente, era um pedaço de madeira de quase trinta centímetros de altura, de formato semelhante a um paralelepípedo e, pelo aspecto, velho de quase setecentos anos.

Musashi, porém, não compreendia por que o Kosuke prezava tanto esse toco antigo. A crer no que ele lhe dizia, a madeira provinha do mausoléu de Toujou Isonaga, em Ishikawa, província de Kawachi, e datava da era Tenpyo (729-749). Certa vez, estando o polidor de passagem por essas terras, deparara-se com as obras de reconstrução do mausoléu do príncipe Shotoku, em deplorável estado de conservação por ter permanecido abandonado por muitos anos. Na ocasião, alguns bonzos e marceneiros que haviam estado substituindo o pilar de sustentação do mausoléu transportavam o material substituído para a cozinha do complexo a fim de que fosse usado como lenha. Revoltado com o descaso, Kosuke pedira que lhe cortassem um pedaço de trinta centímetros do pilar e o trouxera consigo, explicara-lhe ele.

A textura da madeira era boa e a adaga deslizava com facilidade, mas Musashi sentia-se inibido por ter de trabalhar material tão valorizado por Kosuke, insubstituível.

O pequeno portão rústico na sebe bateu, talvez por obra do vento.

Musashi ergueu a cabeça, apurou os ouvidos e murmurou:

— Será Iori?

II

Não havia sido nem o vento, nem Iori, pois logo Musashi ouviu o dono da casa gritando:

— Ande logo, mulher! Não fique parada no mesmo lugar como uma tonta! Este homem está gravemente ferido e precisa de ajuda imediata se quisermos salvá-lo! A cama? Arrume-a num lugar tranquilo!

Além de Kosuke, vinham outros homens ajudando a trazer o ferido.

— E saquê para desinfetar o ferimento? Se não têm, vou buscar em minha casa — ofereceu alguém.

— Vou correndo chamar o médico — disse outro.

Vozes agitadas e ruídos confusos perturbaram o ambiente por algum tempo. Com o passar dos minutos, a calma voltou a reinar parcialmente e Musashi ouviu Kosuke dizendo:

— Obrigado, meus bons vizinhos. Graças à ajuda que lhe deram, parece-me que o ferido vai salvar-se. Podem ir agora e tenham uma boa noite de sono.

Um acidente de certa gravidade aconteceu a alguém da casa, pensou Musashi, sentindo-se na obrigação de verificar. Espanou as aparas de madeira espalhadas sobre as coxas, ergueu-se e desceu para o andar térreo. No extremo da varanda, descobriu um aposento iluminado e espiou. Kosuke e sua mulher confabulavam sentados à cabeceira de um homem ferido, de aspecto agonizante.

— Ora... não se havia deitado ainda, senhor? — perguntou o polidor, afastando-se ligeiramente e abrindo espaço à cabeceira do ferido.

Musashi sentou-se de manso.

— Quem é ele? — indagou por sua vez, espiando o rosto pálido iluminado pela lamparina.

— Pois foi um susto para mim! — exclamou Kosuke. — Eu o acudi sem saber quem ele era e só depois de trazê-lo até aqui descobri: é o discípulo de um dos cientistas marciais que mais respeito, mestre Obata, da Academia Obata de Ciências Marciais.

— Ora essa!

— Ele se chama Hojo Shinzo, e é filho de lorde Hojo Awa-no-kami. Estuda há muitos anos com o mestre Obata.

— Sei...

Musashi ergueu de leve a ponta da bandagem branca em seu pescoço. Um naco de carne do tamanho de uma concha de bom tamanho havia sido escavado com a ponta da espada, deixando uma ferida aberta que acabara de ser lavada com saquê. A luz da lamparina alcançou o fundo do ferimento, tão profundo que expunha com nitidez a carótida pulsando rosada no seu interior.

Foi por um fio de cabelo — diz o povo. Realmente, o homem tinha se salvado por um fio de cabelo. Ainda assim, de quais mãos teria partido esse golpe espetacular, que homem possuía a magistral habilidade de produzir esse tipo de ferimento?

A espada teria escavado de baixo para cima e voltado atrás em brusca reversão, como num voo de andorinha. Só assim teria sido possível cortar desse modo — como se a carne tivesse sido escavada com uma colher —, visando à artéria carótida com tamanha precisão.

Golpe da andorinha?

Musashi lembrou-se: esse era o golpe favorito de Sasaki Kojiro. Com um sobressalto, lembrou-se também da voz de Kosuke anunciando a visita de Kojiro, do lado de fora do seu aposento.

— Tem ideia de como tudo isto aconteceu? — indagou.

— Ainda não, senhor.

— Não importa, porque eu descobri: o autor deste golpe foi Sasaki Kojiro. Confirme quando o ferido recuperar os sentidos — disse, sacudindo a cabeça enfaticamente.

III

Retornando ao próprio aposento, Musashi deitou-se sobre as aparas de madeira, repousando a cabeça nos braços dobrados. A cama já estava feita, mas ele ainda não sentia vontade de dormir.

Dois dias e duas noites haviam se passado desde que Iori partira. Mesmo que tivesse se perdido, o menino já devia estar de volta a essa altura. Kimura Sukekuro talvez o tivesse convidado a descansar um pouco e Iori, sendo apenas uma criança, podia ter-se entusiasmado e perdido a noção do tempo.

Assim pensando, Musashi não se preocupou muito com o menino. O mesmo não ocorria com relação à escultura da deusa Kannon, a que se dedicava desde a manhã do dia anterior, e que o estava esgotando física e espiritualmente.

Musashi não era um escultor com conhecimento da técnica, um especialista nessa arte. Não conhecia os pequenos estratagemas usuais que ajudam a contornar dificuldades ou permitem imitar a entalhadura de hábil profissional.

Ele apenas tinha a imagem da deusa Kannon no fundo do seu coração e tentava reproduzi-la com a maior fidelidade possível, em estado de abstração. No entanto, antes ainda que essa imagem chegasse às suas mãos e norteasse os movimentos da adaga, pensamentos fúteis invadiam-lhe a mente e perturbavam a sua manifestação na madeira.

Em vista disso, mal a escultura tomava forma, Musashi a destruía e tornava a esculpir, perturbava-se de novo e recomeçava uma vez mais. As repetidas tentativas haviam provocado o encolhimento da preciosa madeira do período Tenpyo para 24, 15 e para minúsculos nove centímetros finais.

Enquanto dormitava por cerca de uma hora, pareceu-lhe ouvir os cucos por duas vezes. Despertou então de súbito, sentindo-se revigorado, o cansaço enfim expulso de todos os recantos da mente.

— Desta vez não vou falhar — pensou, erguendo-se.

Foi ao poço nos fundos da casa, lavou o rosto e enxaguou a boca. Espevitou o morrão da lamparina nesse horário próximo ao amanhecer e empunhou a adaga com novo ânimo.

Depois do descanso, foi capaz de sentir a madeira respondendo à lâmina com maior suavidade. Mil anos de civilização pareciam ocultar-se em riscos concêntricos no cerne recém-esculpido. Se errasse outra vez, nada faria com que as lascas espalhadas por todos os lados voltassem a ser o precioso toco de trinta centímetros que lhe fora confiado. Era essa noite, ou nunca mais, pensou.

Os olhos brilhavam intensamente, como nas ocasiões em que, espada na mão, se defrontava com um adversário. Havia muita energia concentrada na adaga.

Não distendeu as costas em nenhum momento, nem ao menos se ergueu para beber água.

Em estado *sanmai*[23], não percebeu o céu clarear e não ouviu os pássaros chilreando, nem as portas de todos os aposentos da casa, exceto a sua, serem escancaradas.

— Tudo em ordem, Musashi-sama? — disse Kosuke, entrando no quarto nesse instante com expressão preocupada. Só então o jovem aprumou-se e exclamou:

— Não consegui!

Jogou a adaga ao chão.

A madeira tinha sido escavada vezes sem fim e se transformado num monte de lascas, que se amontoavam como neve sobre seus joelhos e ao seu redor. Da preciosa matéria prima restava apenas um pequeno toco do tamanho de um polegar.

— Ah, não conseguiu... — ecoou Kosuke.

— Infelizmente.

— E a madeira?

— Transformada em lascas... Por mais que esculpisse, a imagem da deusa não surgiu— suspirou Musashi, atordoado como se tivesse andado suspenso entre os limites da iluminação e das paixões impuras e se visse de súbito chutado de volta à terra. Cruzou as mãos na nuca e jogou-se de costas no chão.

— Não consegui! Acho que vou me dedicar ao zen por algum tempo.

Cerrou os olhos pretendendo dormir e só então os muitos e erráticos pensamentos se dissiparam. Na mente enfim apaziguada, um único ideograma significando "vazio" pareceu flutuar, embalando o sono.

IV

De manhã, hóspedes de partida agitavam a entrada da estalagem. Eram, em sua grande maioria, mercadores de cavalo que tinham apurado na noite anterior os lucros e as perdas da feira realizada nos últimos cinco dias. A estalagem ficaria vazia a partir desse dia.

Iori acabara de chegar e dirigia-se resoluto para o andar de cima quando a dona da estalagem o chamou do seu posto atrás do balcão:

— Ei, menino!

Iori voltou-se no meio da escada, contemplando a calva na cabeça da mulher.

— Que é? — perguntou.

---

23. *Sanmai* (*samadhi* em sânscr.): estado de intensa concentração obtida sem esforço algum, de completa absorção da mente em si mesma, de elevada e ampla consciência.

— Aonde vai?

— Quem, eu?

— Claro!

— Aonde mais posso estar indo senão ao quarto do meu mestre, lá em cima?

— Como é? — disse a mulher, admirada. — Quando foi que você partiu daqui, hein, menino?

— Deixe-me ver... — retrucou Iori, contando nos dedos — No dia anterior ao de anteontem.

— Isto quer dizer três dias atrás?

— É isso!

— Não me diga que está voltando agora da mansão de Yagyu-sama!

— Estou. Alguma objeção?

— Muitas! Afinal, a mansão Yagyu fica dentro da cidade de Edo, até onde sei!

— A culpa é sua! Foi a tia quem me disse que a mansão ficava em Kobikicho. Por sua causa perdi um tempo incrível! Nesse lugar só existe um depósito do clã. A verdadeira mansão fica na vila Azabu!

— De qualquer modo, a distância não é grande a ponto de você levar três dias para ir e voltar. Aposto que uma raposa o enfeitiçou.

— Adivinhou! A tia tem parentesco com raposas? — disse Iori zombeteiro, pronto a subir o resto da escada. Mas a mulher tornou a intervir apressadamente:

— Seu mestre não está mais aqui!

— Mentira! — replicou Iori, correndo para o andar superior. Logo, desceu outra vez com expressão aturdida.

— Ele mudou de quarto, não foi, tia?

— Que menino mais desconfiado! Eu já não lhe disse que ele se foi?

— Mas isso é verdade?

— Se pensa que minto, venha ver o livro de hóspedes. Olhe aqui: tem até o valor da conta encerrada.

— Mas por quê... por que ele se foi sem esperar por mim?

— Porque você demorou demais, ora essa.

— Mas... — começou Iori a dizer com cara de choro. — Tia, ele não lhe disse para onde ia? Não deixou nenhum recado para mim?

— Não que eu saiba. Com certeza ele o abandonou porque o considerou incompetente.

Iori correu para a rua, apavorado, olhou-a de cima a baixo, ergueu os olhos para o céu. Ao ver que lágrimas começavam a escorrer por suas faces, a dona da estalagem começou a rir e, passando o pente nos cabelos para esconder a calva, disse:

— É mentira, é mentira! Seu mestre mudou-se para o segundo andar da loja do polidor de espadas bem em frente. Pare de chorar e vá até lá.

Mal acabou de falar, um protetor de patas imundo aterrissou dentro do balcão da mulher.

V

— Estou de volta! — disse Iori, temeroso, sentando-se rígido aos pés Musashi, que dormia a sono solto.

Kosuke, que o havia introduzido no aposento, havia se afastado de manso e retornado para a cabeceira do homem ferido.

Nesse dia, havia um clima pesado na casa, perceptível até pelo menino. Além disso, lascas de madeira espalhavam-se em torno de Musashi e uma lamparina seca continuava sobre a escrivaninha.

— Cheguei... — tornou a dizer Iori baixinho. A voz não saía de puro medo.

— Quem está aí? — perguntou Musashi. Abriu os olhos em seguida.

— Iori, mestre.

No mesmo instante Musashi ergueu-se. Contemplou por instantes o pequeno vulto, sentado em posição rígida aos seus pés.

— Ah, é você... — disse, em tom de alívio. E nada mais acrescentou.

— Sei que demorei demais. Desculpe-me — disse o menino.

Ainda assim Musashi não respondeu, contentando-se em apertar o próprio *obi*. Passados instantes, porém, ordenou:

— Abra as janelas e varra o quarto.

— Sim, senhor!

O menino pediu uma vassoura emprestada a um empregado e caprichou na limpeza do aposento, ainda preocupado. Espiou o pátio, tentando saber aonde tinha ido seu mestre e o viu bochechando à beira do poço.

Diversas ameixas verdes estavam caídas ao redor do poço. À visão delas, Iori lembrou-se logo do gosto ácido que invadia a boca quando as comia com sal. Não sabia por que os moradores daquela casa não as apanhavam para fazer conservas. Desse modo, haveria ameixas o ano inteiro.

— Como vai o ferido? — disse Musashi, enxugando o rosto e voltando-se para o aposento no extremo da casa.

Iori ouviu a voz de Kosuke respondendo de dentro da casa:

— Seu estado parece ter se estabilizado, senhor.

— Deve estar cansado, senhor Kosuke. Mais tarde eu o substituirei à cabeceira do ferido — ofereceu-se Musashi.

Kosuke agradeceu, mas disse não ser necessário, acrescentando em seguida:

— No entanto, gostaria de avisar Obata Kagenori-sama sobre o ocorrido. Infelizmente, não tenho ninguém que possa ir até lá.

Musashi disse que nesse caso iria pessoalmente à casa dele ou mandaria Iori levar um recado, e retornou para o seu quarto no andar superior. O aposento tinha sido arrumado com presteza.

Musashi sentou-se e chamou:

— Iori!

— Senhor?

— Como foi a missão?

Menos mal: ainda não seria desta vez que ouviria a reprimenda. Iori sorriu, enfim tranquilizado, e respondeu:

— Realizei-a a contento, senhor. E aqui está a resposta do senhor Kimura Sukekuro, da mansão Yagyu.

Retirou triunfalmente a carta das dobras internas do quimono, na altura do peito.

— Deixe-me vê-la.

Musashi estendeu a mão. Iori adiantou-se de joelhos e depositou a carta sobre ela.

VI

Na resposta, Kimura Sukekuro dizia, em linhas gerais: "Sentimos não poder satisfazer seu desejo, já que o estilo Yagyu é também o da casa xogunal e não estamos autorizados a usá-lo em duelos públicos. No entanto, caso o senhor deseje encontrar-se com o senhor de Tajima com outros objetivos, venha ao salão de treinos, pois nosso amo por vezes ali comparece para cumprimentar os visitantes. Se quer, porém, a todo o custo conhecer o nosso estilo, a melhor solução será enfrentar Yagyu Hyogo-sama. Ele, porém, partiu ontem à noite às pressas de volta a Yamato porque o estado de saúde de Sekishusai-sama agravou-se. Por mais essa razão, acho melhor postergar a visita ao senhor de Tajima para dias melhores. E quando esse dia chegar, eu o apresentarei a ele com muito prazer."

Com um ligeiro sorriso, Musashi tornou a dobrar lentamente a longa carta, em silêncio.

Ao vê-lo assim descontraído, Iori sentiu-se ainda mais confiante e aproveitou para desfazer a posição formal e esticar as pernas.

— Por falar nisso, mestre, a mansão Yagyu não se situa em Kobiki-cho, mas em Azabu, sabia? É espaçosa, impressionante! E Kimura Sukekuro-sama ofereceu-me uma porção de guloseimas deliciosas... — ia prosseguindo o menino quando foi interrompido por Musashi.

— Iori!

Seu mestre tinha contraído de leve as sobrancelhas, detalhe que não passou despercebido ao menino. Iori retraiu as pernas bem depressa e formalizou-se de novo.

— Sim, senhor!

— Você pode ter-se perdido, mas são passados três dias desde a sua partida. A que devo a demora?

— Uma raposa me enfeitiçou quando andava pelas montanhas em Azabu...

— Raposa?

— Sim, senhor.

— Como pode um menino criado numa casa solitária no meio da campina ter sido enfeitiçado por uma raposa?

— Nem eu compreendi, mas o fato é que andei metade de um dia e uma noite inteira vagando no mato sob o efeito desse encantamento. É verdade! Tanto que não consigo lembrar-me por onde andei, por mais que pense!

— Muito estranho!

— Também acho. Até hoje nunca dei muita atenção a raposas, mas acho que as de Edo são mais poderosas, elas enfeitiçam mais.

— Ah...! Mas diga-me — continuou Musashi, sentindo-se incapaz de ralhar por mais tempo ante a expressão séria do menino. — Você por acaso não fez algo que não devia?

— Pode ser. Uma raposa vinha me seguindo, e para não ser enfeitiçado por ela, eu a golpeei na perna ou no rabo. E foi ela que me pregou as peças, eu acho.

— Não foi, não.

— Não foi, senhor?

— Quem lhe pregou a peça não foi a raposa de carne e osso, mas algo invisível dentro de você mesmo. Pense bem no assunto. Resolva esse enigma e dê-me a resposta quando eu retornar.

— Sim, senhor... Vai sair a esta hora, mestre?

— Vou até as proximidades do templo Hirakawa-tenjin, em Koji-machi.

— Mas volta ainda esta noite?

— Talvez leve três dias se uma raposa se engraçar comigo! Ah-ah!

Saiu, deixando Iori à sua espera. Nuvens pesadas cobriam o céu prenunciando a chegada das chuvas do verão.

UMA ACADEMIA DESERTA

I

O bosque do templo Hirakawa-tenjin vibrava com o barulho das cigarras. Corujas piavam nalgum lugar.
Musashi parou.
— Deve ser aqui.
Uma construção silenciosa erguia-se sob a lua ainda no céu em pleno dia.
— Deem-me licença! — disse alto à porta de entrada. A voz ecoou, como se ele falasse à entrada de uma caverna, indicando que o prédio estava deserto.
Minutos depois, ouviu passos provenientes dos fundos da casa. Logo, um jovem trazendo uma espada na mão parou à sua frente. Pela aparência, não era um simples atendente.
— Que deseja? — perguntou, barrando a entrada.
Tinha cerca de 25 anos. Musashi analisou-o desde a ponta dos pés calçados em macias meias de couro até o topo da cabeça e percebeu que este moço era algo mais que bem-nascido.
Musashi declinou o próprio nome e perguntou a seguir:
— Esta é a Academia Obata de Ciências Marciais, do mestre Obata Kagenori?
— Sim — respondeu o jovem, lacônico.
Sua atitude indicava que estava à espera da conhecida ladainha do estudante de artes marciais andando pelas províncias em busca de aprimoramento. As palavras seguintes de Musashi, porém, o surpreenderam:
— Um certo senhor Hojo Shinzo, discípulo desta academia, encontra-se neste momento recuperando-se de um grave ferimento na casa do polidor de espadas Kosuke, que os senhores devem conhecer. Aqui estou a pedido deste último para avisá-los.
— Como? Quer dizer que Hojo Shinzo também não conseguiu? — deixou escapar o jovem, consternado, mas logo conteve-se. — Perdoe meus modos. Sou Obata Yogoro, filho único de Kagenori. Agradeço-lhe a bondade de vir nos avisar. Entre e descanse um instante.
— Agradeço, mas vou-me embora em seguida. Vim apenas avisá-los.
— E... como está Shinzo?
— Parece-me que seu estado estabilizou-se esta manhã. Sua situação, porém, ainda é grave e ele não pode ser removido. De modo que o aconselho a deixá-lo por hora aos cuidados de Kosuke.

— Transmita-lhe então meus agradecimentos. Diga-lhe que confio o ferido à sua guarda.

— Assim farei.

— Na verdade, estamos com falta de pessoal porque meu pai continua acamado, e Shinzo, que deveria ser o seu preletor substituto, estava desaparecido desde o outono do ano passado. Por essa razão, tivemos de fechar a academia. Espero que compreenda.

— Claro. Diga-me, porém: existe algum ódio antigo envolvendo sua casa e Sasaki Kojiro?

— Não sei lhe dizer o que aconteceu de verdade, pois o fato se deu em minha ausência. No entanto, ouvi dizer que Sasaki Kojiro insultou meu pai, que já se achava enfermo e fraco, e isso provocou a revolta dos discípulos. Eles tentaram tirar satisfações por diversas vezes, e de cada vez levaram a pior. Por fim, Hojo Shinzo resolveu intervir pessoalmente: deixou esta casa e andou seguindo Kojiro por muito tempo, em busca de uma boa oportunidade para acertar as contas, ao que me parece.

— Ah, agora compreendi. Deixe-me contudo dar-lhe um conselho: desista de querer bater-se com Sasaki Kojiro. Ele é do tipo que não pode ser vencido com recursos usuais, nem com o emprego de estratagemas. Em suma, é preciso muito mais que um homem hábil para vencê-lo, tanto na esgrima, como em estratagemas ou palavras.

Ao ouvir isso, o descontentamento queimou como um chama fria no olhar de Yagoro. Musashi percebeu e sentiu-se na obrigação de tornar a aconselhar:

— Deixe-o vangloriar-se à vontade. Não permita que um pequeno desentendimento assuma graves proporções. Espero que a derrota de Hojo Shinzo não lhe provoque também a vontade de vingá-lo pessoalmente, pois estará entrando na mesma trilha sangrenta percorrida por ele. É tolice, pura tolice.

Dado o conselho, Musashi retirou-se.

II

Sozinho, Yogoro permaneceu recostado na parede por um longo tempo, braços cruzados e perdido em pensamentos.

— Que lástima! Nem Shinzo conseguiu calar esse insolente! — disse. Seus lábios tremiam de emoção.

Fitou o teto com olhar vago. Não se via viva alma no espaçoso auditório nem no corpo principal da casa.

Ao chegar de viagem, Yogoro já não encontrara Shinzo na casa. Tinha partido, deixando uma carta de despedida em que prometia vingar-se a qualquer custo de Sasaki Kojiro e terminava dizendo que, caso falhasse, não se veriam mais nesta vida.

A ausência de Shinzo provocara o fechamento da academia e a opinião pública manifestou-se solidária a Sasaki Kojiro. Boatos maldosos davam conta de que a academia era um antro de covardes, um agrupamento de incompetentes que só sabia teorizar.

A maledicência havia mexido com o orgulho de alguns discípulos, que se afastaram; outros viram na doença de Obata Kagenori sinais de declínio do estilo Koshu e bandearam-se para o estilo Naganuma. E assim, aos poucos a academia foi sendo desertada, sobrando nos últimos tempos apenas dois ou três internos, encarregados dos serviços gerais.

— "Não vou contar ao meu pai" — resolveu Yogoro no íntimo. — "Mais tarde, veremos."

No momento, sua obrigação era envidar todo o esforço no sentido de cuidar do pai enfermo. "Mais tarde, veremos", tornou a pensar, suportando a amargura.

— Yogoro! Yogoro! — ouviu nesse instante o pai chamando-o dos fundos da casa.

O idoso homem devia estar às portas da morte, mas quando excitado, chamava o filho com incrível energia.

— Pronto, senhor! — respondeu, correndo a atendê-lo.

Ajoelhou-se no aposento contíguo ao do enfermo e disse:

— Chamou-me, meu pai?

Como sempre fazia quando se aborrecia por permanecer deitado, o doente havia aberto a janela e encontrava-se sentado sobre as cobertas, apoiado no travesseiro.

— Yogoro.

— Sim, senhor?

— Um *bushi* acaba de afastar-se pelo portão, estou certo? Eu apenas o vi de costas.

Então, o pai já sabia! Espantou-se Yogoro.

— Ah! Deve ser o homem que veio há pouco com uma mensagem.

— Mensagem? De quem?

— Ocorreu um ligeiro imprevisto com Hojo Shinzo, e o *bushi* a que se referiu veio nos avisar. Disse que se chama Miyamoto Musashi.

— Miyamoto Musashi?... Não deve ser desta cidade.

— Disse que era um *rounin* originário de Sakushu. Conhece-o por acaso, meu pai?

— Não... — respondeu Kagenori, agarrando com firmeza o próprio queixo, onde a barba havia crescido, branca e rala. — Não o conheço nem nunca o vi antes. Digo-lhe no entanto, meu filho, que este velho já teve a oportunidade de se avistar com muitos homens respeitáveis nos longos anos de sua vida, tanto em campos de batalha como no cotidiano, mas poucos, muito poucos dentre eles eram autênticos *bushi*. Algo, porém, chamou-me a atenção nesse que acaba de se afastar. Quero vê-lo! Quero a todo custo avistar-me com esse Miyamoto Musashi e trocar algumas palavras com ele. Vá atrás dele neste instante, Yogoro, e traga-o até aqui!

III

O estado de saúde do doente era tão delicado que o médico havia até desaconselhado conversas muito longas.

Yogoro temia um agravamento da doença só de ouvir o tremor emocionado da sua voz.

— Já vou, meu pai! — disse, mas não fez menção de se levantar. — O que viu de tão atraente nesse samurai? Afinal, como o senhor mesmo disse, apenas o viu de costas enquanto se afastava... — acrescentou.

— Você não compreenderia. Quando enfim compreender, já estará com um pé na cova, como eu.

— Mas deve haver um motivo.

— Pode ser que haja.

— Pois fale-me sobre isso. Servir-me-á de lição.

— Esse samurai... manteve-se em guarda até contra mim, um velho enfermo! E isso é admirável.

— Não acho que ele soubesse de sua presença nesta janela, senhor.

— Engana-se! Ele sabia.

— Como poderia?

— Quando entrou pelo portão, ele parou um instante logo ali e passeou o olhar pela casa inteira, verificou janelas abertas e fechadas, a trilha que leva aos fundos. Ele não deixou escapar nenhum detalhe. Apesar disso, comportava-se com muita naturalidade, diria até que com muita educação. Quem será este homem, pensei eu surpreso, observando-o desta distância.

— O homem era então um samurai bem preparado, meu pai?

— Tenho certeza de que teremos infindáveis assuntos para conversar. Vá logo atrás dele, meu filho.

— Tenho medo de que uma conversa tão longa lhe faça mal, senhor.

— Eu desejei a vida inteira conhecer um homem como ele. Não vim elaborando minhas teorias simplesmente para transmiti-las ao meu filho.

— Sei disso. O senhor não se cansou de me dizer isso o tempo todo.

— Embora se denomine estilo Koshu, minhas teorias não se destinam apenas a divulgar a disposição de tropas equacionada dos guerreiros de Koshu. Para começar, vivemos hoje uma situação diferente daquela em que generais como Takeda Shingen e Uesugi Kenshin disputavam a hegemonia. O próprio objetivo das ciências militares mudou. O que eu preconizo nesta academia é o estilo Obata Kagenori — a ciência militar realmente voltada para a construção da paz. Ah, mas a quem posso transmitir meus ensinamentos? A quem?

— ...

— Yogoro.

— ... senhor.

— Minha vontade é transmiti-los a você, acredite. Mas confrontado com o *bushi* que se retirou há pouco, você é tão imaturo que nem ao menos consegue avaliar a habilidade dele.

— Sinto muito, senhor.

— Se este é o seu nível, mesmo visto por um complacente prisma paterno, não está apto a receber meus ensinamentos. E nesse caso, a solução seria transmiti-los a um estranho qualificado, e a ele confiar o seu futuro, depois que me for. Com esse intuito, esperei até hoje esse estranho. Queria ir-me do mesmo modo que a flor se vai, derramando em profusão o pólen sobre a terra...

— Ainda não, meu pai. Não se vá ainda, eu lhe peço. Viva por muitos e muitos anos...

— Não diga asneiras! Não diga asneiras! — disse o ancião duas vezes. — Corra atrás dele de uma vez.

— Sim senhor.

— Seja cortês, meu filho, exponha com clareza o meu desejo e traga-o até aqui.

— Sim senhor!

Yogoro disparou pelo portão da casa.

IV

Yogoro correu, passou pelo bosque do templo e chegou às ruas de Koujimachi, mas Musashi havia desaparecido.

— Paciência, haverá outra oportunidade — pensou Yogoro, desistindo rapidamente.

Em sua opinião, Musashi não era tudo que o pai havia dito. Afinal, pareciam ter a mesma idade, não sendo possível portanto que houvesse tanta diferença em matéria de habilidade, por mais genial que fosse o outro.

Além disso, as palavras de Musashi ao se despedir tinham um eco desagradável. "Não se bata com Kojiro", havia dito ele, "isso é tolice. O homem é invulgar. Deixe de lado pequenas desavenças para o seu próprio bem."

Yogoro tinha a impressão de que Musashi havia vindo especialmente para louvar as qualidades de Kojiro. "Ainda mostro a ele!", pensou.

Sentia-se superior a Kojiro e também a Musashi. Como se não bastasse, sentia-se desafiador com relação ao próprio pai, embora o ouvisse com todo o respeito. "Não sou tão imaturo quanto me julga, meu pai!" sussurrava em seu íntimo.

Até esse dia, Yogoro havia se ausentado diversas vezes da casa por períodos que variavam de um a três anos, dependendo do consentimento do pai, e usara esse tempo para percorrer diversas províncias na qualidade de samurai peregrino, internar-se em outras academias de ciências marciais e estudar, e até para frequentar as casas de tradicionais mestres do zen. Assim, o jovem achava-se razoavelmente adestrado e preparado. Apesar de tudo, o pai continuava a considerá-lo imaturo, um guerreiro cheirando a fraldas, e o que era pior, superestimava um novato como Musashi — afinal um vulto mal vislumbrado da sua janela. Doía-lhe ainda no íntimo o tom de suas recentes palavras, que pareciam insinuar: "Siga o exemplo de Musashi!"

— Desisto. Vou para casa — resolveu. Uma súbita tristeza o invadiu. "Um filho deve parecer sempre imaturo para o pai", pensou.

Como gostaria de ter o próprio valor reconhecido! Mas o pai já estava à beira da morte, considerou com tristeza.

— Olá! Senhor Yogoro! — chamou-o alguém nesse instante.

— Olá! Como vai? — respondeu o jovem, voltando-se e aproximando-se por sua vez do homem que o detivera. Era Nakatogawa Handayu, vassalo da casa Hosokawa, em tempos passados assíduo frequentador da academia, mas ausente nos últimos meses.

— E como está passando o nosso venerando mestre? Meus deveres me prendem e não tenho tido tempo de visitá-lo — desculpou-se o homem.

— Sem grandes alterações.

— É a idade, que se há de fazer... Por falar nisso, ouvi dizer que Hojo Shinzo, mestre substituto de seu pai, levou a pior num duelo com Sasaki Kojiro. É verdade?

— A notícia já chegou aos seus ouvidos?

— Ouvi comentários na sede do clã ainda esta manhã.

— Como pôde ter chegado tão rápido à mansão Hosokawa, se o acontecimento se deu apenas ontem à noite?

— É porque Sasaki Kojiro hospeda-se na mansão do senhor Iwama Kakubei, um dos mais importantes vassalos da casa Hosokawa. Acho que foi ele quem se encarregou de espalhar a notícia logo cedo. Até o nosso jovem amo, lorde Tadatoshi, já está a par do assunto, segundo soube.

Yogoro, com sua juventude e inexperiência, sentiu dificuldade em simular indiferença ante o que ouvia. Por outro lado, era-lhe insuportável expor sua perturbação, de modo que se despediu de seu interlocutor com a naturalidade que lhe foi possível aparentar e voltou para casa. A decisão, no entanto, já estava tomada.

ERVAS DANINHAS

I

A mulher de Kosuke preparava uma papa de arroz para o homem ferido do quarto dos fundos. Iori meteu a cabeça pela cozinha e espiou.

— Tia, as ameixas já estão ficando amarelas — anunciou.

A mulher porém respondeu em tom desprovido de emoção:

— Estão amadurecendo. É tempo de cigarras também.

— Por que você não faz conservas com elas, tia?

— Porque somos uma família pequena. Já imaginou quanto sal preciso para fazer picles de tantos frutos?

— O sal não apodrece, mas as ameixas se estragam se não forem conservadas. Sei que sua família é pequena, mas se você não se prevenir, vai passar fome em tempo de guerra ou de inundações. Não se preocupe, continue a cuidar do doente que eu as prepararei para você.

— Que menino estranho! Mais parece um velho, preocupando-se com fome e inundações!

Iori já havia rumado para o galpão, onde encontrou uma barrica vazia. Arrastou-a para o pátio, parou debaixo da ameixeira e ergueu o olhar para a copa da árvore.

Era esperto e tinha experiência de vida suficiente para dar lições de sobrevivência a uma mulher madura, mas no instante em que pôs os olhos numa cigarra chiando no tronco da árvore, voltou a ser um menino comum. Aproximou-se de manso e capturou o inseto na palma da mão fechada. A cigarra continuou a chiar em sua mão, seu chiado lembrando agora o grito trêmulo e estridente de um velho.

Contemplando o próprio punho fechado, Iori sentia uma estranha emoção: insetos deviam ser desprovidos de sangue, mas a cigarra estava mais quente que a sua mão.

Ao pressentir a própria morte, mesmo seres inferiores como cigarras deviam reagir com calor. O raciocínio do menino não foi tão profundo, mas sentiu um súbito medo, e ao mesmo tempo, pena do inseto. Ergueu portanto a mão para o alto e abriu-a.

A cigarra saiu voando, bateu uma vez contra o telhado da casa vizinha e desviou-se rumo ao centro da cidade. Iori subiu na árvore.

A ameixeira era frondosa e abrigava taturanas sadias, que rastejavam com suas maravilhosas coberturas de pelos coloridos. Havia ainda besouros e minúsculas pererecas aderidas às costas das folhas, pequenas borboletas adormecidas e moscardos dançando em torno dos frutos.

Iori sentiu-se transportado para outro mundo e, encantado, permaneceu algum tempo apenas observando. Talvez o constrangesse a perspectiva de sacudir de repente os galhos da árvore e apavorar damas e cavalheiros desse pequeno reino animal, pois apanhou de manso uma ameixa levemente colorida e a mordeu.

Logo, começou a sacudir os galhos mais próximos, mas as ameixas, embora parecessem prestes a cair, continuavam firmemente agarradas. O menino então passou a colher as que estavam ao alcance de sua mão e a lançá-las na barrica vazia embaixo dele.

— Ah, malandro! — gritou ele de repente, jogando alguns frutos na direção do terreno baldio ao lado da casa.

No momento seguinte, um varal estendido na sebe foi ao chão com estrépito e passos se afastaram em disparada rumo à rua.

Musashi havia se ausentado outra vez nesse dia, e Kosuke, que estivera entretido em sua oficina, pôs a cabeça para fora pela janelinha com moldura de bambu e perguntou, arregalando os olhos:

— Que foi isso?

II

Iori saltou de cima da ameixeira.

— Tinha um estranho agachado nesse terreno baldio outra vez, tio! Acertei algumas ameixas nele e o homem fugiu correndo, mas ele vai voltar se não estivermos atentos! — gritou para a janela da oficina.

Kosuke surgiu enxugando as mãos.

— Como era esse homem? — indagou.

— Parecia um rufião.

— Um dos capangas de Hangawara, com certeza.

— Igual àqueles que apareceram na porta da sua loja, algumas noites atrás.

— São furtivos como gatos.

— Que será que eles pretendem, hein?

— Estão atrás do meu hóspede, o que convalesce no quarto dos fundos.

— Ah, do senhor Hojo! — disse Iori, voltando-se para o referido quarto.

O ferido comia nesse instante a papa de arroz. O ferimento cicatrizara a ponto de tornar a bandagem dispensável.

— Mestre polidor! — chamou Shinzo.

Kosuke aproximou-se beirando a varanda.

— Como está, senhor? — perguntou.

Shinzo afastou para um dos lados a bandeja com a refeição e sentou-se formalizado.

— Não tive a intenção, mas acabei lhe dando um bocado de trabalho, mestre Kosuke — disse.

— Trabalho algum. Sinto apenas não ter podido dispensar-lhe a atenção devida por causa do meu ofício.

— Não só lhe dei trabalho, como estou sendo inconveniente: ao que vejo, os capangas de Hangawara andam rondando sua casa com o intuito de me pegar. Se eu continuar aqui só lhe trarei aborrecimentos. E se algum dos seus familiares vier a se ferir por minha causa, estarei pagando com o mal todo o bem que me fez até agora.

— Ora, quanto a esse tipo de preocupação...

— Nada disso. Pretendo sair daqui ainda hoje, pois, como vê, já me restabeleci.

— Como? Hoje, senhor?

— Dentro de alguns dias voltarei para expressar formalmente meus agradecimentos.

— Espere! Espere um pouco! Consulte Musashi-sama antes de mais nada! Ele, porém, não está aqui neste momento.

— Pois transmita-lhe meus agradecimentos quando voltar. Já consigo andar com facilidade, de modo que vou embora agora mesmo.

— Mas os baderneiros da casa Hangawara estão à sua espera do lado de fora, sedentos por vingar a morte de Mendigo e Coroinha. Esse é o motivo por que rondam minha casa! Sabendo disso, não posso permitir que saia daqui sozinho.

— Tive motivos mais que justificados para eliminar Mendigo e Coroinha. Eles sabem disso, e também que não têm motivo algum para querer uma revanche. Mas se ainda assim insistirem...

— ...não poderá defender-se, debilitado como está, senhor.

— Agradeço-lhe os cuidados, mas não se preocupe. Onde está sua mulher? Quero agradecer-lhe também.

Pronto para partir, Shinzo ergueu-se.

Vendo que não conseguiriam demovê-lo, o polidor de espadas e a mulher acompanharam-no até a porta e se despediam a contragosto quando Musashi retornou, suado e com o rosto queimado de sol.

Mal viu Shinzo, arregalou os olhos de admiração e disse:

— Aonde vai, mestre Hojo? Como? Está indo para casa? Fico feliz em vê-lo tão bem, mas será perigoso ir sozinho. Voltei em boa hora: eu o acompanharei até Hirakawa-tenjin.

III

Shinzo recusou o oferecimento, mas Musashi não lhe deu ouvidos.

— Eu o acompanho — disse, peremptório.

Desse modo, Shinzo acabou por aceitar e afastaram-se juntos da casa de Kosuke.

— Deve ser difícil andar, depois de ter permanecido tanto tempo em repouso — comentou Musashi.

— É verdade. O chão parece estar mais perto do que imagino, e sinto tonturas quando ergo o pé.

— Não é para menos! A distância daqui até Hirakawa-tenjin é considerável. Será melhor ir de liteira.

Ao ouvir isso, Shinzo replicou:

— Devia ter-lhe dito antes, mas na verdade, não estou indo para a academia Obata.

— Para onde, então?

— Vou ficar por algum tempo na casa de meu pai — disse Shinzo, cabisbaixo. — A ideia não me agrada muito, mas... Moro em Ushigome.

Musashi contratou uma liteira e nela embarcou Shinzo quase à força. O liteireiro ofereceu outra a Musashi, que recusou com firmeza e continuou andando a pé ao seu lado.

No momento em que a liteira escoltada por Musashi dobrou à direita depois do canal, um grupo de rufiões de braços à mostra e quimonos arregaçados passou a acompanhá-la.

— Ah, o maldito o embarcou na liteira!

— Ele está olhando para cá!

— Calma! Ainda é cedo!

Eram capangas de Hangawara, e tinham a óbvia intenção de acertar contas. Os olhos brilhantes pareciam prestes a saltar das órbitas e pular nas costas de Musashi ou para dentro da liteira.

E quando enfim alcançaram as proximidades de Ushigafuchi, uma pedra veio voando e bateu no cabo da liteira produzindo um som cavo. Ao mesmo tempo, o bando de rufiões fechou o cerco em torno da liteira, gritando:

— Alto!

— Parem aí!

— Parados, malandros!

Os carregadores da liteira, havia já algum tempo assustados, saltaram para os lados e fugiram mal perceberam que o cerco se fechava, enquanto do meio dos rufiões partiam mais algumas pedras que passaram por cima dos vultos em fuga e voaram na direção de Musashi.

Hojo Shinzo rastejou para fora da liteira empunhando a espada, talvez com medo de ser considerado covarde.

— Que querem comigo? — perguntou, erguendo-se e posicionando-se para a luta. Musashi protegeu-o com o próprio corpo e disse na direção de onde partiam as pedras:

— Digam claramente o que querem.

Os rufiões tentavam fechar o cerco, como se vadeassem um rio. Logo, um deles gritou quase cuspindo as palavras:

— Nem é preciso! Entregue-nos esse miserável, ou morre junto!

A essas palavras, os homens se entusiasmaram. Um frêmito selvagem percorreu o bando.

Nem por isso algum deles brandiu a espada rústica ou tentou o primeiro golpe, detidos talvez pela força do olhar de Musashi. Seja como for, o fato era que, mantendo ainda uma considerável distância, os rufiões ladravam de um lado, enquanto Musashi e Shinzo apenas os contemplavam com olhar feroz.

— Hangawara, o chefe deste bando, está no meio de vocês? Se está, dê um passo à frente — exigiu Musashi a certa altura.

Do meio dos rufiões veio a resposta:

— Nosso chefe não está aqui, mas, na sua ausência, eu, o mais velho do bando, sou responsável pela casa. Meu nome é Nenbutsu Tazaemon. Se quer me dizer alguma coisa, estou disposto a ouvi-lo.

O homem que se adiantou era idoso. Vestia um quimono branco e usava um terço budista grosso em torno do pescoço.

IV

— Que têm vocês contra mestre Hojo Shinzo? — perguntou Musashi.

Nenbutsu Tazaemon estufou o peito com arrogância e respondeu pelos rufiões:

— Esse homem matou dois de nossos companheiros. Deixá-lo impune é o mesmo que manchar nossa imagem.

— Não foi isso o que ele me contou. Segundo mestre Hojo, Mendigo e Coroinha haviam anteriormente ajudado Sasaki Kojiro a eliminar diversos discípulos da academia Obata na calada da noite.

— Uma coisa nada tem a ver com outra. Se um companheiro nosso é morto, temos de vingá-lo com as nossas mãos ou deixamos de ser rufiões!

— Começo a entender — disse Musashi, dando mostras de concordar, para logo acrescentar:

— Essas talvez sejam as regras no mundo a que pertencem, mas não no dos samurais. Samurais não reconhecem rancores infundados. Ódios têm de ter fundamentos claros e não podem ser transferidos. Um samurai preza acima de tudo a justiça: se a causa é justa, ele reconhece o direito das pessoas à vingança, mas nunca a perpetuação de um ressentimento pelo ressentimento em si. Isso é covardia, e os samurais desprezam esse tipo de atitude. Como por exemplo, a de vocês neste instante.

— Que disse? Chamou-nos de covardes?

— Vocês até estariam certos se aqui me trouxessem Sasaki Kojiro e ele pessoalmente quisesse tirar satisfações como um samurai, mas considero fora de cogitação tratar com um bando de rufiões alvoroçados.

— Não quero saber dessa arenga de samurais. Nós aqui somos rufiões e temos a nossa imagem a preservar!

— Vivemos num único mundo, onde não há lugar para comportamentos diferenciados. Se rufiões e samurais puserem-se a agir cada qual segundo seus padrões, logo haverá banhos de sangue não só aqui, mas em cada esquina da cidade. O único poder capaz de julgar esta questão é o do magistrado. Você, que diz chamar-se Nenbutsu, escute-me.

— Fale!

— Vamos ao escritório do magistrado. E pediremos a ele que julgue este caso.

— Vá para o inferno! Se julgasse que o problema podia ser resolvido por um magistrado não me teria dado a tanto trabalho.

— Quantos anos tem, Nenbutsu?

— Quê?

— Com todos os anos que carrega nas costas, ainda pretende tomar a frente dessa gente jovem e vê-la morrer uma morte inútil?

— Chega de papo furado! Eu, Tazaemon, posso ser velho, mas os anos não afetaram minha disposição para a briga, entendeu? — declarou, extraindo a espada curta da cintura.

Ao ver isso, os demais rufiões que se aglomeravam às suas costas alvoroçaram-se e avançaram esbravejando:

— Acabem com ele!

— Não deixem o velho levar a pior!

Musashi esquivou-se do golpe desferido por Tazaemon, agarrou-o pelo pescoço velho e enrugado, caminhou cerca de dez passos e lançou-o dentro de um fosso. Voltou a seguir correndo para dentro da roda dos rufiões e extraiu Hojo Shinzo do centro da escaramuça, apanhou-o pela cintura e disparou pela campina de Ushigabuchi, logo se distanciando pela ladeira Kyudanzaka. Os vultos em fuga diminuíam de tamanho conforme subiam o íngreme caminho, deixando atrás os atônitos rufiões.

V

Ushigabuchi, ou mesmo Kyudanzaka, são denominações de eras bem mais recentes. Nos dias em questão, existia ainda nos arredores uma floresta de aspecto quase ancestral e riachos provenientes das montanhas desaguavam nos arredores do fosso, formando grandes extensões de terra pantanosa onde a água se empoçava, verde do limo. As áreas teriam, quando muito, nomes pitorescos apenas conhecidos pela gente local, como ponte do Grilo ou ladeira do Azevinho.

Quando alcançou a metade da ladeira, Musashi, que tinha deixado para trás os embasbacados rufiões, soltou pela primeira vez a cintura de Shinzo e o depôs no chão, dizendo:

— Já nos distanciamos o suficiente. Vamos embora de uma vez, mestre Hojo!

Seguiu então na frente, apressando o hesitante companheiro.

Só então os rufiões recobraram-se, e aos gritos de "Eles vão fugir!", "Não os deixem escapar!", vieram-lhes no encalço ladeira acima com o vigor renovado.

— Covardes!

— São valentes da boca para fora?

— Nunca vi samurai tão medroso!

— Vão pagar pelo que fizeram ao velho Tazaemon, malditos!

— Musashi! Agora você também está na nossa mira!

— Parem aí, os dois!

— Samurais maricas!

— Parem, já disse!

Musashi ignorou as ofensas e injúrias que lhe eram dirigidas, e também não permitiu que Shinzo parasse.

— Não há estratégia melhor que a fuga em momentos iguais a este — tinha ele dito, acrescentando pouco depois, sorrindo a meio: — Mas não é nada fácil fugir!

Quando afinal se sentiu seguro, voltou-se e não avistou mais os seus perseguidores. Shinzo estava pálido e ofegante: a corrida fora demais para ele, que ainda convalescia.

— Cansou-se — comentou Musashi.

— Na... não é tanto o cansaço... — arquejou Shinzo.

— Está abalado com as ofensas dos rufiões?

— ...

— Ah-ah! Quando recuperar a calma haverá de compreender que, vez ou outra, fugir também é agradável. Há um riacho logo adiante. Vá até lá e molhe a boca. Em seguida, eu o escoltarei até a porta da sua casa.

A floresta de Akagi já surgia à frente deles. Hojo Shinzo disse que sua casa situava-se logo abaixo do templo Akagi Myojin.

— Entre, por favor. Faço questão de apresentá-lo ao meu pai — insistiu Shinzo, mas Musashi parou aos pés de uma escadaria, acima da qual o muro em terracota da mansão Hojo era visível.

— Deixe para uma próxima oportunidade. Cuide-se bem, mestre Shinzo — disse, afastando-se.

Em virtude desse incidente, Musashi tornou-se, não por gosto, famoso na cidade de Edo.

— Ele é um farsante.

— É o exemplo vivo da covardia.

— É um desavergonhado, o homem que mais denegriu o código de honra do *bushi*. E se os Yoshioka de Kyoto foram realmente derrotados por ele, ou eram todos incapazes, ou Musashi, o perito em fugas, escapuliu espertamente e construiu uma falsa reputação em cima do episódio.

A fama era portanto negativa, mas Musashi não encontrou ninguém que depusesse a seu favor, porque os capangas de Hangawara tinham logo em seguida espalhado boatos maldosos por toda a redondeza e erguido placas em cada esquina da cidade, anunciando em linguagem grosseira:

Recado a um certo Miyamoto Musashi, que meteu o rabo entre as pernas e fugiu da nossa gente:

A matriarca dos Hon'i-den quer vingança e procura por você. Nós também temos uma conta a acertar. Mostre a cara se é um samurai de verdade.

Bando Hangawara.

ESTE LIVRO FOI COMPOSTO EM GARAMOND CORPO 11
POR 13,3 E IMPRESSO EM 8ª EDIÇÃO SOBRE PAPEL
PÓLEN BOLD 70 g/m² NAS OFICINAS DA IPSIS GRÁFICA
E EDITORA, SANTO ANDRÉ-SP, EM JANEIRO DE 2024